DEUTSCHSTUNDE
语文课

Siegfried Lenz

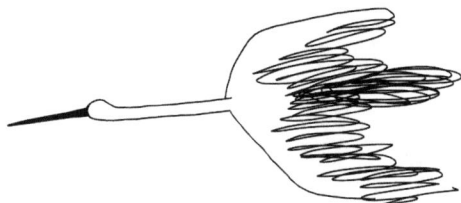

南海出版公司　　〔德〕西格弗里德·伦茨 著　　许昌菊 译

新经典文化股份有限公司
www.readinglife.com
出　品

目 录
Contents

惩罚

　　他们罚我写一篇作文。约斯维希亲自把我带进我的禁闭室。他敲了敲窗前的栅栏，按了按草垫，然后，这位受我们喜爱的管理员，又仔细检查了我的铁柜和镜子后边我经常藏东西的地方。接着，他默默地而且生气地看了看桌子和那满是刀痕的凳子，还把水池子细瞧了一遍，甚至用手使劲地敲了几下窗台，看它有无问题。他随随便便地检查了一下炉子，接着走到我面前，慢腾腾地将我从肩膀到膝盖搜查了一遍，确信我的衣袋里没有什么有害的东西。然后，他带着责备的神情把一个练习本放在我的桌上，这是一个作文本，灰色的签条上写着：西吉·耶普森的语文作文本。他招呼也不打一声就向门外走去，他失望，感到自己的好意受到了伤害；因为这位受我们喜爱的管理员约斯维希对我们不时受到的惩罚比我们更敏感，他痛苦的时间更长，所受的影响更大。他不是通过语言，而是通过锁门的动作，向我表示了他的伤心失望。他把钥匙伸进锁眼时显得毫无生气，捅了又捅，像是不知所措的样子。第一

1

次转动钥匙前他踌躇了一下，接着转动起来，把锁弹开，随后像是对这种犹豫不决的回答，责备自己似的粗暴地转动了两下钥匙。不是别人，恰恰是卡尔·约斯维希，这个文弱、羞怯的人为了罚我写作文而把我关了起来。

　　尽管我几乎坐了一整天，但怎么也开不了头。眼望窗外，易北河在我眼前模糊地流过，我闭上双眼，它仍在不停地流；河上铺满了闪着蓝光的浮冰。我不得不目随那条拖船，它用漆皮已经剥落、加挡板的船头把灰色的冰块剪裁成各种样式；我不得不注视那河流，看它如何洋溢着把冰块冲向我们的海滩，向上挤，哗啦哗啦地向上推，一直推到干枯的芦根丛中，并把它们遗弃在那里。我厌恶地看着一群乌鸦，它们似乎在施塔德有约会一般，一只一只地从韦德尔、从芬肯韦尔德和汉内弗尔山特飞来这里，在我们岛上聚集成群，随后飞上天去，在空中盘旋，直到一阵顺风吹来，把它们送往施塔德。多节的柳树，裹着一层闪亮的薄冰，还蒙上一层干白霜，也使我分心；白色的铁丝网、车间、海滩边的警告牌、菜地里冻硬的土块——春天，我们在管理员监督下，自己在这里种菜——所有这一切，甚至太阳，那隔着乳白色窗玻璃而变得灰蒙蒙、投下许多长长的斜影的太阳，都分散我的注意力。有一回，我几乎就要动笔了，目光却又不由自主地落到用铁链系着的、满是伤痕的浮桥上，桥边系着一条从汉堡来的汽艇，船身不长但舱房宽大、黄铜锃亮。这条船每个星期要运送多达一千二百名心理学家到这里来，这些人对难以教育的青少年怀着病态般的兴趣。我不能不注视这些心理学家沿着海滩上弯曲的小路走上来，然后被领进蓝色的教养所大楼。

在一般性的问候之后，人们还可能提醒他们要小心谨慎，进行调查时要不露声色。随后心理学家们迫不及待地挤出楼外，装出一副毫无目的的样子，但对我们这个小岛却事事感兴趣，并去接近我的朋友们，例如佩勒·卡斯特纳、艾迪·西鲁斯和脾气暴躁的小库尔特·尼克尔。这些人之所以对我们如此感兴趣，也许是教养所曾经断言，在这个小岛上经过改造的青少年，离开这里以后，百分之八十可能不再犯罪。如果不是约斯维希因为罚我写一篇作文而把我关在这里，心理学家们也可能追在我身后，把我的经历放在他们的科学聚光镜之下，力求获得我的形象。但是，我必须加倍地补上语文课，必须交出作文来，瘦削而可怕的科尔布勇博士和希姆佩尔所长等着要。邻近的汉内弗尔山特岛也位于易北河下游，在特威伦弗莱特和维施哈芬方向，那里同我们这里一样，也关着一些难以教育、有待改造的青少年。尽管两个岛的情况一样，尽管它们同样都被油污的海水包围着，同是那些船只驶经这里，同是那些海鸥在岛上栖息，但在汉内弗尔山特岛上却没有科尔布勇博士，没有语文课，没有作文题，没有这种（说句老实话）大多数人甚至还要因此受肉体折磨的作文题。所以，我们许多人宁愿在汉内弗尔山特接受改造。海船首先从那里经过，在那里，炼油厂上空的熊熊火焰不断地向每一个人致敬问候。

我要是在邻岛上，肯定不会受罚写作文，因为我们这里发生的事情，在那里是不会发生的。瘦长的、满身散发出药膏味的科尔布勇走进教室，轻蔑而又吓人地端详着我们，等我们说了"早上好，博士先生"，他便一声不吭、不动声色地分发作文本，单是这些就够人受的。他什么也不说。我看他就像享受一种乐趣似的走近黑板，拿起粉笔，抬起他那难看的手，袖子滑到了胳膊肘，露出一条干瘪、蜡黄、至少是百岁老人的胳膊。他用弯弯曲曲、歪歪斜斜的字体，一种做作的歪斜字体把作文题"尽职的快乐"写在黑板上。我惊恐地向班里看去，看到的只是弯曲的脊背、困惑的面孔；大家交头接耳，脚在地上蹭来蹭去，个个都在唉声叹气。我的邻座奥勒·普勒茨张开他那肥厚的嘴唇，低声地跟大家一起念，他的抽风病快犯了。沙利耶·弗里德伦德尔本事最大，他可以随心所欲地使自己的脸色变白变绿，可以随时装出有病的样子，致使所有的教育员都自发地免除他的一切作业。沙利耶已经耍起他的呼吸把戏来了，尽管脸色还未变，脖子上的青筋已经在搏动，额头和上唇已经满是汗珠。我拿出一面小镜子，斜对着窗户，把太阳光反射到黑板上，吓得科尔布勇博士回转身来，两大步迈到讲台边，定了定神，要求我们立即开始写作文。他再一次举起了干瘪的胳膊，用食指僵硬地指着作文题"尽职的快乐"，为了避免大家提问，便补充说：每个人想写什么就写什么，但必须是同履行职责时的快乐有关。

对我的惩罚——将我禁闭起来写作文和暂停会客——是不公平的。他们让我悔过，并非由于我的回忆或想象不成功；他们关我的禁闭，是由于我顺从地搜索枯肠，看有没有尽责任时的快乐可写，并且一下子有那么多话涌上心头，多得我费尽力气也找不出一个头绪来。既然不是爱写什么就写什么，既然规定要写尽职的快乐，而这正是科尔布勇企望我们发现、描述、探究，以及无论如何要明确证明的，所以，浮现在我眼前的不是别人，恰恰是我的父亲严斯·奥勒·耶普森，他的制服、公务用的自行车、望远镜、风雨衣和他在刮个不停的西风中骑车行驶在大坝高处时的侧影。在科尔布勇博士催促的目光下，我立即想起，春天，不，是秋天，哦，是在某个夏日，天阴，凉风习习，父亲和平时一样，推着自行车走在狭窄的砖路上。跟平时一样，他在鲁格布尔警察哨的牌子前停下，抬起后轮，把脚蹬移到起蹬的高度，习惯地用脚蹬了两下才骑上座子，先是晃晃悠悠，接着又颠了几下，衣服被西风吹得鼓鼓的，朝通往海德和汉堡的胡苏姆公路骑了一段，在泥煤塘边上拐弯。这时，风从侧面吹来，他顺着鼠灰色的水沟向大坝骑去，经过已经掉了叶片的风磨，在木板桥后边下车，推着车走上高耸的大坝的斜坡，到达顶上。在空旷的地平线前，他显得意想不到的高大。随后他又晃晃悠悠地骑上车，像一条孤独的帆船，披着被风吹得膨起、几乎要爆炸的风雨衣，从大坝顶上向布累肯瓦尔夫行驶，而且总是向布累肯瓦尔夫行驶。他从来不忘自己的任务。当秋风把浮云从石勒苏益格－荷尔斯泰因吹到这边的天空来时，我的父亲正在公务途中。无论在使人眼花缭乱的春天，还是在雨中，无论在阴沉沉的星期日，还是在清晨或傍晚，无论在战争时期还是在和平时期，他总是在自行车上颠簸，向着自己使命的死胡同里蹬去，这条死胡同永远只引他到一个地点——布累肯瓦尔夫，阿门。

这一情景，德国最北部的警察哨——鲁格布尔农村区警察局外勤哨必须一天不停地辛辛苦苦骑自行车执勤的情景，我一下子就回忆起来了。为了替科尔布勇效劳，我还进而想起，那时，我常常系着一条围巾，坐在公务用自行车的后架子上，跟着父亲一起向布累肯瓦尔夫驶去。我总是用湿冷的手指牢牢抓住父亲的皮带，车架硬邦邦的钢条在我的大腿上留下了一道道红印。我看见自己坐在车后，我们两人迎着傍晚的浮云，行驶在大坝上；我感觉到从荒芜的沙滩上毫无阻拦地刮来的阵阵劲风，我们两人就在这阵阵劲风中从远方颠簸而来；我听到父亲因使劲蹬车而气喘吁吁，这不是由于风大而失望或者发怒，只是按着蹬车的节奏而喘息，我觉得，这喘息声中还带着暗中扬扬自得的味道。我们沿着海滩，沿着冬天黑色的大海向布累肯瓦尔夫行驶，除了倒塌的磨坊和我的家以外，再没有什么地方比这里更为我熟悉的了。这栋房子坐落在肮脏的房基上，两侧杨树成行，树冠修成尖削状并弯向东方。我在摇摇晃晃的木头门前下了车，打开门，侦察的目光扫过住房、厩舍、棚子和画室，马克斯·路德维希·南森常常从这间画室向我狡黠地、存心威胁似的眨着眼睛。

南森被禁止绘画。我的父亲，鲁格布尔警察哨的警察，一年四季不论什么天气都必须来这里检查禁令的执行情况。一旦发现南森有创作的念头就要加以制止，更不用说动手画画了；总之，警察局必须密切注视不再让住在布累肯瓦尔夫的这个人绘画。我的父亲和马克斯·路德维希·南森早已相识，我是说，他们从小就相识了，由于都是格吕泽鲁普人，他们之间不用语言就能相互了解，或许还能够了解彼此的处境，以及如果这种境况延长下去的话，这一个将给另一个带来什么结果。

至少，父亲和马克斯·路德维希·南森的会面还完好地保存在我记忆的保险箱中，因此，我自信地打开了练习本，把小镜子放到一边，试图描写我父亲骑车到布累肯瓦尔夫去的过程。不，不只是描写他骑车前往的过程，而且也描写他为南森设下的圈套，那些逐渐引起南森猜疑的简单和复杂的诡计，各种花招和迷魂阵，按照科尔布勇博士的意思，我还得描写他在履行职责时的快乐。我做不到。我没写成。我一再从头回想起，我如何目送父亲向大坝走去，他有时披着风雨衣，有时没披，在有风或无风的日子里，在星期三或星期六，但一切都无济于事。我心中太不平静，太波动，太杂乱无章；父亲还没有到达布累肯瓦尔夫，就在我眼前消失了，代替他的是一群纷飞的海鸥，一条满载的挖泥煤的旧船在风浪中摇晃，或者一个降落伞在浅滩上空飘动。

展现在我眼前的主要是那堆很旺的小火苗，它烧毁了我回忆起来的一切情景和事件，将它们烧化，化为烈焰。如果火舌卷不着它们，不能把它们烧化，使它们变作焦炭的话，那么，抖动的火苗也会把它们遮掩住。

于是，我尝试另开一个头，想象自己来到了布累肯瓦尔夫，马克斯·路德维希·南森狡黠地眨着他的灰色眼睛，帮助我整理记忆：他把我的目光引到他身上，讨好我似的从画室里走出来，穿过花园向他经常描摹的百日草走去，慢腾腾地走上大坝。天空一道沉郁而刺目的黄色，偶尔被阴暗的蓝色划破，南森拿起望远镜，向鲁格布尔方向望了一眼，拔腿就跑回家去，藏进屋里。我差不多已经找到一个头绪了，这时，窗户被人推开，南森的妻子迪特跟平时一样，递过一块点心来。许许多多往事，一下子呈现在我眼前：我听见布累肯瓦尔夫学校的一个班级在唱歌；又看见一个小小的火苗；听见父亲夜间动身的声音。外乡孩子约塔和约普斯特钻在芦苇丛中吓唬我。有人把画家的颜料扔进水坑里，水坑像鲜艳的橙子似的闪闪发光。一位部长在布累肯瓦尔夫发表演说。父亲向他致敬。挂着外国汽车牌号的大型轿车停在布累肯瓦尔夫。父亲向它们致敬。我躺卧在倒塌的磨坊中，在南森的作品隐藏的地方，梦见父亲用绳子拴着一团火，松开颈圈，并且命令这团火说："搜！"

这一切，交织在一起，盘根错节，愈益混乱，直到科尔布勇警告的目光突然向我扫来。这时，我竭尽全力整理我那纵横交错的记忆，摆脱了那些次要情节的纠缠，使一切都毫不隐藏、易于描绘地显现在眼前，特别是我的父亲和他履行职责时的快乐。我也做到了这一点，把所有关键性的人物都集合在大坝下，排成了检阅的队列，正要让他们一个个走过我面前时，我的邻座奥勒·普勒茨大叫一声，在效果非凡的痉挛中从凳子上倒下。这一声剪断了我的全部回忆，我再也开不了头，只好放弃动笔的打算，所以，当科尔布勇博士收作文本时，我交上去的是个空本子。

尤利乌斯·科尔布勇理解不了我的难处，不相信我开不了头的苦衷。他简直不能想象，我记忆的铁锚竟然没有能固定的地方，铁链绷得那样紧，却只是虚张声势地发出一阵阵铿锵声，至多从深深的河底掘起一团团污泥，因此得不到为张网捕捞往事所必需的平稳和静止。

这位语文老师惊讶地翻了我的作文本后，叫我站起来，一面稍带厌恶，一面确实疑惑不解地注视着我，要求我作出解释，而他又不能对我的解释感到满意。他怀疑我当真有回忆往事和发挥想象力的善良愿望，否认我文章开不了头的苦衷，只是说：你的样子看起来不是那么回事，西吉·耶普森。并且反复强调说，我交白卷是同他作对。他不信任我，硬说我是反抗、心怀敌意等等。由于这类问题归教养所所长负责处理，科尔布勇上完语文课便把我带进了蓝色的管理所大楼一楼楼梯旁所长办公室。这堂语文课留给我的，只是因为自己的回忆杂乱无章、捉摸不定、怎么也串不起来而感到的痛苦。

希姆佩尔所长老是穿着一件短风衣、一条过膝裤。他正被大约三十二个心理学家包围着，这些人对青少年刑事犯罪问题表现出狂热的兴趣。所长的桌子上放着一把蓝色的咖啡壶，几张不干净的五线谱纸，其中几页有他仓促创作的描写景色的简单歌曲，歌唱易北河，湿润的海风，海滩上柔中有刚的杂草，翱翔的银色海鸥，飘动的头巾，以及浓雾中的航船紧急的汽笛声。我们的海岛合唱队命中注定是所有这些歌曲的第一个演唱者。

我们走进办公室以后，心理学家们沉默地倾听科尔布勇博士向所长所作的汇报。报告的声音虽然很轻，但我仍能听到他又在重复反抗或心怀敌意这类话，为了证明这一点，科尔布勇把我的空白作文本交给了所长。所长和心理学家们交换了一下忧虑的目光，然后朝我走来，他卷起我的作文本，打了一下自己的手腕，又敲了一下自己的过膝裤，要我作出解释。我看着这些紧张的面孔，听见身后还有轻轻的咯咯响声，原来是科尔布勇正在拉自己的手指，见到一群人围着我等待解释，我真感到受罪。墙角有一个大窗户，窗前摆着一架钢琴。我望着窗外的易北河，看见两只乌鸦在飞行中争食一段软软的东西，也许是一截肠子，咽下去又吐出来，直到这段东西落在一块浮冰上，被一只警觉的海鸥叼走为止。这时，所长把一只手搭在我的肩上，几乎是友好地向我点了点头，再一次要求我，当着全体心理学家的面作出解释。于是，我向他叙述了自己的困境：我如何想起了和作文题有关的重要情节，后来思绪又如何乱成一团；我如何寻找落脚点，想要由此深入回忆，但没有找到。我向他讲了许多人物的面孔，因为挤在一堆，分辨不清，还有各种活动穿插在我的记忆中，这一切使我怎么也开不了头，怎么尝试都归于失败。我也没有忘记告诉他，尽职的快乐在我父亲身上是一贯的，因此，为了如实反映，我只好不加剪裁地描写，无论如何也不能随意选择。

所长惊讶地，甚至也许非常理解地倾听着我的叙述。而心理学家们一边低声议论，一边进一步靠近我，他们相互碰碰胳膊，讲了一些心理学术语："瓦滕堡式的知觉缺陷"，"视错觉"，特别使我反感的是，他们甚至用了"认知障碍"之类的字眼。我已经做了该做的一切，怎么也不愿再在这些一定要把我研究透的人面前说什么了——岛上的生活早已使我得到了足够的教训。

所长沉思着把手从我肩上挪开，端详着它，也许想要鉴定这只手是否还完整。他转身在来访者无情的注视下向窗户走去，望着窗外汉堡的冬天，似乎想从它那里获得什么启示和建议。突然，他向我转过身来，眼皮也不抬地宣布了他的决定。他说，应该把我带进我的单身禁闭室去，"体面地隔离起来"，不是为了悔过，而是为了不受干扰地认识写好语文作文的必要性。他给了我一个机会。

　　他进一步说明，一切干扰，例如我姐姐希尔克的来访都要禁止，我在扫帚车间和海岛图书馆的工作要免除，他特别承诺不让我受任何外来的影响，并期望我在获得同样伙食配给的情况下写出作文。他说，只要需要，可以一直保持安静。他又说，我应该耐心地去体会尽职的快乐。他还说，我应当仔细思索，让这一切一点一滴地成长起来，像竹笋或别的什么东西那样，因为回忆可能是一个陷阱，一种危险，甚至给你时间去回忆也无补于事。心理学家们注意倾听着。所长几乎是友好地摇动着我的手，对于握手，他是有经验的。随后，他让人叫来受我们喜爱的管理员约斯维希，向他交代了自己的决定，并说：孤独，西吉最需要的是时间和孤独，请您注意，这两点要有足够的保证。接着，他把我的空本子交给了约斯维希，并把我们俩打发走。我们慢腾腾地走过结冰的操场。约斯维希既忧虑又带着责备的神情，似乎决定罚我写作文这件事使他失望了。这个人除了收集古钱币、关心海岛合唱队的演唱外，对什么都不热心。他把我带进禁闭室后，就要独自去伤心了。为此，我挽着他的胳膊，请求他尽量少责备我。他没有责备我，只是说：你想想吧。他说，想想菲利普·奈夫，借此间接地提醒我，别落到与菲利普·奈夫同样的地步。这个独眼少年也被罚写作文，据说，他用了两天两夜的时间，绞尽脑汁想给自己的文章开一个头，寻找一个充足的理由——据我所知，也是科尔布勇出的作文题"一个引起我注意的人"——第三天，奈夫打倒了一个管理员，逃出了教养所，掐死了所长的狗——这件事情在我们心中留下了难忘的印象——他逃到了海滩，企图在九月里游过易北河，最后淹死在河里。菲利普·奈夫是科尔布勇灾难性活动的一个悲剧性证明，他唯一写在自己本子上并遗留下来的词是：肉瘤。人们猜想，一定是一个长肉瘤的人特别引起他的注意。不管怎么说，我来到这个专门收容难于教育的青少年的小岛后，指定我住的就是菲利普·奈夫的禁闭室。约斯维希让我想想他的命运，警告我不要重蹈他的覆辙，于是一种陌生的恐惧感，一种使人痛苦的急不可耐的情绪攫住了我。我冲到桌子前，一见桌子却又感到害怕，想顺着方才的路子回忆下去，却又担心找不到那条思路。我既踌躇又着急，既犹豫又急于想写，又想干又不想干。结果是，我冷冷地看着约斯维希搜查我的屋子，不，不只是搜查，而是给我时间罚写作文。

　　几乎整整一天我就这样坐着。如果不是航船转移了我的注意力，我可能早就开始了。船只在冬天的河流中向这里驶来，开始只闻其声，不见其影，远处低微的机器声宣告它们的到来。接着是一阵冲撞，一阵轰隆声，撞碎了的冰块，顺着铁质舷壁向后翻滚，这种捣碎的力量越来越厉害。同时，船只从地平线的铅灰色中向前滑去，颜色完全是苍白的，湿漉漉的，颤动着的，这与其说是水中的现象，不如说是空中的现象。我用目光迎接它们，伴随它们从我眼前驶过。它们带着被冰块划得遍体鳞伤的艏柱、栏杆、通风管道、油漆得锃亮的上层结构、结满白霜的肋材穿过冻冰的河。留在浮冰中的不过是一条宽宽的、不整齐的刀痕，像一条水沟，弯弯曲曲地向地平线流去，越来越细，最后被冰块淹没。寒冬易北河上的光是不可信以为真的：

灰色变为雪白，紫色不再是紫色，红色也不是原来那样红，汉堡方向的天空斑斑点点，就像满是伤痕似的。

河的对岸，不仅传来了无力的铁锤叮当声，还有一条窄窄的、肮脏的彗星尾巴似的浓雾，像一条用纱布做的旗帜展开在我眼前。离我较近的是小型破冰船"埃米·古斯帕尔"号冒出的黑烟，它悬挂在河道的正中。一小时以前，这艘破冰船用怒气冲冲的船头像铁犁一样破开闪着蓝光的浮冰。长长的烟雾怎么也落不下来，也散不开，因为严寒把一切都冻住了，都消解不了，甚至连呼吸也变成有形的了。"埃米·古斯帕尔"号两次从这里开过，它必须让冰块不停地活动，不能让它们堵塞河道，因为，冰块的堵塞将使一切活动停滞下来。

警告牌歪斜地立在荒芜的海滩上——冰块的冲撞松动了它的桩子，潮水再加一把劲，最后，海风把警告牌吹歪了。所以，水上运动员们——警告牌本来就是为他们而立的——必须歪着头才能看明白内容：禁止靠近、停留或在岛上架设帐篷。到了夏天，人们肯定会把桩子竖直，因为，特别是那些水上运动员可能不利于这些少年犯的改造。这是所长的看法，如同大家都知道的那样，也是所长的那条狗的看法。

只是在我们的车间里，各种活动的周而复始既不会减弱，也不会中断。因为他们要让我们了解劳动的好处，甚至发现了劳动有教育价值，所以，他们密切注意，不让停顿：电工车间发电机的嗡嗡声，锻工车间铁锤的叮咚声，木工车间刨子刺耳的响声，我们扫帚车间的劈和削的声音都从未停过，这一切使人忘记了冬天，也提醒我还有任务摆在眼前。我必须开始。

桌子干净，陈旧，布满发黑的各种刀痕，有方体的名字缩写和年月，各种使人回想起痛苦、希望以及倔强的那一时刻的标记。作文本摊开在我眼前，准备容纳那篇惩罚性的作文。我不能再分心了，我必须开始，必须最终打开保存着我全部记忆的保险箱，取出它们，以满足科尔布勇的要求。我必须向他证明尽职的快乐，探求它的影响，乃至它在我身上的影响；接受惩罚，不受任何干扰，直到完全证明这一切为止。我已经打定了主意。既然我要前进，就必须走几步回头路，进行选择，找出一个地点，也许就从鲁格布尔警察哨开始，或者立刻从格吕泽鲁普、胡苏姆公路和大坝之间的石勒苏益格－荷尔斯泰因平原开始更好；对我来说，在这一片土地上，只横贯着一条路，即从鲁格布尔通往布累肯瓦尔夫的路。尽管我不得不把沉睡中的往事唤醒，我却必须开始。

开始吧！

禁止绘画

　　就这样开始吧。那是在一九四三年四月的一个星期五，上午，也许是中午，石勒苏益格－荷尔斯泰因最北部的警察哨，鲁格布尔警察哨的哨长，我的父亲严斯·奥勒·耶普森准备动身到布累肯瓦尔夫去执行公务，向画家马克斯·路德维希·南森转达一项柏林作出的关于禁止绘画的决定。我们这儿的人都管南森叫画家，这个称呼从来也没有改变过。父亲不慌不忙地寻找着自己的风雨衣、望远镜、皮带和手电筒，有意慢慢腾腾地在写字台边弄这弄那——我头上严严实实地裹着一条围巾，不动声色地等着他——他已是第二次扣上自己制服上衣的纽扣了，还不断地望望窗外这糟糕的春天，听听窗外的风声。那不仅是刮风。西北风怒吼着向庭院、篱笆、成行的树木直扑过来，好似以一次又一次的骚乱和突然袭击来考验它们的坚定，并且制造了另一种景象，一种狂风大作的黑色景象：一切都东歪西倒，乱七八糟，充满不可捉摸的意义。我觉得，我们这里的风使房顶变得听觉灵敏，使树木有预言的本领，使那座破旧的风磨长得更加高大。当风紧贴地面扫过水沟时，沟水如同做噩梦一般地翻腾起来，或者当它袭击那条装满泥煤的小船时，还抢走船上形状丑怪的泥煤。

当我们这里狂风大作并出现这种景象时，你若要顶得住，就非得在衣兜里装上一些压身物不可：一包钉子，一根铅管，或者一个熨斗。这样的狂风是属于我们的，因此，当马克斯·路德维希·南森让淡灰色的线条狂舞，并加上怒气冲冲的淡紫色和冷冰冰的白色，画出了吹向我们这里、为我们大家所熟悉的西北风时，我们谁也不会对他提出任何异议。而我父亲此时此刻正疑虑重重地听着这种风声。

一道烟幕飘浮在厨房里。一道散发着泥煤香味、抖动着的烟幕飘浮在客厅里。西北风钻进炉子，弄得满屋子烟雾腾腾。这时，我父亲踱来踱去，显然在寻找推迟出发的理由。他在这里放个东西，在那里又拾起个什么来，把鞋套扔到办公室里，又把工作手册摊开来放在厨房的餐桌上。他总能找到点什么理由来推迟履行他的职责。最后，他不得不气恼而惊讶地承认，在他身上产生了一种新的情绪，他违背了自己的意志，已经变成了一个照章办事的乡村警察，为了执行自己的任务，除了那辆停靠在棚子里锯木架旁的公务用的自行车外，什么也不缺少了。

就在这一天，可能是因习惯而产生的一种表面的工作精神迫使他终于动身了，不是由于热心勤奋，也不是出于职业的乐趣，更不是因为落到他肩上的那桩任务。他像平时一样行动起来，显然只是由于他一身制服、全副武装的缘故。每次出发前，他和家人的告别总是老一套，总是走到光线暗淡的门廊上，侧耳听听动静，向着关上的门叫一声：再见！没有人搭理他，他也并不感到惊讶或失望，而是满意地点点头，好像人家已经应了他似的。他一边点头一边拉着我向门口走去，到了门槛前，他又回转身，做了一个像是告别又不是告别的手势，紧接着一阵风吹来，把我们拽出门外。

一出大门，他立刻耸起肩膀抵挡迎面扑来的阵风，低下脸——这是一张干巴巴的、毫无表情的脸，每一个微笑，每一个怀疑或同意的表情，都是非常缓慢地浮现出来的，因此显得特别意味深长，尽管有过片刻的迟疑不决，所以，从表面看，他似乎对一切都理解得很透彻，但是太过迟缓——弓着身子走过院子。一股风正在院子中央旋转，卷着一张报纸乱舞，卷着报上的消息——非洲大捷，大西洋大捷，回收废铁取得决定性的胜利——乱舞，把报纸吹得皱皱巴巴，最后贴在我家花园的铁丝网上。父亲走进敞棚，边喘息，边把我抱上自行车的后架子。他一手扶车座，一手扶车把，把车子转了身，推到砖石小路上，在指向我家红砖房、写着"鲁格布尔警察哨"的一头尖的牌子前停下，把左脚蹬勾到正好起蹬的位置，骑上车，穿着在两腿间夹了一个夹子、被风吹得鼓鼓的、紧绷绷的风雨衣，向布累肯瓦尔夫方向驶去。

到磨坊，甚至到树篱在风中摇晃的霍尔姆森瓦尔夫这一段路是顺利的，只要顺着强劲的风，他就像帆船一样被吹动着向前行驶。但是，当他转向大坝，弯着身子推车走上大坝以后，他立即就像《骑自行车游石勒苏益格－荷尔斯泰因》这幅宣传画上的男人一样了。一个意志顽强的旅行者，动作僵硬，弯腰曲背，臀部离开车座，使人一眼就

17

看出了他的艰辛，而为了探寻故乡的美，他不得不如此艰难地向前行驶。这幅宣传画不仅表现出了这种艰苦，而且还向人们说明，当你骑着自行车在大坝顶上行驶，从侧面吹来的西北风使你随时有摔倒的危险时，需要怎样的灵巧性。此外，这张画还让人明了在大风中骑自行车时身体必须保持的姿态，使人感受到在德国北部地平线上获得的体验。画上用一道道白色线条表示风力的走向，为有真实感，还在大坝上画了一群羊作为点缀，这群羊傻乎乎的，羊毛蓬乱，也目送父亲和我一路驶去。

由于对这幅宣传画的描写，自然就变成对我父亲在大坝上向布累肯瓦尔夫行驶的景象的描写，所以，为了使这幅画更趋完整，我还想提一提大黑背鸥、小黑背鸥、红嘴鸥，还有那罕见的"市长"鸥。这些原来用以装饰画面的海鸥，由于印刷时的疏忽，变得模糊不清了。它们分布在这个精疲力竭的骑车人周围，好像晾在空中的一块块白抹布。

父亲总是在大坝顶上，沿着浅草丛中这条褐色的、狭长的必经之路，顶着阵阵凛冽的寒风，低垂着蓝色的眼睛行驶——今天，他也是如此，怀里揣着那张叠得整整齐齐的命令，不慌不忙地行驶在大坝顶上。别人会以为他的目的地不过是那个木板盖的、刷成灰色的"浅滩一瞥"酒店，到那里喝上一杯热甜酒，和老板兴纳克·廷姆森握手，或许还交谈几句。

我们却没有走那么远。在还没到酒店的地方——这家酒店是靠大坝上两座可以通行的木板桥盖起来的，它的形状总使我联想起一只把前爪搭在墙上、往墙外探头望的狗——我们就转弯，稳当地疾驶到大坝脚下的小路上，由此拐进两旁杨树成行的通往布累肯瓦尔夫的很长一段斜坡，尽头是一扇对开的白色木门。紧张的情绪在增长，期待的心情更加强烈——在我们这里，要是有人于四月间在这样强劲的西北风中穿过眼前这幅真实的画面，走向明确的目标时，心情总是如此。

父亲缓缓地用自行车撞开了木板门，门像叹息似的发出吱吱声，我们骑了进去，经过废弃不用的、铁锈色的厩舍、水塘和敞棚。父亲骑得很慢，似乎是想让人家提前发现我们的到来。他紧挨着住宅窄长的窗户骑过去，临下车前向由住宅扩建出来的画室扫了一眼，随后把我像包裹一样地抱下地，把自行车推到了屋门口。

在我们这里，谁要是走进一户人家，不到门口就会被人发现，因此，我不必提醒父亲去敲门，或者在昏暗的过道里客气地喊一声，我也用不着去描写越来越近的脚步声或者由于我们的到来而引起的惊诧。我只需等他推开门，把手从风衣中伸出来，立即感到被另一只温暖的手握住了，一上一下地摇着，接着只说了一声：日安，迪特！因为就在我们飞速驶下大坝时，画家的妻子就已来到了门口。

她穿着一件粗布的连衣裙，那样子活像一个荷尔斯泰因农村厉害的算命女人。她在我们前面走着，在昏暗的过道中摸到了客厅的门把，打开门，请我父亲进去。父亲先把风雨衣上夹在大腿间的夹子松开——每次他都得劈开大腿，弯曲膝盖，摸索半天才用两个手指捏住夹子——从头上脱下了风雨衣，把制服上衣扯扯平，把我的围巾松开一点，推着我走进了客厅。

南森家在布累肯瓦尔夫有个非常大的客厅，虽然不算太高，却十分宽敞，并且有好多扇窗户。这间客厅至少可以容纳九百来个参加婚礼的客人，或者容纳包括老师在内的七个班级，尽管四周摆满了豪华的家具：刻有古体字年月日的沉重箱子、桌子和柜子，它们高傲地站立在那里，并且由于专横跋扈的形状才被长久地保存下来。就连椅子也是不寻常地沉重，也显出专横跋扈的样子。我真想说：你们这些东西应该老老实实地待着，少在那里装腔作势。粗笨的暗色茶具——南森家管它叫维特丁瓷器——放在靠墙的架子上，已不能再用，只配扔掉，但是南森和他的妻子非常宽容，自从他们从老弗雷德里克森的女儿手中买下了布累肯瓦尔夫以后，对这座房子没有作什么变动或者变动很少。老弗雷德里克森是个怀疑成性的人，他在一个大柜子边上吊自杀之前，为了保险起见，还切开了自己的动脉血管。

家具摆设原封不动。厨房里也没怎么变动，各种平底锅、罐子、瓶子和水壶都严格按老样子摆在那里，老掉牙的碗柜里放着珍贵的维特丁盘子和大得有些吓人的汤碗和盆。就连床也放在老地方，古板、窄小的木板床，夜间就在这么点地方睡觉，真是寒碜透了。

父亲站在客厅里，他早就该随手把门关好，向特奥多尔·布斯贝克博士打个招呼。博士总是独自坐在那条沙发上，那个大约长达三十米的硬邦邦的怪物上，他既不读书也不写字，只是坐在那里等着，多年来一直专心一意地等着。他穿得整整齐齐，带着神秘莫测的、准备随时承受一切的神情，好似他所等待着的变化和消息随时都可能到来。

在那张苍白的脸上，人们什么也看不出来，这就是说，不论有何听闻，他都有意小心翼翼地不在脸上露出任何表情，就像被洗刷掉了一样。但是，不管怎样，我们早就知道，他是头一个展出画家作品的人。自从他的展览室被查抄和关闭以后，他就住在布累肯瓦尔夫。他微笑着向我父亲迎来，向他问好，还跟他打听外面的风力有多大。他也朝我笑了一笑，又坐回原处去了。画家的妻子问我父亲说，严斯，你要喝茶还是喝点酒？我看还是喝点酒吧。

父亲挥了挥手，说道，免了，迪特，今天都免了吧。他不像往常那样坐在靠窗子的椅子上，不像平时那样喝点什么，不像往日那样诉说自己的肩膀疼——这是他有一次骑自行车摔了一跤后引起的——他也没有介绍鲁格布尔警察哨所管辖和了解的案件和案情的细节，譬如马把人踩成重伤、非法屠宰牲畜和农村的纵火案等等。他甚至没带来鲁格布尔的问候，也忘记打听画家收养的外乡孩子们的近况。免了，迪特，今天免了。

他不肯坐下来，用指尖摸了摸贴胸的口袋，由窗户朝画室望了一眼，默默地等候着。迪特和布斯贝克博士看出，父亲是在等候画家，闷闷不乐，甚至不安，这是就我的父亲所能表现出的不安而言，无论如何他必须办的那件事使他不能无动于衷。他的目光有些茫然——每当他受到打击、不安或激动，并以弗里斯兰人的方式流露出来时便是如此：他好像盯着谁却又没有看着对方，他的目光一碰上对方就立即避开，抬起来，又扫向别处，就这样，使他自己同别人保持一定的距离，避免别人向他提出任何问题。当他几乎不情愿地穿着那套不合身的制服，目光茫然若失，神态不知所措地站在布累肯瓦尔夫这间大客厅里时，他的样子决计没有任何威胁性。

这时，画家的妻子在他身后问道：有什么与马克斯有关的事情吗？当父亲点点头，只是僵硬地点了一下头时，布斯贝克博士走了过来，挽起迪特的胳膊，战战兢兢地问道：是柏林来的决定吗？

父亲听了一惊，但仍然有些犹疑地转过身去，看着这个身材矮小的男人。布斯贝克似乎对自己的提问感到歉意，他似乎对一切都感到歉意。父亲没有回答，因为他不再需要回答，而他们俩，画家的妻子和他的老朋友用沉默来向他表明，他们已经明白了，并且知道我父亲带来的是怎样的一个决定。

迪特现在当然可以问一问我父亲那项使命的详细内容，而我父亲，我想，也愿意，甚至可以轻松地回答她。然而，他们并不要求他再说什么。大家在一起站了一会儿，布斯贝克就自言自语地说：现在也轮到马克斯了，我奇怪的是，事情为什么不像别人那样来得早一点。当他们决定在沙发上坐下时，画家的妻子说：马克斯在作画呢！他就在花园后边的水沟旁边。

这番怒气冲冲的话是在对我父亲下逐客令了，于是我父亲除了离开客厅以外，没有任何余地。他耸了耸肩膀，表示他自己对这项使命感到遗憾，他个人和这桩事情没有任何关联。他从衣架上拿下自己的风雨衣，捅了我一下，我们俩就走出了大门。

他慢腾腾地沿着无遮掩的房子正面走去，与其说是充满自信，不如说是十分烦恼。他推开了花园的小门，站在靠篱笆的避风处，活动着自己的嘴唇，像排练似的念某些单词，甚至整个句子；每当一次会见比平时更需要语言时，他经常如此，或者总是如此。随后他穿过松了土、收拾干净的苗圃，经过花园里的草顶凉亭，来到环绕着布累肯瓦尔夫的水沟旁，沟里满是芦苇，沟水平静，更显出这个住地的孤寂。

马克斯·路德维希·南森站在这里。

他站在没有栏杆的木桥上，在一处避风的地方作画。由于我了解他工作的特点，所以，不愿突然地打断他的工作，便让父亲拍拍他的肩膀。我想推迟这次会见，因为这次会见并不叫人喜欢。我还必须提到的一点是，画家比我父亲年长八岁，比父亲个子小，却比父亲机灵，对自己不能控制，可能更为狡黠和执拗，尽管他们俩都在格吕泽鲁普度过了自己的青年时代。格吕泽鲁普，天哪！

他戴着一顶帽子，一顶毡帽，戴得很低，压住了额头，帽檐的那点阴影刚好能盖住他灰色的眼睛。他的大衣十分破旧，背后已经磨破了，这就是那件有几个无底洞似的口袋的蓝大衣。有一回，他吓唬我们说，要是我们这些孩子影响他作画，就把我们装进他的口袋！无论是在室内还是在室外，天晴还是下雨，他一年四季都穿着这件蓝灰色的大衣，没准儿睡觉时还穿着它呢！总之，他跟大衣是二位一体。有时，在某些夏日的晚上，当沉沉的阴云密布在浅滩上空时，人们会以为是那件大衣，而不是画家本人漫步在大坝上检阅地平线呢！

未被大衣遮住的只有一截皱皱巴巴的裤子，式样很老但是很贵的矮靿皮鞋，鞋上镶着一条窄窄的黑麂皮。

我们见到他时，他总是这一身打扮；这回父亲见到他时，他也是如此。父亲站在篱笆后面，我想，要是他用不着像这样站着，至少没有这桩差事，衣袋里没有那一纸命令，更没有任何对过去的回想，他一定会很满意。父亲端详着画家。他不是紧张地、不是按职业习惯注意地端详着他。

画家正在作画。他正在画那个风磨，那个已经倒塌、没有叶片、一动也不动的四月里的风磨。风磨在转盘上微微抬起了身子，就像一朵短茎的已经枯萎的花，一朵即将凋谢的十分抑郁的花。马克斯·路德维希·南森把它画成了另一种模样，把它移到了另一个时节，另一个环境，另一种昏暗朦胧的天地中，而他的整个画面便是这种色彩。每当画家工作的时候，他嘴里总是念念有词；他并不是自言自语，而是同站在他身旁的、只有他才看得见、听得着的巴尔塔萨①聊天，争吵，有时还要用胳膊肘捅他一下，因此我们虽说看不见巴尔塔萨，却能听见这位肉眼看不见的鉴赏家突然的呻吟，即使不像是呻吟，那也像是咒骂。我们站在他身后的时间越长，也就越相信有个巴尔塔萨存在，我们必须承认他，因为他那粗粗的呼吸声和因失望而发出的啮啮声吸引了我们的注意，也因为画家没完没了地同他交谈，听信他，但随即又感到后悔。现在，当父亲端详着他时，画家还在和巴尔塔萨争吵；巴尔塔萨被囚禁在画里，在许多图画里可以看到，他身披一条紫色的毛茸茸的狐皮，

---

① 《新约·马太福音》中提到有几个从东方来的博士，被巨星引导去伯利恒见刚降生的耶稣基督。在后来的传说中，博士的人数演化为三位，巴尔塔萨是其中之一。

斜着眼睛，长了一嘴橘红色的胡子，像一个煮着的橙子正在滴汁。尽管如此，画家还是很少注视他，他全神贯注地工作着，双腿微微分开，腰部扭动着，前后左右地活动着；头略微有点歪，忽而从肩上抬起，左右摇摆，忽而低下去，像要冲撞什么似的；他的右胳膊好像非常僵硬麻木，因为他活动右臂时相当艰难，似乎要花极大的气力才能动上一动；尽管这只起决定作用的胳膊显得少有的僵硬，但画家的整个身子却都在活动。

他用自己身体的姿态明确无误地证明，他刚刚所画的一切是可信的。倘若他在风停的时候用介乎蓝和绿之间的颜色画出风来，人们就可以听到想象中的空气的流动和风磨叶片的拍打声，甚至他大衣的边角也在飘动，要是他嘴里叼着一个烟斗，那么，冒出来的烟也平直地被风刮走——至少我今天回想这一切的时候，便觉得是这个样子。

我父亲踌躇不定，心情压抑地看着南森在那里作画。他站在那里，直到觉得身后有目光从那幢房子，从刚刚离开的客厅里盯着我们时，我们才缓缓地沿着篱笆向前走去。那目光仍然追随着我们，我们不得不钻过篱笆的窟窿，随后走上那座没有栏杆的木板桥，站在边沿上。

父亲向水沟望去，在漂着的芦苇叶和浮着的水藻之间看见了自己，当画家向旁边迈出一步，向那一潭静止不动，偶尔泛起几丝涟漪的水中看去时，也发现了我父亲。在水沟黑色的镜子中，他们彼此注意到了对方，也认出了对方。谁知道呢，也许当他们彼此认出对方的同时，闪电般地勾起了回忆，而恰恰是这种回忆把他俩联结在一起，永远不会割断。对往事的回忆把他们带到了格吕泽鲁普那个破破

25

烂烂的小码头，他们坐在那里的石阶上钓鱼，在闸门上跳来跳去，或者在捕鱼捉蟹的小船已经褪色的甲板上晒太阳。但是，当他们俩在水沟的镜子中认出了对方时，他们无意之中想起的不一定是这些，更可能的是他们仅仅回忆起那个阴沉沉的码头。那是在一个星期六，当时只有九岁或十岁的父亲，从滑溜溜的泄洪道闸门上掉进了水里，画家一次又一次地潜入水下，终于抓住了父亲的衬衫，把他拽出水面。为了要从一个夹缝中钻出来，画家还折断了一个手指。

他们互相走近，在上面，也在下面；在沟里，也在桥上；在水中，也在绘画架前，伸出手来，跟平时一样相互致意。随便地叫着对方的名字问候：严斯？马克斯？当马克斯·路德维希·南森又转身去作画时，父亲把手伸进了贴身的衣兜，拿出了那封信，用两个手指抚平了它，踌躇着，在画家的背后思忖着该说些什么来把这纸公文交给他。可能他在想，把这封盖了图章、签了字的禁令不声不响地交给他，必要时说明一句：这是柏林方面给你的。他一定希望，这样一来，画家首先就得自己去读那封信，免得他问那些不必要的问题。当然，如果能把这件事交给那个独臂的邮差奥柯·布罗德尔森去干，那就最好不过了。但是这条禁令必须由警方递交，我父亲是鲁格布尔警察哨长，这件事还得由他来负责，而且他还得告诉画家，将由他来负责监督这条禁令的执行。

他把这封没有封口的信放在手中，犹豫不决。他看看风磨，看看那幅画，又看看风磨，看看画。他不由自主地走近了画家，现在又从画看到风磨，从风磨看到画，又看到那掉了叶片的风磨，他要寻找的，却再也找不到了，于是他问道：你在画什么呢，马克斯？画家走到一边，指着画纸上风磨的伟大朋友说：我在画风磨的伟大朋友，还给灰绿色的山涂几块阴影。这时我父亲也注意着风磨的伟大朋友，他静静地从地平线下升起，呈褐色，一个慈祥的老头儿，留着胡子，也许有点神奇，一个模样亲切但却没有思想的东西正变成一个巨人。他那褐色的被地平线下的落日映红了的手指张开着，似乎要把自己刚装上去的风磨叶片立即轻轻地推动起来，他要把自己脚下那躺在死一般的灰色中的风车转动起来，越转越快，越转越快，直到它把黑暗削成碎片，依我看，直到它画出一个晴朗的白天和更加美好的光明来。风磨的叶片能做到这一点，这是肯定无疑的，因为老头儿的脸上已经露出了迟钝的满意的神情，这使人们看出，老头儿习惯于用迟钝的动作来获得成功。风磨旁的水池子尽管被画成紫色以表现一种怀疑情绪，但这种怀疑是站不住脚的，风磨的伟大朋友以自己坚定不移的爱使这种怀疑失去力量。

父亲说，这一切都过去了，风车再也不会转动了。画家却说：明天就会开始转动起来的，严斯，你等着瞧吧，明天我们就可以碾罂粟，让它冒出烟来。他中断了自己的工作，点燃了烟斗，摇晃着脑袋，盯着自己的这幅画。他一眼也不瞧地把烟袋递给了父亲，根本不问他是否要装烟斗，随即又把烟袋装进了他那取之不尽的大衣兜里，并且说：这里还缺少一点怒气，是吗，严斯？还缺少一点深绿色——怒气，然后，风车就可以转动了。

父亲手里拿着那封信，拿信的手挨着自己的身子，要

27

是时机合适，他就把信抽出来，他本能地躲躲闪闪，因为他不相信自己能够确定哪个时机是合适的。他说：没有风来推动风磨，也没有怒气，马克斯。画家说：它会为我们转动的，你等着，风磨的叶片明天就会转动起来。

要不是画家强调说出了最后的那句话，父亲也许还要犹豫得更久。突然，他不顾一切地伸出胳膊，把信递给他，一边说了这样的话：马克斯，这里有一封柏林来的信，你得马上看。画家不在意地从他手里接过信，放进了自己的大衣兜里，然后向我父亲转过身子，把手放在他的肩膀上，把父亲使劲推向一边，眯着眼说：走吧，严斯，只要巴尔塔萨在风磨里，我们就可以走。我有一瓶日内瓦酒，喝了它，每只手都会长出第六个指头来！日内瓦酒，我的天啊！不是荷兰来的，是瑞士来的，瑞士一个博物馆的朋友送给我的。走，到画室去！

但是，父亲不愿意去，他用食指指了指画家的大衣口袋说：这封信。他停了一下，又说：你得马上看这封信，马克斯，是从柏林来的。由于光凭口说不起作用，他向画家走近了一步，弄得那座桥和那条通往房子的路都变窄了。画家只好耸耸肩膀，拿出了那封信，似乎为了使警察哨长满意，还看了一下寄信人，平静而轻蔑地点点头说：这些白痴，这些……然后迅速向父亲看了一眼，父亲的目光使他十分惊异。他把信从信封里抽出来。他站在木板桥上读起来，慢慢地把它读完后——很慢很慢，我看是越读越慢——把信又塞进了衣兜里，浑身痉挛着，眼睛看着别的地方。他的眼光越过大风中的原野，一直射向那座风磨，似乎要问问它该怎么办。他瞧着纵横交错的沟渠，被风吹得乱七八糟的篱笆，大坝和那座似乎很自负的楼房，他之所以总是瞅着别的地方，就是为了不去看我的父亲。

父亲说：这可不是我想出来的。画家说：这我知道。——我也无法改变这一切，父亲说。画家说：这我也知道。他把烟斗在鞋后跟上敲了几下，又说：我什么都明白了，除了那个签字，字签得很不清楚。——他们要签字的东西太多了，父亲说。画家怒气冲冲地说：他们不相信，他们自己都不相信这些，这群傻瓜！禁止绘画，禁止工作，没准儿还得禁止吃喝！签署这种东西不能把自己的名字写得太清楚。他歪着头，似乎为了肯定自己的信心而去看着风磨的伟大朋友，这位呈褐色的朋友几乎就要能干地办成这件事了：不是今天就是明天，就得让风磨的叶片嘎嘎地转动起来了。父亲在他这样观察着这幅画时，用常有的口气说：禁令在你接到通知后就生效了，信上是那么写的吗，马克斯？画家奇怪地说：是那么写的。父亲小声地，但却叫人一听就明白地说：我是说，立即生效。这时，画家立即收拾了自己的画具，一个人，没有鲁格布尔警察哨长的帮助就收拾起来。他也并没有指望谁来帮助他。

他们一前一后钻过了树篱，迈着僵硬的步子走过了花园。

他们走进了在客厅旁边扩建出来的画室。按照画家的愿望：上面开天窗，地面平平的，各种古老的柜子、塞得满满的书架、数不清的临时搭的铺板组成了五十五个犄角旮旯。我有时以为画家的那些滑稽可笑或叫人害怕的创造物都躺在铺板上睡觉呢：比如那黄色的算命人，兑换银钱的人，传道少年，土神爷，还有那绿色的狡猾的市场商人，等等。睡在那里的还有斯洛文尼亚人和在海边跳舞的人，当然还有在地里被风吹弯了腰的农民。我从来没有数过画室里有多少铺板。凳子和帆布折叠凳的数目使我猜想，大概画家用幻想塑造的那些会发光的人都围坐在这里，其中还包括那帮懒洋洋的有罪的金发女人。他把箱子当桌子，把果酱瓶和式样端庄的罐子当作花瓶来使用。他的花瓶多得要用整整一个花园的花才能插满。而我每次来到画室的时候，总是看到这些花瓶里插满了花，每张桌上都有一束鲜花，光彩夺目，像要赢得来人的欢心一般。

门对面，水池子边的一个角落里，有一张架起来的长桌子，这是个陶器作坊，上方的架子上还有晒干了的塑像和各种各样尖尖的脑袋。

他们进了门，把画具放在一边，画家从木箱里拿出日内瓦酒来。我父亲刚坐下又站起来，脱掉风雨衣，重新坐下。他看着客厅那边窄小的窗户。窗户略向外拱，因此，把一切都遮掩得严严实实。箱子里的锯末被画家弄得沙沙响，光亮的包装纸被撕碎了，什么东西被扔在画室的地板上发出了响声。画家取出了一个酒瓶，高举着，冲着光线看了看，然后用大衣把瓶子擦干净，又冲着亮看了看，感到非常满意。他把酒瓶放下，敏捷地从架子上拿起了两个酒杯，两个厚厚的、绿色的长柄酒杯，笨手笨脚地，无论如何也不及平时那么稳当地给两个杯子都倒满了酒。把一个杯子推到父亲面前，要他干上一杯。

一杯下肚以后，画家说，不是真的，严斯。父亲证实说：天知道，马克斯，天知道。画家又倒满了两杯酒，然后把酒瓶放到很高的架子上，只有费很大的劲才能把它再拿下来。两人默默地对坐着，相互注视着，却又不是互相提防。他们听着外面的风怒吼着刮过房顶，吹进旁边的烟筒，从上灌到下。在外面的院子里，风把一群麻雀刮上了天，让它们加入了别的飞禽行列。屋顶上的阁楼和风信旗也不能使它们安定下来。有一股煤火味从外面飘来。他们熟悉这种味道，放心地解释道：这是荷兰人在烧泥煤。画家不吭声地用手指了指酒杯，他们一饮而尽。然后，我父亲站起身来，全身被日内瓦酒弄得暖暖和和的，在屋子里走来走去，从桌子走到墙角的书架前，眼光落在《皮埃罗检查假面》这张画上，又移到《小驹的傍晚》和《卖柠檬的女人》这两幅画上，接着又转过身来，回到桌子边——最后，他才意识到自己想说些什么。父亲做了一个手势，不是指着某一张画，而是指着所有的画说：柏林要禁止这些。画家耸了耸肩膀说：还有别的城市呢！还有哥本哈根，苏黎世，还有伦敦和纽约，还有巴黎！父亲说，柏林就是柏林。他接着又说，你说说这是为什么，马克斯？他们为什么这样要求你呢？为什么一定要你停止绘画？画家犹豫着。也许我话说得太多，画家说。父亲问道，说话？画家说，用颜色说话，颜色总是要表达点什么的，有时甚至提出主张。谁懂得色彩的含义呢？父亲说，信里还有别的内容，说到了有毒什么的。——我知道，画家苦笑着回答，停了一会儿，又说：他们不喜欢有毒的东西。但是有一点毒是必要的。为了说明，他掐了一朵花——我想，那是郁金香——他用手指把花瓣一片片地弹下来，就像伟大朋友弹着风磨的叶片那样，故意用食指把那朵花弄得光秃秃的，又把那根花茎高高地扔上去。接着，他看了一眼架子上的酒瓶，却没有把它取下来。父亲意识到，自己还欠南森一点什么，所以他说：这一切不是我想出来的，马克斯，你可以相信我。禁止你从事自己职业的命令与我无关，我只是传达一下而已。

我知道，画家说，这群疯子，似乎他们并不知道，禁止绘画是不可能的。他们也许可以用多种办法来禁止各种各样的事情，但禁止不了一个人绘画。早在他们以前很久就有人尝试过。他们只消查一查就知道：对于不受欢迎的画从来就没有什么防范的办法，发配充军，挖掉眼睛，都没用，就是砍掉了手，人家还用嘴画呢！这群傻瓜！好像他们不知道，还有肉眼看不见的画存在呢！

画家坐在桌子边，父亲围着桌子转来转去，他不再往下问了，只是说：禁止绘画可是个决定，也已经通知你了，马克斯，事情就是这样。画家说：是的，柏林的决定。他紧张地盯着父亲，坦率地渴望知道一切，他的目光再也不肯从父亲身上挪开，似乎想强迫父亲说出画家早就知道的那些话，而父亲在解释时感到为难的神情也没能逃过他的眼睛。父亲说：我，马克斯，他们命令我监督禁止绘画令的执行情况，你也应该知道这一点。

让你？画家问道。父亲说：让我，我负责这件事。

他们相互瞧着，一个站着，一个坐着，有一刻，两人默默地揣度对方，也许在琢磨相互了解的程度，考虑今后如何打交道等等。至少他们都在问自己，从现在起，如果两人在这儿或那儿相遇，那么，自己究竟得同什么样的人打交道？我觉得，他们这样相互揣度着打量对方的神情，重现了画家的一幅画，它题为《篱边二人》。在这幅画上，两个老人在橄榄绿的光线下抬起头，发现了对方；他们站在一篱之隔的两个花园里，可能早就相识，可是在这一特定的瞬间，突然怀着提防对方的心理，互相瞧着。不管怎么说，我觉得，画家本想问点别的什么，但却不得不问道：你，严斯，你怎么来监督呢？父亲已经听不出这问话里亲切的含意了；他说：你等着瞧吧，马克斯。

这时，画家也站起身来，把头微微一歪，看着我父亲，似乎已经知道他会干出什么来。父亲感到是应该穿上风雨衣的时候了，他劈开两腿，夹上夹子。这时画家说：我们都是格吕泽鲁普人，是吗？父亲头也不抬地回答说：我们是格吕泽鲁普人，我们也不能改变自己的性格。——那你就监视我吧，画家说。事情就得这么办，父亲说着向马克斯·路德维希·南森伸出手去，画家一把握住，一直走到门前也没有松开。在通往花园的门前，这两只手才放开。由于被画家紧紧挤着，父亲贴在门边，他看不见门把，估计在髋部附近，但几次都没摸着，最后好不容易摸到了，便马上拧开，一心只想赶快离开画家。

风把我们拽出了门槛。父亲不由自主地抬起手臂，伸出去，在西北风向他袭来之前，就侧过肩膀来挡风，并一直向自行车走去。

因为风大，画家使了好大的劲才把门关上。他走到对着院子的窗户旁。他可能想看看，或者说他已经不得不看着父亲和我在大风中离去。也可能，他头一次想要确切知道父亲是否真正离开了布累肯瓦尔夫，因此，他伫立窗边，看着我们费劲地蹬车而去。

我估计，迪特和布斯贝克博士也一定在看着我们的背影，一直盯着我们到红白色的自动航标灯前。这时，迪特会问：发生什么事了吗？画家头也不回地说：发生了，严斯负责监督禁令的执行。——严斯？迪特一定这样问。画家说：格吕泽鲁普的严斯·奥勒·耶普森，他直接负责这件事。

海鸥

　　有人通过门上的窥孔在窥视我。我立即就感觉到了，因为针刺一般的疼痛在背上窜来窜去，这说明，在我不停地写着的时候，有一种探究的，可以说，冷冷探究的目光通过窥孔在观察我。当我写到画家和父亲对饮的时候，我第一次感到有人在观察我。射到我脖子上那一长道折磨人的目光就此不再离去，就像有细沙子硌着我的皮肤一样。我听见了禁闭室门前轻轻的脚步声，警告声，还有半抑制的欣喜的呼声，因此我猜想，通风的楼道里至少站着二百二十个心理学家，他们急切地想从我和我的作文中得到启示。

　　他们从窥孔里看到我当时的神情姿态，一定非常激动，以致有几个人自发地、无法抑制地叫出了所谓"布尔策尔征兆"或"客观性并发限"之类的话来。如果我不设法强行结束这种状态的话，也许长长的行列直到现在还在窥孔前慢慢挪动，我脖子上的难受劲和背上针刺般的疼痛也还在作祟。我把电灯光聚拢在小镜子上，出其不意地反射到

35

窥孔里。光线把窥孔打扫得干干净净。只听见外面一阵阵的怪叫声，乱糟糟的警告声，然后是急促的脚步声，这队人马乱糟糟地离开了走廊。我感觉背上轻松了，疼痛感也没有了。

我满意地写着自己的作文，还在桌旁活动了几下身体。这时，一把钥匙插进锁眼，门开了，约斯维希还是那么懊丧，一进门就不声不响地伸手向我要作文，要语文课的贡品。这是希姆佩尔或科尔布勇，多半是希姆佩尔所长派他来要的。我又惊讶又害怕，自然又遇上他那责备的目光。可是，受我们喜爱的管理员只是要我注意易北河上的晨曦，并说：把东西拿来，这样你就可以出去了。他说着拿起我的作文本，窝在手中，用大拇指一页一页地捋过去，确信我不是什么也没干。

他说：好啦，西吉，该做的事情都能做成了，就是写作文也是如此。我觉得，他的声音满含着慈父般的满意之情。他赞赏地把手放在我的肩上，微笑着，点着头。他说我整整写了一夜，还预言所长准要表扬我。他怀着感激的心情看着我，要把我的作文本拿到管理所大楼去。他刚往门口走去，我就叫住了他，并且向他要回我的作文本。受我们喜爱的管理员用一副不理解甚至怀疑的神情看着我，把卷起的作文本攥得紧紧的，高高举起，并说：西吉，交了作文，对你的惩罚也就结啦！

我摇摇头，并说：罚我写的作文才刚刚开个头，《尽职的快乐》眼下还没写到正题，别的没什么。一切都不过是刚刚开始。

卡尔·约斯维希翻了翻我写的头一章，数了一下页数，怀疑地问我：你写了一夜还没有写完？我说：我刚写到乐趣的产生。他又有点生气地接着说：难道要那么长时间吗？我说，这种乐趣延续的时间很长。另外，对待惩罚的态度不是要严肃认真吗？他同意这一点。他说，如果惩罚有效果，改造也就能成功。可不是吗，我说。你知道我对你寄予了什么样的希望吗，他说。我知道，我说。你还欠我一篇写成功的惩罚性作文，他说，因此，你必须待在这间禁闭室里，直到你写完这篇作文为止。你将一个人吃，一个人睡。什么时候回到我们中间来，由你自己决定。

然后，他提醒我，不要忘记希姆佩尔所长给我的任务，而且重复说，作文是不限期的等等。最后，他把作文本还给我，并给我去取早点。走前，他怀着诚挚的同情心问我：使你苦恼的那些事情很糟糕吗？

那是尽职的快乐，我说。

我感到遗憾，他用几乎听不见的声音说，很遗憾，西吉。他不由地把手伸进了衣兜，拿出了两支皱皱巴巴的烟卷和一包火柴，飞快地把这一切塞到我的床垫下面，毫无表情地说：禁止在室内抽烟。——明白了，我说。

他走了。早饭以后，我一直站在钉着栅栏的窗前，看着易北河上的晨曦，被冰覆盖的流水，看着大型拖船和"埃米·古斯帕尔"号破冰船如何按一个式样剪裁冰块，这些冰块很快又变成了别的形状。浮标在冰块的撞击下歪斜了。在库克斯哈芬方向，天空呈现出灰土色的透明体，在透明体的旁边，一片预示着一场大雪的云朵正在形成。炼油厂上空小小的、被撕裂了的火苗在越来越大的阵阵狂风中弯着身子。风越来越强，越来越猛，它把造船厂铆钉锤的响声吹到了我的耳边。

在我们车间，在海岛图书馆——掏手提包的专家奥勒·普勒茨接替了我在那里的工作——人们早就开始干活了。这些并不使我感到烦闷，我并不想回到朋友们身边去，我连沙利耶·弗里德伦德尔也不想念。他谁都能模仿，什么都学得像，无论是声音还是动作，比如科尔布勇的声音和希姆佩尔的动作。我就想待在这里，一个人独自待在这间禁闭室里。它对我来说，就像是一块上下摆动的跳板。他们把我送到了这块跳板上，而我必须从这上面跳下水去，又潜上来，再潜下去，一次又一次，直到把一切都捞上来，把我记忆的多米诺骨牌捞上来，放在桌上，一块一块地拼起来。

又一艘油船往易北河的下游开去，这已是早饭后的第六艘了。船名叫"基舒·马路"或是"库施·马路"，管它呢，反正它会到达目的地的，就像"克莱·贝·纳帕西斯"号和"贝蒂·俄特克"号一样。这些船高耸在水面上，螺旋桨在空气中拍打着，把河水搅得像冰水汤一般。它们要开过格吕克施塔特，开过库克斯哈芬，我想，将在海岛的地平纬度上，几乎在我们这个岛的地平纬度上，沿着这条必经之路向西驶去。

但是，我并不想加入它们的行列，在德黑兰或加拉加斯登陆。我不能让潮流或情绪来改变我的航向，我必须遵循我的航线，这是一条规定了的航线，它通往鲁格布尔，通往记忆的码头，一切都堆积在那里，一切都已准备就绪。我的货物在鲁格布尔，鲁格布尔就是规定的码头，至少是格吕泽鲁普，因此，我不能任意航行。

现在，缆绳扔到的地方，一切都执意向我涌来，一切又都可靠地再现了：我让一片平原在我眼前展开，在上面剪了几道水沟和阴暗的渠道，架上了几座荷兰水闸，在人工的土丘上放了五个风磨，我站在家里的敞棚下就能看见它们——其中也有我最喜欢的那个掉了叶片的风磨——还在风磨和粉刷成锈红色与白色的房屋周围，放了一条大坝，就像一条保护它们而弯曲着的胳膊一样。在西边我还放了一座红顶灯塔，让北海冲打着防浪堤——那里，正是画家从自己的小屋中观察着北海的浪涛翻滚而来，拍打堤岸，泛起泡沫，涤荡一切的地方——现在，我只需要沿着羊肠般的砖石小路走去，鲁格布尔便呈现在我眼前，这就是说，首先让"鲁格布尔警察哨"的牌子出现在我眼前。我常常站在这块牌子下面，等着我的父亲，有时也等着我的外祖父，很少在那里等我的姐姐希尔克。

一切都老老实实地听我支配，平原，耀眼的阳光，砖石小路，泥煤塘，钉在一根褪色木桩上的牌子；一切都宁静地从海底的昏暗处漂浮上来，各种脸庞，弯腰的树，狂风停歇后的下午；一切都回到了我的记忆之中，我又赤着脚站在牌子下望着画家，或者说望着画家的大衣歪斜地在大坝上飘舞，费劲地向半岛走去。这是我们北方的春天，空气带有咸味，风也特别寒冷。我又藏在一辆破旧的、没有轮子的、两根辕朝天的架子车上，等着我的姐姐希尔克和她的未婚夫，他们一会儿就要到半岛去捡海鸥蛋。

我向他们苦苦哀求，要他们带我到半岛去，但是希尔克不肯。什么都得希尔克说了算。她说：这不是你干的事。于是我蹲在架子车破旧的车板上等着他们出发，然后偷偷地跟在后面，尽可能不被他们发现。父亲坐在家里那间从不允许我进去的窄小的办公室里，正用他那种圆形字体写报告。这时，母亲把自己关在卧室里，在那年糟糕的春天里，她常常如此。也就是在那年春天，希尔克头一回把自己的未婚夫带到家里来；他叫阿达尔贝特·斯科沃罗纳克，她管他叫"阿迪"。我听见他们走出家门，从车子的板缝中看见他们走过我身边上了小路。希尔克以她那副惯于发号施令和永远有理的样子走在前面，而他呢，总是拖着僵硬的步子靠后一步。当这两人在嚓嚓作响的雨衣声中向砖石小路走去，然后头也不回地向大坝前进时，没有手指钩着手指，谁的胳膊也没有搂住对方的腰，谁也没有用捏对方的手来打暗号进行交谈。他们就这么走着，似乎知道有人盯着他们而顾虑重重，两人的许多动作都一模一样，竭力装出一副专门去捡海鸥蛋的样子。他们的脊背不自在地直挺着，脚步沉重，仿佛穿了铅制的鞋一样，两人避免任何接触，其原因都是由于家里卧室的窗帘在轻轻地飘动，忽而被掀起，忽而落下来，忽而又被急促地拉开了。

我清清楚楚地知道，她就站在那儿。我也知道，她在向下边看，满脸不高兴地在那儿生气，高傲地噘着嘴，那张微红的脸板着，一动也不动。吉卜赛人，她只轻轻地、神色仓皇地对父亲说过，那是在她听说阿迪·斯科沃罗纳克是个音乐家，手风琴手，也在希尔克当招待员的汉堡太平洋饭店工作之后。自从她说过他是吉卜赛人以后，古德隆·耶普森，我的母亲，我生命的支柱，就把自己关在卧室里了。

我一声不响地趴在架子车上，太阳穴紧贴车板，一个膝盖弯曲着，看着窗帘，又倾听着向大坝、向海滨远去的声音。我等到卧室窗后再也没有动静，再也听不见任何声音时，便爬起来，跳下车，一溜烟跑到路边的水沟里，斜着身子在沟沿的树丛中追踪他们。

希尔克提着篮子。现在她微微弯着身子，似乎在准备起跳，准备一下跳出我们家的圈子。她那双用白粉刷过的鞋，在红砖路上闪闪发光。在家常常披着的长发，现在塞进了大衣的领子里，由于没塞下去，也没有塞紧，长发又一大绺一大绺地滑了出来，因此，从后面看，她好像没有脖子，脑袋就像一个压扁了的球一样。她长了一双八字脚，两条腿靠得很近，硬邦邦的小腿肚太往里歪，常常使她走路失去重心，有时小腿肚还互相摩擦，碰来碰去，但是希尔克感觉不到，她也从来没有感觉到过，或许因为她走起路来就像在日常生活中或在执行什么计划时一样不顾一切，全凭一股盲目的劲头。真像个蚂蚁，我想说，像个红蚂蚁。她一次也没有回头看过，不想使自己更有把握一点，简直无所顾忌。而阿迪，这个手风琴手，却越走越快，有时还回过头来仔细瞧瞧，走起路来有点犹豫，有点下不了决心的样子，而我必须得估计到，或者被他发现，或者他突然想干一些比捡海鸥蛋更来劲的事情。他双手揣在大衣袋里，还抽着烟，因为他冻得慌，大风把小块抖动的浮云吹过他的肩头。有时他跳几下，或者转过身来一边背着风走几步，一边使劲地把身子缩进雨衣里，于是我能看见他那张苍白的、极为粗糙的脸。这张脸似乎只能做出一种表情，那就是他向人问好时那种知足容忍的表情，当他发现母亲不请他坐下，当希尔克把他拽到邻居那儿，别人连一句话也不问他时，他还是这个样子。谁也看不出他有什么痛苦，也不能从他身上知道他有什么欢乐，他对什么感到恐惧，因为他只露出这种愉快的容忍的表情。他就是以这种表情出现在我们家中，并且永远印在我们的记忆里。

但是，我现在不能把他们丢在大坝后面，我必须盯住他们，就像当年那样地跟踪他们：我弯着腰挨着水沟的树丛，侧着身子躲在水闸后面，然后放心地藏在一条不易被人发现的芦苇带中，最后到了离坝顶还差一点的地方，他们回头看时，我只要蹲下来，就不会被发现。他们横越坝顶的地方，正是父亲在无数次驶往布累肯瓦尔夫的途中，推着自行车向上走的地点。他俩在上面一刻也不停留，不像一般人那样总要欣赏一下大海的景色，而是立即飞快地下坝，奔向海边一条沿着加固堤、随着大坝弯曲延伸的小道，走过"浅滩一瞥"酒店，直抵半岛。

在这里，他们俩停下来了。两人靠得紧紧地站着。希尔克的一个肩膀靠在他的胸脯上，用手指着北海，我可看不出那儿有什么引人注目的。她又伸出胳膊缓缓地画了一个弧形，似乎要把整个北海连同它的贝壳、波涛、水雷和黑暗海底全部失事的船只都送给阿迪。阿迪用一只手搭在我姐姐的肩膀上。他吻她。然后从姐姐的手中拿过她的篮子，使她能拥抱他。但是，希尔克并没有拥抱他，而是说了些什么，他也接着说了几句，全身的姿势十分紧张，还指着半岛上沙石闪亮的顶端，似乎也要把北海的一部分送给我姐姐，估计有一个半平方公里那么大。

海水拍击防浪堤的石头，一直飞溅到他们身上，泛泡沫的细水柱从石块的缝隙中喷射出来，接着又哗啦啦地退下去，堤外海面上有一片含雨的乌云，像一艘挂着上桅帆、下桅帆和主帆的大船，被风吹着向这边移动而来。这一切显然引起阿迪说了些什么，我姐姐也回答了他几句，大笑着身子往后仰，阿迪只好像警察似的一把抓住她的胳膊，拉着她沿着肮脏的小径走去。

　　紧挨着小径有一条潮水线，那里有马尾藻、枯萎的慈菇和乱石，与这条线平行的，还有许多过去留下的潮水线，因为每一次大潮水下落以后，总要留下一条长长的痕迹，一条让人怀念的印记，它体现了大海在冬天所显示的力量，或者说，大海在冬天的盛怒。每次潮水卷上来的东西都不同，这一次可能把冲洗成白色的海底植物连根卷到岸上，另一次则把软木和一个砸碎了的兔子窝推了上来。那里有一团一团的海藻、贝壳、撕碎了的渔网和像古怪的女人长裙似的暗褐色植物。我的姐姐和手风琴手走过这些东西向半岛而去。他们并不上坝到"浅滩一瞥"酒店去，而是在海边走着，现在他们手牵着手，脸颊灼热，飞溅的浪花不断落在他们身上。半岛平坦地伸向北海的地方，可以看到泛泡沫的浪峰，就像一层羊毛；海浪从黑色的远方滚滚而来，在浅滩上撞得粉碎，像野火一般，泛着泡沫，忽上忽下，不断发出哗哗的声响。

　　半岛像一个尖尖的船头立在大海中，徐徐上斜到一片起伏的沙丘，上面没有树木，只是长满了坚硬的海草。海鸥就在那里栖息。每年春天，海鸥就在飞禽站的小屋和画家的小屋之间筑起寒碜的巢。画家的小屋在一座沙丘的脚下，四周光秃秃的，朝大海方向是一扇窗户，低矮，但却十分宽大。

现在，我在酒店的遮掩下在坝顶上走着，希尔克和手风琴手阿迪已从我的目光中消失。阿迪可能是按照我姐姐的愿望把手风琴背到我们家来了。每当他动手去拿那个银制的或许镀银的有"A.S."①字样的手风琴时，母亲就满脸不高兴地默默离开房间，如果不是这样的话，他肯定会演奏些什么的。我父亲也会请他演奏一支自己喜爱的曲子，我也愿请阿迪演奏一首歌，但是我母亲显然不能忍受，于是，这个沉重的手风琴也就只好放在希尔克的房间里。我早就在考虑，找个晚上在我那破旧的架子车上偷偷试它几下。

我站在酒店木制的平台上，从两扇观赏风景的大窗户之一向厅里望去，那里只有一个黑黝黝的男人坐在一张空桌子旁，向我伸出舌头，似乎要把那个装着啃过的鲭鱼刺的烟灰缸向我扔过来。我赶紧低头从窗下溜走，又回到大坝的树丛中，希尔克和她的未婚夫正在我的斜前方。他俩一前一后地走在防浪堤的石头上，一直走到陆地下斜的地方，跑到了半岛平坦光亮的海滩上。当他们又手拉手在漂浮上来的木头和海藻之间穿过沙堆向大海走去时，当他们在孤寂中向沙丘走去时，人们完全可以把他俩当作是阿斯姆斯·阿斯姆森的小说《大海的火花》中的一对情侣——蒂姆和蒂内。

不，这是不可能的。因为蒂姆不会担心北海上空那一片含雨的乌云，特别是他不会像阿迪似的冻成那个样子。当一只蓝背鸥像一发白色的炮弹，发出尖利的鸣叫，猛一拐弯向他俯冲过去的时候，蒂姆也绝不会像他那样吓得低

① 阿迪姓名的缩写。

头弯腰的。阿迪见海鸥向他冲过来时，不仅吓得弯下了腰，而且拔腿就跑，因此，他没看见海鸥就在他的头顶上突然停止了俯冲，并被风吹到了安全的高度，在那里发出了刺耳的警告声，发泄它的满腔愤怒。每次都是这样开始的，总是由一只海鸥先开始进攻，一只蓝背鸥，或短尾鸥，或黑帽鸥。我们海岸的海鸥是绝不会自愿把蛋给人的。它们进攻。红的眼睛，黄的喙。在飞行中俯攻。

我猜想，手风琴手还从未经历过这种场面。两百万只海鸥突然发出尖叫声飞向空中，犹如一片银灰色的云彩悬挂在半岛上空，它们呼啦呼啦地像发了狂一般愤怒地飞上飞下，像一片白云一样来回移动，拍打翅膀，组成各种队形。同时，海鸥的羽毛像白色的雨点一般落下来，或者，也许这样形容更好：绒毛般的白雪填满了沙丘上的低凹处，又松软，又暖和。毫无疑问，要是我姐姐和她的未婚夫愿意的话，可以在这上面睡觉。当我这么描写时，我的心怦怦地跳个不停。

当海鸥从它们寒碜的窝里飞到天上，又组成了一个新的喧闹的天空时，我就从大坝上朝海滩跑去，藏在一只砸坏了的鱼箱后面。在空中的阵阵怒叫声下，我屏住呼吸躺下，手中紧紧攥着一根棍子。必要时，我就用它砍掉一只蓝灰色的潜水鸥的脑袋。也许我只打掉它一个翅膀，把它带回家去教它说话。

海鸥早就发现了我，它们像一片白云在我的头顶上盘旋，愤怒地扇动翅膀。当又笨又大的"市长"鸥像重型轰炸机那样寻找一定的高度时，机灵的短尾鸥则紧贴着海滩盘旋着，愤怒地向我冲过来，带着嗖嗖响的气流，在我面前一个急转弯，笔直向大海飞去，在那里又排成新的进攻阵式。

我一跃而起，拿着棍子在头顶上飞快地转着圈，就像有人——可是像谁呢？——挥舞一把剑使自己在雨中不被淋湿那样，边舞边打地离开了海滩，以风驰电掣般的速度跟着潮湿的海滩上绝无仅有的两行脚印跑去。

在不惹人喜爱的蛋窝里，有各种颜色的海鸥蛋，蓝绿色的、灰色的、黑褐色的。我使劲在那些蛋窝之间跑了短短一截路之后，就又见到他们两人了。

阿迪死过去了。他仰面躺在地上。一只黑背鸥，或者十只小黑背鸥和九十只高贵的海燕把他弄死了。它们把他啄穿了，啄透了。我姐姐跪在他的身旁，神态自若，冷静沉着，反正没有任何怨恨地解开了他的衣裳。她掌握、计划、规定着一切，就是忍受不了迟疑和踌躇。她低下头，把脸紧紧挨着阿迪的脸，搂抱他，躺在他身上，她还真行：阿迪的腿开始微微抽动，他举起手来，肩膀在痉挛，身子挣扎着。

我什么都忘了。我向那些俯冲着、抱怨着的海鸥挥舞棍子，跑到他们那里，跪在地上，看见阿迪紫红色的脸在抽搐，嘴巴紧闭，牙齿咬得咯咯响。他手指弯曲，大拇指紧紧捏在手中，汗水使他的皮肤闪着亮光。当他张开嘴的时候，我发现他的舌尖满是伤疤。

让他去，姐姐说，别动他。她没有时间对于我突然出现在身边感到惊讶。

她扣上了阿迪的衬衣，羞怯地抚摩他的脸，既不激动也不害怕，只是有些羞怯。我看到，阿迪在她的抚爱下逐渐平静下来，叹息一声，站起身子，微笑中还有些胆怯。当他见我挥舞棍子不让海鸥飞近他身旁时，便向我打了个招呼。

我的棍子一会儿往这儿打，一会儿往那儿打，那些向这里进攻的海鸥惊呆了，停止了俯冲。我这样乱打，装得好像没有时间去听姐姐准备对我进行的指责。我在为阿迪战斗。我打得海鸥不敢飞近我们周围。我迈开进攻的步伐，来回跳跃，用手做投掷动作来抵御海鸥。这时希尔克赶紧往篮子里捡海鸥蛋，阿迪则站在那里发呆，用手揉着脖子，他的脖子令人意想不到的苍老，我敢说，上面满是皱纹，有点像一张皮革。

海鸥突然改变了策略。它们似乎已经注意到，佯攻达不到目的。现在只有几只神风鸟，主要是黑背鸥，张开脚蹼和珊瑚红的嘴，展开像容克87式飞机的翅膀，还在向这里俯冲。这只是几只不了解情况的迟到者，因为别的海鸥已经组成了一片浮云压在我们头上，在那里用拍打翅膀和叫喊的声音来向我们进攻。既然俯冲无济于事，它们就用叫声来吓跑我们。各式各样刺耳的叫声钻进了我们的脑子，钻进了我们的骨髓，使我们起了一身鸡皮疙瘩。

阿迪笑眯眯地捂着耳朵。希尔克弯着腰往篮子里捡海鸥蛋，斜落下来的海鸥屎一次又一次地命中她的身子。我仍然挥舞着棍子，只是为了使落下的羽毛飞舞起来。我的棍子有时在鸟的身体和翅膀间起落。有一次，我打中了一只大黑背鸥的头部，但它却不往下坠落，不肯落在我的脚下。我无法把这些激动的海鸥组成的天空捅个窟窿。我无法吓唬住它们，也不能使它们安静下来。海鸥又吵又闹，但是，我们却顶住了这股喧闹声。

有一次，一只海鸥啄了一下我的腿，我没有打着它，就把一个海鸥蛋朝它扔去，落在它的背上，破碎的蛋黄给它涂上一个黄色的国徽标志，于是它飞到巴西去了。

阿迪赞赏地向我点着头。他看见我击中了海鸥，便走到我面前，让我钻进他的雨衣里。因为从海上已经开始吹来一阵阵大风，把海草吹得躺在地上，把沙子一片片地刮起来，打在我的光腿上。

他喊希尔克，她还在那里兴致勃勃地捡蛋。阿迪指给她看大雨将临的阵势，指了指北海。大海似一根弧线，现在缩短了，更加阴沉了，被一道白幕遮掩住了，这道白幕被风吹着向我们这边移来。眼前的海水在闪亮发光，风从波峰里拽出闪烁的浪花。

别捡了！阿迪叫着，但是我姐姐没听见，也许她听见了，只是要把篮子捡满。于是我们慢慢地跟在她后面，这就是说，我在海鸥之间杀出一条通往她的道路。我在阿迪的雨衣里待得很舒服，我只能从一条缝隙里往外看和打。我感到他身体的温暖，听见他快速的呼吸声，也感觉到他表示好感而轻轻按了按我的肩膀。

别捡了！他又叫着。因为风突然停止，雨开始下起来了。隔着茫茫暴雨看去，她的身影显得又小又远，她弯着腰在并不惹人喜爱的蛋窝之间跑着，直到一道闪电在海上跃出，或者说，撕裂海空。闪电在黑暗的地平线前爆发出来，接着是一阵绝妙的，我想说，使人愉快的雷声越过北海滚滚而来。这时我姐姐才站起身来，看看大海，又看看我们，伸出胳膊指着一个目标就跑起来，朝里歪的小腿肚十分碍事。我们只好跟着她，向她所指的目标跑去。

海鸥轰然飞起。它们张着嘴随时准备自卫。当我们越过沙土，穿过沙丘谷，翻过沙丘去躲避暴风雨的时候，一阵发狂的叫声像瀑布一般向我们袭来。风又刮起来了，鲁格布尔春天的雨水朝我们打来。沟渠太窄了，容不下那么大的雨水，草地被灌满了，牲畜只见骨头的屁股上乱黏着的干枯的冬菠菜也被洗了个干净。

我们这里一下雨，大地就不再那么坦荡，不再一望无边，大雨似悬挂着的薄幕，遮住了人们的视线。一切都变得那样低矮、短小，或者说，像个黑黑的圆球一般。要想到谁家屋檐下去避避雨，那没用，因为雨是不会停的，只有一觉醒来，你才会愉快地感到雨停了。要是光下雨，我们还可以舒舒服服地走回家去，我是这么打算的，但是暴风雨，还有海上划破长空的闪电和雷鸣，强劲的海风赶着我们在沙丘上奔跑。在这种恶劣天气的压力下，我们不是在走，而是一脚一陷地在沙丘的湿土上踉跄着，一直跟在希尔克后面。她现在正往画家的小屋那边跑着。她跑到以后，立即打开了门，没有把门关上，在被大雨阴影遮住的门洞里等着我们，向我们招手，要我们加油，直到我们也赶到了她的身边。她把我们叫进了小屋，关上门，满意地吁了一口长气。

门闩，画家说，你得把门闩插好。姐姐用拳头把门闩捶上了。我们水淋淋地站在画家的小屋里。

我马上从阿迪的大衣里钻了出来，绕过画桌，走到了宽大的窗户旁。像从前有那么一次那样，向窗外望去；像从前有那么一次那样，等着看澎湃的海涛浮起一具死尸，一具飞行员的死尸，海浪把它抛到岸边，又把它卷了回去。画家也许知道我在凝望着什么，因为他笑着说：暴风雨，今天只有暴风雨。

我常常陪他到小屋去。在他观察波浪掀起或下落、观察天上的浮云或海上主宰一切的光线时，我就坐在他身边的画桌上。有一次，我们俩一起发现了那具飞行员的死尸。他久久地抓住坐在桌子上的我，观察那缓缓地漂浮着、滚动着、听凭摆布的尸体，它似乎在倾听海涛的节奏，自己也微微起伏着，懒洋洋地翻滚着。看了好半天，我们最后才跑了出去，把那死去的飞行员拖到岸边来。

只有暴风雨，他在昏暗中微笑着说，然后，拿出了一条大手绢，擦干了我的脸。而我却还在片状的波涛中搜索，依他的看法，我不够安静，因为他再次命令我：安静点，安静一会儿吧，维特－维特。他是唯一这么称呼我的人，为什么不能这么称呼呢？维特－维特是海滩上弯嘴滨鹬发出的急促而忧虑的叫声。这种鸟叫不出别的声音来，画家也想不出用别的什么来称呼我。总之，他是这样叫我的。只要有维特－维特的叫声，我就回头，或者向他靠近些，或者保持安静。马克斯·路德维希·南森擦干了我的头发、脖子和大腿，又把大手绢递给了希尔克。她也开始到处擦，用手捏着湿透的长发往外挤水。狂风从海上一阵阵刮来，在门外掀起了一阵骚乱。现在，一只海鸥也看不见了，这些空中卫士一个也看不见了。大海泛起泡沫，闪着光，我弯着身子歪着头，瞧着泛泡沫和闪光的海水，把大海当成天空，把昏暗的天空当成大海。当我抬起眼睛，转过身子时，我发现了她。

约塔不声不响地坐在柜子旁，一动也不动。她盘着腿坐在地上，双手放在怀里，两条瘦腿劈得开开的，把连衣裙绷得很紧。我看到，她在微笑，只是回答着阿迪那困惑和不知所措的微笑。我有些诧异，看看这个，又看看那个，看看约塔那张瘦削的、爱嘲弄人的猎犬似的面孔，又看看阿迪直挺挺地、不知所措地站在那里。像一个使人惊异的穿着连衣裙的娃娃，她的全部使人惊异之处，就在于她是一个脖子细长，大腿细长，还有一双转动得很快、什么都想试一试的眼睛的十六岁女孩。这就是约塔，这个姑娘嘴上说的，从来就不是她心里想的。自从她的父母——也都是画家——死后，画家就把她和她年幼的、野蛮的弟弟约普斯特收容了下来。从此，她就在布累肯瓦尔夫到处迷人。

不管怎么说，我想把他们彼此相识的这场哑剧弄明白，我想说点什么，可是我姐姐已经开口了：把身上擦擦，阿迪，雨水很凉。她说着就把手绢塞到了他的手里，以她那种爱发号施令的态度用胳膊肘把他推到一边，阿迪莫名其妙地看着她，但还是默默地顺从地动手擦身上的雨水。当阿迪用这块大手绢擦着身子时，希尔克对画家说：这是阿迪，我的未婚夫，他来这儿做客。画家笑着指了指角落说：这是约塔，她跟她弟弟住在我们这儿。于是希尔克和约塔握了握手，阿迪和画家握着手。我和约塔握完手以后，阿迪也跟她握手。我突然想起我还没跟马克斯·路德维希·南森握手呢，我正要这么做，希尔克也突然想起她还没有跟画家握手，于是也把手向画家伸过去。如果不是画家要从架子上取烟斗，走到了我们中间，我还差一点跟希尔克握了手。

我希望这场雨马上过去，希尔克说。这是暴风雨，画家说，不是一般的雨。——你活该，希尔克对我说，你干吗要跟着我们。我说：我全身都湿透了。我看到男人们如何惊异地用高兴的赞赏的神态在我头上彼此交换了一下目光。阿迪递给画家一支烟，画家举起烟斗示意拒绝。画家点燃了烟斗，走到小屋的窗前，向着窗外的大风，向着海上的一片黑暗望去，可能那里出现了唯独画家那双有耐心的灰色眼睛才能捕捉到的情景。我已经学会当他沉浸地观察看不见的过程、动作、现象时去观察他，我也熟悉他和巴尔塔萨聊天或争吵时的神态。我只要观察就够了，根本用不着追随画家的目光便能了解，他的全部注意力都已集中在那些梦幻般的人物身上了，他的眼睛唤醒了一切：雨王、造云神、海浪上的行人，风神和雾神；风磨、海滩和花园的伟大朋友，只要他的目光与它们交谈起它们委屈而神秘的生活时，它们就都升起，显现在他眼前。

他抽着烟斗站在窗前，凝视着滚滚的波涛，眯缝着眼，歪着头像要冲撞什么似的。这时，约塔不声不响地从黑暗中走了出来，微笑时露出了她的大门牙，又开始向阿迪提出一些奇怪的问题。

这时，我听见希尔克在笑。她手里摇晃着一张画纸。她趁画家不注意就从画桌上的夹子中抽出了这张纸。什么呀？我问。你过来，她说，你来呀，西吉。她看着那张画，又笑了起来。你怎么啦？我问她。她把那张画纸摊在桌上，抚了抚平，问我说：你认得出是谁吗？知道吗？

海鸥，我说。全是海鸥，开始的时候，除了海鸥以外，我什么也没看见。一只向下俯冲的，一只下蛋的，还有一只在飞行巡逻的海鸥。不久我就发现，每一只海鸥都戴了一顶警察的帽子，帽檐上是一个鹰徽。光这些还不算，所有的海鸥还都长得像我父亲，都长着鲁格布尔警察哨长的那张长长的、昏昏欲睡的脸，它们的三爪脚上都穿一双小小的像我父亲那样带绑腿套的皮靴。把它放进夹子里，画家用犹疑不定的声音说。但是希尔克不干，希尔克哀求说：把它送给我，好吗？送给我吧！画家又说：我说了，放到夹子里去。当希尔克不理会地要把画纸卷起来时，画家从她手里把画拿了过来，放进了夹子，说：这张画你们不能拿，我还需要它。然后，他把夹子放到自己跟前，夹子上放了一管旧的颜料。这张画的题目是什么？希尔克问。

还没想好，画家说，可能叫《红嘴鸥在巡逻》，我还不知道呢。

那我就不要了，希尔克突然说，你为什么不画我呢？你答应过我，画我或者阿迪。来，阿迪，姐姐抓起未婚夫的胳膊，使劲把他推到画家面前，做了一个手势，无疑是说：这人比任何同类的男人都好画。不行，画家说。为什么？姐姐问道，为什么不行？我手烫了，画家说。希尔克问道：真烫了吗？画家点了点头说：要长期烫坏了。

暴风雨来到了我们半岛。电光像操练步伐似的一闪一闪，海风阵阵，雷声隆隆。我看到，画家的小屋在沙丘脚下变得十分渺小。在暴风雨的袭击下，我能听到木板在叹息，地板在颤抖，窗户玻璃上的泥灰在往下蹦。在我们这里，海上来的暴风雨司空见惯。

暴风雨在我的脑海里并没有留下什么，姐姐说的话却给我留下了深刻的印象。她说：这间木屋很长时间没有打

53

扫，需要有人来收拾一下。雷电闪过时，她这么说着。别人办不到的事，她准能成功。希尔克一眼就发现了一把藏在角落里的扫帚。她根本不问是否有人反对就脱下大衣，把凳子推到一边扫了起来。她准备把沙土扫到一个角落里，于是把我们都赶到画桌旁，从门那里开始扫起来。她把凳子摞在一起，把扔得到处都是的东西放在书架上，把那个没人用的酒精炉子上的土掸了掸。她从容不迫地忙来忙去，觉得这个小屋太窄，不能让她大显身手，因而犹豫了半天，不想把凳子搬回原地，因为搬回去就意味着她的工作结束了。

约塔微笑着坐在一张木制的折叠床上，她的两颗大门牙在那里闪亮，她一直看着阿迪，而阿迪则窘迫地推推这个，弄弄那个。他想说点什么，想着最好能把一只脚踩在那把匆匆挥动的小扫帚上，踏上它——我是那么猜的——但是他一味地沉默，顺从地听着希尔克的指挥。

我还记得外面突然有人敲小屋的门，暴风雨中有人敲门，那一瞬间可把阿迪吓了一跳。我现在还记得他那恐惧的神情。我们大家为难地互相望着，犹豫着，尽管阿迪就在门边站着，最后还是画家拉开了门闩，把门打开了。门闩刚一拉开，大风就把门吹得碰到了墙上。

我的父亲站在门口，背后是灰色的沙丘，他身上的披风飘动着，闪电把他照亮，在他身上跳跃着，闪动着。在我眼里，他是一个行动迟疑的怪物，一个笨拙的雨怪，他久久地不让我们知道他想干什么，因为他不打算进屋来，只是煞有介事地站着，似乎拿我们的不安来取乐，可是他突然没有语调地说：西吉？

这儿呢，我说着马上跑到他身边。他从风雨衣中伸出一只手，抓住我的手腕，把我拽出门外，一声不响地转过身去，拉着我在暴风雨中走上了大坝。

没有责备，也没有吓唬。我只听见他轻轻地喘着气，感到他生气地紧紧攥着我的手腕，我们深一脚浅一脚地走过沙丘，走上他放自行车的大坝。父亲一句话也不说，我一声也不敢吭，因为我害怕，我在深深的恐惧中知道，等待着的将是什么，说什么也不会使情况有所变化。于是，我痉挛地坐在车梁上，紧紧抓住车把。他推着车，骑上去，在暴风雨中，在从侧面吹来的阵风中驶下大坝，一次也没有下车。我知道，走这条路要花多大的力气，注意力要多么集中。我听见他在我脑袋边上喘气，也听见他顶着迎面扑来的阵阵劲风使劲蹬车时发出的呻吟。当他把我拉出画家的小屋时，要是骂我两声该多好，就是打我一下也行啊。要是这样，一切就会轻松多了，我也就习以为常，不这样害怕了。但是，这一路上，父亲沉默不语，他用沉默来惩罚我，用沉默预先宣告他要惩罚我。父亲就是这个样子，一切都要事先预告，有所准备，决不搞突然袭击。如果他出于职业的原因要对什么事情进行干预，他总是先打招呼说：注意，我现在要干涉啦。不打招呼的时候很少。

我们无言地驶下大坝，越过砖石小路回到家里。在台阶旁，他让我跳下车，用食指一挥，命令我把车推到棚子里去。我回来后，他又抓住我的手腕，拖着我进了家门。他一边走一边脱风衣，避免看我的眼睛，似乎害怕自己的满腔失望或愤怒的情绪会提早爆发。他跟在我后面走上楼梯，进了我的房间，屋子里电灯亮着。自从我哥哥克拉斯把自己弄残废并被他们抓走以后，我就独自住在这间屋子里。四周的墙壁和窗台都属我所有，我还有一张可以拉开的桌子，桌上铺着一幅亚麻布的蓝色海图，各种最惊险的海战都在这张海图上进行。我甚至还有一把钥匙可以锁上房门。房间里亮着灯。我从门缝里看见灯光，立刻就知道，是谁笔直地站在我房间的柜子旁。她的发髻梳得又紧又古板，嘴唇撇着。我在门外想象着母亲高傲而又死板的神情，因此，父亲打开门后，我毫不惊讶地站在门槛上。他一把将我推进房间。他看着古德隆·耶普森，等她开口，她一动也不动，就像从远方看着我一样。他等了半天才说：他来了。然后，他赶忙斜穿过房间，用询问的目光看着母亲，从我的床底下拿出了一根棍子，又询问地看了我母亲一眼，然后又回来，说：把裤子脱下来！我知道他要这么说，但我并没有在他下令前就把裤子脱掉。我脱下裤子，交给他，看着他细心地把裤子抖平了放在桌上。我还没有弯腰，还等着他发出命令：弯腰！我把手掌放在发抖的大腿上，第一板还没打下来，我就飞快地站直了。

　　他满脸不高兴地——我甚至觉得奇怪——放下棍子，寻找着母亲的目光，似乎由于我的不顺从而在向母亲道歉，母亲却一动也不动。棍子又举了起来，我弯下腰，把湿漉漉的屁股绷得紧紧的，咬紧牙关斜眼看着母亲，这一回棍子还没下来我又飞快地站直了。我放松地走了两步，按了按屁股，走回来，在一直还高高举起的棍子下弯下身子。这一回我下了决心挨一棍子，可是，在这一棍嗖的一声落下来之前，地板上的钉子松动了，螃蟹夹住了我的小腿根，信天翁啄着我的脖子，这时候真是什么辙也没有，我只好跪在地上啜泣起来。

母亲没有想到我会是这个样子，她从呆滞中苏醒过来，垂下双手，对我的惩罚无所谓地、不再感兴趣地离开了房间，走前还用厌倦而蔑视的目光看了我一眼。父亲惊愕地看着她，也许还想把她拦住，在她身后唠叨几句，但我母亲已经走到了外面的走廊上，回到了自己的卧室，用钥匙把门锁上了。

父亲耸了耸肩膀，有点不好意思地看着我，也好像没有什么兴致了。我可找到机会了：我啜泣着向他微笑，还想试着跟他眨眨眼睛，就像一个干了坏事的人脱险之后，跟自己的同伙眨眼睛一样，但我没有弄成，却扮出一张鬼脸来。而父亲瞅了瞅自己的怀表。毫无兴致地抓起了我的衬衣，把我拖到桌子跟前，小心翼翼地把我的上身按到桌子上。我轻轻地挣扎着爬起来。他又把我按下去。我又起来，他在我的脖子上打了一巴掌，打得我趴在桌子上。我又微微挣扎着爬了起来。我的脸下是亚麻布的蓝色海图，上面是茫茫大洋。每当我模仿着打那些大海战时，我总梦想自己统治着这汪洋大海：我在这里进行过勒班陀海战、特拉法尔加海战；我在那里打了斯卡格拉克海战、斯卡帕湾和奥克尼海战以及福克兰群岛的战役。而现在，船帆落下了，战船沉没了，我在梦想的胜利的海洋中遭到了灭顶之灾。

我没有料到，第一棍子就让我疼得发烫，因为他打的时候兴致不高，或者说有点不耐烦，所以第一棍子打下来后，我的屁股就产生一道热辣辣的伤痕。我挣扎着爬起来，父亲用左手把我按下去，按到那充满痛苦和屈辱的深深的大海里，同时，他的右手高举棍子，嗖的一声打下来，虽然够狠的，但却是出奇地心不在焉。每挨一棍子，我就发出一声干巴巴的、夸张的喊叫声，父亲不时地倾听着走廊里的动静，盼望着母亲出现，他希望用我的喊声来抚慰母亲失望的心情。

父亲觉得，我挨打的叫喊声既然传到待在卧室的孤寂与冷漠中的她的耳朵里，那她就不能无动于衷。于是，他不停地回头，听听有没有动静。我的父亲啊，你永远是个执行者，无懈可击的履行职责的人！我的母亲却不再出来了。即使我还发出一声短促的窒息的叫喊，即使这喊声对她来说是新鲜的，她也不再出来。这显然使父亲感到沮丧，因此，最后几棍子只是机械地落了下来。当我回头看时，他就用棍子示意让我到床上去了。

我上床趴着。他用棍尖拨我的下巴，非要我抬头看他不可。透过模糊了眼睛的泪水，我看到他已经精疲力竭，情绪懊丧，但他似乎想要掩饰这种种样子，便提高了嗓门问我：你有什么好说的？为了使他不再重复这个问题，我赶紧回答说：有暴风雨的时候得在家待着。他点了点头，满意了，把棍子从我的颏下收了回去。有暴风雨的时候，你得在家待着，知道吗？你母亲要求你这样做，我也要求你这样做：有暴风雨的时候——在家待着。

然后，他从我的身子底下抽出了一床被子盖在我身上，无所事事地坐在我那张海图前的椅子上，歪着头听外面的动静，一副百无聊赖的样子，因为现在没有人派他的差，而没有差使他只是半个人。像这样安安静静懒洋洋地待着，他也并非毫无训练，在平安无事的冬天，他能久久地对着炉子发呆。要是让他去执行一个一目了然、明白无误的任务，他就会毫无疑问地把自己从这种状态下解脱出来，竭尽全力地去考虑问题和提出问题。

　　我令人信服地在那儿啜泣着，用一只眼睛从胳膊肘旁偷偷瞧他。伤痕发烫，被子压在肿起来的皮肤上沉重得叫人难以忍受，我盼望他离开这儿，只希望独自一人待着，而他却总也不走，对我的啜泣声，对一切他都能忍受。他突然站起来，轻轻敲了一下我的肩膀，并且说：我跟你说的那些话，你也不必明白，我给你讲过就够了，你懂我的意思吗？我说：懂。为了摆脱他，我又说了一遍：懂。——有用的人必须懂得服从，他说。我赶紧回答说：是，父亲，是。他又声音单调、若有所思地说：我们要把你变成一个有用的人，你要明白。突然他又问我：他工作了吗，那个画家？我没有马上反应过来，于是，他又问我：你们在小屋里的时候，画家作画了没有？我惊讶地看着他，意识到有些事情取决于我的回答，我了解的情况有点什么用处。我装出想不起来的样子，确切一些说，我装得好像被他揍苦了，疼得连记忆都模糊了。海鸥，我终于开口了，他给我们看海鸥来着，每一只海鸥看起来都像你。父亲还想知道点什么，可是再多我也说不出来了。然而他所听到的这一切已经足以使他转变态度，他不再踌躇不决，似乎突然觉醒，动作敏捷，十分警觉，他的面部表情不断变化着，露出一副突如其来地被激怒的样子，向窗外看了一眼，眼神里又是警告，又是失望——至少我是这样想的。随后，他坐在我的床上——我永远也不会忘记——急切地审视着我，慢慢地对我说：我们要一起合作，西吉。我需要你。

你要帮助我。我们两个人，谁也对付不了，他也不行。你为我工作，我要把你变成一个正经有用的人。很有必要。你听着！别哭啦，你听着！

生日

秋千摆动得越来越高，越来越快，越来越陡，越来越有力量，越来越接近弗雷德里克森年轻时栽种的那棵老苹果树没有修剪过的宽大树冠。秋千从绿荫中摆回来时，抖动的、绷紧的绳索呼呼作响，铁环发出刺耳的声音，产生一股十分强烈的气流。树枝的阴影掠过约塔平躺着的身体，她向上摆去，在空中停留那么一秒钟，又落了下来。这时，我飞速地抓住荡到我面前的秋千板，或者约塔的腰部，或者她那小小的臀部，推她一把，让她向前，向上荡去碰那苹果树的树冠。就像由弹弓向上弹出去那样，她劈开两条腿，连衣裙随风飘舞，她身旁产生呼呼的气流，使她的头发向后飘散，使她那瘦削、爱嘲弄人的脸更加轮廓分明。她坚持要让秋千转一个三百六十度，我也坚持使劲推她，但我们都没有办到这一点，即使她劈开两腿站在秋千板上，她也翻不过去，因为，不是树枝太弯曲，就是摆动得不够劲儿。那是在画家的花园里，在布斯贝克博士六十大寿那一天。当约塔看到我没有能力这样做时，她就坐在秋千板上，荡来荡去，微笑着，不想争强了，并用一种谁也不曾教给她的眼神盯着我，突然劈开两条晒得黝黑的瘦腿夹住了我，不肯放开。这时，我除了感觉到她贴近我以外，什么知觉也没有了。反正，我理解她为什么贴近我，而且可以断定她也明白我理解了这一点。我强使自己镇静下来，静待着还会发生什么事情。但是，除了约塔干巴巴地、懒洋洋地吻了我一下以外，再无别的。她松开了夹住我的双腿，跳下秋千板，往房子那边跑去。迪特靠在窗子旁——那四百个窗户之一，摊开的手掌上放着几块浅黄色的点心，像是要喂鸟的样子。

我抓起棍子，跟着跑过去。我跳过了花坛和灌木，想找一条捷径。但约塔或我跑得再快也是白费劲儿，因为还没有跑到窗子跟前，我就看见约普斯特从花园的凉亭里杀了出来，或者说，滚了过来。这个野蛮的家伙，肥胖但却机灵，是个手指很短、嘴唇翘着的庞然大物。他悄悄地踏着大片大片的罂粟花和百日草，跑过竞相争艳的五色缤纷的花坛，他当然是第一个跑到窗前，从迪特手中抢走了那几块点心，把两块放进兜里，一块塞进嘴里，闭着眼睛津津有味地嚼着。他这个人是不会把已经抢到手的东西拿出来的，他自己占有的东西，也从来不会拱手送人。因此，迪特一句也没有说他，而是招呼我们到客厅里去。

在阴暗的走廊里，我真想赶上约塔。但是，她跑在我的前面，我叫她，她不理我。我正要在一排水桶、扫帚和箱子处触到她时，她已经推开了门，也不把门带上，连头也不回。客厅里静悄悄的气氛使我顿生疑窦。我轻轻走到门槛前，以为客厅里空无一人，并想：祝寿礼要是不在这儿举行，那么在哪儿举行呢？当我犹豫地跨进门向四周打量时，吓了一跳，谁要同我一样以为里面没人而走进客厅来，也会吓一跳的。在一条长得简直没尽头的窄桌子上，一群神态庄严、鬓发苍白的海中动物默默地坐在那里喝咖啡，沉浸在古怪的冥想中，默默地吞咽着干点心、核桃仁蛋糕和淡黄色的撒白糖的糕。腿脚僵硬的龙虾、大虾和小沙蟹都坐在布累肯瓦尔夫高傲的雕花椅子上，坚硬的带甲的四肢不时在这里或那里弄出干巴巴的声响，骨头似的龙虾钳子把杯子放下时发出嘈声，有几个还用它们那漠然的凸出的眼睛扫了我一眼，我想说，这是某种神灵才有的坚定威严的漠然表情。这群默默聚集在这里的海中动物完全像我认识的人：有两个像是霍尔姆森瓦尔夫的霍尔姆森夫妇，我似乎还发现了特雷普林牧师和普勒尼斯老师，接着又找到了我父亲，甚至还有希尔克和阿迪。坐在最柔顺的海鳟鱼——多么像布斯贝克博士——旁边的是我母亲，铁板的面孔，古板的发髻，活像一条鲈鱼。有一个坐不住的、不断说笑、像一条灯笼鱼那样快活地活动着的就是画家。

突然大声说话的也是画家：让孩子们坐在小桌子上吃吧！这时，迪特已经站在我们的身边，拉着我到了小桌子旁，轻轻按我坐在那张老式椅子上；一坐在这张椅子上，我就不由自主地安静下来，腰板也挺得直直的，因为我怕从这稍稍有点倾斜的椅子上滑下来。迪特从我手中拿走了那根钉满了图钉的棍子，把它放在窗台上。她要约塔给我倒一杯牛奶，把那个装点心的圆盘子转了大约四分之一圈，然后亲切地对我说：这就能够着了。她拍了拍我的脖子，又回到了那个神奇的宴席上。一等坐下，她立即就变成了一条扁平的筈鳎鱼。

我忘记了点心，也忘记了牛奶，固执地看着坐在对面的约塔，突然觉得，我非常需要她注意我，于是无声地命令她看着我。这一招没有成功，我便在桌子下面一次又一次地踢她，踢得她把脚直往回缩。她的脸上并无责备的表情，而是心不在焉地在那儿发呆，我不知道她在琢磨什么，考虑什么，做什么梦，我只盯着她那双漫不经心的黑眼睛，斜阳的余晖在她的眼中熠熠闪光。我看着她的大门牙咬着点心，目光却越过我在客厅里扫来扫去。多年来的宁静，还有去冬以来的寂寞现在还在这间大厅里滞留着。

约塔穿着一条红白格子相间的连衣裙，细细的胳膊，一束束的头发，苍白的嘴唇随时准备收回自己的每一句话。对她的回忆，是多么轻而易举，把她请回来坐在我的对面又多么不费功夫呀！我能很快地重复体验当时惊异的心情，而她那么快就忘却了秋千，忘却了我在秋千旁替她卖力气。约塔就是这样的人：一秒钟以前她还在场，参与我们的活动，一起密谋，一秒钟以后就能全部推翻。她刚才就是这副样子，但是，我可没有料到，她会突然站起身来，嘴里嚼着点心，走过客厅，到了祝寿桌前，和阿迪·斯科沃罗纳克悄悄说了几句话——她耳语的方式，使阿迪在惊讶之余，作不出任何抗拒的表示——随后，她弯着腰向门口走去，招呼也不向我打一声就溜了。

我放弃了跟着她的打算。我把点心放在她的盘子里，把牛奶倒在她的杯子中，坐在她的椅子上。我一眼也不看窗外，尽管在花园里、在篱笆前、在没有栏杆的木板桥上能轻而易举地找到她。在这群吃吃喝喝的人们面前，我也开始吃起来。小桌上还有第三个盘子和第三个杯子。我专心致志地吃着全部点心，喝着全部牛奶，不，不对，我把剩余的牛奶倒在一个深一些的点心盘子里，捅醒了那只睡在约普斯特坐过的第三把椅子上的小猫。它伸长了身子，两只爪子蜷缩着，在那儿睡觉。我逗它，它那斜视的发亮的眼睛看着寿宴的牛奶，先用舌头舔一下试试，然后就急急忙忙地开始舔起来。小猫把盘子打扫得干干净净，我又把盘子放到桌上。它拉长了身子，使劲伸了个懒腰，舔着自己的大腿，小心翼翼、慢慢腾腾地爬到我的怀里，围着一个假想的轴转了几圈，接着，摔倒了。它把弯曲的前爪搭在我的手上，呜呜地哼起来。

　　我看着那一席默默无言的人，他们还在无尽头的桌边狼吞虎咽，煞有介事地清嗓子。桌子延伸到远方的幽暗处，可能是浅滩和浅滩上水沟的幽暗处。现在，我认出了我的外祖父佩尔·阿尔纳·舍塞尔，这个贪婪的食客，乡土志的撰写者；还有大坝管理人布尔特约翰；格吕泽鲁普九十二岁的船长安德森，我看他至少在五十五部文化教育片中充当过船长，因为他那匀称雪白的络腮胡子是人家求之不得的，他那水汪汪的眼睛和迷惘的目光毫无疑问会被看作是海外游子的乡愁的流露。要是我把桌边的人一个一个地数过来，冬天就会过去，易北河也解冻了。所以，我只想提一提希尔德·伊森布特尔和前飞禽站职工柯尔施密特。我把他俩从满身鳞片、翘嘴唇的客人中找了出来，并且还看见，一只闪闪发光的海虾用它那强壮有力的手臂不停地向我示意，那意思是说：要是想吃蛋糕，你就过来。

　　我不想吃蛋糕。我等着祝寿礼开始，但这一席人不像有停止吃喝的意思，因为他们又是呻吟，又是叹气，谁也不肯在这源源不断摆上来的如山的点心和蛋糕面前罢休。尤其是我那撰写乡土志的外祖父，像一只聪颖而又长满了斑点的龙虾一样坐在那里，从容地一盘又一盘地吃着点心，而且显然是要求文化教育片中的船长也模仿他的行为。在我们这里，人们要是吃起来就一本正经地吃。之所以如此，是因为就像我的外祖父说过的那样：吃东西可以使时间有条不紊地过去。似乎大家都觉得这样做很重要，就连那条穿着警察制服的鳕鱼——人们会把它当成是我父亲，也在那里一大匙一大匙地吃着木屐一般大小的核桃仁蛋糕和蜂蜜蛋糕。他也是为了使时间尽可能悄悄地过去。

女人们也要战胜时间的磨难，她们昏昏欲睡地吃着一块点心，眼睛却早已盯着另一块。要是点心咽下去了，或者把腮帮子嚼累了，她们就喝几口还冒着热气的咖啡。

格吕泽鲁普咖啡桌上的这些细节，是十分发人深思的。且不说那种懒洋洋的贪婪劲，那显然是要人惊讶地承认，他们非要让东道主倾家荡产不可。特别令人赞赏的是九种必备的点心（按规定的顺序一个一个往下传），装满了方糖的罐子（客人们把方糖在咖啡里蘸一下就放进嘴里），还有装着奶油的碗（客人们在咖啡里倒上一点白酒后，再浇一勺奶油）。

尽管每一个细节都可以写出一个故事来，我却不想再在这些细节上多做文章。我说不出餐桌上沉闷的原因。我以按捺不住的心情盼望着画家从他那高高的雕花椅子上站起来，走到桌子的一端，径直向布斯贝克博士走去。因为，今天可是博士的六十大寿啊。

我觉得，当画家向他走去时，布斯贝克显得更加温柔，更加不好意思了，就像一个贝壳，人家碰一下它马上就合拢，变成灰色，没有光泽。他把头偏向一边，看了看身后，好像以为身后还有一个布斯贝克，而这另一个布斯贝克可以在众目睽睽之下应付自如。画家以毕恭毕敬的亲密态度微微向他躬身，拍了拍他的脊背，鼓励地说：亲爱的特奥，亲爱的朋友们。"亲爱的特奥"一听这样的称呼，把身子弯得更低了，而那些"亲爱的朋友们"则微笑着，举目望着这个身材矮小的男人，弄得他窘迫不堪。

我是个不爱多说话的人，画家说。他这回破例说对了，并且也的确像他所说的那样，因为他只是把话题限制在让布斯贝克回忆三十年前的一个晚上在科隆发生的一件往事。要是我理解得对的话，迪特那时在生病，住在一家寒碜的公寓的一间虽说不是冰冷却也很寒碜的房间里。房间里可能还挂着一根晾衣服的绳子；房东亲手把电灯泡拧了下来。已经好几个月没有付房租了。他们当时的境遇如何，是不难想象的。总之，迪特躺在床上，呼吸困难。画家向工艺美术学校求职没有成功。正当他在家中刷洗借来的碗具时，布斯贝克博士爬上了漆黑的楼梯，羞怯得令人奇怪地打听能不能看点什么。人家没有拒绝他的要求，并请他坐在一个靠窗的角落里——我是这样理解的——给他看几个画夹子。他的存在不引人注意，既容易被人忽视，也很难听见动静，因此，人们几乎把他给忘了——我是这样理解的——谁也没有想到，来访人突然走到铺着一块亚麻布的桌子跟前，手中拿着十张画。他不声不响地数了四百个金马克放在桌上，随后仅仅问了一声，他还能不能再来。由于这个问题是作为一个请求提出来的，正如画家所说的那样，他不能拒绝。

这样的事情是完全可能发生的。画家快活地让他和布斯贝克一起回忆在科隆的三月的这一天，他甚至还能说得出确切的日子。他多次运用完成式来感谢他朋友三十年来的宽厚友谊。现在，你住在我们布累肯瓦尔夫，特奥。我们不会忘记，你在科隆、在卢塞恩和阿姆斯特丹为我们所做的一切。想一想我们共同反对赫赫有名的将军沙尔贝格的斗争。因此，我们要在你今天六十岁大寿的时候……看一看在座的人，我只能一般地致意，懂吗，特奥？

当人们从其长无比的寿宴桌旁站起身来，为布斯贝克博士的健康，颤抖着把透明的白色东西送到嘴边，似乎先要克服某种反感才能咽下去的时候，小猫突然一惊，吓得从我的怀里跳了下来。人们把酒杯丁零当啷放到桌子上，挪了挪椅子，十分费劲地坐了下来。而布斯贝克博士却仍然站着，在窘迫之中显得温柔而激动，似乎向大家为他起立而表示歉意。他走到椅子后边，看着自己放在雕花椅把上摸来摸去的双手。然后他讲了平时经常考虑的话，向画家和迪特，也向所有其他的人表示感谢，并表示歉意说，长时间以来，他已经成为大家的负担。他暗示说，这种生活对他来说只是暂时的，过去的尊严并不意味着今日的尊严。我觉得，他也敢于说出自己的希望，说他有朝一日将回到自己原来的地方，在那里，他将做出些有益的事情来。他在讲话的时候，没有看过大家一眼，偶尔歪着脖子，斜着脑袋看看迪特，画家的妻子则始终用微笑来迎接他的目光。最后，他又表示感谢。他心里又觉得踏实了，又感到自己和大家联结在一起了，总之，可以说感觉极好。他说，他之所以感觉极好，是由于一个人的友谊，这个人在外边——他说外边，也许根本就没有想到附带的含意——可算得上最伟大的色彩戏剧大师之一，如此等等。最后，他又实实在在地向迪特和全体在场的古怪人物鞠了一躬，赶紧拿起自己的杯子，喝下画家推到他面前的透明物。从这以后，看得出他的确感到轻松了。他情绪高昂，隔着桌子向这个或那个点头。多次耐心地把外衣袖子浆得硬邦邦的袖口往上拉。他又请人给他斟上了一杯白色的透明物，擦了擦额头，看来十分满意。

　　布斯贝克博士的确感到满意，因为他看到大家多么关心他。马克斯·路德维希·南森说：我们到礼品桌上去看看吧！这时，布斯贝克抬起那张苍白而又毫无表情的脸，却还坐着不动，直到有两个人干脆把他从椅子上拉起来，让他走在前面到画室去。画家，也许是迪特，也许是他们俩在画室里布置了一张礼品桌，还装饰了一番。当大家站起来的时候，我立即从椅子上滑下来，第一个跑进阴暗的走廊，跑到画室的门口。但是，父亲生气的样子使我没能第一个跑到礼品桌前，不过我还是名列第四。桌子上摆着些什么呢？住在鲁格布尔和格吕泽鲁普之间的人们为这个不属于他们圈子的人，为这个只是由于他们几乎已经理解的遭遇才来到他们中间的人，准备了些什么呢？我还记得有领带的扣针，一瓶粮食酒，水果点心，热咖啡的壶，短筒袜子，一本书——作者佩尔·阿尔纳·舍塞尔，"自家"出版社出版——一筒油脂蜡烛。我还记得有一包烟叶，一条围巾，毫无疑问还有一瓶哥萨克咖啡，因为那是我们送的。我记得最清楚的是那幅画：《帆船消失在光明中》。

画靠墙放在桌子边上，旁边有些瓶子在为它站岗，袜子在画前卑贱地弯着身子，咖啡壶鼓着肚子，水果点心做出了一副要人亲热的姿态，围巾像蛇似的盘在蜡烛周围，仿佛要把它悄悄缠死一样。所送的全部礼物都是经过仔细考虑的，但是这幅画却使一切实用的礼物大为逊色了。

我注视着布斯贝克博士的目光，看着他怎样沉浸在画面的色彩中，他不安地向着作品走去，两手摊开，好像有些不相信似的。我看着他如何用指尖轻轻地触摸那张画，但是，立即又退回几步，眯缝着眼睛，突然耸了一下肩膀，好像在战栗。画上海与天相连，柔和的柠檬黄和光灿灿的蓝色交融，浮动的帆船让人们想见远方，想见到一个已结束的历史时期，为了使所渴望的浑然一体取得成功，帆船失去了它们的白色。帆船消失了，并通过自身的消失而达到这样的效果：除了光明，别无其他。这光明在我看来，就像一首唯一的颂歌。布斯贝克博士又摊开手走到画前，这时画家说：正如你所看到的那样，特奥，我还得再画点什么。——已经画完了，布斯贝克说。画家回答说：白色，要说的话还有很多。特奥·布斯贝克也说：礼太厚了，马克斯，我不敢受领。画家用目光向他示意说：本来应该画完了再给你的。

这时，所有的人都站在桌子旁，在那里估计、比较、鉴赏，用马克和芬尼来计算这些礼品的价值，打量的目光迅速来回转动着，想琢磨出是谁送了哪些礼品，这样，回家的路上就有话题可以议论了。他们把礼物拿在手上，大声地赞赏着，相互传看着，还要加上自己的看法。总之，没有一样东西没动过，没有一样东西没仔细端详过，谁也不敢马马虎虎地放过。他们把瓶子举起来，用手指弹一弹，把拳头伸进咖啡壶里，有的还开玩笑地把领带的别针给自己别上。佩尔·阿尔纳·舍塞尔打开他的书到处给人看，试图从中找出可恶的乡土学的说明来。人们惊讶、赞赏、夸奖，点着头，牙齿缝里啧啧有声。他们摆弄这个，打听那个。安德森，这个文化教育片中的船长举着他那根褐色的多节的拐棍，指着那张画说：大概是爱默尔海峡①吧？爱默尔海峡的天气总是这个样子。——在格吕泽鲁普，布尔特约翰说，在我们这个地区才是这样呢。画家拍了拍他们俩的肩膀，无言地表示他们俩都说得对。

人们把礼物放回原处，挤到那张画前面说三道四。我随他们去议论，因为我看见约塔光着脚在灌木园中的篱笆前没有栏杆的木板桥上走着，身上还背了个什么。透过玻璃窗，我看见她背着个黑色的东西正往花园的凉亭里溜。这时，我从若有所思地点着头的美术鉴赏家们的圈子中挤了出来，到客厅拿了我的棍子。当我正从窗户往花园里跳时，我看到阿迪也跟着我来了。他也从窗户里跳了出来，越过花圃向凉亭跑去。也许他也看见了约塔，也许约塔向他做了个手势。总之，他冲锋一般地从我身旁跑过，为了超过我，粗暴地把我推到一边。

凉亭里起伏不平的黑土上放着阿迪的那架手风琴，约塔叉开两腿站在手风琴的后面，脸上是一副嘲弄人的神情，准备着大吵一场。阿迪却什么也不说，也不抗议，只

①即英吉利海峡。

是不理解地望着她，直摇脑袋。拉一个，她说。阿迪一动也不动。拉一个吧，她说，今天是祝寿啊！阿迪耸了耸肩膀。那你就轻轻地拉一个吧，约塔说。我也说：轻轻拉一个，好吗？就给我们拉。阿迪摇了摇头。我过去也有手风琴，约塔说，我还有过两个呢！我也会拉。——那你就拉吧，我说。但是，她指着阿迪：让他拉，那是他的手风琴。——你的母亲，阿迪对我说，她不愿意让我拉。——但是别人愿意，我说。于是，我们同时走到门口去。这时，一个人影从门口闪了进来，肥胖的约普斯特站在那里，露着牙在那儿佯笑着，好像他抓着了我们似的。他看了看手风琴，又看了看我们，又看了看手风琴，踏着大步走进门来，打开了手风琴的箱子，解开了皮带。本来就是很明显的事情，我还要犹豫什么？拖延什么？阿迪两手伸进了皮带扣，向我们点了点头，于是我们在他身后站成一行，嘴里叫着"阿罗——阿嗨"，从茅草顶的凉亭里走了出来，每个人都用手搂着前面那个人的腰。

约塔搂着阿迪的腰，我搂着约塔那尽是骨头的细腰，同时感到自己的腰上有一股暖烘烘的压力，那是约普斯特肥胖的手在搂着我。我们沿着花园的小路向画室走去，又摇又晃，又跳又蹦，一直弯着腰。风儿吹拂着，阿迪拉着手风琴，我们这伙夏威夷人唱着布累肯瓦尔夫人最爱唱的歌。

他们在里面敲着窗上的玻璃，向我们挥着手。我们这条奏着乐的小龙在画室面前摇摆着，走过客厅的四百扇窗户，来到花园黑色的小径上，不时地邀请他们参加我们的队伍。我还记得，希尔克是第一个加入我们摇摇摆摆的行列的，她后面是特雷普林牧师和霍尔姆森、飞禽站的柯尔施密特和迪特。迪特在行进途中拉住了我父亲的手腕，让他搂着她的腰。我们的队伍突然变得那么有吸引力，那么具有不可抗拒的力量，把沿途的一切全都纳入自身。这是一种欢乐地摇摆着的力量。只要靠近我们，谁也不能置身于队伍之外。因此，我们的队伍越来越长，越来越长，拐了好几道弯。这时，画家也在我们的队伍中，大坝管理人布尔特约翰和希尔德·伊森布特尔也参加进来了。只有母亲不在场。我知道，她是无论如何也不会和我们在一起的。画室中她那高傲的身影只不过表示了她严厉拒绝的态度而已。这个娘家姓舍塞尔的古德隆·耶普森就是这个样子。她至少也该学学安德森船长的样子，九十二岁高龄的他，还尝试着陪伴我们这条摇摇晃晃的长龙走过吕纳堡的草原，走过美妙的沙地。这个照起相来非常漂亮的老人，挤在阿迪和约塔之间，弯着腰，骨头嘎巴响，我好像听见干枯的罂粟荚裂开了，罂粟子从他的裤管里往外掉。老头儿还真和我们一起摇晃了好几米远，直到撒完了他那秋天的罂粟子，气也喘不上来，才走到一边去了。阿迪带领着我们，约塔牢牢抱着他的腰，指挥着他。我们走过花园以后，穿过篱笆，急步走过木板桥，越过草地，走上大坝。要不是阿迪改变了方向，我们真会走过北海的海底到英国去。当阿迪来了个急转弯，带领我们向大坝下面走去时，我们这支长长的起伏的队伍，整齐地按着阿迪手风琴的节拍行进着。我们又向布累肯瓦尔夫移动，走过一排排的杨树。杨树把沟水当作镜子，很不满意地瞧着自己的身影，因为风吹皱了镜子，杨树的枝干也跟着摇来摆去，就像发生了一场水下暴风雨。为了不使我们这支队伍的铁链在我这里断开，我用双手紧紧搂着约塔，约塔也搂住了阿迪，还有好几个人也是这么搂着。

我还记得，当我们走过活动栅门的时候，独臂邮递员奥柯·布罗德尔森正站在那里。他把自行车靠在外面的门柱上，手里拿着一张纸，高高举着，表示他有资格拦截我们。一块儿来吧！约塔叫着，我也重复着喊道：一块来！我们向他挤过去，把他连同邮包一起卷进了我们的队伍。我们走过铁锈色的厩舍，走过池塘、棚子，在拐向画室的时候，我回头一看，这支单列前进的队伍解散了，或者说，正准备解散。大家精疲力竭，情绪却很高涨，每个人都是如此，而这一点是我母亲应该看到的。即使队伍正在解散，但人们也还是跟在阿迪的后面。他拉着手风琴拐进了花园，在那里拉着《柏林的空气、空气、空气》这支歌曲，至少他在向人们暗示着这一点——空气。于是有几个人在仔细观察了北海的上空后，就把桌子和椅子往外搬。太阳从乌云的缝隙中射出的光芒、蓝色的水塘，还有在我们头上飘动着的片片白云都在鼓舞我们，我们把祝寿礼挪到花园中举行了。

我不想妨碍他们用最快的速度把家具往外搬。他们抬起来，往下放，从窗子把东西往外送，人们情绪高昂，七手八脚地往外搬，阿迪拉《鸽子》和《回家去》来伴奏。我得找回我那根棍子，那根钉满了图钉的棍子，在队伍行进时不知随手扔到哪里去了。棍子在哪儿呢？在客厅？在画室？我离开了这伙人，在灌木丛中、在院子里、在棚子旁到处寻找。它既不在哪个窗台上，也没有漂浮在池塘里。

你们看见我的棍子了吗？我问站在池塘边的两个男人。父亲和马克斯·路德维希·南森沉默着，他们不回答我，连头也不摇一摇，只是激动地沉默着。我还接着找，但突然怀疑起来，于是又跑回池塘边。一对白色的老鸭子正教它们的四只小鸭子列队游水。在被砍伐下来、摞在一起的一段段杨树干的遮掩下，我轻轻地向格吕泽鲁普这对老朋友走去。我钻到树干下的一个空当里，刚好能透过一条亮缝看见画家和父亲的腰部。他们离我这么近，我能看见他们鼓鼓囊囊的口袋，还能猜出口袋里装了些什么。我躲藏的这个地方，地面又冷又滑，刺骨的风从树干的缝隙中钻进来。我站起来或蹲下去，就能使这两个人变小或变大。但是，我看不见他们的面孔，他们的面孔在我的视线之外。

我首先注意到，画家手中拿着一封信，一封打着红叉的急件，显然他已经看过，正把它还给我父亲；他非常傲慢、怒不可遏，递信的动作短促而激烈。我知道，父亲已经在要么口头重复一下来信的内容，要么让南森自己去读这封信之间作出抉择，他同往常一样，采用了最省事的办法。他让画家自己去读这封信，又用那双长满了红汗毛的手平静地把信拿了回来，细心地叠好。这时，画家说：你们疯了，严斯，你们不能太霸道了！

我没有听错，画家说话时指的是复数，这自然也包括了我的父亲。你们没有权利这样做，画家说。父亲回答说：我可没写这封信，马克斯，我并不霸道。父亲说话时不由自主地做了一个手势，大概是表示自己无能为力。不，画家说，你自己不霸道，但你为他们的霸道效劳。

我有什么办法？父亲冷冷地问道。画家说：两年来的作品，你知道这意味着什么吗？你们已经禁止我工作。难道这还不够吗？我还能想象出你们会再干出些什么来吗？你们总不能没收谁也没有见过的画。这些画只有迪特见过，至多是特奥见过。——你看过信了，父亲说。是的，画家说，信我看过了。——那你也知道，父亲说，近两年的全部作品都得收走，这是命令！明天我就得包装好，交给胡苏姆办事处。

他们俩谁也不说话。我通过缝隙往旁边看了一眼：两条细长的裤管圆得像炉子烟筒一样，从屋门走了出来，一个声音叫着：就缺你们了！你们什么时候回来？画家和父亲叫着回答说：马上，我们马上就来！这个回答使炉子烟筒安心了，它们直挺挺地走回屋里去。过了一会儿，我又听见父亲说：马克斯，也许有一天这些画会送回来的，美术协会只要检查一下，然后也许会送还给你。当我的父亲，鲁格布尔警察哨长这样提出问题或者提出这种可能性时，听起来似乎很可信，除了这些话以外，谁都知道他也讲不出别的什么名堂来了。画家没料到他会这样讲，一时找不出话来回答。严斯，他以严厉而宽恕的口气说，我的上帝，严斯，你什么时候才能觉察到，他们是在害怕呀！正因为恐惧，他们才会干出这种事情来：宣布禁止绘画，没收作品。送回来？也许装在一个骨灰盒里。严斯，火柴已经用在艺术评论方面了——用他们的话来说，那叫"艺术观察"！

我的父亲毫无愧色地和画家面对面地站着，他的姿态甚至表示出一种不耐烦的请求，我毫不费劲地看出了这一点，因此，我也毫不惊讶地听他说：柏林方面已作出了决定，这就够了。你自己也看过那封信，马克斯。我向你提出要求，在选画时我必须在场。——你想要拘捕这些作品吗？画家问道。父亲干巴巴地、不讲情面地说：我们来确定哪些画应该收走。我把一切都记下来，他们明天好来取。

我要拭目以待，画家说。你尽管擦亮你的眼睛吧，我父亲说，那也改变不了什么。——你们根本就不知道自己在干些什么，画家说。这时我父亲脱口说出一句话来：我无非是尽我的职责而已，马克斯。这时，我看见画家的两只手，有力而又有经验的手，举到胸前，一下子攥紧，我注视着，他先是五指分开，然后攥成一个拳头，似乎这就是他的决定。与此相反，我父亲则双手下垂贴在两边的裤缝上。我想说，这是两个俯首帖耳的东西，总之并不特别引人注目。我们走吧，马克斯？画家一动也不动。只是要他们看看，我尽了自己的职责，父亲说。画家突然说：这对你们没有任何帮助，也帮助不了任何人。你们拿吧，害怕什么就拿什么，没收、剪碎、烧毁，可是一旦获得的东西就是永存的。

你不能对我这么说话，我父亲说。对你？画家说，对你我还可以说完全不同的话，要是当初我没把你从水里救出来，你早就喂鱼了。

账总算清的时候，父亲说。画家回答他说：你听着，严斯，有些事情是不能半途而废的。当我潜入水下救你时，我就没有半途而废的打算，这一次我也不会半途而废。我说这话是要你明白，我还要画。我要画肉眼看不见的画。画中的色彩是那样丰富，但你们却什么也看不见。用肉眼看不见的画。

我父亲抬起手，在皮带处像挥舞镰刀似的缓慢摆动着，并且警告说：你知道，马克斯，我的职责是什么。——知道，画家说，我知道，我要叫你明白，你们一谈什么职责就叫我恶心。你们一谈职责，别人就得作好精神准备来对付你们。我父亲向画家走近了一步，两个大拇指塞在皮带里，把身子绷得紧紧的，说：我不问你要那几张海鸥画——这样我们的旧账就算了结了。但是从今天开始，马克斯，你得注意！别的我没有什么好劝你的，你得注意。——我准备着呢，画家说。过了一会儿，我父亲说：我们走吧，马克斯？——随你的便，画家说，我们走吧。但是，在走之前，画家用踌躇不决的声音说：别让这儿的人知道，严斯，特别是别让特奥知道。鲁格布尔警察哨长不吭声，我想，他同意了。

他俩一前一后地经过我在后面窥视的那条缝隙，走过风声呼呼的空场院。我能碰着他们，吓唬他们或者蹭着他们，但我没有这样做，而是把腰弯得低低的，让这两个走动中的身影越来越大，并等这两个人消失在房子里以后，检查了这个新的隐蔽所。我估量、检查了半天，断定这里足够藏两个人，我和约塔藏在这儿正合适。然后，我从缝里钻出来，站在池塘边，迅速地跟鸭子打了一场斯卡格拉克海战。我在它们的前边、后边、中间制造了一个个装饰性的水柱。我掀起了各色各样的水柱，有蹦得老高的，波浪滚滚的，溅着水花的，细长的，使鸭子不得不一再改变自己的阵式，避开我的轰击。我跑到花园去之前，又放了一排掩护的炮弹。这时，一只小鸭惊慌失措，游出了队列，用翅膀拍打着水面，误入了我的火网之中。要是它跟老鸭子待在一起，还可能不会被我击中。

我赶紧向花园走去。阿迪还在演奏，他演奏的是一个
姑娘的歌，这个姑娘不顾使人为难的海浪的喧嚣，一定要
到远方的水兵身边去，因为他们就像风和大海一样不能分
离，如此等等。人们按着这个旋律在草地上跳舞，不，这
不是在跳舞，特别是希尔德·伊森布特尔、普勒尼斯老师，
还有老霍尔姆森夫妇，他们在那里乱蹦乱跳，推来推去，
举止粗鲁，坚持不懈，他们肚子里自有算计，那就是跳出
一个好胃口来迎接即将到来的晚餐。谁在这里全力以赴，
我没有好好注意；谁在游移的阴影中坐在椅子和凳子上，
这些一动也不动但却聚精会神的海中动物是谁，我也不感
兴趣。因为我第一眼就发现那两个人在画室深处，一前一
后侧身站着，一个拱着肩膀，另一个低着头。我透过玻璃
窗望去，看见画室里只有他们两人站在布斯贝克博士的礼
品桌旁。我把两只手按在脸旁的玻璃窗上，让光线不再晃
眼。我看到他们站在《帆船消失在光明中》这幅画前，发
现他们正在为这张画进行艰巨的谈判：父亲用食指指着那
张画，画家用身子挡住它，一方要求，一方拒绝；又是力
争，又是驳回——一切都是无声的，像鱼缸中无声的动作。
我看见他们在争吵，都企图说服对方。突然，画家拿起一
支颜料管，挤出了一小段，弯着腰在画上修改着什么，也
许是为了使作品更完善。他一会儿用指尖，一会儿用手指
的侧面，最后，如常见的那样，使用了拳头，父亲直挺挺
地站在画家身后威胁着，就像危险激流中的航标一样。画
家直起身来，擦掉手指上的颜料。我在他脸上看出一种谨
慎的轻蔑的表情。他盯着我父亲。父亲想了一想，点点头，

好像提不出什么异议来，至少不能马上提出来。画家利用这个时机，把父亲挤到了一个看不见的角落。我知道，这场谈判结束了。我转过身，寻找布斯贝克博士，只见他和迪特手挽着手站在那株老苹果树的阴影下，树影在他身上掠过。

我在想，要不要从一扇开着的窗户爬到客厅去，然后再从客厅溜进画室。正在这个时候，阿迪突然中断了演奏，就像以前那样，倒在地上，踢着腿，抽搐着，挣扎着，牙齿咬得咯吱直响。我立即跑过去，但希尔克已经跑到我前边去了，就像在沙丘上那样，希尔克跪在他的身边，先把那个被拉得七扭八歪的手风琴从他的胸前解了下来，手风琴挎在他的身上就像一件救生衣。

你们走开，她说，你们走开吧！但是人们从四面八方走了过来，越靠越近，围成了一个圈子，他们慌乱、惊讶，多半是害怕，因为他们不说话，也不伸手，只是瞧一眼阿迪，又彼此交换了一下目光。阿迪的脸色已经变了，嘴唇紧闭着。大家都端着肩膀在那儿站着。刚刚还在跳舞的霍尔姆森夫妇、特雷普林牧师和飞禽站的柯尔施密特、大坝管理人布尔特约翰都走了过来。我的外祖父、普勒尼斯和安德森船长也一声不响地站在那儿。母亲把身子挺得笔直笔直的，与其说是慌乱，还不如说带着一副主宰一切的无动于衷的神情站在圈子之外。她不看阿迪，而是看着希尔克。

这时只有一个人着急地小声说着话挤出人群，这就是布斯贝克博士。他毫不迟疑，也不打听，只是请别人让路。他走过去跪在希尔克的对面，拿出了自己的手绢，揩干了阿迪满脸的汗水，阿迪这时又睁开了眼睛，亲切而又莫名其妙地向周围看着。

　　他得吃点什么，文化教育片中的船长叫着。没有人表示同意。现在好了，希尔克说，现在没事了。这时，在布斯贝克博士的帮助下，阿迪费力地撑起身子，困惑地看着周围的这一群人。希尔克挽着他的胳膊，微笑着和他一起走到秋千那儿，再经过坑洼不平的小路到花园中的凉亭去，除此以外，希尔克再也想不出别的好主意了。围观的人们也只好散开，他们没有可看的了。尽管还有那么几个人，特别是佩尔·阿尔纳·舍塞尔还在那里抬起沉重的眼皮盯着阿迪躺过的地方。这时，我看见阿迪在凉亭里捡起了我的棍子，拿给希尔克看，显然在向希尔克说：这可是西吉的棍子。我马上就跳了起来，举起胳膊喊道：这儿，这儿。阿迪发现我以后，就把棍子从凉亭里扔到了秋千架下，我把它拾了起来。

　　我想跟他打个招呼，但是没有那样做，因为我发现母亲拦住了他们的去路，企图把他们挤到紫丁香树下那口偏僻的旧井旁。我坐在秋千板上，打开了我的蓝手绢，把它用一排图钉按在棍子上。我举着飘动的蓝旗大步走了回来，来到了举行祝寿礼的地方，走过凳子、桌子、椅子，大家都坐在那里，抽烟，低语，或若有所思地叹着气。我高高地举起飘动着的蓝旗，尽管鲁格布尔谁也不懂得这是什么意思。

　　正写到这里，恰恰写到这里，写到我不能避而不谈的这一刻，我高举蓝旗的这一刻，有人在敲禁闭室的门。敲门声非常羞怯而有节制，但却清晰得足以把我从回忆中敲醒。我合上练习本，不高兴地扭过身去看着房门。窥孔后面有什么东西在移动，褐色代替了白色。一个火球在那里转动。几道光柱闪电似的向我射来。我反感地站起身，这时，门以使人不能忍受的缓慢速度打开了，就像在一部侦探片中那样，速度均匀，嘎嘎作响，步步进逼似的打开了，不管怎么说，还带着一种犹豫不决的劲头，预示着推门的人来意不善——在这样的电影镜头里，所缺的只是被风吹拂着的窗帘，和一本自动翻页的书——由于我不想离开布累肯瓦尔夫的祝寿礼太久，便客气地说：请进，有风呢！

他很快地进了门，走到一边，让他身后站在走廊上的卡尔·约斯维希从外边把门关上。他显然很窘迫，嘴角抽动着。今天回想起来，他好像一个第一次进入笼子的动物饲养员。年轻的心理学家没有把握地微笑着，但却给人一个好印象。他在那里走来走去，打算微微鞠个躬，但是办不到，因为他靠门太近。他可能比我大三岁或五岁，四肢纤瘦，脸色苍白。我很喜欢他的衣着：有运动员的风度，不怎么讲究。有一点我不明白，就是他为什么把左手痉挛一般握得那样紧，也许他为我准备了一块糖，也可能是一件武器。既然不是我叫他来的，我也就只是默默地用十分不快的惊讶目光端详着他，要求他简单明了。

是耶普森先生吗？他和蔼地问我。我犹豫了一会儿，简短地回答说：没错。这个回答绝不会使他泄气。他用屁股顶了一下房门，走过来向我伸出无力的手说：我叫马肯罗特，沃尔夫冈·马肯罗特，很高兴能见到您。他亲切地向我微笑着，脱下了大衣放在桌子上，对我做出一副无缘无故的亲热样子，把手放在我的胳膊肘上，自信地看着我，那神情似乎是在问我能不能坐下来。我表示遗憾地摇了摇头，他不能坐下来。要是您不知道，我就告诉您，我在写作文，正在受惩罚呢!

他对这一点是了解的。年轻的心理学家知道我目前的境遇，他对我的行为表示赞赏，甚至对他的干扰表示歉意，但他却说希望佩尔所长破例允许他到这里来。他说：耶普森先生，您得帮助我，有些事取决于您的回答。我耸了耸肩膀，客气地喃喃低语着：走吧，年轻人，谁也帮不了我。为了向他表示我没有时间，我坐在禁闭室的唯一一张椅子上，玩起小镜子来。我的小镜聚起的电灯光，在炉子、水池子和窗户上来回晃动，还在窥孔上待了一会儿——约斯维希就在这后面看着我们——光线还在房顶上构成了几个晃动着的光环，把禁闭室的门无声地切成了一条一条的。年轻的心理学家总也不肯离去，最后我只好用光线来擦我的皮鞋，总之，尽干那些一个人在寂寞之中干的事。我也不看来客，又打开了练习本，试图朗读着走进布累肯瓦尔夫的花园。沃尔夫冈·马肯罗特就在那儿待着。他待着不走，亲切而又注意地观察着我，就像我是他刚刚获得的一笔财产，我想说，就像一件新鲜的占有物，还必须首先对它进行探究一样。由于我感到，我虽然不情愿，但是这位学者却通过他那随随便便的举止，开始赢得了我的好感，于是我问他是不是走错了地方。他说：您耶普森先生和我今后要联结在一起。然后，他开始向我叙述他的打算。年轻的心理学家要写一篇学士论文。他自称这是一项自觉自愿的惩罚性劳动，并将在学术上大大地推进他。他熟练地为我和他自己卷着烟卷，揉着脖子向我建议，要我成为他学士论文的对象。就像他所说的那样，我将被写进他的论文，他将对我进行精心的研究。这就是说，将为我举行一次头等的学术性葬礼。他用并不叫人讨厌的自我嘲讽的口气向我建议说，我的全部情况将由他来进行分析，论文题目已经有了，就叫作"艺术与犯罪——西吉·耶案件剖析"。他说：为了使论文不仅获得成功，而且要在学术界受到应有的重视，他绝对需要我的帮助。为此，他向我眨了眨眼睛，表示要给我一个微不足道的补偿——他说，一种罕见的恐惧感曾是我当时行为的动机，他想把这称作是耶普森恐惧症，而这将给我一个机会，有朝一日进入心理学辞典。

得到希姆佩尔所长特别许可的青年科学家向我坦率地叙述了自己的打算之后，站在桌旁，一只手放在我的肩上，低头看着我，装出一副也许只有在同犯之间而绝不是在一个心理学家和青少年囚犯之间才有的笑脸。这副笑脸使我困惑。用沉默来使他扫兴而去，我着实无能为力，尤其在他低声细语地继续叙说和解释他打算如何去写这篇论文的时候。他说他将为我辩护，证明我无罪。他要为我偷画的行为辩护。他要把我在破旧的磨坊里建立我的私人画廊解释成积极的行为，他要从我身上研究出难以确定犯罪与否的情况来，他将要求对我作出从未有过的判决。他低声细语，怀着十分诚恳的狂热向我叙述了这一切，使我觉得他可以信任。我得承认，在把我们这个海岛变成一个科学研究场所的一千二百个热衷于驯化罪犯的心理学家中，沃尔夫冈·马肯罗特是我唯一准备表示信任的一个，即使还有一定的戒备之心。

有一点使我不高兴的是，他对我的情况太了解了。他看了我的全部档案，也有人向他介绍了我的情况。起先我还想帮助他完成那篇带惩罚性的论文，同时，也用他的帮助来完成我的惩罚性的作文，特别是如果他能不断提供香烟的话，但是，当听说他和希姆佩尔所长几乎结成了朋友时，我又放弃了我的想法。我细细地打量他，看着他那张苍白的小脸，细长的脖子和柔嫩的手。我满腹狐疑地听着他的声音。他在我这儿待的时间越长，我对他的印象不是淡薄，而是越加深刻了。我对他说，他提出的要求太突然了，我感到遗憾，我需要时间进行考虑。

但是，他说：我能不能隔一段时候就来访问您一次呢？我表示赞同。为了摆脱他，我也同意他的建议：不时地、不定期地、有选择地、特别是把有些值得商榷的论文段落送过来——送过来，这是他的用语。他向我表示谢意，似乎又怕我变卦，一边穿大衣，一边说：我不会使您失望的，耶普森先生。他友好地和我握了握手，走到门前，在里边叩了叩门，卡尔·约斯维希打开门，但没有露面，年轻心理学家走了。我听着他的脚步声，他走得很匆忙。

他走了以后，我就坐在满是刀痕的桌子旁，力图回到祝寿礼上来。我摸索着记忆的铁链，身在海岛，心在布累肯瓦尔夫，在画家的花园里，在那群等待晚餐到来的仪态庄重的海中动物中。我可以让人们把晚餐端上来，也许，为了表示对布斯贝克博士的敬意，我也可以首先安排一个宏伟的日落场面，让红色与黄色的光热烈地交流感情，最后还可以描写在八千米高空展开一场历时数分钟的空战，但是，有一个事实是不可改变的：我是头一个离开寿筵的人。我是极不情愿离开的。

那是在哪儿？她在哪儿抓住了我？在秋千架上，在凉亭里，还是在木板桥上？反正我手中正举着蓝旗，我在寻找什么。风已经平息了，母亲突然出现在我面前，严厉而又非常激动，她想说点什么而又说不出来，只是发出了一声短短的呻吟，而且就像平时那样，每当她怒气冲冲，受到伤害，感到失望时，她就露出自己那口发黄的假牙。她抓住了我的手，压在她的腰上，猛一转身，把头往后一仰，刚好仰到那个用发网和发针盘得好好的发髻卡住的地方。这个发髻使人想起一个亮晶晶的肉瘤。她把我拽出花园，拽出祝寿的地方。她走路的姿势非常吓人，几乎还有些惊慌失措。这个胸部平平的高个子女人走在我的前面，拽着我走过草地，经过画室，走过院子，始终一声不吭，也不理睬从一旁走过的教育片中的船长安德森，他向我们大喝一声：马上就有吃的啦！她拖着我踢开活动栅门，急冲冲地走上杨树夹道的通往大坝的小径，我们弯着腰向上爬着，也不回头看一眼布累肯瓦尔夫，便又从大坝向海边走去。

我想，此时，从不远不近的距离看去，古德隆·耶普森一定给人这样的印象，一个母亲断定她的儿子已不可救药，因此万念皆灰，要去投北海。我早就在考虑，我该怎么办，我的责任是多么重大，得陪着母亲涉过海水，穿过波涛，顺从地和她一起在一艘当作浮标的破船前沉没下去。但此时她又改变了方向，沿着大坝下面的路走着，那些在布累肯瓦尔夫盯着我们的人现在再也看不见我们了。她放开了我的手，命令我走在前面。我头也不回地问她：我们为什么要突然离开寿筵？我得不到回答。于是又问她：父亲是否也离开了？还是说，他马上就要离开？她粗粗地吸了一口气，还是不说话。一直走到顶部被涂成了红色的自动航灯处，她都沉默着。这时她说：快，快走，我要吃一点镇静药，我得躺下。于是她走到了我的前面，也不再注意我是否还跟在她的后头。

但是，我紧紧跟在她的身后，从她身边跳上了台阶，与她一起进了厨房，她马上走到乱七八糟的一堆发亮的罐子——大米罐、玉米粒罐、面粉罐、西米罐、麦粒罐——前面，在里面乱翻。这些罐子里什么都有，就是没有贴在罐上的金边商标上所说的那些东西。她从一个罐子里倒出一堆管子和盒子，从一个小铁盒中找出了一个小小的、尖尖的纸袋。她把袋子里的东西倒在水杯里，闭着双眼坐在那儿喝着。我恐惧而又服从地站在她身边，既感兴趣而又抱怨地观察着她：尖尖的下巴、金红色的睫毛、鼻孔、向下撇着的嘴唇。我不敢碰她。母亲用手撑在椅子边上，伸展身子，屏住呼吸待了一会儿。我问她，药粉起作用没有；接着又问，我能不能回布累肯瓦尔夫去参加寿筵。由于她不回答我的问题，我又问道：我们为什么在大坝下面跑得那样快？这时，她眯缝着眼睛，看着我，站起身来，命令我跟她走。

我们上了楼，经过我的房间，一直走到阁楼上，打开了阿迪住的阁楼房间的门，阿迪的纸箱子放在地上，刮脸用的刀具在窗台上闪闪发光，毛衣也放在那里，凳子下面放着一双新帆布鞋，似乎在等好天气的到来。一顶遮阳帽，一条围巾，一堆手帕放在五斗橱上，枕头上还放了一本名叫《我们拿下了纳尔维克城》的书。把东西都收起来，母亲说。由于我不肯动弹，她又要求我说：把东西都装到箱子里去，把阿迪的东西都装到纸箱子里去！当我在她那监督的目光下这样做时，她又轻轻地说：我们可不能落了什么，他得把所有都带走，所有都带走。她递给我一个大概还没有用过的不值钱的照相机，跟我说：把相机放在袜子中间。她自己收起了一条领带，把它塞进了衬衫里。我们又是折叠，又是塞，又是压，又是挤，最后阁楼里除了阿迪的箱子以外，再也没有任何东西可以使人联想到他。当古德隆·耶普森提着箱子往外走时，谁都看得出她的那股反感情绪，反感到手都变僵硬了。我在想些什么呢？我先是想，她大概想给阿迪一间更好的房间；我也希望，他能和我同房间睡。可是，我们却下了楼，到了走廊里，她把箱子立在父亲的办公室旁，推到了墙边，还拍了拍手上的尘土。他要走了吗？我问。这时，她已经安定了，告诉我说：他在这儿什么也没有落下，所以他得走了；我已经跟他谈过了。——为什么？我问道，为什么他必须得走？——这你不懂，母亲说，同时望着窗外，越过一片原野向布累肯瓦尔夫看去。突然，她一动也不动，声音也不抬高地说：我们家里不需要病人。希尔克也走吗？我问。母亲回答说：那得看她了，很快我们就会知道，哪一根纽带——她的确用了纽带这个词——更有力量。

　　我看着她那张刻板的发红的脸，也知道生日礼已经结束，她不可能再让我去布累肯瓦尔夫了。当她给了我一片瘦肉香肠面包、送我去睡觉的时候，我向她点了点头。我拉上了窗帘，脱了衣服，摞在床边的椅子上，就像母亲教我的那样：裤子叠得平平整整的，毛衣叠成了四方形，把衬衫叠好后放在上面，为了协调一致，最后又把背心放在了最上边，以便第二天清晨以相反的次序穿上衣服。我听了听动静，屋子里寂然无声。

躲藏

我必须描写那天的清晨，即使每一段回忆都有一个新的意义。我得让晨曦徐徐展开，让不停变幻着的黄色、灰色与褐色在晨曦中互相争艳，我还得描绘出夏天来，添上无边无际的地平线、运河和田凫的飞翔，飞机飞过时在天上留下的长长的白线，并让人们听得见大坝后面小船划动的声音。为了让这一天的清晨再现，我得把树木，篱笆，还有不冒烟的平顶的田舍分布在各处，我得把大群黑白相间的牲口遍布在牧场上。那一天我醒来时，或者说我不得不醒来时，正是这样一个早晨。因为我的窗户上响起一阵敲击声，连续不断，越来越急。我先是躺着不动，只听到玻璃上有轻轻的敲击声，以为是鹡鸰。接着，一阵淅沥的雨点落在玻璃上，那是一阵沙雨。细小的沙粒狠狠地打在玻璃上。我从床上坐了起来，看看窗户，尽管经过这般敲打，玻璃仍然完好。在听得见但看不到的细沙粒几阵敲打之后，我终于看到一大把一大把的沙子噼里啪啦打到玻璃窗上，我跳下床来，跑到窗户边，凝望着窗外无风的晨曦。

前方和远方都没有什么动静。突然，近处有一个急速的动作映入眼帘，一只高高举起的胳膊在摆动，在棚子里锯木架和满是刀痕的劈柴墩子之间，设法引起我的注意，我并不是一眼就认出或者重新认出我哥哥的，他穿着军服站在那里，手上缠着累赘的白绷带——我猜是那么回事。谁也没有料到，他会在这样一个清晨突然出现在这里，招呼也不打一声。自从他把自己弄残废以后，我们只听说，他在汉堡一个战俘医院里医治，谁也不准去探望他。谁也不谈起他，他从军医院寄来过两张明信片，但谁也没给他回过信。

克拉斯走出棚子，向我招着手，又退回去。我跑到床边，在门边听了一会儿动静，又跑到床边，穿起衬衣和裤子。在走到过道以前，我从窗子里给了他一个信号。走廊里没有动静。他们还在睡觉。他们穿着长长的粗布睡衣，盖着厚被子，垫着自家织的、硬邦邦的灰色床单在睡觉。在这两个熟睡的人的上方，面对面地挂着仅有的两张肖像画，特奥多尔·施托姆和莱托夫－福尔贝克，一位是胡苏姆的作家，一位是将军，他们互不信任地彼此瞪着对方，不停地相互打量着。我弯着腰溜了过去，靠墙跑下楼梯，跑过挂在走廊衣帽架上的鲁格布尔警察哨长的制服。房子里寂静得令人无法置信。钥匙真凉！我慢慢转动着，感到了锁中弹簧的那股劲，我能不出声响地转动钥匙，但是，门开时却发出了动静。我马上想到，楼上的父亲这时会起来了，或者还会出现别的什么情况，但是，照旧静寂无声。我从门缝中挤了出去，小心翼翼地掩上门，飞快地跑过院子来到了棚子里。果然，我哥哥克拉斯就蹲在那里：亮晶晶的眼睛，圆圆的脸，短短的金黄的头发贴在头上。他那缠着绷带的手臂放在劈柴墩子上，军服的领子敞开着。哥哥十分恐惧地蹲在那里，这种恐惧不仅使我不必提任何问题，而且等于向我承认了一切：他是从战俘医院里逃出来的，绕过了各种巡逻线和检查哨，在夜间乘车或步行往这里逃，长时间的戒备心理和弯着腰奔跑——他的恐惧叙述了有关他的一切。

他也不问一声好，就抓住我的衬衫，拉着我蹲在劈柴墩子旁。我们从那里观察着卧室窗户的动静。他不停地看着上边，我则观察着他那疲惫不堪的呆滞的脸，溅满了泥水的制服，胳膊上累赘的石膏绷带，不知是谁，也许是他自己，还在石膏上摁灭过一支香烟。他似乎以为家里有人听见了我的动静，以为他们发现了我的空床后，会从窗子里向外查看我的行止，但是，没有一挂窗帘有响动，连个影子也没有出现。过了一会儿，哥哥按我坐在地上，自己也叹着气坐了下来。他劈开两腿坐在我身旁，背靠在墙上，嘴唇在哆嗦，由于疲惫不堪而浑身发冷，下巴上红胡子茬闪着光。他的帽子哪儿去了？由于没有看到帽子，我便设想：他准是在跳动时丢掉的，不是从开动着的货车向下跳时失落的，就是越过水沟时丢掉的。我小心翼翼地跪在地上向前蹭去，凑到他的脸边。半天，他才睁开眼睛说道：你得把我藏起来，小家伙。

我帮他站起身来，他紧紧地抱住我，身子摇摇晃晃，几乎要跪倒在地或者摔倒，但还是站住了，踌躇地笑着问我：你有个可以躲藏的好地方，是吗？是的，我说。从这以后，他就听从我的一切指挥，同意我走出棚子，看看外面有无动静，不仅如此，他只是看着我，准备一切都按照我的命令行事，或者重复我做过的一切。我跑到那个破旧的架子车前，弯着腰，他也跑到破旧的架子车前，弯着腰；我跳过了砖石小路，从斜坡上滑了下去，他也跳过了砖石小路，从斜坡上滑了下去；我跑到闸门前，他也跑到闸门前。我说：我们必须越过草地到芦苇中去。他也重复着说：到芦苇中去，好的。

他并不问要到哪里去或者要走多远，他跟着我时没有任何好奇心，也没有任何不耐烦的表示。我用伸开的双臂在芦苇中劈开了一条路，径直向着磨坊的水池子，向着没有叶片、行将倒塌的风磨走去，风对它已经无能为力了。沼泽地弹动着。有时杂草蓬乱的地面十分松软，脚一陷下去，泥煤一样褐色的水便灌满了脚踩的窟窿。我们惊动了野鸭子。仿佛到处都有眼睛。芦苇在我们身后沙沙地又立了起来。野鸭子飞起来，转一个圈，又从我们身后袭击过来。在朦胧的绿色中，我感觉自己似乎在海底活动，穿过软软的波动着的海藻林，穿过周围的沉寂前进。芦苇带明亮起来了，风磨的水池子就在我们前面，池子后面，风磨就立在长铁锈的转盘上。在这儿？哥哥问道。我点了点头，在爬过木栅栏，跑到通往磨坊的小路之前，又看了看四周。

我该怎样去想象我那亲爱的风磨呢？它伫立在人工堆成的小丘上，满怀期望地朝西立着——尽管没有叶片——它的圆顶用石板瓦盖成，八角形的、用厚木板钉成的塔尖抗住了两次雷击。镶在高处的白框玻璃窗已被打碎，破碎的、腐烂的叶片躺在东边草地上陈旧的磨石、没有辐条的轮子和铁条之间。支离破碎的门早就关不上了，我只得把堆积在这里的碎土搬开，重新把门枢扳正。风风雨雨和漫长的岁月使门口的踏板坍塌了。风吹进我的磨坊，发出各种嘈杂声。当风从西向东吹时，圆顶上也发出了沉闷的声响，从高处垂下一个不能承受任何分量的滑轮，嘎吱嘎吱地响着。门窗的玻璃已成了碎片，看起来像一小块一小块马粪纸的蝙蝠，无声地在打禾场上飞来飞去，松动的铁皮只要轻轻一碰就响。我的风磨就是这样孤零零地待在这里，乱七八糟，支离破碎，一副颓败的样子，只有干了的大粪堆点缀着。我的风磨就是这样黑黝黝地、毫无用处地、孤零零地伫立在鲁格布尔和布累肯瓦尔夫的视野之间。要是说它还有什么用处的话，那就是它经受了每年春天的暴风和秋天的暴雨而使我们感到惊异。

但是，我们不能在外面停留得太久，尽管磨坊的外部还有不少可以描写的地方——譬如风磨在水池子中的倒影，门上刻的缩写字母，被爱神之箭射中的心房，等等。因为我们没有时间在这里参观，我们必须弯着身子走过夯实的路，经过垮了的平台，走进深深陷在人工堆成的小丘上的入口处。我认为，克拉斯首先并不觉得我的风磨是个黑漆漆的呆滞的建筑物，他也不需要观察什么，因为他对我无限信任。他急匆匆地跟在我的后面，气喘吁吁，缠着绷带的手臂紧贴在身上，脸低垂着，低得只能看见我的两条光腿。

我拉开了门，让他进来，把他推进阴凉的楼道里，关上了门。我们静静地站在一起，听了听上面的动静，除了大坝后面小船划动的声响外，什么也听不见，连蝙蝠掠过的声音也听不见，本来人们只要一走进磨坊，就能听见这种声音。强烈而狭长的光线射进屋来，在暗处抖动着。过堂风和木板楼梯的晃动是我必须提一提的，但是，那晃动也许是我的错觉。哥哥摸着我的手问：是这儿吗？我说，上面，上面是我的房间。然后，我带着他走上楼梯，来到磨面室。我在那里放了一个梯子，把它藏在面粉箱子的后面。我们爬了上去，挤进了天窗，把梯子抽上来平放着。我们一直来到了顶棚下面的一间小屋：我把它称作是我的房间。

克拉斯把我推到了一边，走在我前面，他一下子就发现了窗户旁用芦苇和麻袋搭成的床铺，但他并没有躺下，也不肯坐在那个橙子箱上。尽管从梯子爬上来已费尽了最后一点力气，他却仍然微笑地凝视和赞赏着墙上的那些画，用手抚摩着自己黏糊糊的头发，尽管他揉了揉自己的眼睛，那些画也仍然贴在那里，一张也不少。我贴在我的磨坊隐蔽所墙上的主要是些骑士画。布斯贝克博士六十岁生日过后，我就开始这样做了。我从日历上、杂志上、书籍里剪下了骑士画，开始只是贴在墙的裂缝上，后来就把整个墙都贴满了。这里是拿破仑的骑兵正要从墙上向下奔驰；那里是卡尔五世皇帝驰骋在米尔贝格战场上；约苏波夫公爵穿着鞑靼人服装骑在暴烈的阿拉伯马上；波旁王朝的伊莎贝拉女王骑着安达卢西亚小白马在苍茫暮色中疾驰。龙骑兵、马术表演者、猎人坐在马鞍上，姿势互异，他们互相欣赏着。要是有人愿意，他还能听见铁蹄嗒嗒和战马嘶鸣。这是怎么回事？哥哥问我。展览，我说，这里在举办展览。

克拉斯饶有兴味地点了点头，随即痛苦地拖着步子走到床铺前，倒了下去。我坐在床头，看看墙上的画，又看看他。他已经闭上了双眼，似乎在倾听是否有人跟踪到了这里，让他不得安宁。他怎么也松弛不下来，不能舒展四肢；他在时刻准备着；他在寻找隐蔽的地方，准备竭尽全力一跃而起，或者把累赘的绷带藏到衣服里。我把一只手放在他的胸前。他全身抽动了一下。我揩干他脸上的汗。他忽然一惊。直到我塞给了他一根香烟后，他才安静下来，把两条腿移到用芦苇叶和麻袋铺成的床上去。这张床对他显然是太短了。你满意我的这个隐蔽所吗？我问他。哥哥注视了我半天才说：要是你走漏风声，我就完了。谁也不能让知道，至少是他们——家里的。这是个很好的隐蔽所，小家伙。——谁也没来过，我说。这就好，哥哥说，谁也不能知道我在这儿。——但是父亲，我说，父亲会知道的，他会帮助你的。哥哥又变得疑虑重重，而且几乎是威胁着对我说：我掐死你，小家伙，要是你告诉了他，我就让你完蛋，懂了吗？他用细长而明亮的眼睛盯着我，等待着我做些什么，突然一把抓住我拉到床边，用因恐惧而生的力量把我按在地上，直到我终于明白他的确是在等着我做些什么，并向他作出了保证，他才筋疲力尽但却满意地倒了下去，命令我把破窗户上的一块马粪纸挪开。我们的脸挨得很近，几乎就要贴上了。我们眺望阳光下清晨的大地，一起搜寻着，探视着，一直看到远方大坝的拐弯处，看到顶端涂着红色的自动航标灯。我们同时发现了一辆汽车从胡苏姆公路开来，阳光在挡风玻璃上闪烁。这是一辆墨绿色的汽车，它缓缓地行驶在镜子般的水沟旁边，突然拐进通往鲁格布尔的砖石小路，车速更慢了，却没有停下来，它消失在霍尔姆森瓦尔夫蓬乱的树篱中。当我以为再也看不见它时，它却又出现了，刺眼的光芒又在汽车的挡风玻璃上跳动着。母牛急冲冲地走到铁丝网前去等着汽车，但在汽车到达的一瞬间却又惊吓得摇着笨重的头跳到了一边，而汽车仍无声地继续行驶着，在"鲁格布尔警察哨"的牌子前停了下来。一扇窗子摇了下来，一个脑袋和穿着闪光的皮衣的肩膀斜着伸了出来。要是这个人靠着窗户看牌子上的字，那他得好半天才能猜出这被雨水冲淡，又被描过两次的字迹。

哥哥紧紧抓住我的胳膊，不由自主地激动地紧紧同我挤在一起。这时，汽车门打开了，四个穿皮大衣的男人走下车来，彼此不打一声招呼，如大家知道的那样，训练有素地从四个方向向我们家前进，机灵地，尽管不是严密地包围了我们的家。四个男人穿着同样的大衣，头上戴着同样的帽子，都把手插在衣兜里。我认为，这些人肯定都是经受过训练的，他们拉开队形，若无其事地前进，有一个人毫不费力地跳过了花园的栅栏。

今天我才知道，为什么克拉斯一眼也不看我，一直紧紧按着我的胳膊，并突然说：快去，小家伙，快跑回家去。我也知道，为什么他不给我时间提出问题。他把我推出了天窗，非常着急，毫不留情。走吧！这就是他所说的全部的话。后来，当我站在梯子下边时，他才又说了一句：吃的，你回来的时候，带点吃的来。

对我的哥哥我从来都是服从的。我跳下了梯子，遵照他的要求，把梯子藏在面粉箱的后面；遵照他的要求，跳过了通往大坝的路，在芦苇带中开辟出一条通道，一直跑到闸门前面，然后又弯着身子在水沟的斜坡旁继续前进，在破旧的架子车旁，我站直了身子，可以无忧无虑了。这时，我的家近在眼前。我走到汽车跟前，它还停在牌子下面。我围着车子转了一圈，在仪表盘上好奇地看着，寻找着最高车速的刻度；我按了一声喇叭，结果一个穿着皮大衣，身材短小，像个树墩一般的男人冲了出来。他抓住了我的衣领，想知道我是哪家的孩子，还让我告诉他大清早在外面干什么。为了一起回答他的全部问题，我说了自己的名字，指了指卧室的窗户说：我就住在这里。他不相信我的回答。这个敦实的家伙抓着我的衣领，把我推进家去，带到父亲的办公室里。

所有的人都坐在这里。三个穿皮大衣的男人冲着光坐着，父亲只穿着内衣和裤子，背带扭曲地系在肩上，既没刮胡子也没洗脸梳头，一句话，在这些穿着大衣的男人直挺挺的侧影前坐着的是一个慌乱的、显然刚从睡梦中被吵醒的鲁格布尔警察哨长，我看他至少有九十五岁。当人们问他，我是不是他的儿子，是不是这家的人时，父亲端详了我半天，似乎真要费一番工夫才能认出来。当人们再问他时，他才点了点头，谢天谢地，微微点了一下，但总算点头了，这时，抓住我领子的手才算松了下来。那个五短身材、强壮结实的家伙走到父亲跟前，两手交错放在背后，晃着身子，连同他厚厚的橡胶鞋跟一起摇晃，用他那对牛眼瞅着挂在父亲写字台上镜框里的格言：一日之计在于晨。既然谁也不撵我走，我就趁机飞快地环视了父亲从来不许我进的办公室。但是，这里并没有什么令我感兴趣的东西。一个挂着四个印章的架子，一把垂着穗子的警察用的宝剑闪着淡淡的银光。父亲无精打采而又毕恭毕敬地坐在那里，好像根本没有说话的余地。他双手平平地放在大腿上，上身僵硬地靠着椅背，缩着下巴，嘴唇启开着。他不能掩饰自己在思考着什么，即使他从眼角审视着这个五短身材、粗壮结实的家伙时也是如此。这个家伙正以使人难堪的缓慢速度仔细看着办公桌上方满墙的照片。

这些照片都说了些什么呢？照片说的是格吕泽鲁普的一家阴暗狭窄的商店，彼得·保罗·耶普森在这里出售新鲜的海鱼。鱼铺老板耶普森家生了五个孩子，其中有一个干瘦的小伙子，在照相师看来，脸上永远有着冷淡的怀疑表情，他与鲁格布尔警察哨长出奇地相似。有两家人比赛吃大虾的，也有格吕泽鲁普儿童合唱团的照片——因为是孩子们唱歌的时候拍下来的，所以他们的嘴永远是张开的。此外还有：小学生严斯·奥勒·耶普森手上拿着一个其大无比的新生入学用的纸口袋；还是这个耶普森正在受坚信礼；格吕泽鲁普 TuS 足球队的左卫。一张椭圆形的照片表明，曾有过一个年轻的炮手耶普森，跪在一门轻榴弹炮前，就像跪在祭坛前一样。还是那个炮手，穿着一件大衣，和其他炮手一起在加利曾唱着一支关于圣诞树的歌。警察学校的学生严斯·奥勒·耶普森斜着身子躺在留有上须的运动队员前，在他们的背后，汉堡砖砌的军营咄咄逼人地高耸着。接着，古德隆·舍塞尔出现了。照片表明她特别喜爱穿白色的衣服和白色的袜子；长得出奇的辫子一直拖到臀部；古德隆也会看书，因为她在每一张照片上都捧着一本书。有一张照片表明严斯·奥勒·耶普森和古德隆·舍塞尔有一天结合在一起了，参加婚礼的人都眼睛发直，身子发直，十分僵硬地举着酒杯围着新郎和新娘，似乎在规规矩矩地向他们表示祝贺。还有这对夫妇到柏林去旅行，乘坐莱茵河上的汽艇从宾根去科隆途中的照片。最后那张照片上，这对夫妇生了三个孩子，希尔克和克拉斯一眼就能认出来，坐在高轮推车上、没有头发的那个胖家伙肯定就是我。

那个穿着皮大衣的强壮结实的家伙，不慌不忙地仔细看着这些照片，父亲则恭恭敬敬地坐着一动也不动。一位来访者翻阅着用圆圈形的字体记下的最新记录。另外三个人像静止的侧影一样坐在那里，其中一个抽着烟，从来不把香烟从嘴里拿出来。他们之间该说的话大概已经说完了。我缩在墙角，等着将要发生的事情，但是母亲突然不声不响地走进了办公室，向我一招手，一把抓住我拽进了厨房。小桌子上摆着我的早餐，稠稠的麦片粥放了糖，还有一片面包，上面抹了一层果酱。吃吧，她没有语调地说。我就在她的注视下吃早餐，并发现，她还一直在倾听办公室的动静。他们好像在寻找什么，我说。——别说话，吃你的！——他们准是胡苏姆来的，肯定是的，我又说。我没问你，她说。她关上了厨房的门，倒了一杯茶，站着喝起茶来。我问她：他们要把父亲带到汽车里去吗？她耸了耸肩膀，慢慢地说：我不知道。接着放下了杯子，走进了走廊。

我看了风磨一眼，克拉斯正躺在那里等我呢。我打开食品储藏室因受潮而发涨的门，看见里面有一坛腌黄瓜，半个面包，腌肉，洋葱，一碗还没有加糖的果酱，一钵人造奶油，一段香肠，四个生鸡蛋，一袋面粉和一包麦片，再也没有别的东西了。我舔干净我那片面包上的果酱，把面包掰开，装进衣兜。办公室里的声音越来越大。那个壮实的家伙开始说话了，另外几个也偶尔插几句，只有我父亲不吭声，什么也不说。母亲突然又溜进了厨房，匆匆地拿起茶杯，端到嘴边。这时，这帮人已经走出了办公室，来到了走廊上。每个人在告别时都同鲁格布尔警察哨长握了握手。在他们犹犹豫豫地离开之前，还向厨房里看了一眼，祝我们胃口好，等等。但他们并没有立即上车，而是四处散开，似乎是在欣赏风景，用训练有素的眼睛搜索着水沟、草地、篱笆直到大坝。但是这里并没有什么令人怀疑的东西在活动，或站着，或躺着，或蹲着。有一个人在棚子里搜了半天，另一个在水闸前检查了好久，但都一无所获。他们又随便地查看了一下已经破烂的架子车，那个五短身材的家伙还从汽车里拿出望远镜朝泥煤塘那边看了半天。他们往汽车走去的时候，脸上的表情颇不满意。他们失望地离去了。

父亲站在台阶上看着他们的汽车开走，缓慢地行驶在水沟旁。一直到汽车开上了胡苏姆公路他才走进来，像平时那样坐在饭桌旁，两手搿在一起。他穿着粗布的内衣，系着歪歪扭扭的背带僵直地坐着，眼里噙着泪水，轻轻地咬着牙。他看不见母亲递过来的茶，也看不见我——绝不是心不在焉，他的脸色表明，他不仅知道了他们一早来访的原因，也知道后果是什么。他在那里翻来覆去地算计着，权衡着，考虑着。他的眉毛在动弹。他吃力地呼吸着。突然举起了右手，又无力地放到桌上，并向母亲说：他完全可能突然出现在家门口。——他们在找他吗？母亲问道。父亲回答说：原来他住在战俘医院，但是跑了出来，他们在到处搜寻他。他是什么时候逃跑的？母亲问道。昨天，他说，昨天，昨天晚上。这样一来，他把所有事情都弄糟了。我打听过，要是克拉斯不这样做，他在监狱或惩罚营待一些时候就可以放出来，现在他什么都甭指望了。——为什么？母亲问，他为什么要这样做？——你自己去问他，父亲说，他会突然来敲门，站在你面前，那时你自己去问他好了。——他不会到这儿来，她说，特别是他连累了我们，肯定不敢在这儿露面。——他会来的，父亲说，他的一切从这儿开始，那么他的一切也将在这儿结束。他会直接跑到他们手心里去的。——要是他跑到这儿来，你要警告他吗？她问，或者说，你准备把他藏起来？——我不知道，父亲说，我不知道该怎么办。她说：但愿你能明白人们期待你的是什么。

她给父亲摆好餐具，拿出了面包，人造奶油，装着果酱的褐色罐子，把这些东西都推到他面前。尽到了这些麻烦的义务之后，她似乎满意了。她不坐下来，又倒了一杯茶，把身子靠在厨房的柜子上，说：我不想和他有任何联系，克拉斯和我，我们之间的关系从此断绝。要是他出现在这里，我和他没什么好说的。父亲看着早餐，一口也不吃。他说，你过去不是这么说他的呀。再说，他也受伤了。母亲说，是残废了。克拉斯没有受伤，而是残废了，这是他自己弄的。——是的，父亲说，是的，是的，他把自己弄残废了，但这是必要的。克拉斯比我们谁都强，这小伙子比我有前途。——母亲说，我们想念他，我们总是想念他，可他呢？要是他比我们大家都强，他也应该考虑到，这样做会给我们带来什么后果，他应该考虑到。现在太晚了。父亲不吃也不喝，他摸了摸稀疏的头发，突然抓住了左肩，似乎旧伤口的疼痛又要发作了。现在克拉斯还没有来，他说，谁知道他能不能跑得过来。——要是他跑过来了呢？母亲问。父亲说，我知道我应该做些什么。他的话带有一种小心翼翼的责备的口吻。他把那张没有刮胡子的脸朝母亲转过去，慢慢地望着她，轻蔑地端详她，又补充说：该发生的事总会发生的，你完全可以放心。他站起身来，伸着手向她走了过去，但是她不想让他碰着自己，很快地把杯子放下，躲过了他，绕过桌子，退到门边，一句话也没说就上楼去了，她很可能又把自己关在卧室里了。

父亲耸了耸肩膀，退下了背带，走到水池子旁边，从墙角的小架子上拿起刷子和肥皂，稍稍叉开腿，在水池旁抹着肥皂，眼睛盯着我。你都听见了，他突然说，克拉斯跑了，很可能跑到这儿来。我把果酱涂在麦片粥上，什么也没说。他肯定会跑到这儿来，父亲说，他会突然跑到这儿，要这要那，还要吃的，要我们把他藏起来。要是事先不对我说，你就什么也别干。谁要帮他的忙，谁就得受惩罚，包括你，你要这么干，你也得受惩罚。我问他：要是他们抓着克拉斯，会对他怎么样？父亲像擤鼻涕似的把肥皂泡甩掉，只说了一句：他该受什么惩罚就受什么惩罚。接着他拿起刮脸刀，把腮帮子一鼓，从耳朵那儿开始往旁边刮着，然后又像没完没了地吹着口哨那样噘着嘴。我心不在焉地吃着麦片粥，一勺一勺地舀着灰白色的麦片，舀了好半天，一直等到父亲刮完了脸。即便现在他也不想吃，不想喝。他刷洗了刮脸用具，拉上了背带，动作缓慢，心事重重，然后又找扣子，其实这颗扣子早就掉。他使劲擦了一下鼻子，看着手绢沉思了半天，然后走到窗户旁，一直注视着胡苏姆公路，而公路上什么也没有，只有太阳把柏油晒得软软的。

接着，他又干了几件借以拖延时间的事，例如，刷鞋、清烟斗，上闹钟，这才离开厨房，疾步走进了办公室。这时，我喝了他的茶，把面包、人造奶油和那纤维一般一会儿变绿、一会儿变红的果酱搬进了储藏室，把一切都放在原地，听了听外面，没有动静，于是我切了几片一指头厚的面包，把它们从领口放进衬衣里，接着又放进一段香肠和两个鸡蛋，衬衫在系皮带的地方鼓了起来。我轻轻地把这些吃的往背后挪，脊梁骨感觉到了冰凉的鸡蛋和掉屑粒的面包。我把香肠塞在衣袋里，又切了一条刚有一点咸味的腌肉，把它慢慢滑到了脊梁骨那儿。这时，我背后靠近裤子的地方衬衣鼓了起来，就像一个天然的背包，只是偏低一点。但是，我总觉得还不够。苹果！我想起了我房间里柜子上的苹果，决定再从领口里塞上它几个。于是我离开了厨房，向楼上走去，鸡蛋、面包和腌肉在里面不停地晃动着，皮肤上也发黏了。我紧贴着墙走，想不引人注意地走上楼去，经过那间充满敌意的卧室，开开我房间的门，我吓了一跳：母亲瞪着两眼躺在我的床上。她并没有像我想象的那样待在自己的卧室里，也不像我想象的那样，高傲地撇着嘴唇站在窗帘后面，从大坝、地平线或者闪烁的水面上寻求安慰。她躺在我床上，蜷曲着身子，被子一直盖到胸脯，布满了雀斑和老年斑的雪白胳膊放松地搁在被子上。打这以后，这种场面再也不会使我吃惊，因为她经常这么干；但在这一天，我一见这情景便呆若木鸡。我直愣愣地望着她。我连问都不敢问自己一声：你的母亲躺在你的床上，这意味着什么？她的头发散在枕头上。没有线条的身子在被单下显得很难看。难道她要把我赶出我的房间？她躺在这里的样子，使我想起了我的姐姐希尔克。从她睁开的眼睛里我看不出原因来，她也没有丝毫向我表示歉意的意思。脊背上潮乎乎和冰凉的感觉提醒了我，该怎样离开她的视线呢？对，往后退，就像小猫退出魔法圈那样脱身出来。我已经退到了门把处，门槛就在我的脚下了，这时，她说：过来，到我身边来。我听从了。转过身子，她又说。我也这样做了，把屁股使劲往回缩，真以为这样一来她就看不见我背后衬衫里的鼓包了。但是她却说：把东西掏出来。于是，我把这些吃的从脊背上挪到肚脐眼那儿，从领口一件一件拿了出来，放在地上：面包、鸡蛋、一条很淡的咸肉。我准备应对她提出的各种问题，也想好了向她说出我的隐蔽所，但不是在磨坊，而是在半岛上的飞禽站。我要讲，我之所以这样做，是为天气不好时准备干粮。但是，我母亲什么也不想知道，只是说：把东西全都放回储藏室去。她的口气既不带威胁性，也没有警告的意味和失望的情绪。她命令我为克拉斯拣出来的东西送回去，声音里含有痛苦的音调。我久久地、害怕地看着她，等着她向我宣布那不言而喻的惩罚。但是，我的恐惧是没有道理的，母亲甚至朝我微笑，并点着头要求我照她的吩咐去做。于是，我把衬衫从裤子里拉出来，把东西兜在一起，送到楼下储藏室去。

她怎么啦？为什么不惩罚我？为什么不把我关起来？我把鸡蛋放在鸡蛋那儿，把肉放在肉那儿，把香肠放在香肠那儿，只是那块掰开的面包还放在裤兜里，我用伸平的手掌拍了几下，让裤子不露一点痕迹。

我从厨房的窗口看着磨坊，一遍一遍地寻找天窗上的信号。这时，父亲在后面的办公室里用他自己特有的口气开始打电话了，他扯着嗓门向话筒喊叫，他的话都很简短，最后的几个字还老要重复一下。他打起电话来是决不会叫人听不见的。我估计，母亲会像平时那样走下楼来关上办公室的门，这样一来，尽管还听得清他讲些什么，但不至于使人受不了。但是，楼上鸦雀无声。克拉斯躺在天窗后面等着我，但不见天窗那边有什么信号。从胡苏姆来的信收到了！父亲朝电话嚷嚷着。我在想象，我的哥哥睡在由干燥的芦苇和麻袋铺成的床上，在睡眠中也时刻提防，弯曲着身子随时准备跳起来。没有什么特殊情况！父亲叫着，没有情况！

我在考虑，这次究竟应从哪一条路悄悄到磨坊去。我沿着水沟望去，查看了一下大坝，我想，就缺一条地下通道。在决定绕弯路去磨坊的时候，我认出了路上的奥柯·布罗德尔森，他背着邮袋，骑着自行车，从霍尔姆森瓦尔夫来。这个邮递员在车上摇晃着，那划有一道一道印痕的皮口袋似乎有些碍他的事，使他不能保持平衡。报告立即送来！父亲又嚷道。

奥柯·布罗德尔森径直向我们骑来，越过用树干搭成的小桥，发出一阵声响，他喃喃自语地骑过来，像是要冲撞钉着指示牌的树桩，但是快要撞倒时却又拐了过来，绕了一个大弯子之后，停到我家台阶前。他嘴里骂骂咧咧地下了车，那只别住的制服上衣的空袖子抽动着，像触了电一般地甩出来。他把邮袋拉到肚子前，走上台阶，门也不敲，径直往厨房里跑，向所有跑来问有没有信的人喃喃地道一声早上好，然后，奥柯·布罗德尔森坐在餐桌边，拿出他那块怀表，摆在面前。他安详地看着表，似乎对它很满意，因为他在点头。我正想看一眼他的表时，他却拦住我，递给我一张来自汉堡的明信片，并说：要是看得懂的话，你就看看，希尔克要回来了，你姐姐要永远待在家里啦。马上就办！父亲又在办公室里嚷嚷。你可以星期日去车站接她，邮递员说完又激动而满意地观察着他那块怀表。只要一坐下，他总要这样做。有时候，我甚至觉得，似乎他的表计时和划分时间的方法与别的表不一样，而他自己则只想把这种差别弄清楚。

年老的独臂邮递员对父亲在办公室的叫嚷声不感兴趣。他喘着粗气，一门心思地看他的怀表，直到我父亲放下听筒，走进厨房。他站起来，两个人握了握手，彼此提高了声调，用称呼名字来提问：严斯？奥柯？邮递员从我手上把明信片拿过去，和报纸一起交给我父亲，又坐下来。他环视了一下厨房，似乎在找什么。要茶吗？父亲问道，你要喝一杯茶吗？——好，邮递员说，一杯茶，好，我正需要。于是他们俩喝起茶来，轮流称赞着放了很多糖的浓茶。一面喝，一面从杯沿上向对方望去。他们不干别的，但是，仔细想一下，他们确实在干别的：他们不停地暗自思忖，想找出一个话头来，对于那些彼此都想从对方口中知道的事情，只要提一个头就行了。在我们家，他们总是注意平平淡淡地开始谈某件事，不抬高嗓门。

因此，我不能让奥柯·布罗德尔森马上开始谈话，我得像他那样等待着，我得提一提这两个人以惊人的勇气在餐桌旁未入正题前消磨时光的谈话：他们谈论低空轰炸机和自行车的内胎；我得耐心地听他们不厌其详地询问对方家眷的情况；我还得去回想他们那缓慢而又经过考虑的动作。布罗德尔森制服上衣的空袖筒擦着餐桌。父亲则折叠着报纸。布罗德尔森一边说买不到自行车内胎，一边看着自己的怀表。鲁格布尔警察哨长则不时地抬起头，好像在倾听屋子里有什么可疑的动静。

他们就这样互相靠近，就这样互相为对方转入正题作准备，时间够长也够麻烦的。最后，老邮递员觉得有必要谈谈自己待在这儿的理由了。他说：你不应该管他，严斯。而我父亲似乎早就料到他会说这个，便说道：你也开始这么说了，你也跟老霍尔姆森一样说起这个来了。昨天晚上他顺便来我这儿，除了对我说别管他之外，什么也不提。但是，到现在为止，发生什么大事啦？禁止绘画是柏林的决定，不是我策划的，没收作品也是柏林的决定，我按指示办事，并没有越出这个范围。

有人说，你老是跟在他后头，邮递员。跟在他后头？父亲说，跟在他后头，这是什么意思？必须得有人告诉他，哪些是规定不准他干的，而这个恰恰就是我的任务。——人家说，邮递员说，你从早到晚都监视他，甚至在夜里也一样。——禁止绘画必须受到监督，父亲简短地说。奥柯·布罗德尔森对这个答复早有准备，便说：人家说，你做的比该做的要多，反正超过了你的职责范围。——你们根本就不知道他们指望我干什么，父亲说。不，邮递员说，他们并不知道这些，但他们倒是可以详细地知道，

107

在这个问题上你对自己有什么指望。人家说，你个人还采取了一些措施。鲁格布尔警察哨长耸了耸肩膀，冷静地看着说话的这个人，在哨长办公室里不少照片上，甚至在那张椭圆形的、炮手跪在榴弹炮前的照片上，这个人都在他身旁。他闭上眼睛，思考了很长时间，才作出回答，大致如下：我有我的任务，他自称有他的使命。我告诉过他，他不该干什么；他也告诉我，他还要继续干些什么。我不允许有人违例，但他非违例不可。你就把这些话告诉那些风言风语的人去吧。你放心地去吧，去告诉他们，我们两个人各行其是：他和我。我们该说的话都说了，而且谁都知道后果是什么。

邮递员点了点头，似乎他自己并无异议，他也不谈自己的看法。有几个人担心，他说，有几个人为你担心，因为他们认为，时代会变的。你知道，他有许多朋友。——我知道得更多，父亲说，我了解他在国外那些人眼里的意义，他们甚至赞赏他。我也知道，我们这儿也有些人为他感到骄傲——老霍尔姆森向我证实过，人们之所以为他感到骄傲，是因为他发现或创造了我们这里的风景，或者说使它闻名了。我甚至还听说过，在西方或南方，要是人们想起我们这个地区，首先就想起他来……我知道得够多的，你们可以相信我。至于担心？尽自己职责的人，是不用担心的，即使时代起了变化也罢。——邮递员说，有人说，你没收了他近几年的作品。

柏林来了决定嘛，父亲说，我负责把这些作品包装好，运到胡苏姆去。这些作品以后怎么样，我不知道。

听人讲，邮递员说，这些作品接着又被送到了柏林，一半烧毁了，一半卖掉了。——我不知道，父亲说，关于这些我没听说，因为我管不着，我只负责鲁格布尔。

但是为什么要禁止他绘画，邮递员说，为什么要没收他近几年的作品，你总知道吧？——决定中写着，他脱离人民，父亲说，因此，有害于国家，不受欢迎，简直是堕落——你大概知道我这话的意思。

不管怎么说，邮递员讲，有几个人为你担心，特别有两个人，他们没有忘记，当年是他把你从格吕泽鲁普码头的水中捞上来的。——欠账总有还清的时候，父亲说，我们已经算清账了。这一点现在你也知道了，你可以去告诉那些没完没了地说闲话的人。我们俩都是格吕泽鲁普人，他和我，我们把话都说明白了。现在一切都取决于他，看他还要走多远。

尽管如此，奥柯·布罗德尔森说，你最好别管他，严斯。这时父亲盯着他，似乎要费不少劲才能听懂他的话。邮递员拿起怀表，放在耳边听了听，迅速地上了弦，放回衣袋里。他把剩下的凉茶倒进肚里，站了起来，碰得哪儿都响。他得赶快走，也许因为他讨厌自己说了那么多话。我帮他挂上邮包。他匆匆向父亲告别，不等父亲回答就走了出去，把警察哨长留在那里。哨长既不激动，也不发愁，既不暴跳如雷，也不威胁别人，他甚至一点也不感到不安，只是安静地坐着，以他特有的枯燥无味和慢条斯理的神情在那里沉思。

他沉思的样子是一望便知的。尽管他的眼睛盯着水池子，看着那缓缓滴着水的、已经失去色泽的黄铜水龙头，但他的目光多半是向着内心的。听不见他的呼吸声，他的脉搏也变慢了，上身微微收缩，两只手或张开，或互相握住，或互相挤压，脚尖不规则地抖动着。别人在他眼前走动、谈话，或工作，都不会妨碍他沉思，他也不会发脾气。

我朝磨坊那边看了看，那里有人等着我呢。面包在兜里变得越来越沉，总之，它要我注意它。窗台上放着我自制的蓝旗，我把它拿在手里，在父亲的眼前晃了一会儿。我摇旗时带起了风，或许由于这一信号，他抬起了头。我一眼就看出，他在沉思时也想到了我。他点燃了已经熄灭的烟斗，揉了揉右眼上刚开始长的针眼，使劲抽烟斗，嘴唇吧嗒作响，煞有介事地坐在那里。我厌恶这种傲慢地坐着的姿势，我害怕这种总有什么名堂的沉默，我讨厌这种一本正经、沉默寡言、投向远处的目光和难以形容的表情。我害怕，害怕我们的这种习惯：倾听自己的心声，而不用语言来表达。

此时，鲁格布尔警察哨长透过烟雾久久地看着墙壁，两眼蒙眬，似乎有所预见，要是墙上突然生出一块斑点，或是一块砖头松动了，我也不会奇怪。

我想请他允许我出门，但是不敢，我不敢跟他说话，也不想过早地把他的目光向我引来，便在屋子里绕来绕去，差一点把架子上装着大米、玉米、西米和麦粒的罐子碰翻，这时他突然从后面抓住我，把我拉到他身边说：别忘了，我们在合作。要是你看见什么，就得向我报告。用这面旗子吗？我说。他回答说：随你的便，反正你得报告。西吉，谁也对付不了我们两个人。

这番话我已经听他说过一次了。我立即问他：我现在能走吗？——去吧，他说，依我看，你也可以到布累肯瓦尔夫去，但是得把眼睛瞪大一点。他还想说些什么，办公室的电话铃却响了。他跳了起来，用一个可怕的动作把烟斗放在茶碟上，按了按头缝分得笔直的头发，一边走，一边扣上上衣纽扣。听到他说"我是鲁格布尔警察哨长耶普森"时，我已经到了门外的台阶上了。

我跳下台阶，走上砖石小路，谁也没有看见我，至少没有人叫我，我已到了水闸旁，停了一会儿，为了保险起见，我把那污浊的水通过闸门往外放了半天，随后向大坝迂回前进，又绕道向芦苇带和磨坊跑去。我没有穿过芦苇带，绕过磨坊的池塘往那边走，这一回，我从背后绕，在人工堆的土丘的阴影下走着，在已经坍塌的大门的踏板上站了好半天，直到断定那两个站在公墓前草地上的男人的确是在排水渠排水，才走到下面的入口处，打开了通过楼梯的门。

我并没有马上去见他。我静静站在阴凉中，站在黑暗里，听了听上面的动静。旧面粉箱后面放梯子的地方有响声。过堂风向我袭来，一声责备的叫喊冲我而来，不，这不是叫喊，但是一种与叫喊相似的嘈声，同往常一样总有什么东西在高处飘动，掠过屋里的黑暗，鼓着翅膀，向下俯冲，但这绝不是海鸥。我正想拉出梯子架起来时，看见了克拉斯。他躺在面粉箱旁，就在天窗下面。他那只没受伤的手拿着一根绳子，那个旧滑轮的铁链子正在他的头顶上缓慢无声地摆动着。他用这条铁链子把自己挂了下来。他想用绳子把铁链接长一些，将它们缠在一起，可是只有铁链能承受住他的重量。我放下梯子，跪在他的身旁，从他手里把绳子拿走，又从他身底下抽出来。我说，这是我在紧急情况下用来往下降落的绳子，它就塞在我的床铺下。绳子并没有断，只是没跟铁链缠住，从铁链最后一节上滑脱了，由于拉拽和挤压，绳子的末端变黑了。但是，我这样详细地解释并不能帮助我哥哥站起来。因为我把绳子从他手上拿开以后，他仍旧蜷曲身子躺在那儿。要是从上往下看，这是一个蜷曲着身子准备起跑的姿势。当我小心地摇晃他或者轻轻碰碰他的时候，他一动也不动，回答我的只是轻轻的呻吟。

我把面包从裤兜里拿出来，递给他。我把一碰就碎的面包紧紧挨在他的脸旁，要他吃，至少让他把眼睛睁开。但他只是呻吟；抬起了那只累赘的打着石膏的胳膊，又放了下来。我把面包掰开，慢慢送到他的嘴边，轻轻往他嘴里塞，然后使劲地塞，最后才觉出被他咬紧的牙齿挡住了。我未能把面包塞进他的嘴里。我也没法挪动他，把他拖到木头柱子边，让他的背靠在柱子上，因为他太重了。看来我什么都办不到了，只好坐在克拉斯身旁，给他叙说家里的情况。

我耐心地冲着他那圆脸说着，也看不出他究竟听明白了没有，或者听明白后有没有在心里产生什么想法。不论我怎么说，他仍弯着身子躺在我面前。我没有别的办法，只好不时地离开磨坊，走过已经坍塌的木踏板，不仅观察着那两个排水工人，也观察着从格吕泽鲁普方向来的一辆大车和那唯一一个站在"浅滩一瞥"酒店平台上动也不动的男人，还有鲁格布尔警察哨长的家和棚子。我还得观察多久呢？有一次，当我从瞭望处确定没有可疑迹象后跑下来时，我哥哥已经不再躺在面粉箱旁，而是自己坐了起来，把背靠在一根用斧头砍得光溜的柱子上。他一个人坐了起来，上气不接下气地喘着，用被追逐的人的眼光看着我，用缓慢的点头的动作向我证实：我把他单独留在那里以后，一股惊慌的情绪忽然攫住了他，他觉得我的隐蔽所是一座陷阱，想要离开这里，尝试着用绳子把旧滑轮延长，用一只手向上爬。结果摔了下来。他证实了这一切，也证实了他的小腹疼痛。他用那只健康的手按着它，把头向后仰，闭上了双眼。现在他还是不想吃饭，我用手捧着面包递给他，他拒绝了。

走吧，小家伙，他费力地说，把我从这儿带走。我说：那就回家去吧，克拉斯，你到家了，他们就会帮助你的。——疼啊，他说，这下面疼。——我带你回家去，我说。不，不回家，他说，那就等于把自己交出去了。我问他：如果不回家，那去哪儿呢？我把你带到哪儿去？克拉斯必定已经考虑过了，他并非随便地说：画家那儿，把我带到他那儿去。我说：可是，你不知道他发生了什么事！——他是唯一可以帮助我的人，哥哥说，他会把我藏起来的，我知道。我又说：你不知道发生了什么事！哥哥却说：他会帮我忙的。他说着，就用胳膊撑着地面站起身来，抱着木柱子，招呼我过去。他用缠着绷带的手招呼我，他的命令几乎成了威胁。画家那儿，他又说，我早就该上他那儿去，我大清早就应该去敲他的门的。

克拉斯放开柱子，靠到我身上来，试试我究竟能承受他多少重量。他的身子不重，每走一步还要减轻一点。我们走到外面阳光下的时候，他把手从我的肩上拿开，蹲在一个水坑旁，用泥土抹在石膏上。他细心地抹着，我也帮他，我们用褐色的湿泥煤土把石膏绷带全涂满了，还在水坑里浸了几次，最后，它看起来就像一长条泥煤。接着，我们出发，溜过磨坊的水池子，弯腰来到水沟旁，越走近布累肯瓦尔夫，我就越是加紧劝他回家去，他却无动于衷，不予回答。我们怀疑这时的宁静气氛，也不相信被晒暖的黑水沟上夏天的烈日。在我们这儿，谁要是一出门，就会被人看见。我们俩对这一点很清楚，因此尽管四野无人，我们仍须提防。我们俩都清楚，在这里，总会有人在远眺水沟和原野，可能站在篱笆后、门边或窗户里一动也不动地瞧着，所以当我们一路向布累肯瓦尔夫跑去时，总觉得早就被人发现了，或者甚至已经被跟踪。我们小步跑着过了闸门，踏过斜坡上的芦苇草，涉过饲水场，穿过被无数牲口践踏过的烂泥地，到了人们为牲口挤奶的地方。我还记得，当我们急匆匆地把栅栏扒开一个洞钻过去，栅栏的铁丝网吱扭乱响抖动着的时候，我们把身子紧贴在地面上听着动静。我跟着克拉斯跑，他要我干什么，我就干什么；这不是由于他的恐惧，也不是由于我们一躺下他就呻吟的痛苦。我一路陪着他，尽管我相信，马克斯·路德维希·南森也许不会把我们送回家去，但会把我们送回磨坊去的。最后一段路我们是直着身子跑的，一直跑到了能遮掩我们的布累肯瓦尔夫的树篱下。在没有栏杆的木板桥上，克拉斯摔倒了。他试图用膝盖直起身子来，但是办不到，他又摔倒了，脸贴在地上。我飞快地从篱笆的窟窿里钻了过去，扫视了一下花园，又看了看那边的房子，但是没有人在。于是我回到哥哥那里，把他拖到一旁，将他的头放在草丛里，问道：要我现在去叫他吗？哥哥茫然地看着我，我又急切地问了一遍：要我去叫他吗？——去吧，他低声说，去吧。走前，我又蹲下来，尽可能地把哥哥的制服弄干净，把他身上的草弄掉，又把已经干了的土剥下来，把皮鞋擦干净，领子拉整齐，扣上上衣扣子。你安静地躺在这儿吧，我说，别离开。说完，我就走了。

　　钻过篱笆之后，我就可以直着腰走了，一边从左边或右边折下些树枝拿在手里，一边观察着花园、房子和画室，因为我想保险一点，既不想碰见约塔，也不想碰见约普斯特——那个肥胖短小的怪物，更不想向他们泄露秘密。花园里，鸡在花坛间跑来跑去，汉堡的金斑鸡，比利时的莱亨鸡，成群地聚集在车轴草和百日草间，啄着百合花上的虫子。谁也不在这儿，花园的凉亭也是空的。那四百扇窗户里也没有人影。是谁碰着了苹果树下的秋千？为什么那朵罂粟花在摇动？到画室去，我想，你得到画室里去找他。我走进花园，沿着篱笆前进，我紧紧盯住花坛和房子，绕过外面那条耙过的路，来到了画室的后墙。我听见里面有谈话的声音，不，只有一个人在那里激昂地提出问题、嘲讽地回答问题。门没有锁，我悄悄地推开，溜了进去，马上听到从一侧传来的画家的声音。我得说，这儿吵得可真凶啊，当时画家完全可能这样说：别胡说了，巴尔塔萨，每一张图画只有一个情节，那就是色彩。我光着脚踩在坚实的地板上，悄悄走到他身旁——我今天还能想象当时踮着脚尖走近他的情景——坐在一张临时搭的铺板上，拉开当帘子用的一张床单，看见他穿着那件旧蓝大衣，戴着帽子。他在作画。他在和巴尔塔萨争吵。他在画一幅名叫《景色和陌生人》的画。

画钉在柜子右边一扇门的内侧，左边，在开着的抽屉里，放着被他称之为颜色的辅助工具。把两扇门一合，柜子就关上了，作品和颜色也就消失了。但是，天晓得他此刻会不会因为脚步声、人声或者警告的响动而关上柜子；我觉得，他同巴尔塔萨的争吵太认真了，他太专心致志了，他要用紫色的狐狸皮来向对方证明，在站着几个陌生巨人的风景画中，不能用死亡的或衰败的颜色来表示暴行或灭亡的临近，而要用可怕的刺眼的颜色，比如用可怕的橘红色，用白色，就像轻轻涂上一层表面的颜色。在黑灰色里加进一声尖叫：黄色、褐色和白色——随即，沉默消失，克制、顺从和戏剧性的变化开始了。接着是绿褐色，他跟平时一样，大笔大笔地抹着绿褐色，他就是需要绿褐色，在他的画里，一切都从绿褐色产生；而巴尔塔萨不能或不愿看到这一点。

我看着他，再看看那些陌生人，又看着他，他现在侧耳倾听着，重复这些人的表情，这些人显然感到不安、陌生和被遗弃了，因为他们不是在旅行中偶然来到这个地方，而是被风刮来的，所以他们有理由感到恐惧。这些陌生人头上戴的东西当时就曾使我感到困惑，今天也仍然如此。这些覆盖物介乎于土耳其帽与头巾之间，似乎是哪一场土耳其战争的产物。但是他们的陌生感、恐惧和被人遗弃的感觉完全被画上风景的情调证实了。

而现在，我想小心翼翼地把床板前当窗帘用的床单放下来，溜回门边去，然后正式地、有声响地重新走进来。我这样做了。我踮着脚尖走到门口，敲了敲门，把门打开了，随即又关上。我叫着：南森伯伯，你在这儿吗？南森伯伯!

他没有立即回答，直等到把柜子关好，把钥匙拔出来之后才叫道：怎么啦？是谁？一边慢慢地从一眼看不到的画室深处走出来，嘴里没有嘀咕，脸上也没有因为被打扰而不乐意的表情，而是满不在乎地，慢慢腾腾地……我等他走到门口来。维特－维特，他看见我以后这样叫道，并不轻松也不惊异：喏，维特－维特？他退回去听了一下，似乎那个巴尔塔萨要利用他离开的时间，把柜子门打开，按自己的意思来改变那幅景色。然后，他问我说：有什么特别的事吗？我指了指篱笆那边，说：克拉斯……他不能立即明白我的意思，于是用灰色的眼睛向外看了看。克拉斯来了，你得帮助他。我又说。

你哥哥不在家，他说，他受伤了，住在医院里。——他现在躺在桥边，我说，他要上你这儿来，只肯上你这儿。这时，画家抓起了自己的大衣，把还燃着的烟斗放进衣袋里，又回头听了一下巴尔塔萨的动静，转过身来，离开了画室。我关上门，跟在他的后面。你们就会干蠢事，他说。他小跑过花园往那边奔去，我在他那有劲的、尽管有点弯曲的脊背后面说：他们在搜查他，这些人已经上我家里去过了。——你们就会让人生气，他咕哝着说，从来不让我们安宁。他那长得拖地的蓝大衣遮住了他迈步的样子，使我觉得他似乎由于愤怒，至少是由于激动而在我面前奋力地航行着，我又听见他责难的声音：你们就会干蠢事！我们抄了近路，沿着篱笆一直走到那个窟窿前，走出花园，找到了克拉斯，他还是我走时给摆的那个样子：头仍然枕在草丛上。画家向哥哥弯下身去，宽宽的大衣落在他身上，似乎要盖住他，给他遮阴凉。这几个人：一个躺着，另外两个跪着，无可指责地安慰着，我不能不认为，这场面就像元首最喜爱的一幅作品——《大战之后》，不过，画中跪着的安慰人应该是个妇女。画家并不想安慰哥哥，他只是想弄清哥哥到底发生了什么事情，为什么太阳穴上没有标志着受伤的血迹就躺在他家的篱笆后面，直到现在也站不起来。

克拉斯，画家说，克拉斯，我的孩子，你怎么啦？哥哥举起了那只无用的胳膊（他在最近距离处朝自己的胳膊开了两枪），又放了下来。画家摸了摸哥哥的肩膀、胸部、下腹，克拉斯这时一阵痉挛，说，别、别动那儿。——你能走吗？画家问道。克拉斯说：一定能的，我又能站起来了，现在行了。他在画家的帮助下站了起来，身子颤抖着说：我得躲起来。他奋力站直。耶稣，马利亚，画家说，你们就会干蠢事，就会叫人生气。——在家里，哥哥说，我不能在家里露面。他们来过了，还会来的。——你们总是叫人发愁，画家说。他搀扶着哥哥，哥哥呻吟着：要是这一回被他们抓住，我可就完了。——你们就不让我们安宁。画家说着，紧紧地抓住我哥哥，试着迈出了第一步，他一边骂，一边摇头，拖着他走，还不断喃喃地重复着怨言。我们走过那个窟窿，又在花园里走了一段路，来到凉亭里。在昏暗的光线下，他把哥哥放在一张用光滑的树枝编成的宽大椅子上。他端起哥哥的脸，不是要面对面地谈话，而是要从哥哥的脸上重新找到曾一度打动他的那种特定表情，把我哥哥再现在他的某几张画上，因为，哥哥脸上有时有一种感情冲动的神态，这不是有意造作，而是典型和朴实的。马克斯·路德维希·南森曾把他画进了圣餐画中。在画上，克拉斯很粗壮，满怀期望地望着圣餐杯；在《与红马在一起的安静生活》这张画上，克拉斯被画得像个胖娃娃；在《不信神的托马斯》里，他斜站在托马斯面前，好像要绊他一脚；在《舞蹈家和夏天的不速之客在海滩上》这幅画里，克拉斯双眼明亮，脸被画成蓝色，站在那里力求理解画中的场面。

在十多幅作品中，克拉斯都表现出了他那杰出的感情冲动的神态。当画家在凉亭里抬起哥哥的脸，并把它在亮光中转动着的时候，我以为他又在寻找那种特定的表情呢。但是，不是那样，因为他突然问道：你知道吗，你知道不知道要我干的是什么事情？克拉斯毫无表情地看着他。那就继续走吧，画家说，起来吧！

他又紧紧地搂住哥哥，我们走出了凉亭，从窗户下面一直走到院子里。画家一路上骂着，叨唠着，数落着我们——也包括我，因为我们尽干些叫他发愁的事。走进过道后他才安静下来。他打开了通往客厅东屋的门，在客厅的窗户旁边有一条过道，从过道开始，简直有一百一十道门，门很厚实，都漆成了灰绿色，锁眼上插着很大的大约是自制的钥匙。他推着哥哥沿着过道往前走，走过了所有的门。我猜想门后不会有人，而有鸟儿：颈上没羽毛的兀鹰，笨重的南美兀鹰，黑鹫，它们都搭着眼皮蹲在坏了的床架子上。我不敢靠着门去偷听。石板地上刻着年月日：一六三八年、一九一二年，下面还有几个缩写字母：A.J.E.，F.W.F.。凹槽的边缘已经磨损了，有几块石板已经有裂缝了。

画家开的门对吗？是他早就给克拉斯准备着的房间吗？画家出乎意料地站住了，打开门，走进去。他马上又走了出来，点了点头，小心翼翼地带着克拉斯走进了房间。这是一间浴室，或者说，似乎是一间浴室；不知是谁，也许是老弗雷德里克森把这间屋子当作浴室，装了一个喷头，安了一个浴盆——这个暗白色的庞然大物好像立在四只兽爪上。但是喷头和浴池并没有连接上，没有水龙头，没有放水口，没有水管，这使人不得不认为，只是由于没有兴致，整个计划才没有实施，或者说，是因为老弗雷德里克森要找到这间房太费劲，所以逐渐把它给忘掉了。为什么在这间未完工的空浴室里堆放着一套可以用的垫子，至今人们还解释不清，可是垫子就放在这里。画家把垫子扔下来，铺了一张床。他每扔一下，屋里就升起一道灰柱，在斜射进来的稀薄的阳光里散开。接着，画家要克拉斯躺下去。

哥哥全身一齐倒了下去，跌在一边，伸直了身子。他浑身发冷。他问道：有盖的东西，你们有盖的东西吗？——你要什么一会儿就会有的，画家说。他在一扇高窗户下收拾着，把一个人字梯叠在一起，搬到一边，把铅管、阀门、铁锯和防漏水用的材料归成一堆，装进一个纸箱子里，又用脚把灰砂、废纸和烟屁股集中在一起，从一颗钉子上取下了一件满是鱼刺花纹的上衣，在衣兜里掏了一下，把上衣叠了起来，塞在哥哥的头下当枕头用。

克拉斯的呼吸十分费劲。他痛苦地看着我，当今天我透过灰尘，透过回忆的薄雾看他这样躺着的时候，我觉得他当时好像在给我一个暗示，一个秘密信号，要求我留在他身边。尘土落在他的脸上，落在他的眼皮上。我不明白这个暗示。画家摇着头在屋子里来回走着，看看还有什么要做的没有，但又放弃了。哥哥把身子转向一边，把脸放在弯曲的胳膊上。他还什么也没吃呢，我说。于是，我把面包放在垫子上他的脑袋旁边。一步步来，画家说，你们干了这样的蠢事，一切也都得按部就班地收拾。慢慢地他要什么就会有什么的。你现在跟我来，他应该独自待在这儿。我要考虑一下该做些什么。

第二视觉

首先，我让夜幕降临，让晚上的前一部分时间由幻灯机来负责。这部幻灯机是格吕泽鲁普故乡协会的登记财产，买来时是个旧货，由主席佩尔·阿尔纳·舍塞尔（我出于习惯这样称呼我的外祖父）保存、保养和使用。幻灯机摆在过道中间的桌子上，过道两侧放着沉重的、可说是粗笨的凳子；不知为什么，大多数观众坐在上面不一会儿就两腿发麻了。为了使幻灯机的光恰好打在银幕上，人们在幻灯机的座下垫了两本书，被拿来派这种用场的，一直是施托姆的《议员之子》和克洛普施托克①的《弥赛亚》，它们用自己的体积保证幻灯机的光柱与银幕的边沿恰好吻合。

被当作银幕来使用的是一张石勒苏益格－荷尔斯泰因历史图的背面，一张灰白色的左上方有些污点的长方形图纸，在光柱的照射下，图背面的岛屿、海岸和河流的入海口都隐约地显现了出来，它向每一个持怀疑态度的人证明：

---

① F.G.克洛普施托克（1724—1803），德国诗人，他的宗教诗《弥赛亚》写救世主耶稣的生活故事。

这片土地即使没有完全被海水吞没，也至少在两个方面受到了大海的威胁。坐在过道左右两边观看幻灯的有八个，不，我瞎说什么呢，有十二个或者十六个人。从幻灯机的边缝中漏出的光线，落到放在墙边和拉上了窗帘的窗户之间的柜子或箱子的玻璃板上，又反射回来，使某几位观众觉得非常刺眼。小虫子在光柱中飞来飞去，一只小飞蛾似乎在核实镜头与银幕之间的距离，如果它撞上什么东西的话，那么，每一次它都撞在一个小小的金属环上。人们坐在凳子上低声聊天，偶尔也有人咳嗽几声，没有人抽烟。天气很暖和。

邻近的厩房里不时传来拉扯铁链的声音，每当一头牲畜扬起头时，就会发出这种响声；有时，还从那里传来一阵喧闹声或兽蹄蹴地的狂躁声音。阵风呼啸，狗在吠叫。外祖父那张红红的、长长的、抑郁寡欢的脸从半明半暗中移向银幕，就是他的头影映上去也是忧郁的。这个农民佩尔·阿尔纳·舍塞尔向来不放声大笑，也不微笑，他不跟任何人眨眼睛，也不使眼色。他只要往那儿一站，低头默想，像只苍鹭兀立，人们就不再窃窃私语，只是偶尔有人咳嗽一下，那也只是为在放映时不再咳嗽。我希望这样能勾勒出他的形象来。

我愿意利用现在所出现的寂静指出：一直到外祖父出现在银幕前，人们在库尔肯瓦尔夫所度过的每一个晚上都是一模一样的，晚上的时间都被用来研究胡苏姆和格吕泽鲁普之间的这片乡土的状况，研究它的发展，它的未来，它那令人着迷的蕴藏物，那值钱的烂泥，它的动物、植物和沟渠，特别是这片乡土的特征。要是集中思想深入回顾的话，我必须指出，在我对故乡协会聚会的记忆中首先保存着的是那种气氛：温暖，半明半暗，幻灯机的光柱，麻木的飞虫，近处厨房的声响和与会者的低语声，以及愉快等待的心情。他们是由佩尔·阿尔纳·舍塞尔用请帖——冬天的次数多于夏天——邀请到库尔肯瓦尔夫，到舍塞尔的祖宅来聚会的。

我还记得，外祖父在客厅与厨房之间举行的研究故乡的会议上，展示了各种或深奥难懂，或易于理解的关于历史、文化，当然也有关于乡土特征方面的证明材料。例如，鹿角制的锯齿形鱼叉，石制的刮削器，斧子和锤子。我也要提一提骨灰坛，铜器时代中期的首饰，石器时代晚期剑鞘的饰物和富有装饰的壶罐，我随时都可以打定主意，拿它们当花瓶用，插上短梗的鲜花。剑柄、木制的兵器和著名的特雷恩巴格的金片；无数泥块、沙土和矿石样品；诺尔施洛特沼泽的船骸；还有从前的猎人和沼泽地农民的奇形怪状和没有讨论价值的衣服，我都不能忽略不提。最后一件吸引人的东西，是一具已经干枯和萎缩成一张皮的、被绳子勒死的姑娘的尸体，绳子自然是鹿皮制的，它仍然像一件带有风险的装饰品那样挂在她的脖子上。还值得一提的是藏书，由佩尔·阿尔纳·舍塞尔收集的专门性书籍：《石勒苏益格－荷尔斯泰因土壤史考察》《海岸的作用与演变》《索布尔的生活》《我们海岛的绿裙》《晨风》。除此以外，还有一堆他自己的由"自家"出版社出版的小册子和书籍，其中有《坟山的语言》《诺尔施洛特沼泽出土的祭祀品及其他》以及《海啸及其影响》等等。

要是有人发现漏掉了任何一部书或某件出土物，那他完全可以加以补充，而我觉得提一提以上这些实物就够了，因为我不能老让外祖父待在幻灯机的光柱中，尽管他还久久地向暗处凝视，不怕刺眼地向任何一个光源凝视，这个别人也都能回忆起来。此外，我还不得不消除这样的印象，即那些为研究乡土学而举行的晚间聚会每次都雷同，开场和进程都是一模一样的，因此，只需描写其中的一次就够了。

如前所说，在佩尔·阿尔纳·舍塞尔出现在银幕前以前，我一直以为这只是一个一般性的晚会，不会有什么特殊事件发生，大多数参加者也是这么看的，但是，当外祖父突然举起双手，不放心地侦察着门口有无可疑之迹，并要求大家安静下来时，人们就已经感到惊讶了。我们都安静了下来，就连安德森船长也抑制着咳嗽。门后没有任何动静。外祖父的面孔严厉，微微张着嘴，露着他的坏牙，眼睛盯着大门。这时，大家也都看着那个方向，伸直了身子，屏住了呼吸，但这却不能使身材矮胖的逐鹿猎人、旧日的沼泽地农民或那位曾航海到英国的国王斯文走进门来。我们往那个方向看的时间越长，就越觉得门后真有什么动静。我们看见窄长的毛玻璃后面有一支烟头在闪亮，又听见清嗓子的声音，在佩尔·阿尔纳·舍塞尔准备做出虽简单、但却表示邀请的姿态时，阿斯姆斯·阿斯姆森终于进来了。他是《大海的火花》的作者，格吕泽鲁普故乡协会的名誉主席。尽管他穿着海军制服，以参谋部上等兵的身份走了进来，但大家立即就认出了他，并用呼喊和鼓掌表示欢迎，他则随便地行着军礼向大家回敬，并且熄灭了烟头。他是蒂姆和蒂内的创造者，这是《大海的火花》

中的两个主要人物，在我们这里几乎家喻户晓。如果我没有弄错的话，那么这两个人是用浮瓶通讯的方法相识的，他们觉得这种方法如此有收获，因此他们在订了婚、结了婚以后也用这种办法通讯，并且毫不厌倦地继续这一游戏，即使在年迈力衰时，也还把浮瓶通讯视为最美好的、至少是最节约的通讯方法，这样，他们就使作者有可能，在他们死后很久，还在边远的海滩发现软木塞封口的瓶子，而蒂姆和蒂内相互用短简通讯的新奇事就这样为后人所知悉。

这位阿斯姆斯·阿斯姆森在北海的一艘前哨艇上值勤，从不来梅港回来短期休假。他长着两条罗圈腿，有一头浓密的、烈焰似的头发，脖颈上的肌肉发达得就像一个举重运动员的肌肉那么可怕，目光在大胆与善良之间变来变去。我可以说，如果不是由于他那张富有启发性的嘴，那张敏感的、银币似的圆嘴，人们不会一下子就想象到他就是蒂姆和蒂内的创造者。他那张嘴泄漏了天机。他敏捷地脱下了有两根长长飘带的水手帽，按规定将帽子夹在胳膊下面，帽徽和鹰朝前，听着外祖父向他致欢迎词。外祖父每讲一句他几乎都点头。他似乎同意佩尔·阿尔纳·舍塞尔首先称他为一位熟悉故乡的内行，一位守卫在故乡前沿的哨兵。当他被称为故乡命运的缔造者，甚至格吕泽鲁普的良心时，他也不提出异议。阿斯姆斯·阿斯姆森只是点头。当外祖父宣布晚会的题目为《大海与故乡》，将由一位有资格的人讲演，而此人便是阿斯姆斯·阿斯姆森时，他也微笑以示赞同。接着，外祖父坐了下来。

《大海的火花》的作者把帽子放在桌上，注意让长飘带平直地垂下来，把手插到胸前的领口里，一直往里伸，怎么也摸不着要拿的东西，于是，他耸起两肩，绷紧臀部，在左腰部寻找，佯笑着停下来，慢慢地、小心翼翼地取出了一个装着幻灯片的信封，把信封举到光柱处说：可以开始了。我想马上爬到第一排去，但是父亲抓住了我，把我按住，于是，我只好和他一起待在窗户旁边，看着阿斯姆斯·阿斯姆森如何从过道的中间向幻灯机走去，把第一张幻灯片放进了机器，但是这时还看不见图影。

我的父亲怎么啦？当阿斯姆斯·阿斯姆森表示谢意，向大家带来外面的问候，并准备说几句开场白时，父亲变得那样激动，这是我从未见过的。他在座位上扭来扭去，用指尖轻轻揉了揉眼睛，把手绢一会儿揉在一起，一会儿又拽开。有时，他把身子直往后仰，我都怕他会失去平衡，倒在飞禽研究站的柯尔施密特的怀里。他的上唇满是汗珠，似乎内心的某种不可忍受的压力使他在颤抖。一种惊异的表情浮现在他脸上。眼前，他自己似乎也不明白是怎么回事。他不时地用有力而又严厉的动作擦拭自己的额头。

他那种少有的激动，我今天回想起来比当时更觉新奇，因为不言而喻，那时我正在专心听着阿斯姆斯·阿斯姆森的讲话，特别是等着他把第一张幻灯片放映到银幕上。

但是，阿斯姆森却磨蹭了半天，先大讲了一番《大海与故乡》这个题目。他说：他推敲这个题目，修改了好几次。他说，如果将"与"改成"作为"，是否会使之获得或者添加某种新的意义，并请在场的人考虑，如果把大海视作故乡，由此会产生一种什么样的可能性？他还建议，放心地把标题缩短为《海乡》，如他所说，他觉得这样更全面，更亲切。至于改作《故乡的大海》，他考虑的时间最

127

长，引起的想法也最多；在概念的亲切性方面他下了不少功夫，但也没有忘记力量，这种力量教育人们坚定、顽强、大胆。接着，他用手画了一个弧形，要求我们考虑一下：为了能把大海称之为"故乡的大海"，我们要做多少事情。但是，有一点可以肯定，他说：人们保卫的不是随随便便的哪个大海，而是故乡的海洋。

这时，阿斯姆斯·阿斯姆森映出了第一张幻灯片。银幕上，前哨艇漂浮在一个由片状波涛组成的天上，波涛下面是阴暗的、被舰艇切断了的地平线。我们都笑了，直到被放得很大的手指捏住了幻灯片的边缘，把它倒转过来后，笑声才停止。这时，这艘小艇完全令人满意地停泊在大海上了。谁也不怀疑，这艘歪斜得挺厉害、下一个大浪打来就会沉没的武装渔轮，就是阿斯姆斯·阿斯姆森在他的海乡中进行守卫的前哨艇。这张幻灯片可能是从瞭望台上拍摄的，船上的人一个也看不清，但是，艇艏的高炮活动炮架前，有两个人蹲在那里，被飞溅的浪花遮挡着，正在向照相师招手。这艘前哨艇没有名字，只有一个编号，给人的印象是它被遗弃了，至少是没有希望。我们努力让这艘小艇吸引住我们，设想自己就在甲板上，把望远镜放在眼前，或者让人给我们盛猪油面条。三十七毫米的双筒炮炮架上的两个白圈意味着什么，我也清楚。当时的风力有多大，我却无法估计。

这就是我们的船，阿斯姆斯·阿斯姆森用一种既平稳又匆忙、就像浅滩上水沟里的急流似的声调说着。他又补充说：我们那条出色的船。请注意，他说：这是许多舰艇中的一艘，是数不尽的舰艇中的一艘，它们分布在故乡的大海上值勤，日以继夜，无论下雨，无论下雪。它们联结成了一条绝对保险的铁链。谁也不能从这条铁链中溜进来。就连海兔也不行，更不用说英国人了。如同我们这艘船一样，元首把无数其他的船放在外头，阿斯姆森在这里说的这个"放"字也有"丢开"的意思。

父亲的手在痉挛。他举起一只胳膊，伸出去，用食指指着前哨艇，想说什么却没说出来，便又慢慢地把胳膊放了下来，这时，阿斯姆斯·阿斯姆森又把另一张图片塞进了幻灯机。这张幻灯片展现了海上的一个空旷处，上面是乳白色的太阳光。那条船怎么也看不出来，但是谁也不会认为它已经下沉，因为有那么一种白色的泡沫样的东西在水面上流过，而这只能是船的螺旋推进器才会产生的现象：沸腾般的舰浪。第二张幻灯片只是要表现舰浪，可以看得很清楚，而且越来越宽，最后汇入了地平线之中，像一条明亮的、转瞬即逝的泡沫带子。这像是舰浪啊，安德森船长叫着。阿斯姆斯·阿斯姆森用引起大家惊异的随和的声调说：在外面担任前哨，不单纯意味着值勤，不是吗？谁敢于和大海对抗，大海就热爱谁，就会向他展示自己的情怀和奥秘。那不是舰浪吗？安德森船长很想知道这一点，但是，阿斯姆斯·阿斯姆森却转入了一种抒情的腔调，不受任何影响地说：这个层出不穷的世界绝不向置身其外的人，向陌生人打开大门。谁要是只想过乡村生活，谁就不能明白大海的标记。请注意，在这张幻灯片上还有火星儿，我们管它叫"大海的火花"，尽管表达得不太清楚。它在发光，在燃烧，它向大海投射出黄色和绿色的闪电。每当这样的时刻，大炮就哑了。整个舰浪就变成了一道闪亮的痕迹，尤其在夜间。这就像大海向那些拥有家乡权的人们致敬，又像是给一艘灯光渐暗的船只发出欢迎信息；在这条船上，只要光亮的闪电在船头或船尾活动，就没有任何人睡觉。他沉默了，一动也不动地看着银幕，也许像我一样，也在观察着那个笨拙的飞蛾，它多次企图向舷浪冲去，却只是无力地撞在银幕上。我觉得，阿斯姆斯·阿斯姆森和这张幻灯片的景象难舍难分，因此，当九十二岁的船长，特别上镜头的安德森想了解这个情况，并说出了下面这段话时，阿斯姆斯·阿斯姆森十分愕然。安德森说：这种火花是不是由一种小虫子或者类似的东西发出来的？我们过去就遇到过类似的现象。当然，阿斯姆森说，发光是有原因的。在一定程度的刺激下，发光的和闪烁着火花的东西都是水上体积微小的居民，是鞭毛虫，要是你想知道得更详细的话，那是些简单的单细胞生物。但是，难道它们不是大海的一部分？难道不是这一个在另一个中，并借助于另一个在发光？

他没有回答这些问题，也不等待别人回答，而是沉浸在回忆之中，干脆让会场上出现一段间歇。恰恰在这阵间歇中，父亲微微把屁股从凳子上抬了起来叫着说：VP–22，VP–22！

有几个观众惊讶地回头看着我们，他们是我的外祖父、希尔德·伊森布特尔和迪特。阿斯姆斯·阿斯姆森惊奇地说：这是我们那艘船的号码，真的！但是，当大伙还想听父亲说些什么时，他却窘迫地微笑着，做了一个可能表示歉意也可能表示无能为力的手势，慢慢坐了下来。他把一只手放在我的大腿上，过了好半天才意识到这不是他的大腿，于是，又把自己的手挪开了。我甚至在半明半暗中，也能看出他在苦苦地思索着什么，他激动而又恐惧，我觉得他似乎在忍受着痛苦，总之，在那次故乡的大海专题晚会上，鲁格布尔警察哨长表现出了一种痛苦，这种痛苦——尽管在我们身上经常发生——将对父亲值勤范围内的全部警务活动产生一定的影响。

但是，我只想讲非讲不可的，眼前，我只想从一堆牌中抽出一张来，因为阿斯姆斯·阿斯姆森正把大海的火花从银幕上取下来，又放上了一张新的。这是一张什么幻灯片？他塞进去的，是一幅晚景，人们在甲板上休息，北海也在休憩，几个水兵倚着栏杆，他们不去眺望辽阔的远方，而是看着另一个弹着钢琴的水兵，他背对着沉沉低垂的晚云，这片云里藏得下大量的布伦海姆工厂生产的轰炸机。在这里，阿斯姆斯·阿斯姆森说，在这里本来没有多少东西可看。这是一个傍晚，对吧？有人在放哨。人们听着曲子在休息，在右舷站岗的哨兵——这就是我们——正毫不懈怠地注视着地平线。就像你们所看到的那样，武器也在休息。开饭的时间已经过了。自己捕捉的各种各样的鳕鱼，大大丰富了我们的菜单。大海滋养着一切。大海。左上方，在这块地方，这是我们的四管高炮。站在驾驶舱外栏杆旁的——在幻灯片上的确看不出来——那是指挥员。这张图片的确看不出多少东西来。这儿的这张也许更有意思一些。阿斯姆斯·阿斯姆森，这位熟悉大海的内行，又在幻灯机上放上了一张新的图片。

清晨的太阳躺在大海上，舒展而又明亮，在这样的阳光照耀下，人们感到寒冷。长长的海浪。VP-22 显然在开动着。船尾的岗哨正把几只海鸥轰向天空。烟筒里冒着一股轻烟，它使人想起家乡早晨生起的炉子。也许厨师正心情不佳地煮着清晨的咖啡；也许 VP–22 号船上的士兵们正在刷他们生了坏血病的牙齿；也许，收音机正向甲板、船舱播送着晨间的歌曲。阿斯姆斯·阿斯姆森说：请注意看！空中的右上方正悬着几颗炸弹。这四颗炸弹随时可能落下。冲着太阳看起来很费劲，但仔细看就能看见。全部炸弹都落在了右舷这一边。

我跳了起来，我前面和身旁的人也都紧张地伸直了身子。谁也没有料到，谁也没有这种精神准备，因为人们的情绪和炸弹绝不协调。我认为，前哨艇一清早什么都可能遇到，唯独不可能在船的右舷高悬着炸弹。我们大家仍然发现了炸弹。一个冷静的信号兵已经收到了有炸弹的信号，有两颗炸弹在晨曦中甚至成了一道黑光。它们处在不同的高度，如果在炸弹尾部画上连接线，便会产生一条对角线。不一会儿，它们就会一个接一个地落到水上，立即或者在预定的深度爆炸。这一切对每一个画海的画家产生了透视性的魅力。四颗中型的，但却显得很小的炸弹，由一架看不清的飞机扔了下来。自身的速度，落下的角度，船的方位，在这种情况下，都是 VP–22 号船的计算内容。

这是随便列举的一个早晨，阿斯姆斯·阿斯姆森说，尽管如此，人们必须时刻警惕着。大海对什么都保密。可惜的是，没有把炸弹落下的场面拍下来。这是些水花四溅的喷水池；在我的日记里，我称这是喷水池的花园。我们的船就在这喷水池中坚定不移地沿着自己的航线前进着。突然，安德森船长叫着说：那不是从下面翻起来的东西吗？阿斯姆斯·阿斯姆森似乎没有立即明白他的问题，当然最后还是回答了他的问话，但声音里明显地带着被激怒的情绪。

大海很快就抹去了炸弹的痕迹，他说，当然，它们首先卷起了一堆海藻，红色的、褐色的海藻，就是没有绿色的。海草和死鱼漂浮在水面上，其中有各种比目鱼和箬鳎鱼，不少鳕鱼，少见的鲉鱼，更少见的软骨鱼，如虹鱼或角鲨鱼，就是没有螃蟹与带壳的动物。对于这些损失，大海是无所谓的。不久后，这一切就会各自东西，沉没海底。过不多久谁也不会认为，这里曾经落下过一颗炸弹。大海会吞没一切痕迹。——那儿没有被击中吗？安德森船长又叫道。报告人回答说：没有损失，如果你指的是什么损失的话。

当阿斯姆斯·阿斯姆森在幻灯机旁的灯光下检查整理其他幻灯片，并把它们混在一起时，父亲正用他那其大无比的浅蓝色手绢叠东西，先是把它叠成一只兔子，或是一只还会跑动的刺猬，接着他只是在中间打一个结又把手绢拉开，随即就出现了一条吞着兔子的长蛇。他之所以这样做，并非由于熟悉这些幻灯片，或者说感到没意思，而是因为他必须分散一下注意力，必须轻松一下，减轻自己心头的压力。真的，你可以毫不费力地感到：在我的身旁，坐着一个超过自身容量的小水库。水什么时候溢出来呢？

当阿斯姆斯·阿斯姆森用舌头在嘴里弹了一声，插进一张新的幻灯片时，水开始溢出来了。这张幻灯片表示，VP-22号的船员在打扫船上。这一次，炸弹没有悬挂在右舷上方。大海一片宁静，六个水兵像一根铁链一环接一环地，彼此之间距离相等，都拿着刷子站在甲板中间，其中就有蒂姆和蒂内的创造者。水兵们有节奏地把甲板刷得雪亮，每个人都看着镜头，都在笑，看来大家都很乐意洗刷舰艇的甲板。他们也不去注意那碰倒的水桶，肥皂水直往外流。天空阴沉沉的，视线很不清楚。在他们的后面或者旁边，可能藏着钢琴，它正帮助水兵们按节奏来刷洗地板。

清洁，阿斯姆斯·阿斯姆森说，大海要求清洁。我想说说这翻倒的水桶：每打扫一次舰艇，我们需要四桶这样的肥皂水。虽说舰艇只是一个漂浮的家乡，我们也得让她像鱼鳞、像水底的细石子那样闪亮发光。即使临近危险，也不能原谅肮脏。请大家注意这里的泡沫。

别，这时父亲叫喊起来，别，阿斯姆斯，他站起身来，伸着手臂指了指 VP-22，把话咽了回去，接着又叫着：不，阿斯姆斯，先别取下来，先别取下来！

这时，大家几乎都看着我们。父亲用手绢擦了一下额头，微微晃动了一下，试图不去看银幕，好像他忍受不了水兵们正在有节奏地洗刷甲板的情景。阿斯姆斯·阿斯姆森把幻灯片插了进去，面向着父亲，眯着眼观察着他。他问道：你说"别"是什么意思？这时，大家都看着我们，紧张地等待着父亲的回答，等待着鲁格布尔警察哨长必须给予但还没有给予的回答；因为他得首先急匆匆地解开制服上面的两颗扣子，然后，他两只手使劲地搓着，似乎要把它们搓干一样。父亲仍然犹豫着。他走近了阿斯姆斯·阿斯姆森，幻灯机从侧面发出的一条光线照在他的脸上，就像在他的脸颊画上一道燃烧着的伤痕。他把手放在阿斯姆斯·阿斯姆森弯曲的小臂上，可能是捏了他一下。

过道头几排左右的观众有几个站了起来，想听听父亲要说些什么。怎么回事？阿斯姆斯·阿斯姆森问道，本能地拿起了装着还没有演示过的幻灯片的信封。

当鲁格布尔警察哨长开始说话时，他的情绪比人们估计的还要平静些。屋子里非常安静。他说：先别拿出来，阿斯姆斯，先别拿出来，先别，我看见你们了。——他说什么呢？安德森船长叫着。有人告诉船长说，父亲看见什么了。父亲又说：我看见你们在烟雾中，然后一阵风吹来，刮走了烟雾，而我就再也看不见你们了！

人们只听见幻灯机有规律的嗡嗡声，厩舍里牲畜微弱的叫声和跺地声。举着刷子的六个水兵在银幕上咧着嘴笑着，为即刻的沉没洗刷着自己的船。

我看见你们在烟雾中，父亲又说，当烟雾飘走后，只有一件救生衣和救生筏漂浮在海上，此外空无一物。就是它，就是你们的船，VP-22在烟雾之中。他向周围环视了一下，似乎想在半明半暗的屋子里寻求支持与证实，而这里的人都愕然地沉默着，不仅愕然，而且感到恐惧，甚至有些慌乱。但是谁也不愿意，也不能违反意愿去证明自己在银幕上没有看到的东西，这一切似乎只是为父亲一个人准备和描绘的。看他站在那里的那副样子，人们会以为，他很想为自己所说的一切表示歉意。这时，他站在那里，垂着双肩，看着地面，全身放松，引人注目。而阿斯姆斯·阿斯姆森呢？他安慰地拍了拍父亲的肩膀吗？他凭着自己对大海的内行知识鼓励父亲他，要他对VP-22前景的判断说得客气一点吗？阿斯姆森制止父亲插进来，对他的船的前景作任何估计吗？阿斯姆斯·阿斯姆森把手向父亲伸了过去，无言地向父亲表示谢意，把父亲的手长时间地握在自己的手里。这一双手似乎渴望高高举起，但却紧紧按着，直到安德森船长叫道：难道他能透视吗？他们的手才分开。阿斯姆斯·阿斯姆森不仅惊讶地，而且羞怯地注视着父亲说：我会考虑这些的，严斯，我也会告诉其他的人，我们会注意的。

随后，他拍了拍父亲的肩膀安慰他，用手扶着他的腰部，恰到好处地把他一下推到了我身边，并没有让他跌倒。尽管发生了这些事，父亲还是没费什么劲就找到了自己的位置，他坐了下来，心中的压力明显地减轻了，但却精疲力竭，体力不支，就像被别人打倒了一样。这一切，别人是看不到的，虽然他们在半明半暗中还总是偷眼看着我们。有几个人由于感到意外还在发呆，或者害怕父亲又会开始和幻灯机争个高下，或是用自己的想象去代替银幕上的画面，或者提出疑义。

开始吧，我想，阿斯姆斯·阿斯姆森说着又放进了一张新的幻灯片，立即引起了故乡协会的普遍注意。图片解释说，那乘坐着橡皮艇正向船的右舷划来的两个男人是美国人，他们是飞行员，在幻灯片的斜上方被击中了。飞行员穿着鼓鼓囊囊的救生衣，脖子上是一堆隆起的东西，看起来，就像被救生衣勒死了一般。他们俩同时把船桨插入水里，从照片上看，两人有一副满意的神情，是准备去当俘虏。两人向 VP-22 划去，在那里，人们挂起了一个软梯，一根绳子已经在空中向橡皮艇甩过去了。其余的一切不用费劲就能够猜到。

这是我们的三十七毫米炮，阿斯姆斯·阿斯姆森说，他们第一次飞来时，就被我们打下来了。这是一片烟雾，他们被迫降落在水面上。降落后，他们打了一颗照明弹。他们遇难了，他们自己很明白，这些美国人。——对他们来说，什么都是职业，外祖父插言道，战争也是如此。——他们没有束缚，阿斯姆森说，他们不懂什么是内心的责任感，他们在哪儿都感到像是在家里一样。——他们吃棉花，我那抑郁寡欢的外祖父说，喝染色汽水，我在书上看到过。他们的食物也说明他们的特性。——因为他们四海为家，阿斯姆斯·阿斯姆森说，因此他们在哪儿都没有家。他们的歌是《旅行者之歌》；他们的宿处是游牧人的住所；他们的书籍是流浪人的书。美国生活，也就是说，是随时准备离开人世的生活，没有持久的义务，一切都是临时性的。我们可以说，他们是生活在大篷车里。——平民，外祖父轻蔑地说，都是些平民，即使穿着军服也是平民。——可不，阿斯姆斯·阿斯姆森说。接着，他成功地总结了这么一句话：只有定居的人，才能战胜大风暴。

这句话意味着结束。阿斯姆斯已经从信封里取出了一张新的幻灯片，正要把它放进幻灯机的时候，父亲又插了进来，他并不是以一个警察哨长的身份出来发表意见，他的嘴唇急剧地活动着，断断续续地吐出一些句子和单词，像排练时默念台词似的，眼睛紧盯着报告人和他手上那些预示着未来不幸的照片，准备给这一天的晚会造成一个新的高潮。这时，他说：嗳，阿斯姆斯，我看见你坐在橡皮艇里一动也不动，一只手放在水里，没有任何人待在你身边，你周围什么也没有！

父亲没有多说什么，这大概是他最后的话了，再也不需要他多说什么了。报告人挡住了父亲伸过来的手，不让父亲走过来，他说，等一会儿，劳你驾等一会儿。

但是，你在橡皮艇里一动也不动，父亲为了表示歉意轻轻地说。阿斯姆斯却说：我求求你，别老是打断我的报告，好不好？

鲁格布尔警察哨长绝望地看着四周。他在寻找什么。也许是在寻找一个银幕？他是否要把在自己头脑的暗室里洗出的幻灯片在一个明亮的地方放映出来，以便证明自己了解到的紧急情况？那就算了，他喃喃地说，那就算了吧。他理解和考虑一切问题都非常缓慢，而这也是他的幸运之处，这样，有些事情他就可以承受得了，主要是承受得了他自己的内心。他叹了口气，耸了耸肩膀，把自己的全部激动之情都包进了手绢之中，把手绢塞进衣兜里。他毫不惊异地看着向他走近的兴纳克·廷姆森。廷姆森可能应别人的要求来到了他的身边，抓住他的袖子问道：我们走吧，好吗，严斯？

当我父亲犹豫地穿过过道向门口走去时，观众都站了起来，对此，他也不感到惊讶，在酒店老板兴纳克·廷姆森的引领下，他如释重负地走到门外——仿佛正式的、了无生趣的演出终于结束了，当他们走到门口时，他说，兴纳克，依我看，我们可以走了。他没有觉察到默默地站在两旁瞧着他走过的人，而我自己则踌躇了好半天，等人们都坐下来以后，才追上他们，跑了出去。在库尔肯瓦尔夫布满水坑的场院里，我看见这两个人手挽手走在我的前边，不，这么说不对，是廷姆森挽着父亲的手臂，领着他在明亮的夏夜里，沿着小路向大坝上走去。有必要就兴纳克·廷姆森谈几句吗？他围着一条围巾，就像他职业的链条那么长；他在职业问题上，能迅速决定自己要干什么，尽管如此却仍以失败告终。这是一面拖得长长的失败的旗子，也就是那条拖到膝盖的围巾；廷姆森当过海员，牲口贩子，粮食口袋制造厂的厂长；他还当过农业工人，旧货商人，彩票销售员；在他继承他姐姐的"浅滩一瞥"酒店以前，我们还看见过他推着一辆橡皮轮车子卖牛奶。一开始，他就想按自己的脾气尝试着把"浅滩一瞥"扩建成全地区最大的、第一流的酒店。这里有音乐，他自己当报幕员、丑角和魔术师。但是，一切都是白费劲。当他开始报幕时，客人们就仓皇地站起身来，啤酒也不喝，盘子里的菜也不动，付了款就跑。他的事业心完全得不到人们的理解，如果不是由于战争的到来，他可能早就到另一种职业中去寻求成就了。

兴纳克·廷姆森是个乐于拿主意的人，一个容易冲动的人。他带着我的父亲向大坝上面走去。我一会儿走在他们前面，一会儿走在他们后面。这两个人也并不注意我，他们只顾自己说话。父亲对自己说过或无意中泄漏出来的话感到不安，他似乎记不起多少东西了，只是在感情上不得不承认，人们在责怪他。

我做得很不对吗？他一再问道，说呀，兴纳克，我做得很不对吗？这位身体沉重、有许多种职业经验的人摇了摇头，不停地从侧面斜视着这位追悔莫及的警察哨长，我觉得，兴纳克相当忧虑，有时甚至带着一种羞怯的惊叹的神态，比起今天晚上见到的这些来，他似乎觉得我父亲还能干出更多的名堂。

总之，内心的不安促使他加快了脚步。在大坝顶上，他心不在焉地抚慰着父亲，又推又拉地携着他前进，沿着缓缓上涨的北海向下走着。海水撞在防浪堤上，便失去了自己的力量，只得缓缓地退了回去，就像慢镜头中的场面那样。这一天的傍晚，没有爆炸声，没有强劲的吸力，在被海水冲击着的岩石之间，也没有喷溅出水柱。一中队飞机从我们上空向基尔方向飞去，大海碘酒般的气息，带咸味的海风：这一切多么近，多么愿意又回到眼前来，只要你抓住了那一瞬间，找到了贴切的话，只需触摸一下，倾听一下，悉心注意那随时都会传来的声音。

但是，你切莫放松下来，切莫相信这个声音，它是不懂得什么叫怀疑的——这里是大坝，这里是北海，在我前面走着两个男人。

我们向下面的"浅滩一瞥"走去，走上了扩建到大坝上的木制平台。俯瞰景色的窗户已经扯上了窗帘，测风向的小气球也无力地挂在旗杆上。蓝色的影子倒映在大海上，大海被灰色的波纹划成了一道一道的。父亲从车架上搬起了自行车，把自行车转了一个方向。这时兴纳克·廷姆森说：进来吧，喝一杯。——今天不喝，父亲说。廷姆森坚持邀请父亲说：就一杯，好吗？然后又是一阵推让，最后，追悔莫及的父亲又把自行车推到车架上。我们一前一后地通过侧门走进了餐厅。里面没有客人，只有约翰娜坐在那儿织毛活。她认出我们之后并没有把毛活收起来。就是这个约翰娜，从前和廷姆森结了婚，如今为他工作。她简单地回答了我们的问候之后，便又埋头干她的活计。廷姆森为我们选择了一张桌子，热心地招待着这位警察哨长。

他卖劲地招待着我的父亲，用力把桌子擦干净，找来几个垫子，满脸堆笑，意味深长地从柜子里拿出了只是在特殊场合才使用的甜烧酒瓶，以此表明，他是多么慷慨。他还从来没有如此殷勤地招待过我的父亲。他还一反常规，把酒瓶放在桌子上，让父亲随意自饮。这时，他的脸上露出一种疯疯癫癫而又大胆冒失的快活神情；这种愉快含有威胁人的味道，许多客人显然是由于这个原因才仓促离去的，并且我还记得，我半天也不敢喝他递给我的那瓶汽水。他一切都考虑得很周到，他在我们身边坐下之前，先把约翰娜轰走了。他向她做了一个鬼脸，长长地嘘了一声，就像轰鸡一样，果然，这个把辫子盘在头上、穿着十分随便的肥胖女人抱怨地把自己的手工活收作一团走了。他坐在我们中间，和父亲碰了碰杯，也眨着眼睛和我碰了杯，接着又补充说：为你干杯，严斯，为这个富有启发性的晚上干杯。

我们就这样坐在"浅滩一瞥"酒店；库尔肯瓦尔夫那边则继续很有把握地在那里证明："海乡"能够回答一切问题。可是，如果说能够回答一切问题，那么，为什么在我们面前他们羞于承认自己在这方面或那方面，在这个领域或那个领域的无知呢？对故乡这个词产生误解，是由于他们愚蠢浅薄，也就是他们自认为有权解答一切问题——这是由于狭隘无知而产生的傲慢……

我们坐在"浅滩一瞥"酒店里：低矮、暗绿的顶棚，布满贝壳的门柱，表示方位的路灯，格吕泽鲁普储蓄协会的镶边小旗，一个发亮的小舵盘，窗前装花的边沿上的白漆已经剥落的空箱子，暗色的有广告字样的铁制烟灰缸，

141

铺着肮脏蜡桌布的桌子，柜台边的一张为常客保留的圆餐桌，拯救海上遇难者协会的船形捐款罐，一个花台，上面摆了许多旧报纸，还有反映近千年来，至少是近三百年来浴场生活的模糊照片。

我们坐在回头客人的专桌旁。我是第一个喝完饮料的。父亲把水壶中的一块圆形水碱掰成了一个三角形，在西边还加上几小块当作几个海岛。他深感内疚，一味沉思，而这种内疚他无法解释，或者说他不愿解释。他漠然地喝着酒。兴纳克·廷姆森呷下第一口以后就再也不动自己的杯子，只是紧张地注视着父亲，急切地想知道一切，就像盯着盘上的数字颤颤地转动着的吃角子老虎机一样，不错，他的目光是有所求的，他那盘算着的目光越过冒着气慢慢冷却下来的甜酒透露出：他想从父亲那里知道某种情况。

在"浅滩一瞥"的这一幕这时已经准备充分了，这难忘的场面是这样开始的：

哨长（眼睛向下看着）：我们就该走了。

廷姆森（跳了起来）：先别走，我还有事，严斯，我有事同你谈，你好好给自己斟酒吧。

哨长（精疲力竭）：今天不谈。我们把酒喝光就走。

廷姆森（站在父亲椅子的后面）：严斯，不会给你添太多麻烦的，我只是有个建议，别的没什么，你不必承担任何风险。（他出其不意地给父亲斟着酒。）你也不必费什么劲。

哨长（缩作一团）：今天你什么都可以对我说，但是我什么也听不明白，我不知道我脑子里是怎么回事，你可以冲着窗户讲。

廷姆森（走到一边，端详着父亲的侧影）：这没关系。我自己也常想心事。（远处有爆炸声，窗框发出了嘎嘎的声响。）可能是水雷，也可能是这一类东西。现在你听着。

哨长（挥了一下手）：我告诉你，今天我什么也想不起来，再说，这孩子也该睡觉去了，我的眼睛也疼。（用一只手遮住眼睛。）

廷姆森（热切地）：要我把灯关掉吗？（他快步走到开关处，把灯关掉了。）好，要是你的眼睛疼，关着灯也可以。

哨长（无能为力地）：开灯吧，否则我该睡着了。

廷姆森（很乐意处在黑暗中）：你不必马上答复我，你有充分的时间考虑。

哨长：把灯开开吧！

廷姆森（着迷地，把手放在开关旁）：你要是处在我的地位该怎么办？我有个鸡蛋供应处，有个酒精供应处，我一切都筹划过了。我想建一个小工厂来生产蛋黄酒，有营养，还是热的。我把它出售给国防军。

哨长（疲乏地）：你可以用蛋黄酒把我撵走。谁发明的这玩意儿呀！

廷姆森（坚定不移地）：办这样的工厂有前途吗？我很关心这一点。许可证会有的。到了和平时期还可以把它扩大呀！

哨长（笑着说）：要靠我你就得破产，兴纳克。

廷姆森（把灯又打开，急切地想知道）：我问我自己，是不是有机会，比如说建一大间干净的蒸馏房，一座高耸的砖砌的烟囱和一座管理大楼。男人和女人都穿着白色的工作服在屋子里工作，手里拿着试管。大卡车按着喇叭来往在宽敞的门前，每一个瓶子的标签上都写着：廷姆森的蛋黄酒……

哨长（笑着喝酒）：我只能建议你：吃鸡蛋，要是你有兴致，就喝烧酒，别的事就随它去吧！

廷姆森（不相信地）：难道没有什么指望吗？

哨长（真诚地）：有什么好指望的？你想想看，当你斟酒的时候，那一块块黄色的东西就从瓶子里直往外掉，就是看一眼也够恶心的。

廷姆森（回到桌子边）：以后还可以出口，有些地区特别爱喝蛋黄酒；再说，这玩意儿也可以调稀一点呵。

哨长（精疲力竭，但却愉快地）：要是我到你这儿来，我就要原材料。

廷姆森（失望地喝着酒）：要是你肯出点力，要是你肯出点力，那就没有什么更好说的了。

哨长（莫名其妙地）：你说出力是什么意思？这个玩意儿我喝过，那是在受坚信礼的时候喝的，直到今天我还觉得够受的。

（他喝着酒，站起身来。当他认出了从黑暗中走过来的人后，又坐了下来。马克斯·路德维希·南森犹豫地站在门口，身上背着速写板。）

画家：诸位晚上好。能喝杯茶吗？随便放点什么都行。（他一个人坐在靠窗的桌子旁。）

廷姆森：你还能喝一杯热甜酒，水还是热的呢。

画家（清理着烟斗）：那就更好了，兴纳克，人总得走走运呵！

（哨长靠着桌子，观察着画家。）

廷姆森（准备着甜酒）：你上哪儿去了？今天在库尔肯瓦尔夫，你要是去了准会大吃一惊的。你怎么也不会相信是谁突然出现在那儿发表讲话了——阿斯姆斯·阿斯姆森！

画家：我想，他应该是坐着他那艘前哨艇在北海值勤的呀！

廷姆森：他放幻灯片来着，演示的是船上的生活，他还作了说明。

画家（掐碎一个雪茄烟头）：大概说得很长吧？晚会结束了吗？

廷姆森（要把杯子递给画家）：要是你坐到我们这边来，我就不必把杯子端着走那么远了。

画家：不应该打扰你们的聚会。（站起身来，端着杯子，回到了自己的桌边，高兴地鞠了一躬。）为你们的健康干杯。

廷姆森：我们离开库尔肯瓦尔夫比较早，严斯的情绪不怎么好。

哨长（不乐意地）：什么叫情绪不好？

廷姆森：是在报告进行中发生的，可以这么说，他的感情突然爆发了！

画家（把烟草塞进烟斗，点着火）：这是不言而喻的。

廷姆森：那你就想想赫塔·班特尔曼或者想想迪特里希·格里普。他们看到的都应验了。

画家（惊异地）：严斯会透视吗？他？迄今为止，我们还从来没有这种感觉。

廷姆森：你去问问阿斯姆斯·阿斯姆森。他现在知道他期待的是什么了，他就在画上面。今天晚上严斯对他把什么都指出来了。要是你在库尔肯瓦尔夫的话，你会大吃一惊的。

哨长：住口吧，一切都过去了，都忘掉了。

廷姆森：无论什么事情，只要发生过一次，就会接连不断地发生，就像疟疾一样，我兄弟就从来没有摆脱过疟疾。谁能透视那么一次，谁就会永远那么下去。赫塔·班特尔曼就知道，下回该轮到谁家的房子起火。

画家（在黑暗和烟雾中，别人几乎看不见他）：我觉得，根据严斯这个职业，这样可能对他有利，这会使他的工作方便些。

廷姆森：他看见阿斯姆斯·阿斯姆森在海上漂浮，坐在一条橡皮艇上。一只手伸在水里。

画家：瞧，他还不如待在岸上。

哨长（被激怒了，用空烟盒敲着桌子）：要我是你，就老老实实地待着，说这种话对你没有什么好处。

画家（别人看不见他）：要是你能透视的话，你就可以省去好多调查工作。我是这样看的，别的没什么。

廷姆森（打岔）：我从迪特里希·格里普那儿知道：光凭愿望是不行的。必须等待，等待事情的到来，而只要到来了，未来就一清二楚了，就像太阳照耀下的山谷那样。事后他头疼，而且精疲力竭，太阳穴有一种疼痛感。

哨长（喝完杯中的酒）：我得让你们知道，不管怎么说，我的太阳穴不疼，也请不要再说这些事了，事情已经过去了。

廷姆森：你的眼睛呢，你说你的眼睛疼呵。

画家：过于深透地看东西，是会眼睛疼的。

哨长（站起身来，扣上了皮带，把两个大拇指钩在皮带上，走到了画家的桌旁）：可以问问吗，你夹子里装的是什么?

画家（毫不紧张地）：我到半岛上去了，在小屋里来着。我想画日落。红色与绿色。戏剧性的。几乎没有什么单一的颜色。你们也应该去看看。

哨长（指着夹子）：我问这里面有什么。

画家（严肃地）：我在日落时画的画。继续画画。

哨长（命令地）：把夹子打开。

（画家一动也不动地坐在那里，兴纳克·廷姆森满怀兴趣地从后面走了过来。）

哨长（坚定地）：我有权要求你把夹子打开，我要你这样做。

画家（从容地）：颜色过渡的部分还没有画成功，要把橘红色画成紫色。（他缓慢地，几乎是庄重地把夹子打开，取出了几张白纸，小心翼翼地放在桌子上。）一切都是装饰性的。装饰性的隐喻。

廷姆森（迷惑不解）：我什么也看不见。你们可以揍我一顿，可我什么也看不见！

画家（向着我）：你，维特－维特，你看得见日落吗?

我（耸了耸肩膀）：我不知道，不知道。

哨长（他把所有的纸都拿在手上检查着，一张一张地冲着灯光看着，然后把所有的纸都扔在桌子上）：你别把我当傻瓜。

画家：你指望看到什么？我对你说过，我是不会停止的。我们谁也不会停止。既然你们反对看得见的东西，那我就创作看不见的东西。你可得看清楚了，那可是我的看不见的日落和海涛。

哨长（懒洋洋地拿着一张纸冲着亮）：你该想出些别的什么花招来，马克斯。

画家（轻蔑地）：用你那行家的眼光好好瞧瞧。用你那能预见未来的目光看看吧。

哨长（激动地）：我请你用另一种方式来跟我谈话。就算是赫赫大名的南森，你也太自负了！

廷姆森：你们别激动，又不是陌生人。

哨长（不停地把画纸冲着亮检查着）：这张纸……所有这些纸都没收了！

画家（盛怒地）：那就请吧！

哨长：如果你非要不可的话，我可以给你一张收条。

画家：我要。

哨长：只是我不能马上开给你，收据本在办公室里。

画家：那我就耐心地等着。

廷姆森（一副真诚的无能为力的样子）：简直无法令人相信。我看这些都是白纸啊，你没收的东西是真正的白纸。

哨长：这是我的事情。（他细心地把纸整理好，放进了夹子，然后合上夹子，拿了起来。）

廷姆森（向画家）：你自己倒是说说啊，你在这些白纸上没有画什么东西，这些白纸就像白雪一样清白呵！

画家：这上面有看不见的图画，你听见了吧。这显然也是不允许的。

哨长（警告地）：马克斯，你知道这是怎么回事，你知道这是我的职责。这些纸要拿去检查。

画家（愤怒地）：好，好，我也要你们检查检查。我看你们最好把它们塞到粉碎机里去。你们可别累坏了！人不同，看出的画也不同。

哨长（平静地）：我必须向你指出，你这种口气有那么一天会对你不利的。

廷姆森：也许，你们俩还是谈一谈吧！

画家：反正你们总不能到脑子里来搜查吧！待在这里边的东西，那是很牢的。你们总不能没收脑子里的东西吧。

哨长（向着我）：来。

（我们走到门口。）

画家：要是你发现了什么，可得告诉我。要是在你眼里纸上出现了颜色，你可得跟我说一声。

（哨长转过身子，想说什么，但是什么也没说。我们离开了。）

虽说我还愿意待在"浅滩一瞥"里再喝上一瓶汽水，听他们关于白纸，尽管显然不是清白无辜的纸的争论，但我还是无言地跟着父亲走到外边去了。在父亲从车架子上抬起自行车时，我接过了装着白纸的夹子，我坐在后架上时，把它紧紧地抱在胸前。我们默默无言地在从侧面吹来的和风中，在一片漆黑中向大坝下面驶去。他一次也没有回头看我，我完全可以把白纸拿出来——即使不是全部——把它们飘撒到大坝旁的草丛中去。我想象着：把白纸铺在平原上，让它们像晒着的大手绢那样铺在那里。老霍尔姆森看见这些撒得到处都是的白纸以后会首先往哪儿

149

看呢？但是，我没有把夹子打开。

一栋栋的房子在黑暗中矗立着，屋顶向两边下垂，房子里都没有点灯，周围是被风吹歪了的篱笆。场院里的狗隔着老远相互谈心。海边传来一阵喧哗声，好像是一条大船在抛锚。我问他说：你知道是哪条船吗？我真的相信他会说出船的名字或号码，就像突然说出阿斯姆森那条船的号码一样。但是，使我很失望的是，他只是说：现在你别问，听见了吗？现在你什么也别问我。但是，我还是相信，他是有办法看得见也认得出那条船的。我今天还记得，在回家的路上，我突然产生了一种恐惧感，我怕他看得见、认得清更多的东西；这种恐惧感警告我，也使我变得小心翼翼起来。这种恐惧感延续的时间比我自己承认的时间还要长。

但是我要叙说一下，我也必须这样做。陌生的恐惧感告诉了我许多问题。难道不是由于这种恐惧感迫使我在经过掉了叶片的风磨时，看也不看它一眼？为什么我要避免去想磨坊中的隐蔽所？为什么走上布累肯瓦尔夫时，我的头要向左边转去？看也不看，想也不想？为什么我竭力要把那不断挤进脑子里的破旧的、未完成的浴室景象摆脱掉？为什么我要强迫自己不去想那个总是不断出现的名字？要是我把这个干巴巴的晚会总结一下，不管愿意与否，我必须承认：我的父亲，德国最北部的警察哨——鲁格布尔警察哨的哨长，在战争期间接受了一项任务，向马克斯·路德维希·南森转达一项禁止他绘画的决定，并负责监督这条禁令的执行，就是他在格吕泽鲁普故乡协会的幻灯放映会上让大家知道了他有第二视觉，这在我们这里虽不罕见，却也不多见。从前，并没有迹象表明他有这种才能。这绝不是遗传的。不管怎么说，事实已经表明他有这种才能，而且一开始就获成效。

中断

　　约斯维希的脚步声，他从那个空荡荡的管理员办公室走过来的脚步声总是引起我的遐想：弯曲的铁楼梯，在他身上晃来晃去的钥匙串，略显不平的水泥板，像一张撒开的网那样伸向四方的阴暗走廊，那些日子，就像穿在一根绳子上的晒干了的苹果片一样的日子，突然出现的宁静，窥孔上他那窥视的目光，从迷茫的远处向这边走近来的懒洋洋的、踟蹰的脚步声，主楼道里的黑板，宁静的气氛，人们站着读书的情景，我们用肩膀和腰部蹭黑了的墙角，休息时的早餐，从不打开的窗户，拴在辫绳上的哨子，从扫帚仓库门前传来的拖沓的脚步声，使人觉得，从这里开始，他需要半天的时间才能精疲力竭地经过多次休息后到达盥洗室，随后是最后冲刺，短促而绝望的脚步声，一只伸展的胳膊，钥匙激动地转动着，有什么东西掉了下来，不，没有什么掉下来，是钥匙的声响，先是试一试，然后用力插进了锁眼：经常如此。

　　他从管理员办公室来到我的禁闭室究竟需要多长的时

间，我还从来没有准确地计算过，但是，我认为，这段时间足够我从容不迫地洗出三双袜子，卷出二十支香烟，或者从容不迫，慢慢品尝完我的早餐。他总是那样缓慢，缓慢得使人产生了希望，就像一条航船缓慢地从地平线上升起并驶近来一样。约斯维希就这样缓慢地从他那遥远的、只挂着一个日历的办公室向我走来时，时间就是这样缓缓地流逝了。当他一边勾起我的想象，使我记起某些事情，一边向我走来的时候，我再也不怀疑小库尔特·尼克尔的那种说法了，他说：在约斯维希从他的办公室拖着脚步向他走去的那段时间里，他可以把一张剪成了一条条的床单整整齐齐地缝在一起。

他拖着缓慢的脚步向我这里走来。我照着小镜子梳头；目光尾随着易北河，它就像长长的一列队伍，拖着脚步，吃力地在准确的方位上移动，被我窗前栅栏的倒影分割成一块一块。我观察着向河的下游飞去聚会的海鸥。一阵阵呜呜的轮船汽笛声向拖船求援。约斯维希没有停步。他会给我带来新的练习本吗？希姆佩尔所长会同意给我墨水和钢笔让我继续写作文吗？我用洗脸池的水龙头放出的很急的水柱冰凉我的手腕。我把几个烟头揉碎了，用水把它们冲走。我不想去试探约斯维希的好意，为了使他高兴，我把木板床上的罩单拽得很平整。我出乎意料地发现了易北河上有两个水上运动员，他们正顽强地逆着水流划行。易北河已经解冻。炼油厂上空的火炬还在燃烧吗？它还在燃烧。汉堡还是平时那样的灰白色和砖红色吗？约斯维希正不停地向我走来。对我作文进行检查的结果如何？在希姆佩尔看来，我还能继续要作文本吗？我拿定主意，立即穿上干净的制服，脱下运动鞋，穿上皮靴，从铁柜子中取出了一块干净的手帕。大镜子对我的鉴定还算可以：服帖的浅金黄色的鬈发，和我哥哥一样的深陷而明亮的眼睛，鼻梁微微隆起的鼻子，棱角分明的，满可以这么说：两片薄薄的嘴唇——佩勒·卡斯特纳早就看准了这一点——有力的下巴，像被老鼠啃过的不整齐的牙齿——这肯定是舍塞尔家的遗传——稍长但不算太细的脖子，令人满意的双颊：这就是我。在我身上，看不出日以继夜为惩罚性作文操劳的痕迹。但是，我的小镜子的判断却并非如此，和墙上的大镜子相反，它指出我眼下有黑影，并略微改变我的整个模样，它照出了我的皱纹，使我在某种程度上看到自己过于劳累和紧张的脸色。约斯维希见到我以后，会认为哪一面镜子正确呢？来吧，约斯维希，快点，别去看盥洗室，那里只有喷头在滴水，开始最后冲刺，把门打开，让我终于心里踏实，或者获得我们习惯于称呼的那种东西。

这一次我也与平时一样，迎着他走了过去，尽可能靠近门边，眼睛盯住锁和锁眼，圆钝的钥匙插进去，或者说，一点一点地往里捅，钥匙的前半部一转，把锁拨开了。这是一把很简单的钥匙。我收集到的钥匙和锁各色各样，比这要复杂得多，什么混合锁、字母锁、布拉马保险锁、丘普保险锁、撞锁、号码锁；哥特式钥匙，法国钥匙，巴洛克钥匙……我以后还能找到这些东西吗？不管怎么说，门到底打开了。

受我们喜爱的管理员约斯维希并没有走进门来，我也看不见他，只听见了他的声音：来吧，西吉，出来吧。我听从他的要求，但使我感到惊奇的是：他把这间空禁闭室又锁上了。这是按照他工作三十五年来的常规办事呢，还是他特别关照，在我离开期间，不让任何人进入我写惩罚性作文的地方呢？

所长等着呢，他说，并让我走在他的前面，这只是他对一个新来的犯人在最初几周内采取的安全措施。我并没有立即觉得自尊心受到了伤害，而只是迷惑不解地看着他，发觉他的脸上隐藏着一种猜疑情绪，一种感到绝望而又想帮助人的神情，还没等我问他为什么说话那么简短，他就用他那褐色的扁平的大拇指划了一个半圆，僵硬地往下面的走廊一指。我别无他法，只好继续往前走着。

在走到主楼道的黑板以前，我一直是走在他的前面。他的脚步声就像是我的脚步变了音的回声，他那老气横秋的叹息声也像是变粗了的我的叹息声。在这里，在这块黑板前，我回头问他：一切都批准了吗？而他则心情恶劣地说：你等着吧，难道你等不及了吗？我走在他的前面，感到他的目光盯着我的脖子，同时我也感到自己的动作十分僵硬，而且越来越僵硬，脊梁骨也感到一阵刺痛。我应该做些什么？我能够做些什么呢？我们这里的人都知道，只要你会机灵地向约斯维希诉苦，你就自然而然地能够赢得他的同情，你的样子越是可怜，他就越是坚决准备保护你，甚至恨不得把你搂在怀里。为了能找到话题，此时此刻，我该杜撰些什么呢？我迈着沉重的步子走在他的前面，试图自行解释，他没有给我带练习本和墨水来，甚至连点烟草也没带来；他不仅不像惯常那样向我表示同情，却要我到所长那里去，这意味着什么。难道我的情况不妙？是不是他们对我迄今所写的作文不满意？是不是要提早中断罚我补上的语文课？管理员那空荡荡的办公室电话铃声在响。我并没有因此而走得快一些。铃声始终不断，六次，八次，十次。我没有加快自己的步伐，只是从眼角向右边瞟了一眼，我以为，他会马上从我身边走过，赶到我的前面去拿起听筒来。但是，那顶上浆的工作帽并没有出现在我身边，那串钥匙也并没有晃动着从我身边经过：卡尔·约斯维希坚定不移地走在我的后面。只是当我们走到他的办公室门口，他才命令我：停下，站住。我按照他的要求站住了。我一直往前望去，把注意力放在那八级铁楼梯上。他说：在这儿等一会儿。我点了点头。他说：我马上就回来。我又点了点头。然后，我从眼角看着他拿起听筒，又把帽子向后一推，一边听电话，一边数着那串钥匙，也许在检查，也许是把钥匙从圈上解下来。对话并未改变他的神情。就像我父亲一样，他在电话里也只是简短地回答或提问。他那样子不快活也不生气。他挂上电话，示意我到他的办公室里去。我立即屏住呼吸，真叫人窒息，空气真污浊，此外还有一股腐烂的熏鱼的臭味。我们增加两个新人，卡尔·约斯维希说，他们叫我去，但愿你一个人能找到办公大楼。我点了点头，仍旧站在那里，尽管他已经挥手让我离去，表示我已经成了他的累赘。你忘记路了吗？他问道。我等待着，急切地打量着他，终于低垂着目光问他说，我干了什么事使他对我如此粗暴。他手拉着门对我说：你，还有你那些朋友，你们所有的人，有人在关心你们，要把你们搂在胸前，为你们而献身。可你们呢？走吧！所长等着你呢！随即他把我推出了他的办公室，把门关上。

由于他觉得他的暗示已经够了，也没有必要向我解释他的情绪变幻的原因，于是，我在没有他陪伴的情况下，独自向所长办公室走去。我四肢僵硬地踏着铁楼梯向下走着。在通风的前厅，我轻轻地摸了一下议员H.W.J.W.L.里本萨姆的大理石秃顶。我们这个海岛虽说不是他创建的，却是他最后批准的。我还仓促地摸了一下他那冰凉的下颚。我有多久没向他致意了？自从有一回我看到他那九十八岁的未亡人亲吻这座大理石的半身像以后，我每次从这里经过时，要是不轻轻地摸他几下，就感到像是没有尽到责任一般。我谁也没有碰到。我拉开门，走了出去，这还是我受惩罚以来的头一回。

一艘汽艇的汽笛声在向我打招呼——是向我吗？不管怎么说，我惊恐地回头望去，有一条来自汉堡，黄铜闪烁的汽艇系在浮桥上，船上装满了急不可耐的心理学家，他们无一例外地穿着风衣，褐色或黄色的风衣。希姆佩尔的代表，阿尔弗雷德·梯德博士站在浮桥上，离老远就用一种很夸张的、显然是希姆佩尔教他的动作来欢迎这些心理学家。我不由得想找一条路溜走，看了看我们的菜地。溜走似乎没有必要了，因为梯德博士站在浮桥上，把心理学家们集合在自己的周围，正作着鼓动性的演说。从海滩那边——被冰块挤歪了的警告牌已经重新竖直了——刮来阵阵凉风，摇晃着柳树丛。易北河上没有雾，寒气袭人。清朗的空气中，远方的河岸似乎在向这边靠拢。本来黑得不能再黑的河水，这时却以自己的深绿色或蓝黑色显示出了易北河水的深深浅浅。一艘挂着旗子的船只出发了，大概是下水试航。人们正从车间用小车把摞成堆的窗户框子往外推。艾迪·西鲁斯也在他们中间。

因为我谁也不想遇见，一心只想快些知道我的事情结果如何，于是我向车间后面跑去，在人们看不见的避风的地方跑着，一直跑到一条弯弯曲曲的小路上，蓝色的管理所大楼就耸立在路边。我一步两级上了石台阶，拉开了油漆过的橡木门，深深地吸了一口气，然后上楼到所长办公室去。我准备好回答可能提出的问题，至少我知道该如何去回答那些突如其来的问题。我不会忍气吞声地同意他们中断语文课，我一定要坚决顶住。可以这么说，我准备为继续写我的惩罚性作文而斗争。就这样，我走到了他的门口。我抬起手准备敲门，并听着屋内的动静。但是我的手指还没有触及门板，屋子里就爆发了一阵音乐的暴风雪，因为希姆佩尔显然要一击琴键——就像盛怒之下的造物主的命令一样——用一个夸张的强音震碎冰块，使冰川爆裂，在开始的几个严峻的音符之后，他立即使许多条山间的河流摆脱了冰块的压力，强有力地把冬天赶走，送去流放，如此等等，这一切都是为了使人们感受到春天的溪流潺潺、鸟蝶飞舞，我觉得，还有和风吹拂。人们一下子就能听出来，他先是设计了满天风暴，在风暴之下，某些力量斗争得相当激烈，他让春天费力地战胜扼杀，咆哮和暗中抵抗，最后升起自己的蓝旗——如果这一切真有什么内容的话。随后，他让春天节节取胜，用海鸥的欢叫声，轮船的汽笛声，水面的细浪拍打声，欢快的笑声，一种陶醉其中的喃喃低语声来权充凯歌。完全可以认为，我们海岛合唱队不久就要表演这首新的《春天之歌》，也许还会在北德广播电台举办的海港音乐会上演出，因为已经来邀请了。

我敲门的声音怎么也压不过冰川裂开的声响，于是我一直等到春天终获全胜，便又敲了一次门。总算听到了我的声音。现在，我可以进门了。希姆佩尔所长穿着一件短风衣，一条过膝的裤子，从钢琴前面的转椅上站了起来，弯腰看了看墨渍斑斑的乐谱，嘴里叫着姆—达—达，非常满意地向我点头，伸出手向我走来。他的手温暖而又湿润。我还得推敲一下，他说着，又指了指身后。我迅速向写字台看了一眼，并确信，他已经读过我那写得满满的作文本了。不过我察觉，尽管作文本堆在那里，但他已暂时忘记了我的事情，也没有兴致和我长谈这桩事。未完成的春天的风暴把他吸引住了。他弯腰看了看台历后，才认出了我就是他在名字上划了红圈的人，这说明他对我还有几分重视，于是他又在写字台旁，第二次把手掌举到眼角处，向我致意。他请我坐下，自己却不就座，而是用了一个十分费劲的姿势翻阅着我的作文本。他的微笑向我表明，他的记忆又恢复了，他一会儿难以置信地摇着头，一会儿又表示同意地点着头，这说明他正在进行着慎重的考虑，嘴里还啧啧有声。有一次，他敲了一下大腿，却只敲着灯笼裤肥大的裤边。他翻阅了我的作文本，朗读了几段，又想起了一些必要的事情之后，就一直朝秘书办公室的门奔去，拉开了门，叫道：请你告诉十四号房间！又重新把门关上，在走向写字台的时候，竭力避免看我。这时我已经明白，我大概要和他进行一次面对面的谈话了。写字台上方挂着一幅油画，画的是议员里本萨姆的肖像，他瘦削，双眼蒙眬，茫然地由画里往外瞧着，好像对从喀麦隆抵达易北河的船只比对希姆佩尔所长屋内所发生的一切更感兴趣。议员并不需要谁的帮助。我听见了秘书的脚步声。钉上了铁钉的高高的鞋跟离开了房间，咯噔咯噔地通过了走廊，又如释重负地向十四号房间说了几个字，随后，不再是她一个人的，而是好几个人的脚步声回到了秘书办公室，她给几个心理学家打开了所长办公室的门。我放心地看到，这是五个心理学家，他们显然正在汉堡参加一个国际会议，因为每人上衣领子上都挂了一个小牌子，牌子上写着每个人的名字。只有一个人的上衣上没有牌子，他随随便便地跟我打招呼。这是沃尔夫冈·马肯罗特。他的在场，虽然不能使我的忧虑减轻，但由于一种说不出的原因却使我非常高兴。我也向他致意，毫不掩饰自己的感情。这时，所长同心理学家们握着手，微笑着接受大家从苏黎世，从俄亥俄州的克里夫兰，和从斯德哥尔摩带来的问候，又用有些过大的和过于激动的声音表示他的问候，并巧妙地使这些来客围着我站成了一个半圆形。他想干什么？他的眼睛透露出了些什么？这些从事教育工作的花样骑手想表演些什么？训练课？平衡课？还是心理学上的走钢丝课？他是不是要把我送上他那功名之所系的高秋千，在我翻过两个半筋斗之后，一把抓住我，以证明他是十拿九稳的呢？

希姆佩尔所长并没有这样做。他亲切地把手放在我的肩膀上，请求我允许他把我的情况向来访者作简短的介绍。由于他预见到我怎么也会同意，就马上介绍起来了。事情是从语文课开始的，他说，作文题是"尽职的快乐"。语文课结束后，耶普森先生交上来的是一个空本子。这并非由于他无话可写，而是由于——用他自己的话来说——要写的太多。这是一种初期抑郁症。科萨科夫式的病态性恐惧症。我们决定对他进行惩罚，让他补写一篇作文。耶普森先生于是有机会与大家分离开来。接着，他又提到一些我们协商好了的条件，如禁止会客，免除全部劳动等等。他向那些并没有屏住呼吸，而是有些懒洋洋地倾听着的来访者们叙述了我写作文的情形：终极顺从。欣喜症。当希姆佩尔所长向来访者介绍说，我因受惩罚而补写作文的时间已经延续了一百零五天时，这些人确实都在注意地倾听着。三个半月以来，他说，你们看到的耶普森先生为写好作文而努力工作着。毅力他是有的，这就是——他高举着我的作文本——令人信服的证明。你们看，作文越来越长，感情驱使他写出了真名实姓，真实的地址和心灵深处的记忆。最后，他请求我说，如果我觉得哪个地方说得不对头，可以对他的讲话加以更正。我只是耸了耸肩膀。

从俄亥俄州克里夫兰来的客人鲍里斯·兹维特科夫从希姆佩尔手中拿过我的作文本，用拇指把我已经写好的篇章那么捋一过，就已经了然了。来自苏黎世的小卡尔·福查德先生和来自斯德哥尔摩的拉尔斯·彼得·拉尔森先生也是如此，都有一种深入了解和掌握材料的莫名其妙的本事，他们只消把本子这儿翻翻，那儿看看，特别是拿在手里掂量一下就足以作出一种判断来。只有沃尔夫冈·马肯罗特既不这样，也不那样做。他最后一个小心翼翼地把本子接到手中，细心地把本子抚平，再把它放在写字台上。我松了一口气，觉得表演已经结束了，当希姆佩尔所长向我走来时，我站在那里换了换姿势。他向心理学家们扫了一眼，要他们特别注意地看一看即将出现的场面，而后转过身来向我说，我所写的作文不仅已经完成，而且大大超过了他的期望。他向我宣布，语文课已经结束。我已经使他和科尔布勇博士信服了。他建议我回到海岛的集体中去，到图书馆去工作。他一字一句地说，你已经认识到了写作文的必要性，而我们就是要你认识这一点，并非单纯为了惩罚。似乎要送我一份私人礼物那样，他补充说：春天已经来到了。

最后那句话他完全可以不说，他尤其应该知道，对我们来说，这里的春天是不存在的。然而我还是惊奇地看着他，因为我根本没有料到他会提出这样的建议。怎么样？他问道，怎么样？明天结束对你的惩罚不好吗？和朋友们重聚难道不好吗？怎么样？——我的作文还没写完呢，我说。——这没关系，他说，迄今为止，你所作出的成绩使我们很满意，剩下的可以免除了。——不把剩余的部分写完，我的作文就没有任何价值。我说了我的意见。这个回答使希姆佩尔愕然。他要我向他和来访者解释一下，为什么我愿意放弃海岛这个集体，放弃春天的阳光和图书馆，一定要把已经中断的作文继续写下去。我透过墙角那扇宽大的窗户向易北河望去，先是看不见什么东西，然后，我用目光搜寻了一下海滩，发现两个水上运动员驾着一条银灰色的小船从柳树丛中露出。小船没有人掌舵，也没有人划桨，只是在激流中歪歪斜斜地漂浮着、漂浮着，一直这么漂浮着，因为，后面的那个运动员把前面的那个抱住了，使劲把他往后压，尽管姿势很不舒服，还是在他的脸上吸吮着，或做诸如此类的动作，双桨在转动，浸在水中，却没有漂走。

为什么？希姆佩尔所长问道，为什么？这时我说：对于尽职的快乐，我想从头到尾地弄个明白，不想删减任何一段。——要是这种快乐永无止境呢？他问道，一边要心理学家们注意，要是这种快乐没完没了该怎么办？——我说，那就更糟了，更糟了。

我感到，他们在打我的什么主意，想把什么事情弄个明白，但我不知道究竟是什么。水上运动员们还是在那里抽风，一个夸张地仰着身子，一个趴着，两张嘴紧紧地吸在一起，任船向下游漂浮着，遗憾的是这时没有一条船用船头把他俩切开。这两个人的船桨一支也没丢。

突然，小卡尔·福查德问道：你在向谁叙说这一切？——向我自己，我说。他接着问道：这样做使你感到安慰吗？——是的，我说，这使我感到安慰。瑞典人一声不吭，用敌视的目光一再端详着我，好像要把我打翻在地一般。鲍里斯·兹维特科夫，那位美国人问我，在我写作文时，是否有站在水中，或涉水而过，或在明净的水中游泳的感觉。当我很干脆地只用没有二字回答他时，他非常满意。一个身材粗壮的学者——他的名字我猜不出来，因为他身上的小牌挂反了，但他的口音却透露出他是一个荷兰人——他的问题使我大为惊讶。他先是问我的年龄，然后问我鞋的大小。我回答了这两个问题以后，他又想知道，我在写作文时，是否有盗汗和产生恐惧感的现象发生。我不想什么也不说，于是我承认有时有恐惧感。马肯罗特什么问题也不提出，一再用微笑来鼓励我，这使我更加喜欢他了。我认为，他们是要把我琢磨透，可我却并无值得引起他们争论或进行学术讨论的价值，因为，国际学术讨论会的人士不再问我，放弃对我继续进行研究。

希姆佩尔博士显然没有想到这一点，他盼望人们提出更多的问题，进行更深入的研究，来一场即使不激烈，但也活跃的讨论，可是这一切都落空了，现在又得重新由他来处理我的问题。我飞快地向外看了一眼，那两个水上运动员覆没了，淹死了，毫无罪过的易北河水空空荡荡地奔流而过。

那么，西吉，希姆佩尔所长说，我们得共同找到一个解决的办法，总不能这样下去。罚哪个人写篇作文并不是什么了不得的事情，这在哪儿都会发生，在我们这个海岛上，罚写作文作为一项教育措施，也证明是最为行之有效的。不管怎么说，他说，罚写作文总得有个限度，一百零五天，足够了！从今天起结束惩罚。他向我伸出那只有握手经验的手，表示语文课就此结束，但是，我拒绝握他的手。我抗议。我要求延长时间。我保证说，只要他让我回去继续写我的作文，我一定表现良好。我记得，我还曾请求他慷慨相助。但是，抗议也罢，请求、保证也罢，都无济于事。最后我是怎样达到目的的呢？我提醒他我们之间的那个约定，引用了他的诺言：罚写作文何时结束可由我自己决定。难道不是您自己说的，需要多长时间就写多长时间吗？我引用了他的这句话，尽管没有使他完全改变主意，却使他暂时同意我继续写作文。好吧，好吧，他略带无可奈何的神情说，好，好，你暂时可以继续写下去。

他走到桌子边，把我那写得满满的作文本还给了我。他端详着心理学家们的面孔，看不出他们还有任何考虑，于是，他便把我打发走：你一个人走得回去吧？我同意发给你一个新本子，还有墨水。

我如释重负般地挤出了来访者的包围圈，即使心里还有些担忧。我故意设法从马肯罗特身边经过。他向我眨了眨眼睛。我觉得他的目光里含有赞赏。但是，他虽然好意地眨着眼睛，底下却并不那么好意地搞了点什么动作：他那细长的手指轻捷而又灵敏地打开了我的上衣口袋，只一秒钟的工夫，就把什么东西塞了进去，然后从外面把口袋抚平，接着又退了回去。我似乎什么也没有觉察到，但是一定是这么回事。如果我说，掏手提包的专家奥勒·普勒茨是我们中间唯一能重复这种动作的人，那我一点也不夸张。

在门边，我又转过身子，匆匆向学术讨论会的客人们告别，但仍有足够的时间观察马肯罗特的脸色。对于刚才发生的事，他一点声色也不露，装出若无其事的样子。他一句话也不用说，光凭他站着的这副神态，就有效地否定了别人的任何怀疑。

到了走廊上，我才把手伸进口袋里去，才知道年轻的心理学家把什么东西偷偷地塞进了我的口袋。东西不多：我摸到用回形针别在一起的几张折叠的纸，此外，我还庆幸自己得到了一整盒十二支装的香烟。我立即走进厕所，把香烟塞进右边的袜子里，把那几篇写满了字的纸当作裹腿布绑在了左边的小腿肚上，拉上袜子，用皮筋绑紧，又细心地放下裤腿。我洗了手，喝了点水，用水湿一湿额头。所有的窗户都开着，那可能是希姆佩尔放进来的春天的气息，使氨的气味不再那么刺鼻。下面的院子里有人在用口哨吹着《一天二十四小时》的曲子，节奏相当拖沓。为了不去听这跑了调的音乐，我把三间厕所的水龙头都打开了，哗哗的水声冲跑了这支曲调。然后我走到走廊上，在希姆佩尔的门口听了一会儿，里面除了一声声舒服的哼哼以外，什么动静也没有——就像有人在按摩——于是我走到楼梯上，下楼到文具管理处去。

文具管理处在办公楼底层，图书馆旁边，两间屋子紧挨着，图书和文具的管理都由一个人负责。我知道，敲门之后谁会出来，谁会满脸奸笑地跟我打招呼，嘴里嚼着东西问道：一切都顺利，是吗？他是我们中间最年长的一个。每个人都不得不争取他的友谊，而且还要经常给他些小小的好处来保持这种友谊。他在海岛上已经生活了五年半，因此，他要求特权。只要他一句话，比如：西吉，你那布丁想上我这儿来，帮它过来吧，这时，你就得把饭后的点心给他送过去。要是看到他那没有光泽的头发，肥厚的嘴唇和在语文课上因痉挛而浑身发抖以致摔倒的情形，人们多少会相信他，但是谁也不会相信，他只要看见一个女人胳膊上挂着提包，就有本事从外面来断定提包里有些什么。他还说他能用按摩的方法，打开任何一个东西，虽然我觉得这样说是夸张，但是他曾经向我们中间的某两个人证明过他有这个本事。

总之，奥勒·普勒茨是我在图书馆的替班人。就像我一样，他也得负责管理文具。我的敲门声把他叫了出来。他打开门的上半部，伴笑着，拉出一块板子，把门的下半部变成一个柜台，两个胳膊肘撑在上面，抬起脸来问道：一切都顺利，是吗？我说是，听了听有无动静，把手伸进裤腿里，一边听着，一边取出那盒烟，拿出三支，放在奥勒那永远向你伸出的手中。可是我忘了奥勒对公道这个词的精确见解。正当我想把烟盒收起来的时候，他文雅地把香烟盒拿了过去，迅速地数了数，断定三根太少，便自己动手一声不吭地又拿了几根，把剩余的部分还给我，把手指放在额头处向我表示感谢。我能为你做些什么？他问道。这时我看得出来，他嘴里玩的是一颗扣子，要是我没弄错的话，是一颗真正牛角制的扣子，可能是哪件冬大衣上的。我先要一本不带横格的本子和一瓶墨水，又改口说要两个本子。奥勒说：你要什么你考虑好了。现在我们很慷慨，就我来说，今天你可以拿走五个本子，把这些废物全拿走！现在谁对你都不感到奇怪了。

他们罚我写作文，我表示歉意地说，你们都知道的。

是的，他说，这我们都知道，但是，我们这里谁也不像你那样，对惩罚感到是一种享受。——我并没有干对你们不利的事情，我说。他说，你关在屋子里并不叫人喜欢，但是今天我们原谅你。今天我们准备宽恕一切人。

有什么特殊情况吗？我问道。

没什么特殊情况，他狞笑着，就是有几个人要搬搬家。换换地方，换换空气。我在一本书中读到，人是一种成年而能自立的动物，要是一个成年而能自立的动物自愿要离开一个地方，那就是说，这里面含有不满等等。你们要溜吗？我问道。我们希望你跟我们一起走，他轻轻地说着，听了听过道的动静，抓住我的胸脯，把我从临时柜台这边拉到他跟前。今晚十一点，他悄悄地说，一切都讨论过了，我们有六个人。我问他船是从哪儿弄到的，他轻蔑地说，只有不会游泳的人才坐船。我问他了解不了解易北河水流的情况，他告诉我涨水时对游泳者有什么好处。他并不把、也不愿意把卡尔·约斯维希看作是个障碍，因为艾迪·西鲁斯负责单独和受我们喜爱的管理员打交道。艾迪从前就获得过德国西北部柔道比赛的大师级腰带。

我还想知道，如果顺水把我们送到了对岸的布兰克内塞，他们将采取什么预防性措施。他一听，放开了我，狞笑着打量我，说了句不是个东西之类的话，平静地把一支烟塞进嘴里。他抽了几口，又把香烟掐灭了。他走到架子跟前，从一堆本子中拿出三本扔给了我。又从一个盒子里找出了一个方方的小墨水瓶扔给了我。接着，他又把收据本扔给了我，用他那灵敏的食指指着一个地方让我签名：我看得出，奥勒·普勒茨不想和我打交道了。

我不能一声不吭、充满敌意地和他告别，就是现在也不成，我也必须让步，因为不能保证谁将来还会归来，于是我问道，你们那边的计划安排好了吗？他舔湿了自己那肥厚的嘴唇，掀起板子，打开了门的下半部。他说，我姐姐，我们大伙都藏在我姐姐家，她的男人是海员。——你们肯定能在她那儿躲过第一次风暴，我说。他警觉地说，我想，你会跟我们一起走？我想，人不能把朋友甩在一边。他探视了一下走廊。怎么样？他问道，十一点？你连门都不用开，我们来接你。

我站在他面前，拿不定主意，想这样做，又必须那样做，在这里有义务，在那里又为人所需要，在这折磨人的时刻，我给了他怎样的印象啊？一方面，我想象着我们共同逃出教养所的情景：把约斯维希绑起来，在楼道里弯着身子往下跑，紧张地在车间的暗影中听着外面的动静，一个接一个地用小跑跑到海边的柳树丛中，也许听到狗叫声，同菲利普·奈夫突然听到的一样，并把它掐死，接着又是

168

涉水前进的动作，直到我们到达海滩的沟渠边，直到我们都无声无息地没入水中，月亮同时在我们六张脸孔上升起，或者说，在荡漾的银色水波上的六张脸孔，像易北河上不为人熟知的小小的浮筒，与激流成斜角，机灵地利用水流，向布兰克内塞漂去，刺骨的寒冷，一声叫喊，高高举起的胳膊，不，不是叫喊声，是光明，是从布兰克内塞来迎接我们的、值得欢迎的、近在眼前的光明，闪亮的海滩，菲利普·奈夫曾经眼睁睁地看见了它，却没有达到，接着，六个人排成一行，涉水向岸边走去，逐渐高大起来的身体，像是从易北河河底走出来的一样。

我一方面这样想象着，完全看出了这种充满希望的机会。另一方面，我看着我那写得满满的作文本，就像心理学家那样，拿在手里掂了掂，在奥勒那奸刁的目光下，想着科尔布勇给我出的那个可能是恰如其分的题目。我已经开始感到的快乐涌上了我的心头，已经开始承担的职责，已经开了头的叙述与表白，难道我能不完成就把它抛弃吗？德国最北部的警察哨长、画家、我的哥哥克拉斯、阿斯姆斯·阿斯姆森、约塔，难道我能够给他们以机会，让他们自己去解释，自己去辩护吗？难道我能拉上帷幕，让无情的黑暗笼罩我的舞台吗？难道我能让这一切变成一个有头无尾的故事吗？难道我有权利从不是轻易重现的往事面前随随便便地缩回去吗？难道我从各个角度向往事呼喊之后，能不等待回响传到吗？不，奥勒，我说，不行，不，我很遗憾，不行，我不能和你们一起走，我不能把作文扔在一边，现在不行。他把门的下半部兵的一声关上了。他说：尽职的快乐把你给抓住了。我看，你会因此而憋死的。

你应该理解这一点，我说。拿着本子滚吧！他说。你得理解我，奥勒，我说。他冷笑着回答说：理解？要是有人甘心情愿地在粪缸里泡着，有什么好理解的？拿起你的本子，小家伙，滚吧！——等一等吧，我说，以后，我想以后跟你一起走。——事情就在今天晚上，奥勒说。对我说来太早，我说。我又提醒他：你们要注意约斯维希，他可能闻到什么味了，他有些猜疑。——这是我们的事，他说。接着，他用眼神要求我离开这里，好关上门的上半部。我转了一个话题，向他打听图书馆的情况，但是，奥勒·普勒茨根本就不听我的，从里面把门关上了，最后几句话我是冲着文具管理处的牌子说的。战斗已经结束，但是谁取得了胜利呢？我冲着牌子说：祝你们幸运，祝你们今天晚上一切顺利。我开始往回走，我也必须往回走，腋下夹着本子，手里拿着满是灰尘、但却能保证我继续写出作文的墨水瓶往回走。谁也没能说服我放弃写作文，就连要我逃跑都不能把我从写作文中引开。我反正得回去。我用肩膀撞开了活动门，穿过希姆佩尔所长在他房间里制造出来强烈的春天的声响：看来他正让一群候鸟乘着劲风返回到海岛，欧椋鸟、燕子和仙鹤——当然只是些孤零零的仙鹤——他让这群鸟叫着，飞着，在管理所大楼里横冲直撞，并且毫不妨碍他怀着自己对春天的幻想回到一首现成的、反复被人咏唱的春之歌里去。外面，在明净的空气中，在柔和的阳光照耀下的沙土地上，人们已经完全能够感受到汉堡春天的气息。白菜需要浇水了。被流水不断拖拽的柳树丛上，停着不多的几只欧椋鸟。天水一色。生菜和莴苣疯长。热心的心理学家们敞开风衣。我的朋友们被迫在

170

开着门的车间和菜地去发现劳动的好处。我们的管理员们站在一旁抽着烟，为监视这些人而疲惫不堪。

不，这不是希姆佩尔的春天，这个在此地酝酿并使我周身寒冷的春天，在我通过广场走回自己房间时，对我毫无触动，我想说，我没有丝毫愿望去观察春天大步来临的情景。我突然跑了起来。腋下夹着练习本，手上紧捏着墨水瓶。当然，几个管理员怀疑地向我这边看来，由于我跑动的线路不是向着海滩，而是消失在我们的禁室区中，他们也就没有采取什么行动。要是他们追赶我，他们会后悔自己白费劲的，他们会看到，那个穿着难于教育者制服的人，跨着大步登上石台阶，束手无策地站在空荡荡的管理员办公室前，在楼道里向四下张望着，最后不耐烦地叫喊起来，叫喊着哪个管理员来把他锁起来，那时，他们将目睹这个人们决定对其进行改造的小伙子，如何走进了那间空荡荡的管理员办公室，清白无辜地在寻找一把钥匙，由于找不到，只好坐在那肮脏的转椅上，开始等待。

我等着卡尔·约斯维希。为了打发时间，我就翻写字台，结果只找到五百亿马克的通货膨胀时期的钞票，它们和其他的贬值钞票一样，是受我们喜爱的管理员收集的。我又发现了一块奶酪面包，由于多年被人遗忘，已经又干又硬像块石头一般。为了消磨时光，我研究起那张重要电话号码表：西侧楼、东侧楼、希姆佩尔所长、会议室、秘书室、警报——今天晚上警钟会敲响吗？我还看到有第一到第四车间、园艺场、物资管理处、医院和厨房的电话号码。

卡尔·约斯维希还没来。我把电话号码表挂回原处，把日历取了下来。为了打发时间，我读着日历上的格言，从后面的秋天、夏天、一直翻到春天，当我发现第一幅画时，我吓了一大跳：那是一个站在水中的巨人，水淹没了他的脚脖子，他正在用他那过分发达的生殖器向一个海岛喷水。我翻开另外的日子，那一天也是一张鄙俗、甚至有损美感的图画：从一个使劲向外撅的屁股里，喷出病态的，可以说是生了佝偻病一般的音符，升向天空，画下面用粗体字写着：希姆佩尔的第一号专场音乐会。我仓皇失措地翻开了下面的一天，那是个星期六，一个烟筒微笑着向一个长满苔藓的粮仓的门鞠着躬。我一天天地翻着，每一天都有一张画，一句刻薄的话，一个不叫人愉快的问候，整个月都给破坏了，乌七八糟的直至无耻之尤、伤风败俗的画面。从笔触来看，这是奥勒·普勒茨干的。我不用费什么劲就能看出来，他就是罪魁祸首，我也能够想象，他要以自己的杰作留给管理员们作纪念。这里面恐怕也有约斯维希的份儿。

我必须承认，当我翻阅这些即使是很有才能但却画得污秽不堪的日历时，我大吃一惊，并深信谁也没有看见我，于是便把日历放回原处，挂到墙上。奥勒能成功吗？另外几个也能成功地渡过易北河吗？我记忆中所有的故事——不是有意记住的——总是开始不好，结尾也就不好。所有的故事都是如此。

卡尔·约斯维希老也不来。我把香烟掏了出来，又立即塞了回去，因为这间玻璃房子不通风。我从另一条裤腿中取出了马肯罗特折叠起来的几张纸。我把纸打开后，想找一点有关我个人的信息，紧张地想知道他怎么称呼我：

是尊敬的耶普森先生，亲爱的西吉，或者不亲不疏，称我为亲爱的西吉·耶普森？但是，上面没有信息，他塞给我的不过是他向我透露过的他的文章的一部分，就像他清清楚楚地注明的那样，是一份草稿。题目似乎已经定下来了：艺术与犯罪——西吉·耶案件的剖析，题目下面还画了一道。我该看还是不该看？我决定看下去：一、积极的影响。(一) 画家路德维希·南森，一个梗概。值得继续看吗？沃尔夫冈·马肯罗特写道：画家马克斯·路德维希·南森对剖析对象所产生的积极影响或消极影响，无疑大大超过了学校和家庭的影响，因此，为了解这种关系有必要首先列出有关这位画家的经历和艺术活动的某些事实。这些事实主要是选自自传《眼睛的贪欲》（苏黎世；一九五二年）和《友人书》（汉堡；一九五五年），此外，还选自特奥·布斯贝克所著的《色彩的语言》（汉堡；一九五一年）一书。这些材料即使不是用直接的方式，却也间接地有助于了解我们所剖析的对象与画家之间的关系。

我抬起头来，侧耳细听，飞速地将一支香烟塞进嘴里。我微微感到不安，太阳穴有一股发热的压力，我的右腿在抖动。剖析对象，好吧。难道他是波涛，我是船只？他应该知道，《色彩的语言》一书是一九五二年才出版的。

沃尔夫冈·马肯罗特写道：

马克斯·路德维希·南森是格吕泽鲁普一个弗里斯兰农民的儿子，他的诞生地的景色，即是他日后通过艺术揭示和表现的景色。早在乡村学校时，他就开始绘画和塑造模型。他在伊策霍一个家具厂学会了木

173

刻工人的手艺，并在那里的一所补习学校继续学习绘画。学徒生活结束后，他在西德和南德的一些家具厂工作，但还继续上夜校，在博物馆中深造，他独自在山区旅行时画铅笔和水彩的风景画；冬天，他则画裸体画。他的第一批画遭到展览会负责人的拒绝，想进研究班又被拒之门外，他高傲而又自负地承受了这一切。根据布斯贝克的说法，主要是由于他的作品不断遭到拒绝，于是他决定放弃工艺美术课教师的职位，成为一个画家。他到佛罗伦萨、维也纳、巴黎、哥本哈根旅行，失望而归，回到了父母家中。他离群索居的性格，他和大自然的密切关系，使他觉得自己"在那些五光十色的艺术中心地就有如一个迷路的人"。根据他的自白，他需要和大自然紧密联系，大自然对于他具有一种无条件的形象价值。他满腔怨恨，但却固执地、对自己有些估价过分地忍受着作品一次又一次地遭到拒绝的遭遇。这些作品被布斯贝克称之为"用色彩作的叙事诗体景色报道"，早就再现了他在大自然中发现的传奇般的和充满幻想的一切。有一次，他在浅滩徒步旅行时，遇到歌唱家迪特·戈塞布鲁赫，他后来的终身伴侣，她帮助他度过了艰苦和不被人理解的岁月。

这对夫妇暂时逗留于德累斯顿、柏林和科隆。马克斯·路德维希·南森在艺术上表现得坚定不屈，造成生活的贫穷，迫使他多次返回格吕鲁普。

一九一四年，名叫《我们》的杂志发表了几幅木刻的复制品——表现北部故乡怪诞而又富有传奇色彩的主题。组画《我们的大海》在布斯贝克的画廊里展出了。战争爆发后,南森自愿报名参军,当他得知因为健康的原因让他免于战争服役之后,由于失望,他在父母家中的画室里整整待了一年。在这个时期,组画《不信神的托马斯访问胡苏姆》产生了。

汉诺威的第一次集体画展后,路德维希·冯·德·戈尔茨写了一篇文章论述南森的蚀刻画,不久后,即出版了一部名为《与澎湃的海涛相识》的彩色平版画册。在柏林,人们仍然拒绝他的作品。耶拿一个自称"早晨"的画家协会,邀请南森入会。当他在耶拿短期停留期间得知该协会主席是一个著名的和平主义者和法国印象主义的追随者之后,他撤回了一时冲动之下同意入会的决定。继《北部地区收获场面》在慕尼黑冬季画展展出之后,《低湿地之秋》也在卡尔斯鲁厄展出了。马克斯·路德维希·南森独自一个人在哈利根岛上度过了几个夏天,在这个时期,他创作了许多水彩画,主要是画神怪与寓言世界、冥冥之中的自然神以及神奇力量等等。他和他的妻子一起参加了人民运动后,了解到所谓运动的内部领导层中有同性恋的关系,便提出抗议并退出。在巴塞尔艺术大厅的展览会上,南森把他的《泥煤船》这幅画剪得粉碎,也不作任何说明。一九二八年,哥廷根大学授予他名誉博士的称号。同年,纽约现代艺术博物馆买得了他的作品《向日葵起义》。

由于几家报纸的报道,马克斯·路德维希·南森成了柏林全城议论的中心。报道说,一个年轻的盗窃犯闯进他家，把他吓了一跳，还捅了他肺部一刀，但他竟要求与盗窃犯再见面，要收他为义子。这对夫妇买下了布累肯瓦尔夫以后，就很少离开这农村的故乡，据冯·德·戈尔茨称，南森成了"城市的蔑视者"，他认为，在城市里是一团"黄色的腐败现象和无益的智力"。在布累肯瓦尔夫，组画《海边一个古老风磨的故事》诞生了。尽管有影响的艺术商人马尔特修斯肯出南森从未获得过的高价，但却一直未能成交。就像马尔特修斯过去曾让年轻时的南森足足等了四个小时而一无所获那样，南森也让马尔特修斯等了四个钟头而不给他任何答复。虽然他对一九三三年的事件先持欢迎态度，一年后，他却用一封电报拒绝接受任命他担任国家美术学院院长之职，这份电报经常为艺术界所引用。（感谢光荣的任命。本人患颜色过敏症。褐色为引起过敏之原因。谨表示遗憾。画家南森。）紧接着，他在普鲁士艺术科学院的院士资格被取消，又被帝国美术协会开除会籍。德意志博物馆收购的他的八百余幅作品被没收，在这种压力下，马克斯·路德维希·南森退出了国家社会主义德国工人党，他加入该党的时间只比阿道夫·希特勒晚两年。他与特奥·布斯贝克一起发表了《色彩与反抗》一书（苏黎世；一九三八年）。他拒绝了要他去柏林谈话的要求，声称他不能去是由于必须重新画出一部分被没收的作品。鲁格布尔警察哨长接到任务，要尽一切可能记下出现在布累肯瓦尔夫的外国访问者。据冯·德·戈尔茨说，画家用战前几个月内创作的几幅画"一劳永逸地证明，伟大的艺术也包含着向世界复仇的内容，这种艺术硬把它认为可鄙的东西化为不朽的东西"。

沃尔夫冈·马肯罗特的提纲我就读到这里——我想马上指出，我提不出苛刻的指责来——这时，我感到有一道目光射到、甚至钻进我的身上，这是从走廊射进来的目光。我没有立即抬起眼睛，我先是把马肯罗特的草稿叠了起来，把它塞进了一个练习本，然后把另一个本子放在上面，好像我在继续看书。这时我才抬起头来，看出了那是约斯维希。我向他鞠躬微笑。他并不向我走来，而是垂着双肩站在那里，两只胳膊来回摆动着，像一只穿着制服的懊丧的黑猩猩，用眼光或头的姿势来表示自己的哀怨。这时，我拿起练习本，冲着他走去，在他还没开口时我就说：同意了！他们都认为我可以继续写惩罚性作文。遗憾的是我不能自己把自己锁在屋子里。

犹大，他轻轻地说，小犹大。我把练习本和墨水瓶举到他眼前并说：以后几个星期有保证了。他沉默不语，只是盯着我。突然，他指着我的裤腿并命令说：香烟——交出来。他把香烟拿到手以后说：往前走吧，谁也不会再打扰你了！

肖像

穿红大衣的人，现在该说说你了。终于轮到你在这荒凉的海滩上表演头手倒立，甚至在我的哥哥克拉斯面前头冲下地跳舞，而我哥哥碰巧，不，并非偶然地站在你的身边。现在，你可以让我们再问一问，为什么画面上没有欢乐，却只闪耀着绿白色的畏惧？你，还有你那张苍老的面孔，你那老年人的圆滑，现在该轮到你上台表演了。我猜想，正是由于你，画室才没有按照规定关上灯火。因为马克斯·路德维希·南森对你还不满意，他得一再地用他那有力的笔触将你修改，这是由于有时他仓促地来帮助你，使你酷似你本人——无论早晨还是傍晚——他根本没有空围着房子走一圈，从外面检查一下遮掩灯光的窗帘是否严实。总之，他在和你打交道，要把你修改得更好，因此，他没有注意到，还有一扇窗帘没放下，就像一张没有扯开的风帆，光线，也就是工作的灯光，露到外面去了。

突然，在鲁格布尔和格吕泽鲁普之间的平原上，出现了一束抖动的光线。它一直停留在布累肯瓦尔夫而不离开，它不是隔一定时间灭掉一次，既不移动，也不上下挥动，这束光线深深地射入刮着风的秋夜，使微微隆起的一片土地，像一艘抛锚停泊在平地上的船只。头上是块块云朵，周围是大坝。在我的记忆中，这是多年来出现在平原上的第一束光线，它在沟渠上巡逻着，谁要是见了，都不能不惊恐地问道：这束光线在引诱谁？谁会在一百七十度角上首先发现它，对它进行计算并由此而得出结论？是北海灯光暗淡的船只？特务？还是布伦海姆的轰炸机呢？

早在轮船、特务和布伦海姆的轰炸机发现之前，鲁格布尔警察哨长就已断定这是违禁的灯光，由于他负责此地在天黑以后实行灯火管制这种职业上的原因，他已经出门上路了。他骑着车，披着飘拂的风衣，这已是为人熟悉的形象了，由于刮风，他斜着身子沿着大坝行驶，有把握地冲下大坝，驶上两旁种着杨树的小路，下了自行车，走进花园，再次就地检查灯光的来源。灯光来自画室。住房的全部窗户都按规定用帘子遮住了灯光，只有一束强烈的光线从画室射进了花园。鲁格布尔警察哨长向那块方形的光亮走去，他不管路在哪里，便踩着野菊花花坛，绕过花园的凉亭，穿过潮湿的灌木丛，最后来到一伸手就能被灯光照到的地方。他发现，一扇窗帘没放下来，他看了看滑出来的绳子，悬摆着的瓷圈。他侧耳听了听，空中没有发动机的声响，但是，在他前面不远的地方，有结结巴巴地争吵的声音。这时，他应该招呼一声，也应该敲敲门才是，但是，我记得，他哪样也没做，由于光源太高，他把一张花园里的桌子拖了过来，爬上桌子，把脸贴在玻璃上。他还从来没有用这样的方式观察过布累肯瓦尔夫的事情！

风吹动着他的风衣，风衣轻轻拍打着玻璃。他小心翼翼地把身子移到一边，把风衣的衣角掖在皮带下。最后，他脱下帽子，一只手遮在额前，也许，他还要确定一下，花园里是否有人在窥视他。

我那坚定果断、忠于职守而又耐心的父亲为执行自己的计划再也不需要什么了，如果必须，他可以比其他警察哨长站在桌上的时间更长些。把这些交代清楚，我就可以继续叙述了；这时，他抬起了目光。

这里是一个穿着红大衣的男人，这里是克拉斯——或者说，是一个令人一下子就能联想起克拉斯的人，站在他们前面，半遮着这两个人的是他，画家，头上戴着一顶帽子。画家在作画。他用短促的笔画，边说边争吵地画着那个穿红大衣的男人。他正把男人的那双从红大衣里伸出来的山怪似的脚改短，他正在加深蓝的底色，把大衣的红色衬托得柔和些。这件大衣在冬天黑色的北海边荒凉的海滩上闪着光——闪着光并违反一切重力原理，因为尽管穿大衣的人用手支撑着走路，甚至在跳舞，但是，像钟形罩似的大衣下半截却并不倒挂下来。大衣不倒挂下来，也没遮盖住那个男人苍老的面孔，即使他用手倒立着，那老谋深算的样子仍在他那张脸上表现了出来。他的手腕多细啊！弯曲而保持平衡的身体多么柔软！他显然在笑，吃吃地笑，并想用自己的笑声来感染克拉斯，真的，他急切地要讨我哥哥的喜欢，赢得他的欢心，让他快活，他想以倒立行走或跳舞来做到这一点；我觉得，他这样做是相当轻而易举的。

尽管他能轻而易举地头手倒立着，他却不能赢得克拉斯的欢心，甚至不能吸引他留下来，因为他无意识地在我哥哥身上引起的恐惧，一种闪耀着绿白色光焰的恐惧，迫使克拉斯想转身走出这个场面。克拉斯的手指张开着。他的头往后仰。张开着的嘴下的阴影使人感到他是欲叫不能。看得出，再犹豫地走上两三步，克拉斯就会跑开，恐惧就会驱使他跑过海滩，朝着漠然无情的地平线跑去，只要离开这个头足倒立的穿红大衣的男人就行。这幅画的名字叫《突然在海滩》，至少画家是这样称呼它的，但他本人也在日记中给这幅画加上《恐惧》这个标题：我哥哥脸上的恐惧。总之，从这个角度出发，我必须这样描写这幅画。

鲁格布尔警察哨长把这个场面都一一看在眼里了吗？或者说，他站在桌子上观察的仅仅是在那里争吵着、执拗地作着画的画家吗？为什么他不立即进行干涉呢？因为画家足足违反了两条禁令啊。在刮风的秋夜里，他站在那里的时间比实际需要的更长，他用手挡着亮，充满了好奇心，仿佛还有更多的事情将要在这里发生，他不管怎样也得通通了解到？难道他所看到的一切还不够吗？

尽管画室中泄漏出来的灯光落在大地上，给船只、特务和布伦海姆轰炸机提供了不能允许的线索，父亲却仍然站在桌子上，注视着画家作画的情形。

他注视着画家同他那看不见的但却更有学问的巴尔塔萨之间的争吵；他注视着画家活动右臂时所必须克服的阻力。他还观察着那些重复的动作：画家如何用自己的身体来重复和肯定克拉斯和穿红大衣的人之间所发生的一切：逗人开心，料想不到的恐惧，如此等等。

他一动也不动地站着，由于无法置信也由于不能忍受的惊愕心情，这个人，和他是同乡，因此和他条件类似，但他什么也不承认，不承认任何禁令和规定。对他警告得够多了。难道他心中的蔑视竟更甚于担忧？他的想象力足以使他想象出如此肆无忌惮有朝一日会带来怎样的后果？要么他竟然自信到从来也不去想象一下会有怎样的后果？难道换一个警察哨长，比如说换成胡苏姆的哨长，会比他做得更好？

画家似乎并不感到欢乐，也看不出他因违反禁令而心中暗自得意。他在作画时，只有巴尔塔萨和同色彩的争论能使他分心。他显然只是在按自己所说的行事：要他停止绘画是办不到的。要么他的创作当真是针对鲁格布尔警察哨长个人的？

令人反感的自鸣得意：这可能是父亲在观察时所感受到的，这也是他久久站立不动的原因，因为灯光射得很远，从黑暗的平原以外的地方，也许从加德维克都能看见，所以不允许他在这里站得更久。眼前发生的违反现行规定的事件使他感到一种难以言状的高兴，如果他不是以为自己突然听到了迪特的声音，谁知道他还会在那里坚持多久。这时，他从桌子上爬了下来，把桌子搬回原处，把风衣从皮带中放了下来——我是这样想象的——又向亮着灯的窗户最后看了一眼，才敲响了画室的门。

他又敲了一敲。也许他在考虑，如果是迪特——神情高傲又痛苦的、灰色短发的迪特——开门他该说些什么，但是，门被骤然打开，画家站在他的面前，一点也不感到吃惊，并问道：有什么事吗？哨长默默地向画家招手，要他到花园里来，并指了指那束灯光，以此向他说明了来意，然后又默默回到门口，这才开口说道：马克斯，我必须告发你。

告发吧，你爱怎么干就怎么干，画家说，接着又补充了一句：马上就弄好，我马上就制造你们所需要的黑暗。——尽管如此，我还是要告发你，父亲说，并跟着画家进了屋子，自己把门关上，看着画家蹬上一把椅子，先用一根尺子，接着又用扫帚柄把钩住了的帘子拉开，又敲了一下，直到帘子最后全部落下，盖住了整个窗户。他满意地迈下椅子，把扫帚扔回到角落里，从大衣兜里拿出他的烟斗，点燃烟斗之前，他喝了一杯白色的油状饮料。

事情会怎么样啊？画家问道。他没有得到回答。他转过身子，看见父亲站在那张画前。这张画不像《景色和陌生人》那样钉在柜子里面，而是公开摆在画架上。父亲从自己认为重要的角度来观察这张画；他不改变站立的姿势和距离，连头也不动，只是把手放在背后，我觉得，他站在那里的那副样子就已给人以深刻的印象。穿红大衣的人倒立着，尽可能地用手撑着跳舞，我哥哥克拉斯站在那里看着，感到很害怕，像是要逃跑的样子：这个事实，父亲显然并没有意识到。

正如你所看到的，画家说，我把一件旧东西取出来了，一件几乎被人遗忘的、也不会使你们感兴趣的东西。父亲沉默不语，把脸转向画家。画家接着说，对这些旧东西，你们不过问，是不是？这些东西，这些画，和你们没关系吧？

你作画了，马克斯，警察哨长不动声色地说，我们不用再欺骗自己了：我盯了你半天了。你又干你那行当了，马克斯，违反禁令。为什么？

这都是些旧的东西，画家说。警察哨长说，不是，马克斯，不是的，这不是旧东西：克拉斯，他站在这里的那副样子，还有他那恐惧的神态，只能今天才有。谁都看得出，他不是昨天的那个年轻人。画家说，那个穿红大衣的男人，你知道我是什么时候画出来的吗？三九年九月。——不管，父亲说，这回我得告发你。——你知道，你这是在干些什么？画家问道。——履行我的职责，父亲说，要使马克斯·路德维希·南森改变态度，他无须多说什么。画家一直毫不忧虑，相当从容地在和这位晚间的来客交谈，或许他甚至还考虑过，是不是请父亲喝点日内瓦酒。画家从嘴里拿出烟斗，闭上眼睛，挺着身子靠在柜子上，丝毫不掩饰逐渐出现在脸上的愤怒与蔑视的表情。好，他轻轻地说，如果你认为，人们必须尽自己的职责的话，那么我也得告诉你一些与此相反的话：人们也得干点什么触犯职责的事。职责，依我看，不过是盲目的狂妄自大而已。干点什么他们不让干的事，这是不可避免的。

你这是什么意思？父亲怀疑地问道。

画家睁开眼睛，身子离开了柜子，把烟斗放在窗台上。他听了听外面的声响，风正把核桃树的树枝吹打在檐槽上，然后，他外表一点也不激动地走到画架前，取下画纸，拿在手中远远看了一眼，又疾速地拿到自己身前，用那有力而又富有经验的手触摸着画的边沿，犹豫着、踌躇着，突然，那双有力的手高高举起，又分开了，用这向前高举的动作，把画撕碎了。这条撕裂的口子正好把克拉斯和穿红大衣的老人分开了，把引起他恐惧的东西拿走了。马克斯·路德维希·南森把两张碎片放在一起，不，这还不对，他先是把穿红大衣的男人撕碎，把闪亮的碎片扔在地上，然后再着手收拾我哥哥，把那张恐惧的肖像撕成了大大小小的碎片，就像烟盒那般大小。他把碎片摞在一起，走到父亲面前，交给他，并说：给，你有可带走的东西了，我给你们省了一道工序。

父亲没有提出抗议，没有打断画家的讲话，也没有提出我曾听见过的那些指责。他注意地，仅仅是注意地看着画家撕画的动作，当画家把碎片交给他以后，他打开了挂在皮带上的公文包，用一副公事公办的表情把画的碎片塞了进去，随即又细心地拾起了地上的碎片，皮包塞不下了，他只好放在那宽大的上衣兜里。

满意了吗？画家问道，你满意了吗？紧接着，好像对自己刚才的行动感到遗憾似的说道：不，我应该把事情交给你们办才对，撕画的事应该交给你们去办。我真不应该那样干，不应该。——你本来可以不这么干嘛，父亲说。画家说：我就是这个样子，我不能不这样。我得经常试验试验，痛苦是从哪里开始的。我们格吕泽鲁普人就是这个样子。——就你是这个样子，我父亲说，就你一个人。另外的人，许多其他的人，都遵守一般的秩序，可你只需要你个人的秩序。

这个秩序还会继续下去的，画家说，直到你们全都完蛋。你就这么讲话，父亲说，你这种样子，你等着吧。许多人都变了，你，终有一天，你也会变的。

他们相互注视着，听到门外有带鞋钉的皮靴的走道声。他们还不见约塔的人影时，就听见她叫道：马克斯伯伯，你在这儿吗？马克斯伯伯！画家没有做声，让她拖着沉重的军用皮靴走来。当她穿着薄薄的连衣裙，冻得皮肤也变粗了，但却微笑着站在南森面前时，他端详着她，责备地摇着头。瘦瘦的腿。长着红汗毛的细长的胳膊。瘦削的、爱嘲讽人的脸。大门牙。约塔把裙子揉在一起，夹在两腿之间，似乎是为了向人显示她的皮靴有多么肥大。她说：我来接你来了，我们都等着你呢。画家把两只手伸进了大衣袋里，好像是要避免一只手会滑脱。他也避免去看约塔，她正拽着他，把他往外拉，她那小小的、发硬的乳房贴在他的胳膊上。画家猛地挣脱。他说：我过一会儿来，过一会儿。告诉他们，我有客人。

我们完事了，父亲说，就我来说，什么都明白了。但是我还有话说，画家说着示意约塔走开。他粗暴地向约塔挥着手，急匆匆地向她走近几步，似乎要把她往外挤。当她终于拖着皮靴，叉开两条腿，两只细长的手划动着走出去时，画家一直跟她走到门口，等到约塔消失以后，他把门给锁上了。画家垂着双肩慢慢走了回来，坐在一口箱子上，低着头在那儿待了一会儿。父亲站在空空的画架前，在画家灯光的照耀下，他的身影格外轮廓分明。他已经准备走了。

严斯，画家说，你听着，你最后一次听我说说。我们总该能在一起谈谈的。我们认识的时间够长的了。我理解，你不能采取中立的态度，我也不能中立。每一个人都有他自己的职责。但是，预见——我们总还能够预见一件事情的结局吧。即使我们两人都已经变了，但我们总还能认识到这些的：所有这一切将会有怎样的一个结局。让我们忘掉至今为止的一切。让我们想一想将在两三年内，也许还会更早一点发生的事情吧。如果说我们有什么责任的话，那就是预见。我知道，那些身不由己的人都特别敏感，我们俩都身不由己。难道我们不能暂时把事情先摆在一边吗？谁非要我们作出最后的判断呢？你坐下，我要向你提出一个建议。

马克斯·路德维希·南森抬起头来，从箱子上站了起来，当他在这一瞬间看出警察哨长并不准备接受他的建议，不论它的内容是什么时，他随即又坐了下去。他看出，他的姿态所表达的唯一意思是拒绝，至少也是想走了——现在，在他看来，事情已经办完了。他用无言的、能穿透一切的目光远远地望来，看着画家，耸了耸肩膀，带着这种似乎什么都知道，甚至知道得更清楚的有预见的目光。画家无可奈何地把两手一拍，把脑袋摇了几摇。灰色的眼睛变得更小更冷漠了。他清了清嗓子，然后说：现在我们到底把一切都弄清楚了。现在没有没了结的事了，严斯。我要知道，下一步你们打算干什么。

那更好，父亲说，有些事情是忘不了的。——不错，画家说，人家给我们的喜悦，我们是忘不了的。我们只忘记我们忍受不了的事。——他们在等着你，我父亲说。画家说：你要走了。

他们默默地向门口走去，走过柜子、壁橱，走过插在花瓶或地上水桶中大把的秋天的花束。南森曾经说过，没有什么颜色是中立的。他们走过长长的放陶瓷器的桌子，走过划得一道道的工作台，上面有一对赤身裸体、娇弱、抬头向上凝望的泥塑像。他们告别时没有握手。画家把门打开，父亲也不道别一声，只是在关上门之前稍稍回转一下身子。我会通知你的，父亲说。画家答复说：我已经知道了。

然后，父亲独自一人，拿着自己的战利品，站在不安的秋夜中，站在符合规定的黑暗中。管制灯火，制造黑暗，是他必须负责的事情。他大步向前走去，穿着随风飘拂的风衣，穿过布累肯瓦尔夫的院子，经过池塘和没有牲畜的厩舍及棚子。我觉得，在他的头脑的暗室里，同时在冲洗着布累肯瓦尔夫的另外一幅图画。

难道他能看到户外他所看不见的东西吗？我相信，他也画了一幅画，在画面上，他不只是发现了杨树、苹果树、白玫瑰丛和长长一条似乎在沉思或休憩的楼房。闭锁得紧紧的布累肯瓦尔夫的外貌在他的头脑中是另一幅画面：被掀开的房顶，凿开的墙壁。他把布累肯瓦尔夫画成一眼就能看清内部结构的模型图。当他走过院子时，我想，他看到自己在院子中走动，不仅如此，还朝那剖开的房间里望去，看到迪特和特奥·布斯贝克抬起了头，因为他们似乎听见了他的声音，他也许看见约塔拖着军用皮靴在铺桌子，甚至看见约普斯特在顶楼上抓在房架上筑巢的仓鹦。此外，父亲还总是在同时也看到他自己走过的无数扇窗户。这儿的画面是怎样的呢？是怎样的映象呢？是什么原因使他突然停住了脚步，拿出了手电筒，试着照了照，又关掉了，然后他并不继续朝活动栅门而是朝住宅的东侧走去？是怎样的一幅画面促使他这样做呢？难道他会在布累肯瓦尔夫的外部找到他在屋内发现的东西吗？

风卷着树叶打转，吹皱了池塘的镜面，在被砍伐下的树木堆的缝隙间号叫着进行搜查。父亲一直走到水泵前才拐弯，来到墙角的窗户前。他举起手电筒，它的圆玻璃上贴了一圈黑色的绝缘带，因此，射出来的只是细细的一道光。这道光射在一个挂下的窗帘上，接着又照下一个窗户。他用这束光线为他到处侦察，先照到正对窗户的门上，沿着墙壁，掠过一个老式的三脚洗脸架，一面几乎什么也照不见的镜子，一堆纸盒子，一个已经裂开的垫椅，一个怪物似的褐色五斗橱，最后掠过一本日历，上面的日期是一九〇四年八月一日。

下一间屋子是空的，再下一间也是如此。墙上的石灰已经剥落，有几处连苇箔也已经依稀可见了。接着，这束光又跳进了一间满是灰尘的卧室，扫过一张木床，滑过挂在墙壁衣钩上有弹眼的衣服和潮湿而又发黄的睡衣。床头的一张矮凳上像平时一样放着一顶睡帽，已经踩平了的拖鞋。笨重的夜壶上面有发蓝的金属锈斑，这使人想起古时候弹弓在城墙上打出的洞眼。手电筒的光线继续沿窗巡视：这是什么？

在一间屋子中央有一张桌子，上面坐着一只凤头鹛鹏，似乎正在和一把刷子聊天。是谁把这只鸟填塞起来了？是谁打算为它刷一刷羽毛却又把这项工作扔在一边再也没有回来？我想象着，这个长着一张瘦长脸加一个笔直的长鼻子的、他自己的形象就使我联想起一只水鸟的男人，如何把手电筒的光照在那只凤头鹛鹏身上，使它那双人工制作的眼睛闪闪发亮。随后，由于某种感觉的驱使，他毫不迟疑地继续往前走着，一个房间一个房间地检查着，向墙壁、家具、壁橱照射着，一直来到那间未完成的浴室前。地上铺着肮脏的垫子。折叠梯。石灰块、钉子、烟蒂、铅管的屑片。一件带着鱼刺花纹的破烂上衣。一个没有灯罩的电灯泡。他希望能找到更多的东西吗？或者说，他实际所知道的，比我们以为他所知道的事情要多得多？

父亲用那束细光线搜索着那间未完成的浴室。就是迪特或画家此时发现了他，他也会觉得没什么关系，或者说关系不大，他为这种事情而表示歉意的日子已经一去不复返了。他执拗地在浴池周围走来走去，那种仔细搜索的劲头说明，他认为已经接近自己的目标了。他看到，电灯泡在微微摇晃着，他还看见了盘子里吃剩的饭菜，正如我后来听说的那样，他还在行军床的床头上看见了一件军衣的领衬。手电筒的光束在领衬上停了一下，又掠过盘子，在电灯泡上晃了几下。警察哨长关掉了手电筒，听了一会儿动静，侧转身子靠在墙上，听见的东西比他想听的要多得多。

在我们这里，谁要在秋夜里刮风的时候站着倾听些什么，那他能听到的总比他指望的或想象的要多，因为在篱笆丛中总有闲聊的声音，在空中会出现一处神奇的建筑工地，谁一定要听到说话或关门声的话，他一定会心满意足的。

站在窗前细心听着的我的父亲，听到了许多脚步声，许多说话声，他一次又一次像突然袭击似的打开手电筒向浴室照去，但一次又一次失望地一无所获，最后，他把手电筒往胸前一扣，走到自行车跟前去了。

我们满可以这样想象，当他回到自行车旁时，他感到轻松，虽然不满意，但却感到轻松，如果像停泊在黑暗中的大木筏的布累肯瓦尔夫在他眼前划走的话，他也会视而不见的。在他口袋里也塞满了红色和绿色的纸片，他已经为制造黑暗尽了心，并且已经亲自证实了他知道或者预感到的事情，因此，他可以像一阵风似的在带咸味的濛濛细雨中驶下大坝，满载着他的职业所要求的疑心病使他赢获的战利品返回家去。归途中，他可能已经在打告发报告的腹稿，也可能只是惦记着希尔克正在厨房里为他准备的他最喜爱的一道菜：炸青鱼加土豆沙拉。反正，当他走进屋里，把帽子和风衣挂在衣架上，搓着手走过来时，我们大家都在烟雾腾腾的厨房里。好了吗？我们能吃饭了吗？——能。

我头一个坐到餐桌旁，这时，母亲正在摆桌子，希尔克眼泪直淌地站在炉子边将平底锅里的猪油热得噼啪直响，油星四溅，泛起泡沫，冒出两万个气泡，希尔克把砍掉了头裹上了面粉的青鱼放进滚烫的油里。父亲走进来时，向大家问好，谁也不搭理他，他也无所谓。大伙儿晚上好，他说，拍了拍我的肩膀，走到炉子边，点着头瞧我姐姐如何把炸焦了的青鱼从锅里捞出来摞在一个盘子里，一边用手背揉着眼睛，一边又把裹着白面的青鱼放进锅里。青鱼发出了咝咝的声音，油星四溅。父亲向我做了一个手势，以夸张的愉快神情揉了揉肚子，接着，他解下皮带、手枪和公文包，放到食橱上，并在我身旁坐了下来。黄褐色的炸青鱼油光闪亮，炸焦碎裂的鱼尾蜷曲着，当我在这通风良好的禁闭室里回想这些情景的时候，我同时也闻到了那股浓烈的味道，觉得喉咙痒痒，甚至突然觉得非咳嗽不可。

希尔克穿着本地式样的衣服，衣服上钉的不是扣子而是小钱币。炸鱼时，她系了一条高及胸脯的围裙，又长又粗的头发在脖颈后面用一个蝴蝶结束住。她的两腿穿着过膝的毛袜，手腕子上有一根镀银的手镯在滑动，这是阿迪出乎她意料地从鹿特丹给她寄来的；阿迪是随军队招待工作组去那里的。她每回从滚开的油锅中捞出几条炸好的青鱼之后，便撅起下唇把挂到脸上的一缕头发吹开，然后，回过头从呛人的油烟中勉强地朝我们微笑。

母亲到底把青鱼和一碗有些凝住了的加苹果丁的土豆沙拉端了上来。我们手拉着手，同时不带语调地说了一句祝大家胃口好——这种事情只有希尔克在家时我们才这么干——然后开始吃饭。我们挨个儿从褐色的碗里把沙拉盛到自己的盘子里，从盘子里把青鱼夹起来。只要用叉子一压，就可以把鱼背上的肉折下来，用叉子齿一挑，那根大鱼刺就能剔出来。我不需要费什么劲，就能保持和超过比希尔克多吃两条鱼的水平，只是超不过我父亲。鲁格布尔警察哨长有他自己的一套剔鱼刺的方法，他能很快就用叉子叉起半条鱼塞进嘴里，连口气都不用吹，而我只能干着急，眼看着鱼刺在他的盘子边上越堆越高。如果饭桌上有炸青鱼，他那狼吞虎咽的劲头不亚于那个贪婪的食客佩尔·阿尔纳·舍塞尔，这个人的吃相我是见过的，不过我还是得为我父亲说几句好话，我父亲比那个抑郁寡欢的乡土学家更能体会到趁热大嚼的妙处，更懂得吃东西方面的实惠和心满意足的享受。我简直不能像他那样在盘子边撅起那么多鱼刺，但是我却可以不费什么力气地超过希尔克和母亲。

我们坐在这里啃着，嚼着，咽着，那堆青鱼越来越少，一大碗土豆沙拉也呈现出漏斗、窟窿、沟缝等形状。我已经觉得自己既暖和又疲乏，心满意足，倦意正浓。这时，希尔克发现了父亲上衣口袋里露出来的红光闪闪的纸片。她把这些纸片都取了出来，放在摊开的手上，像是在询问，因为谁也不说话，她便把纸片放在自己的盘子边，对父亲说：你口袋里装的都是些什么呀？

父亲一句话也不说，伸过手去，把红纸片抓到自己一边，又塞进衣兜里去了。这大概是秘密吧，希尔克说。父亲冲着盘子说，在这种时候，只要有足够的青鱼吃就行了。——马克斯身体好吗？母亲突然问道。他身体大概不错吧，父亲说，一边用叉子撕开一条鱼：他现在已经到了我不能再对他宽宏大量的地步了。但这是他自找的。——这个布斯贝克博士，母亲说，要不是这个布斯贝克影响他，马克斯可能是另一种样子。这个人的情况谁也不知道。他无家无业，是一个没有根底的人，还不如说他是一个吉卜赛人呢。他不爱工作。——不，父亲说，没有布斯贝克的事。马克斯干的事情都是他自己要干的。马克斯认为他对谁也不承担责任。他以为，法令、规定都是为别人制定的，就是对他没有用处。现在，我再也不能睁一只眼闭一只眼了，我觉得，友谊不能成为通融一切的许可证。

母亲放下了刀叉。她把胳膊肘支在桌子上，看着父亲那条分得清清楚楚的头发缝说道：有时我想，马克斯应该对那条禁令感到高兴才是。瞧瞧他画的东西：绿色的脸，蒙古人的眼睛，畸形的身体，全都是稀奇古怪的。他画的全是病态的东西。在他的画里，从来没见到过一张德国人的脸。从前他还是不错的。但是今天呢？他在发烧！你不能不认为，他的这一切都是在发高烧时干出来的。父亲说，但是，在外国他很受欢迎，他可是数得着的人物。母亲说，因为他们自己就有病，所以他们要在自己周围布置上病态的画。你看看他画的那些人的嘴，又歪又黑，不是在叫喊，就是在唠叨，从这些嘴里不可能说出一句经过深思熟虑的话来，至少是说不出一句德国话来！我有时也问自己：这些人都说的是些什么语言呀！

反正不是德国话，父亲说，这你可说对了。母亲说：准是布斯贝克把马克斯弄到这个地步的，是他给马克斯出主意，让他去讨外国人的喜欢，画这么些陌生的和病态的东西，绿脸，张大的嘴，稀奇古怪的身子。马克斯应该对这条禁令感到高兴才是，因为这会使他恢复自己本来的面貌，回到我们这种生活方式中来。父亲把盘子推开，擦了擦嘴唇。希尔克站起身来，把盘子都端到炉子那边去了，又端来几小碗苹果泥，放在我们的面前。这回将给他一点惩罚，父亲说。母亲接着说：迪特那么爱钱，要是罚他们的款，那可就打中要害了。——我把情况送到胡苏姆去，父亲说，不送到柏林去。胡苏姆的人会考虑怎样对付马克斯的。父亲用勺抆苹果泥，啧啧称赞，还留了一部分给我。他说：违反灯火管制的规定，无视禁止绘画命令——这两条凑到一起去了。

父亲把他的碗推到我面前，自己往椅子背上一靠，用舌头把牙齿舐了一过，使劲嘬着，弹了一下舌头，又清了清嗓子。母亲也把盛着褐色苹果泥的碗推到我面前。这回他可欺骗不了我啦，父亲说着从衣兜里掏出了几张红色的，绿白色的纸片。他像玩扑克牌似的，把这些纸片放在桌子上，摆来摆去，但是摆不出什么名堂来，既凑不齐全，也拼不到一块去。是你？母亲吃惊地问道，是你干的吗？警察哨长傲慢地摇了摇头，并带着自我赞赏的口气说：是他自己。我把他逼到墙角里去了，他怎么也出不来。他自己把画撕碎了。但是这也无济于事。——撕掉了自己的作品？母亲问道。上面是什么呀？希尔克问道。——能把这些碎片给我吗？我问。

父亲把手一挥，以此把三个问题都回绝了。他站起身来，伸了一个懒腰，从食橱上取下公文包。他把公文包打开之后，就像童话里的霍勒夫人，倒出那些红的、绿的、白的、蓝的纸片，像下雨一样，也像一场暴风雪，发亮的厚纸片落在桌上，落在我的苹果泥上，落在地上，一直飘到门边。然后，他又把上衣口袋里的也全掏出来，只是没有把碎片往下撒，而是把它们摞成一叠一叠放在桌上，并且说：我把这些附在控告信里，当证明材料用。——我来把它整理一下，拼在一起，我说。——没有必要，父亲说，你不必费这番工夫。把碎片附去就行了。——但是我想整理一下，我说。

敲打声。我们一齐竖起耳朵听着。外面有人敲门。父亲对我做了一个手势，要我赶快把碎纸片从桌子上收走，随便收到哪儿去，就是得把桌子腾出来，他显然猜到了是谁，他好像把握十足，一猜便知道这个时候站在外面敲门的是谁。由于太有把握了，所以当他打开门，迎进来的却是兴纳克·廷姆森时，他脸上失望的情绪是显而易见的。他们在走廊里说话，我们毫无动静地坐着听他们谈话。门缝里漏出的灯光，只照着我父亲，照不着廷姆森。——天上有可疑的发动机的声音，从"浅滩一瞥"的阳台上可以看见……突然，一架四引擎的飞机从云里钻了出来，越飞越低……一个发动机吐着火苗，飞机自己却……外面海上……第二架飞机又起火了，在海上……爆炸声可以把每一个人都从睡梦中惊醒……有一个降落伞肯定落在浅滩上……什么也看不见……但是，那降落伞……

廷姆森在黑暗中，在我们看不见的地方报告这件事。他还说：美国人，我想，是美国人。父亲干瘪的脸上重复着廷姆森报告的那件事，不仅如此，在他脸上也显露出来了他已经作出的决定：把事情弄明白，去证实是真有其事。他郑重地点着头，从衣帽架上取下帽子和风衣，又向我们叫着说：我的皮带！希尔克把皮带和手枪交给了他。他扣上皮带，把手枪的位置摆正，两大步走到门口，又两大步走回来，只是为了说一声再见。然后，跟着已经站在院子里的酒店老板，朝他指点的方向走去。

我没有跟着他们去，尽管这一次我很想跟着他们去。我的怀里还揣着那张画的碎片，那是我方才小心翼翼地塞在毛衣和衬衫之间的。因为没有人说我，我便钻到桌子下边，把地上的碎片全都捡了起来。在希尔克的两腿之间，在窗台上，在母亲的椅子下，食橱前捡着，直到我把这张画，或者说把它的全部残余都捡到了我的毛衣里边，毛衣不再是平平的了，而是鼓起了一个下垂的大包。我用手抱着肚子，站在食橱前。希尔克和母亲面对面坐着，不吭一声，也许她们正在倾听外面的声响。发动机的嗡嗡声在远处空中响着，它突然被闹钟的声音压了下去。闹钟立在面包箱的旁边，边响边站在它那钢制的短脚上跳舞，转了一百八十度，给灶台上那些软软的、啃得干干净净的青鱼刺报时。

她的胃酸病怎么还不犯？我等着母亲犯胃酸病，那样她就会走到水池子边，打开水龙头，等自来水流出来后，才去取杯子和药袋；水杯装满水以后，又撕开药袋，把药全部倒在杯子里，最后坐在桌子边去喝药。我还从来没有这样迫不及待地盼她胃酸病发作，因为我想趁她犯病的时刻溜掉，免得听她的询问、教训或警告。胃酸病似乎迟到了，也许是被炸青鱼挡住了。于是，我试着采取一种果断的新办法。我干脆走到她们跟前说：我还有事。希尔克一听就笑，母亲也乐了，并转过身来，可是她们还来不及开口，我就已走到屋外，上了楼梯，走进我的房间。

她们在叫我吗？没有。我走到那张铺着蓝色海图的桌子旁，我那些灰色的舰艇模型在上面游弋，我好像看到，在斯卡格拉克又打了一场海战，希佩尔出于战术上的明智考虑，从实力强大的杰利科包围中逃脱了。但是，我现在顾不得这些。我用胳膊肘把这些战舰推到一边去，让这场海战延期进行，而在平静的海洋面上，打开了我的毛衣。画纸的碎片飞雪一样地落下来，漂浮在海上，红、蓝分明。白色使绿色更显眼，褐色比灰色更突出。一个褐色的勾着的脚趾。一只三角形的眼睛，凝视着。张开的手指头。浪花四溅的波峰。难道斯卡格拉克海战还在进行？这时，我才注意到，碎片完全混在一起了。我听了一下下面厨房的动静：自来水哗哗地流，杯盘作响，希尔克正在费力地消除晚餐的痕迹。她们让我一个人待着。我开始了自己的工作。

穿红大衣的男人，我就从你开始把这张撕碎的画恢复原样，我要把那不规则的碎片和纸屑拼凑起来。我知道，这番尝试既紧张又有乐趣。我不从旁边，也不从中间开始，而是根据颜色来分类：红色归红色，绿色归绿色，这些碎片虽不能凑在一起，却根据颜色分成几部分，或者说，叫作分段整理。

我承认，譬如把每一褐色碎片都归入褐色的那一部分，这绝不是随随便便可以定下来的；有些绿色我得推敲三次才能最终断定把它归到绿色那一类。我把时间大都用在确定颜色上了。

把纸撕得粉碎多有意思！为了把各种形状的碎片拼在一起，我得费多大的劲进行比较呀！它们有的像克里特岛，有的像矛锋，屋顶架，灯罩，洋白菜，座钟，皮靴似的意大利半岛，青花鱼，花瓶。这些五颜六色的带毛边的碎纸片使我联想到这一切乃至更多的东西。我现在只把它们挪来挪去，排列组合。

我用食指按着碎片在桌上移动，将它们放在可能拼得上的地方，把一艘黑色的快艇塞进了一座被我用三角形包围着的港口，将合适的部分拼成一棵红色的圆形的树，又拼成了一匹直立的马的身子，然后变成一条飞行的龙，再拼上新的大大小小的碎片，末了，拼成了一口红色的钟，一件钟形的大衣。一张画里含有多少种可能性哪！在开始的时候要经历多少个阶段和步骤哪！

那个穿红大衣的男人在干什么？为什么他用手托着海滩，做平衡动作，那双怪模怪样的脚却伸向空中？在这灰色海滩的重压下，他能发出吃吃的笑声吗？接着，我把脚，把伸开的五指，把那沉重的绿白色的身体拼在一起，并给一张由于阴影而放大了的嘴寻找脸庞，在拼凑的过程中，我找到了克拉斯的模样，又添上了几个三角形和菱形，使那模样越来越像我哥哥了，最后终于呈现出他准备逃跑的样子。不仅重现了克拉斯的模样，而且是一副满脸恐惧的表情。

我就这样用碎片恢复了他们俩，我的哥哥和穿红大衣的男人原来的模样，使他们露出了自己的真面目。他们出现在这里，但却不愿凑到一起去。哥哥正想从平坦的灰色沙滩逃跑，而这海滩却被穿红大衣的男人高高举着：难道这是两个海滩？这里难道缺少一座桥梁？这张图我拼得不对吗？我围着桌子转圈，像玩似的拿着纸片这儿拼拼，那儿凑凑，想探究出这两个人之间的关系。既然从画面的前景看不出究竟来，我就注意起画的背景和冬天黑色的北海来。从黑色的大海中涌起一股碧绿色的波浪冲向海滩。这股海浪在两人中间和身后都隐约可见，宽阔，但却没有力量。于是，我让这股海浪起主要联系的作用：不管这两个形象之间的关系，我要把这股宽阔的海浪拼在一块儿去，让它们合成一股，这样一来，我就不得不把这个穿红大衣的男人倒一个个儿，让他的头足倒立。这一下我可拼上了：哥哥想逃离的海滩与那个老人用手托着的海滩合在一起了。现在可对了，下面的地平线就是他俩的地平线，并且横贯画面，哥哥想从画面上逃走，引起他恐惧的直接原因也找出来了，就是那个瘦削、曲背、耍弄着重力把戏的穿红大衣的男人。碎纸片一张也不剩了。

我没有去叫希尔克和母亲来观赏父亲缴获的碎片中所

隐藏的这一切，而是走到门边，把门锁上。然后我想寻找一块合适的空地，却怎么也找不到，只是在床下找到了一块破旧的灯火管制用的窗帘。我把它铺放在地板上，每个角都用椅子压上，免得它来回扯动，然后又拿些东西，主要是把不再用的童话故事书压在椅子上面。我从自己那"小木匠"的工具箱里取出了一管万能胶，跪在窗帘的前面，从锡管里挤出了蜂蜜色的肉虫子一般的胶水，用管口将胶水都抹在窗帘上，或抹成螺纹形，或抹成花环形。胶水显然干得很快。我把原来是黑色，现在由于时间过长而变白的防空纸粘在窗帘上，然后把整理好的碎纸片从桌上拿起来，按照顺序，利用纸上的小方格细心地把纸片贴在一起。在这里，那些撕碎了的纸片的毛边不可避免地显然变黑了，新产生的这幅画出现了一道道的条纹，就像一个编织物，它反映出这张画曾经被撕碎的情形，而且要永远反映出这一情形。从右上方开始，我把天空、北海和克拉斯贴在一起，最后把你，穿红大衣的男人，连同你那老年人的圆滑劲儿和那一成不变的微笑贴了上去。我把椅子挪开，窗帘弹了起来，向另一端卷过去，于是也把这张画一起卷了起来。我小心翼翼地把它塞回到床底下去。

这时，我想起了我的画具盒，想起了图画本，要是我把花盆推到一边，窗台是够大的，现在必须迅速进行，我本来应该按相反的次序来做才是。我现在在禁闭室中还能看得见窗台上的画具盒与图画本，看得见自己跪着身子手里拿着一支最大的画笔，有力地在画本中涂着红色，画出了一条喷着火焰的舌头。我现在还听得见画纸被扯下来时的声音。我还看见自己涂上了阴暗的褐色。就像那时一样，我现在再一次让绿色和白色汇合在一起。那张画上所有的颜色我都画在绘画本上，一共画了三四页。我挥动着这几张画纸，冲着它们吹着气。我把小手电筒打开，在画纸上晃着圈儿，观察着颜色如何由湿变干并渗到纸里去。接着，我把画本和画具盒摆在一边，把这些除了颜色就是颜色的几张纸放到桌上，然后把它们撕了个粉碎。

我细心地撕着这几张纸，先是几乎都撕成有规律的长方形，再把那一张张的长方形拿起来，撕成尖角形、拱形、美丽的锯齿形，然后把各种形状的碎片叠在一起，像雨点一般地撒在桌子上，撒在海图上。这些碎片令人满意地混在一起了。外面传来了脚步声。一张长方形的碎片接着另一张化成了彩色的大雪，碎片集成一堆。经过考虑，为了让人不能完整地拼在一起，我把几张碎片塞进了衣袋里。我弯着手指在这堆破纸中耙了一遍，又把它们掺和了一遍，我把碎片捧起来，但捧得不算太高地撒下来，像落了一场安排好的小型暴风雪。脚步声。叫喊声：西吉！我飞快地跑到门口，把锁打开，又回到桌子旁，把纸片这样拼，那样摆，把那些拼不到一起的纸片摆在一起。当希尔克走进门来时，我还煞有介事地叹了一口气。她问道：看得出是什么吗？她站在椅子背后，看着碎纸，似乎马上就受到了启发。她那不顾一切的讲究秩序的念头苏醒了，她拍拍我说：这个你不懂，让我来。——我只能找到红的和绿的，我说，火与水。她说：让希尔克来干吧。

她把我当成最小的弟弟看待，已经成了习惯。她信心十足地把纸片收在一起，摞在一本书上，并说：在厨房的桌上拼更方便。于是她把书捧在肚子上，下楼去了。到了楼下，她先打开人民收音机，听一个男人唱歌，唱他在妇女身上的发现。尽管气氛不协调。我不声不响地坐着，设想她怎样去整理这些碎片：红色归红色，褐色归褐色。（我多想亲吻一下女人。）白色属于哪里？灰色起什么作用？我设想，她如何把这些撕得很巧妙的碎片拼在一起，鉴定拼凑的结果，又弄乱，又从头开始，但毫无结果。（从来也不问是否允许。）我设想，别人也会像希尔克那样坐着，想把这张画拼出来，在胡苏姆，或许甚至在柏林，他们将会研究父亲送去的这件证明材料，摆在桌上，一而再再而三，越来越不耐烦地玩着这场拼凑游戏，试着把它拼成一块完整的图画，直到有人指出还缺几块时方才罢休，并以缺几块作为拼不成的理由来自我安慰，最后把我的大作放到档案材料里去。

希尔克在那里忙碌着。她一边整理，一边跟着收音机里的那个曲子轻轻吹着口哨，偶尔还唱上几句。我又把那张贴着画的防空窗帘拖了出来，走到楼道里。（从来也不问是否允许。）我紧贴墙根，溜下楼梯，这时，那个对女性颇有研究的歌唱家被特别新闻打断了，收音机喇叭里响起了号角声。号角声帮了我的忙，使我能打开又关上大门而不被人发现。我就像拖着一个打坦克的火箭筒那样地拖着那卷儿没有什么弹性的窗帘，跑到旧敞篷车前，看准四下无人，便跳过砖路，滑下斜坡，弯腰跑到水闸旁，再次四下瞧了一眼，风吹进窗帘，把它压在我的腰部。芦苇后面，比地平线更黑暗的地方，站立着我的无叶片的风磨。我把卷起的窗帘放在肩上，这样扛着更费劲，于是我又把它夹在两只胳膊下面。后来，穿过芦苇时，我又把它竖着紧紧抱在胸前。这时要是有人看见我，他必定会得出这样的印象：有一架望远镜在芦苇中滑行，一艘潜水艇处在射击方位上，正准备发射鱼雷炸毁那座风磨。

磨坊的顶端有什么东西松动了，在那里嘎嘎作响。我现在顾不得这许多。我只想把贴着画的窗帘带到安全的地方。我跑过磨坊边的池塘，走上了围着栏杆的小路。我想把画藏在一个旧面粉箱里，过一夜之后，再把它存放到我的隐蔽所里，钉在骑士画的旁边。我想用《突然在海滩》这张画开一个展览会。我敢说，这个展览会是奉献给我的故乡的。

远处是大坝和"浅滩一瞥"，但看不见在浅滩上寻找降落伞的我的父亲。我猛地一下把通往磨坊的门拉开，听了听黑暗的楼梯上有无动静：有什么东西在我头上掠过，还有各种声响在警告我，从四面八方盯着我，磨坊的顶棚上，有东西嗖嗖地在我头上响动，在往上升，跟平常一样，玻璃被碰碎了，那看不见的滑轮的声响有时还能分辨得出来。我不需要灯光。我摸索着寻找通往磨面房的楼梯，摸了一下左边，找到了那根光滑的、被斧头砍过的柱子，侧着身子向左边移动，有什么东西在响动，像耗子一样飞快地逃跑了。我一只手拿着窗帘，另一只手往面粉箱那边摸去，这里有咯吱咯吱的声音，我已经摸到了面粉箱那冰凉的盖子，但是我还不想操之过急。

正是在我摸到面粉箱的时候，从身后有一只胳膊勒住了我的脖子，并不使劲，也不坚决，但却是那么有力气，使我手里的窗帘落到了地上，弄得我不得不用两只手去抓那只勒住我的胳膊。我可能叫喊了，也可能企图去咬那只胳膊。我还记得，我的脸触及到的是一件扎人的衣服。我使劲向后打，尽力想扭转身子，但怎么也挣不脱这只胳膊。我们就这样僵持着。那只胳膊并没有加力气勒我。突然，他停了下来，手臂把我放开了，我听见克拉斯问道：你来这儿干什么？——是克拉斯吗？我在黑暗中问道，接着又问了一声：是克拉斯吗？——走吧，他说，快回家去，再也不要在这儿露面。我只听见他的呼吸声。是谁告诉你我在这儿来着？他问道，是谁？——没人告诉我，我说，没人告诉我，真的，克拉斯，我只是想把画送到这儿来。——是他派你来的吗？他问道。我说：不是，肯定不是，他根本就不在家，有人叫他上"浅滩一瞥"去了。——他在找我，克拉斯说，他一直都跟在我的后面。他知道我在这里。——我答应过你，我说，他们不会从我这儿得到任何消息。——今天，克拉斯说，今天差一点叫他逮着了，相信我的话，他听到信儿了。一定是有人给他提供了线索。我必须离开布累肯瓦尔夫。他都站在我的房间前了。——他看见你了吗？我问道。克拉斯说：我不知道。他往我的房间照手电筒的时候，我正躺在窗台下面。我根本就不知道他究竟看到了多少情况。但是准有人向他通风报信了：他知道我在这里。

哥哥在黑暗中走动着。他穿着画家送给他的帆布鞋，没有任何声响地向我走来。我听见他踩着了窗帘，于是他停住了脚步，慢慢抬起脚，防空窗帘也跟着发出声响，掀了起来。他弯着腰，摸着画纸，把窗帘打开，又让它卷了回来。来，他命令说。我服从着他的调遣，按他的吩咐摁着窗帘的一端。他把窗帘铺开，用一根木条压着，点着了一根火柴。火柴闪耀着光亮，从下面照射着他，脸上的阴影摇曳着。他用火柴照着那张画，慢慢转着。第一根火柴熄灭后，又点燃了第二根。这是谁呀？他问道。你不认识他吗？我问他说，右边那个男人，你不认识他吗？

回家

他，约普斯特，不喜欢我；我，西吉，也不喜欢他；可是他更不喜欢我。普勒尼斯老师几乎还没来得及把题为《渔轮》的图画发还给我，我几乎还没来得及把这张向这帮蠢家伙示范应该如何画一艘渔船的画平整地塞进书包，在战争中由于两次被掩埋而变得寡言的普勒尼斯老师还没有宣布下课，他就已经开始飞快地冲我的腿弯处踢了一脚，用纸球扔我，推我，还做了一些敏捷的、无法说清楚的粗野动作。

我不用回头看就能知道他在我的身后。约普斯特肥胖而又灵活，长着两只会动的像船帆似的大耳朵，脖颈和手腕上满是肥肉道道，嘴唇向上努起，褐色的眼睛，茫然而又满足地看着。他穿一条过膝的天鹅绒的裤子，戴一只手表，但早已不能走了，老是指着四点四十分。休息一开始，或者说课刚上完，约普斯特就立即跟上我。有时我认为，他之所以上学，就是为了和我打交道。他一坐下来，简直就是一堆肉褶子，从脖子开始，直到圆滚滚的腘窝。他从凳子上抬起他那圆圆的、有可能把裤子绷得开线的大屁股，并且摇晃着站起来时，总使我联想起那个灌满气的、微微晃动着的橡皮人，只要用针刺一个眼，气就会漏光的。要是他在我的身后，也许手上还拿着一把尺子，或者橡皮筋和回形针的话，那就能听见他喘吁吁地高声笑着，但这笑声并不是说他是缺乏耐力的。

普勒尼斯老师还没有放我们出来，约普斯特就跟在我的后面，闪电一般地用膝盖一下接一下地撞我的腘窝，把我挤到门口，挤到走廊，推着我跳下两级台阶，让我在没有一棵树的、只是铺着沙砾的学校院子里尝他那根尺子的滋味。要是我转过身子去，他也惊愕地转过身子，好像他也在找那个惹事的人。他跟在我后面穿过胡苏姆公路，当我们拐进砖石小路时，海尼·邦耶也对这场恶作剧发生了兴趣，立即参加进来，和约普斯特一起设法把我从小路上推进像油似的闪亮的污浊的沟里去。

他们不用手，只用身子把我挤到一边，逼着我走到水沟斜坡的边缘，当我歪着身子在斜坡上继续往前走时，他们也向我身边走来，企图把我推进水沟里去。我等他们动手时便弯腰躲闪，让他们扑个空。约普斯特主意多得很。他捡了许多石头，不，不是石头，而是些松动的碎砖头，把它们紧擦着我的身子扔进水沟，溅起褐色的泥煤水，溅脏我的腿、书包、短裤和衬衫。海尼·邦耶也来寻开心，他也把捡来的砖头扔进水沟，溅起一个个泥浆的水柱。我听见砖头嗖嗖的声音，看着它们落在黑色的镜面上，可是几乎在泥水噼啪响的同时，泥浆也有力地溅到我的皮肤上了。我利用他们捡砖头的时间，赶紧跑到他们前面去，距他们大约十到十五米左右，但是，我马上就感到，这并不一定有什么好处：由于距离拉远了，他们扔砖头的准确性也失去了，于是砖头从我的头旁边或腰部旁边嗖嗖地飞过，一块砖头竟击中了我的书包，这时，我再也没有兴致当他们的目标了。我又走上了砖石小路，头上顶着书包，尽管有点哆嗦，却又挺直了身子，继续向鲁格布尔方向走去，可是这些家伙又在我后面追上来了。他们的影子在我身边闪动。投在砖石小路上的他们的身影告诉我，他们在打手势，在搞什么默契。我准备采取点什么行动，但究竟是什么行动，我自己也说不清楚，因此，尽管我做好了准备，照旧无济于事。约普斯特一声令下，他们便从两边把我夹住，要我给他们让路，把我挤到路的那一边去，这回他们没有推我，而是挤着我由水沟的斜坡往下走，直到我再也站不住而跳进了水沟。我想说，这一跳我是经过算计的，因为我是直着身子跳进去的，怎么也不会没入水中。我站在水沟的中间，慢慢地往冰凉的污泥里陷下去，沟底的气泡往上冒，五光十色，在我的周围噼啪作响，褐色的泥煤水一直浸到腰部，散发着一股腐臭味。我前面是一只青蛙，正以正规的动作拼命向野草丛生的岸边游去。约普斯特和海尼·邦耶高兴了一阵子，但很快就不满足于我头顶书包站在污泥沟里慢慢地越陷越深的样子了。在海尼·邦耶寻找砖块的时候，约普斯特在食指与大拇指之间拉起了一根橡皮筋，放了一枚回形针，照准我的胳膊弹了过来。当这些小子弹飞射过来的时候，空中响起了啾啾的蟋蟀声，蚊子也在嗡嗡叫，大黄蜂、蜂鹰，还有各种野蜂都开动了它们的小缝纫机。约普斯特开始用回形针向我扫射的时候，我用书包保护头部，吃力地扭动腰部向沟的另一岸跋涉着，脚拔出来，又陷下去，又拔出来，这都是在回形针啾啾的伴奏之下进行的。我还听见他们在笑我那两条糊满泥巴、颜色同巧克力一样的腿。第一枚回形针击中我时，我正躺在斜坡上，它打在我的脖颈上，热辣辣的，就像被咬了一口，我大叫一声，不再注意掩护，只管爬上水沟另一边的斜坡，向上爬的当儿，又被击中了，我急忙钻过刺上挂着羊毛的铁丝网，拐弯抹角地朝泥煤塘那边跑去了。

他们就此罢休了吗？没有。他们马上就看穿了我的打算，便跑在我前头，朝鲁格布尔方向奔去，还不时地弯腰捡起一些特别好使的砖头，一直跑到了第一个水闸，坐在木头的拦水墙上，截断了我的去路，得意扬扬。

我今天还记得当时如何拼命地跑。还记得脖子和右腿上热辣辣的，痛得难受。还记得恐惧不让我停下来，不允许我稍稍喘一口气，驱使我越过牧羊的草场往前跑，因为我告诉自己，只有坚持向前跑，并把他们甩在后面，才会使他们不再有勇气来追逐我。但是，他们很有把握。

他们坐在水闸的拦水墙上，晃动着腿，手里转动着砖块，一边鉴赏着，看来他们对自己又将玩弄的这场把戏，以及因此而得到的欢乐很有把握似的。我看得出这一点，也了解这一点。因此，我改向西北方向跑去，更准确一点说，向北边跑去，栅栏挡住了我，我就先把书包扔过去，然后自己使劲跳了过去。叫他们等着我去吧！

太阳还在照耀吗？没有风，阳光温暖着平原，如果不是秋天而是春天，是万物苏醒的季节，阳光会把一切都唤醒的。野鸭子还在泥煤塘里游泳吗？当我走过大泥煤塘边羽毛般的草丛，跪下身子，洗去我两腿已经干了的闪着蓝光的污泥时，我既听不见急促的跑步声，也听不见野鸭从水上飞起时翅膀的拍击声。泥煤船还在那儿吗？我在水沟和泥塘汇合的地方找到这只旧船。船尾浸在水里，舷壁涂着柏油，褪色的坐板满是海鸥屎。我爬了进去，用一根棍子赶走瞌睡的水蛭，观察着从芦苇边上游过的鲤鱼脊鳍和缓慢的波纹。

我独自一人坐在这只旧的泥煤船里。不管是坐着还是站着，我都看不见水闸的拦水墙。家里早就吃过饭了。希尔克肯定已把我的饭菜端到炉台上去保温了。现在，没有人挤我，逼我，追我，脖子与大腿上的灼痛也减轻了。我把泥煤船推入水中，使它浮在水上，随后用放在坐板下面的一个生锈的罐头盒，把船中的水舀出去。当我听到人声的时候，我在干什么呢？我突然听到，一个男人在喊，一个女人在笑，声音是从泥煤坑那边传来的，是从挖好的码得整整齐齐等着晒干的泥煤堆那边传来的。男的又叫了一声，女的又笑了一下，但是我看不见人影。我用棍子把小船划到了一边，让它横在水沟里，把两岸连接了起来。我走了过去。到了对岸我再侧耳去听时，已经一点动静也没有了。沟水不流动，小船也稳稳地停在那里，好像在等待我，一旦需要时就让我上船。

我在微微向上倾斜的土地上向泥煤坑走去，还没到坑沿，就看见一把湿漉漉的闪闪发亮的挖锹在那里画着半圆形。挖锹被举起来，在地面上方划一个弧形，又消失了，它使我联想起往前又往后各走一刻钟的分针。我走到泥煤坑的边沿，向下一看：一辆手推车，一块踏板，弯斜的影子，暗色泥煤台阶。希尔德·伊森布特尔和她的比利时人正在挖泥煤。那个比利时人莱昂光着上身，站在台阶的最下层，他把挖锹插进潮湿发亮的泥里，铲起一长条泥煤，熟练地把砖头一般大小的泥煤扔给希尔德·伊森布特尔，顺势又把挖锹收了回来，接着又插进了湿泥塘里。这一切，我在坑沿上看得一清二楚。希尔德·伊森布特尔盯住扔过来的煤块，双膝一弯，接了过来，放到粘着土块、湿漉漉的黑色手推车上。这一男一女都穿着裤子。比利时人穿一条黑色马裤，她穿一条宽边布裤，这两条裤子可能都是从她的丈夫阿尔布雷希特·伊森布特尔的柜子里找出来的。几年来，阿尔布雷希特一直在围攻列宁格勒的部队里。两个人都穿着木屐，但是猜想只有战俘莱昂穿着阿尔布雷希特·伊森布特尔的木屐。我已经说过，比利时人光着上身在那儿干活；那个妇女穿着一件褪了色的衬衫，随随便便地塞在裤子里，头上围一条印着地球仪、圆规和计算尺图案的头巾。我还忘了提到那个用报纸覆盖着的篮子，旁边还有一件衬衫，一件褪了色的比利时军装。

无论从哪一个角度来观察她，也不论在哪儿碰见她，希尔德·伊森布特尔如果不是在笑，那也是准备笑的样子，这不仅由于她那又稀又短的牙齿，也不仅由于她那高高耸起不需要加垫肩的肩膀，以及她那双长成这种样子的眼睛：凡是这一只看到的，另一只则看不到。还由于她的外表：健壮的、太过弯曲的双腿，软而尖的肚皮，系一根皮带警告它别再发胖，沉甸甸而又讨人喜欢的乳房，一直长到耳根的雀斑——希尔德·伊森布特尔身上的这一切给人的印象是：她在笑。湿漉漉的泥煤块她接得多稳啊！码到黑色手推车上去时又是多么灵巧，一块也没有摔碎过。比利时人一直挖到泥煤把手推车装满为止，然后把挖锹插进泥里，跳下台阶，把希尔德·伊森布特尔抱起来，放在手推车上，推起车子，走过一条摇摇晃晃的宽木板，木板旁是一个黑水坑，推上一段斜坡，手推车准确地跳到另一块木板上，经过码起晒干的泥煤堆。这些泥煤堆有齐腰高，越到上面越尖，共六层，如果从远处，在黄昏时分，或在雾中看去，都会使人误以为是一些哨兵。

希尔德·伊森布特尔从手推车边沿上下来，两个人先把泥煤码成了一个圆圈，留着通风的缝隙，然后筑起了一个塔，这个塔由于自己同别的塔之间的关系和距离，特别是由于相应的气氛，使人联想到它是一个士兵。他们弯着腰默默无言地工作着，用两只手把煤块从车上取下来，又用两只手拍拍紧。莱昂还在他放上的最后一块泥煤上插了一根羽毛，我猜那是他在木屐旁找到的一根鸭毛。他向这堆新垒成的泥煤塔行军礼，突然又把手放下来，龇牙咧嘴地搔他的脊背，很可能是因为一只虫子在他行礼的时候咬了他一口。随后他坐到那辆空车上，双手交叉在胸前，等着希尔德·伊森布特尔抬起车把，把车子推回到泥煤坑那边。这一次轮到他来坐车观赏风景了。比利时人身边好像坐一个看不见的人，并向他无声地介绍着这里的景色。他频频向两边致意，又向来自两边的问候回礼。

他抬头向泥煤坑沿眺望的时候发现了我，向我挥手，希尔德·伊森布特尔却并不因此把车停下来抬头看我，因为她以为莱昂在向他想象中的过路人或观众招手呢。她一直走到坑底篮子旁边才停下来。她这才顺着莱昂的手势抬头看到了我。她认出是我，便喊道：来呀，西吉，帮帮忙！我从台阶上一级一级地跳下去，震动着那松动的坑壁，一直跳到他们跟前。他们俩看着我的湿裤子和我身上已经干了的一条条泥巴，但是，无论男的还是女的都没有问一句，他们也不问我为什么还背着书包。他们向我问了好。比利时人拿起篮子，希尔德·伊森布特尔在篮子里翻来翻去，找出一块火腿面包和一片蛋糕，让我从中选一块；在这种情况下，我难于作出抉择，于是把两块都接了过来，也不管他们俩怎样彼此嘲讽地眨着眼睛。

他们让我吃过东西以后，分配给我一件工作，让我把比利时人要铲的泥煤地面清理干净，好让他顺顺当当地挖。我得干在他的前面，先用一把铲子挖掉一层草，又挖掉一层已经干了并且发黑但却没有腐烂的植物，因为我们挖出的泥煤必须完完全全腐烂才行。多年的植物必须用自己的压力和重量沉积在一起，必须产生沼气，经过膨胀和在碳酸的作用下分解并腐烂，这样泥煤就能烤干并能使用，而且不会在炉中很快燃烧完。我把杨树和柳树的树枝从土里拽出来。我觉得，树根看起来就像是魔王的孩子用来玩过似的。像蜡一样闪亮的树根。芦苇的残根。还有一些无从分辨的纤维状的东西。一块厚木板，也许是一只船上的木板。我连拽带扯带挖地把一切都清除掉。我暗自希望能挖到并能放到我的风磨里去的，是一具搬得动、可以运走、压成羊皮纸模样的沼泽尸体，但却始终未发现。我连一只鸟的骨架也没找到，更不要说一件史前时期的武器了。这里有硫黄、氨和沼气的味道。

比利时人挖着，那个女人码着泥块。有时，他们到了上面煤块堆前，便相互交谈起来，可是我听不懂。莱昂讲我们的土话，但带着法语腔调，这样一混杂，除了希尔德·伊森布特尔以外，谁也听不懂。这个比利时人原是个炮兵，他的肩章上那个带翅膀的榴弹早就挂在我的磨坊里了。

我现在回忆往事，又看见莱昂站在我面前的泥煤坑里，看见那个笑着的，或者正准备笑的戴着印花头巾的女人，听见她接过湿泥煤块时很粗的喘息声。我不时地向鲁格布尔方向的池塘看几眼，但是，谁也没有向这边走来，牧场上只有牛羊。牛和羊，说来简单，然而我必须把它们安排在背景里，黑白相间，灰色，凌乱，它们融为一体，你不可能把它们一只一只地区分出来，因为我想避免把我的平原同任何其他的平原相混淆。我所描写的不是随便哪一个地方，而是我的故乡；我所探究的不是随便哪一个人的不幸，而是我的不幸。总之，我所讲的不是随随便便讲的故事，凡是随随便便讲的东西，是不承担任何责任的。

因此，我非坚持这样写不可：一片令人压抑的天空，薄雾蒙蒙，阳光微弱；我让我们在有节制的海涛声中干活，芦苇沙沙响，鸟儿在空中结队飞过，沼泽像滚开的一锅粥似的冒着气泡。沼泽，泥泞，原始泥泞地，佩尔·阿尔纳·舍塞尔，我的外祖父不是在书里强调过，从原始泥泞地里产生的虽说不是一切，但也是最优秀、最顽强、最有抵抗力的生命吗？难道他没有宣传过：一切生命都从蝌蚪开始，而蝌蚪是以自己的鞭尾从原始泥泞地里诞生的吗？佩尔·阿尔纳·舍塞尔，这位抑郁寡欢的乡土学家！

我坐在那里休息，听到从北海那边向这里移动的歌唱一般的发动机声响。这声响在坑底的那一对男女很可能没有听见。但是也可能他们听见了却毫不在意，因为飞机常常经过我们这里飞往基尔、吕贝克、斯维纳明德。声音来得这样快，我不得不向大坝望去，眯缝着一只眼，为了能迅速看见即将越过褐绿色山丘的飞机，并使之纳入我个人的观测器范围内，我便借助于大坝上面把天空分割成几段的四条电线。我的大炮，我把自己那门看不见的双炮架大炮对准了大坝：让它们来吧。它们必须飞得很低，紧贴着水面。看来它们正在大坝的遮掩下扫射，接着又带着闪电般发光的螺旋桨飞过了褐绿色的山丘，越过电话线，立即就向我们这里拐了过来。两架飞机，两架机身短而粗的野马式战斗机。

它们越飞越低，我看出了第一架飞机机首的牛头标记，毛发蓬乱的低垂的牛头，只是仗着它那狂风暴雨般的力量，盲目地射击着，我觉得自己甚至认出了玻璃罩里飞行员的面孔，他平稳地操纵着牛头，对准目标，使它越来越朝下低垂。第二架飞机跟着第一架飞机的斜后方拐向这里，重复着前一架的每一个动作和飞行特技，似乎这两架飞机是联结在一起的，因此只需要下一道命令就足以操纵它们。

我举起手臂，又放下来。飞机立即扫射了过来。火焰从上向下喷射，燃烧，火舌伸得长长的，好像刹那间在天空和地面之间绷上了一根根燃烧着的线，子弹落在沼泽里，响起一阵噼啪声。塔楼！那由莱昂和希尔德·伊森布特尔垒起来的褐色泥煤塔楼土块乱飞，炸碎了，有的往一边倒，有的坍塌了。泥煤块裂开了，粉碎了。一条火蛇在沼泽的干草地中游动。泥煤末突然像雨点一样向我们落下来，但这时我已经躺下了，我一下子躺在泥煤坑底的湿土上，除了莱昂身体的重量，他在我脖子边上的呼吸声，和他那紧抱住我却并不使我疼痛的两条胳膊外，我什么也感觉不到。当火轮在我眼前转动，叉子齿般的火苗布满四周时，莱昂用身子掩盖着我。我还看到，有几颗子弹打到了对面的泥煤壁上，我认为，这毫无效果，因为子弹只不过在浅褐色的、越到下面越黑的墙上留下一些不显眼的窟窿而已。我觉得莱昂趴在我身上的时间太久了，因为刚刚从我们头上飞走的飞机又转回来了：它们高高地飞在同一个角度上，机翼几乎是平行的，然后开始俯冲，又突然停止，并向我们这边飞来——如果不是向我们，也是向那些虽已稀稀拉拉、但仍有纪律有毅力地排列在那里的泥煤塔飞来。泥煤塔激怒了他们。驾驶员见泥煤塔这样纪律严明地排列着很是恼火，因为，泥煤既不逃开，也不寻找隐蔽所，显然毫不关心那些被击中的伙伴。像一营士兵那样僵直而又整齐地站在沼泽地里的泥煤塔，被他们当成射击目标了。

飞机转向胡苏姆以后，我们爬到了上面，几个师团的泥煤站在那里，整个军队都遵守着灾难一般的纪律在那儿发呆。那个比利时人，他在那儿干什么呢？莱昂向低飞的飞机挥着拳头笑着。莱昂叫道："混账东西！"但他的发音却叫人听了像是"蚊帐东弟！"莱昂指了指被糟蹋了的场地，拉住希尔德·伊森布特尔头巾的一角，把她拽到自己身边，笑着亲吻她，对这些或者全部、或者严重、或者轻度遭到损害的泥煤塔做了个手势，意思是说没有关系，并说：我们再把这些收拾好，我们有时间。莱昂敲了一下我的肩膀说：我们这样干，小家伙，不是吗？他紧接着开始收拾那些遭了灾的泥煤堆，把没有损坏的泥煤块搬到一处，又码成了新的塔楼。我们帮他。希尔德·伊森布特尔和我，我们把完好无损的泥煤块找出来，摆在一起，让莱昂，这个当了战俘的比利时人一行一行地摞起来，看来他什么也没有短少，无论是那只鞋匠用的三脚凳，还是他的情人。

工作时，他吹着口哨。他给我们鼓劲儿，又吹着口哨，也许这就是他听不见从泥煤堆之间突然传来的啜泣声的原因。事实是：我也没有注意到有什么情况，反倒是那个女人首先听到了什么声音，她侧耳细听了一会儿，接着又继续干活，突然，她向我们做了一个手势，要我们安静下来。当我们看着她的时候，我们也听到了那啜泣声，还有那从下面倒塌的泥煤堆里传来的有节奏的微弱呻吟。莱昂喊了一声，没有人回答。他又喊了一声，随后我们三个人从泥煤的碎块之间走下去。我不知道，等待着我们的将是什么，我们准备怎么办。这时，什么声音也听不见了。我们慢慢地从被扫射得七零八落的泥煤块中走下去，在泥煤堆的尽头，我们找到了克拉斯。他仰面躺着，一动也不动，没有看着我们，面部很松弛，手也张开着，脖子下面枕着一块干泥煤块。克拉斯的肚子中了一颗子弹。他系着一根皮带，不，这么说不对；子弹就是从皮带的扣锁上打进去的，血斑比一朵红色的百日草花还要大。

这是我必须首先指出的，当我现在回想此事时，我才想起我们围在他身旁时的那种宁静气氛。没有叫喊声，没有人像在舞台上那样喊着啊，啊，没有人突然跪倒在地，触摸他，弄明情况，没有人呼唤他，甚至没有人赶快检查他的伤口。我们大家就这样站着，似乎一切都已为时太晚了。

莱昂第一个向克拉斯弯下身子。他用手掸去哥哥身上的泥煤末和碎块。莱昂把他身上掸干净，如此而已。我也跟着他那么做，然后，我叫着克拉斯的名字，但是他已经听不见我的叫声了。希尔德·伊森布特尔把我扶起来，拉到她身边，然后和比利时人悄悄说了几句，谈了自己的打算，又和他商量，比利时人走下泥煤坑去，穿上衣服，推了手推车回来。他把车子推到克拉斯身边，把车子打扫干净，又把自己的上衣铺在车板上。他小心翼翼地把哥哥抱起来，让他躺在车上，斜的后挡板上枕着他的头。我说：到画家那儿去，我们一定要把他送到南森伯伯那儿去，他要这样的。那女人摇了摇头说：这怎么可能？他得回家，我的孩子，没别的办法，你安静些；他得回家去。——但是，克拉斯他，我说，克拉斯要我们把他送到画家那儿去。——他得上军医院，希尔德说，他先得回家，然后去军医院。我的上帝，怎么会发生这种事情！

她指了指鲁格布尔，比利时人点了点头，抓起了手推车车把，我提着篮子，就这样我们走出了沼泽地。手推车颠簸着。铁箍木轮陷进土里，在草丛中摇晃着，辗过软土。哥哥的身体随着车身小小的震动而跳动着。他颤抖着，缩成一团，头滑向一边，或者靠在歪斜的后挡板上震动着。他的手也悬在两边，摆动着拖在地上。鲜血从他的嘴角淌出来，太阳穴上的血已经凝结成十字形。

比利时人一会儿把车子抬起，一会儿撑着，一会儿往下压，他的身体也在抖动，脖子上的肌肉突起，脊背硬邦邦地挺着，他一直低头看着克拉斯，克拉斯每撞一下就好像他自己身子撞了一样。我们走上通往大坝的路，然后沿着大坝往前走。比利时人不时地把车子停下，让希尔德·伊森布特尔把克拉斯的身子搬正，或者把身子下面的上衣拉平。只要我们一停下，她就和莱昂悄声说话。我是不是应该跑在前面？不。我是不是应该跟家里说一声？不。我是不是应该让父亲来迎接这辆慢慢行进的手推车？不。我宁可拿起那根皮带，那根放在车上没人使用的拉车的皮带。他们俩赞赏地把这条拉车的皮带套在我的肩膀上，我低低地弯着腰，心里想着水闸上的拦水墙，想着我躲开了的约普斯特和海尼·邦耶。我不知道他们是不是还在等我。

克拉斯一直很安静。他躺着，多么松弛！他那只缠着绷带的残废的手总是往下滑，拖在地上，那女人抓起这只手，压在他的胸前。这一切，今天都历历在目，还有比利时人那对黑眼睛和他那因为使劲而变了形的脸。

当我不得不或多或少地讲一讲这些赤裸裸的事实时，我该怎样去回忆我们回家这一段呢？我听见车轮吱吱咆咆的声音。我感到车带勒在我的肩上。我看见鲁格布尔越来越近，红色的砖房，棚子，车把朝上的旧架子车。我的鲁格布尔。尽管我必须提到我们越走越慢了，那是因为比利时人已经开始精疲力竭，因为我突然感到恐惧，但这有什么用呢，我们越走离鲁格布尔越近了，我们已经过了木板桥，从这里可以看见水闸的拦水墙，没有人拿着弹弓坐在那里等我。他们都走了。我们过了水闸，过了指示牌和架子车，我想，克拉斯现在会直起身子来了，现在他会明白到了什么地方，以及我们将会把他送到什么地方去，我甚至估计，他会从车子滚下来，从地上一跃而起，逃到泥煤沼泽地里去，自从他从布累肯瓦尔夫失踪以后，那里就是他白天的藏身之地，但是我哥哥仍然躺在车板上，并没有直起身子，甚至当我们停在门口的台阶前时，他连看也没看一眼。

希尔德·伊森布特尔走进屋去。比利时人坐在台阶上，想找一根半截香烟，他用僵硬的手指在口袋里摸了一阵，什么也没有找到，他突然指了指自己垫在克拉斯身下的上衣，在那儿，当然他是把烟头放在上衣兜里了。他一挥手，放弃了找香烟的打算。待会儿再抽烟吧。他为难地指了指克拉斯，询问地摊开了自己的手。他什么也不说，用目光和我聊天。他觉得，要是他能够帮忙的话，他是会出大力气的，但是，在这里，特别是他这么个人，帮不了什么忙，把克拉斯运回来，他刚刚已经办到了，在他这种处境下，人家不能也不愿意指望他做更多的事情。他一直在听着屋子里的动静，很显然，他想快点离开这里。他很想把克拉斯下垂的胳膊弯上去，但是，在我家的窗户下面，他连碰一碰我的哥哥都不敢。我观察着克拉斯。我没有放弃让他在适当的时刻逃走的希望和期待。他在动吗？他是不是在慢慢地曲起一条腿准备起跳？克拉斯冷得在发抖。他全身一阵痉挛。

这时我父亲出现在石阶上，他敞开着制服上衣走出屋来，根本不理会比利时战俘的问候，只是站在那里，长脸上浮现出我没法用语言形容的表情：责备和绝望混杂在一起。他并没有立即冲到手推车前，而是站在台阶的最高一级，从下面看去就像放大了一般。他站在那里往下瞧着克拉斯，那神态就好像他头脑里早就预料到克拉斯要归来似的，也许，他事先就承受了这一切。他犹豫着，似乎在权衡着什么。他慢慢地走下台阶，简直太慢了。他围着手推车走着，直到后挡板前才停下，毫无意义地抚摸着克拉斯的肩膀，无能为力地沉默着，既不跟克拉斯说话，也不叫他。但是他抬起了克拉斯下垂的胳膊，弯曲着放在哥哥的胸前。希尔德·伊森布特尔跟着他走下台阶，解下头巾，甩了甩头发，不断地问着：怎能发生这样的事？比利时人随时准备帮着干点什么。父亲要他抬起克拉斯的两条腿，他自己抱住克拉斯的上身，就这样把他抬进屋子，摇晃着走进客厅，把他放在灰色的长沙发上。父亲没有注意到希尔德·伊森布特尔和莱昂彼此交换了一下眼色，招呼也不打一声就走了。他直挺挺地站在克拉斯面前，听着声音，盼着有一声听得见的呼吸来回答他站在这里的无声询问。他觉出自己单独和克拉斯一起，便想跟他说些什么。看来他有什么重要的事情要通知他，而克拉斯却连眼睛也不睁开。父亲小心地拖过一把椅子，放在长沙发的一头，坐了下去，弯下身子看着我哥哥，过了一会儿拿起哥哥的手，那只伤残的、缠着绷带的手，转动着，注意地观察着它。他不把它松开。他的嘴唇在动。他不甘心这样沉默下去，突然说道：你的痛苦同你结下了不解之缘，事情还没有完呢。他轻声地匆忙地低头向克拉斯说着，也不管克拉斯是否听得懂他的话。他这样一说，似乎就了却了一件既定的义务，一件在克拉斯逃回以后他就担在肩上并早该了却的义务。他还没有说完，房门推开了，他停止了说话，没有回头，拉着克拉斯的手也没有松开。

他听见母亲拖着脚步从门口走来的声音。当母亲走进这平时极少使用的客厅里时，他俯着身子，屏住呼吸。母亲抿紧嘴唇，脸上毫无表情，或者说还没有露出表情来，尽管这是痛苦的自我控制。这时，父亲站了起来，想扶她坐到椅子上去。她无声地拒绝了。她走得这样近，膝盖都碰着了沙发，然后坐了下来。举起双手，眼看就要放到克拉斯的脸上，可是又缩了回来，把手放在他的肩上。我没有弄错，因为这是我觉醒的一刻，我加倍注意地倾听着，什么也不能使我分心。这是必定会使我知道或忍受什么事情的时刻，任何一个句子都嫌太长。母亲没有叫喊。她没有扑到克拉斯身上，没有去抚摩他，没有叫他的名字，也没有去亲吻他，只是紧紧抓住他的肩膀，顺着他的右胳膊往下摸，却又惊恐地突然停住了，似乎这样做已经太过分了，她自知有罪，几乎是自知有罪而把手又放到了克拉斯的肩上。她没有去检查他的伤口。她一动也不动地坐了片刻，接着，身体颤动起来，她抽泣着，无声地哭着，从某种程度上是在干哭，我父亲把手搭在她的肩上，她似乎没有察觉。我父亲的手显然使劲按了一下，这时她站起来，转过身，一直干哭着，走到放花的窗户前，向着窗户问道：我们该怎么办？父亲说，他先给格里普医生打电话，其余的一切都还不到办的时候。

母亲靠在窗台前问道：这一切是怎么发生的？警察哨长说，他本人不在场，事情是在外面沼泽地发生的，在一次意外的低空空袭中紧挨泥煤坑的地方发生的。希尔德·伊森布特尔和她的那个战俘正在那儿干活。那个莱昂，你是知道的。父亲又说：希尔德·伊森布特尔和她的战俘把克拉斯放在手推车上，送回了鲁格布尔。关于这些，母

222

亲什么也没说，因为她都知道了，她都看见了。他是不是该给胡苏姆打个电话？要的。要不要给汉堡军医院打个电话？不，胡苏姆的办事处会负责这样做的。只等格里普医生一到，他就来给胡苏姆办事处打电话吗？是的，他会打的，他会跟办事处谈一切该谈的事情。她转过身子，用锐利的目光对着克拉斯，克拉斯还是那样躺着，还是别人把他放到沙发上时的那个姿势。她的目光像是要看出点什么来，想要得到点什么启发。我问自己，当她从窗台向沙发跟前走去时，她想干些什么呢？我觉得，她步履艰难，好像遇到了无形的阻力，当她吃力地靠近沙发后，我感到惊讶的是，她不过是拿了一条叠好的毯子，伸开双手，用松开的手指盖在克拉斯身上，然后走了出去。

现在，哪些事情是不可忽略的呢？哪些细节呈现在我眼前了呢？打电话。父亲一定是开着门打电话。我听见他要大夫讲话，两次使劲向大夫嚷嚷，发生了什么事情，为什么要他来。我看见他打完电话后，走了回来，向前探着身子，喃喃自语，十分激动，一只手拿着从写字台上拿过来的活动日历。他围着那从来不曾用来进餐的餐桌走动。他使那褐色的、善心的碗柜战栗。在电灯下，他紧挨着三层的铁制花架来回巡视，只是为了不必去听见什么，不必去理解什么，他连右脚上拖着的鞋带也不去系上，我不敢跟他说话。打电话时，他扣上了制服上衣，现在又把上衣解开了，露出了总是扭着的裤子背带。突然，他站在碗柜前，举起打开的活动日历小盒子，看了一眼，扔在地上。日历片往外飞，像炮弹开了花，有几张挂在倒挂金钟上。他又开始量步子，但转了两圈就够了，两圈之后，他向门口走去，到了走廊上，走进办公室。我听见他拿起听筒时的声音，又听见他什么也没说便把听筒放下时的声音。

克拉斯在毯子下面动弹，我跳到他的身边，轻轻叫着他的名字，请他睁开眼睛，听我说话，考虑一下，这正是他可能期待着的时刻。他把毯子一直拉到胸部。窗口，我说，大门口，地下室，都没有人。他颤抖地张开嘴，抓住毯子，折成一长条山脉。没人在这儿，我说。我还说：要是你能，你现在就跑。但是，我的话进不到他耳朵里，当我跑到窗户旁边，打开窗户，指着外面时，一点也没有引起他的注意。他连头也没有向我转过来。我又回到他的身边，把手伸进毯子里，寻找他那只伤残的手，要他注意，我就在他身边，准备帮助他。他听凭我握着他的手，毫无反应。

我只好罢休，关上了窗户，把撒了一地的日历片收拾在一起装进盒子，放在桌子上，捡起了一九四四年九月二十二日那一张，压在其他的日历片之上。克拉斯又在哼哼，可能他想要什么，但是我听不懂他的话。父亲轻手轻脚地走了进来，弯下腰听克拉斯说些什么，但也听不懂，他毫无办法，也没为克拉斯做任何事。他耸耸肩膀，站直身子，来到餐桌旁，在我身边坐下，看着活动日历发呆，他不再激动，不再因为激动而自言自语，而是镇静地坐着，空虚而镇静。他把一只手搁在另一只上，垂下双肩，低头等着，这就是说，他已经作出决定了。在此之前，他出乎我意料地打开了抽屉，取出了镶在镜框里的克拉斯的照片，把它放在碗柜上。这是克拉斯穿着军服站在岗哨前面的一张照片。他自己弄伤手臂以后不久，照片就被流放到了抽屉里。父亲又把它放回原处，放在一个发亮的贝壳与描花陶瓷储蓄罐之间就再也不去注意它了。

我们等待着，各自在肚里盘算着。我们等待着，那就是说，再没别的事情好干了。我们俩都只好如此。我们在这里等待的那副模样，就是要使人明白，我们的前途未卜，聊以自解。我们希望能发生一些我们自己不可能使之发生的事情。至今为止的一切显然已成往事，我们只是等待着余下的事情，等待着收拾残局。当我回忆起父亲如何坐在我身边时，我必须承认，他那使人害怕的镇静和无可奈何的神情表明，他已经打定了主意。我的父亲，鲁格布尔警察哨的哨长显然知道人家要求他做些什么，既然如此，他还要在这里指望格里普大夫些什么？向大夫希冀些什么？大夫来了，父亲向我一挥手，我走到门边，给医生开门。我们的医生是一个身子沉重的老人，行走困难，满头红发，是一个喘息有声的巨人，经验告诉他，他得把头缩着，因为过低的横梁经常碰着他的脑袋。他从来不满足于只诊断出一种病情，他多疑，至少得提出两三种病症，让病人进行挑选。我提着他的皮包，走在他前面，走得极慢，一步挨一步，我觉得像是把他引诱到客厅来似的。从门口到客厅短短的几步路，格里普大夫靠在墙上休息了两次，把他那本来就弯着的多肉的脖子弯得更低，弹着手指，开始有节奏地呼吸。他走到客厅门口，尽管我提醒他注意门槛，他还是差一点绊了一跤，亏得父亲抓住他的胳膊，扶住了他。随后，父亲把这个庞然大物领到沙发旁的椅子边，按着他坐下，向他致意。父亲让我出去，又把我叫回来，命令我把皮包放在格里普大夫的脚旁，心不在焉地命令我到旁边希尔克的房间里去等着。然后，他亲自在我的身后把门关上了。

我迎面看见一个电影演员，他不仅从墙上向我微笑着，而且端着一杯香槟酒要和我碰杯。他被一群挥舞着棍棒、藤圈、踏着转轮的妇女和姑娘们松散地包围着，这群女人为了"信念与美"而穿着白色体操服。所有这些照片都是从杂志上剪下来的。在一张照片上，可以清楚地看到希尔克紧靠着的腿肚子，她正踮起脚尖，挺起胸脯，转动着两根棍棒。这棍子就放在柜子旁的角落里，我把它们拿在手上掂了掂，来回敲打着，又觉得没有意思，扔在一边了。椅子的靠背被一件有本地特色的上衣温暖着，坐板上放着一条黑裙子和一根黑色的漆皮带。镜子上插着一张军用的明信片，镜子下面的玻璃板上，我发现了指甲刀、头发卡子、四把梳子、一管皮肤止痒药膏、棉花、皮筋、一瓶药片，又是棉花。床上坐着那只用黄布做的受着委屈的小鸡。床底下是希尔克的鞋。那训练耐心的玩具呢？它在床头柜上，三只耗子都待在陷阱里了。

我溜到门边由锁眼向外看。格里普大夫坐在沙发上，父亲站在他的身旁。毯子掉在地上了。我看着父亲的脸，急于想知道一切和内心的痛苦使他的脸起了皱纹，嘴唇也分开着。格里普医生的背遮住了克拉斯。父亲问了些什么，格里普医生摇了摇头。这次父亲问话的声音很大，我全听清了：为什么不行？这位巨人医生低头看着哥哥说：只能在军医院里治疗，我们得马上把他送进军医院。他用摊平着正在抚摩胳膊的手指着克拉斯，似乎为他的诊断提出了一个明白无误的证明。父亲又提出了问题，格里普医生把手举到肩膀处，摊开来，以此表达了自己要说的话。他的提包不显眼地摆在地上，还没有打开过。这时，父亲走到他的身旁，我只能看到他们的背部，猜想医生在作解释，让父亲理解这样做的必要。现在格里普医生也没有打开他的提包，那个安着老式的锁、已经有裂纹的皮包。医生向父亲小声说话，但没有转过脸去，我觉得，他说话时，把父亲仅有的希望都给破灭了，这一点是看得出来的，因为父亲转过身子，眼望窗外，逐渐地不再提出问题了。

大门关上了。我跳到窗户边，想看看是谁来了，但已经太晚，于是我又回到锁眼前。父亲一动也不动，并不看门口一眼。医生扣上了克拉斯的上衣。来人出现在客厅的门口，身影最初很小，接着一跳一跳地变大了，好像一手拿着烟斗，一手拿着帽子，穿一件破旧的蓝大衣，走得气也上不来了。他站在门槛上，并非由于他在这个不恰当的时刻出现在这里而感到犹豫或胆怯，而是因为他需要使劲耸起肩膀喘几口气。我父亲呢？他没有转过身子，显然不想知道进来的是谁。父亲再也没有什么问题要提了，现在，他要去思索必须要做的一切。

画家进来了，向沙发走去，他不单是向着大夫，而是向着这两个男人说道：他死了吗？人家都说他死了。接着，他两个箭步走到了沙发前，他的目光在克拉斯和医生之间飞快地来回移动着。我听见医生说：送到军医院去。我们必须把他送到军医院去。我可以打个电话吗，严斯？——在那边，父亲说，在办公室里。画家帮着医生站了起来。画家说：还有救吗？他能挺过去吗？——我们希望如此，格里普医生说，情况可能变得更坏。然后，他伸出两只胳

227

膊艰难地一步步离开了客厅，这一次，他顺利地跨过了门槛。画家弯腰站在克拉斯面前，仔细观察，探究，全神贯注，似乎在寻找什么，如果不是寻找，那就是要加深对什么东西的印象。他的嘴唇嚅动着，他吞咽着唾液，牙齿咬得紧紧的。愤怒，当他轻轻摇着头时，脸上充满了愤怒，失望，不相信眼前的一切。突然，他向我父亲转过身子去，想要问些什么，顿了一下，到底说话了。他请父亲原谅他来到这里，他说：人家都说他死了，所以我来到了这里。警察哨长点点头，他点头并非表示谅解，而是无动于衷地表示他知道了。怎么发生这种事的？画家问道。父亲耸了一下肩膀说：事情已经发生了，再也不会改变了。

——是在外面沼泽地里吗？

——是的，在外面沼泽地里。

——他可是有办法躲避的啊，不是吗？

——是的，他有办法。我们都希望他能活下去。

——这还不够，只是活下去还不够。愚蠢，严斯，可恶的愚蠢！

——你这是什么意思？

——他们会把他抓走的，他们会把他治好，让他听到对他的判决。他们治好他，是为了将他绑在柱子上处死，你总该知道这个吧？

——我？我什么也不知道。

——他们不是已经来抓他了吗？

——还没有。

——当然，一切都取决于你。

——是的，一切都取决于我，那就别管我的事好了。

——我来这儿只是为了这个孩子。

——好，好的。

——你知道，我喜欢克拉斯，他和我比较亲近。

——我什么都知道。

——我能和古德隆说几句话吗？

——我想不行，她在楼上。

——我还能为你们干些什么吗？

——没什么了，我们会自己瞧着办的。

——祝你们一切顺利。画家走到沙发前。他仓促地摸了一下克拉斯的手，接着又摸了一下他的肩膀，然后目不斜视地走了出去，我还在等着关大门的响声时，他已走下了台阶，到了放自行车的木柱旁。我从窗户向外望去时，他已把帽子夹在自行车的后架子上，舐了一下自己的大拇指，推着车就走了，没有骑上去。

我一直目送他，直到他消失在霍尔姆森瓦尔夫蓬乱的篱笆后面，然后我走了回来，不再紧贴着锁眼，而是径直走进了客厅。我有点害怕，手抓着门柄，站着等了一会儿，可是没有人说我，也没有人赶我出去，于是我把身后的门带上了。格里普和父亲站在走廊里商量，克拉斯安静地躺在毯子里。医生总想承担点义务或责任，他一再说：我会这样做的，我负责，让我来办。他鼓励似的拍了一下父亲的胳膊，把父亲的身子转过来，推向我待的客厅，然后自己吃力地向台阶走去。我得说，他是踏步走的，以致父亲和我都抬起了头，听着这位身体沉重的巨人踏着沉重的步子走向台阶。谢天谢地，父亲喃喃地说，全身都放松了。他发现了我。他抓住我，把我拉到他的身边，用他的身体推着我走到沙发前，但并没有挨得太近。要走这一步，他说，必须走一步。我曾对克拉斯寄予很大的希望。我们怎样教育他都无济于事。他知道，他对我们是有罪的。不管怎么说，我们要走这一步。他沉默了，于是我问他：他的身体什么时候会好起来？父亲在我身边说：他知道我非这样做不可，他知道我的职责是什么。现在事情已经发生了。现在我们不能再往后退。我们把所有的问题，一切必要的问题都提了出来，我们也尽可能回答了这些问题。并不是今天才这样做的。自从克拉斯来到这里的那一天就这样做了。我们回答了一切问题。来吧。

他拉着我，他的脸色灰白。我们并排走过走廊来到他的办公室。他拿起电话听筒，等着响声，然后要求为鲁格布尔警察哨长接通胡苏姆，声音不像平时那样响，但不带一点踌躇。

半小时的期限

我愿意讲出我所知道的事情。即使我所知道的会被一场新雨冲刷干净，我也得讲一讲布累肯瓦尔夫那个油漆成铁锈色、久已废弃不用的厩舍，讲一讲平坦的田地上雾气笼罩的这样一个清晨；我必须打开厩门，使人们能看一眼那头受伤的牲口，并再一次把所有的人都集合在充足的亮光下，这些人当时都在场，或者参加过屠宰，或者在一旁观看过。接着我必须安排妥当的是布累肯瓦尔夫那间通风的，如前所述，废弃不用的厩舍，里面有猪栏，拴牲口用的生锈的铁圈，还有一个歪歪斜斜、满是屎的鸡架；老霍尔姆森、他的妻子、约塔、画家和我坐在一堆摇摇晃晃的木板上；受伤的牲口靠着厩舍的石灰墙，两条前腿支在地上，喘着气，嘴里吐着泡沫，脖子和脊梁上的伤口慢慢向外渗着血。

如果我说一架飞机在飞行中紧急投掷装备时，把两颗炸弹扔在鲁格布尔，人家自然会问我是怎么知道的。好吧，且不说我无法想象飞行员会在云端之上认为值得向鲁格布尔扔一颗炸弹，至于你是怎么知道的这样一个问题，我也认为是无足轻重的。总而言之，飞机在飞行时紧急投掷装备，于是扔下了两颗炸弹，一颗掉在海里，另一颗落在布累肯瓦尔夫附近泥泞的牧场上，炸出了一个弹坑，弹片打中一头母牛的脖子与脊梁。这头母牛是霍尔姆森家的。

我们坐在厩舍里的木板堆上，观察着这头再也抬不起身躯的牲口，但它的伤口又不足以让它死去。在一条铺开的装土豆用的麻袋上，放着斧头、刀子和锯子——这不是医用骨锯，而是一把抹了一层油的短柄锯——旁边放着盆子，一个水桶，一个磕扁了的牛奶桶，一条有裂纹的皮围裙也放在地上，随时可以把它系到身上，为了在不得已的情况下屠宰这头受伤的牲口，一切都已准备就绪。我们看着这头牲口。它仿佛坐在自己的两条后腿上，肮脏的乳房，很粗的乳头，奶水流在被踩得硬邦邦的地面上，乳房颤动着，抽搐着。毛茸茸的牛尾扫着地面，有时还打在墙上。这头牲口把头使劲向前伸，就像在喝水一样，鼻孔出着粗气，舌头舔着嘴唇，舔着鼻孔，同时还喷吐白沫。有时用前蹄蹬地，想靠着墙爬起来，但是办不到，摔了下去，发出一阵声响。鲜血不断地从伤口渗出，在黑白相间的牛皮上留下了一条闪亮的痕迹，滴到地上。一块弹片打断了它的右后腿，牛皮给掀了起来，骨头也露在外面。

老霍尔姆森的妻子是个罗圈腿，性格怪僻，头上戴着一张灰色发网，这有时给老霍尔姆森这样一种感觉，似乎他自己同一条猎犬结了婚。他在妻子的要求下，曾两次试图动手。他举起斧头，在老伴的要求和催逼下，走到牲口跟前，就像我们已经看到的那样，他已经看准了母牛鬃毛额头上的一点，也站稳了脚跟准备动手，可是，尽管他老伴催促得越来越紧，火气越来越大，老霍尔姆森却不能将斧头劈下去，他每次都耸耸肩膀回到木板堆前，和我们坐在一起。

老太婆叨唠，挖苦，不住地威胁老霍尔姆森，现在她也在威胁他，说要到格吕泽鲁普去，要把那个很久以来就在各处为私人屠宰牲畜的斯文·普夫吕姆叫来，要是霍尔姆森自己不把牛宰掉，他就得向普夫吕姆付钱。当画家凝视着牲口时，她说：快点呀，霍尔姆森，快呀，天啊，要不它该死了，那我们就该倒霉了！为了催他动手干，她把磕扁的牛奶桶拎了过来，走到母牛跟前，让霍尔姆森明白，她要亲自把血接住，要在宰牛时跟他一起干。

她的这种姿态同样无济于事，既不能给老霍尔姆森力量，也不能给他信心。他让画家把烟叶递给他，抽着烟，使劲往一旁喷着。老太婆提醒他说，他杀过鸭，也杀过鸽子和鸡。她拿过斧子，把斧子把塞到他手里，要他想一想，这样可以省下给斯文·普夫吕姆的一笔费用。这一点他能同意。于是他叹着气点了点头，从木板堆上站了起来，可是，他久久地注视着这头受伤的牲口，他的目光证明他干不了此事，斧子从他手里滑到了地上。要是换一头母牛也许还可以，但是宰特阿可不行。宰特阿不行。它是我的第二头最好的奶牛，最听使唤了。——但是现在，老太婆说，它不能再听使唤了，因为它已经半死了。我们只得解救它的痛苦，不得已把它宰掉。这时，约塔说她非常想知道，能不能把伤口捆扎起来，让它长好。霍尔姆森太太一听就火了，她毫不掩饰自己的蔑视，说道：得把你给捆上，这样才能叫你明白!

牲口开始蹶地,向前倒下,脖子平伸在地上,这时老太婆又拾起斧子,但不是交给自己的男人,而是想提醒他现在该干什么了。她手执斧子走到牲口跟前,牲口似乎根本没有注意到她,只是摇晃着脑袋,多次想用舌头去舐一舐自己脊背上的伤口,因为够不着便使劲对着地面出粗气,把地上干草和树叶都扬了起来。牲口靠着墙想要站起来,它用尽全力,但不一会又摔倒了。它喘着气,不再尝试舐掉嘴边泡沫了。躯体内的那股劲减弱了,牛尾再也不在地面上拂来拂去了。老太婆伸手指着牲口,谁都能看出,这种手势里包含着的责难是对着在场的每一个人的,而不是单纯对着坐在木板堆一角的瘦长的满头银发的老霍尔姆森。他正往一旁吐着烟,人们也看得出他的痛苦,他正在整理自己的思绪,两肩下垂,坐在那里,竭力避免去看那头受伤的牲口。

画家突然不声不响地从木板堆上滑下来,把帽子往后一推,使劲在门柱上磕打烟斗,然后走到那个女人身边,一句话也不说,也没有丝毫踌躇的样子。他匆匆向我们——约塔和我打了一个手势,要我们离开这儿,也不看看我们是否听从了他的吩咐,就从老太婆的手中抓过或者说是接过斧子,把老太婆拉回来,推到木板堆那儿,然后他走到牲口跟前。牲口顾不上看他,只是伸着脖子,在地上抽搐,艰难地把头往上抬。画家掂量着手上的斧子,摆好架势,脚跟一蹬地,还拧了拧试脚下那块地方是否坚实。他看着牲口,看着正向他抬起的那个坚硬而沉重的牛头和两只乌黑而漠然的眼睛,脸上毫无表情。粘在一起的牛毛黑白相间地一圈一圈贴在牛的额头上。嘴上挂着涎水，毛茸茸的耳朵对着画家，似乎在听他的动静。人们注意到，画家在它的两只眼睛之间寻找下斧子的部位。接着，他往身后看了看，举起斧子，向后退了一步。我们都一动不动地坐在那里。我现在还看到他这样站在厩舍里：举着斧子，头微微向后仰，眼睛盯着就在此刻对这个男人也毫无兴趣的牲口，伸展身子，准备往下劈，他的长大衣边被提到了胭窝处。

画家在斧子劈下去的同时嗯了一声。他顺势收回斧子，举过肩头，往后退了一步，第二次用斧子背儿劈下去，斧子随着他的身子落下去，速度极快。他的帽子落到了地上。第二斧以后，他匆忙地擦了一下嘴唇，轻轻说了些什么，谁也没有听明白。他向我们这边——约塔和我——看了看，可我觉得他并没有注意到我们，至少他对于我们仍然留在这里并不感到惊讶。他把斧子拎在身前，让它慢慢滑落在两脚之间。过了一会儿，他觉得有必要再来一下。这第三斧落下时更快，但却更没有力量，更加犹豫不决。他转过身体，把斧子交给了老霍尔姆森，坐在木板堆上揉着自己的手指。

但是，在我的记忆里，上述一切并不是那天上午厩舍里发生的事情的全部内容。我还听见了斧子背劈在头骨上的声音。在这一斧的重击之下，牛头向地上倒去，我感觉到约塔的手指抓疼了我的胳膊。斧子劈在牲口的两只眼睛之间，那声音就像劈在空心树干上那样。斧子把前额劈得粉碎。在这一瞬间牲口躯体也随即像瘫了一样。但是，接着它用前腿蹭地，寻找着落脚点，它挣扎了一忽儿，脖子抽搐，脊背越来越僵硬，后腿向外伸。在沉重的打击之下，这个笨拙的躯体似乎想防御或逃跑。这一击再次唤醒了这头受伤的牲口的知觉，但它所寻求的必要的力量却已经不够用了，这力量只够暗示它想到抽搐或蹭蹭地。它的头以沉重的节奏从地面抬起又倒下去，每次都发出了碎裂的响声。两胁颤动；第二斧子以后，就颤动得更加剧烈了，那短促而剧烈的颤动，就同轰走那些来叮它的小虫子时一样。

我想，现在我终于可以让这头牲口倒下去了，且不管它那看不出的反应，先让它一动不动地伸直身子，松弛地躺在石灰墙角前罢。它似乎越来越庞大，在它死去的地方，我觉得一个庞然大物在不断地隆起，向外鼓出。我还记得：我恨这个女人，她一点也不能等，牲口还没有完全安静下来，她就把那条有裂纹的皮围裙递给了她的男人，接着又把刀子递他，怒气冲冲地指着墙前的那条牲口，她的胳膊已经挎起了牛奶桶。我恨她——我并不仇恨老霍尔姆森和画家——仇恨之心使我对她更加注意。这时，她踩在死去的牲口的脖子前，把牛奶桶歪放在地上，桶口对着喉管，不再示意她丈夫动手，而是紧紧盯着牛奶桶，似乎牲口的血马上就要流出来了。老霍尔姆森看到了。他拿起刀子，用大拇指试了试刀口，用手按着牲口的脖子，把牛头夹在两脚之间，慢慢弯下了身子，不再缩回来了。他把刀搁在牛脖子上，一下捅了进去，把刀子抽出来以前，还看了他妻子一眼，似乎要让鲜血刚好流进牛奶桶里。

这时，有人从后边掐住我的脖子，我想转身，但掐在我脖子上的手指更加使劲，我只感到自己被拖到了门口，身边的约塔——好像我们俩被捆在一起似的——也令人惊异地重复着我的动作，也被拖到了门口。画家把我们俩并排推到了院子里，在我们身后关上了门，接着又把门打开了，因为他可能发现了迪特从客厅向我们这边走来，还在池塘那边就向我们，更主要的是给画家做了一个手势。

走吧，画家说，离开这儿，这不是你们的事！他把我们从厩舍推开，紧急宰牛还在那里继续进行。他把我们推到那一堆码在一起的黑色树干前。怎么啦，迪特？他不耐烦地问道，似乎为了解释他不耐烦的原因。他又说：我们正忙着呢。她悄悄跟他说了几句。画家看看自己的手，然后朝鲁格布尔方向看了一眼，又看了看他的手和溅满血迹的大衣。他们都知道了，他说，这里什么也逃不脱他们的眼睛，依我看，他们来就来好了。霍尔姆森总不能眼看着牲口死去，他得把它宰掉呀。要是先去请求批准，牲口早完了。

迪特又悄悄说了几句。画家回答说：为什么呀？他们应该待在厩舍里继续干活。要是他们能证明，牲口满身都被弹片打中，那么来人又会把他们怎么样？他们是可以证明这一点的。要是汽车来到这儿——我们都在厩舍里。你，迪特，给我们沏点茶吧，我们都想喝茶。然后，他转过身子，一只手已经伸向厩舍的门，在转身的同时朝鲁格布尔看了一眼，我们也不由得往那个方向看去，于是，我们几乎同时发现了那辆通过雾霭笼罩的平坦的田地向这边开来的汽车，它偶尔消失在灰色的山丘后，随即又出现在预定的地方，它以平稳的速度开到杨树夹道的入口处，在那里停了车，过了一会儿，也不见谁走下车来。车中的人影一动也不动，发动机的嗡嗡声不停地响着。

画家放下了伸出的手，小步走到汽车前，不，这么说不准确，他往活动栅门走去，也许是因为汽车停在那里，而谁也没有走下车来，他慢慢地把门拉开，做了一个粗暴但却是邀请的姿势，于是汽车又向我们开了过来。汽车开进来以后，画家让栅门自动关上。汽车进了院子，在池塘边拐了弯，但并没有向我们开过来，而是向客厅那边驶去，然后，紧挨着大门口停了下来。

先下来两个穿皮大衣的人，他们绕着汽车各自向相反的方向走去，不慌不忙，动作笨重而夸张，几乎跟电影慢镜头一样——他们绕墨绿色的汽车走了一圈，在冷却器前碰上后，不约而同地停下，向我们这边看着。缀着口袋的长长的笔挺的皮大衣，一眼就能看出它们的分量，我觉得，那沉重的登山皮靴和遮得住脸的宽边软帽完全配得上他们那笨重而又夸张的动作。当他们劈开腿站在冷却器前时，鲁格布尔警察哨长也下了车，身体笔直，嘴里骂着那件不知在什么地方挂住了的风衣。父亲设法把钩住了门柄和钩子的大衣摘下来，他终于成功了，使劲地把衣服拽出来，走到站在冷却器前穿皮大衣的两个人面前。这些人不肯走到我们跟前来，而是等候着。那三个人就站在那里等候着，即使画家向他们挥手，用手指着厩舍的门，他们也不离开自己的位置。

这时，画家迎过一半路去，用大拇指朝肩膀后面一指说：在里边呢，过来吧。但是穿皮大衣的人似乎根本就不理会他的请求，还是站在那里，画家只得走到他们跟前去。我听见画家又说：那边，那边，在那边呢！我父亲摇了摇头，挥手表示眼前他对厩舍里发生的一切并不感兴趣，至少，这不比他专门为之前来的事情重要，他摆手的动作似乎在说：以后再说，以后再说，现在先办别的事情。

鲁格布尔警察哨长向两个穿皮大衣的人的身后走了半步，在那里端详着画家，目不转睛地注视着他。约塔利用这个机会溜回了厩舍，从里面把门关上了。我和马克斯·路德维希·南森站在一起。此时，他踌躇着，耸起肩膀，自言自语地问道：这是怎么回事？接着，他走向那群站着不动的人，一字一字清楚地问道：你们干吗来了，严斯？

快去收拾，准备动身，一个穿皮大衣的人突然说道。画家问：为什么？怎么回事？

我们给您半小时的时间，第二个穿皮大衣的人说。画家看着他们，耸了耸肩膀问道：你们到这儿来，是为了把我带走吗？谁都认为没有必要直接回答他的问题。你只有半个小时的时间，鲁格布尔警察哨长，我的父亲说，他拿出怀表，看着它轻轻重复着说：半个小时。对此我毫不感到奇怪。他伸出一个手指做了一个短促的、解释性的动作，点了点头，又把怀表收了起来。

那个时候，他们只需说极少的话，知道极少的情况就能了解对方的意思，很快就能弄明白等待他们的是什么。我记不起来，当他们给了马克斯·路德维希·南森半个小时去收拾东西并准备和家人告别时，他有没有想去打听更多的内情。看来，他不肯为了赢得时间再提出什么问题，或者设法弄清楚他们为什么到这儿来了，他仅仅问道：这一切需要多长时间？其中一个穿皮大衣的人听后耸了一下肩膀，父亲把头低下，于是画家慢慢向屋子走去，走过他们身旁时，他说：我马上就收拾好，我不需要半个小时。

他们谁也不到厩舍里去。他们一只脚蹬在保险杠上，一只脚放在踏板上，抽着烟，上身懒懒地、放松地向前倾着，放心地、默默地等候着，也许脑子里什么也没想，对厩舍里发生的事情一点也不感兴趣。特别是，他们心情非常平静地在那里等候着，因为他们知道，像马克斯·路德维希·南森这样的人会好好利用给予他的期限，而不会利用它去干别的什么事情。厩舍那边他们连看也不看。画家走进屋子时，他们等候着。当画家挺着身子站在走廊里用后背靠在门上，站在那里倾听着外面的动静时，半小时的期限已经过去一部分了，这情景现在完全可以想象得出。

如果我只叙述必要的一切，删掉多余的部分，如果我要回到当时的境地，那我还得作如下的叙述：当我的父亲，鲁格布尔警察哨长和那两个穿皮大衣的人在外面安静的等候画家的时候，画家进屋去了。他站在门后，背靠在门上。在阴暗的走廊里站了一会儿，至少是站到迪特打开了通往客厅的门，注意到他为止。这时，他身子离开门迎着她走了过去。在走廊里他不想说话。他挽起迪特的胳膊，把她拉到自己的身边，领着她走回了客厅。他和她的这种接触使迪特感到，发生了什么事情，或者将要发生什么事情了。她走过那吓人地排列着的六十二个座钟，每一个的分针都指着过一刻，布斯贝克博士从沙发上站起来，迎着他们走了过去。

我，画家说，他停了一会儿，又说：我得跟着去。他们到这儿来，就是为了带我去的。——不是为了宰牛？布斯贝克问道。画家轻轻地说：他们给了我半个小时的期限。——严斯，迪特说，你得谢谢他，他大概把什么都报告给胡苏姆了。——他们会审问你的，布斯贝克说，这我知道。——不知道得多长时间，画家说。——但是得多长时间呀，迪特说，他们要把你扣留多久？——一般地说，需要一天一夜，布斯贝克说。我不知道会有多长时间，画家说着，小心地把烟叶装进烟斗里。他眼睛不看迪特，对她说道：我带那只褐色的小箱子，两个烟斗，刮脸刀，信纸，这些你都知道。——你会看到，布斯贝克博士说，他们会审问你，向你提出警告。他们必定会那样做，因为他们收到了鲁格布尔送去的揭发材料。但是，他们不敢对你怎么样。——凭我们自己的想象，画家说，他们不敢怎么样，但是，你看一看周围吧，有多少事情是无法想象的，可他们就那样干了，他们也敢于那样干。他们的力量就在于他们毫无顾忌。

他向特奥·布斯贝克道了歉，冲着座钟点了一下头，他说：半个小时，你知道，我得快。于是他来到了卧室，坐在窄木床上，脱了鞋，脱了大衣、上衣、衬衫，拉开了五斗橱的抽屉，把手伸了进去，找出了袜子、鞋带、手绢，又把一切都扔在床上。最后又往床上扔了一件法兰绒衬衣。他从脸盆里拎起一个大肚子水罐，灌满水，把上身俯在脸盆上，不慌不忙地洗着脖子和脸，又用一块湿布擦着胸部，用一块浮石搓着手，把稀疏的头发梳了两次。

他把脏水倒进水桶，用夸张的有力动作拭擦脸盆，又把水罐放了回去。他用湿布转着螺旋形擦干净了洗脸架，把湿布挂在脸盆边晾着。现在，请想象一下，他又发现，他的背带脏了，橡皮筋松了，得换下来。于是又在五斗橱里找出了一根用纸袋包装着的新背带。他扣上了新背带，套在肩膀上试了试，看看松紧怎么样。他满意了。

还要干什么呢？在这样的时刻，不应该把影片扯断。还必须提一提，他先是怎样系上新鞋带的：他把鞋放在腿上，极仔细地一个洞一个洞地穿着。他穿上鞋试着走了几步，把系紧的鞋带松了松，很满意。然后他又拿起衬衫，套在头上，高举胳膊，就像淹没在衬衫里一样。他穿上上衣，蓝大衣，戴上帽子，在房间里来回走着，把换下来的衣服收拾到一起，扔到一边。接着，他又把床上的罩布铺平。他没有向窗户旁走去，也没有往外看。离开卧室之前，他从一个蓝色的瓷罐里拿出了一个怀表，上了弦，放在上衣口袋里，准备一会儿再对表。

他回到客厅，看到迪特和布斯贝克博士正在等他。迪特提着那口褐色的小箱子向他迎了过来。他说：等一会儿，我得签个字。他站在一张放在角落里的桌子旁，从一个装好的信封里抽出了两张纸，在上面签了字。签好字后，他又把它们装进了另一个信封，放进抽屉里。我能想象得出，他那勉强作出的泰然自若的神情和一丝不苟地利用那半个小时的劲头，使布斯贝克博士犹豫起来，不再更多地介绍自己那些抚慰人心的经验了。画家按照一座一人高的座钟对了一下怀表，拒绝地挥了一下手说：很快，我很快就会回到你们身边。然后，他走到一架鼠灰色的座钟旁，打开了座钟的门，从底部拿出一个雪茄烟盒，走到桌子旁边，从中取出了一把雪茄，可能是用旧刀片把雪茄切成了烟斗洞一般大小，又把这一段一段的雪茄烟装进白铁皮盒子里，盒子外面的字迹已经磨光了。他又把雪茄烟盒放进了座钟，然后把白铁皮盒子放进了大衣口袋。

小酒瓶要带着吧？迪特提醒他。于是，他把那个罩上白布的扁平瓶子装上了酒，塞到裤子的后兜里。接着他走到窗户边的桌子旁，迪特和布斯贝克在那里等着他。他把一只手放在箱子上，并没有把箱子打开。东西都放好了吗？他问道。迪特说：仅仅是因为严斯的告发。他们对你根本就没有什么证据。——是这么回事，画家说。当座钟——固执地宣告已过去一刻钟时，他沉默着，无可奈何地微笑着。座钟发出各种声响，有的敲，有的打，有的闹，报时器在响，钢制的链条在摆动着。吊锤嘎嘎地上下移动着。在布累肯瓦尔夫报时的那一会儿时间，人们只能沉默地等待着。当座钟安静下来以后，画家说：你就待在这儿，我很快就回来。他把箱子放在窗台上，走进了画室。

我从花园里看见他走进了画室，这就是说，我看见了他的影子和他把帘子放下来时画室光线的变化。穿皮大衣的人站在汽车旁，父亲来回走动，寻找他刚才丢失的东西，也许是扣子或者帽徽。我也煞有介事地帮他这儿那儿地找了半天。谁也没有注意到我是怎样溜进画室的——也许有人在最后一刹那看到了门是怎样从里边关上的？总之，我溜进了画室，在夏天当花瓶而现在堆集在角落里的水壶、罐子、盒子的旁边猫着腰，污水从这些东西中散发着臭味，我抬起头看着那些画，吓了一跳：算命先生，兑换银钱的商人，山怪，狡猾的市场商人，还有被风吹弯了腰的田野上的农民出现在一片绿光之中，那绿光闪着火花，在燃烧，似乎燃起了一场绿色大火，它的光亮照耀在这些画面上。我还记得，我第一眼看见这种景象时就想喊叫，大声地喊叫，可是，当我走近这些画时，火花已不再闪耀，绿色的光也消失了。

　　画家来回地走动着，他拽来一口箱子，放在地上，打开后随即又关上。他拧开水龙头，把一个空罐头盒扔在陶瓷桌上。我利用这里的犄角旮旯和临时搭起来的行军床，躲躲藏藏地往他的身旁移动，最后，他和我之间只剩下一条隔开我们的走道了。我把一条松松地挂着的床单往旁边一拉，他就出现在我眼前了。他小心翼翼地打开了那个宽大的柜子，听了一下动静，拉开了两扇柜门，又听了一下动静，然后弯下腰，把整个身体都探入到柜子里去。我不能忘记我看到的柜子里的情景：不可遏止的褐色展开在整个画面上，连地平线都给吞没了。褐色的画面上还有一条一条的狭长的黑色，四周涂上了灰色。这褐色的浪涛滚滚而来，越掀越高，最后高过昏暗的大地。这张画名叫：制造云雾的人。画家歪着头审视着这幅画，退了两步，紧紧挨着我，我只消动一下手就能摸到他。他对现在看到的这幅画并不满意，他感到失望。他为难地摇了摇头，走到画的面前，举起手，将拳头打在褐色产生的地方。这里，他说，情节就从这里开始。他把手放下，耸起肩膀，似乎有些发冷。别废话了，巴尔塔萨，他说，我自己就看出来了，这里缺少预感，缺少对暴风雨到来的预感。因此，这里的颜色应当更多地表达逃遁。这里应该有对事物的注意力，随时作好准备的精神。而现在，只是表达了人们的恐惧。

　　画室的门打开了，画家没有听见。我感到过堂风灌了进来。我还记得，我等着关门的声响，但是这一声响并未发出。这时，我掀起松松地搭在这里的床单，从我藏身的地方爬出来，把食指放在嘴唇上，踮着脚尖向他走过去，敲了一下画家。他猛然一惊，张开着嘴，想说些什么，但是当我伸出的手臂指着门时，他明白了，他似乎有所准备，很快就明白了我的警告，急匆匆地把画从柜壁上取了下来，卷成一卷儿，塞进柜子里，但是，马上又拿了出来，他向四周看了一眼，这里有成百个可以藏东西的地方，但却没有一个地方可以藏得下《制造云雾的人》这幅画。这里的各个角落、背面、缝隙，还有张着大口准备接受一切的水壶，此时此刻，他认为都没有用。他发现了我。他把我挤到柜子旁边，弯着腰看着我，眼光是从来未有过的那样逼人，挨得那样近，使我闻到了他身上的肥皂味和他呼吸中的烟草味，感到了他灰色的眼睛中的寒光。维特－维特，他突然悄声地说，听了一会儿门口的动静，又悄声地说：我能信任你吗？我们是朋友吗？你能为我干点事吗？——能，我说，我点着头说：能，能，能。

这时，我已经知道他要我干什么了。我把我那件塞进裤子里的绿毛衣一直撩到腋下，弯着腰，把那张画放在我的身上，再把毛衣拉了下来，塞进了我的裤子里。毛衣绷得太紧，我又把毛衣这儿那儿地扯松了一点。我试着活动了一下。他悄悄地说：把这带出去，放到一个安全的地方，以后再送回到迪特阿姨这儿来，我需要它。他把手伸了过来。当他如此严肃地把手伸过来，而不是像平时那样眨着眼向我发出警告时，我吓了一跳。他没有像平时那样抚摩我的头发，也没有拍我的脖子。我说：你要我怎么干，我就怎么干！他点了点头，向门那边听了一下动静后，悄声说：好，维特－维特，我不会忘记这一切的。

他把柜子关好后，给我做了一个手势要我走开，这就是说，他只是把床单掀开，等着我溜出去。然后，他叫道：特奥，是你吗，特奥？没有回答，只有缓慢的脚步声，越走越近。我立即就能分辨出这是谁。我马上就来，特奥，画家叫道，我完事了！接着，他挥着手命令我蹲在床旁边。然后他从后面裤兜里取出了酒瓶子，喝了一口。当床头出现人影时，我蹲了下去。僵硬的画纸在我身上嚓嚓作响，我抬起头时，影子已经过去了。脚步声停住了，脚尖踢了一下水罐和罐头盒子，那是在进行检查。桌子上的画夹子也被推开了。尽管画家至少此时已经知道，来到画室的人并不是布斯贝克，但他仍然喊道：来呀，特奥！我看见他故意打开柜子又关上，目的是让那脚步声听得见，好走到他跟前来。

我早就听出这是父亲的脚步声，而画家也听出来了，因为他一点也不惊讶，只是往旁边一站，做出了一个准备出发的姿势。父亲抬起那张干瘪、瘦削和绷得紧紧的脸望着天窗，他在寻思着什么。微微的优越感，也许甚至是一种得意的神情浮现在他的脸上。他掏出表给画家看，告诉他限期还没有到，还有几分钟可以随便干点什么，他可以利用这点批准给他的时间，等等。画家站在那里，胸脯挺得高高的，劈开两腿，手背在背后。看得出来，他决心不让人摆布。我父亲请他允许从画架上拿下那堆发了黄的速写稿时，画家不搭理他。他默默观察着父亲蹬上一个踏脚凳，往柜子后边望着。父亲打开柜子，半个身子钻了进去，最后几乎整个身子都趴在柜子的底板上，拿起了一堆小开的空白画纸，对着天窗照着看，转过来转过去，又卷了起来，小心翼翼地放在桌子上。这时，画家什么也没说，也不采取任何行动。

父亲想用这些空白纸做点文章。他把白纸在桌子上摆成两排，又钻进柜子里，固执地检查、搜寻着，后来他罢休了，回到桌子旁，满意地把空白纸收了起来，捆成一捆。他不停地看着画家，似乎想要看到画家的笑脸，因为他已为这样的微笑准备好了回答的话语。但是，画家没有笑。父亲请他同意把这些空白画纸带走，画家沉默着。警察哨长说：到今天为止，你还是算走运的，马克斯，不过落到这一步是你自己愿意的。我不相信你会一直走运，永远滑过去，总有一天你会倒霉的，那时，不管这些作品是看得见的还是看不见的，都帮不了你的忙，我都能找到。我们已经搜索到别的企图让人看不见的东西。他敲了一下那些小开的空白画纸，然后走到画家面前。画家依然直挺挺地站在那里，他态度轻蔑但却不怀敌意，没有任何忧虑，他只是轻蔑地看着警察哨长。我能理解父亲当时为什么要打破沉默，为什么急于得到回答。但是，马克斯·路德维希·南森根本就不理那一套，既不表示惊讶，也不恐惧或愤怒。父亲想不出别的什么话来，只好提醒画家说，迄今所发生的一切和将要发生的一切都归罪于他自己。你自己要这样的，他说，是你自己。你们是大人物，你们了不起呀！对别人有效的东西，对你们就无效。这时，画家突然——更多的是冲着自己，而不是冲着我父亲——说：时间到了，我们该走了。父亲一听，感到愕然，也许他认为，应该是警察哨长自己来决定起程的时间，而画家却连瞧都不瞧他就自己先走出门去，接着到了院子里，父亲生气地跟在他的身后。穿皮大衣的人还在汽车前抽烟。迪特和布斯贝克博士站在门前，褐色的皮箱立在他们之间。这四个人怀着不同的期待心情站在那里，谁也不说话。我很想追上画家，很愿意走在他的身边，但是，他却朝着那一堆人走去了。我怕父亲发现了我毛衣下面的那张画，于是我溜到了厩舍那边，从那里观察着这两个人一前一后地向汽车走去。

我承认，我感到奇怪，画家没有试图逃跑，至少在开始时是如此。他其实只消一跳，就可以跑到泥煤塘那边去，甚至跑到半岛上去。通过窗户、花园，他怎么也能不引人注意地逃走的。但是，他不愿也不要这样做，看来他连想都没这样想过。他似乎尽力遵守时间，毫不犹豫地从布斯贝克手中拎过那只褐色箱子，和迪特握了握手，又和布斯贝克博士握了握手。他走到汽车跟前，向穿皮大衣的人，我得说，有些无礼地向穿皮大衣的人说：我来了，开车吧，还等什么？一个穿皮大衣的打开了车门，想从画家手里接过箱子，不，他已经把箱子拿在手上了。画家弯着身子缩着头坐了进去，这个穿皮大衣的想把画家往里推。这时，布斯贝克博士无言地看了这一切之后，突然举起一只胳膊叫道：站住，再等一会儿！他跨出四步走到汽车跟前，垂着瘦瘠的手，激动地说：等一会儿，请你等一会儿。

一个穿皮大衣的探出身子。他认为这个身材矮小的男人对他来说是多余的，他显然对阻止出发的原因并不感兴趣。于是向鲁格布尔警察哨长一挥手。父亲立即走到布斯贝克跟前进行干涉。他问道：怎么回事？说着，他把布斯贝克从车旁拉开了。你想干什么？父亲问道。您听我说，布斯贝克说，但并不是向着父亲，而是向着无动于衷地等在那里的穿皮大衣的人们：是我干的，那天画室没有拉好防空窗帘是我的责任，这完全是我的错误，南森先生与此无关。

父亲紧紧抓住这个身材矮小的男人的衣袖，责备地看着他，但是什么也不敢说，因为现在他能说的那些话都得留给穿皮大衣的人去说。你们把我带去吧，布斯贝克博士说，你们把我带去吧！让他留下来，那是我的错！他向汽车走去，才走了一步，父亲就把他拉了回来。穿皮大衣的两个人相互使了一个眼色，一个坐在驾驶盘前，发动了发动机，另一个指着布斯贝克博士向警察哨长说：这是谁呀？他有什么要说的吗？父亲挥了一下手，回答说：这是布斯贝克博士，他住在这儿，是个朋友。布斯贝克博士又叫道：请你们理解我！南森先生不知道应该把窗帘……

您别说了！一个穿皮大衣的说，您别拦住我们，请您让开。要是您现在老老实实地走开，您就没事了。他坐在后面的位置上，画家的旁边，把门关上了。父亲放开了布斯贝克博士，向站在门槛上的迪特那边望望，又朝我看了一眼，绕着汽车走到前边，上了车。当汽车缓缓地朝敞着的门开去时，我一溜烟跑到了布斯贝克博士的身旁。我寻找着，并立即找到了坐在后座的画家的侧影。我碰了布斯贝克博士一下，就像他一样地等待着，等待着马克斯·路德维希·南森回过头来看我们一眼，但是，那侧影一动也不动。

我看着远去的汽车，向厩舍扫了一眼，他们还在那里宰牛——我没有听见钥匙伸进锁眼和约斯维希的脚步声，甚至连他进门时问好的声音都没听见。

受我们喜爱的管理员羞怯地把一只手放在我的肩上关怀地说：别害怕，他小声地说，别害怕，西吉，是我。但我还是被吓得跳了起来，马上就躲到窗户旁边去了。约斯维希站在桌子前，像一只可怜的猎犬。他拿起我的那面小镜子，显然想照一照自己，但是，镜子里除了那光秃秃的电灯泡反射出的光线外，什么也没有。于是他又把镜子放在我本子旁边原来的地方，无言地坐在那满是刀痕的凳子上。

他到我这里来，难道又是为了要求我保持夜间的安宁？或是他嫌我用电太多？抑或是由于夏夜的失眠而来到我这里，希望我为他朗读如他所说的作文中"内容扎实的一章"？他弯腰看着我的作文，摇着头朗读着。朗读的时候，用修长的手指从上衣口袋里掏出了两支皱皱巴巴的香烟，两支美国烟，可能是一个美国心理学家送给他的。现在他把它们当作书签夹在我的作文本里，忘了把它带走，这我一点也不怪他。

谁都不会长时间地责怪他，责怪这个羞怯的好心人。如果我们遭遇到什么不幸，他也感到不幸；我们痛苦，他也感到痛苦；我们受到惩罚，他也感到像受了惩罚一样。他读我的作文时，我向窗外的易北河望去。易北河上比较平静，只有一条冒着浓烟的笨重的拖船驶过那里，开得很慢，好像已经疲惫不堪了。一团云一样的烟雾遮住了月亮。烟雾一会像弯弓，一会又变成了别的模样，最后又变成了一群黑马。黑马无声地站在月亮前，就像站在饮水池边一样。没有海鸥，库克斯哈芬方向没有值得一提的云彩，月亮在那里自在地移动着。远方是黑暗的河岸，一长串的汽车灯。

我想说，作为读者，约斯维希和其他读者绝没有什么两样，因为他还没有翻到最后一页，还不知道马克斯·路德维希·南森已经被警车带走了，他就想知道，什么时候，在什么情况下，南森能回来。他为什么要提出这种典型的问题呢？我耸了一下肩膀，似乎我自己对此不能作出决定一般。约斯维希惊愕地看着我，不再往下问了，只是站在我身边，透过装着栅栏的窗户向夜晚的易北河望去。大约在大航标的后面，有几处地方闪着银光。我们车间的弓形灯发出的亮光，使任何阴影都不能在广场上停留。柳树把摇曳的枝条伸进水里，似乎在测量流水的方向和力量。所长的狗在海滩上搜寻着隐藏起来的水上运动员。一阵哀号声传来，那是停泊在上游海港的一条战舰在用哀号声向拖船求救。

约斯维希给我充裕的时间，让我眺望到更多的景象。他站在我身旁喃喃自语，既不要求我把灯关掉，也不要求我就寝。他是否感到难受？是的，他感到难受，但也并不过分。他是否在寻找什么？他是在寻找一种向我表示信任的方式。约斯维希想从我这里获得什么，但却下不了决心；他这样考虑着，但又怀疑自己；准备开口，却欲言又止；他有兴致去做，但又不敢。这种叫人一目了然的踌躇不决的神情曾经赢得过我们多少同情啊！他凝望着滚滚流去却又无声无息的易北河。他期望着从我这里得到解脱，盼望着我的支持。

我从窗边转过身子，走到桌子旁，突然想到怎样才能帮助他开个头。我拿起一支他当作书签夹在本子中的香烟，点燃了它。当火柴擦着时，他转过身子，看见我在桌子前抽烟。他的一只胳膊举起来立即表示反对，向我摊着手走了过来。他并不生气，只是感到惊讶。我听见他说：在屋子里抽烟，天哪，你知道，在房间里是禁止抽烟的。我不等他给我提出要求来，就把烟掐灭了。你呀，他说，恰恰是你，西吉，干这种事。——而现在，正是我需要你的时候。他叹着气。我让他坐在床上，他摇着头坐了下来，看着我把那刚才曾点燃的烟头收拾干净，不反对我把它再作为书签夹进本子里。我想，他马上就会向你提出，即使不是请你帮助，也是请你合作。我并没有搞错：约斯维希到这里来，是为了让我帮他出主意的。

他当然是用自己的方式首先向我叙述了他的难处。他说，他是从老远的地方走来，从后面冰凉的厨房走过来的。你作为年龄最大的一个，他说，你作为最年长的成员之一，你知道，在这个海岛上什么事情允许做，什么事情不允许；接着，他目标明确地提了一下教养所的一般规定，说了半天在室内与室外吸烟的各项规则，跳过两条规定之后，又提醒我违反规定的后果，接着，他又一口气讲述着看不见的却又存在着的各种规定，并停留在第二条规定上。他念道：管理员不可侵犯，他的指示一定要服从。此时，我还不晓得他究竟要把话题引向何方。他装作无所谓的样子提到奥勒·普勒茨，谈起他已成往事的逃跑企图，老是说"你还记得"，你还记得那个阴雨绵绵的夜晚吗？

他们什么都准备好了，也把什么都考虑好了。那时，正是河水下落的时候。他们最后决定利用在车间配制的钥匙。你还记得，海上升起了浓雾，船只得在河水中抛锚。你能听得见船声隆隆、铁链哗哗的声响。别的人都不同意这样干，只有奥勒，不管起雾了没有都要坚持照干。因此，一切都按原来的决定照常进行。你后来大概也看到了。你可以为自己庆贺，不然，也许你也会像他们那样突然可怜地呼救了。谁能在大雾茫茫，只能见到数步之遥的易北河中游泳啊！你还记得，那天凌晨，他们穿着湿衣服，瑟瑟发抖地站在那里，我们围在他们周围的情景吗？

因为我不想把这一套故事听完，我说，是的，我还记得那天的夜晚，那天的大雾，他们为了准备逃走而迷惑管理员们，特别是其中的一个管理员等等。事情已经很久了，但也并不太久。约斯维希点着头，牙咬得嘎嘎作响。他痛苦而又不知所措地张开了胳膊说：为什么，西吉，为什么会有教训？你懂吗？为什么教训无济于事，或者说几乎无济于事？这些教训是为谁提供的？

这时，我突然敏感起来。我用目光询问地盯着他，直到他再也顶不住。经过这一切后，你明白吗，西吉？他说，你根本就不知道，我知道他们在厕所讨论了计划，谁都听得见。我该怎么办？奥勒，你的朋友奥勒·普勒茨准备在星期五那天把果酱从面包上刮下来，用纸包起来。在最后一轮的讨论中，他们约好晚上来骗我，然后再行动一次，再来一次。我说：我什么也不知道，真的。他相当懊丧地说：奥勒准备躺在地上，把果酱抹在脸上，脖子上，使我误以为他们揍了奥勒一顿，或者把他摔倒在地，于是，我会惊吓地把门锁打开，冲进去，弯腰站在他的身前，把奥勒扶起来；而他则根据计划把我打翻在地，钥匙问题他就无须再提出请求了。又要开始行动了。西吉，要是你听到这个消息，你就应该去问问他们：难道教训一点也无济于事？

还有谁参加？我问。他不愿意告诉我，也许还是上次的那些人。——星期五行动吗？——星期五，是的，我一直在考虑，约斯维希说，根据我对情况的了解，应该采取什么办法，我还是能够想出来的。我的意思是，比如他干脆不走进奥勒的屋子里去，或者，即使走了进去，却不弯腰站在奥勒身前，而是把他打翻在地，进行所谓必要的防御。当然，他也可以让整个计划都吹了，他只需要向所长讲一句话，所长就会立即大动干戈。

约斯维希垂下目光，他沉默着。突然，我明白了，他要我提出他所希望的第四种可能性。还没等我考虑成熟，他就满怀期望地抬起头来。我也可以跟奥勒谈谈，我说，一切都是白费劲儿，而且已经满城风雨了，像上次那样，事情只会是个悲惨的结局。要是他听我的，压根儿就听我的，我就把这些都告诉他们。——他会听你的，约斯维希说。我说：不行，我不能去提醒他，要是我提醒他，他会以为我和管理员搞在一起了，这在这儿可让人受不了。——那我该怎么办呢？约斯维希问道。他的忧虑是真实的。我该怎么办呢？西吉，星期五马上就要到了。你要是不提醒他们，那就会发生什么事情呢？——果酱，我说，你就放一瓶果酱在桌子上，瓶子上写一张纸条：如果伤口还不够鲜红，则请随意使用。约斯维希不相信地看着我，显然已经有了主意。他又权衡了一下，似乎对这个计划感到满意，甚至感到高兴，总之，显然是对这个想法感到很开心，并且突然把它当作是唯一可行的办法了。他从床上站起身来。我知道，他说，并且把手向我伸过来，我知道，西吉，到你这儿不会白来的。

看不见的图画

　　生命和一切有关的东西，就是在这里，在希尔克和我捕捉鲽鱼的地方诞生的；这种说法你可曾听说过？根据作家和乡土学家佩尔·阿尔纳·舍塞尔的意见，生命是由此地的浅滩，由水沟纵横、浅水坑遍布的灰色烂泥和黄色黏土的荒滩上产生的；凡能呼吸的，以及诸如此类的东西，有朝一日会从海底升起，越过水陆两栖带，来到海滩上，洗掉身上的烂泥，燃起一堆火，煮起咖啡来。我的外祖父，这只寄居蟹，就是这样写在书上的。

　　总而言之，我们在浅滩上抓鲽鱼，远离半岛，走在退潮后光滑的海底泥地上，希尔克总是走在前头。同我们一起捕鱼的是海鸟。希尔克撩起连衣裙，缠在肚子上，她的腿粘满黄泥，直到腘窝，她的短裤衩边上都湿了，黑了。海鸟在捕鱼，张着嘴伸进水坑里，一张一合，叽叽作响。水沟的沟槽轮廓分明，它们分成无数支渠，一直伸向大海。海水退去，这里便是捕鱼的好地方。我们俩总是手牵着手，走在灰色的水坑里，或浅水沟边沿，陷到淤泥里，用脚趾触摸，又相互倚靠着把腿从泥里拔出来，一脚一脚地踩着，总是紧张地注意着脚底下有没有东西在蠕动；只要我们的脚踩到一条平鱼、比目鱼、鲽鱼，偶尔还会有箬鳎鱼，它们就会使劲拍打、扭动；每当希尔克发现或者踩住一条鱼，她便大声尖叫，我还没见过有谁像我姐姐希尔克那样对抓鲽鱼有这等耐性。尽管她很怕痒，每次都要吓人地摇晃身子，尖声怪叫，但是平鱼只要落到她手里，是一条也休想跑掉。她把鱼踩在脚下，直到我抓住它，拽出来为止。

有时，她连大腿都陷进了泥里，于是，她就把裙子撩到胸前。有时，她滑倒在冰一样滑的黏泥地上，当冰冷的泥水咕噜咕噜在响，水泡接连爆裂，而她自己在松软的泥里越陷越深时，她简直开心得不得了。她从来不忘记观察水沟中流水的状态。当起伏不平的浅滩在我们脚下变硬了的时候，她便用一条腿跳起来，每回都落在聚成一个圆圈的沙蝈上面。她抓小螃蟹、柱木虫和毛足虫，端在手心上看一会儿，又把它们放进水里。她拾各种卷角蜗牛的空壳，把空壳丢进裤衩里，裤腿上的橡皮筋可以使蜗牛壳不掉下去。这一切都是我们捉鱼的画面上的内容。

接着，浅滩上一片昏暗，西边布满了低沉的乌云，阵阵海风吹皱了水沟和水潭，把海鸟的羽毛也吹得竖了起来，远方传来孤零零的一架飞机发动机的声音，半岛上闪闪发亮的黄沙，高耸的大坝——从浅滩望去，它显得更加稳固，任凭风吹浪打也垮不了的——再往后便是沙丘上画家的小屋。

我提着鱼篮，跟着希尔克走过浅滩，轰赶啄鱼的海鸟，也学着它们用一只脚跳着走。我踏着被风吹聚拢来的黄色泡沫堆。鱼在篮子里蹦着，鳃盖儿一扇一扇地呼吸着。希尔克好几次要用沟里的流水把她腿上的泥巴洗干净。洗腿时，她靠在我的背上。蜗牛壳在她的裤衩里像儿童玩具那样碰得乱响。我把脚踩在一块微微隆起的地上，让泥浆从脚趾中流下去。橡皮筋给希尔克的大腿留下了一圈红蓝色的印记，坑坑洼洼，好像被虫子咬的一样。她的头发在风中飘舞，有时把整个脸都给盖住了。

我记得，在我们向半岛走去的路上，希尔克在我前面跑着、跳着，突然，她轻轻叫了一声，坐在潮湿的地上，两手捧起左脚翻转过来，看着脚掌。我马上来到她身边，跪在地上，一块暗白色淡菜壳带尖的碎片刺进了她的脚掌。可别弄断了，她说着，并用两个手指捏住碎片，飞快地把碎片拔了出来。她没有带手绢，于是拿起连衣裙的衣角，却又不用它去揩干净伤口。她把我的衬衫从裤子中拉了出来，用我的衬衫的边角擦她的伤口。伤口是弯月形的。这时，鲜血已经不怎么流了。

血已经不流了，我说。希尔克却说：不能让它不流，伤口得干净。过了一会儿她又说：你会吗，西吉？你敢吸伤口吗？

怎么吸？我问道。希尔克不耐烦地摇了摇头说：那还用说——当然用嘴吸，再吐出来。她两只手撑在地上，又开双腿，把脚向我伸过来说：开始吧！我抱住她的脚踝，闭上眼睛。她的脚散发着淡淡的淤泥和碘酒味。我把脚凑近我的脸，嘴唇凑过去之前，又看了一下伤口。我先尝到的只有烂泥味，我吐了出来，又吸着，用舌头轻轻压，又吐了出来，逐渐什么味道也没有了，我睁开两眼，看见希尔克躺在我面前，她赞赏地向我点头。

然后她把脚缩回去，看了一下伤口，两只胳膊向我伸了过来；我帮她站起来。她靠着我的肩膀，我搂着她的腰，我们就这样向沙滩，向半岛走去，我们的鞋袜都放在那里。希尔克轻声咒骂，她显然今天还有什么安排，而且需要她的脚不出毛病。她没完没了地骂着，唠叨着：今天，偏偏在今天发生这件事，讨厌，为什么不在明天？她的手变得很不安宁，老是看手表，反正她有什么事情。她一瘸一拐地走着，左脚只用脚跟落地，每一次腿弯儿还要拧一下。偏偏今天把脚扎坏了！——今天怎么啦？我问她。姐姐一字一句地回答说：你要是再搂得这样紧，该把我的腰弄断了。

我们避开较深的水沟，绕过深浅莫测的水坑，但有时仍免不了掉进烂泥坑里，一直陷到膝盖。野鹅在我们头顶上低低掠向泥煤塘飞去，海鸥在浅滩上与弯嘴滨鹬和蛎鹬一起忙碌着。天总也不下雨。一到半岛的岸边，我立即就倒在细沙堆里，摆脱了希尔克的束缚，想再把她的伤口吸干净，但是希尔克不让我这样做。她用手指把裤衩腿上的橡皮筋拉开，让蜗牛壳雨点一般地落在沙土上，蹲下身子数着，这时，我把她的鞋和袜子取过来。这么些不够，希尔克说，我还得要十到十五个蜗牛壳，你能帮我去拾吗，西吉？——你等着我吗？——不，她说，我先走。她很会用这种办法摆脱我。她把所有的蜗牛壳都扔进篮子里，扔到鱼身上。她用一只袜子擦干净脚掌上的伤口，穿以前，还把袜子抖了抖，又拍打了一下连衣裙，迎着风系好头发，然后随便打个招呼就跛着脚沿着海滩往回家的方向走去。

我躺在沙堆里，两只胳膊肘支撑着，目送她远去，她那蓝色的身影走在绿树前，又出现在褐色的沙土地前，越来越小，越来越模糊，正如我们这儿每一个人那样，越走近大坝，大坝似乎用自己庞大的身躯把她或他缩小了，变矮了，至少当人们走在大坝脚下时是如此。当希尔克抵达大坝顶上时，她转过身子寻找我，发现我之后，便伸出一只手命令我到浅滩上去：去吧，去给我找蜗牛壳！

　　我躺在那里，等着她的身影完全消失。就是这时，我也没有返回浅滩，因为当希尔克走下大坝另一侧时，我看到沙丘的海草丛中钻出一个人，一个身材瘦削的男人，布斯贝克。他刚才躺在草丛中，让希尔克从身旁走过。布斯贝克博士手上抱着什么，他把一件什么东西紧紧抱在胸前，还时不时地回头张望着，似乎害怕希尔克返回来。他的身体前倾，空着的一只手痉挛地前后摆动着爬上沙丘，这时已经可以看出，他到半岛上去的目的是什么了。他手上似乎拿着一条手绢，因为他好像不时地在揩着脖子和头上的汗。他给人的印象是有人在追他，即使回头张望或者向海滩的另一个方向注视，他也不停步。他的动作坚决果断，看来怒气冲冲。在滑溜的沙堆上他走不稳，在那干燥的沙丘上他也站不住脚。

　　没错，他准是选择了一条最短、但却是最费劲的通往画家木屋的路，把腰弯得低低的，向那里走去。飞沙从山丘吹来，在他头顶上盘旋着，向内陆刮去；当他被卷进这飞沙之中时，便迅速揉一揉自己的眼睛。从沙丘上往下走要轻快得多，布斯贝克博士好像兴致勃勃地跳起舞来了，他跳动着，舞蹈着，从沙丘的斜坡上滑下来，然后向画家的木屋跑去，打开了门闩，紧张地，长时间地向周围巡视着，以怀疑的心情搜索着半岛、海滩和大坝下面那条狭窄的地方，最后他溜进了木屋，关起门来。这时，我忘记了蜗牛壳。至于布斯贝克呢？要是有人像他那样引人注目、惹人怀疑地在别人的视野内活动，那他就不要怪别人会对他感兴趣，对他产生种种猜测，并去跟踪他。他还没把门关上，我已经从地上爬了起来，绕了一个弯，向着木屋没有窗户的一面跑去，我弯着腰，随时准备卧倒，但我却一直无须停止奔跑。

我越走越慢，越走越慢，在木屋避风的地方，我踮起脚尖，把脸贴在被侵蚀的木板旁谛听着，然后爬到窗户边，等候着，里面传出敲打声，嘎嘎声，凿子起一颗生锈的钉子的吱吱声，我小心地站起来，背靠着墙，走近那宽大的窗户，可别碰着了，他在那儿干什么，为什么掀地板，可别过早地让他看见我的身影，他似乎在用一把凿子起地板，我弯着身子来到窗前。

我们一下子就认出了对方。他好像预见到我会在这里出现，因为当我弯着腰走到窗前，为挡住光线的反射而用一只手遮住额头时，布斯贝克博士正用目光来迎接我，他跪在地板上，生气多于惊讶，身前放着一把凿子，他已经用它起动了几块地板，大约有二十五厘米的样子。当然，我感到奇怪的是他立即发现了我，但更使我奇怪的是他那瘦弱的手腕竟然能用凿子起动地板。我们互相注视着，他中断了工作，我一直还用不舒服的姿势透过窗户望去，好像我的到来仍未被他发现一般。我们谁也摆脱不了谁，时间越长，我就越不想逃跑，而他也想不起继续自己的工作。

他不肯放下凿子，我也不肯把手放下来。

后来，他向我招手了，他终于心不在焉地招手了，他不再是怒气冲冲的样子，他招手要我进去，当我推开木屋门时，他正站在画桌前等我，凿子放在地上，旁边放着一个捆着的画夹子。我的样子可能有些不好意思，因为他马上就抱怨我说：你秘密而又成功地跟踪我，为什么？打算干什么？你受谁的指使？什么目的？

要是我告诉他，说是我父亲派我来跟踪他的，那一定会使他非常满意。布斯贝克博士根本就不相信我没有受任何人的指使。你想干什么？他问道，你想了解什么？我看着捆着的夹子，耸了耸肩膀。他盯着我的眼睛，沉默了一会儿。为什么呀？他又问。我回答说：我不知道，我真的不知道。这时，他自己也没有把握了，束手无策，就像平时那样窘迫，给人的感觉是他需要帮助。他两只手拢在一起，插进了浆得邦硬的袖口中，恐惧地透过宽大的窗户向下面的海滩望去，又从门口观察着外面的沙丘。

要把夹子藏起来吗？我问他，并且拿起了画夹。他把画夹从我手里夺了过去，像他这样的人做出这种动作，就算是很粗暴了，随即又做了一个和缓的手势，对自己适才的粗暴表示歉意。《制造云雾的人》，我说。他挥手表示不是。他知道画家曾把那幅画交给我，而我又在汽车开走后不久还给了迪特。我们的事情他都知道，有些事比我们知道得还早。这么说，他正在为画夹寻找一个隐藏所。马克斯·路德维希·南森从胡苏姆回来后，立即就委派他来干这件事，不，这么说是不确切的。那天早上，画家回来后，疲惫无力，极其烦恼，跟谁也不愿意说话，他只是默默地跟迪特打了一个招呼，就把自己锁在自己的房间里，在那里过了几小时。他走出房门后，也没有讲述胡苏姆发生的一切，他们问他，他只是摇头，显然有人禁止他说什么。他把至今还藏在布累肯瓦尔夫的画夹取了出来，交给特奥·布斯贝克，请他藏在一个安全的地方，至少是一个比较安全的地方。藏在这里，这所木屋里。这个我知道，此外我还知道，画夹里是画家自认为自己拥有的最珍贵的东西，类似的话他自己也说过。但是藏在木屋的什么地方呢？怎么藏呢？

布斯贝克博士开始寻找那可能放在柜子里，柜子下面和柜子后面的油纸，我们一起寻找。寻找时，我发现他不停地观察着我，有时，他之所以继续寻找，只是因为他在我面前不知如何是好。我们没有找到油纸。也许不知是谁把它拿走了，也许它漂浮到海上去了，也许甚至是画家自己把它用掉了。总之，布斯贝克不是感到失望，而是如释重负地了解到，保护画夹和作品的油纸没有了。油纸没有了，他说，没有办法，没有油纸就不能把画夹存放在地板下面。他又说：谁知道这是不是个好地方。

他一边自问自答着，一边走到撬开的地板上，摇晃着把板子往下压，然后，我们俩同时走到地板上面踩着，踩着。最后，布斯贝克博士用凿子把那松动了的钉子敲了下去。这底下是个黑魆魆的洞，下面潮湿的沙土泛着微光。这个隐蔽所又封上了。你还把画夹拿走吗？我问道。他说：是的，我要带走。这里没有油纸，而且也不是个好地方。我请求他把夹子中的画给我看看，他拒绝了。当我想解开夹子上的带子时，他伸出一只手挡住了画夹。是新的作品吗？我问道。看不见的图画，他说。

这时，我乞求他让我把画夹送回布累肯瓦尔夫去，只要他让我看一张画，飞快地看一眼。但是，他不愿意，也不可能这样做。他说：你什么也看不着，这是些看不见的图画。这些画摸得着吗？当然摸得着。能拿吗？也可以拿。挂起来呢？也能挂起来。那为什么叫它们看不见的图画呢？布斯贝克博士环顾了一下屋子，检查着，审视着，把画夹放在腋下说：什么？我说：如果这些画是看不见的，那你就不需要把它们包在油纸里，藏在地板下面了。要是这些画看不见，那么，看不见的东西是谁也找不到的，看不见的东西是安全的。——这么看，他确实这样说道，你这么看，当然是对的。他一边往门口走去，一边不在意地随便说着，但是，他突然停下，转过身子，接着说：你想象一下，这些图画上并非一切都看不见。纸上有那么些小小的提示、标记、暗示，比如箭头什么的，你要知道，这些是能看得见的。但是，最重要的东西，关键的东西是看不见的。意思在那儿，你却看不见，你懂我的意思吗？有那么一天，我不知道是什么时候，在另一个时代，这一切就都能看得见了。现在你别再问了，也别再说了，回家去吧。——你呢？——我也回家。告别时，他还向我微笑着，然后把画夹子抱在胸前，离开了木屋。我凝视了他一会儿，看他走到起伏的沙丘上，先是跨踏着，然后弯着上身，急匆匆地朝前走去了。

外面浅滩上，潮水哗哗响。潮水越过水沟两侧的沙土堤，伸着舌尖一般的浪花，冲向光滑的浅滩，灌满水坑和小渠；潮水淹没了杂草和贝壳，把破木块冲到岸上，抹平了海鸟的足迹，也抹平了我们留下的脚印，它一直向北，冲到岸边，然后以更快的速度席卷了一片灰褐色的土地，一直延伸到半岛。

再也没有蜗牛壳了，现在去拾希尔克要的蜗牛壳已经为时太晚了。当我离开木屋时，布斯贝克博士已经走得看不见了。我穿过半岛，沿着海滩，沿着一条弯月形的路斜对着不断冲击的海浪走着，一到浪涛真的要越过坚硬的沙地向我冲来时，我可以躲过它。海滩。大海。但是我现在必须走到红色的航灯前，爬上斜坡，越过大坝，走到下面的砖石小路上，走过水闸和那钉在褪了色的木柱上的牌子：鲁格布尔警察哨。那辆陈旧的、没有轮子的架子车，我童年时藏身的地方，似乎在地里陷得更深了，朝天竖着的车把已经霉烂，露出了一道一道长长的裂纹，破烂不堪的车板中，有一块已经完全断裂了。我走过架子车，走过棚子，在石阶前停了下来，我不得不站住，因为在我的前上方，父亲正站在门框中，好像通过透镜至少放大了七米半——就如当时克拉斯被人用手推车推来时一样——父亲站在那里等候着，他堵住了一切去路，至少不能从他身边绕过去。他纹丝不动地向下看着我，也不往旁边让一让，更没有把手伸出来，干瘪的脸紧紧绷着，这样一来，他的身躯似乎显得更加高大，更带有威胁性，使得我根本不敢抬头看他一眼，我的眼睛看着下面，看着他那因潮湿而发白的鞋跟，看着那糊上了泥土的鞋套——这种鞋套他不仅喜欢，而且爱穿——我注意到，他系着的鞋带两边一样长，一样整齐。他喜欢把鞋带打成一模一样的结。他也喜欢用这种使人难受的等待方式让自己的对手突然感到不安、痛苦和疑虑，在这样的时刻，可别想有什么好事。

这一回他听到什么风声啦？我应该向他承认些什么？我盯着那双靴子，让他对我保持沉默。他用沉默把我变得渺小而又听话，当他把我融化得只有五分硬币那样大小时，两只皮靴互相靠近，转了一个四十五度角，让人看到了那双旧靴子十分可笑的侧面，也看到父亲的侧脸，他的背靠着右门柱上，不仅给我让开了路，而且用这种姿态表示他要我进屋。我从他身旁经过走进家门，站在过道里，听他转过身子。到办公室去，他命令着。我在他的前面走进了这窄小的办公室，这就是说，要进行一场谈话了。

开始，他只是端详着我的脸，用他那藏在眼帘后面的目光牢牢盯着我，但这样审视我显然还不够。他背靠窗台坐下，用试探的口气说：讲吧！我应该怎样去回答这样一道命令呢？讲吧，他说，开始，讲吧！我还什么也没听说呢。我已经明白，他指的是某个确定的问题，不过是什么呢？讲吧！别装模作样，讲吧！那就是说我必须承认点什么，对他来说，讲就等于坦白。你知道的情况很多，父亲说，你了解的情况比你对我说的要多。我想，我们两人可是订好了协定的啊！咱俩，咱俩不是要合作吗？你怎么啦？

他站起身子，背着两只手慢慢向我踱过来，要发生什么事已经可以预感到了，然而他犹豫着没有打下来——这一下打，与其说是为了惩罚，还不如说是为了摆脱困境——他一直犹豫着，真使我感到意外。我父亲当真认为，揍我一顿可以恢复和活跃我的记忆力。他心平气和地回到椅子边。你不是总在那边吗？他说，你整天都在布累肯瓦尔夫游逛，什么也躲不过你的眼睛，那你就说吧！既然他这样坚持，于是我说：昨天布累肯瓦尔夫有点心，布斯贝克博士坐在阳光下看书，约塔和我爬到马车上，就是你知道的那辆陈旧的、放在粮仓里的马车，约普斯特骑在一头山羊上大发雷霆，把一根皮鞭都抽断了。我把我记忆中能够搜寻到的一切没有用处的东西都向他报告了：独臂邮递员布罗德尔森在他们家喝茶来着，迪特吃过饭就睡觉了，我们把鸭子从池塘赶进了水沟里。父亲在听这些无关紧要的事情时多有耐心啊！然后，他突然说：你没有忘记什么吧？——是下雨吗？我问道。那个干巴瘦老头儿，他说，那个布斯贝克，他拿走了什么东西，好像是个画夹子。他从家里把这个东西拿出去了，拿到半岛上去了，你正在那儿。要是你长了眼，你就能看见他。——呵，他呀，我说，是的，是他，他走过沙丘，我说道，相当匆忙，他要去木屋，接着就消失在木屋中，也许他要隐藏点什么。——你这么看吗？他问道。他在木屋里待了好久，我说，也许他把什么藏在地板下面了。——藏在地板下面？——这是唯一可以藏东西的地方呀！父亲沉默了一会儿，然后他说：禁令，这对他没有任何意义，他一直在作画，秘密地进行着。但是我得拿到证据，这一回可让我抓住了。我要逮住他，或者是抓到他的作品，到那时，谁也帮不了他的忙。我要告诉他，禁令是为所有的人制定的，也是为他制定的。这是我的职责。你说在木屋中，在地板下面？——可能是这样，我说，这是唯一可以藏东西的地方。父亲站起来，从我身边经过走到窗户旁。我完全猜得出他在我的身后做些什么，他好像拿着一把小刀刮那皮鞋套上的干土。我不敢转过身子，我站在那里，听着身后的声响，直到另一个更大的声音从厨房传来：是母亲打开了收音机。

先是传来一群蝗虫蹭过铁皮的声音，接着是哀号声，口哨声，然后好像有人在使用电钻，然后是讲话的声音，一直听不清楚，直到母亲调准了波长；现在声音清楚了，整个屋子都听得见那平稳，甚至带了几分愉快的声音。收音机里广播说，意大利向我们宣战了。一个名叫维克多·埃曼努埃尔的王族冒牌货和一个名叫巴多格里约的窝囊废认为这样做是对的。播音员说：我们不需要发愁，也不要对曾经是我们战友的人感到失望。因为，播音员说，我们只有完全依靠自己才能向全世界显示出我们的能力，只有摆脱了照顾那靠不住的伙伴的思想，我们才能够发扬蕴藏在我们身上的道德力量。播音员就是这样说的，这声音听来令人宽慰，充满着自信，是那样有把握。

意大利，父亲说。我转过身子。他站在窗户旁，向窗外的泥煤塘望着。第一次世界大战时如此，他说，现在又是这样。意大利人就是这样，就会跳塔兰泰拉舞和抹头油，别的什么都不会。我们早该知道这一点。

他伸直身子，挺起胸膛，两手握拳，臀部绷紧，突然转身，从我身旁走过，一眼也不看我，他来到走廊，穿整齐军服，系上腰带、手枪，一个按规定武装齐备的警察出现了。这时，他冲着厨房叫着：回头见！可能因为我母亲问他什么时候回来吃饭，他又说，一会儿，全都过一会儿。他打开了门，从棚子里取出自行车，上了砖石小路，骑上车，向大坝蹬去。收音机里播送着《浴场边的人》。去吧，我心里想，去找吧！

我也不饿，我也想像父亲那样等一会儿再吃饭，因为我得去磨坊里办点事。但是，我还没有走到走廊上，母亲就叫道：吃饭了，西吉，快来呀！

你们不用害怕，别以为我们家里又要吃鱼了。今天只有扁豆、梨和土豆煮的一锅熬，里面没有肉，只有猪肉皮。母亲和我默默地相对坐着，希尔克还没有回来。母亲沉思地凝视着，嘴里咬着土豆或梨，她不用吹气，因为她从来不怕烫嘴。她毫无兴致地吃着，眼神直愣愣的，慢慢咽着。她又起一根扁豆，盯着看了半天，人们会以为这根扁豆的下场肯定不会太好，在如此怀疑地审视了半天之后，至少会给扔在盘子边或者扔到水池子里去，但是，她伸出长牙把扁豆从叉子上咬下来，嚼也不嚼，就甩舌头和上颚把它使劲压碎，然后毫无表情地把那绿色的碎末咽了下去。要是我在吃饭时给她叙说点什么，她就专横地指着我的盘子说：你的任务在这儿，别说话，吃饭！要是我吃得太快，她就警告我；要是我没有胃口，她就威胁我。

我早就吃完了，但是她却不让我走开。她要我就待在她的身旁，命令我把桌子收拾一下：把用过的碗碟放进水池子，把剩下的饭菜放在保温箱里。她还要我擦桌子，而她自己却漠然地坐在那里，有时把牙齿磨得直响。我不想让我一直生气下去，也还不想描写她的后背——一个鼓鼓囊囊的大发髻，满是老瘢的长脖子，僵硬的脊背，叫人受不了的臀部——我宁可让那个大坝管理员布尔特约翰，那只咯咯叫的老公鸡出场，我曾亲眼看到他身上佩戴着不只一个，而是同时佩戴着三个党徽：衬衫上一个，上衣上一个，大衣上一个。他总是进了门才敲门。由于他总也分不清他那九个孩子，因此也就不可避免地每一次都用另外的名字来称呼我。他叫我亨利希或者贝托尔德，或者赫尔曼，有时还叫我小阿斯姆斯，只要他经常照顾我的储蓄罐，他怎么叫我都无所谓。每次他跟我打招呼时，总给我一枚银币，还说：向你的储蓄罐致意！

这一回他管我叫约瑟夫，拿着银币向我打了个招呼，还夸奖我在厨房里干得好。他不是坐，而是滚到椅子上去的，那张椅子对他来说太小，只坐得下他的半个屁股。他抚摩了一下母亲的手，费劲地喘气，似乎要把灌入肺部的风喷出来。他向我眨着眼睛，用眨眼来夸奖我在水池、桌子和食品储藏室之间的来回奔忙。

我发现，母亲从来不问客人来访的原因，谁来了就来了。我从布尔特约翰在屋子里四处张望的神态看出，他不是来看望我母亲的。他终于问道：严斯，他在吗？母亲摇了摇头。大坝管理人把他肥胖的上身弯向桌子说：严斯得管这件事，他得进行干涉。他低声说着，他自称在悄声说话，其实在食品储藏室里也完全听得清。

他看到了一些情况，必须报告，这才到这儿来了。他要报告中午在"浅滩一瞥"看到的情况：古德隆，酒店里别无他人，我在窗户边坐了一会儿，等着。这你是能想象的。我什么也没想，只是等着兴纳克，但他不露面……这时，我站了起来，在屋里走了几步，又喊了几声，古德隆，你可以想象，总不能一个人自己去倒酒喝呵！我想，他们会以为我……怎么能让他们知道我来了呢？像这种时候，总有点不自在……你想想，他们准是那么想的：我自己会在这段时间里干些什么。在"浅滩一瞥"的柜台旁，有一架收音机，你知道吧，古德隆，我打开了收音机，一会儿收音机就热了，突然，伦敦广播电台播音了。这是他们方才收听的电台，你懂吗？伦敦电台。

大坝管理人布尔特约翰看着我母亲，大概希望从她脸上看到她赞赏的表情，至少表示她认为他来报告这一发现是正确的。但是，他一无所获。我母亲什么也没说，也不向他转过脸来，直愣愣地看着窗外的秋色。她就这样坐在桌旁，而布尔特约翰显然在考虑，如何引起这位妇女的关注。我看到这只咯咯叫的公鸡如何粗声粗气地呼吸着，又抚摩我母亲的手，摁她的右小臂，用更简短的语言更急迫地重复了一遍：在"浅滩一瞥"，古德隆，你想象一下吧，严斯会关心这件事的。他偷听敌台。兴纳克。我有证据。

母亲一动也不动。她让他讲完，然后从沉思中清醒了过来，抓住自己的发髻，摆弄着，突然转身命令我说：回你的屋子去吧，西吉，走吧，到时间了。我很不情愿地离开了食品储藏室，磨蹭着，生气地走到水池子边，想把抹布拧干，但她不让，并不耐烦地说：走吧，你完事了！于是我把那油腻的、沾满菜屑，还滴着水的抹布挂在水龙头上，无声地抗议着，表示自己的不满。我一声不响地把手伸给了母亲，伸给了大坝管理人布尔特约翰，祝他们晚上好。为了向他们表示，我可以让他们单独待在一起，便把厨房的门关上了，从外面的衣架上，拿起父亲不是忘了就是不想拿的望远镜，一步一级地上楼回到我的屋子里去。在那张折叠桌上，在我自己的大海上，没有什么特殊情况。"斯佩伯爵"号最后要沉没了，我把它与三艘英国巡洋舰集合在拉普拉塔河口；"斯佩伯爵"号确实没救了，只好自己沉下海去，这场海战的终局毫无疑问是这样的。我走到窗前，坐在窗台上，黄昏还没有降临。

我们这里秋天很长，春天很短，这没完没了的秋天啊。我从皮套中拿出了望远镜，在暮色降临之前把秋天纳入这极为清晰的圆镜片中。让他们在楼下厨房里谈去吧！格吕泽鲁普右边又矮又细的树木，奇形怪状，被风吹得十分凌乱，已经变成了褐色。草地和一直延伸到胡苏姆的树篱还是绿色的，但也已微微露出黄褐色了。阴影笼罩的水沟呈铅灰色。砖红色总是挤进我的视野之中。我们这里没有山，没有河流，没有河岸，只有平原，绿色和黄色中镶着长条的褐色。成排的杨树，结着黑色的果实，被风刮进了水沟。所有这一切——大地、树林、小花园，都染上了褐色，一条一条地，或者说，就像贮存太久的东西发了霉一般。傍晚安静地站着的牲口，它们有节奏的呼吸声，为了抵御秋夜的寒冷，有几条牲口已经披上了帆布。我移动望远镜，沿着地平线巡视。老霍尔姆森天黑前在自己的苹果园中摘苹果。他站在折叠梯子上，摇晃着，摇晃得很厉害，我只能看到他的腰部，他的上身几乎完全钻在仍然枝叶茂密的树冠之中。"浅滩一瞥"的旗杆上飘拂着一面旗帜，这是兴纳克·廷姆森私人的旗帜，白底上有两把交叉在一起的蓝钥匙。我的外祖父曾经不止一次地说过：钥匙他是有的，就是缺少他可以打开的门。泥煤塘中，像软木块似的秧鸡在活动；在营养丰富的夏天，它们吃了一个够，现在胖得连头也抬不起来了。我的磨坊。望远镜把我带到了我的隐蔽所，歪斜的圆形石板屋顶，八角形塔楼，仍然呈现出白色的窗框，上面最后一块玻璃也碎了，连碎片也被风刮走了。我认出了窗上的厚纸片，我曾和克拉斯在纸片后面躺卧过，观察穿皮大衣的人到来。他们在厨房里争吵吗？收音机，我母亲打开了收音机。我又拿起放下了一会儿的望远镜，把镜头移到了磨坊处，这时，我看见他们正从门口走出来。

我得承认，我马上想到的是，画家发现了我的隐蔽所，储藏室，骑士画，我收藏的钥匙和锁，当然还有那幅《穿红大衣的男人》。我以为，他是偶然在磨坊顶上发现这一切的，因此，和我姐姐走了上去，鉴赏和清点我的收藏物，如果必须，还要违反自己的意愿赞赏一番。我记得，我害怕，怕他从钉子上取下贴着《穿红大衣的男人》的防空帘子，但是，他腋下并没有夹着什么，手上也是空空的。他轻松地挽着姐姐的胳膊，轻轻地推着她往前走着。他们在磨坊里干什么？希尔克默默地走上通往泥煤塘的那条路，脚还微微有点跛；在十字路口他们分了手。他们分别前，脚步越放越慢，身子越靠越近，当他们停下时，两人的肩膀还挨了一下，也许是画家走过她身旁，猛地转身时无意中碰了她一下，他好像要拦住希尔克的去路，但他并没有伸出双臂，而是捏住希尔克的手，抬到齐腹处，随着自己说话的节奏抬起来放下去，抬起来又放下去，我猜想，他讲了些鼓舞人心的话，表示同意的话，总之，是些简短有力的话，比如：想着这件事，或者是我们就这么干吧，等等。希尔克低垂着脸，什么也没说，她听任画家把她的双手举起又放下，以这种顺从的态度来表达她心里要讲的话。

画家出其不意地，不管怎么说，使我惊异地突然放开了她的手，不，他把她的手向下一甩，转过身子，迈着沉重的脚步走去，不，简直像帆船一般地向布累肯瓦尔夫驶去，身子前倾，大衣鼓起。希尔克呢？她突然跳了起来，那只划破了的脚竟能做大动作，她边跳边转过身子，不断招手，我得说，毫无用处，因为画家一次也没有回过头，一次也没有回头向她招手。希尔克突然站住了，她沉思着——就像鲁格布尔警察哨长那样，脸上露出了明显的沉思的表情——突然转回身子，跛着脚——现在她又跛着脚了——回到磨坊去了，她在里面待了一会儿就又挎着篮子出来了，随即好像没事一样，以不可捉摸的高兴心情向鲁格布尔走来。她还没有忘记招手。在水闸旁，最后一次机械地向空中挥了那么一下，就跳到了砖石小路上，这时，她又突然感到自己的脚是划了一道口子的。

她发现我在窗户旁，向我做了个威胁的手势。我也向她做了个手势，发出信号说：有客人！厨房里有客人！她对这个不感兴趣，笑眯眯地走上台阶，临进屋之前，把头发向后一甩。这时，我已跳到门边，摆好偷听的姿势。希尔克大笑起来，因为布尔特约翰真的打了她屁股一下向她致意，这是我们这个地方的风俗。希尔克并没有从碗橱里拿出盘子来，这就是说，她没有胃口。她走进食品储藏室，把给鱼开膛、撒盐的任务留给了父亲。她匆匆忙忙地离开了厨房，但是还没有向大家道晚安。

我听见她向我这儿走来，便赶紧溜到桌子边，弯腰看我那"斯佩伯爵"号装甲巡洋舰的沉没，等待着她的到来。仗打赢了吗？她进门时问道，我说：船已经坏了。尽管她脚上有伤口，但走路仍不带声响，她用一只胳膊搂着我的肩膀，弯腰看着拉普拉塔河口的战事，伸出食指刮我的脖子，计算着我对她的情况知道多少，不知道多少。也可能她在想，为小心起见，得对我好一点，因为这无论如何是没有坏处的。她不问蜗牛壳的事情。她刮我的脖子，抚摩我的后脑勺，下巴颏儿放在我的肩膀上，好像沉浸在幻梦之中，不，不是那么回事，因为墙上的镜子照出了她那双斜着试探的眼睛，一下子就看出她表里不一。你猜不出我现在想干什么，她说。——想干什么？——抽烟！——抽烟？——我想抽烟，她说，我们可以马上把烟放出去，母亲肯定发现不了。

姐姐从四支装的小烟盒中抽出一支烟来——我不知道她是从哪儿搞来的——把烟盒放在海图上亚速尔群岛的北边。我摇了摇头，把香烟向她推了过去，可是希尔克举起双手拒绝，强迫我把香烟拿起来。我把烟盒拿回来，往自己嘴里塞了一支。她走到门口听了听楼下的动静后，也在自己嘴里塞了一支。

我们俩坐到我的床上抽起烟来。起先，我们慌慌张张地抽着，更多地注意点燃的烟头，而不是蓝白色的烟雾，直到我们彼此把烟雾向对方脸上喷去时，才发现了种种花样，比如海牛、卷毛羊和树冠，从我们嘴中吹出来的烟雾滚动着，飘浮着，慢慢散开，又聚在一起，变成一团，在希尔克和我之间升起了蓝白色的小鹿，流动的航标，又是羊群。还出现了一张脸孔，一张激动的、喜怒无常的由烟雾织成的脸，当时，我找不到相似的东西来比喻。

我们吹出树木、拖船。我成功地把我们呼出的烟柱吹出了一艘航行中的三桅船。我们坐在床上抽着烟，真是惬意。

我们谁也没有咳嗽。只是当我打开窗户，用一只袜子在头上挥舞当作吹风机，把烟雾往外掮时，希尔克走到厕所去呕吐起来。她不一会儿就回来了，坐下来，用手臂擦着嘴唇，小心翼翼地拉出一丝口水，直到它断了。我把烟头扔到了窗外，关上了窗，当我听到姐姐在那里笑时，我感到很惊讶。

你为什么笑？我问道。呵，西吉，她说，如果他们发现了，他们会对我们怎样呢？——掐死吗？我问道。——揍死，她说。她还说，今天你可是什么也不知道，听见吗，你什么也没看见！她在我床上伸展四肢躺下来，翻过身子趴着，放松全身的肉。我先让她平稳地呼吸了几下，让她在我的床上舒展舒展，当她快睡着时，我问道：在磨坊里是怎么回事？你们在磨坊里干什么啦？她好像听不明白我的问题，我要把问题提得更尖锐一点，我想说，要使她紧张一下；她的身子在抖动，心里在打鼓，她一跃而起，弯着身子，向我扑来，她脸上同时露出了恐惧与愤怒。你千万可别泄漏了！她说，你用望远镜观察我！什么也没有干！她的声音太大了一点：在磨坊里什么也没干，你懂我的话吗？我们在那里碰见了，像平常碰见那样。——在那上面吗？我问道，当她莫名其妙地看着我时，我满意了，并安慰她说：我什么也没看见。

姐姐如释重负地倒在床上，把脸埋进枕头里，可笑地想要抱住整个床垫。我想象她已经死了，开始更加仔细地观察着她：沉重、光滑的原色木项链，锁骨旁触目的凹陷处，胳膊肘上极为粗糙，满是皱褶的皮肤。她的手无可指摘，很正常，但是耳朵根却有很多皱纹，脊椎骨也嫌太长。

我摸了一下她被胸罩勒进背上肉里的地方，没有继续碰她，尽管我很想把她的脊椎骨挨个儿数一数，敲一敲听听它们的声响。这时，我想起了阿迪，那个有耐心的手风琴手。

我小心翼翼地把姐姐推到一边，她很不情愿地顺从了我，把自己暖和的身体从床的中间挪开，把位置让给了我，我觉得她动作太慢，她睡意太浓了，可这是我的床呀。如果你不给我腾地方，那你就走吧，我说着在她身边躺下，却不料感到一阵阵的晕眩。飞行的海牛、航标、羊群开始在我的周围转动，一直重复着同样的数目。我紧挨着希尔克，动手打卷毛羊群，这时，我听见有人在叫我的名字。很轻，在很远的地方，有人在叫我，又叫了一声：西吉下来，西吉！希尔克爬了起来，神态呆滞，低头坐在那儿，盖住脸的长发，使她看起来像一个拖把。

父亲在叫你，她说，他回来了。就在这时，我听见父亲在下面叫道：马上下来，西吉！我感到毫无办法，他现在相当生气，如果我犹豫，不服从他的命令，就会更加激怒他。于是我从床上爬起来，让希尔克帮助我重新站稳，把我送出房门，甚至一直送到楼梯口。父亲又叫了：要我接你吗，西吉？我觉得，他的声音听来很急迫，但还没有发怒。我回答说：下来了！我一脚轻一脚重地下了楼梯，径直向他走去。他站在那里等我，嘴角微微露出些不愉快的表情，向我伸出一只手，把我从最后一级上拽了下去，用他那为人们相当熟悉的动作把我拽了下去，随即走过走廊，进了他那间巴掌大的办公室——又要谈正经事了。我仍然感到晕眩，但是还受得了，我的周围不再有什么东西在转动，我觉得，如果这时有人要求我，我可以踩着一条地板缝笔直地走。难道他要我做这类事吗？

父亲把我拽到写字桌旁，使我惊讶的是，他赞许地看了我半天，又称赞地拍拍我的肩膀，我开始警觉起来。他还说：干得好，西吉！监视得好！这时我不安起来，竭力想摆脱突然产生的怀疑使我感到的恐惧。我没法若无其事地站在他的面前，于是，我把身子扭到一边，向前倾着，想透过他又在腰上的胳膊间的三角形来观察写字台上的一切。你干得真好，西吉，我父亲说。我立即就感到害怕了：什么？什么干得好？父亲向窗前跨了一步，让我看清写字台上的一切，甚至指着桌子上的那堆东西说：你没看见吗？我当然看见了，他根本就不用告诉我那绿褐色、油光闪亮的油纸里包着些什么东西。我觉得什么话都不用说了。在小屋里，他说，半岛上，就是你说的地方，在地板下面。

我走到写字台前，摸了摸油纸，冰凉而又光滑。我两手拿着夹子，有趣地掂量了几下。我用凿子撬开了地板，凿子就放在旁边，父亲说。我问道：那儿没人吗？——没见有人。——布斯贝克博士也不在？——布斯贝克也不在。——是新藏进去的东西吗？——什么叫新藏进去的？他说，窝里面有鸟，这是主要的。他从我手上把画夹拿了过去，放在写字台上，用食指指着命令我打开。我犹豫着，又想打开，又不愿意。动手吧，他说，你帮了大忙，因此，你可以亲自把纸包打开。他递过来一把已经打开的牛角把的刀，放在涂蜡绳子上。我根本没想为给自己保存一根完好的绳子而去把它解开，我用刀子猛地一割，绳子咔的一声断了。现在把纸打开吧，他说，漂亮的油纸。

我不厌其烦地打开油纸，拿出画夹，念着夹子上用工整的字体写着的字：看不见的图画。打开吧，父亲说，我们得看看他都画了些什么。他点燃烟斗，一只脚踩在椅子上，胳膊肘撑在膝盖上。警察哨长摆出一副小憩的姿态来欣赏这些画。我想起了布斯贝克博士，想起了我们在小屋相遇，想起了那些我认为他对看不见的图画所作的不充分的解释：关键的东西，他说，是看不见的。但是，什么是关键的东西啊？动手啊，父亲说，打开吧。

现在我该怎样描写这些看不见的图画呢？马克斯·路德维希·南森曾经说过，这些画包含着他想表达的关于这个时代的一切，因为它们坦率地说出了他毕生所经历体验的一切。这一切最后把什么刻在他的心上，他又如何在不能作画、忧愁烦闷和偶然露出光明的时刻表现这一切的？应该怎样去描写和观察他的看不见的图画呢？就是看得见的图画，只有良好的愿望是不够的。他的眼睛审视过应该审视的一切，他的手略掉了一切多余的笔墨。我想，我总得通过这些看不见的图画表达点什么的。

父亲抖着腿：打开！他粗暴地命令我，用舌头弹了一声响：打开呀！我按照他规定的节奏，一张一张地翻开，又按照他简短的挥手动作，一张一张地放在一边。我说不清为什么他看每张画的时间长短不一。画纸上只看得出必要的几笔，我觉得上面只有全部作品的七分之一，余下的，必须这样说，余下的大部分是看不见的。难道画家有什么新发明？难道这些记号、暗示，和像布斯贝克博士说的箭头等等，能使他把隐去的部分重新跃然纸上吗？难道他的另一双眼睛能帮助他填满这些空间吗？难道他认为他所省去的一切也不安全吗？我只看到我所看到的，过去和现在都不想看到任何别的。

当时我看到一个水车轮子，看到它在车水，嘎嘎地转动着，一股黑色的水流没有界限，上面没有天空，人们只能去胡乱猜想那些看不见的东西。另一张纸上只画着一个老年人的一对眼睛，没有沉思时的愉快，也不准备回答问题。这双眼睛使人联想到他对面站着一个大光其火的人，和他意见不一。对面这个看不见的人在期待着什么，什么都可能，唯独不会迁就。再看这画了一半的向日葵：软绵绵地垂挂着的泥土色的瓜子盘，弯曲的茎秆上没有一片叶子，被风吹得零落的但还不断闪烁发光的一圈黄花。要是画家不把那六分之五的画纸空出来，人们会轻率地把它与《秋》或《暮色》联系起来。再说这棵树，不，不是树，只是一个树干，嫁接处的树皮张开了，一束引人注目的光芒落在这个地方，这使我想起种种不同的褐色，毫无疑问，关于被隐去的东西可以讲出一段故事来。

父亲并没有不耐烦，也不催我快翻。他不说话，也不让我通过他的手势或脸上的表情去猜测这些看不见的图画在他心中引起的感想。下一张画的是一把北德雕花椅子的靠背，上面卐字比星星多，还有粗糙的玫瑰花，许多断了的半环，到处都是花纹，隐去的好像是一个北德人的屁股坐在上面。再看这件挂在钉子上的衣服，显然是一件撕破了的制服上衣，满是窟窿、肮脏的斑点和撕裂的口子，或者反过来，窟窿和撕裂的口子在盯着看画的人。这件上衣身不由己地成为一个见证人，是某个人的一件纪念品：这个窟窿是逃跑时留下的弹痕，这个撕裂的口子是钻过一个普通铁丝网时留下的。隐去的部分还有什么更多的意义吗？还有这条飞腾的鱼，透明，像一根鞭鞘一样漂亮地弯曲着；还有这三角点，一个三角形的木架，平面在这里找不到自己的位置；还有这扔向天空的旧式铁锚，铁链生锈了，被风吹动着，摇摆着垂向地面；还有那向下坠落的燕子，就像两支在燃烧的箭，在寻找自己的目的地，最后也找到了自己的目的地；还有被一阵风暴吹动的、纷飞的干草堆，被吹向可以想象得出的场院；还有那雪中的足迹，黑色的，不知从何处而来，因为每只脚印都停在了原地；还有用一根绳子捆住的碎水罐，向后仰的妇女的头，嘴张开着准备呼叫，但是没有人听到她的呼声；还有一艘破裂的单桅船的索具的弯曲的影子，可以想象这艘船搁浅了；还有那绕成圈的绳子，可以捆许多东西。我也不能忘记那蓝色的栅栏木条，只有五根或三根，钉在一条肮脏的横杆上，前后什么都没有，也没有人，只有一点橄榄绿的背景，在这背景上还有一点小小的、红色的火花。

我正拿起这张蓝色栅栏木条画——如同其他的画一样，它只表达了一点点意思——的时候，父亲突然抓住了我的手腕，把我拉到他身旁说：你为什么这样发抖？像你这样的年纪是没有理由发抖的！——我不知道，我说，我不觉得我在发抖。——只要不是因为这些画就行，父亲说。他把脚从椅子上抽了回来，把身子转向窗户。他说：居然把这些东西叫作画，还有人把这些画挂起来，整天看着它。看不见的图画，别让我笑话啦！

他盯着写字桌上的画夹，猜疑、指责，不是怀着胜利，而是怀着越来越失望的情绪，他脸上出现了疑惑不解的神情，好像有某种猜疑，他带着这种神情在办公室踱来踱去，长久地凝视着墙上的照片，似乎要征询他们的意见并证实自己的想法，随后他轻蔑地笑着，招手叫我过去，用他那无所不知的食指指着我，并且说：我们可别上这个当，我们别上当，西吉！我对他的话表示十分惊异，牢牢地盯着他的食指。父亲说：他想用这些玩意儿让我们上当！他的画我见过。这些东西不过是企图转移我们注意力的诱饵，没错。这是诡计，如此而已！

他使劲地把画夹扔到油纸中，打开写字台抽屉，把这些画扔了进去。我父亲说，要是他现在认为我已经满意了，那他就搞错了。他既然给我找了这么多的麻烦，那么，现在我要加紧监视他了。他应该知道，跟一个格吕泽鲁普人打交道时，应该干什么，不应该干什么。这些玩意儿连让我转送到胡苏姆去的资格都不够；他们见了只会摇脑袋。——要我把它送回去吗？我问道。这不占什么地方，他说，就把它放在写字台里。但是，你为什么要发抖？你可是一直抖个不停。不舒服吗？

聚光镜下

在我这种情况下，仅仅为了回忆，在我写惩罚性作文时应达到顶峰的回忆，要四十支香烟，总不能拒绝吧。这时，沃尔夫冈·马肯罗特来了，他踮着脚尖走进我的牢房，一副病态，至少给人的印象是虚弱，还没有完全退烧，当我拍掉他在公共厕所墙上蹭上的石灰时，他微微有些摇晃。我们这里的墙大都容易掉灰。我们默默地握手。他对我的作文的篇幅做出了一个赞赏的手势，然后把那可以说是精巧的心理学家的脑袋转向窗户，眼望窗外。冬天又一次来到易北河，他显然对这番景色有话想说，却又咽了下去，只是向我转达了希姆佩尔所长对我的问候。马肯罗特差不多同所长交上了朋友。希姆佩尔收到了我给他的信，当时他，沃尔夫冈·马肯罗特也在场，所长打开信，浏览了一遍，坐下，又读了一遍，然后说，必要的强制，必要的教育强制。他既没有暴跳如雷，也没有用唱歌使怒火冷却下来，而是在屋子里——这都是根据马肯罗特所述——沉思着转了几圈，圈子越转越小，慢慢地一个好主意想成了，他回到写字台旁说：通过强制也已经收到了良好的效果。他没谈我的信的内容。我已经知道，他同意了我继续写作文的要求，即使写到三圣王降临的那一天也可以。

我只能请沃尔夫冈·马肯罗特坐在我的床沿上，但是他不愿坐下来，因为他不想待在这儿，他想回家，想回到大陆上去，回到阿尔托纳他那个家具齐全的房间里去，如他所说，那里已经准备好了八瓶啤酒，能使他睡上十五个小时的好觉。他觉得自己已经工作过度，精疲力竭，他用手轻轻敲敲自己的后背说，身子已经挖空了。

我问他是否还帮助他的女房东、北德平衡木冠军进行家庭训练，纠正她的姿势？是的，他还在这样做，但是他现在不想谈这个。他是否还在应她的丈夫、一个起重机手的请求，每星期五帮他藏起二十个马克，以备星期日早晨把它花掉？是的，他还在这样做，但是更多的情况，他现在不想说。于是问题来了，他既然已经如此精疲力竭，什么也不想说，那他到底是干什么来了？沃尔夫冈·马肯罗特以自己特有的敏感，对这个没有讲出来但必定会产生的问题，用自己的方式作出了回答：他踌躇着，把手伸进上衣的里兜，拿出一份折好的稿纸，把稿纸放在我的枕头上，压上两包香烟，然后，冲着香烟和稿纸做了一个邀请的动作，那意思是说：请随意使用。总之，他不想花力气把他带来的这些玩意儿塞进那灰色的，硬邦邦的，晚上盖在身上就使人发痒的毯子里去。这种粗心大意表明，他的确"身体已经挖空了"。他不再说什么，疲惫不堪地朝我笑着，敲了一下我的胳膊，这是他的告别。马肯罗特可以这样。他并非一贯如此。

即使您已经知道，我也必须提一提，放在我枕头上的稿子，就是他的学士论文的一部分：艺术与犯罪——西吉·耶案件的剖析。这一章没有标数字，标题颇有启发性，开门见山：《B·少年时期与周围环境的影响》。这就是说，他又在期待我的鉴定，想知道我对自己是否满意。他把一个名叫西吉·耶的小伙子放在他的科学聚光镜下面。现在，我也得用用这个聚光镜，直到我们中的一个在聚集的光线照射之下化为浓烟。现在我应该怎么办？如何去办？他期待我提出修改建议吗？让我表示同意或拒绝？我拿起稿子，点燃了一支香烟。

我通过读它来了解我自己：

……他是农村警察奥勒·耶普森的第三个，也是最小的一个孩子。他的故乡是鲁格布尔，德国最北部格吕泽鲁普旁边一个小地方，离丹麦边境不远。西吉——他确切的名字应该是西格弗里特·凯·约翰内斯——的母亲，娘家是自我意识很强的农民，几百年来就耕种自己的土地，父亲的祖辈主要是——主要是！——小商人、手工业者和低级职员。家里的一切都井井有条，他就在这个生活无窘困的环境中成长，一切发育阶段都很正常！他和父亲比较接近，对母亲则怀着羞怯的爱。由于哥哥和姐姐——克拉斯和希尔克——比他要大得多，他们不能成为共同玩耍的伙伴，这使这个男孩开辟了自己的丰富多彩、生动活泼的游戏天地。据他母亲介绍，当时他主要同两个孩子一起玩耍，一个名叫卡埃斯，另一个名叫普希。他们在一起既有过欢乐，也有过恐惧。

这么说，沃尔夫冈·马肯罗特到鲁格布尔去过，和那里的人谈过话。

尽管他和小伙伴们尽情玩耍，但孩童时代的他与外界的关系却没有受到什么干扰，据各方面反映判断，他这一段很长的独立活动时期对他并没有明显的影响。据他的父母和几个与作者交谈过的邻居认为，本文剖析对象在上小学以前给人的印象是：这是一个谦虚、安静、不引人注意的孩子，受到大家的喜爱。有几个证明人特别记得他"病态般地"爱干净，以及他探索问题的顽强精神，据说，他曾用一些问题把大人们弄得窘迫不堪。此外，人们还强调说，他很小时就富有正义感，这表现在分配食品和其他方面。这样看来，一位年长的邻居所作出的与此相反的判断显然是错误的，他说他从小就有恶作剧和盲目占有的迹象，而且喜欢无限制地夸张。根据一般人的证明，西吉·耶从上学的第一天起，就是班里最优秀的学生，值得提出的是，在很长一段时间里，对他来说，学校与快乐是联结在一起的。这个孩子常常在上课开始前一小时就坐在教室里了。他的父母证实说，早上，他从来就不要别人去叫醒他。暑假对他来说，总嫌太长。他的老师称他为"老孩子"，那是因为西吉·耶不仅不和同班同学一起胡闹，而且常常去说服他的同龄人，用富于想象的方法制止他们那样做。在学校多次的鉴定中，他不仅获得了夸奖，而且还受到了表彰。他当年的同学称赞他有团体精神，这表现在他只是为了把作业交给自己的伙伴去照抄，才总是第一个做完学校的作业。

由于班级老师的介绍，这个孩子经常在汉堡广播电台的儿童节目中出场，电台女编辑认为，西吉在《孩子们眼里的世界》和《儿童的回答》这些广播节目中给人留下了异常深刻的印象。作为儿童问答节目的参加者，西吉·耶获得过多次奖励。除宗教课以外，他在各门功课中都显示出均衡的发展前途。他的班级老师特别指出他在绘画与语文方面有特殊才能，并且指出，他曾有几篇文章在学校的假日期间公开朗读过，他的特长是描述美术作品。对画家保罗·弗莱茵胡斯所画的一艘遇难船只的描述，使这个孩子获得很大成功，他的那篇作文被送到了基尔州政府的有关部门。西吉·耶以后在格吕泽鲁普的文科中学不再是班里的最优生，那是由于他在校外发挥了自己的特长和积极性。关于这一点，下文还要详细叙述。与此有关、必须强调的是他的判断能力，他的固执，以及他那种据说是敢想敢为的艺术感。

综上所述，证明以下假设是正确的，即西吉·耶早年脱离社会常规的原因，唯有从他的才能中去寻找。一个集体既然不断受到这个局外人的挑战、威胁或干扰，它就怀着全部兴趣注意他，猜疑他，最后甚至怀着仇视的心理对他进行迫害。

对于这一点，本文分析对象在自己被树为同学们的模范与榜样时，便有深切的感受：这种事情越是经常发生，西吉·耶就越是感到孤立。在做作业时，别人企望得到他的帮助，但课后，同学们仍然明显地蔑视他。他家里的人回忆说，他有时逃离自己的同学躲藏起来，直到天黑才回家。这个孩子在学校与别人格格不入，正符合他在家庭生活中的特殊地位：由于他的哥哥姐姐都是成年人，加之父母承担的责任又越来越大，不仅对他没有什么特殊照顾，并常常把他当成年人一样看待。他成为谈判、争吵和警察采取措施以及某些案件的目击者。他参加了一些活动，就他的认识能力而言，是不无成果的。西吉·耶的独立性表现在，他父亲建议他给予协助，他不接受，或者，如果他认为自己是正确的话，就暗中加以破坏。如果他认为自己该挨打，他不仅不给打他的人制造困难，而且自愿受罚，使惩罚者减少麻烦。

这孩子过早形成的独立性，不仅由于父亲因当时在打仗而没有时间对他进行教育，毫无疑问，他本身就具备那种独行其是者的意志。经多方证实，西吉和哥哥姐姐关系亲密，他信任他们，愿意无条件地为他们效劳。也许正是由于他同成年的哥哥姐姐之间的这种关系，促使这个孩子把其他的成年人也视作与自己地位相当，并且愿意和他们交往的对象。

可是这些并没有说明画家马克斯·路德维希·南森与西吉之间的关系，他的父母讲不出所以然来，事后也莫名其妙。根据详尽的调查得知，他们的友谊形成于南森创作他那幅名作《小马与暴风雨》的时期。开始时，西吉只是给画家帮些小忙，其他的时间则只限于沉默地坐在那里，观察着这幅画的诞生。邻居们惊讶地指出，迄今为止，画家总是拒绝有人在场时进行创作，总是以出言不逊的粗暴态度来对待那些参观者，而他不仅容忍西吉经常待在自己身边，后来，如果他不在，还要四处去寻找他。人们常常看见他们俩手拉着手。本文剖析对象的父亲更少有理由来反对这种关系，因为他和南森一样，都是格吕泽鲁普人，从少年时代起，彼此就保持着一般的友好关系。西吉·耶和他的哥哥克拉斯以及他的姐姐希尔克先后都是画家的模特儿。西吉·耶只当过两次：小怪物和稻草鬼的儿子，这两张画上的鬼怪都很和善，甚至给人一种乐于交往的印象。必须肯定的是，南森为他创作了一组童话，其中每一种色彩都叙述自己诞生的历史；此外，有一篇尚未完成的题为《学会观察》的文章，也是画家要赠给西吉·耶的。有时，南森给他带来一些画纸和颜料，画家在解释了自己的构思之后，请他和自己一起竞赛。邻居有时看见他们在一起进行创作。

为了逃避班里的同学，这个孩子经常躲藏在画家的画室里。有一次，他在那里待了整整一夜。他肆意涂改了《来自哈城的尼娜·奥》这幅画，因为他忍受不了那紫色的连衣裙，而把它改成了绿色。于是，有一度不允许他再进入画室。

不是改成绿色，沃尔夫冈·马肯罗特，而是改成了黄色；至少在色彩问题上我们要准确，就我来说，其余的一切，您尽可以大胆地为您的学术论文去进行选择。

西吉异乎寻常的收集癖原因何在，对此无肯定的说明；这也许是他无意识地同画家展开竞赛的一种表现。在一处隐藏所，他收集和展出了骑士画的复制品，他同样热衷于——当然是非常懂行地——收集钥匙和锁。当大家知道这件事以后，有些人曾认为找到了钥匙莫名其妙地丢失的原因；格吕泽鲁普的故乡博物馆也同样认为找到了那个偷锁和钥匙的小偷的踪迹。认为西吉·耶进行过几次这类偷窃活动是有道理的。

　　在战争最后的几年里，画家马·路·南森收到了禁止绘画的命令。农村警察耶普森不仅是这项禁令的递送人，而且是监督执行人。在这种情况下，本文分析对象被迫陷于矛盾之中。父亲让他充当通风报信的人，画家有时把抢救画作的任务托付给他，这个孩子以此证明他本能地理解了在那个时代必然要采取的态度。

这种话可以换一种方式来表达。

　　此外，西吉的家庭发生了分裂，使他感到非常痛苦：他的哥哥克拉斯把自己弄残废之后，从军医院中逃了出来，但是，又被母亲赶了出去，在重伤的情况下，被父亲交给了当局。由此而产生的不可避免的后果是西吉·耶疏远了他的父母。也许在这样的时候，西吉·耶认为，他缺少父母的爱。

现在唱起家庭环境温柔的歌儿来了。

他孑然一身，没有爱，在那个没有稳定价值的时代里。

瞧他说的！

要成长起来，他必须积累经验，而没有一个孩子能不经过受害就获得这些经验的。当时正在打仗，即使西吉·耶没有受到战争的直接影响，较之其他同龄人，却也更强烈地感到了它的后果，包括消费品供应暂时短缺直至死亡的经验。使这位敏感而细心的观察家考虑最多和——我们可以在这里预先指出这一点——最感痛苦的，莫过于父亲和画家马克斯·路德维希·南森之间的关系起了变化。

就到这儿，谢天谢地，就读到这儿吧，四十支香烟的代价早就不够了。沃尔夫冈·马肯罗特关于我的描写也是对的，对此，我不想再多说什么，再多讲，也不是我的事。这也是对的：他可以由我为起点在已开辟的路上继续走下去，这对谁都没有坏处，也不会有谁感到受了伤害，只是如果有人问起这里提到的地点和人物，想去找到他们，打算同他们打打交道，那我就得劝告他，再多了解些情况。听听其他的声音，读读其他的描写。比如关于云的形成，成列的仙鹤，关于我们的记忆和我们的仇恨，我们这里的婚礼和冬天。让他把我放在聚光镜下；让他到鲁格布尔去，进行任何可能的调查；让他把所了解到的细节收集起来，编上号码，用他的科学之针串在一起；让他将我的过去熬成浓汤，再让它凝固起来，用这道菜来通过一切考试，但是，他帮不了我的忙。

我知道他想赢得什么，但是，他帮不了我的忙，我不会认可的，他说起来当然容易，一下子就把故事讲完了。我只是注意到，事情并没有结束，也没有停止，我想把这一切再叙述一遍，用另外的方式加以叙述，为了接受惩罚，但是，由于希姆佩尔已经不高兴了，所以我得继续写下去，哪怕是年复一年地写下去，还有许多东西在等着我写呢。只要用光束回头照一下，就可以看到，都有哪些东西在等着我去写，比如：和平到来的时刻在等待着我，但是，在和平时期开始之前，还得过一个冬天，一个北德的冬天，屋顶上覆盖着一层薄薄的已经开始融化的白雪，满溢的沟渠，潮湿的风，松动了砖块，使糊墙纸和墙壁分离，鼓了起来。还有这样一个冬天。

雪和雨不断地下着，没有铺上石子的路开始松软了，被水淹没，水闸闸门开不了了，逐渐上涨的黑水的反抗力量太大了。沟渠中突然出现一股流水，枯死的岸边小草像扇面似的在水中浮动着。牧场上没有一头牲畜，水珠在电线上滚动并滴落下来。如果雪里有过脚印痕迹，那也几乎保持不了一个半天。弯曲的树木呈黑色，海滩荒凉，北海阴沉。只要可以不出门，谁也不会迈出大门一步。门道里摆着潮湿的补过的雨鞋，谁想出门，首先得跳着穿过由檐槽中流下的水珠门帘。深红和灰白色的灰皮从房子的墙上剥落，窗玻璃整天都蒙着一层水汽。这是迪特患病的那个冬天。

人们到处在议论她的病情，或者暗示，或者用手捂着嘴。我所听到的一切是，画家的妻子患口渴病，嘴里像火烧一般——我不明白的是，这究竟是疾病的一种反映呢，还是它本身就是一种病？在那个冬天，她大口大口地喝紫丁香汁和茶。她喝水，喝麦芽咖啡，牛奶和鱼汤。每一个罐子，每一个容器，只要里面有水，她就贪婪地放在嘴边，要是有人制止她，她就叹着气说：我要烧死了，我要烧死了！只要是液体的东西，她都要喝下去。她穿着长长的粗布连衣裙，仰着头，在布累肯瓦尔夫搜寻一切可以喝的东西，即使是装雨水的桶她也不肯放过。这无节制的、盲目的干渴，似乎早已表现在她的脸上了：我觉得，她那披着灰色头发的美丽瘦削的脸浮肿，并在发烧。

格里普医生被请来了，他拖着那只满是裂纹、有一把老式锁的皮包来到了布累肯瓦尔夫，他先是独自一人和迪特交谈，后来又允许画家在场。约塔和我走过变得软绵绵的草场来到格吕泽鲁普的药店，根据医生开的药方取回了药水和药片。她喝下药水后，却又引起了一阵新的干渴，她闭着眼睛说：还要喝！把送下药片的那半杯水喝光后，随即又从装洗脸水的水罐中灌了满满一杯，一饮而尽。画家言语不多，总是让她喝，一直看着她。他的眼珠似乎变小了，圆圆的，十分犀利。这段时间，他总是待在迪特的身边；要是他必须走开，他就给特奥·布斯贝克一个眼色，让他来注意照看迪特。约普斯特修好了一个破旧的留声机，但现在不让使用；长得丰满了一些的约塔——她每逢冬天都如此——也被禁止在病房旁边练习舞步。

据我所知，格里普医生最为担忧的是，这无休无止的干渴晚上也不停止。有好几次，洗脸架上的水罐里的水喝光了，迪特就下床，摸到厨房或食品储藏室去喝水。医生给她打了几针，但这也只是引起了一阵阵新的干渴。当她的体温越来越高时，格里普医生让她卧床休息。病人坐在床上，却并不放松，她痉挛地靠着枕头，灰色的眼睛盯着门口，好像在谛听着并非出现在这个房间，而是在远方，在过去或未来的声音。

有时，如果有客人来探望她，捏住她那瘦削的手，向她点头，我就觉得自己听到了一种沙沙的声响，这声音比雨声轻细，比雪片柔和，好像是有股光线在窗户旁沙沙走过。

特奥·布斯贝克始终坐在床头，穿得整整齐齐，忠心耿耿地坐在那里，如有需要，他就拍一拍枕头；只要病人需要，他就把冰凉的果汁取来；当病人喃喃地要求什么的时候，似乎只有他才是唯一能够明白她的喃喃细语的人。就是画家也不及特奥·布斯贝克理解得那样快。要是人们久久注视他，就会发现，他给人一种心不在焉、漠不关心的印象，也许正是这种心不在焉使他能注意到迪特的情绪和要求。有一次我看到，画家把一只手放在特奥·布斯贝克的肩上轻轻地拍着，不是为了感激他，而多半是为了安慰他，我觉得，布斯贝克比画家更需要安慰。

一天傍晚，迄今一直慷慨地诊断出迪特患几种疾病以供选择的格里普医生明确指出，迪特患有肺炎，自然他也不想否认，除此以外，她同时还患着另一种病，但是，她那枯瘦的躯体正承受着肺炎的痛苦，这一点，他是可以保证的。他甚至可以讲出迪特患肺炎的历史。他说迪特一定是晚上赤脚走在屋里的石板地上找水喝的时候得病的。因此他对病人按肺炎进行治疗，不准她起床。迪特一直遵守着他的规定，直到那一次她从床上下来，从五斗橱里拿出了一件自己缝制的尸衣，一根绣花腰带和一个无饰的银手镯，它是画家为他们的订婚礼自己制作的。她把这些东西整齐而醒目地放在一张凳子上，并坚持要把凳子放在自己的身旁。传说有一天夜里，画家来到了病房，久久地观察着自己的妻子，他走出病房一会儿，又带着画具——速写本和炭笔走了进来。这件事我并不清楚，但我认为是可能的。那年冬天，他曾经给迪特画过两张肖像，那是肯定的，但究竟他是凭记忆还是在病人床边画出的，那我就说不好了。总之，这两张画像后来收集在献给特奥·布斯贝克的题名为《二》的画集里出版了。她躺在那里，僵硬而又严厉，半边脸上都是阴影，嘴张开着在要什么，似乎在要水喝——这是她唯一还能够思索和要求的东西。她那平平的身子在被子下面看不出轮廓，两只胳膊僵直地搁在两旁。

迪特孤独地去世了。格里普医生既然诊断出了肺炎，他也就知道如何去开那张死亡证明书。外面在下雪，雪花落地便立即融化了。迪特死前的挣扎想必是短促的，至少是无声无息的。特奥·布斯贝克在床头的椅子上竟然什么也没有注意到。他们替画家的妻子洗了身子，穿上尸衣，系上绣花腰带，戴上手镯。然后，客人们来到了。所有来到这里的客人都不得不承认，他们不能单独和死者待在一起。在后面，在一面悬挂着的镜子下面坐着画家，而布斯贝克则仍然坐在床头的椅子上。

客人们走了进来，表达了他们能够表达的一切。希尔德·伊森布特尔穿着一双有洞的套鞋走了进来，解开了她的湿头巾，拭着鼻涕，大叫——肯定不是事先就想好的——一声，便冲出门外，结束了自己的访问。霍尔姆森瓦尔夫的老霍尔姆森还在门口时就迅速做出了一个祈祷的姿势，他并不是把两只手合在一起，而是拿着他那顶湿礼帽的帽檐在胸前按顺时针方向转动了几圈。祈祷完毕以后，他就走到死者跟前，拿起她的手，又小心翼翼地放了回去，摇着头走到画家跟前，只是跟他交换了一下目光，没有握手。与他相反，普勒尼斯老师先走到画家面前，和他握了手，然后转了一个大弯，带着出色的空间感走到床角，在那里，这个在战争中曾两次被炮火掩埋，自己就接近过死亡的人，走到迪特面前，用他那直挺挺的身子向迪特微微鞠了一躬。飞禽站的柯尔施密特只是看着那个角落，向画家点着头，对死者看了一眼，就准备让霍尔姆森瓦尔夫的霍尔姆森夫人走上前来。她还没有走到床前就跪了下来——显然跪得太早了——跪着走到床前，抓起死者的胳膊，下意识地哭泣痉挛起来，痉挛时间的长短，全看她自己的意思了。

尽管如此，她的哭喊声却使人信服，对她高声抽泣没有什么好说的。当她离去时，也和她男人一样摇着头。安德森船长——是大坝管理人布尔特约翰用马车拉来的——还在院子里时，人们就能听见他的声音。他在那儿埋怨着，为什么迪特选了这样一个糟糕的天气死去。他说：这丫头不能等到春天吗？由于他这把年纪，绝对不能摔倒，要是摔倒了，没有别人的帮助他就爬不起来，于是，布尔特约翰就挽着他走进了屋子，并徒劳地让这位下巴上长着一圈银色胡须、两鬓垂着丝丝银发、十分上照的美男子与这里哀伤的气氛协调起来。他这样的年龄也不想哀伤。他口里流着涎水，走一步就在地面上留下一个小小的水坑。他走进了这个肃静的房间，眯缝着眼到处张望着，问道：我们的姑娘在哪儿？发现了死者之后，他费劲地走到她跟前，颤抖的手摸着她的脸，说：就不能等到春天了吗？他看到画家以后，便走到他跟前说：你呀，让她死去吧，我的孩子。这里，我还想提一提我的外祖父佩尔·阿尔纳·舍塞尔，那个农民和乡土学家，他那干瘪而抑郁寡欢的脸，像是架在一根棍子上被小心翼翼地举了进来，他站在屋子的中间，抬起头，闭上双眼。他脸部表情激动，又吝啬地渗入一点点哀伤，两只手慢慢靠拢，在齐生殖器的位置上合在了一起。他仅仅用嘴角就能做出一副心绪不佳的表情，而且数他做得最妙。临走之前，他张开双臂夸张地做出了一个无能为力的姿势，然后把胳膊啪的一声放下来。古德隆·舍塞尔在哪儿？鲁格布尔警察哨长在哪儿？关于鲁格布尔的人谈不出什么，因为他们都没有出现在布累肯瓦尔夫。

他们先是想来，后来又不来了。他们同奥柯·布罗德尔森讲好要来的，正要动身，从胡苏姆来人了。他们一边吃早饭一边反复商量，到了该走的时候，父亲挥了一下手表示不去了。他们认为邻居们对他们到那里去肯定会有想法的，尽管正如别人告诉他们的那样，邻居们不会有什么想法，但经过反复权衡，多方考虑和已经决定的布累肯瓦尔夫之行最后还是取消了。他们再也看不到迪特死后的脸了，那张此时又肿胀起来的脸，或许由于无法治愈的干渴已经解除，那张脸上除了严厉之外，还露出一丝微笑。如果不是佩尔·阿尔纳·舍塞尔在一次拖得很长的晚餐时做了相应的说服工作，天知道他们，也就是说，我们鲁格布尔这一家去不去参加葬礼呢！我的外祖父每次去布累肯瓦尔夫都要安排到我们这里吃晚饭，也可以说是到这儿来洗尘。

晚餐桌上有酸菜、熏猪脖和两大碗土豆。乡土学家还特别为自己要了一盘猪油汁浇在酸菜上。我们看着他吃饭时怎样吸、嚼、咽、盛，他则告诉我们为什么必须出席葬礼：在棺材前，一切都了结了……我们谁都得死……谁要离开这个世界，就不能……因为……谁也不能越过坟墓……和解总是有好处的。他说：应该有足够的经验呀！最后的告别总不能……活着的人的责任就在于……谁要是不履行这最后的义务，人们肯定会对他……即使他是个警察哨长，如此等等。

他吃着，胃口极好。他话很长，在这样的场合下他也说了一句令人难以忘怀的话：不能让所有的亲属为其中的个别人承担责任。在他临走前，我们参加迪特的葬礼这件事已经决定下来了。

葬礼在星期六十二点举行。这是允许我参加的第一次葬礼。我都等不及了，头天夜里就梦见了迪特，梦见我们俩高高兴兴地费了好大的劲儿堆起了一座小山，一座由点心堆成的陡峭的小山。我们背着装满砂糖的口袋，把砂糖撒在山坡上，然后，我们拉着雪橇上山，又一溜烟地滑下去。我们翻倒时，我往地上舔着，地面是甜的。迪特搂着我，驾着雪橇平稳地穿过蒙着一层晶莹薄冰的两行杨树林。风扬起了我们的围巾。

举行葬礼的那天早上，我第一个收拾完毕，焦急地等着我的父亲，他好像对自己的服装不高兴：他先穿上了执勤制服，然后又不乐意地穿上了那身黑色的老式西服；他结婚时，这套衣服在他胳肢窝下边就疙疙瘩瘩的，现在还仍然不舒服，最后，他长叹一声，把这身便服扔到床上，又穿上了警察礼服，正如有一次克拉斯所说的那样，他穿着这身衣服就像一头每逢星期日就允许穿上管理员制服的狒狒。父亲那样子不像打扮，倒像化装，虽说整齐，却很造作，单论他的裤子绷得有多紧，便能大大形容一番，瞧一眼警察礼服下吊着的屁股，就能想象出它的形状。上装倒是挺合身，那是因为在剪裁的时候就已经考虑到了他的体重和身高可能发生变化的缘故。

父亲使劲向下伸胳膊，并让母亲来鉴定：行吗，古德隆？说呀，到底行不行？这副样子能让人瞧吗？古德隆·耶普森无所谓地打量着他，一边喝她的溶化在水里的镇静剂，表示还可以；同时，自己则默默地站在打开着的衣柜门上的镜子前，照着自己的黑绸礼服，这件礼服同那条毛料衬裙和肥大的毛料短裤都配不上，于是，她一次又一次地把礼服往上拉。为了穿上参加葬礼的礼服，他们本来会花上整整一天时间的，幸亏他们发现了我，这才不再继续为他们自己的衣服发愁。为什么这孩子没穿黑袜子？没戴帽子？化雪的季节也不能让他穿胶鞋去呀！围巾呢？戴上了。内裤呢？他到底穿没穿内裤？让我看看你的指甲。理个发吗？你早就该让他去理发啦！他们就是这样向我袭来，从头摸到脚，让我换这换那，根据他们的意思把我打扮好，快到十一点的时候，他们才明白地讲早该帮我穿戴才对。

就让孩子那个样子吧，古德隆，否则我们就来不及了，父亲不高兴地说，于是他们穿起大衣，披上雨衣，我们大家都踏着沉重的步子下楼，希尔克正激动地等着我们。她的激动心情与她的黑袜子、黑套鞋、黑大衣不相称。她拿圣诞节得到的皮手套拍打自己的手腕子，拍打假想的衣帽架上的苍蝇。怎么回事？我问道。她用手套打了我脖子一下算是回答，接着就把我往外面推，往雪里推，往雨里推。北海上空，雨雪更大，并以三倍的哗哗声响趋近来，乌云下面，悬挂着一层白纱。大风在考验我们能否站稳脚跟，从侧面向我们扑来，钻进大衣底下，由于大衣扣得很紧，它就鼓捣外面的雨衣。我认为，风这么大，地这样滑，要掌握好方向实在不容易。我们得站在那儿等着，直到父亲——他当然是忘掉了点什么——又跟上我们，但是，这样站着绝不能说是休息。

我们终于出发了，希尔克和我走在前面，耶普森夫妇无言地挽着胳膊跟着我们，距离我们大概有五米远——这一目了然是一支家庭舰队。过了砖石小路之后，在一条积水的泥泞道上航行，越过木板桥，穿过田野，向里本公墓的方向行进。这个公墓不属于那个同名的里本村，因为这样一个村子并不存在，它属于格吕泽鲁普。

要是那个星期六有一架飞机出现在我们这个地区的上空，飞行员会看到这样的景象：星星点点的人群正向一块小空场走去，一条沙石路把它分成了长方形的两半，周围架着满是窟窿的篱笆。这些人或是单个走，或是三五成群，被风刮得倒转身子退着走，或侧身顺风，或把腰弯得低低地顶着风走，踏过变成黑色的肮脏的雪地，在小径或水沟的木板桥上相遇，汇合，互相匆匆打个招呼，人数更多了，并组成了新的队伍，向那边齐整的、显然是人工堆成的高岗走去，高岗上只有一座长条形红砖楼房。此外，人们的动作雷同，也会引起飞行员的注意：大家都急匆匆地向一扇敞开的大门走去，没有人奔跑，个个都遵守纪律，令人惊异，门前停着两辆汽车，第三辆正在路上。入口处聚着更多的人，他们不再是匆匆打个招呼，而是相互问候，甚至放下了手里的东西——好多人手里都拿着东西——你一言我一语地，在伞下彼此搀扶着。从空中可以看到一些细节，但不管怎么说，能够看到的终究太少。

当我们同霍尔姆森夫妇、兴纳克·廷姆森、希尔德·伊森布特尔以及奥柯·布罗德尔森——身穿邮递员制服——相遇时，父亲悄悄对我们说：要是有人抱怨我，你们可得团结一致；随即他把"浅滩一瞥"的老板找到他跟前，他急切而又满怀希望地说服着我父亲，似乎请他当他又准备创建的企业的股东。战争结束以后，严斯，他说，我是说，战争结束以后。希尔克戴上手套，但手指却拳曲着，我紧紧抓着她那冰凉而又空空的手套尖，站在她的身旁，即使没有人要我这样，我也得站在她身边，因为她从来没有像今天这般美丽。她一身黑衣服。我们越走近公墓，她就越是激动，向四处张望着，仿佛要寻找什么人，或者希望别人发现她，因此，她有时一脚踩进水坑里去，溅得满腿都是泥，连她那两个肥肥的腘窝上都是。不过，并非只有希尔克的腿是如此，凡我所看到的人们，他们的裤子和袜子也都满是泥浆，奥柯·布罗德尔森连腰上都是。我父亲的情况最好，这或许同他走路的姿势有关系。

我们碰到的和要打招呼的人越来越多，卡尔·威廉·比宁和严斯·兰珀，被大家称作是施特鲁韦大娘的黑德维希·施特鲁韦，安克尔·比尔克和德特勒夫·黑格维施，还有那长得太快的吉尔林姐妹，大坝管理人布尔特约翰，普勒尼斯老师，骑着敏感的牡马而来的索尔林庄园的索尔林夫人，从格吕泽鲁普来的画家的两个朋友雅普·洛依克森博尔恩和保罗·弗莱茵胡斯，他们绘画的专长是：行动中的人和大海上的各种戏剧性的景象，还有十年制学校女教师博伊西恩，因患风湿病而全身佝偻的木匠黑克，迪特的棺材是他做的。

谁也不会相信我们这里竟有这样多的居民，浩浩荡荡向公墓走去，完全改变了这里的荒凉景色。要是允许大家走进教堂该有多好！黑色的人群都站在坟山旁的马路上，站在气氛悲伤的教堂的前面或后面，站在滴水的杨树下和被风扫荡着的篱笆旁。我们既看不见安德森船长，也听不见他的声音。但是约塔来了，她脸色苍白，注意力集中，在她身旁站着那个肥胖的庞然大物，身上披着深色的但愿使他发痒的毛衣。我们在教堂前的位置很好，但渐渐地被挤到了一边，站在几个光秃秃的坟墓前，黄土地里插着褪了色的木十字架，十字架上写着外国名字。几只乌鸦飞近公墓，没到就转弯了。这是人们在这里所看到的飞鸟世界中的唯一成员。这里没有红鹅，没有喜鹊，没有燕雀，连大山雀也没有。希尔克拉着我走过了一排排的坟墓，来到了新栽种的生命树树篱旁，钻过树篱，尽管有些拥挤，但又站在教堂前面了。教堂上有一只铁皮剪成的风信鸡，被风吹得横在那里，给人的印象是这只鸡正在使劲找小虫子。

画家呢？我找不见画家，特奥·布斯贝克也看不见，也许他俩已经在教堂里了。教堂的门仍然未开，我也不知道为什么。我们前面有一个背后看来像一个烤焦的四方形面包的女人，她对一个罗圈腿的瘦高个子说：要是我们还得在这儿等下去，那下一个就该轮到我了。谁听见这个女人那么说，都会悄悄地或多或少表示同意，只有什么都能看得见的高个罗圈腿似乎不能接受她的意见，他个儿高，显然不在乎。他的名字叫费德尔·马格努森，如果我没有弄错，他在格吕泽鲁普开了一家小艇制造厂。

我既不想让那个四方形的女人，也不想让全体冻得发抖的参加葬礼的人们得肺痨病，于是，我直截了当地让那口臭冲天的公墓管理员芬内打开漆成铁锈色的教堂门；他用一根铁闩支撑着门，低着头，使人感到他好像是在邀请大家进门一样。我们向里面移动，坐到太窄太高的长凳上去。

这时，我发现了画家和布斯贝克博士，他们坐在第一排，紧挨着过道；两个人都盯着山一般的花丛。漆成褐色的十字架在花丛中闪闪发亮。蜡烛的火焰在过堂风中不安地摇晃着。班迪克斯牧师站在祭坛前，可能在察看自己的指甲。教堂里飘散着蘑菇味——鸡油菌和白蘑菇的气味。希尔克脱下了皮手套，把它们叠在一起，显然，她再也不能抬起她那双活泼的眼睛了。就像在库尔肯瓦尔夫外祖父家的凳子上那样，我感到双腿发麻。为什么他们不把大门关上呢？

许多人都转过身去，我也转身去看门口。公墓管理员芬内本想把门关上，但却关不了，因为在教堂里找不到位置的追悼者不想被人关在外面，他们的意见谁都听得见。那就让门开着吧。于是，班迪克斯牧师给了芬内一个信号，抬起戴着厚眼镜的头，往屋顶上搜寻着，伸出了双臂。我们站起来祈祷，然后坐下，随即又站起来唱歌：如果有一天我必须离去。希尔克热心地唱着，她用高音唱着，连歌词也不看一眼。画家也在唱，父亲也在他身后三排的地方唱着，只有我母亲没有跟着唱。

班迪克斯牧师说：我在所有的行动中，都遵循那至高无上的主的教导。待我们都坐下之后，他向我们解释说，他为什么要这样做。

他谈到一位元帅，当然喽，他很强大，不言而喻，他也很狡黠，打仗打得很顺利，因此很有权势，半个世界都属于他——班迪克斯牧师的意思是半个地球。世界也罢，地球也罢，这位没有被披露姓名的元帅随着每一次胜利，每占领一个地盘都变得更为懊丧，甚至有那么一次，一个信使又给他带来了以他的名义获得的新胜利的消息，他竟当着信使的面显出了满脸愁容，正如诸位所能想象到的那样，只是因为每占领一个新的地盘便使占领另一个新地盘的可能性更小了。

谁都知道，这位元帅正在非常缓慢地去打败几个最后尚未占领的国家，虽然最后的胜利出于计谋上的考虑被推迟了，但这并不妨碍有一天整个世界——班迪克斯牧师说的是整个地球都将属于他。世界也罢，地球也罢，这位元帅与他的星象学家们谈到了自己低落的情绪,星象学家们表示能给这位忧郁的元帅带来新的欢乐。他们建议他,为了排遣,应该去占领天上的无数空间。元帅振奋起来了,他被这个计划所吸引,充满了必胜的信心,要向至高无上的主证明,他要与他争夺天上的无数空间。但是,这一点他却不能办到,因为,至高无上的主认为,这位元帅已经占领得够多的了,因此,他必须准备死去。对于主的这个预示,元帅很不高兴,竭力反对。班迪克斯牧师是说:他瞎骂一通,他告诉至高无上的主说,他和他的无数卫兵能够随时抵挡死神的接近。当死神在头一天的傍晚不被发觉地走进这位元帅的帐篷时,他大为惊讶。他和死神商谈,要求给他一个新的、最后的机会。死神给了他这个机会。于是,他让人备好一匹地球上最快的马,启程到黎巴嫩他最边远的占领地去,那里有一座伸向大海的花园。是谁在花园里等着他呢?是死神。死神对自己捷足先至表示歉意,并请元帅走在前面。元帅服从了,在最后的路途上,他还耸着肩膀,感到一种傲慢的欢快——班迪克斯说的是静默的欢快——他总算及时地理解到了他的征服活动究竟有多大价值,于是,他服从了至高无上的主的吩咐。这时,班迪克斯牧师歇了一会儿,目光犀利而又坦然地从左向右、由前向后地望着参加葬礼的人们。当他高举着胳膊,用食指向我后面指去时,我也不由自主地回过头去,看见在我身后有两件微微发亮的皮大衣,他们俩亲切地坐在一起,衣袖像被装饰师安排过一样匀称地弯曲着。但是爱,班迪克斯牧师喊道:爱永远也不会停止!接着,他把食指指着山一般的花丛——迪特就躺在下面——等了一会儿,由于没有发生什么情况，他又把食指缩了回来，向画家点了点头，把身子转向迪特，开始说：你的旅程结束了。他停顿了一下，听得见呜咽和啜泣声，还有令我联想到雾中汽笛低沉的吼叫声，看来，这是施特鲁韦大娘的声音。班迪克斯牧师用在宗教课中从来不曾有过的温柔声调，再一次叙述起迪特生平的各个阶段。

他从迪特还是一个小姑娘时讲起，她穿着白色连衣裙，穿着白色系带的鞋，住在弗伦斯堡安静而又宽敞的家中。别在花园里待得太久，别到海滩上去，你得保护嗓子，我的孩子，母亲和祖母叫喊着，齐格尔教授就要来了！这位身穿大礼服，面带微笑，仪表端庄的声乐老师，就是在音调得过高的钢琴上，也会对你满意的，最后，他获得了一份可观的计时酬金。每当这个小女孩在冬天的晚上，在饭后表演一些短小的歌曲时，这个小城市的社交界便为之倾倒，齐格尔教授也心花怒放。我问自己，为什么这个温柔的，过分劳累的女孩不能永远年轻呢？为什么班迪克斯牧师要让她长大，要送她去音乐学院，在《被出卖的新嫁娘》①中扮演主角？牧师继续沿着她的这条生活道路叙述下去。他提到小舞台上的演出，她与作曲家弗里德利希·德鲁兹之间的友谊，后者为迪特谱写了夜曲和咏叹调，迪特如何一直关照她瘫痪的兄弟，最后，马克斯·路德维希·南森出场，他们在邮局初次相遇。在付款台前，他们两人提出的问题只能使邮局的职员摇脑袋——这正是他们所期待的——一起喝一杯咖啡的钱还是有的，一个星期后，他们

---

① 捷克作曲家斯美塔那的著名歌剧。

寄出了亲手绘制的订婚卡片。牧师提到了没有双方家人参加的婚礼，迪特放弃了职业，长期固执地忍受着贫穷和误解。疾病也随之而来，这位年轻的妇人穿着灰色的连衣裙，显得早年苍老，人们相信，这一切都是从哪儿听来的，并肯定他们俩在夜晚也曾一起咳嗽过，尽管牧师没有谈到，总之，无论是东西奔波，生活艰辛，还是后来荣耀的日子，用班迪克斯牧师的话来说，无论在艺术家饱经风霜的生涯的顺境或是逆境中，她都同样泰然自若，宁静安详。牧师指着迪特的遗体说，你对于他，是初入人生之途时的旅伴，迷惘年代的安慰者，孤独岁月的知心人，这样的生活伴侣，是人人需要，但只有少数人能够寻获的。

哭泣声越来越大，从外面传来施特鲁韦大娘第二次雾中汽笛声，还带着鼻息粗重的哀号，此时，班迪克斯牧师对迪特的生平简述达到了最高潮，他谈到了幸福，"共同的幸福"，是必然要在这个世界上留下痕迹的，尽管妖魔鬼怪——他确实讲了妖魔鬼怪这个词——千方百计抹掉这些痕迹。看吧，你也没有虚度此生！他用这句话结束了生平追述，并提议大家祈祷，随后又唱了一次歌。

我们祈祷和歌唱完毕之后，公墓管理员芬内带进来六个抬棺材的人，他们无一例外的都是老年人，双手龟裂，脖子上有道道黑皱纹。我们看着他们搬开花圈和鲜花。画家和特奥·布斯贝克首先跟在棺材后面，然后是约塔、约普斯特和班迪克斯牧师，接着是我不认识的从弗伦斯堡来的妇人们，随后，能找到空当的，或只消一转身便能离开凳子的人都加入了行进中的队伍，比如希尔德·伊森布特尔和霍尔姆森太太，我的父亲则明显地在往后躲，插进了队伍的最后三分之一中，这样做他似乎还嫌不够，为了不引人注意，至少不要让人们马上发现他，他还低垂着头。那两个穿皮大衣的人的行动更加不引人注意，他们谦虚地跟在队伍的最后。画家走过我们身旁时，我发现他的脸没有刮干净，面色苍白，全神贯注，皮肤由于寒冷变得粗糙了。

　　我把希尔克独自留在那里，从送葬行列的左侧赶到前面去，几乎与抬棺材的人同时到达墓穴旁边。墓穴四周盖着木板，它并没有我想象的那样深；穴底黏土地上有些水，但不是地下水，而是融化后的雪水；四壁有许多白色细树根，已被铁锹铲断了。整个里本公墓都是人工堆成的，这从表面上只有半米深的沙土和黏土层就能看出；下面的泥土呈黑褐色，一捏就碎，完全可以在这里采掘泥煤。画家看着我，我向他问好，他却没有回答我。他挽着布斯贝克博士，博士沉重而又潮湿的大衣似乎在往下坠，那双似嫌太大的胶套鞋在黏土地上竟然找不到稳妥的落脚点。芬内给了一个手势，抬棺材的人就把棺材放了下来，他们用粗绳子把棺材捆上，把绳子的一端拿在手中，我想，这显然是准备把棺材放进坑里。可是在棺材落下去之前，班迪克斯牧师将一只手举起在墓穴上，让这手松弛地像一张纸那样飘过去。他在为棺材祝福，那只手在不安的空气中停留着，停留着，直到祈祷时，他才把手垂下来。祈祷完毕后，抬棺材的人站在黏土坑边沿，抬起棺材，慢慢地把它放进了坑里，这时，画家用一只手搂着特奥·布斯贝克的肩膀，把他往自己的身边拉着，他们的身子都快贴在一起了。

　　发生什么意外了？怎样的呼喊声？墓穴前又是怎样的

动人情景？不论是什么，我都得放弃，我也没有能力来一一记录这种种誓言、悼词和希望，这一切，在尚未埋下棺材的墓穴前，在相应的天气里，是经常能听到的。迪特的棺材消失在墓穴里以后，画家和特奥·布斯贝克都扔下一把土，随即站到篱笆角上去，于是，每个人在往棺材上撒一把土以后，都得从他的身边走过。尽管那里放着一把小铲子，但是，许多人都弯下了腰，曲起手指抓一把沙土撒下去，如果碰上成团的沙土，就会砰然地落在棺材上，然后，他们向画家和布斯贝克博士伸过手去，有的说那么一句话，有的什么也不说。

我等到希尔克走上来，便插到她后面，在她撒过土以后，我也抓起满满两把土向迪特撒下去，也跟在她后面同这两位男人握手。父亲也在队伍里，在布罗德尔森和布尔特约翰之间，慢慢走近墓穴，向下撒了两把土，然后，他——我永远也不会忘记他那张干瘪、尴尬的脸——走到画家面前，画家像对别人一样用从容、殷勤的态度对待他。看来他们之间不会有什么惊人之举，不会发生什么事情，至多只会轻轻叫一声对方的名字来问候：马克斯？严斯？

但是，当画家握住警察哨长的手时，似乎比握别人的时间更长，看得出来，在大家都向他表示哀悼的这一刻，在他的头脑中产生了一个念头，画家想把它说出来。你到我那儿去吗，严斯？画家轻轻问道，而我父亲似乎预料到他会这么问，并很快就回答说不去。我要给你看件东西，严斯。父亲耸了耸肩膀表示无所谓地说：是什么东西？——迪特的最后一张画像。画家说话时毫无敌意，而是带着信任又轻蔑的口气。严斯，如果你来，我会给你看的。

鲁格布尔警察哨长听罢，认为没有必要再和特奥·布斯贝克握手，便紧紧地抿着嘴唇走开了，几大步走到了公墓中间的马路上，我母亲正独自一人在那里等着他，他猛地挽起她的胳膊，推着她向前走，突然又想起了我们——他的动作十分突然，猛然一转身竟把我母亲也一起带过来，弄得她赶紧跳了两步。来啦，来啦，我们来啦，我们不是过来了吗？我顺从地走在希尔克的身旁，抓着她的空手套。这回是老两口走在前面，沉默不语，心不在焉地向左右的人们草草打招呼，急匆匆地走着，鲁格布尔警察哨长正是以此来表示自己适才被画家激怒了。无论在教堂前或在公墓门口他都不同人搭话，对于安德森船长的喊话：都完了吗？他也只是略微点了点头；他甚至不肯停下来同那个刚被一辆马车送来，正掀开毯子下车的老人说一句话。

他急匆匆地走过木板桥和小径，横越田野，走过平坦的、被雪水淹没的洼地，钻过篱笆；风又变了方向，朝我们仰面扑来，这在我们这里是常有的情况。布累肯瓦尔夫坐落在铺满白雪的地基之上，光秃秃的杨树之下，大型咖啡席已经摆好，尽管拉开的桌子上没有堆着由迪特做的点心码成的黄色高塔，但是，饼干和甜点心，核桃奶油蛋糕和所有这类东西都满满地摆在大大小小的桌子上。来自弗伦斯堡的妇人们安排了这一切，并且显然也考虑到了我们和我们吃点心时的喜悦，可是，当我们经过布累肯瓦尔夫时，父亲连看也不看那边一眼。他抬高一个肩膀挡着风，就这样冲在我们前头，一直走到水闸旁，在这里，他又一次转过身子，我们也跟着转过身子，并当真以为他会回转去，重新打定主意把我们这支队伍开回到布累肯瓦尔夫去，这时，从公墓那边过来一支散乱的队伍，有的一个人，有的成双结对，有的三五成群地向布累肯瓦尔夫走去。

但是，他转过身子只是为了避避风，擦一擦流泪的眼睛，接着走上砖石小路，回到家里。我们关上门后，都有多少话要问，每个人都想给别人说些什么，他却怒气冲冲地鼓捣着炉子，捅着，吹着，添着煤，以此让我们明白，他现在没有兴致去交流各人所经历的事。这就是说，他已经向我发布了命令：在希尔克和母亲换过衣服后，让我到楼上去，把他的制服拿下来。炉子把整个屋子弄得烟气腾腾的，一缕缕带状浓烟在厨房里飘动着，弄得我们什么也看不清楚，这时，他开始换装了。这一下，他可轻松了，真是谢天谢地！他的情绪好转了，像解冻似的脱下一件件衣服扔到厨房凳子上，他感到舒服了，当有人敲门时，他不仅叫着进来，而且说：进来呀，只要不是裁缝就行！

我还记得，当奥柯·布罗德尔森进来时，他穿着内衣。挥手打过招呼后，布罗德尔森就走到桌子边，掏出怀表，放在桌子上，以此告诉我们，他给自己规定了在这里停留的期限，尽管不知道有多久。邮递员坐了下来，空袖子的一端放在上衣口袋里。他看看自己的怀表，又看看父亲，然后又看看怀表。他必定同我们一样是横越田野到这儿来的。

今天你什么也没有给我们带来，父亲站在脚凳上说着，把裤腰带松到最大限度。今天没有，邮递员说，今天我只想带点什么走。——你要带什么走？——带你走！当父亲把腿伸进右裤腿时，晃了一下，把裤子放低一些，抬起左腿，往黑洞洞的裤腿里伸，但没对准，他第二次使劲地、成功地把腿伸进了左裤腿，但裤子又在腿肚子上卡住了，他使劲一扯，才把裤子拉过了大腿、屁股，胜利地结束了这场战斗。你想把我送到哪儿去呢？他向下问道。我们大家都在布累肯瓦尔夫，布罗德尔森说，就少你一个。谁也没有派我来，但是我认为，少了你可不行，严斯，一起去吧！

父亲为了把袜带和袖带拉好，拉紧松紧带，用手绷了一下，摆正位置。少一个人比多一个更好，父亲说。你们可以在一起谈谈，布罗德尔森说。我们刚才谈过了，父亲说，该说的话，我们都说过了。他走下脚凳，站在水池子的镜子前，劈开双腿打领结。布罗德尔森在他背后说：在这种时代，谁知道这一切会延续多久，特别是今天这个日子；你们应该好好考虑一下，究竟现在什么事情是重要的；这一切肯定不会延续太久。

奥柯，父亲说，你说的这些我从来没有听说过，要是你真想知道，我可以告诉你，在一个人尽自己的职责时，我并不问个人会从中得到什么利益，会有什么好处等等。到处打听将来如何，有什么用呢？你得明白，人不能凭自己的情绪去履行自己的职责，不能要求他总是小心翼翼。他穿上上衣，扣上扣子，走到布罗德尔森坐着的桌子跟前。曾经有这样一个人，老邮递员说，由于他在适当的时候，没有履行自己的职责，就保全了自己。——这样他也就从来没有尽到自己应尽的职责，父亲干巴巴地说。

奥柯·布罗德尔森站起身来，把表塞进怀里，走到门口，再一次转过身子问道：那就是说，不去了？我看得出，父亲已经开始在考虑什么了，他不回答，让邮递员把问题又重复了一遍，他琢磨了半天，终于说：等着，我们一起走，接着就进了他的办公室。

我们单独待在一起的时候，邮递员对我说，你越长越高了。我大概是这样回答说：你也越来越老了。他对端着土豆走进屋来的希尔克说：我不久就会给你带来一封美好的信，如果不是从荷兰，那就是从不来梅来的。希尔克对他的好意只是回答说：谁的信也不等。不等的信更美好，布罗德尔森说。人们注意到，这是他经常说的一句话。

父亲回来时，已从头上套上了湿漉漉的雨衣，戴上了帽子，裤子塞进了胶靴里。他已经准备就绪，并说：我有我的打算，奥柯。——你还要出去吗？希尔克叫道。去布累肯瓦尔夫，父亲说，就去一会儿，去布累肯瓦尔夫。——我都端上土豆了，姐姐说，听起来像是一种威胁。我送点东西去，警察哨长说，很快。——要是母亲问怎么办？——告诉她，我到布累肯瓦尔夫送惩罚令去了，我回来吃饭。

生物课

　　特图斯·普鲁格尔打起人来比别的老师动作快，效果也更明显。只要我们上课时不注意听讲，他就大发雷霆地揍人——偷懒、愚笨或理解力迟钝，他并不动手——因此，班里的同学，谁也不敢往玻璃窗那边看，虽然玻璃窗因远处的爆炸已经震动了一上午，谁也不敢去看那些向下俯冲的飞机，尽管飞机上的英国皇家徽记清晰可见。这些飞机是从海上飞来的，它们越过大坝，在柏油公路上空拐了个弯，又向胡苏姆飞去。当发动机的声音打断了他的讲话时，他就轻蔑地仰望天花板，等着噪音消失，然后又按原来的句子——甚至毫不费力地找到了原来的谓语——讲下去。这个人身宽、秃顶，还在冰河中游泳，他会因为发脾气而把脸涨得通红，像火烧一般，即使不使整个学校，至少也会使一个班级的教室变得暖烘烘的。他认为没有理由停止这最后一课，即使爆炸和飞机的骚扰使讲课一再中断，他也坚持要上完这堂生物课。我们僵直地坐在凳子上，挺着胸，两手放在微斜的桌面上，脸冲着他，眼睛盯着他的嘴唇，满怀恐惧的心理从他的嘴唇里汲取知识，汲取关于鱼类的知识，不，关于鱼类生命形成的知识，不，这也不完全对，是关于鱼类新生命形成的奇迹的知识。他要在这个炎热的日子里，四月底或五月初，在所谓的生物课上，用他给班里带来的私人显微镜向我们显示这种奇迹。显微镜已经摆好，装着神秘的奇迹的两个铁盒子也已摆在旁边。海尼·邦耶和彼得·保尔森已经作为班里的代表受到了警告：他们两个人的手指尖都被戒尺准确而又疾速地打了三下，于是，全班注意力集中，至少在一定时间内有了保证。

对普鲁格尔再花些笔墨，叙述他受过的伤或每次受伤的故事，这当然是值得的。他在心情好的时候，会给我们看在他的肋骨间移动的手枪子弹的阴影。走访他那个由梅克伦堡迁来的家庭是会有启发的，他劝全家无论天气如何都要去浅滩上散步，当然是穿着运动衣喽；不过我不愿意过多描写而使他的面目不清，我只想说，他在我们班里讲生物课，今天讲的是鱼类新生命产生的奇迹。

他在那里讲着，同时，在远方——离得很远，我们无须操心——一门八十八毫米的大炮，也跟着他一块儿讲，有时，也有二十毫米的四管高炮，偶尔也有一百五十毫米的长管炮插进来。我们已经学会了根据大炮的射击和冲击波将它们加以区别。他一动也不动地站在黑板前——肯定是一个耍刀子的人的好伙伴——用目光制伏着我们，轻声命令我们把全部身心都投入到鱼类世界中去。所有这些种类，他说，所有这些名称，无论是小还是大，你们必须想象一下这种生活，你们这些笨蛋，他说，想象一下海底的群居生活：鲨鱼，对吧？颌针鱼，鲐鱼，鳗鱼，海兔鱼，鳕鱼，不要忘记还有大海的麻雀，鲱鱼。他问自己说，如果鱼类不一代一代繁殖，那将会发生什么情况呢？他回答说，这些种类自然将会一一消亡。他又自问道，如果海里没有了鱼，那又将怎样呢？那当然是一个死亡了的海洋。接着，他泛泛谈了谈大自然的高超计划，这个计划把一切都考虑在内，一切都有所安排。他以蒸汽机为例，让我们懂得，生命需要燃烧，他也不忘提及自然淘汰，然后又一头扎进鱼群之中。

不会说话的鱼——但并非绝对沉默——也具有性的特征，性的区别和生殖器官。两种性别的鱼在产卵期成群地在河岸附近或海滩上寻找浅的产卵场所，它们要游得很远，你们肯定也听说过，有时还往河的上游游去，并克服显而易见的障碍，你们想想斑鳟吧。鱼卵在安全而又养料丰富的地区产出，常常呈块状，公鱼给卵授精。总之，骨类鱼——普鲁格尔中断了自己的讲话，控制着自己的蔑视感情，等到飞机一闪而过的阴影掠过我们的操场，噪音渐弱，然后他才接着说——大部分鲨鱼产下的是活的幼鱼，但这只是刚沾上一点边，你们这些笨蛋很快就会忘掉的。卵，生命就在卵中。有人一定会感到奇怪，因为只有少数的鱼关心或者照顾自己产出的卵，但是，小刺鱼还筑一个窝，看守着卵，甚至在一段时期内还保护幼鱼；还有些种类的鱼，它们吞食自己的卵，把卵存放在自己的鳃盖之下，直到幼鱼从鳃盖里溜出。大多数的鱼根本就不管卵，既不管幼鱼的成长，也不管对它们的养育。那么小鱼呢？它们并不在卵里生长，你们这些笨蛋，而是平平地附在卵上并逐渐从卵上脱离下来。

这一切，普鲁格尔说，你们马上就会自己来证实，今天我给你们带来了材料——他说：宝贵的材料——生命由此产生，我们将通过显微镜来细细观察。

远方，四管高炮又响了，八十八毫米口径的老大哥把我们窗户玻璃上一碰就掉的油灰震落了下来，但是普鲁格尔似乎不爱听这些，他走上讲台，打开他的小刀，又打开了两个铁盒子，凑到鼻子边闻了一下，用刀尖把那灰绿色的块状物挑了出来，搁在一小块玻璃片上，又用指尖把这东西分开，这就是说，他轻轻地在玻璃片上把它们分开。然后他把玻璃片塞了进去，弯腰俯在显微镜上，闭上一只眼睛，将他的脸扯成了一副强作笑容的样子，用手在旁边摸着，直到摸着了那个黑色的螺丝。他拧螺丝，把镜头调清晰，猛地直起身来，骨头嘎吱直响。他看着我们，得意扬扬。警告着怀疑地打量我们，好像把这东西给我们看是太浪费了，太可惜了。他命令我们：起立！坐下！起立！让我们排成一行。排成一行，你们这些笨蛋！他把我们又拉又拽的，直到我们站齐了队伍，膝盖绷得直直的，总之，为了看一眼将使我们大有所获的奇迹，我们的队伍已经无可指责了。看一眼卵。看一眼鱼卵。

谢天谢地，约普斯特站在最前面，他将第一个说出他看见了什么。我们紧张地看着他如何弯腰，害怕地再一次向普鲁格尔转过身子，踮起脚尖，弯下腰，俯到离显微镜还有一段距离的地方。再弯下去一点，普鲁格尔命令着，再近一点！于是这个肥胖的庞然大物把眼睛贴在镜头上凝视着。他的大屁股把裤子绷得很紧，咖啡色的曼彻斯特呢裤嵌进屁股缝里，他凝视着，观察着，突然，尖叫一声说：

鱼卵，也许是鲱鱼卵！你还看见什么啦？普鲁格尔问道。约普斯特使劲看了半天以后说：鱼卵，相当多的鱼卵。

他得到允许坐下了，这样一来，我们也知道自己该说些什么才能回到座位上去。约普斯特以后，是海尼·邦耶用他肿得发青、疼得钻心的手指扶着显微镜，他观察时，普鲁格尔说：别尽想着烤鱼子、爆鱼子或腌鱼子；别尽想着吃，你们这些笨蛋，要想着藏在每一个卵里的奇迹。每一个小卵里都有一个独立的生命。许多生命过早地死亡，成了其他生命的食品，只有最强大、最优秀、抵抗力最强的才能生存下去，获得生命：如果不把你们算上，那么，世界上到处都是如此。没有价值的生命必须消灭，从而使有价值的生命能够存在下去。大自然就是这样安排的，我们必须承认这样的安排。

一个蝌蚪，海尼·邦耶叫道，一个小极了的蝌蚪！总算说出了东西，普鲁格尔说，并纠正道：这是鱼的孩子，马上就要溜出来了，看清楚了。——是死的，海尼·邦耶叫道。普鲁格尔却说：浪费，你们这是对大自然的浪费！我怎么说来着，成百，成千，甚至有几十万小卵，所有一切都寄希望于把少数的卵保护起来，使生命得到继续。淘汰，不错，不断地进行着斗争。弱者在斗争中灭亡，强者将生存下去。在鱼类是这样，在人类也是如此。你们发现了没有，一切强者都依赖于弱者来生存。开始时，所有的卵机会都一样，每一个简单的卵包围和吞食着一个生命，然后，当斗争开始时，那不体面的——他是说：不体面的——就要灭亡。

他说完了这番话以及类似的道理以后，就招手要我到显微镜前去，由我自己去看，并说：让我们听听我们的耶普森发现了什么。他说着走到了我的身边，手上拿着戒尺。我还没向显微镜弯下身子，他就想立竿见影，并问道：看见什么啦？我匆忙地看了一下那偶然形成的灰绿色的，经过压制的，像纯胶涂成的球状物体。我准备想出些什么来，因为，他的戒尺已经放到我的腘窝上，不疼不痒地滑上去，冰凉了我的大腿，但是，我并没有把眼睛收回来，而是忍受着戒尺在我身上的爬行，想找出他所说的奇迹的标记来。一对小鱼眼凝视着，小而透明的鱼身子，胚囊与鱼之间肠子的连接，我觉得我已经看出点名堂来了，但是我觉得还不够。我想——我自己也不知道想干什么，我之所以说不出话来，也许是因为显微镜下的东西令我失望。——什么也没看见？普鲁格尔问道，什么也没有看见吗？——黑线鳕，我猜测着说，这可能是一条黑线鳕的卵。于是，他抽回了戒尺并证实说：确实是黑线鳕卵。但是，同学们还没有听见他的话，就有人喊了起来：英国人！英国人来了！于是，我们冲到窗户旁。一辆满是尘土的装甲侦察车停在学校的院子里，长长的天线摇摆着，看不清的大炮正对准了漆成白色的球门，两个男人，看起来像英国人的模样，从装甲车的天窗中爬了出来，接过了手提机枪，向装甲侦察车喊了几句，然后向学校走来，他们向四周探视，随时准备卧倒。他们穿着茶褐色的衣服，系鞋带的皮靴。他们很年轻，袖子都向上卷着。

这两个人在阳光下并排走过旗杆来到了大楼门口。我在想：他们什么时候抬头向我们看呀？这时，他们已经看见了我们，而且站住了。两人都示意对方瞧趴在窗户玻璃上的一班学生。他们在商量，然后相互打了个招呼，继续往前走，接着消失在我们斜下方的入口处。如果不是普鲁格尔老师命令我们，我们还会待在颤动着的玻璃旁。他叫道：列队！他嫌我们的动作不够快，于是就拿起戒尺在我们的背上耍弄着，这儿敲一下，那儿杵一下，把我们从窗户旁赶了过来，让大家在讲台前面中间的过道上排成了一行。约普斯特、海尼·邦耶和我可以坐下来。

这位老师并不问我们刚才他讲到哪儿了，尽管一辆装甲侦察车已经停在我们的院子里，英国人已经来到了我们学校，但他还是说：这是鳕鱼卵，耶普森说得对。这是一种鱼的卵，是其他许多种鱼的食粮。

但是，还能在鱼卵里发现什么？贝特拉姆！卡勒·贝特拉姆把金灰色的头发从前额撩上去，向显微镜弯下了身子。我们大伙——只有普鲁格尔不是这样——则张着嘴听着外面的动静，只要可能，两眼就紧盯着门把。那不是脚步声吗？不是英国人在说话吗？卡勒站在讲台上，正在显微镜旁叉着两脚，费劲地观察着。门把不是在转动吗？是在转动。卡勒·贝特拉姆还没来得及说出卵里的奇迹，门开了，门敞着，开始并没有人露面，也许门是自动开的，可是，当普鲁格尔大概正要说：耶普森，把门关上时，那两个人就走了进来，两头金黄头发，两双明亮的眼睛，两张绯红的脸。

他们走到了教室旁边过道的中间，转过身来打量着我们——似乎他们到这里来是为了要认出过去的某个人。其中一个人说：战争没有了，战争结束了，你们回家吧！我觉得，我们是在惊奇地看着他们，他们则相反，是在审视我们，这段时间不算长。我们注意到，他们把身子转向了黑板和讲台。一个英国士兵拿起了那块擦黑板的海绵，使劲捏了一下，把它扔进了箱子里。另一个则围着讲台转，做了一个手势，默默地要求普鲁格尔老师坐下。普鲁格尔老师不肯坐下，英国人也并不坚持要他执行自己的命令，也许是因为这时他发现了那架显微镜。他走到显微镜跟前，怀疑地朝我们看了一眼，然后低头把一只眼睛对准显微镜，我必须说，他惊愕地站直了身子，朝他的同伴做了个手势，这同伴两大步就来到了他的旁边，询问地看了他一眼，他指指显微镜。这第二个英国人也凑过去看，突然，他好像发现了海中女妖或者某种已经绝种的蹼足动物一样，总而言之，他发现了什么名堂，而且是我们大家，包括生物教员普鲁格尔忽略了的，他把眼睛紧紧凑在显微镜上看着。他在观察什么？他在鳕鱼卵中发现了什么？

伙伴敲了一下他的脖子，他才离开了显微镜。现在他们俩都点着头，好像都看见了什么重要的东西。他俩一前一后沿着窗户向教室后墙走去，我们自然课的柜子就立在那里，两扇门的玻璃柜，柜门永远锁着——有一把钥匙早就成了我的收藏物。为了不让反光耀眼，他们把脸紧挨在玻璃上，摆在里面的全部死玩意儿在狞笑。风头鹏鹏标本在狞笑，秧鸡和在一节涂了亮漆的树桩上爬着的白鼬标本，野兔，乌鸦，经过加工像羊皮纸一样闪亮的狗鱼头标本都在狞笑，就是那蛇蜥，尽管身子弯曲，也在一只圆瓶内狞笑。这两个英国人默默观察着他们的发现，甚至蹲下去观察一只海豹的骨骼，有一个还试着要把柜子打开。他们俩终于相互点了一下头，向门边走去。我们大家认为，在告别时他们不会说什么话，或者没有什么话可说，可是，这两个人又在门口站住了，其中一个再次说道：战争结束了！然后才走了出去。

普鲁格尔呢？难道他忘掉了我们？忘掉了显微镜和卵里的奇迹？为什么他不再用戒尺来管束这支队伍的纪律？为什么他还允许这几个人把脸贴在玻璃上？我还记得，他怎样在手中把粉笔捏得粉碎，怎样咧着嘴唇，闭着眼睛，向后仰着脑袋，急促地喘气。我记得，他的面孔苍白而呆板，此时此刻，他突然像一个跑到终点的精疲力竭的田径运动员一般。失望，仓皇失措而又愤怒。他的胸脯缓慢地起伏，出着粗气。我还记得，他怎样摇摇晃晃走上讲台，当他差点摔倒的时候，就只剩下抓住椅子的力气了。全班人都能证明，他怎样用手遮着脸，就那样呆坐了半天，然后叹息着用手揉着脸，小心翼翼地，似乎想擦掉脸上的一层皮。我还记得在那当儿，他好像顶着一股巨大的阻力站起身来，把两个铁盒关上，耸了一下肩膀，然后向班里望去，想明白无误地说些什么，却又什么也不能说出来。这就是普鲁格尔，我们的生物老师。最后他终于向我们说：回家去吧！在我们匆忙地收拾东西时，他却没有离开教室的表示；他站在显微镜旁，犹豫不决又不知所措。他让我们先走出教室，我们向他告别，他却理也不理。我最后一次看到的普鲁格尔老师就是这个样子。

我们离开他以后，走廊里，楼梯上就像无数苹果落地一样，热闹非凡。我们跳啊，滚啊，滑啊，就这样出了校门。校园已经空了，装甲侦察车已经上了柏油马路向北开去。学生们跑到大街上，观看着远去的装甲侦察车。当我早就走在砖石小路上时，他们仍然成群地站在那里。约普斯特和海尼·邦耶怎么也追不上我了。也许，今天他们根本就不想见我。我迈开大步走着，轻型飞机在大坝上盘旋，飞机的阴影在我头上掠过，螺旋桨像一把圆形的锯齿闪亮地划过明亮的天空，我却一次也没有伏倒在水沟的斜坡上。只有春天才给我们带来这样的日子：明朗，只有几片静止不动的云挂在天上，强烈的阳光，西北风使皮肤发烫。

家门敞开着。兴纳克·廷姆森的自行车靠在台阶旁的墙上。父亲在办公室里打电话，大声喊着，因此我走过棚子时便能听清他的谈话：接受武器，是，全体，是，已经通知了全体男人。我开始跑起来。负责守卫公路，是，父亲叫道。过了一会儿，他说：一定执行。我两步跳上水泥台阶，冲进过道。还有袖带，是，父亲喊道。他指的毫无疑问当然是袖章，我从过道就看见袖章摆在食橱上。兴纳克·廷姆森站在厨房的桌子前，迎着我说：现在开始了。因为他不想做什么解释，于是就指了指搁在那儿的武器：工厂刚装箱的手榴弹，几个打坦克的火箭筒，卡宾枪和子弹。我问他，是谁把这些东西搬到我们厨房来的？他却说：谁也没有，西吉，谁也没有想到，我们还得出一把力。——是从胡苏姆弄来的吗？我问道。他没有回答，从桌子上拿起一个火箭筒，装上了瞄准器，对准了我们的闹钟，然后又准备收拾那些敌人：大米罐，面粉罐和西米罐，但是，没有发出任何声响，也没有打坏任何东西。他检查卡宾枪，读上面刻的字，断定是意大利的战利品，但让人听了觉得他把握不大。他把手榴弹放在桌子下，数着子弹，一直数到我父亲走进厨房。他说：大约有六百发子弹，严斯。所有的东西都在路上，我父亲说，岗哨都布置好了，我们负责守卫公路。——就我们两个人吗？——柯尔施密特和南森同我们在一起。——南森？——是的。你带上袖章。这里的人民冲锋队员都要上阵。兴纳克·廷姆森把袖章套上了他那件沙黄色上衣的衣袖，他不是随随便便地套上去，而是认真得让人难受，一会儿觉得太高，一会儿又觉得太低，当他终于觉得位置合适了以后，我用两个别针帮他别好了那能证明他是一个士兵的袖章。这个身材魁梧、干过多种职业的男人，又照着镜子审视了一番袖章的位置，然后，帮助我父亲将武器弹药分成四堆，一边一小口一小口地呷着希尔克倒给他的茶。这茶他似乎喝不出什么味道来。当我提到那辆因走错路而停在我们学校的英国装甲侦察车时，兴纳克·廷姆森立即拿着一个火箭筒走到大门前，向右边察看着，不一会儿，他就回来了，做了一个让人们放心的手势。没有什么情况，说着紧挨我父亲坐到厨房的板凳上。他们俩在等待。他们沉默着。其实也没有什么好说的，因为一切都已决定了，他们之间没有什么不明确的问题，大坝负责人布尔特约翰已收回了对他的控告——那是在一次谈话之后，鲁格布尔警察哨长自己也参加了。我站在窗户旁，帮着他们盯住草场：谁会第一个来呢？人民冲锋队就要在我们这儿进入阵地了。

画家是第一个来的。我看见他穿着那件长长的蓝大衣，头上戴着帽子，两只手深深地插在兜里，走过了草场。南森伯伯来了，我报告说。父亲说：时间还没到呢。——为什么，廷姆森轻轻问道，你为什么一定让南森在这儿，严斯？而且是现在这个关键性的时刻？——正因为如此，父亲说，正因为现在是关键性的时刻，我才要他待在我身边。这样更好，兴纳克，相信我的话吧。——难道说，你对他是放心的？——是这么回事，父亲说，要是我能对他放心，我就不要他待在我身边了。他站起身来，从窗户向画家望去，而画家并非独自一人，也不是第一个来到这里，他站在鲁格布尔警察哨的牌子下，向索尔林庄园的方向招手，等着，又很随便地挥了一下手，最后还走了几步去迎柯尔施密特。他们握手，匆忙地互相询问。柯尔施密特摊开两手向他说了些什么，想要说服他，至少是要取得他对什么事情的同意，画家好像不能作出决定。他挽着柯尔施密特的胳膊听他说话，拉着他来到我们家院里，上了台阶。门道里还听不到他们拖沓的脚步声，鲁格布尔警察哨长就作好了他们到来的准备，可以说，他简直是摆出了一副准备战斗的姿态，挺着胸，两腿稍稍叉开，坚定地，舒服地，不，不太舒服地站在厨房的中间，以这副模样表示他的权威，他作为教官和所谓人民冲锋队现任小队长的权威。他粗鲁地对正要卷烟的廷姆森说：你不能在这儿抽烟。

他等着那两个男人，摆出了一副与这样一个时刻相称的姿态，在回答人们的问候时，让人毫不含糊地知道谁必须先向谁致意。他指挥着他们到凳子那边去。他说：你们到兴纳克那边去坐着吧。男人们坐下后，他这才放下架势，走到桌子前，将手放在一支缴获的意大利枪的把上。他摸着枪把，使男人们默默地、紧张地看着他，自己却又不先说话。

飞禽站那个害贫血病的柯尔施密特第一个发言，他把自己一下子从禁锢中解脱了出来，抬起头，明白无误地说道：扯淡，我们在这儿干的一切都是扯淡！他们到了易北河，到了劳恩堡，甚至到了伦茨堡，也许他们的先头部队已经到了这里。所有的人都在结束自己的事情，唯独我们，还要在这里重整旗鼓。想用这么几根老掉牙的玩意儿来抵挡他们。用剪铁皮的剪子去对付人家！要是这样做有点意义还好，但是，这毫无意义，完全是扯淡！

柯尔施密特激动地坐下去，从贴胸的口袋里拿出了那个用黑色的绝缘带黏着的短烟斗，塞进了嘴里。你不能在这儿抽烟，我父亲说着，准备回答他，兴纳克·廷姆森却先开了口，这位尽管有过许多兴旺时期但最后一事无成的"浅滩一瞥"老板不认为抵抗是没有意义的；现在，一切都要结束了，正是在这样的时候他要继续抵抗，这是责任；因为在顺利的时候，一个人自己容易经得起考验，如果不是胜利在望，那也是一种考验；此外，他个人从来没有不经奋斗便放弃某件事，谁说一切都完了，可以最后作出一个榜样来嘛，出敌不意地坚决抵抗一阵，让敌人，肯定可以让敌人考虑考虑嘛，抵抗不需要永远持续下去，但要顽强，这是应该的嘛。

既然没人要求他们发表意见，他们就谈了起来，我父亲也有意识地沉默着，并盯着马克斯·路德维希·南森，似乎要用这种方式使他感觉到：现在该你谈谈自己的看法了。画家毫不犹豫。他说道：为什么待在家里？我们可以在外面等。更多的话他也不说，当父亲要他说得明白些时，他只是重复着自己说过的话，不肯对自己的态度再多说一句。鲁格布尔警察哨长呢？他当然有话要说，此事即使不是全部，那也大部分取决于他，但他慢腾腾地，也许是要从他自己的声明中把积极和消极的各点挑出来，加以权衡、算计着，总括着。总之，在经过艰难缓慢的思索之后，他通知说：有命令，命令不是白下的，而是必须执行。他逐字逐句地说着，命令称：守卫公路。根据命令，父亲说，我们负责守卫公路，立即开始行动，谁还没有袖章，现在拿一个，然后我们进入阵地。

经过这样一番谈话以后，我们这儿的人民冲锋队进入了阵地。由于我父亲和画家奉命共同守卫我们这条虽然偏僻，并非要道，但毕竟可以通行车辆的公路，因此在我的想象中必然会浮现出这样几幅图画：一个潮湿的地坑，是的，齐胸高，够四个人用，南侧是一道墙，射来的子弹在墙上四处飞进，但只是开始时飞进着，因为在多次没有结果的进攻之后，在这座可怜的防护墙上升起另一垛墙，由一动也不动的人体组成的墙，不用说，他们的手僵直地伸向天空，前方远处的草场上布满了许多履带断裂、炮塔炸毁的坦克，有几辆冒着浓烟，这是战后休憩，地下有许多飞机残骸，飞机被击中后就一头扎进了松软的泥煤土里，至少飞行员的座舱埋了进去，露在地面的只有一小部分，小得出奇；我想象自己是个运弹药的人，送饭送水的人，像那些男人一样，我头上也绑着一条新的，也许是希尔克帮我缠上去的绷带。这些纯属想象！想象中的一场印第安人的游戏！

他们戴上了有印记的袖章，分配了武器，规定好位置——据说要在这个位置上紧紧咬住英国装甲车和装甲侦察车——但并没有把我轰走。他们的阵地就在风磨——我的风磨下面。他们准备在人工堆的山丘上挖战壕，从这里可以俯瞰我们的公路，一直望到胡苏姆公路，还可以同时保卫那座陈旧的水闸，此外，老霍尔姆森家的草场足以容纳被打坏的飞机和装甲车。他们背上卡宾枪，扛着火箭筒，抬着子弹箱和手榴弹箱，用唯一的姿势，即在武器重压下的姿势，碎步走出厨房，膝盖发软地走上砖石小路，我用小跑追随着他们，希尔克走出了自己的房间，母亲走出了卧室，非常关切地注视着这支队伍。由于其余的人都肩挑手担，不能挥手，我便代他们向女人们挥手道别，希尔克做了一个威胁的手势，可我母亲却不理会她。我们的人民冲锋队就这样进入了阵地。

我拖来了两把铁锹，他们就紧挨着风磨筑起了战壕。一个地洞挖成了，齐胸高，没冒地下水——这在我们这里意味着什么呀——以这个洞为中心，我们又挖了几条横壕沟，手榴弹、子弹就存放在那里，这有几个火箭筒也给拖了进去。看着这四个男人挖战壕是颇有意思的：兴纳克·廷姆森不停地吹着尽管是无声的口哨，含着鼓励的微笑对着每个人；飞禽站的柯尔施密特无所顾忌地发泄自己的愤怒，在整个挖战壕的劳动中，他都在咒骂，还把几句骂人话变出各种有意思的花样来；马克斯·路德维希·南森板着那张冷冰冰的脸，无情而专心地干着我父亲命令他做的一切，看来他已打定主意只用手势来说话；末了是鲁格布尔警察哨长，旁观者一眼就能看出他是这里的主要负责人，因为无论在堆砌那平而宽的土墙，还是检查射程范围时，他都在深思，在计算，并及时提出修改；事实上，我父亲的全部精力都用在安排和伪装磨坊下的阵地上了。在三四个小时内，这几个性格完全不同的人却建造了一个

328

难以辨认但能控制整条公路的阵地，可以轻而易举地从三面来保卫这条公路——只有通往北海的那一面是开放的和危险的，可是这里不需要设防，因为估计对方不会从这里登陆。那么从空中来呢？那平平的壁垒已盖上了一层枯草皮，从空中观察获得的印象也许是在磨坊阴影中一大堆与世无争的牛粪而已。从外面所作的一切必要检查和审定都使人满意，这些男人们便相互帮助着走下地洞，拿起卡宾枪和三个火箭筒，架好了武器，紧紧盯着通往胡苏姆公路的那条公路。

他们两次把我撵走，我两次又跑了回来。可是，当父亲从容不迫地用预兆不吉的平静声调发出第三次警告后，我知道如果再回来等待我的将是什么，因此，我拍掉了身上的蒲公英，向大坝走去，绕了一个大弯，躲过了我们的人民冲锋队，又悄悄地溜回了磨坊，随即爬到磨坊顶上我的隐蔽所，把梯子拉了上来，使任何人都不能追踪我。

有什么情况吗？我耽误了什么吗？我扯开了窗前的马粪纸，趴在我的行军床上。转动我的天线，首先向下面的阵地望去——全体人员一个不少——然后看着胡苏姆公路闪亮的柏油路面。路上有什么在滚动，有人在拉，有人在推，一辆装满了东西的手推车，周围有六个男人，似乎在保卫这辆手推车。没有装甲侦察车，没有坦克。格吕泽鲁普方向也没有什么情况。为以防万一，我搜索了一下北海，一直望到了地平线，一无所见。没有敌机把校园当成机场，里本公墓也没有动静。只有一辆手推车，除此之外，没有任何值得那四个警觉的男人注意的目标，没有制造一场人为的暴风雨的缘由。

我当时就感到奇怪，为什么我们的人民冲锋队没有想到派个人到磨坊的高处来担任观察哨，既然他们疏忽了，我就自认是他们的私人前方观察员，即使没人委派或允许我，在某种意义上我是受自己的委托进行活动的；干有益的事情可以不要征得别人的同意，遇有危险，我可以向他们报告我所侦察到的装甲侦察车或坦克的全部细节，但是什么情况也没有，前方没有，背后目光能及的远方也没有。简直不可理解，值得他们射击的东西一直没有出现。地平线上也没有冒出什么来。我下面的那些男人大概也是这么看的，因为经过半个小时费劲而又无效的值勤以后，他们进行了讨论，肯定一致认为一条空旷的地平线无须所有的人来保卫，并很快同意把这个小组分成两个更小的小组，现在，只让两个人观察着地平线，另两个人我姑且称他们作替换哨吧，他们坐在坑里打盹，积蓄力量。我知道，父亲和画家同站一班岗，另一组由廷姆森和飞禽站的人组成。他们等候着，在卡宾枪和火箭筒前等候着。如果索尔林方向的猎枪突然冲我们这边响起来，我完全可以发出警报，但是，那边的猎枪毫无动静。要是里本的山楂丛倒了下去，要是一个用桦树枝伪装起来的不知名的牲畜向我们这边跑来的话，该有多好！我们却必须等待。我不知道干点什么才好，为了消磨时间，我把发硬而弯曲的油灰和小玻璃碎片收集拢来。我已经找到一小堆了，于是，试着将一块油灰从我这里扔到人民冲锋队的阵地里，恰好落在兴纳克·廷姆森的脖子上。尽管他不相信自己已经受伤，但却认为是被柯尔施密特捏了一下，于是使劲从旁边把这位莫名其妙的伙伴推了一把，差点把他推一个跟头。短暂的争吵声一直传进我的耳朵里，父亲则根据目前的处境进行了调解。现在，他们又彼此互敬烟叶了。

我又把一只胳膊伸到了外边，松开手，又马上缩了回来，看着玻璃片遵循着物体降落的原理，有时还闪着光，落进了地坑里，但是我完全没有想到碎片竟然落进了廷姆森的烟盒里，而柯尔施密特正要从烟盒里拿烟叶往烟斗里塞呢。飞禽站的人惊讶地拿出了玻璃片，瞪起双眼看着它，就像看着一块陨石碎片一样，他把碎片当作单眼镜片观察天上不安定的浮云，最后把它递给了兴纳克·廷姆森，他摇着头把它扔出了阵地。

我决定要把一大把油灰和玻璃片撒到我们的人民冲锋队员的头上去，这一次的目标是我父亲，但是，我的这个打算没有实现，因为阵地前面有人在行动。

有人溜过了水闸，沿着水沟猛一拐弯，神不知鬼不觉地向阵地跑来。希尔克。难道真是神不知鬼不觉吗？希尔克提着篮子和水壶——右手提着篮子，左手提着水壶，就像拿着她的体操棍一样，来回摆动着，身体随着这摆动向前移动，走上了已辨认不清的磨坊小路，越过墨绿色的小丘，来到阵地前。要是我呀，我会让这些男人早点吃上饭的，但是希尔克来得并不早，她现在才把篮子和水壶送到阵地上来，想自己送到坑里去，但是父亲不让，希尔克只好坐在那根腐烂的横梁上，让人民冲锋队员自己去吃喝。他们吃着面包夹香肠，喝着茶。鲁格布尔警察哨长想知道面包里放的是些什么，只有他一个人把面包片分开，看看夹的是什么，然后显然毫无兴致地吃他那份干粮。廷姆森觉得应该用隐秘的、但是谁都明白的手势要希尔克下坑到他跟前来，但她笑着挥手拒绝，似乎知道他想干什么。画家没有吃，只是喝茶，抽烟，独自一人靠墙站着。柯尔施密特坐在那里啃着，边啃边抱怨要他到这里来。只有一个人在吃饭的时候还盯着地平线，那就是我的父亲。

我不能只看着他们吃，我必须到他们那里去，于是我走了下来，出其不意地出现在那里，把希尔克吓了一跳，连连呸了我三次。酒店老板说：小家伙！你们看，有吃的他就来了。你一下子从哪儿钻出来的呀？——那儿，我说着，把头随便向大坝那边一甩。是飞来的吗？——是，我说。接着，他们就让我喝茶。我捧起水壶，掀开盖就喝，吃了画家不想吃的夹心面包，连飞禽站的人吃剩的东西我也吃了，而且特别爱吃，因为他的面包夹着自家制的香肠。父亲容忍了我和他们一起吃，也暂时让我听着他们的谈话。他们以人民冲锋队员的身份，谈论一种坦克的型号，说必须让它开得很近才打，说排气管是它最虚弱的地方；他们谈起夜晚，雾天和春寒时的景色，连手电筒以及怎样节约电池也谈到了。只有画家没有跟着聊天，他好像自愿担任警卫。另外三个人坐在地上，考虑还缺点什么。他们现在缺的当然是扑克牌。没有人有扑克牌吗？廷姆森上衣兜里有一盒旧扑克牌，这曾经是他的工具，当他开大酒店的时候，他这些玩意儿把客人全给吓跑了。我有，谁发牌？画家还是盯着地平线，这些人在他身后玩起来了，开始还有些心不在焉，不时地听听动静，后来越玩越来劲，越玩越无忧无虑了，用玩牌消磨时间；有人抱怨，算牌并证明说：刚才你要不是那么打，那我就会赢最后两把了……这是谁都熟悉的。父亲连出两次方块，两次都输了；柯尔施密特两次都大获全胜，他虽然赢了，却很不情愿似的，甚至大发脾气。像柯尔施密特这样生气的赢家我可是很少见的，他想输，输了好发泄自己的满肚子火气，但却一直赢。又是扯淡，他说，然后摊牌，他又赢了。兴纳克·廷姆森呢，尽管他手法高明，睡觉时也在盘算，但玩起牌来，结果也不怎么样。总之，他们兴致勃勃地打着牌，也许没有忘记敌人，但却把我忘记了，谁也不想把我撵走，因此，我也就看不到一把干油灰和玻璃片从磨坊顶上撒到阵地上会有什么后果了。

临近傍晚的时候，飞机终于来了，几架喷火式和野马式战斗机从弗伦斯堡或石勒苏益格低飞而来，从我们头上掠过，朝北海飞去。飞机的影子还看不见呢，廷姆森就用那缴获来的意大利卡宾枪开起火来，他事后为自己辩解说，这叫作散射。飞机紧挨着树梢，就像跨栏运动员一样向我们飞来，发动机的隆隆声越来越迫近，越来越响，越来越尖，这时，它们已经飞到了我们学校的上空，越飞越低，眼看就要碰着霍尔姆森瓦尔夫被风吹得歪歪斜斜的树篱了，将碰未碰之际，它们又稍微升高了一些，现在，它们准备一起着陆。飞机的影子越来越大，越来越慢地投在地面上，它们肯定是准备着陆的。但是一下子又改变了主意——也许是因为阵地里的男人开始射击了，柯尔施密特，飞禽站的柯尔施密特射击得特别来劲。他们拉开枪栓射击着，不可能用较长的时间瞄准这些横冲直撞的目标。

画家也在射击吗？画家马克斯·路德维希·南森也在射击，有时对着飞机，有时却对着磨坊的池塘，因为他枪栓拉得太快了，池塘里好几次喷起了细长的水柱，野鸭子惊吓地拍打着翅膀从芦苇丛中飞起，伸着长长的僵硬的脖子越过了阵地。飞机并没有还击，也许是他们把炸弹扔光了，也许是子弹射完了，也许，但这一点我可不能作出准确的判断，我们的射击压根儿就没有引起他们的注意，尽管廷姆森发誓说他曾好几次连续击中了一架飞机。难道它们想用自己的机身冲垮大坝，给北海打开大门？不，它们只是在大坝上一掠而过，飞到海上，变成了几根黑线条，向地平线冲去，最后成为黑点，消失了。人民冲锋队保全了自己的武器。他们慢慢开始聊起刚才的经过，我则收集子弹壳，数着。我感到惊奇的是，居然有这么多的子弹壳，我刚才听到的枪声好像并没有这么多呀！人民冲锋队员们一致认为：我们应该密集火力，集中打一架飞机，事先要把目标交代清楚，下一次我们就应该这么办。他们很容易地取得一致意见之后，四个人又警卫了几分钟，不一会儿，注意力就分散了，有人把牌集中在一起洗了洗，这时，廷姆森说：这一回该轮上我了，这回我得赢你们！大家立即按照他的话办，蹲在已经踩得很结实的地面上，开始起牌了。你宁可站着吗？父亲问道。画家摆了一下手说：你们坐着吧。我坐在画家身旁盖着草皮的土墙上，不敢跟他说话，只是随着他的目光巡视着他经常描绘的大地：深绿色，农舍屋的火红色；我们一同巡视土路和两旁栽种野果树的公路，我们同时发现了远方的一个骑马的人——我向那边指去时，他点点头——载重汽车也没有逃脱我们的眼睛，汽车跑动时，屁股后面卷起了一股尘烟，它正沿着海滨公路向索尔林庄园驶去。我尽可能追随着他的目光，我们的身体同时来回转动着，有时，他提醒我注意什么，而我恰好和他同时发现了，便点着头。但是，我首先看见了希尔克；她从"浅滩一瞥"酒店出来，正沿着大坝顶上的道路回家去，把空壶挂在胳膊上转圈。布累肯瓦尔夫没有丝毫动静。与此相反，老霍尔姆森则在霍尔姆森瓦尔夫不停地拉铁丝网，而且肯定是从棚子往院子里拉，也许他为了霍尔姆森老太太的安全，要把院子围上。画家很少拿起警察哨长的望远镜来观察。

我们等待着，一直等到暮色降临，仍然没有任何动静。太阳落到大坝后面，就像画家在坚固而又不吸水的纸上让它呈现的那样：一道道红光，黄光和棕红色的光，落到或者说滴落到北海中去，浪峰愈益灰暗，铁锈色和艳红色散在洁净如洗的天空中，轮廓并不分明，像是画笔一扫而过，手法甚至有些不太灵巧，而画家要的却正是这样的场面；有一次他确实说：我和灵巧无缘。于是，一个缓慢的，笨拙的，甚至还带有些英雄色彩的日落场面便展现出来了，开始还界线分明，接着便层层重叠；这个场面在阵地的后面重复着，从风格上来说，简直无可挑剔。

这回，他们三个玩牌的人碰上好运气的机会是均等的，打完一盘，只是草草议论几句。兴纳克·廷姆森不时地问我们道，那个"形象"来了没有？他指的是约翰娜，他的前妻，她该从"浅滩一瞥"酒店给他送吃喝来了。画家和我说，我们一看见就会通知他的。在这样的日子里，总是伴随着暮色降临的大雾今天也姗姗来迟了，但是，牲口却和平常一样，在这个时候开始叫唤了。先是从远方传来了一阵低沉的突出的叫声，这是地平线下面一头看不见的牲口的叫声，在我们的阵地下面，黑白相间的牲口把头伸向它们认为合适的方向，扇动着长毛耳朵，但还没有回答；只是当远方的叫声又开始时，有一条牲口才费劲地仰起头，吐着一口口白色的呼气应了起来，可是，它并没有马上得到回答，这时另一条牲口却用喇叭一样的声音掺了进来，它使里本方向的另一头牲口不再保持安静，发出了从未听见过的低沉的叫声，这可能是远方那头牲口的问话引起的，因为此时它的声音如此紧迫，但是低音还未回答，我们周围的牲口都加入了这场大合唱。

每到傍晚，牲口的叫声就从一处传到另一处，我向来毫不在意，可是那天傍晚，我却专心倾听着它们的声音，没有察觉到画家作出了什么决定，并在暮色中进行了准备。突然，他撑起身子跳出壕沟，拍去身上的泥土，回头向另外几个人说：一会儿，你们就什么都看不见了。明天见吧！接着，便上路了。

父亲扔下手上的扑克牌，喊道：马克斯，等一会儿！画家却继续向前走着。警察哨长让兴纳克·廷姆森帮他爬出了地洞。他用手扶着帽檐跑着，从池塘那边斜插过去挡住画家的去路。其实，画家走得很慢，他根本就不需要这样做。他赶上了画家，把手放在他的肩上说：你怎么啦？不能随随便便就走啊！——天马上就要黑了，画家说，所以我想待在家里。

父亲紧挨着画家，忍受着他那蔑视的目光慢腾腾地说：你大概忘了你带着袖章吧？你大概不知道这意味着什么。画家一句话也不说，把袖章褪了下来，递给了警察哨长，但是，哨长不肯接过去，最后，画家对我说：你给我保存到明天吧。——拿着袖章，父亲命令说，回到岗位上去！

不能擅自离开，不能随随便便地回家。

　　你们可以继续打牌，画家说，要是你们继续玩牌，我并不反对。画家想在话里表达出谨慎的藐视，却没有产生这种效果，因为此时我父亲非常激动，什么也听不出来，即便听出来了，此时此刻也不能接受他这种蔑视，不理会他的言外之意，我父亲只想按已有的规定来解决这里发生的事情，因为在这样的情况下是另有规定的，他显然是知道的，在这一刹那间，他想起了这些规定。他一字一句地说：我第二次命令你留下！他用命令这两个字，把话说得够明白的了。到现在为止一直在阵地中向这边观望着的廷姆森和柯尔施密特，大概也看出来，矛盾已经变得尖锐化了，他们都想当个目击者，于是就都走了过来，但是立即就受到了批评，因为我父亲说：每个人都应该坚守在自己的岗位上。——对呀，画家说，自己的岗位。我的岗位就是回家。接着，就像一个已经把理由说清楚的人那样准备走开。鲁格布尔警察哨长却不这样看，他一下子把枪盒打开，抽出手枪，对准了马克斯·路德维希·南森——对准他的皮带上下——他不再重复自己的命令。他站着。天已经黑下来了。什么也看不见了。拿着大口径的、几乎未用过的手枪的手是多么平稳！这样全副武装地站在这里，他一点也不觉得怎样！这支手枪他用过两次，一次是一只发狂的狐狸咬了一头小牛，后来是因为霍尔姆森的一头种牛搞乱了格吕泽普鲁车站的运行计划。

　　柯尔施密特突然说：理智一点。可是，不清楚他指的是谁。他们究竟要这样对峙多久，一言不发，又不紧张，或许他们仅仅想知道事情准许发展到什么地步，他们都很镇静，仿佛事先就知道会有怎样的结局，因为或许他们早已多次这样对峙过。父亲拿着手枪，根据规定，一再重复说：我在这里最后一次命令你留下。我伸手把袖章交给画家，画家连看也不看，但又摆脱不了我父亲，现在，他的身体终于有所动作了，那勉强做出的从容的姿态，不再那么从容了，在手枪的压力之下，他的身体微微有些前倾。根据我对他们的了解，当然不会怀疑画家会根据自己的决定离开这里，我同样不会怀疑我父亲是会开枪的，因为他们俩都是格吕泽鲁普人。画家证实了我的看法。画家说：我要走，严斯。谁都拦不住我，你也拦不住我。由于鲁格布尔警察哨长沉默不语，他又接着说：一切都不能改变你们，战争结束也改变不了你们。只能等到你们死绝才行。父亲不回答，此时，他只要求画家执行他的命令，别的以后再说。命令已经发出，他等待着命令的执行。

马克斯，要是你走，柯尔施密特说，那我跟你一块儿走。他扣好上衣。好吧，画家说，我们一起走。——有一点你必须认识到，严斯，柯尔施密特对我父亲说，我们在这儿待一晚上，帮不了任何人的忙。好像我们能阻挡什么似的！这一切都是扯淡！

又有一个人要离开阵地，但是，这好像与鲁格布尔警察哨长无关，他的眼睛只是盯着画家，他只想和他一个人争论。来吧，严斯，柯尔施密特说，别惹事了，把家伙塞回去。说这话时，他本想拍拍警察哨长的肩膀，可是，他突然吓了一跳，不想再去拍，伸出了的胳膊显然犹犹豫豫地缩了回来。我父亲的嘴唇在嚅动，准备好要说的话，然后把身子转向柯尔施密特说：逃兵，你大概不知道逃兵的下场是什么吧！——慢点，柯尔施密特说着绕过我父亲，紧挨着画家，组成了一条阵线，一条抗拒的阵线，至少是持不同意见者的阵线。他非常镇静地说：好大的口气，严斯，该好好擦擦你的眼睛了！我们现在离开这儿，明天早上回来。——要是大伙儿都在这儿毫无意义地开枪，兴纳克·廷姆森说，那我也不干了。在这儿过夜没有意义。剩我一个人更不干了。他从后面走到画家和柯尔施密特一边来了，并以此表明他已经作出了抉择。虽然他们要共同行动，又一致宣布要离开，却没人敢迈出第一步，这倒不是因为害怕那只平稳地举着手枪的手，而是想成功地把警察哨长拉到他们一边来，一起离开阵地。

我父亲目不转睛地注视着画家，画家此时有可能说几句，但是，眼前他不想再说什么，即使廷姆森在身后捅他，鼓励他说话，他还是不说——也许因为唯独他看出我父亲在其他人也决定回家时，已经放弃了争论。画家让他自己拿主意。他一言不发地等待着，也让别人像自己似的等待着。

我当然还可以让我们的人民冲锋队在暮色中，在没有叶片的风磨前再待上一会儿。一个回忆往事的人，必须像商人在过秤时一样，把亏损估计在内，我也许算了，因此我让我父亲不再和画家交换目光，惊讶地匆匆扫了这几个人一眼，离开了他们，用均衡的步子从他们身边经过，爬上小丘，回到阵地上，回到他认为人们委派他所在的地方。

那时，我除了跟着父亲以外，别无他法。他一声不吭地帮我跳进了地坑，拖了一口箱子过来，我坐在箱子上，发现面前有一支枪，可是我没有去碰它。我们俩都看着那几个男人，他们都还没有离去，他们挨得很紧地站着悄声说话，也可能他们一下子又意见不一致了。但是，他们还是走了，有时只能听到他们的脚步声，他们一起走到水闸边，尽管只有飞禽站的柯尔施密特必须经过那里，这时，他们又不肯分手了。是呀，要他们分开是不容易的，末了这几个人还是分散了，向不同的方向走去——现在我们什么也看不见——我估计他们中间会有一个人，比如兴纳克·廷姆森重新出现在阵地上，抱着他的枪，似乎什么也没有发生过一样，但是谁也没有回来。

现在，我一个人和鲁格布尔警察哨长待在阵地上，他正用一只手弯着挡风，点上烟斗，然后用他那刻板而坚定的方式窥视街道、草地，特别是在夜幕笼罩的田野上有无敌人，此时大雾也来帮黑夜的忙了。牲畜安静了，它们都躺下了。在风磨池塘后面，还隐约可见它们一长块一长块的身子。雾气聚成扁平的长条状，袅袅上升，向四处扩展，把台地上的农舍轻轻托起，就像涨潮的海水把海滩上的小船浮起一样。偶尔从远处震过来一阵冲击波，估计是爆破而不是炮弹产生的。

回家去吧，父亲说。那你呢？我问道。睡觉去吧，他又说。我怀疑地看着他，但是他嘴上说的，的确是他心里想的，他用头朝鲁格布尔方向一歪，于是，我爬出了阵地，让他一个人守卫在那里。你呢？我又问了他一次。我得寻找一个名称，他说。一个名称？——为不幸，为不幸和所有这一切寻找一个名称。——那晚饭呢？我问道。他一摆手，想了想，耸了一下肩膀说：要是还剩下腌青鱼，你们就给我留下。我在这儿还有事要做。

像上次那样，离开这儿，绕个弯儿再悄悄回来吗？不，我已经没有兴致了，我在他的注视下，头也不回地往家里走去，刚进院子，我就听到短促的电话铃声——电话铃响个没完——为什么她们不把听筒拿下来？厨房里有灯光，希尔克和母亲刚在这儿吃过饭，现在都已回到楼上的房间里去了。她们应该听见电话铃声的，噢，是这样，她们不愿意让人知道家里有人，那就算没人吧。也许希尔克正替坐在床上的母亲梳她那金红色的头发，将它编成一个闪亮的发髻——我想。或者她正把镇静剂溶化在水中，按顺时针的方向搅动着。或者她正用自己那双有力的手很内行地给母亲按摩。没有别人的陪同，我是不能进办公室的，因此，这电话与我无关。刚才我也不在家。食品储藏柜里放了一碗腌青鱼，我把它端到厨房桌上。我吃了一条铺着洋葱和石竹的深黄色青鱼，又吃了一条鱼皮皱在一起的青鱼，把剩下的两条用一张报纸盖了起来，报上一个名叫邓尼茨的男人看着我，目光逼人却又空虚。我在一张纸条上写着：别吃掉，还打了一个惊叹号，又在纸条上压了一把叉子。面包呢？面包他可以自己切。我把鱼刺端到外面，扔在黑暗的院子里，然后上楼，在进自己的房间前，靠在卧室的门上听了听。毫无动静。我进屋后，没有首先把防空帘放下来，衣服没脱就倒在床上，等我父亲回来。

　　我还记得，我在黑暗中瞧着，听着，突然希尔克弹起钢琴来了，她从来没有学过，却能用手指在钢琴上小心翼翼地弹奏。钢琴摆在屋外，在水闸旁，海鸥在她的头顶上盘旋，她弹琴时，似乎有冰柱，很小的，小的，较大的冰柱从房檐上化开了，落下来，落在一块玻璃上，粉碎了，跌碎时显出它们是染了颜色的，主要是红色与黄色，然后，一片阴影落在希尔克的身上，是一架没有发动机的飞机的阴影，一架灰色的、相当大的飞机，准备在父亲的阵地旁降落，盘旋了几圈，使人感到有一股冷飕飕的气流。飞机降落了，向一边倾斜着，椭圆形的门打开了，从里面跳出来的男男女女，尽是些熟人，走在前面的是安德森船长，后边有老霍尔姆森和普勒尼斯老师，布尔特约翰和希尔德·伊森布特尔。希尔克弹着钢琴为这些人的跳跃伴奏，钢琴倒映在水闸旁湍急的水流中，她的琴声使大家手挽手踏着舞步包围了父亲的阵地，圈子越缩越小，衣裳飘舞，但不是风吹的，他们终于跳到父亲近旁，站到他的上边，捆住他，把他从地洞里拉了出来，迈着舞步把他抬到绿色的山丘上，抬进了磨坊，风磨现在有了叶片，张着肮脏的亚麻布的叶片，焦急地颤抖着，他们把我父亲绑在叶片上，有节奏地拍着手，叶片开始慢慢转动，我父亲一下子从地上升起，脚尖朝下，身体悬空，叶片越转越快，呼呼直响，能清楚地看出离心力的作用，在向上转动时他的身体呈水平状态，叶片的影子在我们的脸上转动，池塘里风磨的影子也在转动，一直转到磨盘上冒起了一股轻烟，是的，磨坊冒烟了，空气中有一股火焰味。

这时，我跳了起来，跑到窗户旁，窗前升起一股细烟柱。下面院子里，在清晨的阳光下，我父亲站在一堆火前。他从分类文件夹中取出一份份文件慢慢投入火中，并看着不让上升的火苗把烧焦了的纸片带走。他把飞到一旁的纸片都捡回来，再投进火里烧尽，如果火势太大，他就翻阅着手中的文件等待着。

我站在那儿看着他，他终于发现了我，既然他没有喝令我走开，于是，我就跑到院子里，没等他要求就帮助他把被火焰吹起来的纸片捡回来。他感觉到，我一直在一旁仔细观察着他，但是，他却一直忍着，过了半天才问道：怎么回事？你不认识我吗？我没有向他讲述磨坊和飞机在希尔克伴奏下降落的事，只是问他说：我们什么时候到那儿去呀？——过去了，他说，一切都过去了，接着，从分类夹里抽出纸来，揉在一起，扔进火里。他脸色发灰，胡子也没有刮，帽子歪戴在头上，鞋上还沾着阵地上的湿土。他的双肩下垂着，动作艰难，声音嘶哑。谁要是看见他，立刻就会认为，他已经放弃了一切希望，再也游不到岸了。人们不好意思和他说什么，因为人们已经知道是怎么一回事了。他坐在一块推过来的劈木墩子上。人们可以看到他的后背。

他让我一个人守着这堆火，自己则坐在疤节累累的墩子上把那些陈旧的也许是没有什么价值的文件扔进火里，有时他也读上几行，完全无动于衷，似乎这些文件对他从来就没有任何意义。他烧完第一批后，又回到办公室里再拿出一批文件，文件日积月累，真不少啊。他是不扔东西的人，什么都要收集，分类归档，保存起来，这一切就像他生活的证明文件，总有一天他会对自己的生活算一次总账的。

他对我很满意，满意我看火的方式，我把什么东西都一烧而尽。他最后一次走进屋里去时，除了拿出两个分类文件夹外，还拿了许多书，一叠草稿，还有一个油纸包，上面松松地系着一根绳子。连这个，这些看不见的图画也要烧。通通都烧掉吗？我问道。他声音喑哑地回答说：烧掉，通通都得烧掉。他开始撕碎稿纸。这时，希尔克出现在台阶上，她走到门前，叫我们进去喝茶。她嚷道：要是你们不来，茶就该凉了！后来，她又出来了一趟，走到了火堆跟前我们身旁，毫无兴致地重复了她对我们的要求。她不看火，而是看着我，突然她说：你的脸真老，西吉，你看上去已经有二十八岁了！我的姐姐就是这么个人，她有时就像谈论一匹马似的谈论一个人。我对她说：你走吧！当她从火堆旁捡起一张烧焦了的纸准备念时，我一把夺了过来，扔进火里。你走吧，接着弹吧，我说。弹？弹什么呀？她莫名其妙地问道。钢琴，我说。于是，她看着那个正在沉思默想的警察哨长说：西吉过于劳累了，脸都变老了。我知道，不伤害伤害她，她是不会走的。我正考虑着怎样伤害她为好时，希尔克忽然叫道：那边！你们瞧那边！

我们转过身子，向砖石小路看去，那里停着一辆绿色的，橄榄绿的装甲侦察车。车子停在那里。发动机还在转，炮管平伸着，一个士兵的脑袋从天窗里伸了出来，他戴着一顶黑草帽。装甲侦察车那方形的向下倾斜的车头，慢慢开过鲁格布尔警察哨的牌子，转向我们驶来，车身蹭着了木柱，却没有把它碰倒。它开过了那辆破旧的架子车，停在火堆前。

父亲从劈柴墩子上站起身来，下意识地把制服拽整齐，挺直身子看着装甲车，并不害怕，只是挺直了身子。当装甲侦察车已停在火堆旁时，父亲用我刚好能听到的压低了的声音说：把东西弄走，你给烧掉！但是，怎么弄呀？

我用脚把一个文件夹往那个油纸包前挪动，不停顿地一厘米一厘米地向前推进着，发出了轻微的响声，沙土地上留下了一条带状的痕迹，好像什么动物爬过一样，也许是一只乌龟。一个肩膀从装甲车的天窗里露了出来，接着是胳膊，士兵向我父亲招手，要他过去，问了他一些什么，父亲微微点头回答。文件夹已经挨着了小纸包，趁那个士兵把整个身子从车子里钻出来并跳到地上的一瞬间，我把两样东西都拿了起来，往后退着走进了棚子，让小包落在地上，然后手上拿着那个文件夹，又向火堆走去，绕着火堆慢慢走到正在和士兵说话的父亲面前。

这个士兵长着一头红鬈发，肩章上有两颗红星，要是这能说明什么的话，一条褪色的布腰带上系着一个褪色的手枪盒，里面装着一把手枪，口径和我父亲那把一样。他要把火踩灭吗？他要没收那些还能看得清的文件，拿到可靠的地方去鉴定吗？难道鲁格布尔警察哨竟有这么大的价值？

英国士兵并不管这堆火。他对那些完好的或者是半烧焦的文件并不感兴趣。他看着一张从贴胸口袋里掏出来的纸条，用我们的语言结结巴巴地问我父亲是否就是鲁格布尔警察哨长耶普森。父亲点了点头。他又问这里是不是鲁格布尔？我父亲也点了点头。要是的话，那个英国士兵说，他就得根据这个命令逮捕鲁格布尔的警察哨长耶普森。他叠起了纸条，又把它塞进贴胸口袋里。他向装甲侦察车做了一个手势，不，不是对装甲车，而是向视孔后面紧盯着我们的那双明亮的眼睛，然后示意父亲上车。

警察哨长犹豫着。他说：总可以随身带几件东西吧？

士兵不知道该不该答应，为了有把握，他向视孔里说了几句，那双明亮的眼睛同意了。士兵把身子转向父亲，指了指我们的家。父亲走在前面，士兵和我在后面跟着。

我们走进家门后，我真感到害怕，感到特别紧张。我以为，什么事情都可能发生，唯独不会发生这样的事情：他不准备逃跑，不反抗，不言不语地收拾东西，按他们的要求上车，离开这里。我们走进了厨房，早餐放在桌上，茶等待我们去喝。父亲把水池子旁窗台上的刮脸用具收拾在一起。我们走进了办公室，那里的书架空无一物，写字台抽屉也都拉开着，似乎抽屉里的东西都被偷走了。

警察哨长拿起了公文包，打开一层，里面除了公文包的第二把钥匙外，什么也没有，他把刮脸刀具放了进去。我们一前一后地上楼到了卧室门口，敲了好几下，母亲才穿着浴衣，披头散发，出现在门缝里，递出来两双袜子，一条毛巾和一件衬衫，什么话也没说，因为她既看不见我，也看不见那个士兵。我们走进了我的房间，父亲走在前面。我暗自问道，他还要从这儿拿走什么呢？他只是在桌子上摸着，敲敲海图，敲敲床架，又第一个走进了下面的厨房。那个士兵总是离开父亲几步远，把手指插在褪色的腰带上，完全没有不耐烦的样子。他看着父亲随随便便地做了一个请求谅解的动作之后，把茶倒进了那个厚厚的陶瓷杯里，一面喝着茶，一面从杯口轻蔑地怀着反感观察着士兵。父亲喝茶时，我一直拿着公文包。他居然能如此有耐心，能如此安逸地喝茶！尽管士兵已经把一只脚踩到一把椅子上开始抖动起来，父亲还居然把茶喝完，并且倒了第二杯。直到他喝完了第二杯茶，才从我的手中接过公文包，并同我握手。他把希尔克从食品储藏室里叫了出来，同她握了握手，然后来到走廊上，听了听上面的动静，想叫又不想叫，尴尬地朝士兵笑着，而士兵连理也没理他，最后他终于叫道：再见！然后挺直了身子，表示他已经准备就绪。

我们陪他走出家门，站在台阶上，身子跟那辆橄榄绿的、画着一只坐着的大老鼠的装甲侦察车的炮塔一样高。我很快就回来！父亲叫道。希尔克小声哭着，我不用看就知道是她，因为她的哭声就像别人打嗝一样。现在他们都站在装甲侦察车前，士兵接过父亲的公文包，用大拇指指了指上边，这时，两只赤裸的、满是雀斑的胳膊把我们——希尔克和我——推到一边，推到墙上。

她来了。母亲披头散发，穿着褐色短袖围裙从我们中间走过，她的脚摸索着踩下去，柔软而健壮的身体直挺着，脑袋往后仰，她的动作令我联想起一个骄傲凶恶的女皇——是哪一个呢？——总之，她的出现使士兵推了一下父亲，又向他说了几句什么。那堆火几乎已经熄灭了。母亲站在火堆前，让父亲走过来。父亲越走越近，越走越近，已经近在她身边了。她伸开两臂，那样子像是在比喻捕到的一条鱼有多么大一般。她拥抱他。她匆忙地、笨手笨脚地搂着他。然后把手伸进了围裙的口袋，递给了他一件东西，一件小小发亮的东西，我想那可能是一把小刀，他接过小刀，挥了一下手，像是在回答一个信号。完事了吗？士兵问道。鲁格布尔警察哨长爬上了装甲侦察车。当车绕着火堆掉转车身时，他仍然在看着我们。橄榄绿的车身紧贴着我们开过时，他骤然抬起了身子，夸张地挺直了脊背，他是想在分别的时候让我明白，我应当顶住。

观察

　　他们要半个面包作为入场券。我们腋下夹着两个面包，可以稳稳当当地换到四张入场券。我们从布累肯瓦尔夫出发，沿着大坝下面的小路，穿过格吕泽鲁普的草地，向东一拐，到了稀疏的小树林前，这片小树林属于集中营，也就是属于现在被他们称作封锁区的克林克比和廷门施泰特之间的整个地区。不过这里还称不上是集中营，因为这里没有各种教科书所描述的能够监视并控制封锁区的铁丝网、营房、瞭望塔、探照灯和岗哨。

　　为了管好这六十万被俘的士兵——他们中间有许多人还没有意识到自己是俘虏——他们建立了一个封锁区。我们弯腰看了一下地图：这里是从克林克比通往格吕泽鲁普的公路，然后再加上一段胡苏姆公路，又从法尔特沼泽向东南方向拐去，让封锁区的边界一直延伸到廷门施泰特，于是整个封锁区就被一条贯通的公路环绕着，再让装甲侦察车在这条公路上巡逻。

　　这场一开始是那样有利可图的战争结束了。不管是从北边、从东边，或是从南边成功地逃跑的人，都被巡逻的装甲侦察车截获，带到封锁区去。在封锁区里，人们不仅可以自由活动：士兵们可以自己确定帐篷的位置，可以组织关于离婚法的报告会，可以不经允许就去摘酸模草和好处很多的荨麻叶，而且也不禁止组织歌唱晚会、读书晚会和戏剧晚会。在这里，艺术家也不乏其人。邻近田庄的居民可以到封锁区来观赏演出；为支持被俘的艺术家们，他们要求我们交半个面包作为入场券。

我不想问沃尔夫冈·马肯罗特将怎样从心理学的角度来评价这一事实，即我有生以来第一次看戏得付出半个面包；此外，我们拿的军用面包，是通过封锁区的会计弄到手的，现在，又由我们带进封锁区去。总之，我们向小树林迈进，我、希尔克、布斯贝克博士和画家。画家把两个面包装在一个纸盒子里。天气怎样呢？按教科书说，是卷云、积云多，风向：西风转西北风。多云间晴。这正是看戏的好天气——当时我没有想到，今天才知道这是怎么回事了。我们把面包交给了会计，他点了人数，让我们进去，长头发的海军士兵帮我们找座位，领着我们朝前走，来到搭在小树林——松树、山毛榉和杨树——中的平坦的舞台前，舞台用缝在一起的帐篷做顶。一万二千名观众盘腿坐在枯草地上，有嬉笑着的，有用勺在碗里舀东西吃的，有不少在那儿打盹的，使人吃惊的是居然有许多人在抠脚。有那么几只喜鹊飞到这稀疏然而尚可藏身的小树林里来，它们还下不了决心在树梢上停留，又匆匆地飞走了。田凫早就离开了封锁区，山鸡，还有爱清静的野兔也都从这里迁走了。

演出开始以前，又有人讲话，他穿着锃亮的皮靴，有一张满是皱纹的娃娃脸，从小树林中走上舞台，让大家安静。这个人很可能是个会计，他开始讲话了，讲得很激动。在我周围，有人在拍打什么，短促的咒骂声越来越响；原来是牛蝇和黑蚊子纷纷飞来；但是它们不能影响演出。舞台上出现了一个长着乱糟糟的络腮胡子、装着一只铁手的家伙——据说他为皇帝献出了那只真正的手——人们竭力称颂他，说他英勇而又高贵，在敌人的骑兵丛中杀出了一条血路。他当然为自己的负伤感到自豪。他并不反对皇帝，因为皇帝是他的朋友，但他讨厌主教和那些小邦的公侯，因为这些人相当可恶。由于他妨碍了这些人，他们自然要排挤他，打击他，虽然他的朋友们和勇敢的骑士们使此辈久久未能得逞，但最后他还是被指控为纵火杀人犯，被投进了海尔布隆监狱，那里的狱卒允许他在小花园中晒太阳。无计可施了。他死了，死了却还在扑打咬他的牛蝇，就像公侯和夫人们一样，他们也一个劲儿地扑打牛蝇和黑蚊子，这都是在舞台上演的。

我感到很惊讶，这出戏竟如此乏味。就说那些对白吧，什么千万层沉重的苦难，你们滚出去吧；什么直到死亡；什么告诉你的长官，对于国王陛下，我永远怀着负疚的尊敬。我越来越注意那发狂的拍打声和咒骂声，这是观众和演员对那些咬人为乐的虫子的回答，而不再注意舞台上应有的对答。我毫无办法，那个铁手汉子叫道：他呀，你告诉他，他可以舔我的屁股。这时，我不能跟大家一起笑，更谈不上一起鼓掌了。

唯一使我感兴趣的是某个马丁兄弟，一个演员，穿着一身修道服出场，他使我立刻想起了克拉斯，他的声音、动作，微微前倾的站立姿势使我觉得他非常像我的哥哥克拉斯。我碰了一下画家，让他注意这个马丁兄弟，他点了点头，似乎他知道更多的情况。马丁兄弟几乎没有得到什么掌声，而其他的人却被掌声弄得下不来台，尤其是那些声音低沉的妇女，只要她们一上台，或者捏碎一朵花，抹一抹眼泪，掌声就响起来了。当一位夫人——在雅各斯特豪森宫殿的别离一场中——掉了假发，露出那条分明是男人的头发缝时，一万二千名观众大为兴奋。

希尔克的哭泣完全可以理解。画家过后对她说，只有她才理解了剧情，这也是在看戏时发生的。开始，我还有兴致想溜到后台去，到小树林中去，因为我还抱有某些希望，但是，演出的时间越长，我就越对在山毛榉和松树阴影中所发生的一切感到无所谓了。我数了数有多少老百姓，计算出他们总共带来了多少面包支援忍饥挨饿的艺术。大概有三十到三十五个面包吧？确切的数字只有会计知道。暮色降临了，舞台上到底响起了哀号之声，听起来就像真的一样。因为某个名叫魏斯林根的，一个相当叫人讨厌的家伙，他的脸被蚊子咬肿了，越来越多的抱怨声表示着演出结束了，因为那个有着一只铁手的汉子或是由于哀怨，或是由于苦恼而死，也许哀怨和苦恼不幸地一起降临了。从心里说，我对这出戏不感兴趣，因此不能同俘虏观众们一起欢呼，我第一次接触戏剧竟使我大失所望。我往外挤着要回家，但是画家还有点事，他让我们等着他，就独自消失在舞台后面的小树林中了。观众们站起身来，四散而去。许多人向希尔克眨着眼睛，吹着口哨，有的要她跟他们一起走。现在也看得出来，许多观众都睡着了，别人就让他们躺着，从他们身上跨过去。许多观众在走路时还拿着锅吃东西，左顾右盼地和人交谈着。不少观众光着脚，把袜子拿在手上，把皮靴系起来背在身上。也有些观众不声不响地离开了这里，没有人去注意他们。

希尔克跟一个名叫劳拉·劳里岑的女人打招呼，我知道她患糖尿病。布斯贝克博士和索尔林庄园的索尔林夫人聊天，其实是他在听她说话，耐心地听她复述他在舞台上看到的一切。像魏斯林根这类的人她想亲自认识一下，她认为这个典型一点也不夸张，她说：你信我的话吧，博士，世界上有许许多多像魏斯林根这样的人。布斯贝克博士不想反驳她，因为她能说得天花乱坠。她对我说：呐，亲爱的西吉，你喜欢我们这些士兵的演出吗？她不等我回答，就替我说，我对哪些情节满意，为什么满意。谢天谢地，她终于发现了马格努森一家，他们也没有弄清舞台上究竟演出了些什么，于是，我们总算摆脱了她。可画家在哪儿呢？

他终于回来了，他的动作和脸色告诉我们，他了解到了一些情况，恨不得一下子就告诉我们。他摆动着双臂，噘着嘴，弹着手指，在议论纷纷的人群中向我们走来。他说：是的，真的是他，是克拉斯！他明天回家。

谁都想立即多听点情况，希尔克甚至还想跑到后台去，跑到小树林里去。但是画家把我们拽走了，他一再重复说：别去，现在别去。他又拉又推，让我们远远地离开了封锁区的地界。我们走过装甲侦察车和一座由松树干搭成的小桥。

是克拉斯，他说。他还说：这孩子还活着。你们想想看，世界上还有他。——是那个穿修道服的吗？希尔克问道。我都不相信我的眼睛，画家说，但是我没有弄错。他是怎么到封锁区的呢？他们把他抓住了，没别的。他曾两次企图闯回家去，但两次都被人抓着了，后来给送到这儿来了。据我了解，他在军医院住了好久，证件、档案、惩处材料在一次空袭中烧毁了，可能也有人把他的案件拖了一下，后来他被送进了国防军监狱，据说解放后他从阿尔托纳步行到了这里，但是，装甲侦察车把他……现在他正等着释放，因为农业工人和艺术家可以优先释放，他现在成了艺术家，和从前不同了；此外，画家也进行了决定性的帮助，大家答应他，尽快把克拉斯放出来——肯定是明天。你们想想看，他又回来了。

在回家的路上，画家一个人说着，偶尔被我们用一些简短的问题打断；我们要他把克拉斯和他相遇时所看到的一切都告诉我们，他对所见的一切的叙述，如果说当时并不使我感到惊讶的话，现在我却感到十分吃惊。这位老人的欢乐情绪是怎样描述也不过分的！真是喜出望外！只有一次他忧郁地沉默着；这是在希尔克说到，她准备把自己的房间腾出来让给克拉斯，他完全有资格享受这一点的时候。我明天早上就开始收拾，她说，要是他明天中午回来，就可以搬进我的房间了。这时画家说：你等一等，先别这么安排。——那他不是要回来吗？——是的，他要回来，我明天亲自去接他，但是，也许他先在我们布累肯瓦尔夫住那么几天吧。——他愿意这样吗？——他向我提出的。如果他到我们这儿来，他就不只是要求离开封锁区。肯定不会待久的，待那么几天。他必须先让自己恢复过来。

让自己恢复过来，他这是什么意思？这该如何解释呢？我问到的人，在一番考虑之后，都耸了耸肩膀，他们有的反问我，有的说：你会知道的；这时，我几乎等不到克拉斯回家了。

这个问题实际上没有任何意义，开始是这样，后来仍是这样，克拉斯也没有回答我，因为当我在过了那么长的时间之后再见到他时，无法和他说上话，因为他一直在睡觉。他从早上睡到中午，无论晴天还是下雨。他们把布累肯瓦尔夫那间未完成的房间给了他，他睡在地上一张行军床上——他们总算把爬梯和那一堆石灰、钉子、烟头和铅管打扫走了。他躺在一张宽垫子上，身上盖着一条画家从画室拿来的墨绿条花被子；有时只能看见他那失去光泽的头发，或者一只脚，或者那只套着毛袜的残废的手。

由于不让我走进他的屋里，我只能常常站在窗前，两只手按在面孔两边的玻璃上，久久地站在那里。我羡慕约塔，她可以坐在垫子前观察他，看样子是照顾他睡觉。她给他送饭，她看着他吃——半躺着，一只胳膊肘撑着——当哥哥又躺下去时，她有时还替他盖好被子。她根本就不注意我，即使有时我出现在窗前，看着她在那儿比实际需要的时间更长地拾掇着哥哥的衣服，在仔细地把这些衣服叠好之前，她还要比量一下他的上衣和裤子，即使克拉斯睡在外边，睡在花园里，睡在苹果园或篱笆旁的一切避风的地方，她也总是蹲着，露出一副骨头架子，警惕地不允许我靠近。克拉斯又在又不在，在她的保护下，他可望而不可即。

喂，小家伙，有一次他这么叫过我，如此而已。

我除了习惯于他的昏睡而外，还有什么办法呢？我跑到布累肯瓦尔夫去，期望他睡觉时能找到他，而寻到他时他还睡着。徒劳地观察了半天之后，我想：那就算了吧。我走了，去找画家，他也不知道克拉斯还要睡多久，但是他却理解，为什么克拉斯除了继续睡觉以外，什么也不想干。即使我无法同克拉斯说上话，即使克拉斯只冲我眨眨眼睛，至多是短暂而又悲楚地一笑，但我那时还是尽可能地往布累肯瓦尔夫跑，也许是因为我愿意在他最终醒来时，待在他的身旁，也许是因为画家正在那里完成他的自画像，这是他离开风磨下的阵地后不久就开始创作的。

我总是先去看克拉斯，而他却什么变化也没有，然后我就通过花园走进画室到画家那儿去，他一听到开门声，就知道是我，便从里面叫我：快，维特－维特，过来。这就是说，他又有困难了。他在同色彩进行探讨，那目光显得很不满意。他正在创作他最新的《自画像》。他把自己当作是绘画的对象，但他逐渐认识到，不能协调一致。我简直就看不见我自己，他说，什么都待不住，变幻得太迅速了，我不能把画中的矛盾取消。那色彩突然不再是"友谊"，而是一种流逝的状态，这色彩有着该死的要求自由解放的倾向，他说，它变成了一种不能随意控制的力量。你看，西吉，你描绘这个试试看，只有这样你才会认识到，如果色彩变成了一种力量，变成运动，变成空间的运动，那么，仅仅用描绘所能达到的是微乎其微的。

我坐在他的斜后方一只铺着布的箱子上，看着他在一定的地方，一定的天空之下，一定的景色中去"攫住"自己，而披着火红色狐狸皮的巴尔塔萨正在这景色里走动，声音相当轻，尽可能不被触及地走过远景。日本画纸，被色彩浸透着，使我联想到纺织品，被不同色彩分成几部分的脸使我联想到一个非常轻而薄的、发出照透世界的光亮的假面具。左半边脸是用无力的红灰色，右半边是绿黄色，底色是斑斑点点的红色。他看到的自己就是这样一张面孔。两半不同的脸，灰色的眼睛，从远处望过来，透过蓝色的薄纱，泄露出容纳的艰辛来。如果说，那微微张着的嘴准备说话，那么，白光闪烁的额头却表示反对；如果说，鼻梁上的暗蓝色把分成两半的脸调和在一起，那么我就不得不承认，这张脸是可以分成两半的。没有一个部位是轮廓分明，一清二楚的，嘴是这样，眼睛是这样，耳朵也是这样，我觉得都像是人工制作的，像是用金属制作的。

怎么样？他焦急地问道。你觉得这幅画怎么样？你得说说啊！你在思考问题的时候，不能不说话；如果你在看，也不能不说话。怎么样啊？我不知道他想要我说什么，我不知道为什么这两个不同的半张脸——红灰与绿黄——使他不能或不愿甘休。没有内容，他说，一幅画不应表现内容，那又表现什么呢？不，巴尔塔萨，色彩不能成为平板单调的，想一想冬天吧，当水彩突然在纸上凝冻以后，当雪把它抹淡以后，当色彩在融化后交融在一起时，那会出现什么情况？它会变成力量？将会产生水晶、海藻、苔藓所产生的力量吗？你是怎么看的，维特－维特？我们不能使色彩调和的原因在哪里？是因为我们不能屈就，还是我们不会观察？巴尔塔萨认为，我们必须再一次开始学会观察。观察，我的天哪，似乎一切并不总是取决于观察。

他拿起两张自画像的草稿放在画架上，把它们并排放在一起，然后后退几步，用紧张而歪斜的上身来表达画上的缺点和自己的不满。你在这里就可以看出，西吉，太贫乏了，过于无可指责。整个脸上的浅蓝色——这里没有活动的余地。你知道吗，什么是观察？增添。观察就是渗透和增添。或者说就是虚构。为了能够和你相似，你就必须用目光不断地虚构你自己，凡是经过虚构的东西，也是变成了真实的东西。你瞧这儿，在这片蓝色中，没有游移不定的因素，没有隐藏着任何不安定，因此也就没有什么真实的东西。也没有任何增添。如果你加以观察，你也将同时看到你自己，你的目光应该反射回来。观察，天哪，这也意味着要投入精力，或者说等待着变化。一切都在你的眼前，这些物，这个老人，如果你不由你这方面加进若干东西的话，这一切便不是原来的模样。观察不是说从档案材料中找东西。必须时刻准备着撤回自己原来的想法。你去而复返，事情就有了变化。不要搞原原本本的记录。形式必须游移不定，一切都必须游移不定，色彩并不是那么规规矩矩的。

或者你看这儿，维特－维特，这一幅小画被阳光温暖地照耀着。巴尔塔萨张开手递给了我一个小小的风磨，我没有理睬他。你看这儿，这里还有另外一个人，这里稍有不同，但必须使他动起来。观察就是相互之间的交流。由此而产生的是双方的变化。拿这条海滩上的小沟，这条地平线，这条水沟和这棵飞燕草来说吧，只要你把握住它们，它们也会抓住你，你们相互之间就会了解。观察还意味着：相互接近，缩小差距。不是这样吗？巴尔塔萨认为这一切还不够。他坚持说，观察就是暴露。事物必须这样予以揭示，要使世界上没有人可以认为自己一无所感。我不知道是否真是这样，我自己是反对暴露这套玩意儿的。人们可以把葱头的皮一层一层地剥下来，但是最后就什么也不剩了。我告诉你：一个人开始观察，是在他不再扮演旁观者的角色，并把自己所需的虚构出来的时候，比如这棵树，这波涛，这海滩。

现在你看这儿：这幅画表现什么？我必须把这张脸分成两半，这边是红灰色，那边是绿黄色；我不知道该怎么说好，但它同所有的东西不一致。在这张自画像前我可以说，它与我无关，因为上面缺少的东西太多了。它缺少各种可能性，就是说，如果你画点什么，一张脸，一件物，那你就必须能够画出它的内在的可能性。有些人在《自画像》中画了点什么进去：你一看那张脸，就可以看出那是大病初愈，甚至看得出他的经济现状。这里缺少的东西太多了。事物没有被观察到，因此也就没有被把握住。把握，占有，这些也都属于观察之列。我准备重画一次，另外进行创作。你看怎样？

在一定的时间内，在他进行探索和边说边考虑的时刻，南森也会这样说。人们不用回答他直接提出的问题，因为这些问题与其说是对在场的人，也就是我，不如说是对他自己提出来的。他之所以说起来没完没了，也许是由于他喝了用矿泉水或南瓜汁调稀了的酒的缘故。让你的舌头更灵巧，他说，给自己倒上一杯吧。酒瓶和装着南瓜汁的罐子并没有放在柜子里边，而是像过去的日内瓦酒一样，放在柜子顶上；也许他不愿意轻松地给自己斟酒。也许每倒一杯酒他都想花点力气。也许他不想让自己喝得太多。因为他从柜顶上取下罐子和酒瓶时，几乎每次都有把南瓜汁倒在自己头上的危险；他喝得越多，这种危险就越大。他每倒一杯，都要做出一副忧虑的样子，总是做出遗憾的表情，因为他没有给我送过来一小杯。谁要是跟他谈话，就得先和他碰杯。不管是特奥·布斯贝克，奥柯·布罗德尔森，两个英国军官，还是乘坐带有外国车牌号汽车的客人。他总是要让别人的舌头更灵巧，只有一个人他不给倒酒，那就是贝恩特·马尔特查恩。

马尔特查恩走进画室时，我正坐在铺布的箱子上。这个人身材高大，两颊下陷，一身衣服已经磨旧，依我看，已经像薄片似的了。这时，画家正在把将那张脸分成了两半的蓝色涂淡一些。马尔特查恩自称在汉堡办了点事，是顺道上这儿来的，他腋下夹着《色彩与反抗》那本书。来了，画家说，既没有放下手里的工作，也不请客人坐下。马尔特查恩说：他早就在考虑是否该来这儿一趟，他也曾想写信，多年以来就想这样做，有些事情要解释，要交谈，要澄清。

他站在画家背后，用食指揉着下巴，一边踏着大步走到旁边。他问画家是否听说在慕尼黑出版了一本新杂志。是《人民与艺术》吗？画家冷冷地问道。来人毫不窘迫地说：《不变的人》，它的名字叫"不变的人"。他本人尽管不属于编辑部，但是他有希望成为固定的自由撰稿人。该杂志每月出版一期。没听说，画家说，我没听说过。他仍然不停下手头的工作。马尔特查恩看着门口，可能他在想，要是不进来该有多好。但是既然来了，既然作好了开始谈话的准备，又怎么能退出去呢？既然来了，那就谈下去，至多是尽快办完这件事。于是他说：杂志每月出版一次，满足人们的一切要求。马尔特查恩不仅知道他已经说的，而且还了解更多的情况。他听说这里有一套画，有一组画，起了一个引人重视的名字：看不见的图画，他能不能看一看？如果可以，他将非常感谢。编辑部是否可以在一定的情况下复制其中的一幅或几幅？作品发表后自当酬谢，如此等等。

他用那双不安的小眼睛看着画家，因为事情取决于画家的第一个回答。画家摇了摇头。他说，这组画不全，给人没收了，没收后经过了好些个人的手，其中有几张——对他来讲恰恰是最重要的几张——遗失了。尽管这组画又到了他的手中，但是，不完整的东西他是不愿意给别人看的。这一回答显然比马尔特查恩指望的要客气得多。他向前走了几步，以便把画家的目光吸引到自己身上来。这时，画家冲着自画像又开始说起来。

没想到《人民与艺术》编辑部偏偏看上他，他们是不是搞错了，是不是看错人了？听了这话，马尔特查恩直往回缩，带着痛苦的笑容说：现在说的是一本新杂志，名字叫《不变的人》，向各方面开放，想把在受蒙蔽的时代里所耽误的一切补回来，这是我们当前最紧迫的任务。画家点着头，一般地说他好像并不反对这些，但是说到他自己，他却怀疑说，《不变的人》所在的那个角落，叫他不太舒服，那里的光线太亮，因此，他宁可留在《人民与艺术》编辑部曾经发配他去过的"恐惧室"里；在那里，在"恐惧室"里，他觉得很自在，他并不缺少朋友，此外，那里正是他和他的作品所希冀的地方，而且世界上值得表现的东西首先是恐惧，由于他经常尝试以自己的方式再现这种恐惧，因此他完全适合于待在这相称的房间里。如果马尔特查恩允许他就个人的事情再说一句，那就是：他十分感谢让他待在这样的地方，这些年来他对此一直非常高兴，因此，他的要求很简单，就是允许他继续待在"恐惧室"里。

这时，马尔特查恩叹了一口气，身子转了一个圈，痛苦地点着头，但仍抱着一线希望说：是的，是的，我知道，曾经发生过这样的事情；事后谁也理解不了这一点，但是现在谈起这一点总是好的，他，马尔特查恩甚至希望谈到这件事情，因为这正是他来访的原因之一，他想把事情说明白，希望能有助于"正确看待这件事情"。正确看待？画家反问了一句。马尔特查恩赶紧着说：正确看待，是的，虽然只有极少数的人理解了这件事。

他想继续讲下去，大概准备撤回过去所说的一切，但是画家已经用同样的声调说起来了。画家说，他无能为力，但是马尔特查恩过去怎样看待他，他现在也这样看待自己：画上的蛊惑幽灵和堕落艺术。这可是马尔特查恩过去的观点，他曾经发表过这种看法，这件事情，如果现在要"正确"看待的话，该得出个什么结论来呢。对他来说，世界确实是鬼蜮横行，如果一个画画的人想事先规定自己的界限，那他必得堕落。德意志艺术之家的阿道夫·齐格勒不理解这一点，因此他始终是德国的阴毛画家，合乎种族特性，天然无饰。所以，画家请马尔特查恩一切照旧，过去把他说成什么，现在还这样说下去，他对他的看法一开始就是"正确的"。

马尔特查恩黯然微笑，从外表看他镇定自若。他说，方才画家提到了那句双关语，他很高兴，因为事情表明，过去懂得这句话的人可惜寥寥无几。画上的蛊惑幽灵，是的，他是这样评论马克斯·路德维希·南森的画的，他写过文章，也讲过这样的话，他不想否认。但是，他这句话的意思是什么，难道现在还不清楚吗？他当时指的是谁，难道还不明白吗？他的原话是这样讲的："不真实，周围的人都这么看"，这句话也可以理解成："不对吗，周围就能发现"——这可是够明白的。对他来说，蛊惑幽灵是在外部世界出现的，画家以自己的方式把这个政治幽灵表现了出来，而他，马尔特查恩只是隐晦地，用有节制的双关语指出了外部世界和绘画世界之间的联系。但是，这一点大多数人都没有看出来，他至今还感到奇怪。

马尔特查恩继续说下去，话讲得更快了，他试图证明，也许事与愿违，可能看法会不同，但是……他正说着，门开了，真恼人！

是你，特奥，画家喊道。布斯贝克博士没有回答，他慢慢地走过来，发现了来客，略微有点吃惊，马上想离开，并表示歉意说：我已经收拾好行装了，马克斯。我都准备好了，只是来告诉你一声。

这儿有客人，画家说着转过身去，这时，特奥·布斯贝克打量着这位身材高大、穿着一身磨旧的衣服的客人，抬起目光，好像认不出这是谁，终于他问道：是贝恩特·马尔特查恩吗？马尔特查恩微微鞠了一躬以示回答。是《人民与艺术》的贝恩特·马尔特查恩吗？特奥·布斯贝克不相信地问道。正是，画家说，要是你还不知道的话，我可以告诉你，他是我的推崇者，我的不知名的捍卫者。他冒了不少风险，刚才他证实的那件事我们谁也没有注意到。这件事我们简直就没有看对。

马尔特查恩露出牙齿，举起手，好像在要求发言。他摇了摇头，清了清嗓子。他在两个男人之间看来看去，张开胳膊说：请您让我说完吧。但是画家不想继续听下去了，他从容地走到马尔特查恩面前，脸上既无愤怒也无轻蔑的表示，唯有拒绝的神态，指着门，并不提高嗓门地说：出去！由于马尔特查恩不理解地看着他，他又说了一次：出去！如果是我，听了这一声逐客令，也会不知如何脱身是好；不管怎么说，马尔特查恩摇晃了一下，猛地站直身子，把辅音念得特别重地说：祝你平安，然后走了。

真是马尔特查恩吗？布斯贝克问道。这么快，画家说，这么快他们就从洞里钻出来了。你以为他们会躲藏一个时期，带着羞耻在黑暗中安静一阵子，死去一阵子，但是你还没有喘过气来，他们就来了。我知道总有一天他会来的，但是这么快，特奥，他们这么快就来了，我可没有想到。你可以问问自己，究竟是他们的忘性大，还是他们的无耻心大？

他用一只手搂着布斯贝克的肩膀，把他拉到《自画像》前。我也走到了他们身边。他们端详着这张未完成的画，与平时不同，沉默着，谁都不想说话。当他们意识到沉默的时间太长时，画家说：你的房间我给你留着，谁也不让进去住，让它保持原样。——我把一口箱子留在这儿，马克斯，布斯贝克说，希望它不会碍你的事。他的目光没有

363

离开那张画，也没有回转头看画家，而画家正用亲切的声音提醒他们之间的约定，他说：这是永远有效的，要是你想来这儿住一段时间，你尽管来，连信也不用写。我真不理解，你为什么要走。

现在一切都过去了，布斯贝克说，你不需要我了，我还想试一试。你是知道的。——肯定的，我们都是这样的人，特奥。但是你能经常到这儿来吗？——每年夏天，马克斯，你可以放心。——这张画呢？怎样？这张自画像，你看怎么样？——我还不知道，马克斯，我还得看看。——那就是说没有看法。——我不是这个意思；我先得琢磨一下你的想法。我现在得走了。——我们一起去，特奥。我们送你到格吕泽鲁普，当然喽，西吉和我，我们送你上火车，这是没有问题的，维特－维特，你看怎样？哦，那当然。

我们去找根棍子来，把行李挂在棍子上，用肩抬着；就这样走到格吕泽鲁普车站去，路上也不用歇，西吉就提那口接生婆用的箱子。

我提着那只被画家叫作接生婆箱子的带碰锁的皮包；这两个男人把挂行李的棍抬上肩，摇晃的行李先在棍子上滑来滑去，后来又把棍子给压弯了。我们沿着弯曲的小路，顺着铺满水藻的泥泞的水沟向大坝走去。我们没看见马尔特查恩的人影。这是收割牧草的好天气，温暖而又干燥，我觉得是一片蔚蓝色。廷门施泰特也有人在割草，赤裸的上身弯下又伸直，长齿草又向下挥舞时闪闪发光。我们抬着行李爬上大坝。这时，画家最后一次问道：特奥，你不愿意留在这儿吗？布斯贝克面向大海说：我还会来的，马克斯，但是目前还是走为好。请相信我的话。

我跑在他们的前面。这一天真是燕子的好日子。它们飞得很低，像箭一样在滚烫的沙堆上俯冲下来，挤着嗓子乱叫，这时更多的飞鸟沿着它们的飞行轨道蜂拥而至，在最后一瞬间交叉在一起。它们扑向草地，一会儿紧贴着大坝，一会儿又被突然刮来的风抛到大海上空，直冲云霄，又吱吱地扑了回来。我们来得及，画家说，你不用老是看表，特奥。

他们突然站住了，放下行李，交谈着，向半岛望去。你没有看见吗？就在左前方，在水边的洼地里。还没有看见？——是约塔吗？——是的，是约塔，但是你知道，是谁躺在她的身边？——克拉斯？——那还有谁。

这就是说，克拉斯到底醒来了，到底复原了，可以走出布累肯瓦尔夫这块保护地了。他趴在沙滩上，约塔在他旁边，穿着紧身的游泳衣，腋下和包住了她那小小的发硬的臀部的部分都是缝补过的。克拉斯脱下了衬衫，把外裤和内裤都卷得高高的，因此，他的腿肚子上就好像有一圈灰白色的翻边，他那没有光泽而又毛茸茸的头发散落在那洼地的沙堆上，他的两只军用长筒靴立着，靴筒折向两侧，像两个古怪的疲惫不堪的生物。约塔在给他按摩，用什么东西在他背上揉着，一上一下，一下一上，有时还拍拍他的肩胛。克拉斯抬起一条腿，她便强迫他把腿放到沙中；他想抬起头来，她便开玩笑地紧紧掐着他的脖子。

要我叫他们吗？我问道，要我叫他们来吗？——不，布斯贝克博士说，我已经在花园里向他们两人告别过了。让他们去吧。这时，约塔趴在地上，灵巧地脱下了游泳衣上的背带，克拉斯不知所措地坐了起来，呆了一会儿才找到了那个装油的瓶子。他在约塔身上涂满了油，然后擦干净自己的手，他想摸她又突然停了下来，歪着头看约塔，约塔则顺从地躺在那里，此刻也许她在问：怎么啦？怎么回事？克拉斯这才开始相当机械地在她的皮肤上按摩，表情很可能是木然的，因为他在按摩时，向北海望去，两眼巡视着滚热的沙滩；他没有发现我们是不可能的。

他向我们招手，推了推约塔，用手指着我们。两人都向我们招手。我们也向他们挥手。大家都待着不动。接着我们又抬起了行李。现在在我让他们俩走在前边，他们不时地变换脚步，好让那晃来晃去的行李稳住，它显得过分活跃，常常往一边歪斜。谢天谢地，幸亏这孩子跟来了。——是的，谢天谢地。

格吕泽鲁普近在眼前，在这阳光灿烂的日子里，我们甚至能看见两个格吕泽鲁普，回光返照的第二个格吕泽鲁普比第一个高：水泥厂的白灰厂房，水塔和煤气厂旁生锈的汽油桶。

不懂得风趣，马克斯。——你这是什么意思？——这片土地，你的故乡，它不懂得什么叫风趣，即使在今天，在这样的日子里它也不懂。总是深沉严肃，即使在阳光下，也是这样严厉。——你难以忍受吗？——马克斯，你认为，在某些方面你总是非如此不可的。——指什么呢？——我不知道，也许是严肃，严肃和沉默。即使在中午这里也叫人感到无名的恐惧。有时我想，这片土地没有外表，只有……什么？我该怎么说呢？深度，它只有糟糕的深度，而那里的一切都在威胁着你。——这你觉得糟糕吗，特奥？——我只是认为，外表具有许多人性的东西。——我懂了，特奥。如果已经是这样，难道我们不应该设法让这片土地变得可居住吗？——我知道，它能使人不安，但是，使人不安的，只是情绪，要是你了解那些情绪，你就不至于惊慌失措。——也许我们应该学会观察。

离别之前，他们就这样在大坝顶上谈着，给人的印象是他们相互间不留半句话，全要倾吐出来。他们谈着，始终没有注意到，兴纳克·廷姆森正两手叉在腰上，劈开两腿站在"浅滩一瞥"酒店前望着我们。酒店的窗户全都开着，用钩子钩牢。白色的旗杆上飘扬着廷姆森的酒旗，旗上有两把交叉的钥匙，据说，这两把钥匙都没有锁。木台阶和过道刷洗得干干净净，在阳光下呈白色。您以为，酒店老板会走上前来迎接我们吗？他笑眯眯地等着我们，等着我们的队伍走到他跟前时一把拦住；不，他要把这支队伍领进"浅滩一瞥"，但是，男人们只是放下了行李，站在那里，布斯贝克掏出表来说：我们得赶火车，兴纳克，只有一趟直达汉堡的火车。——就喝一口，廷姆森说，喝一杯相处多年后的告别酒，一切都准备好了。他的上身钻进了开着的窗户里，双手一拍，系着一条白围裙的约翰娜便端了一个托盘走来，托盘上摆着几个斟得满满的酒杯，每个杯子里还漂着一块柠檬。这是怎么回事？——先喝一杯。——那西吉呢？——对了，约翰娜，给小家伙来一瓶汽水！

我们为离别和重逢干杯。男人们觉得酒的味道很好，他们问道：你从哪儿搞来的杜松子酒，兴纳克？——你们知道我们为什么发疯似的给酒店换空气吗？兴纳克问道，这里举行过多次欢庆胜利的酒会，他们乘汽车从格吕泽鲁普到这里来举行庆祝活动，我们只是提供地点，所以要换换空气。你们大概也经历过这种事情吧。他一边说，一边喝着，似乎想替我们大家品尝。我不久就有更好的东西给你们享用的。马克斯，今天早上又有人在这儿打听你。他们是坐吉普车来的。他们的德文不怎么好，我的英文也不怎么样，但大家的意思还是明白了，他们要你给他们画头像或者别的什么，像给那个少校那样。我没有别的法，只好告诉他们怎么往布累肯瓦尔夫走。——他们会找到的，画家说。他把空杯子放在窗台上，还示意我们也把杯子放在那里，然后他敲了几下廷姆森的肩膀以示感谢。当布斯贝克和廷姆森握手时，他说：我们简单点，又不是一去不归。——那就是说你们不想进来待一会儿喽？酒店老板问道。布斯贝克说：要是再待下去，我怕赶不上车了。

于是大家又告别了一次，他们说：一定要再回来，好好保重自己；别离开我们太久，我们等着消息；我们衷心希望你再来。我们拿起了行李出发了。廷姆森在小路上，约翰娜则在观景台上向我们挥手。画家说：再告别几次，你就得留下了，特奥。——我们还得赶得上火车，布斯贝克博士说。我建议他们抄近路，先到铁路路基那边，再沿着路基穿过铁桥，他们同意了。我们跟跄着下了大坝，越过暖烘烘的草场。九月八日她生日那天别忘了放花，布斯贝克博士说。——我想我应该知道迪特的生日是什么时候。——那就好，我只是提一句。我们爬上了铁路路基，沿着一条人们经常走的路——不仅铁路工人，我们这里几乎所有的人赶火车时都走这条路。我把碎石扔进蒸发着热气的很宽的黑水沟里，用一根棍子敲打铁桥的栏杆。我已经看到了车站的钟。两条橡皮膏在上面贴成一个十字，因为钟上的玻璃裂了。你瞧，画家说，我们舒舒服服地走到了。我们还来得及给你买火车票呢！——希望如此，布斯贝克说。

这里是格吕泽鲁普车站：四股铁轨，两个月台，一个被煤烟熏黑的修理车间，一座箱子状、红砖砌的主楼，还有好几股旁轨，那里停放着烧坏或损伤程度不一的车皮；有几节车皮上还可以看到这样的标语：车轮必须为胜利而滚动！主楼包括售票处、服务室、行李存放处、厕所和一个候车室，这候车室面积很大，只要把桌子、椅子、凳子搬开，就可以作体操馆用；室内有十二米高，因此，也可以供打球用。

入口处拦着一根齐膝高的铁链，只有穿铁路制服的搬运员才能跨过去。跨越路轨是不允许的。从一个月台到另一个月台必须从一座木头架起的天桥上走过，那些等得不耐烦的旅客在木板上画了许多猥亵的图画，刻上了自己名字的缩写字母。人们看见穿着制服的职员坐在玻璃窗后面忙碌着；如果窗户上挂着"休息"的纸牌子，你敲窗户也是徒劳的。写着"吐痰入盂"珐琅质的牌子已经失去作用，因为这里没有痰盂——可能是由于供应紧张而撤掉了。主楼是大理石地，一块大理石上写着建造的年月：一九○四年。

我们到达车站的时候已经开始售票并放人进站台了。我们得进入第二号站台，和格吕泽鲁普全体居民一起木然地站在阳光下，他们显然已经决定离开这座城市了。他们坐在篮子上、背包上、纸箱、皮箱、木箱上，拖着麻袋、挂钟、被褥枕头、洗脸架和鹿角，顽强地不声不响地把东西抬到了月台旁，准备冲上火车，占个好位置。

你看，特奥，你可不是一个人出门啊，画家说。看来是这么回事，布斯贝克说。人们是多么耐心地坐在那里啊，有几个人好像在他们没有模样的包裹上睡着了。我发现这里有许多退伍的士兵，他们的武装就剩下那根雕刻得非常艺术的旅行棍了，大多数人的行李只是一个鼓鼓囊囊的面包袋。一个年长的留胡子的旅客引起了我的注意，他歪着脖子在水龙头下已经待了几分钟，嘴对准水龙头咕嘟咕嘟地喝着，用凶恶的眼光制止一帮也想喝水的孩子们凑过来。一个穿着紧身衣服的女人也引起了我的注意，她毫无顾忌地在旅客中转来转去，使劲扳转背朝她的男人的身子，而每一次她都大失所望，并把不是她要寻找的对象粗鲁地推开。那个提着白色鸟笼的妇女也引起了我的注意，笼子里虽然没有鸟，但有一个带老式打鸣器的闹钟。当希尔德·伊森布特尔站在天桥的台阶上时，我当然也发现了她。她站在那里俯视整个月台，也让别人能立即发现她。希尔德·伊森布特尔在那儿呢，我说。画家看了一眼，对特奥·布斯贝克说：你瞧，特奥，站在那儿的只能是个孕妇。这肚子就是优越性，不必花力气挤了。——她总会有位置的，布斯贝克说。

从一间服务室里出来一个穿着铁路制服的人，手拿一根指挥棒，越过铁轨向我们这个月台走来，为了旅客的安全，他无情地把他们从月台的边沿往后推，自己沿着边沿线一路走去，以此告诉每一个人进站火车的危险区有多远。他用熟练而有效的命令告诫旅客，尤其要让他们明白：让开路，请往后退。

大概要进站了，马克斯。——是的，我听见火车声音了。——我应该怎样感谢你呢，马克斯？——别那么说了。——感谢你这些年的照顾。——别说了，特奥。——我感到我是在离家远行。——我希望是这样，来信谈谈科隆的情况。火车来了，这就是你要乘的那趟火车。

火车拖着长长的身子，越来越慢地压着铁轨进站了，像一垛发亮热墙，带着一股强烈的气流，几乎要烫焦我们的皮肤，火车骤然停下，震了几下，铁制构件互相碰撞，热蒸气使劲往外喷，在压力变化的情况下，阀门敞打着，从缓冲器上、车顶上、扶梯上，人们把自己的躯体从令人窒息的痛苦中解脱了出来，放松了，他们松开自己抓住的地方，依我看，他们这样抓着，不仅为了不使自己摔下去，而且似乎要把整个火车都拽住。他们的身体挂在火车上，想使火车顺从自己，就像海草要让船身顺从自己一样。海草逐渐挂满船身，从而越来越降低它的速度。火车也真的挂满了人，站满了人，使人相信，他们仅仅用身体的数量和共同的意志控制住火车，不让它继续前进。由于他们已到了这等地步，当然不会把好不容易占到的位置拱手让给从月台上挤上来的旅客，然而，也不得不对来自月台的压力作些让步，后退着，为新来者让出点空隙，而新来者也立即开始争得活动余地了。尽管这里在高声叫嚷、抢占地盘、谅解或搏斗，却还能清楚地听见那个手拿指挥棒的人的声音。他间歇地喊道：格吕泽鲁普！这里是格吕泽鲁普！我们怎样把布斯贝克运走呢？画家紧紧拉着我们说：放心，放心，让他们冲吧！他站在后面观察着火车，突然决定说：这儿，制动室。于是我们开始进攻，三个已经坐

371

在制动室里的护士生气了，不让我们把布斯贝克博士的行李往里塞，当我们把布斯贝克博士推上去时，一个灰头发的护士用胳膊保护着她那大得不像话的乳房，无力地呼救着，脸色也变了。画家冲着开着的窗户说：这位先生一路上会给你们饭吃，给你们清凉饮料喝，你们好好照顾他吧。说完他把门关好，还从门把到支柱之间拴了一根绳子。过了一会儿，我们就在月台上听到从制动室传出来的笑声，这就是说，他们彼此已经和解了。火车在多次问答信号以后，终于晚点开出。特奥·布斯贝克没法招手。于是，一个护士代他向我们挥手。火车上挂满人们的躯体，他们或者平卧在车顶上，或者站在缓冲器上，随着铁轨碰撞的节奏摇晃着。我还记得，火车猛地晃动时，葡萄串般的人影掉在地上或者蹦了下来，有的跟着火车叫着，跑着，一直跑到了月台的尽头，俯在一根横木上，向火车上的人招手，然而却得不到回答。

火车在闪亮的铁路弯道处消失之后，月台上也并非空无一人。他们占据了空椅子，坐在行李上，表明自己可以在这里等着碰运气。在炎热的上午经过一场精疲力竭的搏斗之后，他们又拉开了休息的架势。我们正准备离开这儿的时候，看见希尔德·伊森布特尔越过月台向停放行李车的地方跑去。那儿有什么？她要干什么？我们同时用目光追随她，其他人也在看她——这个时刻准备微笑、戴着印花头巾的妇女费劲地绕开行李堆和横躺的人，这些人轻佻地向她挥了一下手。

一个穿军服的男人坐在地上，她正向他跑去。这男人坐在一辆自制的平板车旁边，车上装着儿童车的轮子。他直挺挺地坐着，两条腿没有了。这个男人光着头，脸还年轻但很严峻。当她小心翼翼地挺着肚子向他跪下去时，男人紧紧抓着她的胳膊，他们面对面，但没有像人们想象的那样向一起靠近。这是阿尔布雷希特呀，画家说，是阿尔布雷希特·伊森布特尔。他是从那边，从列宁格勒出来的。女人从男人的手中挣脱了，突然拥抱起他来，两人微微晃动着，然后，她站起身来，弯下腰，先试着，随后坚决地把他抱了起来，放在平板车上。她看着那两条断腿琢磨了半天，最后把绿灰色的军裤塞到断腿下。她解开车上的拉绳，举到头上，一只胳膊伸了进去，拉起车走了。

希尔德·伊森布特尔独自拉车走过月台，那男人僵直地坐在那方形的木板上，两只手紧握推车的车沿，在微微的震动下不停地点头。他目不斜视，不理睬任何叫喊声，就是我们拦住他们，要帮希尔德拉时，他也不理会我们，他并非无动于衷，而是因为他此时此刻显然一切都交给了那个女人去办，因此，无论她是接受或拒绝帮助，他都同意。女人表示感谢地说：不，马克斯，别管了，我一个人干得了；也许上台阶的时候要帮帮忙。

他们抬着没腿的男人上了台阶，我在他们身后拉着车，到了上面，他们又把他放到了这个刚好能坐下的木板上。她说：他到底回家了。在外面隆起的车站广场上，在菩提树荫下，我们再次表示要帮忙，希尔德·伊森布特尔仍然拒绝了。画家指了指她的肚子，可她呢，把头往后一仰说：干得了，一定干得了。她解下头巾，擦了擦脖上的汗水，把头巾压在男人的断腿下。她说：非常感谢。

我们让他们走在前面，跟着他们沿海港方向走去，然后继续走在没有铺石子的海滩小路上，推车的硬橡皮轮扬起轻尘，我们只好看着这女人，听任她不时停下来擦汗，或者把那勒得过紧的绳子松一松。这时，我们也停了下来，放慢了脚步。画家说：还没说话呢，他俩没说过一句话。——为什么？——他们用眼睛看就够了，他说。

车轮在海滩小路上吱吱扭扭地滚动着，摇晃着，希尔德·伊森布特尔不管这些，只是沿着弯曲的小路向大坝走去，我们走在他们后面。空气中一股灰尘和枯草味。推车上的男人仍然直视前方，一次也没有扭过头去看北海或农舍稀疏的大地，离家多年他可是看不到这一切的啊！只有一次，在他们离开大坝的时候，女人跪在地上顶着小车，男人用手撑着地面帮着使劲，这时，他看着我们，似乎在请求我们的帮助，但是他没有喊我们，因此，我们也没有过去帮忙。没有我们他们也能走过那隆起的土坡。这时，我们停下了，因为那女人用意想不到的劲头拉着小车走上泥煤色的小路，向白杨树林走去，白杨树上停着黑压压的一群欧椋鸟。从背后看别人如何在天的一角之下离去，是值得做的，在我们这里，这一直是值得做的事。这时，我们自己也会站住，将注意力集中到运动和空间的关系上去，由于地平线总是突出在前，怎么也是超越不了它的，每次见到这情形，我们还总感到惊讶不已。

我们久久地站在大坝上，背向大海，这对夫妇在我们眼前越变越小，最后重叠成了一个躯体，这躯体又越变越小，只剩下难以辨认的一个活动的黑点。你看，我们现在是否该干点什么？画家问道。——当然，我说。他用手搂着我的脖子，搂得不算紧，还受得了，他推着我往大坝那长长的弯曲处走去，随后，不经过"浅滩一瞥"，而是向东，向胡苏姆公路走去。——也许他没有兴致再遇见兴纳克·廷姆森。即使他沉默不语，即使他的内心世界隐而不露，我也愿意走在他的身边，并非按着他脚步的节拍，只是由于他亲切和蔼又捉摸不定地在我身边，迫使你准备回答某个问题或他的目光。这样走在他的身边，意味着紧张地期待和不停地思考，至于快乐，那是谈不上的。

重操旧业

今天，一九五四年九月二十五日，我二十一岁了。希尔克给了我一小包糖果，我母亲给了我一件穿着扎人的毛衣，希姆佩尔所长按所里的习惯给了我一根化得很快的蜡烛，受我们喜爱的管理员卡尔·约斯维希拿出了十二支香烟，陪我聊了两个小时。他们拿出这些东西使我觉得我的成年生日还算过得去。如果不是因为这篇惩罚性作文纠缠着我，我决不会待在这间禁闭室里，而是同其他人待在一起，那时，餐厅里我的位置上会摆上鲜花——插在果酱瓶里的短茎野菊花——那帮家伙也会唱一首希姆佩尔作的轮唱曲式的生日歌曲向我表示祝贺，我还能额外获得一块点心和一块肉，当然还免劳动一天，晚上允许我比别人晚熄灯一小时。现在，一概不行。

从今天起，我得说自己已经成年了，得像成年人一般地受人家的指责了。我在水池子边刮脸时，还看不出自己有什么变化。我一边读自己的作文，一边嚼糖，与那支化得很快的蜡烛聊天，从它那里，我得不到任何启示，我抽了一支沃尔夫冈·马肯罗特送给我的储备烟。最后，那该死的蜡烛快点完了，它让我提出和考虑问题，而这些都是我在我外祖父，那个乡土学家和生命起源解释者那里听过的，令人厌恶：你是谁？你到哪里去？你的目标是什么？等等。我又沉浸在回忆之中，想起庆祝布斯贝克博士六十大寿的海底宴席，想起秋千上树影下的约塔，想起我的海战，想起在泥煤塘边找到克拉斯的那一瞬间，想起了迪特的葬礼。

我回想着，但又一无所获，因此，当约斯维希羞怯但又兴高采烈地进门来时，我并不觉得他打扰了我。他向我道了早安，并说，欢迎你，西吉，以"成年人的身份"欢迎你！说着笑眯眯地从衣袖里把香烟抖落到我的练习本上。他坐在床沿上，长时间地，默默地，关切地看着我，外面，在秋色正浓的易北河上，一台抛着锚的挖泥船的斗链正哗啦哗啦地上下运转，许多天以来，铁齿犀利的斗铲不断地扎进河底，又摇摇晃晃、泥水淋漓地被拉上来，将那些闪着蓝光的泥浆像擤鼻涕一样地倒进了驳船。

约斯维希告诉我，大伙都想念我，问我能不能因为这个加快工作？艾迪也想你呢？——不，工作加快不了。——约斯维希认为我十分憔悴，敏感易怒，很不耐烦，他觉得可能是因为科尔布勇出的那个题目"尽职的快乐"造成的。——原因可能就是这个题目。——你能不能快刀斩乱麻，把作文结束了，交给希姆佩尔呢？——不，尽职的快乐还没有完呢，我不能不顾题目拦腰斩断把文章结束呀。

这时，卡尔·约斯维希用两只手托着自己的脸，目光下垂，点头表示同意，不仅如此，他还明确地肯定我的顽强，赞扬了我的固执劲头。他说他只是想提出这些问题来考验我的立场是否坚定。他说：惩罚性作文就是惩罚性作文，西吉。尽职的快乐是多种多样的，值得通通写出来。——多种多样？我问道。约斯维希回答说：是的，如果你能理解我的意思的话。但我不理解。他说：那你就听着。于是，他给我讲了一个故事，提供我作素材用。要是对你有帮助，你就用它，他说，因为这里谈的也是尽职的快乐。这件事发生在汉堡阿尔斯特河划船运动员协会，出在他侄子身上。

从前，汉堡〇二划船队有一条阵容整齐的八人赛艇，领桨名叫普法夫，人们管他叫"费埃特"，这个名字几乎尽人皆知。许多照片都照下了他脱下运动衣送人的镜头。他是一个正直的运动员，但也免不了在接触了一回金钱之后就觉得有钱不坏，以致财迷心窍，甚至不明不白的钱他也要，但这是隐瞒不了的。有一次，阿尔斯特河上举行大型锦标赛的预赛，就像往常一样，费埃特理应是汉堡的希望。阿尔斯特河两岸一派民间节日的气氛，水上警察们负责不让其他船只进入赛区，在他们中间费埃特也颇有名气。轻便赛艇供艰苦的双人赛用，人们无所谓地观看着双人赛，高潮总是出现在八人赛时，而这还没有到来呢。这位名叫费埃特·普法夫的骨架子很大的正直的领桨，在比赛开始前和一位彬彬有礼、但毫不让步的先生进行了一次谈话。这位先生很了解费埃特的爱好与习惯。当他们分手时，费埃特答应在这场比赛中他将意外地休克，如果一名不知名的运动员休克了，观众是不会原谅的，而大家崇拜的偶像，则肯定会得到同情。

现在，我们可以让赛艇出发了。场面同往常的比赛一样：推船的人趴在地上，紧紧抓着赛艇。信号发出后，这轻盈、细长、油漆耀眼的船身便在整齐的划动中、在舵手的呼叫声和观众们咆哮般的助威声中驶入平滑如镜的比赛线上，出发后，两艘船齐头并进，然后，对手的那条船——我说的是对手那条船——改变了划桨的速度，这时费埃特·普法夫和他的同伴们也猛划向前，领先半条船的距离，他们显然是要得第一了。身材纤瘦的舵手通过麦克风向运动员大叫着，运动员们坐在滑动座位上，拼命用特别长的桨拍打河水，胜败在很大的程度上取决于赛艇中的划桨动作，谁也没有费埃特·普法夫的动作那样柔软平稳，这在他身上并非完全是由于训练的结果。

八百米，一千二百米，现在领桨应该休克并决定比赛胜负了，但是怎么回事呢？费埃特并没有搞乱赛艇的桨速，让自己轻拂水面向前倒下去，而是力气越来越大，一股狠劲儿划动着他的船桨，一种说不出的愉快使他忘记了他向那位彬彬有礼、但却毫不让步的先生许下的诺言，他与平时一样，是本队的榜样。促使他不顾许下的诺言，狂热而又愉快地使自己的赛艇冲向胜利的是什么？如果你提出这样的问题，那你就得承认，那是尽职的快乐。你看，此时此刻，什么都不算数，什么都不起作用，一旦坐在这滑动座上，操起桨，耳畔响起同伴们的喘息声，阿尔斯特河岸观众的咆哮声，他就没有别的选择，必须按要求的节奏来划动，这么说吧，他必须履行职责。

这个名叫费埃特·普法夫的领桨，是一个感情细腻的巨人，在被人勒索的压力之下，他不得不答应在预赛时假装休克，可是，职责之网套住了他，拖着他差点就要达到目的地了，但是，就在只剩下二百米光景的时候，事情发生了，观众们大声叹息，主持竞赛的官员们从凳子上跳了起来，费埃特真的休克了，身体倒向前面，赛艇失去了操纵，对手的船获胜了。人们相信他吗？协会的领导人大体上相信他，尽管后来他们知道在费埃特和那有礼貌的先生之间进行过一场什么样的谈话，人们也还不是完全不信任他，甚至还要让他继续留在八人赛艇队里，但费埃特本人不愿意，他不能够也不允许自己这样做，他认为退出这个组织是自己的义务，他辞退了。

约斯维希等待我迅速发表自己的看法，但是，我沉默着，我正把他讲的这个故事想象成一部电影——我仅仅把它看作是一部电影。

你看到了吗？他问道，你认识到了吗，尽职的快乐会把一个人驱使到何种地步？会使一个人变成什么样子？他做了一个邀请的手势说：如果你愿意，你可以用这个材料。我说：这正是科尔布勇所希望的尽职的快乐；只不过快乐的牺牲品不一样就是了；对于这种牺牲品，人们是不谈的。他从床沿上站了起来，把一只手放在我的肩上，抚摸我的肩头表示同情与赞赏，他说：从你的谈话中可以看出，你已经成年了。他正式允许我在今天剩下的时间里可以抽烟，轻轻拍了一下我的后脑勺同我告别。今天你不想放自己一天假吗？他站在门口问道。——为什么？——二十一岁呀！他说，现在可以开始决定自己的事情，给自己提出问题，出去散散步。我二十一岁的时候，西吉，已经获得了候补巡官的头衔。这种年龄也正是出去漫游的好时候。二十一岁的人可以从过去的想法中选定一种，譬如我当时就想当个博物馆管理员。你明白我这是什么意思吗？一个人到了二十一岁，就应该去承担某种职责了，他会被请到会计科去领报酬了。生日台上的蜡烛一点完，就永远变为成年人了。

约斯维希能说出这样的话来，我是不曾想到的，不过我明白这些话的意思，便抑制自己不对他的生活提出什么问题，以免刺激他。我顺从地点着头，做出一副反省和准备有所改变的表情，目不转睛地盯着那支很快地淌油的蜡烛，烛火的热气把我抽烟喷出的烟雾一直送上天花板，我不去打扰约斯维希，听凭他滔滔不绝地对我提出告诫与建议，又围着桌椅转了一圈，窥探在我身上立竿见影的效果，然后离去。

约斯维希身上有一股什么味道呀？每当他来过我的房间后，总要留下一股刺鼻的消毒水味，也许他进禁闭室之前，每次都要偷偷地抹的，真弄得我毫无办法，总之，他迫使我不得不把窗户打开，透透空气。

易北河！秋天里的易北河流水多么没有生气，对岸的水汽开始下降，田野已经看不清了。树冠升起在被水汽淹没的林海之上。柴油发动机的隆隆声像微弱的脉搏，造船厂的敲击声也不再有回声，挖泥船的斗链从河底拽上来时的声响已传不到我这儿来了。从我窗前缓缓经过的暗淡的灯光似乎在告诉人们行动的艰难。船上的舱房在我眼前滑过，它们似乎不接触河水。对我来说，易北河上使我最紧张，我不想说是使我最激动的时刻，是夜间白色的水汽下降，河上的一切都变得模糊可疑的时候。

我已经发觉，有一种想法正涌上我的心头，要在这生日的时刻总结和剖析一下自己，但是，我必须回来，回到已沉没海底的我个人的阿特兰提斯岛①上去，将它一块一块地取上来，时间在催促我，责任感在催促我，二十一岁算什么，想想看，安德森船长去年春天欢庆了自己一百零二岁的生日，就在他开始一百零三岁的那一天，他还略带醉意地在一部文化片中担任了角色，这部影片目前正在电影院演出，片名叫《海岸边的人们和力量》。易北河，河上的一切，还有笼罩着它的水汽与我有何相干。水上运动员在稀疏的树枝下钉好了木桩；最后一艘汽艇逆水斜上，悄悄地开走了。我对这些都不感兴趣。那正要起航的海洋研究船某一天带回自己的研究成果会对谁有利，我也不想关心。我只需要鲁格布尔的土地和水沟，我将把这海上的大网撒在这里阴郁的平原上，把捕获的东西搜集在一起。

　　每当我打开渔网时，首先出现的，总是我的父亲——鲁格布尔警察哨长。自从他拘留释放后，便又开始重操旧业了，格吕泽鲁普和胡苏姆公路之间的人们也正是这样期望于他的。这里没有鲁格布尔警察哨仅仅只有三个月，现在他又以那张干巴巴的脸和穿着不合身裤子的形象重新出现了，他不言而喻地继续任他的公职，仿佛度过了三个月非强迫性的而是自觉自愿的休假，只是公务自行车的轮胎需要打气，因为在这期间气都跑光了。母亲帮他拆下了帽子上的鹰，他自己则摘下了帽徽，但并没有把这二者——鹰和帽徽——扔掉，而是把它们放进了一个铁盒子里，保

―――――――――――――
① 古人著作中提到的沉没在大西洋中的一个大岛。此处比喻西吉个人已成往事的经历。

存在他写字台的抽屉里，在同一天，在他被正式重新任命之前，他就摇晃在自行车上，驶下大坝，随时准备着被人拦住，并用同样的话，同样的表示不屑一提的手势来说明他离开这里的那段光阴：在诺因加默，不错；日子不那么难受；吃的方面没有什么好说的；在态度方面，总的来说还可以；侵犯人身方面也没发生什么，如此等等。

不管什么时候，只要他讲起这段经历，他决不会再想出一个新词或者删去一个旧词，他谁也不欺骗，每次都能做到一字不差地重复。回家以后，他就继续他不得已而中断了的公务，按自己的方式，根据自己给事情安排的次序。他合上公务手册，劈柴，带着手枪出发到格吕泽鲁普，把枪上交，在花园的一角开了一片地，想在那里种些烟草，也真种上了，他把希尔克从"浅滩一瞥"的一次庆祝会上拽回家，把她的胳膊都扭伤了，他去过胡苏姆多次，有一次还领回一份《警务新方针》，看也没看就锁了起来，他骑着自行车巡行，一天早餐以后，把"克拉斯问题"提到日程上来了。

这一次，我没有什么必要去叙述早餐桌上有些什么了——也许有燕麦糊，面包和李子酱，代用咖啡——我们默默地吞咽着，速度不一，每个人都在数着别人吃了几片面包，大家什么也不想，也许想着我们曾经想过的一切，这时，父亲突然对希尔克说：把他的照片拿来。我姐姐吃饭时从来不把勺子放进嘴里咬出声响来，当父亲重复自己的要求时，希尔克使劲咬了一下，把勺子含在嘴里，噎住了，直愣愣地瞪圆了眼睛，似乎不明白父亲在要她干什么。克拉斯，父亲说，把他的照片给我拿过来。于是姐姐把手从勺柄上松开，勺子却仍旧留在嘴里，迷惑不解地站起身来，用眼睛提出了她不能用嘴提出的问题，最后终于走了出去，不一会儿，拿了装着哥哥照片的镜框又回来。这张照片自从那天被拿开以后，就一直塞在抽屉里，不见天日。

父亲从希尔克手中拿过了照片，扣过来放在碗橱上的闹钟旁，吃完他的早餐，耐心地等我们也吃完，然后，让我们收拾桌子。桌子收拾好了。我还记得，我数了一下勺子，一共四把。我们把碗具放进了水池子，我擦干净了桌面。警察哨长嚅动嘴唇，显然是在准备说什么，间或忧虑地看一下我母亲，她却一眼也不瞧他，而是沉思着，不断地用舌头检查自己的齿缝。按照父亲的示意，希尔克和我坐了下来，而他却站起身子，把照片放在窗台上，紧盯着它，不是在责备，而是在恳求，仿佛要克拉斯听他说话。他说道：他至少应该在场啊。我紧张地看着照片。

父亲两手扶着椅子的靠背，颤抖着，仰着头，眼睛盯着克拉斯，冲着照片说：该了结了，也得跟你把问题了结了，我们不能让心里想的纠缠我们一辈子，必须讲出来，一定要讲出来。我们现在在一起，为了把账算清。我们都知道你干了些什么，也许，时代变了，但是，你干过的事，已经干下了。

他停下来，把一只手的大拇指和中指放在眼睛上。母亲利用这一刻蹭到了桌子边，把背靠在桌子上。希尔克悄悄地搔着她那肥胖的腘窝。警察哨长刷地一声放下了自己的手，看着照片，摇摇头说：结束，我们必须结束这一章，并作出判决。在这里，我整天都得考虑他给我们带来了什么。我不得不想到，他回来了，可连脚都没有踏进过家门一次。没有说过一句请求原谅的话。先是干了羞耻事，事后连请求原谅的话都不说。他住在布累肯瓦尔夫那边，然后一声不响地去了汉堡。应当把该说的话说清楚。这件事必须了结了。

他就这样说下去，清算克拉斯对我们干下的那些事，不提可以宽恕的地方，因为他显然看不到。他冲着照片说话，向它指出，一个家庭也是一个法庭，可以作出判决。这时，我警觉起来，试着去琢磨和想象他的判决：他会把克拉斯在监狱里关几年吗？或者他会命令克拉斯在我们在场的情况下，喝下农药？我也想到，为了惩罚他所干的一切，他会让克拉斯从风磨上跳下来，或者命令他，在没有任何人的帮助下，自己吊死在"鲁格布尔警察哨"的牌子上。他是否还不想走这么远呢？他会不会让克拉斯终身受厨房劳役之苦或者让他在泥煤塘里待上五个夏天呢？

他需要时间来宣判，这不会使任何人惊讶，他向我们——也向他自己——十分啰唆地提到克拉斯如何自己把手弄残废了，谈到他的逃走和被家里交出，最后又拒绝回家，这时可以察觉，他并不愿讲，而且不得不同一种内心的阻力作斗争，尽管如此，他终于谈到了正题，他让希尔克把镜框递给他，从镜框中取出照片，放在桌上，这时，他才宣布自己的判决。

我感到十分惊讶；因为，在我当时看来，这判决是那样无力：禁止克拉斯回家。他宣布说：你们好好听着，只要我还活着，就决不许他走进父母的家门，也不准你们想，或者说克拉斯的名字。你们应该从记忆中把他抹掉。然后，父亲撕碎照片，把碎片扔进火炉。母亲站起身来，这一切她大概都已经知道了，也许是她和父亲一起商量的，我可以这样推想。她拍掉裙子上的面包渣，走进食品储藏室，在那里忙碌着：用一张哗哗响的纸盖到果酱盆上，打开果汁瓶。希尔克和我坐在那里，避免相互瞧对方，更不敢开口说话。警察哨长呢？他刚给闹钟上过弦，或者说，他正在给那老式的但却十分可靠的，响起来叫人讨厌的庞然大物上弦，这时他突然越来越慢地拧着钟，一边开始静听，侦听，窃听，同时，他的脸上露出了异样的激动神情，我们第一次发现他这种神情是在库尔肯瓦尔夫，在那次关于故乡或海洋，总而言之，关于故乡的海洋的晚会上。

他谛听着，他发现了什么，他的手在颤抖。他把闹钟放回橱柜上，手指钩住裤子背带，拉扯着。他在往哪个方向倾听？往斜上方，往我的房间的方向，但是那儿没人啊。是压力，是他头上的压力使他不安，他必须寻找一个依靠。还有什么？他冒汗了，当然，嘴唇咧开，眼睛鼓出，但却掩饰着不露真情，我觉得这是一双有预感的眼睛。他在反抗着什么，但失败了，谁也不能帮助他。他又嚅动自己的嘴唇，断断续续地自言自语，使劲点头，仿佛在证实一切都是对的，然后摇摇晃晃地走进走廊，匆匆穿上制服上衣，系上皮带，戴上帽子，我们惊愕地坐在桌子旁，听着他冲出门外，到了棚子里，到了自行车旁，猛地把自行车掉转头来。这一次他没有和家人告别就走了。别以为母亲从食品储藏室走出来时会注意到父亲的离去，当希尔克自己说道：他大概又看见什么了，母亲只是抬头望了一下，又无动于衷地打开收音机，在《萤火虫、萤火虫》的歌声伴奏下，在水池子里洗碗。再也没有发生别的情况。尽管我还在期待，但却什么也没有发生。我溜出了厨房，走到楼上自己的房间里，由于克拉斯被拒之门外，这间房就永远属于我了。

屋角架子上放着他的东西。我把薄布帘拉到一边，最下面一层放着一只捆着的纸箱，我曾经答应过他永远不把箱子打开。在他离家期间我遵守了自己的诺言，虽然有那么三四次想打开，但还是放弃了这个念头，而现在，我突然发现，纸箱自己抬起了身子，绳子自己散开了，我连手或者说几乎连手也不用动，盖子也开了，为了能迅速把箱子收起来，我把哥哥交我保管的收藏物全都倒在我的床上。她们在厨房干活。父亲走了。

在禁止克拉斯回家的此时此刻，他难道不指望我把箱子打开，把里面的东西收藏在安全的地方？他必定是这样指望我的。于是，我把东西倒了出来，检查着，观察着。我还记得其中有一个他挑选出来的褪色的贝壳做的杯子，一个弹弓和一本书《小花匠》，一条肮脏的有血迹的手绢，作文本，绳子，又是绳子；我还记得在一个纸口袋里装着一块雷石，还有一盒锡做的士兵——全部完好无损，一个自制的短小的电筒，想必是画家送给他的；一张他所在班级的合影——十八个小老头儿和五个扎着辫子的小老太太，一张画家的速写：《摘苹果的人》，我立即把它塞到了我的枕头下面；还有一把柄上镶着贝壳的小刀。我记得还有一包捆着的信，要是外人的来信我是不会打开的，但是这些信都是哥哥的手迹，都是他写给希尔克的。每一封信都是一篇牢骚和威胁：他抱怨，她又没有到泥煤塘、海滩、航标灯这些地方来，他威胁她说，要是下次还不来，那就全

"了结"了。有时他在信中回忆起某个夏天他们在海滩上的一段经历，我记不清详细情况了，反正他们曾在一起观察过出现在半岛沙丘上的一男一女——一对陌生人，后来还跟踪过他们。

我把纸箱中的全部东西都倒了出来，有几件东西到了我的手里，特别值得一提的是那张《摘苹果的人》的速写。楼下的电话铃响了。我倾听着。希尔克拿起了听筒，用惯常的口气说：我是希尔克·耶普森，谁呀？以后我只听见不和是，是和不，当她急急忙忙地回到厨房去时，我已经知道有人要找我父亲了。我还没有把纸箱关上、捆好、搬开，下面就叫开了：西吉，下来，西吉。快呀，西吉！于是，我除了下楼去以外，没有别的选择，希尔克正在那里等着我。我瞧着她的目光，我急于知道一切的心情，使她不由自主地向后退去，不是立即把任务委派给我，而是说：你怎么这么看着我？别这么盯着我了，好像我有什么对不起你的地方！——可是，我总可以想怎么看你就怎么看你呀！我说。她回答说：但是别这样，别用这种冷漠的眼光。——说吧，有什么事？我说。

布累肯瓦尔夫那边有什么事，马上，或者两小时以内，可能有高级的，也许是最高级的客人来访，是一个州代表或者什么的，总之，是个大人物，他们找南森有点什么事，那里少不了警察哨长在场。去吧，西吉，告诉父亲，说有人来了电话，他得马上去布累肯瓦尔夫。我跟你说了，别那么盯着我，我不喜欢这样。我的目光竟突然使她不知所措，于是，她走到走廊衣架的镜子前，察看自己的脸，又转过身子，怀疑地检查着自己的衬衫和裙子。由于什么也

388

没有发现，于是她怒气冲冲地把我轰了出去。她说：快呀，事情很紧急！

到大坝上去，先到大坝上去。初秋阴沉的、无风的一天。北海微波荡漾，十分平滑，一条小船上两个捕鲭鱼的渔人。空中不见一只海鸥，因为，海鸥正聚在水上休息，像一股与海岸平行的徐缓的流水。看不见一个骑自行车的人，"浅滩一瞥"酒店那边没有，航标灯那边也没有。在天与海的交接处，有两艘扫雷艇正在扫雷。大坝下面有辆吉普车正往格吕泽鲁普开去。我决定到"浅滩一瞥"酒店去，那儿的人也许会知道的，我可以在那儿打听父亲的下落。凌乱的羊群一看到我就蜂拥了过来，跟着我，弄得我只好用脚踢，不让它们贴近我。它们那黏糊糊的羊皮散发着一股膻气。

要不是因为这股臭味儿，我早就会闻到一股烧焦的味道，并发现我的父亲正在干的勾当，但是，我被羊群追随着，簇拥着，直到从半岛一旁跑过，偶然一回头时，才发现在画家的小屋旁的沙丘脚下，停着一辆自行车，那可能是父亲的车子，但也不一定。我利用有利的地形，跳下了大坝，摆脱了嘴里咀嚼着、跟在我后面凝视着我的羊群，把它们身上的那股膻气和咩咩的叫声通通扔到了身后。有人在画家的小屋里。空气中有一股烧焦的味道。看不见火光，也看不见烟柱，但是，当我走上沙丘，站在上面时，那股烧焦味却越来越浓，这时，就在这时，我看见了小屋后面的一股轻烟，我说不出是怎样的恐惧一下子向我袭来，这是一种我从未体验过的令我心悸的恐惧，这就是当时的心情，至少开始时是这样。

靠在小屋侧面墙上的是我父亲的自行车。门开着，但他却不在小屋里，而是站在屋外后墙前，抽着烟，盯着那堆火，那堆余火，并用脚小心地把没有烧尽的东西往还冒着火星的灰堆里踢。当他看见我来时，他是愤怒还是惊讶呢？他好像没有认出我来，只是站在那里，精疲力竭，心不在焉，凝视着火苗。他并不阻拦我，任我用一根棍子拨弄灰烬，甚至匆忙间拨到了他的脚边。晚了。不值得再去干预了。这张纸，一张没烧了的小纸片，浅蓝色的，是一本速写本的封皮。父亲把画家画着组画《海岸边的头像》的速写本烧毁了。

我站起身子，惊恐地看着他。他的脸是满意而不露表情，现在，由于他已经干完了，他可以心安理得地站在那里抽烟，像一个了却了一桩任务的人一样。在这个半岛上，在这堆灰烬之前，我突然开始怕他了，并不是怕他的力量，他的诡计或是他的顽固不化，而是怕蕴藏在他内心的这种一干到底的劲头。我心中突然产生了一种仇恨，要我向他猛扑过去，用拳头狠揍他的大腿和腰部。但是我的恐惧比仇恨更强烈。这不露表情的心满意足！这可恶的内心的平静！我不能再看他一眼，我蹲下身子，把沙子撒到那堆火上，把细沙撒落在那堆灰烬上，直到沙子把它们全部掩盖，再也露不出一点痕迹。

这一切似乎都与鲁格布尔警察哨长毫不相干，他默不作声地看着我，深深地呼吸了几下，似乎苏醒了，但又似醒非醒，重新陷入那种毫无表情的心满意足中去。我意想不到地觉得太阳穴抽搐般地疼痛，并微微有些麻木，另外，恐惧也在敲打我，并使我第一次想到，在他的管辖范围内再没有东西是安全的。当时，不，当时我还不感到莫名惊诧。我想，他这种可怕的一干到底的劲头将会使他找到任何一个隐藏东西的地方，并且立即就想到我放在磨坊里的收藏物，想到我应该防备他而把一切都藏起来，但是，藏在哪儿呢？

你为什么发抖？他问道，在你这种年龄还不至于有使你发抖的事情。明天，我想，最好是今天晚上，我就把东西拿走。他问道：你怎么啦？我想，也许把它拿到布累肯瓦尔夫去，画家也许会帮我在那儿找个隐藏的地方。回答呀，他命令道。我回答说：不许你这样做，不许你再没收东西，不许你放火，不许你再烧东西！——谁跟你这么说的？——所有的人，所有的人都是这么说的，禁止绘画的时期已经过去了，你什么也管不着了，要是我把你在这儿干的事说出去，画家会不高兴的。过去的事情结束了，过去了，大家都这么说，我也听过了、看到了你过去干的事，现在不许你再干了。你现在管不着南森伯伯了，他现在想干什么就可以干什么，这我知道。

他给了我一拳。我跪倒在沙土中。他一拳头打在我的下颚上。可是第二下只擦着了我的脸颊。站起来吧，他说。我躺着不动。他抓起我的衬衫领子，把我拽起来，把我的脸使劲凑到他的脸前，以致我不得不用脚尖踮着地，整个身子都挨到了他的身上。他仔细审视我的眼睛，严肃检查我的视网膜，做这样的事他是很有经验的；这一回，我顶住了他的目光，不回避他，看着他那缩小了的瞳孔，我还很少挨得这样近地看着他。他的脸上有多少皱纹，多少烦恼，这种烦恼与他还特别相配，它告诉每一个人，这位警察哨长不满意这个世界。

你也知道点什么，他说，瞧瞧，你也四处打听！你知道什么事情是允许做的。事情都要有始有终，这个你也知道。今天同过去不一样了，这也瞒不过你了。他的手松开了，把我推开去，力气不算太大，没让我跟跄着摔倒在地。你听到了不少事情，他说，但是有一条你没有听到，那就是一个人必须忠诚；必须履行自己的职责，即使情况起了变化；我指的是一种被人认可的职责。而你要出去散布你父亲在履行他认可的职责，好吧，你可以到处去讲，你也可以到常去的布累肯瓦尔夫向他报告。你可以跟我作对。我跟克拉斯已经断绝关系，我也可以跟你一刀两断。他抬起脸，面无血色，两唇紧闭，牙齿咬得咯吱响。他目光轻蔑，不带任何揶揄，只是轻蔑。他像是自言自语似的做了一个意义不明确的手势。你还要说什么吗？

我惊讶之余，虽已准备摇头，但仍重复说，再也没有他可以监督、没收和毁坏的东西了。我告诉他，禁止绘画的命令已经不复存在，对他来说，已不存在干涉的职责了。可是，我没有威胁他，也没有说我多么恨他，不过他必定感觉到了这一点，如同他已感觉到了我的恐惧一样，因为这时他走到我面前说：只要你不说出去，我们的关系就仍然和过去一样好，只要你不说出去。

接着，他看了一下被沙土掩埋着的灰烬，点点头，走到自行车旁，抬起车子，转向大坝那个方向，也没问我干吗来了，也许他以为，我是在跟踪他，因为我听见他走在前面叨唠着我的名字。我跟在他后面一直走到水边，这才冲着他的背告诉他家里叫我干什么来了。您不相信他会站住吗？当他听说有人在布累肯瓦尔夫等他，他必须在场，因为"州代表"，还有几个大人物要去，这时严斯·奥勒·耶普森居然站住了；他默默地听我通知完，绕过沙丘，在大坝下沿着海边一直驶去，翻过大坝，上了杨树夹道的通往布累肯瓦尔夫的小路，箭一般地骑到栅门口，进了院子。他下车以后，和我一样，向胡苏姆公路那边望去，这时，我们俩同时看见了那辆正在拐弯向这边驶来的橄榄绿的汽车。

父亲先是把车靠在墙上，然后又把车推到那一堆木柴旁。他没有走进屋子，而是打开了栅门等候着，我走到他的身边，我们俩用背靠着门不让它自动关上，可怜地站成了一排，等着那正被霍尔姆森家的篱笆遮挡着的、缓缓而来的汽车。自从我父亲从拘留营回来以后，从未到布累肯瓦尔夫来过，也没有和画家说过一句话，打过一次招呼，他从来不问布累肯瓦尔夫是否还像他所熟悉的那样，一切依然如故。由于他不能忍受任何变化，因此，他连问也不问，也不花时间去打听。他全身放松地挨着我站在入口处，不紧张，但也不是无所谓的态度，因为我得身前身后检查他的制服是否平整，还得抓一把草来帮他擦皮靴，即使不能擦得锃亮，可也得擦干净。

我不知道自己为什么要在栅门边和他站成一排。他连汽车里的人还没看清，就已经把手举到帽檐敬礼了，我们行着礼，让汽车从我们面前通过，两辆车一前一后驶进了院子。

现在，我就这样地让四个身材不同、穿着不同、往院里看去的男人下了车，让他们先环顾一下池塘、厩舍、画室、花园和周围的景色，让这几个男人不由得同时得出了一个共同的想法，并且相互之间从脸上就能看出这一想法来：他原来就生活在这里，这就是他的世界。

男人们相互点了一下头，谁都明白这意味着什么。司机们开着笨重的橄榄绿汽车，绕过池塘，把车整齐地并排停在那里。该怎样去描写这四个男人呢？那个笑容满面的人好说，因为他是唯一穿军服的人：光头，嘴角上叼着一只弓形烟斗，花白胡子，胸前一块五彩牌，脸上手上都有雀斑，肩章上有一个王冠和好几颗星，这么说吧，一头稍稍有些跛的永远笑眯眯的海豹。与他相反，那个州代表——或者说后来我才知道他是州代表——则不显眼，甚至有点寒酸，他比海豹矮一头，瘦小，背驼得令人惊讶，两手插在兜里，好像在受冻，衣服也很陈旧，这是盖恩斯先生。最年轻的那个人却引人注目，但并非由于他那张粗糙的四方脸，也不是因为他总是点着的香烟和那双过大的麂皮鞋，而主要是因为他那说话的声音引起人们的兴趣——由于他是翻译，他说的话比所有的人都多一倍——只要他一说话，就好像听到了索尔林庄园的樱桃园里轰欧椋鸟时的刺耳声响。第四个人呢？他戴一顶宽边软帽，钢丝边眼镜，拿着一个鼓鼓囊囊的公文包。

这次来访，不仅已经有人通知，而且住宅里也早就有人发现了，这是毫无疑问的。尽管如此，门却未开，也没人出来迎接这四个男人，他们正站在秋天里的画家的花园前，还都沉默着，也许是在拼命回想这些花的正确名称。他们新奇而内行地观赏着。在花园里走了几步，又绕着画室走几步，然后回到院子里，彼此提醒对方注意在池塘中间紧张游动着的鸭子，接着向我们走了过来。父亲和我站在门边，可以说，我们站成了可怜巴巴的一排，他靠外，我靠里。我们的眼睛一直盯着这几个男人，我是说，我们一动也不动地站着，以此要求他们别把我们给忘了。他们也真这样做了，显而易见改变了步伐，从原来迈着慢腾腾的，近乎是其乐无穷的步子，变成目标明确地大步走过来。

我父亲向他们敬礼，并握手致意。他们向父亲提出了简短的问题，俨然以州长的架势。警察同样简短而随便地回答。那个笑容满面的家伙和翻译也和我握手，打招呼，但却没有看我一眼，完全是一副心不在焉的样子。翻译叽叽喳喳地问我说：你怎么样啊？对于这种问题，我一般是不回答的。我父亲并非情愿而是出于职务地想知道，他是不是应该为他们的来访敲敲门；州代表笑了笑，亲自用随便握着的手敲了两下门，正想满怀期望地环顾自己的随行人员时，门已经开了，这一点他显然没有估计到。

尖嘴耗子当然可以等更长的时间，应该一直数到十二再把门打开，但是她也许在那里站得太久了，神经紧张，已使她受不了啦。画家的女管家出现在门口，她从弗伦斯堡来，与迪特沾点亲戚，画家管她叫卡特林娜或特林欣；反正她已出现在门里，有些操之过急地向我们表示欢迎，做出邀请的姿势站到一旁。四个男人消失在昏暗的走廊里。我们留在外边，考虑着如何度过这等待的时光，这时，州代表却又一次走了出来，他不仅招手请我们进去，而且还让我们走在前面，自己把门关上了。

光线从巨大的客厅射出来。我们鱼贯而入。我立即就钻到前面去了，画家躺在那儿。他与其说是坐，不如说是躺在特奥·布斯贝克坐了多年的那张奇长无比的沙发上，蓝大衣里穿着一件粗麻布睡衣，布满青筋的光脚上穿着一双拖鞋，头上戴着帽子，那是不言而喻的。在一张被拖到近旁的桌子上，放着烟斗和烟叶，还有一叠没有拆开的信件。一床灰色的毛毯掉在地上，尖嘴耗子带着责备的神情慌忙拾了起来，对折了一下，盖在画家的腿上。他患流感刚好，她说。画家似乎想把她甩开似的说：给大伙煮点咖啡吧，但是里边得放点什么。先给我们搬几把椅子来。女人怒气冲冲地看着他，他却笑了起来，把手递给州代表，代表紧紧握着，接着，他又向大家问好，向满脸笑容的那个人，向翻译，向戴宽边软帽的人，向我，最后向鲁格布尔警察哨长。警察哨长并不希望这种问候，他甚至想避开它，只是由于他站在这行人之中，除了把手伸给画家之外，别无他法。严斯？马克斯？这里，谁也听不出这些问话的弦外之音来。我们搬来椅子，围成一个半圆形坐在沙发前，端详着半卧半躺的画家的脸。他的额头是湿的，因为退烧冒着汗。他也用狡黠的灰眼睛相当坦率地打量我们。

谈话怎么开始呢？这是一次在特定场合的正式谈话，而主要人物却穿着睡衣和大衣躺在人们面前，刚刚痊愈。首先，疾病成了话题，他们谈到流感，谈到非季节性和季节性的流感，谈起人们在石勒苏益格—荷尔斯泰因和英国如何治疗这种疾病，而且各人情形不同。例如州代表就从来没有得过流感，他的妻子却每年春天都得一次。画家说，得这种流感死不了人，它来了就走，只要一个劲儿地喝放了酒的热咖啡。对了，卡特林娜怎么还不端咖啡来呢？人们又谈起画家的花园，秋天里的花园，谈起秋天混在一起的色彩，这时，那个穿军服的男人话最多，他还同画家谈花的形状，特别谈到唇形花和蝴蝶花。接着，尖嘴耗子端来了咖啡。谁都看得出，在她摆好桌子倒咖啡的时候，一直在给画家使眼色，最后，显然怒气冲冲地把一瓶酒放在桌上，画家立即抓过去，拔出了软塞，说：在我这儿喝咖啡得放点什么。

除了我，所有的人都喝放了点什么的咖啡。翻译拿起杯子时说：祝你健康。画家说：对呀，如果我们喝咖啡，我们就有权利说，祝大家健康。在必要时自己也说德语的州代表，不仅翻译了这句话，而且还做了解释。他让人递给他公文包后站起身来，打开弹簧锁，取出一张蓝色的硬邦邦的大纸来，依我看，这是件很体面的东西，他用双手捧着，掂量着，走到沙发旁边，这时我看出，他拿的是两个蒙着麻布的硬纸板封面，他虽然说不上虔诚，但却眨着眼皮，庄重地递向画家，画家刚要伸手去接，他却轻轻收了回来，因为还有话要说，他自己也要说几句，并打起了精神；这时，我们也都站了起来。

他的演说是我听见过的声音最轻的一次。他说，伦敦有个皇家学会……考虑到画家对欧洲美术的杰出贡献，根据主席团的共同决议……由于画家接受了学会至为光荣的推选，因此，他……画家此时伸过手来接那份证书，可州代表又把证书轻轻拿了回来，因为他个人还要补充几句，他说，为皇家学会效劳，不是他的任务，但是在这样的情况下，他特别高兴，而且衷心地愿意效劳。此外，他反正在这附近还有事情要办，他的朋友塔特将军执意要陪他来；他们几个人来到这里，不仅要向南森先生递交这份名誉会员的证书，而且还要亲自登门以表示他们给予这位自由和典范的艺术的伟大人物多么高的评价，讲话内容大概就是如此。

讲完这些话后，画家接受了证书，州代表举起咖啡杯说：我们可以为此而干杯！我们大家，包括我父亲都冲着画家一饮而尽。父亲翘着小手指，把杯子拿在胸前，一只眼看着贵宾，他就这样向画家表达自己的祝贺。画家只是扫了一眼，便把证书放到桌子上那堆信件的旁边，他指着酒瓶，让大家随意饮用。客人们自己倒酒。他们也抽烟，只有我父亲不抽。

那个穿着军服的人，亲切地笑着说，他在诺丁汉自己的家中，挂了几幅南森的画，并说了作品的标题，创作的年月。画家惊愕地抬起了头。这些画——《摘罂粟花的女人》肯定在内——原来在德累斯顿和海德堡，后来从博物馆被没收了，运到柏林，不是在那儿给毁坏了吗？他，这位将军，正是在瑞士买到了这几幅作品。那就是说，画家偶然听到而他不愿意相信的谣言是真的。柏林的那些疯子因为需要外汇，把没收的作品通过中间人卖掉了。由于这位将军是在瑞士购买的这几幅画，所以它们没有受到损坏。他还知道，许多现代绘画并没有被销毁，而是给弄出了国境。可画家还一直以为一切都完了，八百幅画全都完了。不，他尽可以放心，将军告诉他说，如果在这种情况下能够使用放心这个词的话。被出售的作品还有个大体的数字，总有一天还能搞出一个确切的数字来的。

他们就这样谈着，一件又一件。他们提出了种种问题，只是谈到了一件事以后，他们才不再追根问底。在所谓禁止绘画期间，州代表问道，那日子怎么过呀？这种事情可能吗？这位州代表简直无法想象。更糟糕的事他都听说过，画家说，必须习惯于这样一种状况，得作出相应的安排，作好对付一切情况的准备，否则不行。他还没听说过世界上有哪个画家完全遵守绘画禁令的。人家又不仅仅是画架前涂抹颜色的人，要么总是在画，要么压根儿就不画。难道能禁止人家在梦幻中画吗？

他没有把自己要说的话说清楚，州代表说，他想知道，绘画禁令实际是如何监督执行的：检查吗？抄家吗？谁来执行呢？我父亲愿意回答吗？他不安地坐在那张高高的椅子上，背靠着那雕花的椅背，把帽子拿在手上转动着，用大拇指刮着自己一阵痉挛的脸。为了这件事，为了监督绘画禁令的执行，也派了地方的警察，画家平静地说：在某种程度上，就像人们早就了解的那样，事情都具有两面性；但是，最终这一切也就那么过去了。有损失吗？有，这样那样的损失是有的。这是不可避免的。但是，也产生了几幅作品吗？肯定的，在禁止绘画的时期里产生了一些作品。那些被没收的画后来怎样了？画家耸了耸肩膀，突然说道：一个只知道履行职责、对自己别无指望的人，会有多少可能的办法呢？这样一个人也并非总是一帆风顺的，总之，他也并非不遇到困难。

他们就这样交谈着。他们好像向着什么东西游去。抓住了漂浮在水上的某件东西，又让它继续漂去。他们坐在那儿聊着，不是事事有结果、句句有答复的。

什么时候能看到特纳的大型画展？画家问道，哪怕是长途旅行，甚至拖着感冒的身体，他都愿意去看。将军说，要是画家到诺丁汉去，那里的博物馆就有几幅特纳的作品，就可以看到，但是为什么单要看特纳的画呢？画家答道：因为特纳使一切都飘浮不定；不错，别人，几乎所有的人也都这样做，但是，特纳仅用颜色来表现这一点，所以，他，画家，想实地参观一次。将军又问道：为什么不能去诺丁汉参观呢？州代表想知道，画家是否去过伦敦。没有，画家还没去过，而且也怀疑自己是否会有那么一天，以前他喜欢旅行，但是现在……此外，他对大都市还有点反感，一向如此。还有，对他来说，在这里，在格吕泽鲁普与胡苏姆公路之间，还有许多东西有待他去发现，他虽说不能对这片土地和所有的人全都加以研究，但是，他还想对此地作进一步的了解。他，那位将军，想知道一个大都市对于他的工作是否重要。我永远也不会忘记画家的答复，他说：我们所需要的首都，都在我们自身之中。我在此地有我所需要的一切，甚至更多，因为我的有生之年短暂，来不及把同这片土地有关而又值得表现的一切，通通表现出来。譬如本地神秘的居民，地上的、空中的、夜间沼泽地里的，或是海滩上的，以及这里人们敏锐的听觉，当天空乌云密布的时候，他们的恐惧，他们的面孔，他们缓慢的思考，以及同法令冲突的方式，对吧，严斯？

父亲大吃一惊，不可理解地看着画家。我是说，画家对父亲说，当你把此地的人们从自己的实际生活中展现出来时，严斯，那是从任何一个大城市里都展现不出来的。你在这里能够找到世界上的一切，难道我说得不对吗？静默了片刻，大家都在等待我父亲回答，至少等着他的证实，大家都看着他；可是，鲁格布尔警察哨长却一言不发。他

点了点头，这就是他的全部表示。画家请大家再倒上咖啡，
但是谁都没有再倒。他，那位将军当然想看看画室，更愿
意到画室里去坐坐，但显然做不到。画家装出一副可怜的
样子指了一下厨房，尖嘴耗子正在那里忙碌着；这一指就
是他的解释。别的时候可以吗？别的时候完全可以，就是
今天不行，要是根据厨房里的她的规定，他连起床也不应
该；她很严格，画家觉得，反抗她的严格，是毫无意义的。
反正，他们还会再来的，这件事已经决定了，也许安排在
下个月吧。这里的每个人都很高兴。画家再一次对来客，
我当然也包括在内，表示祝愿和感谢。不，我们应该向你
表示感谢，特别祝你流感痊愈。

　　这四个身份、举止不同，或多或少地参加了谈话的人
起身告别，从衣袖中伸出手来，露出牙齿，使脸上的皮肤
发紧并抽搐，他们朝沙发跨出一步，又退回来，侧着身子，
眼里看着病人走到门口。我父亲是最后一个告别的，我能
看得出来，他曾反复考虑，利用大家都已走了的机会，招
呼也不打一声就往门口走。但他还是走到画家身旁，身子
僵直，非常严肃，但不带敌意，尽可能地拉长了脸，向画
家伸出长满黄毛的手表示回答，自己却没有用力去握。你
还有足够的时间在这儿喝杯咖啡，画家说。我父亲说，还
有许多事情等着我去办呢。——那就是说，不待会儿了？
我很遗憾。他离开房间时不像其他人那样眼睛看着画家。
他在外面干了些什么呢？他取了自行车，站在栅栏门边等
着笨重的汽车开过来。他过早地举手敬礼，尽管第一辆和
第二辆汽车之间有一段距离，他的手却一直举在帽檐上，
直到两辆汽车隆隆地先后驶过木板桥，他才把手放下来。

恐惧

　　格吕泽鲁普的特奥多尔·施托姆文科中学，是一所有名气的学校，这是一方面；而另一方面，我去学校的路程却因此而增加了两倍。一方面，我不用再躲避约普斯特和海尼·邦耶了；另一方面，学校那一堆没完没了的作业，每天都要折腾我整整一个下午。一方面，不允许老师揍我们了；另一方面，我仍然想念普勒尼斯老师，尽管他打起耳光来非常之疼。一方面，我认为母亲是有道理的，她没完没了地对我说：知识就是力量，较高级的学校能使人有一个较好的"生活起点"；另一方面，我扪心自问，如果我根本不想去希腊，我干吗要去学习希腊文单词。一方面，我知道他们并不给每一个人都提供在较高级的学校里学习的位置；另一方面，我也实在不理解父亲为什么老是逢人便讲我进了高级中学的事。

　　尽管我对于进施托姆文科中学的态度一直是矛盾的，但这又有什么用呢？他们强迫我接受助学金，送了我一只新书包，给我买了一辆差不多全新的自行车，企望唤起隐藏在我身上的勤奋精神，比平时多给我包上两片面包，临出门前，还要检查一下我的衬衫、袜子和指甲，当我弯腰扶着自行车把出门时，他们，甚至我的母亲都在后面向我挥手。登上大坝，左边是北海，右边是平原；下了大坝，右边是北海，左边是平原。我循着鲁格布尔警察哨长惯常走的路线行驶，现在，他有时也和我同路——我领路，你跟在我后面——好！我说。不管他们对我有什么打算，我都说好，随他们给我买甜食、夹肉面包，增加零用钱，并让我在一定的时间内不受干扰地待在自己的房间里——这一点对我来说至为重要。父亲对我突然关怀备至，不排除这样一个原因：他从警察手册中了解到，受到较高教育的人在警察局里能够有个较好的前途。为了能使我将来当警察厅长，至少当警察局长，他们不让希尔克下午唱歌，听收音机，她当然又要怪罪于我，这种事情谁都知道。

即使是一条常走的路，即使我闭着眼也能找到大路或岔道，到格吕泽鲁普中学的这段行程却从不使我感到乏味，即使遇上顶风，要花很大力气，我也不厌烦。所有的东西都在自己的位置上，但是在光线和天气变化的情况下，这一切又都不是自己原来的模样了。仅仅是北海，就会产生许多使人惊异的景象。你去的时候，大海还非常辽阔，仿佛在睡梦中舔着海滩；当你返回时，蓝绿色的海水却掀起了汹涌的波涛拍打着防波堤。那些农舍，安分守己，像注定要以烟雨为帘，没入灰色之中；然后，当乳白色洒向这些农舍，或者当屋前屋后的草场的反射使它们闪闪发光时，它们则安逸而又自信，从烟囱里冒出做午餐的浓烟。再说那风吧：有时它自得其乐地嗖嗖地吹过自行车的辐条，要是它能把人吹得摇摇晃晃，便会放声大笑，然后就怒气冲冲地把雨衣掀起来扑打在人的脸上，或者把雨衣吹得哗哗直响，把骑车人连打带推地送下大坝。这里的一切每日每时都不断地变化着，人们也常常能从这千变万化中受到启示，只要愿意，还能因这种千变万化而激动，而兴奋。

我现在正走在回家的路上。秋天。下午将近两点钟；海鸟飞翔，海滩静寂。风从西北方，从斜后方吹来；它吹着我的雨衣，就像鼓起一张湿淋淋的风帆，沙滩上有足迹，谁曾在这里走过？湿润的风带着咸味和碘酒味。我把书包塞在后架子上，它已经湿透了，闪着亮光。地平线上一缕青烟，没有船只。弯嘴滨鹬叫着：维特－维特。为了夜间防寒和防雨，那边牲口身上已盖上了柏油帆布。有一个人在那儿放水。前面显现出了"浅滩一瞥"的轮廓，自从兴纳克·廷姆森受某种新的职业机会的刺激，去经营批发燃料的买卖以来，"浅滩一瞥"墙上的颜色已经剥落。他之所以经营这个买卖，是因为在一本统计手册中看到，冬天将越来越冷，于是他将酒店出售给政府，政府则花了有限的费用把酒店办成了一个弱智儿童之家。旗杆已经折断，谁也不去换一根新的。那两把钥匙交叉的旗帜在哪儿呢？在大风里，四个，不，五个阿姨正站在平台上说话，向我父亲诉说着什么，他站在她们中间，低垂着脸，用他的方式表示对情况已经知晓。还有飞禽站的柯尔施密特，大坝管理人布尔特约翰，现在他的大衣与上衣衣领上戴着铜质的德国体育纪念章。我从车座上抬起了屁股，加劲蹬车，但我仍旧没有赶上。因为我还没有到达平台，阿姨和那些男人们就走下了通往海边的狭窄阶梯，他们之间拉开了距离，组成了一条铁链，摇摆着，彼此用手势说着话，向半岛前进。像一张大网眼的网：这条铁链斜着向半岛移动，一翼向后弯了过来，彼此之间保持着等距离，摇摆着通过洼地、山丘、海滩、沙丘，向半岛的顶端前进着，在那里，两股相向而来的激流汇合在一起，使水和水上的漂浮物翩翩起舞。

他们是在寻找什么。他们想要捕捉什么东西，谁不想和他们一起干呢！跟上去！我把自行车推到平台上，跟在他们身后跑了下去，先是跟着那条行进中的铁链，随后是跟着飞禽站的柯尔施密特留下的足迹，爬上山丘，山丘上，风把刚刚种下的海草吹得竖了起来，我追上了他，笑着跟他打了个招呼，试着按着他的脚步前进。我不想问他们在寻找什么，我也用不着去打听，因为过一会儿他一定会嚷嚷他怕什么，这样，我就能知道他们到处搜寻的原因。

有两个孩子失踪了，一男一女，大概在天蒙蒙亮时，还在早餐以前。阿姨们首先只在屋子里寻找，柯尔施密特说：时间太久了，他们失踪时正好退潮，应该到浅滩上去寻找才对。他怕他们跑到浅滩上去了。他，飞禽站的，预见到了最坏的情况。他老是停下来，从山丘往海滩上瞧去，看着汹涌的波涛，远望大海，他似乎预料到孩子们更可能在那边，而不是在半岛上。枝条细细的柳树丛拦住了我们的去路，我们在柳丛中寻找着，这里没有足迹，没有任何征象。一个身材高大的穿粗呢大衣的阿姨把我父亲叫到她跟前，指着沙土，我父亲用脚在沙里刨着，不见足迹。他们分开了，继续走着。我们爬上了沙丘，围着画家的小屋转，没有走进屋去，这里也没有足迹。我把一张从地面伸出的烧焦了的纸片埋进了土中。我们这条活动的链条只是在开始时彼此能够看见，走进沙丘越远，就越不容易互相从沙丘谷中看到。有时缺少左翼，有时又缺少右翼，接着在中间的人失踪了，或是又脱掉了几个环节。有时我只能看两翼的领头人物——大坝管理人布尔特约翰和儿童之家的主任。

鲁格布尔警察哨长为什么跑开了？为什么他不干了？柯尔施密特注意到了这个情况，马上就派我补上了这个空隙。我寻找着父亲的足迹，继续前进，使这条活动的链条连上了。但是没过一会儿，主任阿姨突然站住了，她发出了信号，叫喊着，又一次发出了信号，她向大家招手，指着从北海出发向半岛尖移动的并排留下的足迹。我们围在她身后，大家都看出，这是孩子在沙土上留下的足迹，很轻，但挨得很紧，大概他们是手拉着手走过海滩，后来走到这里来的。

这是他们。主任阿姨肯定地说。她不再说什么就顺着足迹前进，于是我们也跟在她的后面。在那条几乎沉没的小破船边，北海的浪花有力地高高飞溅着，溅得我们满身都是水。沙土地上的波纹似乎是北海波涛的继续，它一直延伸到半岛尖上，延伸到飞禽站的小屋边和系鸟网的木杆处。快呀，大家都加快了脚步。小屋里面没有，凳子和桌子下也没有，尽管足迹越过了海滩，但是那里也没有踪影。原来那两个孩子正待在网里。

他们就在那个长长的网里，网一直挂到一个捕鸟笼上，笼松弛地拴着，麻绳系在木桩上。我们就在这里找到了这两个孩子，他们蹲在地上，被歌唱着的鸟儿包围着，身上现出了一个一个网眼的影子。孩子们毫不害怕，他们不大高兴，只是漠然地看了我们一眼。他们背靠背地坐在沙地上的笼子里。女孩正掐着一个油光光的布娃娃的喉咙，男孩正捧着一只死鸟在呵气。女孩长着一张苍老而又迟钝的脸，头上两条像耗子尾巴一样的短辫，身上穿着一条花格连衣裙。男孩光着脚，那颗笨重的大脑袋似乎要把他压垮，脖子是鼓起来的，他在向死鸟呵气，把小鸟放在自己的大嘴边时，他的头摇来摇去。我听见他发出了呼噜呼噜的喉音，大概是表示不耐烦或不满意的声音。女孩把布娃娃的脸往沙土里按，在里面转动着，想让布娃娃窒息在她那两条伸着的褐色的腿中间。

小鸟吱吱叫着，在小姑娘的头上掠过，从小姑娘身边飞过。小姑娘一眼也没看，也不跟在它们后面追赶。男孩把死鸟塞进自己的麻布衬衫的领口里，笑着，上身左右摇摆，口水从嘴唇上往下滴。他用手指抓住网，想站起身来，但没有成功。小姑娘旁若无人地扯着嗓子大声唱歌，把脸转向我们。这时主任阿姨找到了冲着大海的网的入口处，钻进了笼子。那瘦骨嶙峋的阿姨用不情愿的眼色把女孩抱在胳膊上，把她搂得紧紧的，而女孩却用布娃娃敲着她的头，一直敲到那白色条纹的宽边帽落在地上，连发针也掉了下来。即使主任阿姨亲吻了她，她也面无表情地用娃娃在阿姨身上继续敲打着。

男孩呢？得用两个阿姨外加柯尔施密特的帮助才能把他从笼子里拉出来。他并非在捍卫自己的那块地方，只是不明白这些人想要他干什么。他低着头，像要去撞自己的身体一样，懒洋洋地，什么也不明白，毫不动摇地只想一个人待着，被人拉出来后，站在我们这一圈人中喘着粗气。行了，约亨，一个阿姨说，现在该回家了，如果你把小鸟给我，你就可以回家去喝热可可。男孩机械地把手在裤子上擦着。把鸟给我，阿姨温柔地说。说着把手伸进了男孩衬衫的领口，伸到了较深的地方时，男孩用喉音哼哼着。阿姨的手摸着了男孩的肚子，在那里停住，抓住死鸟的尾巴拉了出来。男孩想要抓住那只鸟，但是抓空了。好吧，我们大家都回家去，先吃点热的，然后再睡觉。男孩把手掌弯曲着放在耳边，好像在听什么只有他才听得到的声音，他没有任何抗拒的行为，心甘情愿地跟着走，只是有时停了下来，聚精会神地在倾听着什么声音。

我们回到了"浅滩一瞥"，阿姨、孩子、女管理员，甚至还有两个女厨师也站在平台上等我们；他们叫喊着，拥抱着，放下心来热烈地抚摩着这两个孩子。你们回来了，他们在这儿呀。我透过洞开的门望去，没有看见我父亲，但是一眼看见了那个每天早晨当我经过这里的时候，笨拙地跟我招手的姑娘。有时她下午穿着蓝色的围裙坐在窗台上向我挥手。我给她想了一个名字，叫妮娜。她从门里走了出来，蹒跚地走到平台上。

我给她打了一个手势，她却没有理会。我向她致意，虽然她注意到了，却没有回礼。我尽可能不声张地走到了她的身边，向她微笑，点着头，为了想法让她认出我来，我学着她那笨样挥着手，她却没有看我一眼，也许是看了我一眼，但什么也想不起来了。后来，当我走近她，伸手就能摸着她时，她却害怕地大叫一声，搂着一个阿姨，寻求她的保护。这时候，我只好悄悄地溜开。我从这群熙熙攘攘的孩子和大人中间挤了出去。那惊异的阿姨一直看着我，她心不在焉地抚着那个女孩，安慰着她。我的自行车就在那边，我推着它走上了大坝，像父亲那样蹬着车，骑了上去，使劲地、平稳地踏着脚蹬，向鲁格布尔方向驶去。你到底回来不回来呀？希尔克在台阶上叫道，我能老是把米饭热着吗？这就是说，今天吃米饭拌糖和肉桂，没准儿还有李子汤呢！我说：你别这么装模作样地激动。她呢，已经放低了声音，让步地说：我已经热了两次了，西吉，你藏到哪儿去了？父亲要求她采取即使不是十分尊重，但也要十分周到的态度对待我，因此她接过了我的书包，向我眨着眼睛，然后又在我后脑勺上打了一下。她想牵着我的手，而我认为这是不合适的，于是我跟在她后面走进了厨房。

父亲在家吗？——不，他不在，他被人叫到"浅滩一瞥"去了，办点什么事。据说有两个孩子跑了，也许是淹死了。——最好给我点吃的，别说那些你不知道的事情。今天的确是吃米饭和李子汤，盘子晃晃悠悠地被端到我面前，轻轻地放下了。她生气了。——有两个孩子迷了路，我在那儿来着，帮他们找来着。你想想看，他们藏在飞禽站柯尔施密特的网子里了。——原来是这样，我们以为你出事了。今天学校里怎样？——呵，就是那么回事。提问的根本不是希尔克，那最后一个问题出自母亲之口。她披散着头发悄悄走了进来，肩上搭着一条毛巾，准备洗头发。我不用转过身就能知道她的模样，知道她在干什么。我还知道她穿着一条浅绿色的衬裙，脚上穿一双沾满了已经干了的肥皂泡的皮拖鞋。这会儿她从柜子里取出了洗头膏，洗刷着脸盆，从那肥胖多肉，长满雀斑与黑痣的胳膊上脱下了衬裙的细细的背带，把热水倒进了脸盆。西吉，我不希望你进那个"浅滩一瞥"，你明白我的意思吗？——我根本就没进去。水似乎太热，她把两只手伸了进去，拨弄着水，想让水凉一点。他们把这些孩子送到这儿来就够了；至少你不应该去。——有两个孩子跑丢了，我说，我只是帮着找了一下。她叉开双腿，低下头，把头发拢到前面，放进盆里，用憋着的声音说：现在那边老出事，谁都感到不安定。这些没用的东西，就会打扰我们，给我们带来不安。要是他们都走了……——那他们上哪儿去呢？没有回答。她倒上了水，先把头发打湿了，然后把头完全埋在脸盆里，因为费劲而呼哧地喘着。要是他们还在生病呢，他们是些没有用东西，是我们大家的负担。跟他们什么也说不清，因为他们不晓人事。你懂我的意思吗，西吉？我不愿你去他们那儿，去看他们，甚至跟他们一起玩。

　　水从她的头发中滴滴答答地流了出来。这时她在后脑勺上抹了一些黏糊糊的蜜黄色的洗头膏，在头上揉着，把开始还是水一般的洗头膏揉出了一堆泡沫，颤颤悠悠地停在脖子上，一片片地落在耳朵上，落在脸上，随着她哧的一声，大概也溜进了她的眼睛里。这时，希尔克也得过来帮忙了。西吉，就是去看一眼也足以使人受到伤害。人们认识不到这一点，但事情往往会突然发生。你知道吗？有的印象会深深刻在你的心上，搅乱你的视线。

　　我坐在这里一勺一勺地吃着米饭，听她在那儿絮叨着。希尔克给母亲冲洗着她那金黄色的头发，给她拧去头发上的水，用毛巾搓干时，我还在那里坐了一会儿。我能不能上楼去做作业？可以。但是你得记着我跟你说过的话，知道吗，西吉？——知道了。——今天你们有什么功课呀？——今天？有数学、历史、作文。——作文题是什么？——我的榜样。——这个题目大概不难吧。——不难。——我倒真想看看这篇作文。淡绿色的衬裙裹着她那肥大的臀部，脖子上的皮肤变红了。她费劲地冲着毛巾喘气。洗脸盆里荡着一盆子黑水，水上还浮着一些泡沫，看得见那些泡沫瘪下去，沉下去，消失了。我离开了厨房，回到了我的房间，开始了学校的作业，我真高兴。

由于我一向对历史课不感兴趣，我就从作文开始。过去发生的事情，今天又发生了。开始，我总觉得题目很好做，能够大书特书一番，仿佛这题目就是为我出的一样。要是让我写《假期中最美好的经历》《参观州博物馆》或《我的榜样》这类题目，我从来就不感到为难。对每一个题目在开始时我都充满了信心。但是，当我根据要求开始列提纲时，所有这些相应的题目却又让我感到力不从心了。所有的作文都得写提纲、引言、结构、主要部分、总结。全篇作文都要经过这一套公式，谁要不按着这个模式来做，他就会文不对题。尽管我几乎喜欢所有的题目，但却经常文不对题，那是因为我无法作出抉择。我分不清哪是主要问题，哪是次要问题。我不忍让某几个人作为主要人物出现，让另几个人作为次要人物出现。出于礼貌、同情或猜疑，我办不到这一点；最糟糕的是，我不会做总结。而我们格吕泽鲁普的德文老师特雷普林博士却最热衷于做总结。对什么他都要做出评价：奥德修斯的计策，华伦斯坦的性格，窝囊废的梦想，马格德堡大火时市民的态度等等。要是不作出评价，那就不屑一提。总结！只要提起这一点来，我今天还感到有压力，感到窒息一般地难受。

这一次的作文题是《我的榜样》。谁能是我的榜样呢？是鲁格布尔警察哨长，我的父亲吗？画家马克斯·路德维希·南森？也许是耐心的象征——布斯贝克博士？或者是我哥哥克拉斯？他的名字在家里不能提，连想一想都不行。我应该拿谁进行比较，向谁学习？谁堪称榜样？以我的父亲为榜样，为什么不行？如果以画家为榜样，为什么？我已经感到，围绕这个题目的一切都在要求评价，以评价为终结。由于我从来就不能把自己所熟识的人根据特雷普林的思想来进行评价，于是我只得在另外的地方，另外的时间里寻找我的榜样。我想最好是杜撰一个，用手捏一个，拼凑一个，总之，不能是一个活生生的榜样。但是怎么才能使我和他相似？我还记得，我先取了一个马腾斯的姓，然后取了一个海因茨的名字。这个海因茨·马腾斯只有一条胳膊。我给他戴了一条过长的围巾，给他穿上了一双高筒雨靴，让他待在那个令人绝望的卡格岛上，由于说不出的原因，这个岛不仅是黑天鹅孵小鹅的海岛，也是战争结束以来，那些没有经验的皇家空军轰炸机飞行员最为喜爱的飞行目标。

海因茨·马腾斯拿着一根短柄的铁锹，带了食品和换洗的衣裳，准备去挖一个防空壕，我又让他带上了咀嚼的烟草和一把信号枪。用这把枪他不仅可以轰走孵小鹅的黑天鹅，也能警告飞行员们。他不动声色地承受了第一次轰炸。后来，人们听说有人蹲在卡格岛上，是为了抢走黑天鹅的窝。这件事到处流传着，在汉堡、伦敦也传开了，特别是在英国的动物保护协会的成员中传得更厉害，在皇家空军飞行员中倒不怎么流传。海因茨·马腾斯向飞行员们发出红色的信号弹，每次进攻演习结束后，他都能或多或少地捡到一些能吃的烧烤过的黑天鹅。

只要一听到发动机的嗡嗡声，他就从防空壕里跳了出来，先在天鹅聚集的地方打上几发信号弹，于是一群天鹅像一朵朵白云布满天空，惊慌失措地飞速转圈。接着他垂直地朝着天上的飞机开了一枪，直到第一批炸弹爆炸。这时，天鹅的翅膀发出了一片拍打声，呼啸声，还有在天空高飞的飞机发动机的隆隆声。照明弹下落时的光亮颤抖着。

那红色的光芒映照在玻璃上，映照在我的手上，作文本上，也在我房间的墙上闪动着。突然，传来了叫喊声和脚步声。我们家楼下也有乱糟糟的脚步声，门被推开了，是希尔克，她叫道：起火了，快，西吉，起火了。——哪儿？——那儿！快下来！

我的隐蔽所起火了，我的储藏室起火了，我的展览会，我收集的钥匙和锁在燃烧，骑士画和《穿红大衣的男人》也在燃烧，在池塘上方的底座上，那破旧的、没有叶片的风磨，我最喜爱的风磨在燃烧。救火车在响吗？我听见救火车的呜呜声，但看不见汽车的到来，可能它根本还没有出发。磨坊顶在燃烧，火焰从天窗上，从破碎的玻璃窗向外吐着，又跳跃着卷向天空。磨坊的池塘也在跟着燃烧，但火势还比较平稳。火星上上下下地飞舞，热浪把一束束黄色和红色的火球越过平原吹到霍尔姆森瓦尔夫去了。约苏波夫亲王、波旁王朝的伊莎贝拉女王，还有骑马越过米尔贝格战场的国王卡尔五世都在燃烧。两张看不见的图画，还有克拉斯的那张《摘苹果的人》也在燃烧。火焰在磨坊顶上汇合，向一边歪斜着。狂风呼号，灰白色的天空中飞舞着的灰烬像雨点一样向下撒落。磨坊顶要塌，但又没有塌下来。

我跑着，看见其他人也在跑着。他们从院墙中跑出来，越过草地在大坝下面向起火的地方跑去。人们都想及时赶到现场，他们拼命地、匆忙地越过铁丝栅栏，跳过水沟，争先恐后地奔跑，以便能找到一个有利的位置。

我跳下台阶。希尔克叫我回来，母亲也叫我回来。我跑过院子，跑过砖石小路，跑过水闸，当我跑过水渠时，看见火焰映照在渠水上。我抄近路，通过池塘的芦苇边，磨坊顶坍塌时，我正好赶到。燃烧着的房顶倒塌在磨坊之中，把磨盘砸得四处飞散，一阵火星一下迸了起来。这时，火焰像从一个简易的烟囱中冒出一样，任凭过路风吹散。我停下脚步，看着熊熊大火，看着火焰一股一股地向上升腾，发出有力的呼啦啦的响声，可以说，就像一块布在风中飘动一样。一块火炭从敞开的门中飞出，哧的一声落在我面前的湿草地上。我没有去把它踩灭，只是站在向下飘舞的如落雨一般的灰烬之下，看着那熊熊大火。有两个男人试着用一根横梁把门撞开，但没有成功，只是由于多次冲撞把门从门框中撬了起来，使它斜挂在门框之中。尽管人们都在呼喊救火，可是大火并未扑灭。这时火焰从下面的窗户中窜出，在磨坊的外墙向上窜动。

我上一次看见大火是在什么时候？那是在战争开始，霍尔姆森家的厩舍起火的时候。院子里的男人们只是把救出来的牲口往外赶，不许它们再跑回大火之中去。我没注意到观火的人群是怎样被这股热浪冲着往后退的。

突然，我又是独自一人了。我闭上了双眼，除了急速跳动的疼痛感外，什么也感觉不到了。有一股力量冲上心头，一阵阵地推动着，针一般地刺在我的心上，忽冷忽热地冲击着我。但是，这时我还不想干，还不想行动，我还在反抗那越来越清晰的逼我行动的力量。眼前的一切都在摇晃，那燃烧着的磨坊，人群的阴影。我看见我的隐藏所在转动，储藏室、放锁的箱子、挂着画的墙，都在转动，在我的周围越来越剧烈地转动着。图画向一起汇拢，变成了一本画册。我伸出手，跑到了门口，向火墙跑去，向活动着的火帘子跑去。我钻过那吊起来的门，爬上那已被踩得破旧了的奇大无比的木梯子。在那里，面粉箱、梯子和加工得十分粗糙的木架子都在燃烧。

太亮了，要看出什么东西来，光线太亮了。我必须用胳膊遮住我的脸。我上不来气。当他们抓住我，从楼梯上把我拉到外面去时，我正在找那个滑轮。拉我的是两个男人，但他们是谁，我可不知道。我拧过身子，弯下腰，甚至倒在地上，都无济于事。他们紧紧抓住我的手，一点也不放松。有一个人说：注意啦，要不然他又该跑进去了。他们俩把我抓得这样紧，以致我不得不踮起脚尖，张开着嘴。他们拖着我走出了不愿让路的观火的人群，走到了下面风磨的池塘边，在那里放开了我。我无力地倒在地上，遵照他们的命令，用水冷却着自己的面孔、脖子和手。当我抬起脸时，他们笑了。有一个人说：这小家伙完全烧焦了。接着，他们又转过身子观火去了。

这时，我也在观火，或者说，在观看四处火光的倒影，但我没有看多久。当格吕泽鲁普的救火车到达这里，当他们打开胶皮管，把吸水泵拖到池塘边时，我站起身来，将磨坊、大火和使暮色迟迟不能降临的平原留给了他们。我走过池塘、牧场和那一动也不动地站在那里的牲口。就是在这时，那针刺般的感觉也并未停歇，它沿着脊椎往上蹿，钻进了太阳穴，又忽冷忽热地钻进了我的躯体。忽然，我停下了脚步：那里有我父亲的声音，这就是说，他也在场，他只是发出了一声命令，什么也没干。栅栏的柱子、牲口和我自己的影子都在闪动着。我不言而喻地向布累肯瓦尔夫走去，好像那里在等待着我。风势有些增大，大火中传来了一声大叫，大概是发生了什么事情。我没有回过头去观望，在我的头顶上，一股烟雾被风吹得平平地飘着，拖得长长地挂在布累肯瓦尔夫的篱笆上。他们可能已经开始灭火了。地面好像有些升起，原来我已到了木板桥。

我停下了脚步，画家早就认出了我。他正默不作声地站在桥头，已经熄灭的烟斗还叼在嘴里，挂在颚上，双手深深地插在大衣口袋中，大衣的下摆轻轻扑打着他的双腿。他这样站着，别人真以为他是树篱的一部分。来吧，他说，只管来。我走到了他的身边，他把一只手放在我的肩上。我们共同观看着那燃烧着的风磨。磨坊的塔楼在摇晃吗？我想起了风磨的伟大朋友，想起了他那褐色的、现在被火映红了的手指。他巨人一般地从画面上升起。难道他不是在一个与此相似的朦胧状态中，试着要轻轻地推动风磨让它转动起来？塔楼的一面崩溃了，倒塌了。火星在倒塌之中像雨点一样四处飞散。唉，伟大朋友的亲切态度，那朴实无华的自信心能起什么作用！安静地站着吧，维特－维特，画家说，你怎么啦？要跟我谈谈吗？安静地站着，孩子。尽管这没有叶片的风磨对他来说也并非无足轻重，但他还是能镇静从容地在那里观看着它的燃烧。他坚持站在木板桥上，很可能他曾经走近风磨，但却又退回到这里，这情况我虽不清楚，但是，我完全能够想得出。

烟雾就像冒着蒸气的船只在我们的头上飘过。画家使劲眯起眼睛，目光一直紧紧盯着那边，稳稳地站在木板桥上。这时，整个磨坊都倒塌了，它是拦腰折断的，向一边倾斜着，倒向了路边；拍打在地下时，向四处飞崩着，迸射出了转动的火球和跳动的块状的火星。发烫的碎块向斜坡下面滚去，有几块落到了磨坊的池塘里，发出了咝咝的声音。其他的碎屑崩落在地上时，总是散出一片雨点般的火星。烟雾的颜色不断变幻着，发出了一股硫黄味。这味道逐渐变得非常刺鼻，使人窒息。风把这股气味吹到我们脸上。过了一会儿，画家说：火已经灭了，维特－维特，我们进屋去吧。随即就推着我走过篱笆和花园，来到了画室。

他打开灯，戴上眼镜，抬起了我的脸。你钻到火里去了吗？你的眉毛、头发——好像你刚到大火中去过，都烧焦了。你发烧了吗？我耸了耸肩膀，而他却一直弯腰看着我的脸，忧虑地说：躺下吧，西吉，就躺一会儿。我给你拿点喝的来，一杯黄油牛奶对你没什么坏处。他关切地把我带到画室里五十五个铺板中的一个上去。我老早就认为，这些铺板都是为画上的人物夜间睡觉准备的。为那些斯洛文尼亚人，海边跳舞的人，黄色的预言家，被风吹弯了腰的田间农民和那些绿色的狡猾的市场商人准备的。有一次，画家还快活地向我证实说，所有他画在画上的那些闪着光的人物都在这儿睡觉。要是有人露出不相信的神色，他还会感到诧异。他所说的一切，他都要人相信。

他掀开一个铺板上的遮布，铺上面是一床洗得褪了色的帐篷布，下面铺着草，我坐到铺板上。马克斯·路德维希·南森小心翼翼地抬起我的双腿放到上面，给我盖好了被子，看着我，装出一副严厉的样子说：你现在就躺在这儿，你不愿意也得躺，好吗？你安安静静地待着，等我回来，好吗？不会太久的。——但是，灯还亮着，是吗？他点了一下头。为了不让你跑掉，我得点着灯。

他给我拍了拍那用麻布套着的枕头。在他的照料与劝说下，我躺下了。他走时，显得很严肃。我听见他的脚步声迟疑地消失在门口。一阵过堂风刮了过来，翻动了写字台上随便堆起来的纸条，其中几张飘落到了地上。我没有看见他，但是我感到他就站在外面的窗户边。当他走进客厅去之前，又朝里边看了我一眼。后来，事情就发生了。

我必须思索，回想随后发生的事情，因为那是第一次，我只是想等着他，我在被子下面直发抖，直到此时，我可以通过比较把大部分情况解释清楚。这里光线充足，这间屋子是我看惯了的，我待在这里的时间有限，只是从画家离开到端着黄油牛奶回来这段工夫。我并不感到我是在这里做客。我今天回想，那时，我躺在铺板上褐色的被子下，只露出了下颚，观看着周围我所熟悉的图画。过渡阶段，我必须找到过渡阶段，或者根本就没有什么过渡阶段？

也许，事情是这样开始的：我觉得，我被人看见了，不仅如此，也被人认出我来了。那是斯洛文尼亚人，他们坐在一张圆桌旁，因为喝了酒，眼睛变得浑浊而满意。市场商人们只是对一个漫不经心的过路老太太感兴趣。被风吹弯了腰的田间农夫因为暴风雨即将到来而忙碌着。海滩上的那个舞蹈家呢？那个预言家呢？他们只是在和自己聊着天。

必定是那两个兑换银钱的人，淡淡的黄绿色的手，假面一样的脸，是他们注视着我。他们不再从眼角越过弯腰坐在他们前面的男人互相使眼色；这男人的绝望情绪与他们毫不相干，他的痛苦正中他们的意。我觉得，他们抬起了目光，在他们那灰白色的眼睛里这时没有任何优越感。我不能作出解释，也不想作出解释，忽然，那张画正在收缩，因为我感到一阵疼痛，太阳穴像被钳子紧紧夹着一样，一点亮光从画的背景深处升起，向画面移来，兑换银钱的商人似乎屏住了呼吸；我用两只手抓住被子；因为现在看清楚了，一个小小的明亮的火星从背景移近过来，一直向前，坚定不移。是什么战胜了我的恐惧？是惊愕？是衰弱？还是害怕？我的恐惧使我至少在一段时间内安静地注视着它；我只记得，是因为那张画。是因为那个小小的明亮的火焰。是因为恐惧。几乎就因为这一切。当我掀开被子，站起身来时，我不再想什么，我必须干脆把那张画拿下来，把它翻过来，揭下后面的硬纸，把兑换银钱的商人从镜框中取出来。放在哪儿安全呢？枕头下？柜子里？

我把衬衫从裤子中拉出，将画贴在身上——就像那次藏《制造云雾的人》一样——把衬衫拉下来，又躺回到铺板，决定对谁也不说这件事，连画家也不说。我只想把这张画放在安全的地方；我想把它带走，带到一个我自己还不知道的地方，只是必须得离开这儿，离开这个随时都能起火的地方。这张画贴在我身上多么冰凉！多么安全啊！我这样想着，为了不去看其他的画，我闭上了眼睛。我应该对他讲这件事吗？他会相信我对他说的话吗？或者说，我应该逃走？我并不是想保留这幅画——同样我也并不想保留后来的那些画，只是由于这些画受到了威胁，所以我要把它们带到一个安全的地方去，暂时归我保护。我不能容许这些画在无人看管的一刹那间被烧毁，我得采取措施。我得听从我的恐惧心理对我的劝告。我的错误只是在于我过早地发觉某一张画受到了威胁，我过早地为它的安全担忧。

我并没有逃走。我躺在那里，等候画家回来。他费劲地关上了门。他坐到铺板沿上。来，喝吧！我喝着，越过杯子的边沿端详着他。他变了吗？他除了拿牛奶以外，是否还干了些别的？西吉，你瞧你那样子，他说，你在这儿不用害怕。你发烧了吗？你休息一会儿，然后我陪你回家。

他从柜子上取下了一个酒瓶，用一把黄色粗齿的起子打开了软木塞，把酒倒进了杯子，一饮而尽，又另倒了一杯，接着点燃了烟斗，他望着窗外说：几乎没有火了，维特－维特，他们干完了，明天早上我们就看不见那个破旧的风磨了。你常到里边去，是吗？有时我看见你从里面走出来。为什么你在大火面前跑开了？

我得上厕所。但是我直挺挺地躺在那里，一动也不敢动，因为那幅画的分量会引起他的注意，新的恐惧使我一动也不能动。如果他发现那张画没有了，如果他在我身上找到了那张画，他会怎么样？我暗自问着自己，偷眼看着那被我挂回了原处的空着的镜框。他会永远禁止我踏进这画室的门吗？是否一切都会因此而完结？那空镜框斜挂着，我挂得太匆忙了，褐色的粗布被子把我缠得这样紧，似乎是要出卖我。我突然觉得太热，热浪向我的身体阵阵袭来，我完全不能平稳地呼吸了，而我又必须上厕所。两个喷水管，他站在窗户那边说，现在他们用两个喷水管灭火，似乎那里还有什么东西需要拯救，需要保护。夜里有雨，他们可以把余下的事留给雨水去做，你看怎样？——是的。他从窗户旁转过身子，迈着小步走了过来，我则仰望着天花板；这一段路显得那么长，他走了那么久。他到底来到了我的身边。他把杯子放在地板上，坐在铺板沿上轻轻喘着气。把你知道的事说出来，我想，或者说，把你发现的事说出来。

他掏出了那条特大号的散发着尼古丁味儿的手绢，擦干了我的额头和太阳穴。你先安静下来，维特－维特，他说，有一天你会看到，我们所干的和共同承受过的，是不会很快就被人忘掉的。我们的足迹保留下来的时间比我们想象的要长。事情是不会那么快就消失的。你想想看，对那个曾经在这里生活过的弗雷德里克森我了解得很少；但是，每隔半年，他就在门柱上量一量他的儿子有多高，然后用刀子刻上印记，尽管这印记很小，但总是有东西留存下来了。他拍了一下我的大腿。为了使有些东西留存下来，他说，就不应该再去看它们；我想，有些东西为了今后能毫无忧虑地去占有它，就必须首先丢失它。我是这样想的。可能有七百幅画，也许是八百幅。它们会不断地归属于我，即使我再也看不见它们了。你说呢？是的，我知道，那是好些画呢! ——你指的是什么？我问道。而他呢？对我的问题并不介意，说道：那是一个很好的隐蔽所，你在上面放了很多好东西，有时我感到惊奇，有时我感到高兴，真想再给你添一些! ——你到上面去过？你知道这件事？ ——我知道，我也去过上面，还不止去了一次。——那个穿红大衣的男人。——是的，我在那里重新见到了穿红大衣的男人，还有许多别的东西。——你是怎么探听出来的？ ——你安静地躺着。你看，我什么都留给你了，甚至包括你留下的那两张看不见的图画，有一天，我还想偷偷地再给你挂上点什么呢。

是他干的，我说，只有他。他还会这样干下去的，他什么别的事情也不想，只是等机会这么干。——安静点，孩子，你都不知道你在说什么。——在棚子边，在海滩上，都是他干的，这回也是他干的。我知道，他什么都能找到，在他面前，什么都不保险，这种事他是不会停止的。——我们给你找一个新的隐蔽所。——那他也肯定会找到的，肯定。——那我们就多找几个隐蔽所，经常变换变换地方。不过，你现在要安静，把我的胳膊放开。——你得采取措施，南森伯伯，我说，你是唯一能够采取措施的人，他的情绪不对头，或者说，他对现在的情况一点也不理解，只要他在那儿站着，倾听着自己的声音时，我就害怕。我认识你父亲的时间比你长，画家说，绝不会是他在磨坊里放的火，你不能这样想。你还想喝点什么吗？ ——我告诉你，在他面前，我们得把什么都藏起来。

画家把我按在铺板上，这时，他用目光向我表明，他了解的情况比我猜想到的更多；当他又慢慢地说话时，声音里不再有失望、悲伤，更没有愤怒：《兑换银钱的人》那张画我一定亲自把它看好，你把它拿出来吧。他以为这张画放在铺板下了，于是弯了一下身子，然后忧虑地看着我说：来，放在我这儿保险。——有一个火焰，我说，一个小小的火焰向画面移动。——是呀。——清清楚楚。我看见了。——是呀，我相信，不过你把画给我。他两下子就掀开了被子，在我身上摸着那张画，把我的衬衫从裤子里拉了出来，他不让我动手，只是叫我安静：把手拿开，我自己来。他的声音里没有失望、没有愤怒，如前所说。

当他取下镜框时，我看到从他那肥大的衣袖中伸出来的手腕令人惊讶地瘦削、苍白。他一句话也不说地把画放了进去，挂回了原来的地方。你饿吗？——不。——那就是说，你真有病了，他微笑着说。过了一会儿，他又说：事情总会有损失的，你得习惯这一点，维特－维特。也许这是一件好事，人们总不能停留在原来所拥有的一切东西上，而是必须不断地重新开始。只要我们这样做，我们就还能寄希望于我们自己。我从来就不满足，西吉，我也建议你，尽一切可能不要满足。

他忽然惊慌起来。他给我盖上了被子：天哪，你看你那样子！孩子，来，我送你回家。——我要待在这儿，我说。——这不行。——但是，我要。——你可以在我这儿吃饭，然后我送你回家。

病态

　　拦住他，拦住奥柯·布罗德尔森，问问他邮袋里有没有我们的信件，我们能不能自己把信拿走，省他一段路。怎么说都没用，因为那僵直地挺胸坐在自行车上的独臂邮递员坚持要把信件送到家中，无论如何也要送到家门口，他用暗示让人明白这一点，有时还要提醒几句，总之，是用他那一副神情，仿佛他比收信人更了解信件的内容。虽说人家看到他递信的神态，不一定会感到，每一封信都是他自己写的，但也会以为，至少写信的时候他在场。你瞧他在信上敲打的样子！他挥着信提醒人的神态！是的，了解他的人是不会拦住他问信的，或者让他过去，或者像我那样，跟在他的身后跑着，一直跑到院子里，跑到屋门前。

　　有我们的邮件吗？他把邮袋放在车座上，打开邮袋，用大拇指翻动着那一叠夹在一起的信件。信封一个个地翻过去，露出了上面的地址。没有我们的信吗？只有一封用褐色的大信封装着的信，信封上的字是粗体字，没有寄信人的地址。上面没写寄信人，奥柯·布罗德尔森说。他为难地点着头，可能在考虑要把我们的信扣下来。但是，最后他还是把信交给了我，指着我的家说：去吧，把信送进去，告诉你们家老头儿，以后只能收有来信人地址的信件。——照办。他招呼也不和你打，就越过砖石小路向霍尔姆森瓦尔夫驶去了。这儿有你一封信！

我父亲正在刷鞋。他每星期把所有能从家里收罗出的鞋刷一次。他把鞋拿到厨房，相当整齐地排在那里，刷鞋经过三道工序：擦干净、上油、打亮。我只得把信放在桌子上。警察哨长一边用一块绒布给一双皮鞋打亮，一边看着信。他耸了一下肩膀，转过身子，又看了一下信，似乎有什么情况现在才引起了他的注意。这一次比第一次看的时间要长。他又转过身子，但是，人们可以清楚地看出，他脸上出现的好奇的表情越来越明显了。这时，他在寻找寄信人的地址，他放下了绒布和皮靴，拆开了信封，站着看了半天，似乎不知是怎么回事，他坐在条凳上继续看着，他在比较什么，又拿到冲亮的地方琢磨着，但是，似乎还不理解这是怎么回事。他失神地看着我，叫道：母亲，把母亲叫下来，快去！

于是，我敲门把古德隆·耶普森从她的卧室中叫了出来，让她走在我前面。但是，在楼梯上我又超过了她，这样，我能看着她走进厨房，看着她不愉快但却宽容地站在桌子旁边，身子在晨衣中冷得发抖。父亲没有注意到她，也许他已经看见她，但却要在把信交给她之前，再念它几遍，使自己更有把握些。她在那儿站着，他在那儿看信。她看得出，有什么事使他难于理解。他把信放在桌子上翻转过来，歪着头在那儿读着。突然，他把信和信封推给了她，跳了起来，抓住她的肩头，轻轻地往下按着她坐了下去。她在读信时，他就站在她的身后。

平静吗？他一点也不平静。你看看，他说，你瞧瞧啊，他又说，你看出什么来了？你什么也没有看出来？不管他如何催逼，她根本就不听他的。她也把信纸翻转来放在桌上，然后抬起头，呆望着炉子，试着要说点什么，却又说不出来。

我让他们自己在这种不知所措和惊得发愣的情况下待一会儿，在他们喘气的工夫和寻找话语的时候，我想谈一谈这封信究竟给家里带来了什么。正如前面所说的那样，信封上没有写明寄信人，大信封里装着一页从杂志上撕下来的纸，一幅复制的画几乎占满了这张纸。画的名字叫：波浪上的女舞蹈家。狭窄的纸边上用粗体字写着：请注意这张画像谁，那是有意义的。这是马克斯·路德维希·南森的一幅作品，画的是希尔克，她在跳舞。她在红色的天幕下，紧挨着海滩，在平滑而又翻滚着的波浪之间跳舞。她的头发披散着，只穿一件带条纹的短裙。她的乳房似乎妨碍了她的舞蹈动作，于是，她用一只手按在乳房上。那张向后仰的脸上，显得厌烦和精疲力竭。她和海浪一起跳舞，迎着海浪，舞蹈的节奏随着海浪的节奏。看得出，翩翩的舞姿会使她离海滩越来越远，她将向着大海，一直跳到自己舞蹈终结的地方。波涛上的舞蹈家确实是我的姐姐希尔克。信纸上有寄信人的姓名吗？当然没有，如同信封上没有姓名一样，信纸上也没有。邮戳呢？从邮戳上看，信是从格吕泽鲁普投寄的。

你有什么好说的？父亲说，用手背命令地敲打着那张画；这就是她，就是希尔克，我绝不会弄错，这意味着什么，我们都知道。我认得出是她，母亲说。谁都认得出她来，父亲说。她给他当过模特儿，母亲说。她把自己奉献给人家了，父亲说。没有自尊心，母亲说。没有廉耻，父亲说。他们看着那幅画，还有更多的话要说，还有更多的事要絮叨，但是他们认为，最为严重的事显然是希尔克做了不利于他们的事情，因为他们始终在可怜自己，为自己表示遗憾。他们之所以对希尔克勃然大怒，是出于对自己这种境遇的同情。她竟然对我们干出这种事情来！她竟能把我们置于这种境地！她藏到哪儿去啦！

父亲来到走廊，叫着希尔克的名字，听了一会儿，又叫着。当希尔克的房门打开时，他赶紧回到了厨房，想找一个能显出威风，最好是高一些的位置。由于找不到较高的位置，他决定坐在桌子边上。他的身体挺得笔直，两腿劈开着，使劲地抬起了那张干瘪的脸。他就用这副姿态等着希尔克。有什么事吗？希尔克问道。当她看了一下我们的脸色后，轻轻问道：这是怎么啦？

她犹犹豫豫地走了进来，充满疑虑而又感到害怕。她在我们的眼神中探索着，不能肯定到底发生了什么事情。她两手叠在一起，互相搓着。你们大伙要干吗呀？我怎么啦？她把脖子上的头发掀在一起，绑了起来，又舔了一下嘴唇。警察哨长就像让每一个受审者惊慌失措那样，也让希尔克首先惊慌失措起来。他并不急于开始，他高兴地看着对方由于他的有意沉默而产生的窘态。有时我想——至少今天我是这样想的——他那有意的沉默就是惩罚的一部分，因为他对对方的指责秘而不宣，不给对方为自己辩护的机会。

希尔克走到他的跟前，伸出手来请他把话说明白。父亲沉默着。你倒是说呀！希尔克到底看到了我的眼神，她跟踪着我的视线，我把她的注意力引到了桌子上，引到那封信上。她站在母亲背后看见了那幅画，长久地注视着，在我看来，时间简直是太长了。她不敢拿起那张画来。她说：是这么回事呀，现在我可知道了。她做了一个手势，尴尬地笑着，竭力想装出无所谓的样子。原来你们指的是这件事。她放松地叹了一口气，从桌子边走开说：这事情已经很久了，至少是去年春天的事情，或者差不多是那个时候的事情，她想用这种口气使大家高兴起来，至少使气氛缓和下来。

母亲不动声色地看着涂蜡桌布上的蓝色花纹。父亲远远地、居高临下地看着那封信。就是那么回事，那有什么呀！希尔克说，《波浪上的女舞蹈家》，天哪，你们干吗要反对这张画呀？画家需要一个模特儿，他觉得我挺合适，也没有发生别的事情。就这么一次，仅有的一次。《波浪上的女舞蹈家》。瞧你们那么激动，这不是跟到大夫那儿看病一个样吗？她说着，感到自己已经申辩完毕。她的表现也越来越放松了。那就是说有那么回事，父亲轻轻地说，这里所说的一切都证明是对的了。这就是说，你给他当过模特儿，你在他面前光着身子来着，这就证明你的自尊心不知上哪儿去了！希尔克转过身子，惊讶地看着他：自尊心？为什么说自尊心呀？——你和我们生活在一起，父亲眯缝着眼说，近几年来，你总看到了我和他之间发生了什么事情。——这都过去了，希尔克说，那个时代已经过去。

父亲把嘴撅成了一副蔑视的模样说：事情只要走到了这一步，那就不会有个了结。但这是事情的另外一面；现在我们是在说你，说这张画上的你。也许你明白发生了什么事情。

她和我相像，希尔克说，波浪上的舞蹈家与我相像，就是这么回事。父亲说：不光我们认得出是你，有人就不写寄信人的地址把这画给我们寄来了。就像这个寄信人那样，别的人看过这幅画以后也会这么干呀！当人们认出你来时，他们会怎么想，这一点你连问都不用问。如果是另外的人画的这幅画，还有的可说。但这可是他画的。他还有他自己的那套法规，那种狂妄自大的劲头，对一切履行自己职责的人的蔑视。你大概还从来没听说过，人们在外面都议论了他和我之间一些什么！

希尔克慢慢走到窗户边，低着头站在那里。看得出，她现在什么也说不出来。父亲并不看着她，只是冲着她刚才站着的地方说：你考虑考虑，这样一来给我们带来了什么呀！我看了一下母亲，她现在也开始挪动身子，从懒洋洋的沉思中醒了过来，坐了下去，轻轻叨唠着"可怕"，然后她说道：可怕，他把你弄成了一个什么样子啊！画上表现出的这种陌生的东西，这疯狂的神态，陶醉的表情！他把你的身体画成了个什么样子！那狂热的腰部，弯曲的大腿，还有你那张脸。你总不会同意他给你画的这张脸吧？——这是一种侮辱，父亲说。母亲说：迄今为止，他侮辱了每一个被他描绘的人，包括你在内。只有吉卜赛女郎才有可能这么跳舞。——是的，父亲说，他把你画成了一个吉卜赛女郎。——这是一种耻辱，母亲说。警察哨长说：你现在该干什么，你知道吧？——事情只有这样办，母亲说，这张画，像这种画不能让它存在。为了你，也为了我们。——你帮他画了这幅画，父亲说，现在你得想法把这幅画消灭掉，这，总不难吧！

希尔克拿过一张凳子，笨拙地缩成一团坐了下去。两眼看着自己的手掌，猛一下朝自己脸上打去，呻吟着，抽泣着。不了解她的人，此时真会以为她在打嗝；我们可知道她是在哭泣。你明白我们的意思了吗？父亲说，你明白了吗？这张画必须消灭掉。看不出希尔克到底懂了父亲的话没有，她的上身这时晃来晃去，似乎在寻求反抗的办法，或者说，在寻找一个可以倚靠的地方。你可以提出这个要求，母亲说，你有这个权利。不能让人看见这幅画。——他用这幅画毁坏了你的声誉，父亲说，只有你才能改变这种状况。

他们俩一唱一和配合得多么默契，接应得多么自然熟练呀。这个人加强或解释着另一个人的语气，装得好像不是直接冲着希尔克说的，而只泛泛谈着与希尔克无关的自己的看法、责备和要求。他们还给人这样一种印象，似乎在他们之间早就交换过意见，所谈的这一切与希尔克本人关系不大，而是由于自己面临着某种风险的缘故。他们互相补充着，互相给以提示，情绪越来越激动。我姐姐这时不怎么哭了，我是说，她的哭声已经变成了无力而均匀的，只是偶尔被噎声打断的没完没了的哀啼。谁也没有要求她停下来，谁也不能肯定，希尔克到底听懂了人们对她的要求没有。他们只是不断地对她施加影响，给她做工作，直到电话铃声召唤警察哨长到办公室去为止。这时，母亲也站起身来，离开了厨房。不，她在上楼以前，还走到希尔克身旁，把手平放在希尔克的肩上，轻轻按了一下，这才离开了厨房。

我该怎样去安慰希尔克？我也学母亲，把手放在姐姐的肩上，很快地摸了她一下，在她身上拍着，不经心地按着收音机里《你在我眼里很漂亮》的节拍在她的锁骨上拍着。我得承认，我这样做毫无兴致，因为我的注意力当然集中在打电话的父亲身上。他大叫大嚷地说这里就是鲁格布尔警察哨，他的电话号码是二〇二，他自己就是哨长。他用大喇叭一样的嗓子在那儿喊着。

车祸！发生了车祸……胡苏姆公路发生了一起车祸……一辆牛奶车和一辆自行车……一辆梅塞德斯牌轿车和一辆马车，三十八个人死亡……明白了，三十八型的汽车……格吕泽鲁普的同事们是否……两个人受伤，这情况就不一样了……在通往索尔林庄园的十字路口，是的……懂了，是。

他挂上了听筒，在走廊里穿上了制服，系上了皮带。我在镜子中看到，他抓过了那个锃亮的公文包，戴上了帽子，扣上了上衣口袋的扣子，站在门口，看着我们，既未责备，也未警告，听了一会儿楼上的动静后叫着说：回见！然后走出门去了。他没什么可说的了，连个总结性的表示也没有。

我该怎么对待希尔克呢？我试着把她扶起来，但却办不到。我想把她的手从她脸上拉开，也办不到。来吧，我说，来，我送你到你的房间去，你可以在那儿躺一会儿，安安静静地把这一切考虑一下。她摇了摇头，轻轻地说：

不去，我还在这儿待一会儿。我说：不，先来吧，先回你屋子里去。过了一会儿，她痉挛似的站了起来，给了我一只手。我领着还在哭泣、一只手捂在脸上的希尔克，走到走廊上，来到了她那窄小的房间。我能感到她在哭泣时身体的微微颤动。我说：别哭了，希尔克，你别哭了，哭也没有用。她坐在床上，我坐在她身旁，小心翼翼地把她的手从红红的、粘着头发的脸上拉了下来。

这时她问我是否愿意离开这个家。我说：愿意。然后她说，她曾多次准备离开这个家。只是由于我，她才忍受着这一切。她说：我最好是了此一生。这时我说：好的，在为你举行葬礼的时候，我给你送花去，送虞美人草。然后她又问自己，这个家为什么这么陌生，这么充满敌意，问我能不能理解这一切。我说不能。然后我问：是谁把他们创造出来的呀？她问道：谁？我说：鲁格布尔警察哨长和他的妻子。后来她问道，我们能不能一起逃走，也许逃到汉堡去，她对那里比较熟悉，我也在那里有机会找个工作什么的。我说：为什么不去？接着她又说：我怎么能叫人看不到这幅画呢？我说：这办不到。这时她问道：画家注视着你的时候意味着什么？我说：什么意思也没有。然后她又问，她现在该怎么办？我说：我不知道。接着我又问，她听说过这件事没有？她问道：哪件事呀？我说：克拉斯得了摄影奖。她说：没听说过。

突然，她倒在床上，侧着身子，抬起了双腿，似乎屏住了呼吸在听什么。我扯下了捆住她头发的蝴蝶结。她接着说：阿迪又待在汉堡了。我说：噢。然后她问我说：要是我是她，会不会跟阿迪结婚。我说：要是必须这么做，

432

我就会这么做的。她说：要不是有这么一对父母，情况会完全不一样的。我说：我们必须把他们给换掉。她问谁呀？我说：鲁格布尔警察哨长和他的妻子。她却说：你不能这么说话。我问她：难道你不想这样吗？她回答说：想。

我们就这样在她的房间里聊来聊去的，而她也逐渐安静下来了。气氛也使人感到舒畅了一点，总之，不那么紧张了。我脱下她的鞋，使劲给她盖上了被子。希尔克可不愿意躺在床上，更不愿盖上被子。她想吃面包，想吃一片抹着李子酱的面包。我觉得这是一个好兆头，于是我答应她去给她拿一片面包来。

我没有能走到食品储藏室。因为马克斯·路德维希·南森头戴一顶大帽子，两手深深地插在口袋里站在那里，用严厉而又匆忙的神色质问着我。他非常激动地站在那里，第一眼就叫人看出，这一路他是多么艰难地走来的。他不像平时那样向我微笑，也不像平时那样高兴地打我几下。与此相反，他紧抿嘴唇，下颚向前翘着，肩膀很紧张。这样的话，得作点精神准备来迎接他。首先是得顶住他的目光和他站在那里的咄咄逼人的姿态。他问道：那幅画在哪儿？拿来，我要带走。——画？我问道，你说的是哪幅画？——算了，别装了，把画拿来，事情就了结了，你知道我指的是什么，我指的是《波浪上的女舞蹈家》。——画丢了吗？——是的，它失踪了。我到这儿来，就是为了把它带走，你懂吗？拿来吧。——我没拿那幅画。——要我搜吗？——你哪儿都可以搜，反正画不在这儿。——你听着，西吉，你最后一次到布累肯瓦尔夫去过。要是你不把画交出来……我知道你为什么要把画拿走，但是，这张画我得拿回去，我就是为了这个到这儿来的。——画不在这儿，肯定不在。——那我们就看吧，画家说。他抓住我的手腕子，拉着我走到楼上的房间去。是这儿吧？——是的。——把门打开吧。

瞧瞧他是怎样征服我的房间，怎样在这儿寻觅呀！他目标明确地走到屋子中间，弯下腰，先转着圈在一切可能藏东西的地方搜寻着！我站在窗户旁，看着他在那儿敲敲书架，把海图从桌子上掀起来，怀疑地检查着床铺。我看见他发现了那口无辜的箱子，可它的体积根本就装不下这张画。最后他跪在地上，甚至在修补过的地毯下面搜查。他绝无满足之心，他是那样地有把握，在房间里搜索了一遍以后，走到我面前来，摇晃着我的身体，有节奏地问道：在哪儿——在哪儿——在哪儿？画在哪儿？我也节奏鲜明地回答说：不知道——不知道！——你拿了！——不，我没拿。——你觉得这画有危险，你想把它送到安全的地方去！——不，《波浪上的女舞蹈家》这张画我没拿。——那就是你们家的哪个人拿了。他抓住我的衬衫，把我转了一圈，用他那有力而又宽大的手使我离开了地面，紧紧盯住我的眼睛，一再重复着对我的指责，而他所得到的回答不过是"没有"而已。我让他抓着我，也顶住了他的目光，在他抓着我、盯着我的时候，我还能思考问题：谁在这个时候劈木柴呀？因为，我们俩正在争论的时候，从院子那边，从棚子里，一把劈木柴的斧头也加入了我们的争吵。这当然是我的父亲！他到出事的地点太晚，那些遭车祸的人已经散开。那堆木柴摆在那儿已有数星期之久，于是他现在劈柴去了。这些木柴是格吕泽鲁普锯木厂的废料。

画家向我父亲望去，慢慢地放开了我，把我推到一边，走到门口去了。他下了楼梯，出门之前，在过道里点燃了烟斗，郑重其事地走下了台阶，吧嗒吧嗒地吸着烟向棚子那边转过去了。父亲什么都还没听见，或者说不想看见。他劈着柴，非常专心，非常卖劲，细心地把那锯得很短的木块放在墩子上，向后退一步，估量一下距离，同时举起了斧头，但并没有把全副力量都放在劈下去的劲儿上。这动作像是把斧子嗖的一下甩在木块上，由于劈得那样准确，以致有时劈柴的碎片都留在墩子上，还需要他用手背去把碎片从墩子上挪开。你倒是把头抬起来呀！应该说，他早就看到了站在那堆劈柴前的画家了，因为每一次，只要他弯腰去捡新的木块时，他就应该看到画家的鞋和他的大衣边。但是，他仍然做出了那副好像只有他一个人在院子里的姿态。我想：我得看看他到底要让画家站多久。我还想，我还要看画家到底能够站多久，我们这儿的人习惯于这样，在谁也不理谁的时候，只要哪个人让步、退却、放弃，人们就会很快地说，他败了。父亲举起斧头，把那把上面沾着暗色的鸽子血的旧斧头劈了下去。画家站着，抽着烟，眯缝着眼睛看着父亲。情况不会有变化吗？有，父亲更加不间歇、更加卖劲地劈木柴，他根本就不再花时间去估量距离了，而这就说明了一些问题。

我能让这两个人这样对峙八天，这将是一个各自为自己辩护的故事，但是，最后我还得指出，是画家捡起了一块崩到一边去的木块，把它扔回劈柴堆里并说：别着急，我等你把柴劈完。父亲什么也没有说，有些不好意思地检查斧子的锋利程度，他用唾液打湿了的大拇指在刀刃上试着，然后又继续劈柴，把斧子向一块满是桠杈的木块劈去，第一斧子没有劈开，木块和斧子一起跳了起来，接着又是一斧子下去，才劈上了；为了劈开这块木头，警察哨长已经使尽了全身的力气。又是一块木片飞到了画家的脚前，他又把它捡起来，扔回劈柴堆里。他说：一切东西都在自己的位置上。他没有得到回答。他站在那儿，虽说很有毅力，但却又相当无能为力，甚至使人感到有些多余，好似他在这儿打扰了别人一般。他意识到了这一点，最后，他可能意识到，得由他首先迈步才能达到自己的目的。于是他向父亲走去，将大拇指挂在大衣的口袋上，径直走到他的身边，轻蔑地说：总可以在这儿打听个消息吧，行不行啊？警察哨长正劈一块干裂的圆木头，将斧子劈进了墩子里，又抽了出来，拿它当了个支柱，撑着那斧子柄，把头扭向一边。这就是说，他等着画家提问。

画家一句废话也没说，直截了当地要自己的画。警察哨长眼睛发直地思考了一阵之后，耸了一下肩膀，轻蔑地回答说，他根本就不明白他说的话是什么意思；对于过去没收的画只能凭收条来领；他是否可以看看相应的收条呢。直到这时他才第一次看着画家。画家则耐心而急迫地重复说：他丢了一张画，名字叫《波浪上的女舞蹈家》，他之所以到这儿来，是因为他确信，他可以从这里，从鲁格布尔带走这张画。

父亲考虑了一会儿，然后他说，他想知道，画家是否清楚，他给这里的人加了个什么罪名？因为这话听起来，似乎是他，警察哨长偷了这幅画。于是画家请求我父亲好好想一想，他当时负责没收一切违反禁令而作的画，这段日子过去并不太久，而他也确实没收过作品，甚至在禁令的发布人已经完蛋之后，他还继续按禁令的精神没收、毁坏、焚烧，总之是盲目而又顽固地执行人们过去委托他办的一切。难道他想不起来？难道他不清楚由于公务上的原因，他曾经常在布累肯瓦尔夫的四周转悠？难道在这一切发生之后，他，画家，连问一问的权利都没有？我父亲听着，用手举起了斧头，木柄紧贴伸开的胳膊，胳膊一点也不颤抖，而是平稳地正对着砖石小路，他说，他想知道画家的话说完了没有，能不能现在就离开这儿。他们之间要说的话早在过去的年月里就说完了，请走吧。画家说，他能理解，警察哨长得了健忘症。他是要走的，但是在走之前，他想提请父亲注意：禁止绘画的时代的确已经一去不复返了，警察哨长过去看作自己职责的一切，今天应该用别的名称来代替了。

他只是想指出这一点，特别是要说清楚这一点——最终而又明确无误地说明这一点——与过去相比，事情已经有了一些变化，他不用再指望和坚持了，他也不再会有什么可指望或坚持的了。

父亲把斧子放在木墩上，使劲讥嘲地问道：这是不是对他的威胁？画家是否准备找个机会让他完蛋？比如说，把他枪毙掉？画家回答说，他只是不想再有所顾忌而已，情况已经不是这样了；他不得不有所顾忌的时代已经过去了。我父亲说，对他而言，这时代也已经过去了。他也逐渐明白了，过去他有时违反了自己的职责，顾忌太多，正因为如此，他们现在才能站在一起谈话。要是他当时一丝不苟，毫无顾忌地执行自己的任务，那他俩今天就不会站在一起；这一点，也许画家根本就没注意到。

　　画家说，他够注意的了，至少他了解，履行职责是一种什么样的病，为了对付这种病，他将尽力而为；那些牺牲者们——职责的牺牲者们——期待着这样做。我父亲说他想知道，这是画家最后的话吗？他有活要干。他的嘴露出轻蔑表情，画家也看得出来。他弯着身子捡起一块木柴，费劲地放在木墩上，举起斧头，又放了下来。父亲说，他没有那张画；即使有，他也得反复考虑，是否该还给他，因为这张画与他有关。说完他用两只手举起斧子劈了下去，劈开的木柴飞向一边，斧子劈进了木墩。看来画家这时才知道，他了解到的是什么，但是他没有离开，他还想把事情弄清楚：他们俩是否每句话都相互听明白了？如果听明白了，那将对鲁格布尔警察哨长意味着什么？他是不是应该再强调一次，现在没有顾忌了……

　　即使画家不是那样想的，但他的每一句话听起来就像是威胁一样，我不能继续听他这样对现在又卖劲干活的警察哨长讲话，便抽身退回屋里去，看见父亲又举起了斧子，指向砖石小路，我后退到台阶上，感到周身忽冷忽热，太阳穴上抽搐，紧张，挤压，当我走进自己的房间时，我不得不用手按摩自己的心窝。这两个人还站在棚子边吗？他们始终还站在那里。不过画家已经半转身子准备离开了；但由于他的话已经讲开了头，显然要把话全部倒出来，把他的失望，日积月累的愤怒，他的谴责和警告全部发泄出来。我父亲偶尔回答他一句，或者提出一个反问，有时看着对方，作出一种反应迟钝的惊讶的样子来，我想说，那实际上是一种压制着的蔑视态度。取得优势了吗？那时在棚子边究竟谁比谁更占优势，我可说不清楚。

马克斯·路德维希·南森终于走了，我再也坚持不住了，我真想自己最好能够加速他的步伐，当他犹豫地站在砖石小路上时，我想：走吧，走吧，倒是走啊。走廊上静悄悄的，听不见希尔克的声音，也许她自己去拿李子酱抹面包去了。卧室后面，听得见那有规律的呻吟声，这声音我不仅很熟悉，而且也使我放心。我母亲能毫不费力地接连呻吟上几个小时。我解开了系在天花板上的绳子。绳子一拉，天花板开了，又一拉，兴纳克·廷姆森给我们弄来的折叠梯子滑了下来；就像在磨坊里那样，我爬上去以后，就把梯子拉了上去，关上了天花板。镇静！我命令自己，镇静！有多少可以掩藏的机会！一个人可以有多少隐藏所！谁也不会在这儿找到我！他们一年之中就上来一次，只是为了把那些舍不得扔掉的东西藏到这儿来，耶普森一家是什么破烂都舍不得扔掉的。旧床垫，破沙发，洗衣服的篮子，脱了胶的桌子、椅子，一堆剪纸，书籍，锁不上的箱子，他们什么都堆到这儿来，让这些东西在黑暗中无声无息地腐烂掉。这里的东西不是井井有条，而是堆得乱七八糟，不管是什么都是往那儿随便一扔。这里是还带着褐色痕迹的烟囱，那里是半开着的柜子，那里是谁也没有打开过的歪斜的小窗户。

我脱了鞋，溜到那歪斜的小窗户的下面。斧头劈柴的声音，碎片崩落的声音从院子那边传来。这是我的箱子，上面用纸和口袋覆盖着，被椅子的残骸包围着。我把这些伪装搬到一边，先把几层油纸揭开，打开了箱子盖，在一旁坐着。当我又看到我自己新收藏的东西完好地摆在那儿时，我不再紧张，身体不再抽搐，太阳穴上的压力也减轻了。

我拿出了《波浪上的女舞蹈家》那张画，放在箱沿上，光线又高又弱，希尔克就在那微微起伏的波浪之间为我跳舞，在红色的天幕下，披散着头发。这张画突然与我的关系密切了起来。去了解这穿着条纹短裙，乳房高耸的希尔克，对我产生了某种意义。这个希尔克呀，尽管她已经精疲力竭，却还在不停地独自在耀眼的海滩前跳着。我已经决定，不让任何人看见这张画，其他的画也只是供我个人观赏，我已经学到了某种东西，为了使我自己保持稳定，我已从自己身上了解到了我需要什么。有人在敲门。

一听到敲门声，我想，这只能是鲁格布尔警察哨长，是他将斧子笔直地劈下去，使它牢牢砍在木墩上，但是这里有人敲门，敲我的禁闭室的门，并不像约斯维希那样羞怯，而是敲得很重，似乎有些绝望——这敲门声不仅宣布了沃尔夫冈·马肯罗特的到来，同时也宣布了关于他处境的新的不幸消息。我想，只有以为自己有权利把自己的不幸告诉别人的人才会这样敲门。

我慢慢地将身子向门口转过去，这时，他已经敞着大衣走了进来，连门也等不及关上就冲到我的面前，根本没想到自己应该以怎样的态度来对待一名难于教育的青少年，而且这位青年还是他的学士论文的剖析对象。

糟了，他说，什么糟糕的事都一下子落到了我的头上，西吉，你还没看见呢；我可以坐下吗？他茫然地在我肩上拍了一下，年轻的心理学家便坐到我的床上，让我看到的是一个不仅遇到不幸，而且完全淹没在不幸之中的男人。

又发生什么事啦？——先说香烟吧。今天有五包，两包是希尔克给的。他给我扔过来一包，把其余的塞进了我的被子下面，沮丧地在空中挥了一下手。完了，这意思可能是全完了，或者是：世界永远也不会变成我们所希望的样子了。他灵巧地从一个窄小的铁盒子里往自己的手背上倒了两颗黄色的药片，用舌头把药片舔了进去，毫不费力地咽下去了。

是论文吗？我问道。我的女房东，他说。他跳了起来，快步在禁闭室中从窗户到门口来回走着，两手拍打额头，两只胳膊做了半天自由泳的动作，显然是为了放松，突然长叹一声，靠在门上，以致我不得不做好约斯维希的眼睛随时会出现在窥视孔上的准备，接着，马肯罗特走到我的桌子旁边站住了。事情关系到他的女房东，北德平衡木冠军。沃尔夫冈·马肯罗特苦笑着。事情是这样：他的女房东要生孩子了，这孩子既可能是马肯罗特的，也可能是她男人，那个起重机手的。这件事还没有把握。她无所谓，反正有孩子就行；马肯罗特精神负担反倒很大，因为他坚持这个孩子必得是他的。你应该知道的。马肯罗特硬要女房东好好回想一下；她也回想了，结果是摇头否定了。他要求女房东好好算算；女房东算过以后，犹豫地耸了一下肩膀。你理解吧，西吉，当沾点边的爸爸，最好是一半对一半。我认为他说得对，建议他一直住在这个家里，直到孩子长大，可以自己从两者之间选出一个父亲来。可是，你自己也不会相信这一点的。他转过身子，把脖子从肩膀中抻了出来，向左手关节吹着气，似乎要使它冷下来。我就在这种情况下写论文呀！西吉，设想一下，就在这样的条件下啊!

沃尔夫冈·马肯罗特把几张写过的纸放在桌子上,这是他的论文新的一章,看得出来,改动得很厉害。你当然可以把它当作是草稿来看,但是,尽管如此,我还是请你读一读。他帮我把那折叠着的、墨渍斑斑、这儿那儿撕碎了的稿纸展平,并说:我不知道对不对,但是要写这样一篇论文必须得有空闲,至少是没有什么负担,你看呢?

我想得不一样,我说:负担越重越好;别老盼着自己健康、空闲和没有负担,这只会使你失望。他又从桌子上把稿子拿起来。他可以给我念念吗?不。只念几页行吗?不行。他能不能请我在读稿子时也想一想他那恶劣的处境?不。为什么呢?因为没有可以原谅的理由,我说,并希望他能把这未完成的一章带走,但是,这个心理学家变幻无常,他又把草稿塞给了我,又重复着给我念过的话:人们只有从失败中才能学到一些东西,如此等等。我想,他可能指望我更多地同情他,勉励他,鼓舞他,但是我没有那样做,只要他脖子上还带着这根细金链,我就做不到这一点;也许链子上挂着一个小金盒,里面装着一张他的女房东在平衡木上向下微笑的照片。我仇恨那些戴细金链的男人。我只能替他办一件事,我宣布准备阅读他的草稿。由于我宣布之后手上又拿起了钢笔,他只好告辞;只有他才会垂头丧气到这种地步。

我不想看这份草稿,至少在晚饭前不想看。鲁格布尔吸引着我,我要回到天花板上去,回到箱子旁,回到我的收藏物中去,它们是我根据新的预兆开始收集的,但是,我越是把草稿推向一边,它就越是挤过来,阻拦我前往鲁格布尔的去路，使我的回忆蒙上了一层阴影，于是，我不无反感地把稿纸拿了过来，嘴里塞了一支香烟，开始念起来。

他把我折腾成什么模样了？是不是把我切成了一小片，一小片，又煮成了一锅熬？他又在哪儿对我下手进行了研究？我在被他进行了一阵充实、加工和科学的安排之后是个什么样子？

艺术与刑事犯罪之类我们已经知道了，但这一章又是什么？这第四章的标题是什么？《D·有限占有的形式与要求》；后面用铅笔写着：题未定。然后沃尔夫冈·马肯罗特写道：

> 西吉·耶早期的痛苦和他与外界受到干扰的关系只能从画家马克斯·路德维希·南森和他父亲，农村警察严斯·奥勒·耶普森关系的发展中来进行观察。监督绘画禁令的执行对于这个警察来说，本来是一项虽说有些特殊，但仍算是经常性的任务；由于许多特殊情况的发生，特别是由于他性格的特殊，在他身上，执行任务竟变成了一种偏执狂，监督绘画禁令的执行，变成了一件他个人的事情，甚至在禁止绘画的时期已经自然而然地结束以后，他也认为必须继续进行监督。

这样干确实危及他人。

> 由于他父亲有第二视觉——当地人管这个叫做"透视眼"——因此，恐惧使西吉产生了与其父之偏执

443

狂相应的一种占有欲，其产生的日期均可查证。此种非同寻常的、不顾任何道德戒律的收藏热，前文业已提及，下文将予详述；此外，他还有一种特殊的占有欲。占有欲第一次出现是在藏有西吉·耶全部收藏物的那个旧磨坊被焚毁的那一天。由于损失而产生的痛苦，特别是由于他假设磨坊是他父亲放的火，并且为了执行他的任务，他还会继续放火，于是西吉在画家的画室中对某些图画产生了强迫性的错觉。他看到图画的背景有火焰在向近处移动。他以为这些图画处境危险，为了保护它们，他不得不将这些画带到安全的地方去，而这时，他并没有据为己有的愿望。这毋宁说是一种纯恐惧效果，这在人身上产生，是极为罕见的，因此，我愿在此称之为耶普森恐怖症。我曾经说过，本文剖析对象的父亲曾让他当通风报信者，有时他又受画家的委托去挽救一些画，两种感情的矛盾他从来就未能加以克服。开始，这种错觉的后果尚不明显，也无法进行估计，后来这种错觉越来越经常地产生，几乎可以确有把握地预计到；只要西吉·耶和某张画之间产生了某种关系，这种错觉就会自然而然地产生。这种状况的痛苦感情使我们有理由称之为灾殃。

西吉不仅在画家住处产生这种必须把画藏到安全地方去的强迫性的错觉，而且到处都可能产生：在学校、储蓄所和博物馆里。事实上，本文剖析对象在以后的日子里，曾在不同的地方满足了自己占有的要求，先是在格吕泽鲁普，后来在胡苏姆、石勒苏益格和基尔等城市，最后在汉堡。我们之所以认为他确实只想把画从想象的危险中挽救出来，是因为他从来就没有在任何地方出售过。他将这些画细心地包着，放在他找到的隐蔽所里，一直放到他认为危险过去之后。

对评价这种强迫症的行为最富启发性的是石勒苏益格和汉堡刑事警察当局的审讯记录：西吉·耶在该地作案被当场抓获后，他为自己辩护说，他在拯救那些受到威胁的作品，虽然，如记录所载，这是由于神经错乱所造成的。

因此，马肯罗特要转到这上面去。

两份记录都一致采用了"爱好艺术"和"狂热"的字眼，此外，记录还强调指出，此非本来意义的偷窃；被审讯人给人留下了一个纯洁而聪明的印象；也是由于这样一个印象，所以当时没有对他起诉。

当然必须指出，围绕图画而生的恐惧并非引起他的强迫性行动的唯一原因；同样重要的是西吉过去就有的，而且随着时间的推移越来越严重的收藏狂。按本施－吉塞斯的理论来进行检查（《犯罪的前导》，达姆施塔特，一九二四年），这种收藏癖属于"满足冲动的"活动之列；行乐契机如此强烈，以致合法限度均被逾越。上文业已提到，西吉·耶曾为丰富自己收藏的钥匙和锁而进行过偷窃；就法律允许的范围而言，他承认，这是不可原谅的对所有权的侵犯。

与此相反，在偷窃图画方面，他没有明确的犯法意识；西吉·耶甚至用宿命论来辩护，他指出，他是由天意选定来"收集受威胁作品的"。这也是他关于自己的收藏狂的解释，在收藏时，用一个专门的在这些情况下系人为的秩序来对抗世界的无秩序，这种观点他是没有的。在判决这一案件时，宿命论的概念起着决定性的作用。对不正常的人应使用例外法。值得注意的是，西吉的强迫感和强迫行为被确定为一种病的时间太晚了。

自从父母亲了解到西吉·耶的犯罪行为之后，他们认为对他进行体罚是唯一可以使他改悔的方式。本文的分析对象成天被关在自己的房间里，只要他在场，人们就不说话，作为对他进一步的惩罚是不给他饭吃。家里禁止西吉到附近的城市去。这时他在学校的学习成绩明显下降了；但是，只要各种禁令一放松，西吉·耶又有可能"收集那些被威胁的作品"的时候，他的成绩就会立即上升。在他觉得受到威胁的图画中，有些作品是珍贵的，这应该看作是偶然现象。自从鲁格布尔警察哨长接到要破获格吕泽鲁普储蓄所遗失马·路·南森的一幅水彩画的案件后，父子间的关系就产生了值得注意的变化。所有的证据都说明西吉·耶是偷窃者，于是，农村警察耶普森给他的儿子设了几个圈套；由于这些圈套没有成功，在一天夜里，他们之间发生了一场激烈的争吵，于是，本文分析对象被无情地撵出了家门。

撵出家门还是不错的，他要把我宰了，他说：我要不宰了你，我决不罢休。

这样，鲁格布尔警察哨在一个时期内把警务方面的精力和措施都集中在西吉·耶身上。唯一把西吉的这种处境看作受苦难的人是画家马·路·南森。尽管他不得不禁止西吉·耶走进画室，但却对他怀着无限的爱护之情。而恰恰是这个原因促使警察哨长冷酷无情地迫害西吉。

不，沃尔夫冈·马肯罗特，事情是这样，可又不是这样。我不能继续往下看了，因为有许多情况他没有说，有许多地方写得令人愉快而与事实相违。在说到我有错的地方，他尽量把情节说得轻一些。而我什么都需要，就是不需要把情节轻描淡写。我决定把这一章退回给他，建议他重新写，写得符合我的设想。我期望的是写出一种病态来，而不是费劲地进行辩解。这个问题我们常常谈到。我答应过帮助他。我会帮助他的。

参观

　　这一次我又来早了。我总是比和人约好的时间或规定的时间来得早。在学校如此，吃饭时如此，在布累肯瓦尔夫如此，在车站也是如此。无论到哪里我都去得太早。因此，当我看到汉堡索恩多尔夫美术馆的门还关着时，我一点也不奇怪。那穿着灰色衣服、戴着手套、控制并监视着参观人流的家伙一眼也不瞧我，而是隔得远远的，站在光亮耀眼的大厅里，继续他们语句简练的谈话。即使我有礼貌地试探着动那中间的玻璃门，他们对我也不加理睬。无论上哪儿，我总是到得太早。这一点哪天得让沃尔夫冈·马肯罗特分析分析。

　　我透过玻璃门朝里边看着。我在濛濛细雨中走来走去，大家都看得见我。我不时地拉着门把。我把大型南森画展开幕时间与展出期限的宣传广告不知看了多少遍。管理员们看也不看我，或者说，根本就不想看我。当参加星期日开始的阿尔斯特河地区接力赛的运动员们穿着被雨淋得湿漉漉的紧身衣，沿着有轨电车的轨道跑过时，工作人员都靠在玻璃门上关注地看着田径运动员。运动员们张着嘴，摆动两臂，脚步噼啪地向鹅市跑去。我向工作人员们做了一个手势，他们没有看见，终于，他们背着两手极为缓慢地踱回大厅中间，站在大吊灯下，像是供人参观似的。他们在那儿说着给自己听的话。也许他们在那里互相鉴赏，评价各自可能表现出的严厉、警惕和权威。门前要集合多少人他们才会把门打开？

第二个来的是一位走路驼背的老人，他拄着手杖登上黑色的、被雨水浇湿的大理石台阶，试图用肩膀推开那玻璃门，由于没有成功，就用浓眉下的眼睛盯着工作人员，最后干脆用手杖的把手敲打玻璃门。敲打也无济于事，于是他向宣传广告走去，猛地抬起头来，责备地看着马克斯·路德维希·南森的那张两半脸不同的自画像，好像要向他发牢骚。他用手杖的金属头指着蓝色的鼻梁，独自看起大型南森画展的开幕时间与展出期限来。他又寻找着有轨电车站上的电钟，上面依然是十一点差一刻。这一点他必须承认，当他向我扫了一眼之后，就缩回脑袋，只好耐心地等下去。这是个叫人讨厌的家伙，能毫不费力地消磨着时间。

他后面有谁？在他之后来了并排走着的一对男女，那个情绪烦躁的肥胖小伙子，穿一双补过的雨鞋，没戴帽子，没刮胡子，穿一件过大的用没有染色的羊毛织成的翻领毛衣，一直拖到大腿处，显然他是穿着睡觉的，稀疏的浅黄色的头发搭在额头上，在那随时准备说几句讽刺话的嘴唇之间叼着已经熄灭的烟屁股。一眼就能看出，他不愿到这儿来，毫无兴致，也许只是由于那穿着亮闪闪黑雨衣的长腿长发姑娘的劝说才来的。她的一条胳膊搂着小伙子没有线条的腰，另一条胳膊抱着一个自制的布娃娃，很像她，不单是由于娃娃穿的那件小雨衣。姑娘光着脚，穿着凉鞋，眼睛水汪汪的，好像哭过一般，宽脸上五官端正，她把柔情公平地分别倾注在小伙子和布娃娃身上。她冻得直发抖。

这两个人向宣传广告走去，比平常人更长久地看着。小伙子耸了一下肩膀问道，在这样一个美好的星期天，这样早叫醒他不觉得不合适吗？姑娘不知说什么好，只好用胳膊更紧地搂着他那没有线条的腰。小伙子朝着南森自画像的方向点了一下头，说了几句关于这个画匠的话：这个云和风的画匠，宇宙舞台设计师。来看他？！既然我们已经起床了，那就只好忍了。只要看看这张自画像，你就什么都明白了：伟大的色彩匠……小伙子这样议论着，姑娘哼着《鸟国摇篮曲》，摇娃娃入睡。

中间的玻璃门打开了，我们大家立即向那里拥去，但是，两个头发梳得光光的工作人员却拦住我们，只让电视台和广播电台的家伙们进去，这些人习惯于在任何地方都不等候，他们带着铁箱子、摄影机和各种器材拥进大厅。不仅如此：还没等进入大厅，他们就让十至十二个工作人员为他们干活，拉电缆，找插座，安放聚光灯等等。我们把脸贴在玻璃门上，观察大厅内的准备工作，不时地往后挤挤，我从玻璃门上看见了新来的参观者模模糊糊的影子，他们走上大理石台阶，有的像我们那样把脸贴在玻璃门上，有的朝电钟那边看去，有的聊天，有的就站在那里沉着地等待。

时钟越接近十一点，来参观的人就越多，他们或者乘出租汽车，或者乘电车，或者自己开车，或者步行来到这里，纷纷踏上大理石台阶，用各种各样的姿态互相问候，从几乎觉察不到的点头到没完没了的亲吻和隔得远远就互相扑过去的浪费时间的拥抱。谁都会以为，这些人虽说不是一家人，但是彼此之间至少不知从何时何地起就相当熟悉了。到处都在握手，或者拍肩膀，吻手，四处巡视的目光。这些人彼此问候的兴致极高，各种各样尴尬的微笑到兴高采烈的脸色都有。到处是人在招手。总有人做出手势说：再见，我们以后再见。他们抽着香烟或烟斗走上台阶。上面的喊下面的，下面的喊上面的。尽管他们在互相交谈，但眼光却迅速地环顾着，看谁来了，谁正在路上，谁还没有到。

我也发现了熟人。身穿雨衣的贝恩特·马尔特查恩，曾经两次去过布累肯瓦尔夫的汉堡艺术评论家汉斯－迪特·许布舍尔，满头卷曲的细发，牛角框眼镜，脸色蜡黄，活像个两眼突出的大甲虫的幼虫。

站在索恩多尔夫美术馆台阶上的这些人，大都值得仔细地观察一番：一个穿黑衣服、戴黑色宽边帽的女人，长着一嘴大长牙，耳朵上戴一对耳环，足以让三只小毛猴吊在上面摇来摆去；一个穿开衩的裤子，有一张令人惊异的娃娃脸的男人；一个脸色火红的男人，叼着粗陋的烟斗，久久地注视着他吐出来的烟雾变成的各种形状，我觉得，他完全有能力用烟雾画出谈话对手的肖像来；一对穿骆驼绒大衣的老年夫妇的头发都闪着淡紫色的微光；一个长须疮、手执象牙拐杖的男人；一个穿皮裙子和海蓝色毛衣的姑娘，她正耐心地给一个身矮腿短的小伙子按摩脊背；一个胸部扁平的红头发女人，腿上长满了红色丘疹，总之，个个都值得注意。可以说，他们能使人感到，人有各种模样。

别以为工作人员会认识到这点，并因此而愉快地提前开门，他们的确等到十一点才启锁，然后笑眯眯地站在衣帽间里，似乎是在等大家感谢他们终于开了门；他们的笑也许是因为电视台正在拍摄展览会的开幕式，工作人员看到，两架摄影机特意在他们面前晃来晃去。总之，我们在他们身边拥挤着，移动着——我没能第一个入场——进了索恩多尔夫美术馆，进了明亮光滑的大厅。轻便的纸墙把大厅隔成了一个一个的小巷，从上面看下来，像是一个迷宫，一个玩具式的迷宫。人群流入小巷和它的两侧，但不是继续向前走，而是按规定路线自动地返回大厅，站在两侧，背靠高大的窗户，面向入口处。他们多么自然地站在那里，悄声细语，相互观察！他们多么轻而易举地控制自己的愿望，不去欣赏按画家生平年月悬挂在那里的作品！从参观者列成的阵式来看，有人要致开幕词。

说话声、轻轻的笑声从人群中传出，这中间还总夹杂着彼此的问候：在这儿才看见你们，下一次可不能隔那么长时间了，我们马上就定在下周吧，最好互相打个电话……对呀，老家伙要亲自出席，报纸上是这么说的……不是在塔里娅剧院，是在小卡默剧院……你们没有参加首次演出，应该高兴才是……有时候我觉得他像他自己的纪念碑……他是怎样限制色彩的扩展力的呀……激情，没错，幻想的激情太多……索恩多尔夫美术馆是怎么把老家伙弄进城来的呀……在他的画里，亲爱的，色彩对比已发展为象征了……我认为他是个装饰师……巴尔杜英现在只搞电视，在剧院里简直不能再抨击时事了……我们现在压根儿就生活在光学时代，别的感官已经没有什么意义了……在他的画里，色彩不仅富有诗意，而且具有隐喻的意义……他比六个波美拉尼亚掷弹兵的德国味还重。参观完这个"玻璃动物园"后我们去吃饭。在用色彩唤起想象方面，他的确是无人堪比的。这不是托马斯·施塔克尔贝格吗？这是施塔克尔贝格？施塔克尔贝格！歌唱家与演员托马斯·施塔克尔贝格来了，浓密的长发，带着银幕上的那种无可奈何的强笑，打扮得像爱德华国王一样。他似乎在向每一个人致意，就好像每一个人都在向他打招呼。他习惯于在众目睽睽之下，以训练有素的无拘无束的神态在人群中走动，在一个娇小的大嘴女人的陪伴下钻进一群参观者中去……完全跟他父亲一样……你瞧，他多像他们家的老头儿呀。您现在演出什么呀……在南森画展上能碰见您，真是意外……为什么？施塔克尔贝格说。我的加布里埃勒每生一个孩子，她就想要一张南森的水彩画作纪念，她也得到了，是吗？

两个男人——一个年轻，一个年老——敞着风衣朝我这边看，端详着我。没人向他们致意，他们也不向任何人打招呼。他们相互间也不说话。他们不是一家人；当电视台的摄影机向他们摇过去时，这两人一句话也不说，不约而同地转过身子，退到了后面。他们不肯走开，而且不停地看着我；我甚至觉得，他们对我的兴趣远比对鲁道夫·索恩多尔夫的兴趣要强烈。索恩多尔夫的油光的脸傲气十足，正通过人群走到台阶上去，不仅站在那里，而且还摆出了一副尊严而专横的架势。

大家都看着鲁道夫·索恩多尔夫。看来他感觉到大家已把注意力都集中到了他的身上，于是在胸前按摩自己的手指，似乎是为了准备一次特殊的握手而要把手指捏得灵活些。他转过身子，随便给一个工作人员发出了一个信号。现在谁也不说话了，笑声也低了下去，人们停止了走动。美术馆馆长挺直身子，两臂轻松地放下，轻轻迈动两脚走到一边。马克斯·路德维希·南森来了。他在特奥·布斯贝克的伴随下来了。画家出席汉堡大型南森画展的打扮，我还是第一次看到：带套皮鞋，瘦腿条纹裤，年久发亮的大礼服，丝绸领带上还挂了一枚别针，高硬的衣领，又大又沉的脑袋上戴了一顶老式硬帽。他这副样子完全可以陈列在阿尔托纳故乡博物馆，安排在复制的一八一八年弗里泽斯兰人的住房内。他的脸傲慢、深沉，嘴唇似乎露出轻蔑的表情，举止与衣着相配，庄重，迈着方步，与他的朋友特奥·布斯贝克手挽着手，轻松自如地走上了台阶。索恩多尔夫向他致意、表示欢迎时，画家的脸上没有笑容，没有亲切感，不情愿地回答了对方的问候，几乎令人觉察不到地点了一下头；当参观者鼓掌时，他也点头。在稀稀落落的掌声中，他走进人群里，把打算溜走的布斯贝克博士拉到自己身边。这时他才抬起头来，充满敌意地看着聚光灯，看着那嗡嗡叫的摄影机，他真是高傲与固执的化身！当索恩多尔夫第二次把手递给画家时，他看也不看，而当电视台的导演走到他面前请他为电视台与美术馆馆长慢一些握手时，他挥手让导演走开。他低着头示意说，他准备听取开幕式的讲话：开始吧。

于是，索恩多尔夫作为主人开始讲话，声音温和，手上拿一张纸条，在手指之间卷来卷去，这时，画家陷入沉思，同时也带着一种批判的神情倾听着，似乎要等机会进行抗议，至少要纠正一下馆长的讲话。馆长又一次满怀敬意地表示欢迎。这当然是美术馆的荣誉。他提到了画家的艰苦岁月与反抗精神。他指出，我们在这里祝贺……的最伟大的活着的代表人物——马克斯·路德维希·南森。馆长引用了已经载入艺术史册的南森打给柏林帝国美术协会的那封电报，还提到了那些已经丢失的，再也不可挽回的无价之宝。馆长直接冲着画家说：您终于接受了我们的邀请……大家肯定都会感激您的。握手。鼓掌。

接着讲话的汉斯－迪特·许布舍尔，这位汉堡的评论家手上并没拿纸条，他自由地说着，自始至终闭着眼睛，语言简短有力，不时用舌头舔自己的嘴唇，无力而伤感地微笑，他所选择的字眼似乎并未完全经本人同意，只是出于不得已，他开始叙说，论述，"从恐怖的自然力的体验者"谈到画家南森的"强有力的艺术表现激情"。

画家惊讶但却赞同地看着评论家，当他谈到关于画面组成的新概念和隐喻的表现方法时，他点着头，当谈到南森在人的身上寻找人的本来状态时，他也表示同意。

画家和特奥·布斯贝克悄声说了几句话，立刻转向评论家，此时，他提到画家的具有同样意义的画的构成，如表面、色彩、光线和装饰，马克斯·路德维希·南森又点着头。我看得出，使画家最为惊异的是他自己居然对评论家的讲话表示赞同。他情不自禁地走近了汉斯－迪特·许布舍尔，他正谈到南森随时随地尝试着把色彩序列统一成一个所谓"整体共鸣",一个转变与调整一切的色彩总紧张关系等等,对此,画家并不反对;当他谈到创造"整体共鸣"乃是他和伦勃朗的最大课题时,他也不持异议。我觉得,他,画家,给人一种不知所措的印象。许布舍尔最后说:被感受到的内容如何通过色彩的共鸣结构转变为绘画的,这里展出的作品便是明证。讲毕,他睁开眼睛,向画家微微躬身,随后向观众,他正想退走,马克斯·路德维希·南森却一把拽住他的衣袖,在愈发热烈的掌声中握住批评家的手,把它拉到自己身边,长久地注视着这个如此赢得了自己赞赏的人。他也说了几句,但是听不清楚。总之,展览会开幕了。观众四散,离开了大厅,谈话声又起,笑声不断,特别是观众把托马斯·施塔克尔贝格团团围住的地方。参观者们向过道和走廊散开,不,他们或三五成群,或独自一人从画作前走过,有的占据了供长时间赏画的观众用的长沙发。

为首的一群人中——好像是有那么为首的一群人——有索恩多尔夫、画家、布斯贝克博士和汉斯-迪特·许布舍尔,他们匆匆走去,索恩多尔夫不时地解释几句,有时还想止步说上一两句,但是谁也不愿意听他的,尤其是画家不愿意听,他开始加快速度,带着这群人往前走。他间或给评论家做个手势,让他别掉队,这就是说,他打算跟他谈点什么,也许,他还想让评论家多谈点他自己,我不清楚是不是这样,但是有人谈论他,而他只能惊异,突然,甚至震惊地对这一切都表示赞同,至少这一点他是没有精神准备的。

谁知道,如果他发现我,他会怎样向我走来,但是我一直向后缩着，总是警惕地藏在几个参观者后面，因为最后一次他把我从布累肯瓦尔夫撵出来时，他曾警告我，并说他再也不能相信我了；再也不信赖我了。他说：再也不能信任你，维特－维特。然后，命令似的向鲁格布尔看去。现在，我能观察他，尽可能地跟在他的后面，这就够了。布斯贝克博士，有一次他以为认出了我，他注意到我以后，至少一愣，由于我没有回头看他，他也没有把握，时隔多年，认不准是不足为奇的。

特奥·布斯贝克是唯一察觉出画家讥讽的表情的人；他一看到画家摇头、佯笑或微笑时，就迅速扭转头去。有人说：这种事情根本就不存在，他是他自身的一种创造。我不想在这里重复这一切，主要是因为现在到了参观那张大幅画的时候，这幅作品我没见过，它被单独地挂在一面墙上。

《花园与假面》这幅画突然出现在这里，我再也迈不动步子了。花园像一个颜色车间那样光彩照人，这是一种凋谢前的盛开景象，形式与现象的过渡表现，但是，一切界限分明，独自存在。在一棵树上，在一根长长的树枝上，用绿绳挂着三个假面，两男一女。太阳从侧面照射着假面，使它们半边脸都发着红光。这几个假面显出一种令人恐怖的，谜一般的确实可靠的神情。假面上的眼睛呈土褐色，尽管它们身后的天空是明亮的，没有一丝云彩。难道假面威胁着花园？

我想象有一股风，先是一股轻柔的风，轻轻吹动假面，接着是一阵强劲的风，把假面吹得互相碰撞，快速旋转。这些假面像谁？我觉得它们很面熟，看来是临摹了谁的脸

457

孔，我在哪里见过，却一时想不起名字来。我想象，到了夜里假面就会增多，挂满所有的枝条和灌木，从花坛干枯的花茎上升起。我走近那幅画，走近到处是假面的花园，我还记得，我希望有一根细而硬的棍子，去敲打花茎、灌木和树枝上的假面，像掐花那样把它们掐下来，运到肥料堆上。

这时，他们来到了我身边，把胳膊伸进我的腋下，将我抬了起来。我始终看着假面的花园，最后终于认出了穿风雨衣的人不透水的发亮衣料。花园隐去了；这时我才注意到，由于那些摇摆着的假面，一切都在设法隐蔽自己。这两个人的动作并不使劲，也不猛烈，只是用适当的力量把我推向一边，把我从这幅画前挤走。看来假面在花园中的存在足以使一切都颠倒了：鲜花盛开或隐没，色泽加强或变柔。我的左右出现了两张似曾相识的面孔，此刻他们的特征是自信和职业性的猜忌。

胳膊肘和拳头轻轻杵我的肋骨，我连疼痛感都没有。我转身时看出，在花丛中隐藏着一双眼睛，着迷地观察着摇摇摆摆的假面。为什么要我转身，我提高嗓门，抗议，因为我知道，是谁挟住了我，以及为什么会发生这样的事情。这两个人放开了我，但是，他们的风雨衣每动一动发出的声响总是不停地在我耳边鸣响。我们根本就不用彼此示意，一切都在不露声色地进行着。只要不引人注意，不引起冲突就行。我就像在电影里看到的处在类似情况下的人所采取的态度那样：顺从，安静，听之任之。他们满意了。

我慢慢向出口处走去，沿路随便欣赏这一幅或那一幅画，两手放松地下垂着。只有那么一次，我在台阶前停了下来，等着穿风雨衣的人靠近我。我用使那两人都觉得我是冲着他自己说话的方式问道：你们是从鲁格布尔来的吗？他们并没有讲这是胡说，其中一个说：往前走，走吧。

我明白了。他们无须再推我，无须再一次更使劲地挤我，我走下台阶后之所以停下，只是因为我不知道他们将把我从哪个门推出去。

总之，他们挤着我，两只飞快迈动的脚绊住了我，使我失去了平衡。我猛地一下跑了起来，跳下了外面的大台阶。我这样鲁莽地起跑之后，往前跑的劲头越来越大。我既听不见停下的喊声，也听不见任何警告声，只是听见我的脚步的起落声和回声，这回声催促我跑得更快。我跑到桥头，穿过马路，刚好蹭过有轨电车那颠簸的车身，于是，这两个穿风雨衣的人只好等着，因为他们俩也开始跑了起来，他们跟踪我的时间越长，就越不需要喊站住。他们被有轨电车挡住，停了一下，此时又固执地追随我在工地、木棚与材料车和停在这里的黄色建筑机器之间跑动的踪迹。他们俩一前一后地在我跑过的摇摇晃晃的木板上跑动，跑到大街上，直到信号灯前，它正在为我开绿灯。接着我越过了百货大楼精心设置的陈列窗，在这里，我头一次甩掉了他们。但是，在那里，那些星期日出来欣赏橱窗的人却相互提醒要对我加以注意，惊奇而又迷惑地转过身子。这时，我已经跑了过去，向着铁路桥跑去，看着那块警告牌：烟雾！我想着烟雾，多么渴望眼前突然升起一片能够遮盖我的浓浓的烟雾，但是，加油站的另一面毫无遮掩，汽车窗户里伸出一只手付钱，还有那加油站的管理员，正把皮管挂了上去。在这里，他们还可能找到我，于是我向火车站前挤得满满的停车场跑去，弯着身子在汽车之间跑着。饭店不会给我什么躲藏的机会，德国剧院也不会给我什么机会，尽管我今天早上从报纸上看到，一位著名的演员在那里的早场演出中朗诵了荷尔德林、施托姆和歌德的作品。那两个人已经来到了小桥后面，加油站的管理员也加入了他们一伙，告诉了他们我逃跑的方向，冲着我这边点头。这样，能遮蔽我的最后只剩下火车站和它的候车室、厕所、售票处、售货亭和所有站着的、后退的和前进的旅客。我溜进了凉爽通风的大厅，四下环视，考虑他们认出我的一切可能性。但我放弃了这里的一切，越过大厅，径直向电车站跑去，向一辆正要开动的电车跑去——而一辆电车也的确正要开动。我向火车站回头望去，已看不见那两件风雨衣的踪影。

乘客们在琢磨我吗？他们对我有什么怀疑？是我那急促的呼吸声使他们产生怀疑了吗？乘客们对我倒是并不关心。他们以不同的关注心情看着检票员，他正在检查一位身体强健的老年妇女的车票。检票员说：您的票无效，您有什么好说的吗？这女人解下了潮湿的头巾说：谁也没有这样对待过我！接着，她从地上提起一只沉重的提包，一束鲜花从提包里伸了出来，示威似的又占据了另一个座位。检票员冲着亮查看着夹在手指间的票。检票员说：没有办法啊，您的票无效。女人怒气冲冲地转过身子，轻轻对着自己的提包说：我养大了四个孩子，可还没有一个人这么对待过我。那位穿着一件汉堡电车检票员过长的大衣的人走到女人面前，当电车猛一转弯时，他的手一下子撑住了女人的肩膀。然后他把票拿到女人面前说：谁要想使用公共交通工具，就得有一张有效的车票。女人用湿头巾在电车玻璃上擦着，说：要是您跟我谈话，请先把您的爪子从我的肩上拿开，我怎么知道我的票无效？检票员说：您换过车，但是没有买换车票。根据交通系统的规定，您得买一张换车票。女人耸了一下肩膀说：谁也没有拿这个规定来对付过我。

他们俩就这样你来我去地说着，没有取得一致的意见。我也说不上以后发生了什么情况。究竟是检票员把女人扔出了车厢外，还是这女人把提包扔在了他的脸上？因为我突然认出了那个醋厂，我得下车了。

经过寂静的院子，走过一堆堆的醋桶，我来到一栋破旧的办公楼前。楼门日夜都开着，石台阶已经有了裂缝，房顶上挂着一盏灯，但是灯泡已经被人拧走。墙上是一道道脏印子和搬家时碰坏的地方，还有刻在上面的姓名的缩写字母。就在这栋楼的三楼上住着克拉斯，尽管他不是一个人住在那里，但是门上只用图钉钉着他一个人的名片，上面写着："克·耶普森，摄影师"。没有门铃，我只好敲，不停地敲。过了一会儿，我哥哥出来了，穿一件皱巴巴的睡裤，光着脚，不高兴地看着我说：进来吧！长长的走廊是他的人像画廊；《死亡的汉堡》，他所拍摄的人都是淹死的，被打死的，被刺死的，被掐死的，被枪毙的或者被车轧死的，其中也有平静地躺在床上死去的。

他推开了一扇虚掩着的门，一台唱机在那里空转着，桌子上放着一瓶红酒，五个杯子，宽大的沙发上放着床单等什物，一张草垫椅子上放着男人和女人的衣服。约塔！

克拉斯冲着一扇门叫道，接着又叫了一声：约塔，你没听见哪？

紧接着，约塔穿着一件褪色的劳动布裤子走了出来，裤子紧紧包着她的小小的臀部，她上身穿着一件薄毛衣，太短，身子露出了一大截。他们两人在向我致意之前，互相看了一眼。约塔亲吻了我一下。克拉斯把衣服都扔在沙发上，把椅子给我推了过来说：坐下吧，约塔给你喝咖啡，吃火腿面包。他们两人嘴里都塞着香烟，克拉斯呷了一口红酒。

小家伙，怎么样啦？约塔问道。我说：汉堡那边老有人跟我过不去。我刚刚绕了一个弯路，有两个穿风雨衣的人一直在跟踪我，一直到火车站我才甩开了他们。我说的时候，哥哥举起酒杯，眯起一只眼，越过杯子的边沿看着墙上和房顶上某个臆想的目标。他对我的叙述似乎不感兴趣，因为他一次也没有打断过我的讲话，只是到最后他才说：情况看起来不妙啊，小家伙。过了一会儿他又说：你可以在这儿待到明天，然后你得想出些新的主意来。他可以睡在暗室里，约塔说，睡在躺椅上。克拉斯说：西吉愿意在哪儿睡就在哪儿睡，明天我们得想出新的办法来。只要他们没有盯住那个人，他们是不会罢休的。

约塔给我送来了咖啡和火腿面包，放上一张慢转唱片。我想这可能是《安德烈姐妹》那一张。约塔嘴里轻轻跟着唱片哼那歌曲的旋律，有时还要吸一两口烟，同时还用一枚别针把一根松紧带穿进一条松软的裤衩里去。克拉斯走到窗前，向下面的院子望去，又看了看街道，他还是沿着酒杯的边沿凝视着某个假想的目标：窗户、屋顶，也许还有那醋厂宣传广告的绿色字体。他问道：他们在打你的什么主意呀，小家伙？为什么一下子弄成了这个样子？——我也不知道，我说。克拉斯说：是他在折腾你吗？是鲁格布尔的那个老家伙吗？——也许是，我说，是的，就是他；也许他发现什么了。——发现了你的隐蔽所？——是的。——你从这儿出去很方便，哥哥说，如果他们来了，你就溜进汉西的房间去，那里有个楼梯通往楼上，我带你去。——我先在这儿待着。——你先在这儿待着吧。哥哥递给了我一杯红酒，要我喝下去。他走进厨房，开着门，拧大了水龙头洗着。你跳舞吗？约塔问道。我摇了摇头。那你就喝酒吧，她说。于是我喝了下去，她又给我倒满了一杯，然后收拾屋子，哼音乐，手上拿着一支点燃的香烟，走到哪里就把烟灰磕到哪里。

后来……我们俩都吓了一跳，连克拉斯在厨房里也吓了一跳，因为外面走廊上有人惊天动地地吼叫了两声，这吼声包含着渴求与胜利，当然也宣告了什么。脚步声越来越近，走到我们门口后停了下来。这时，我们一动也不动地站在那里，互相呆望着。克拉斯给我使了一个眼色，让我到厨房去时，门砰地一下开了。那个穿着没有染过色的羊毛衣、一双补过的雨鞋的小伙子出现在门外，两只胳膊在胸前捧着半打红酒。他还在嚷嚷，但声音不再拉得那么长，有所收敛，大叫之后还哼哼两声，接着把头往汉西的房间一甩，这就是说，他就是汉西。他二话没说——连门也没关上——就接着往前走，跟在他后面的是那个穿着锃亮雨衣的长发姑娘，她把布娃娃举在头上，走过我们身旁时笑眯眯地向我们眨着眼睛。我们一会儿就来！克拉斯喊道。

我应该怎样描绘汉西的房间？这是一个有两扇门的阴暗的管道似的屋子，其中一扇门直通楼梯，这里有三扇高的窗户，向外看去，满眼是陈旧霉烂的醋桶的工厂场地。屋里靠墙有几只上了浅蓝色的海船上的箱子，上面铺着散发酸味的毛皮，是作椅子和床用的。有几个罐头盒在这里被当作烟灰缸用，一个画架，在一个架子上放着坐着的、蹲着的、站着的、摞在一起或并排躺在一起的布娃娃。窗户下面，灰白色的硬纸上有用炭笔和银笔，也有用水彩颜色涂成的东西，这是汉西自述性质的组画：《娃娃们的起义》。在一块布帘子后面有煤气炉、水池子、碗具和一排大小不一的铁盒子。画架后面的角落里放着一把躺椅，一个年轻的秃顶男人敞着皮夹克在那儿睡觉。他好像一直就睡在那儿，也许还要接着睡些日子，睡几个星期。那两张桌子我可永远也忘不了，那是两张锯了腿的花园桌子。那一盒盒的打气筒我也不能忘记——汉西收集自行车的打气筒，他自己为这些气筒上漆和编号。

这时，汉西在喝酒。多丽丝——穿雨衣的姑娘就叫这个名字——打开酒瓶，给每一个人斟酒，凡了了一个杯子的人她都喷地一声亲吻一下，对约塔尤为关照，然后是汉西。汉西抱着两腿，向大家叫道：放音乐吧，你们这些放荡的家伙们！于是，音乐声、吉他声响了起来；唱机就在睡觉的那个秃顶男人的躺椅旁边。克拉斯坐在地上，胳膊撑在海船的箱子上，酒杯平稳地放在右膝盖上。多丽丝也拿过一张散发酸味的毛皮当垫子躺在地上。一个男人在吉他的伴奏下唱着。他唱的是黑色的太阳和一条黑色的河流，不知是谁淹死在这河里了，我想准是个孩子。汉西抽着烟，点着头，突然跳了起来，在胭窝挠着，把他的杯子塞到了我的手上。他现在要干什么？

先生们，他说道，我嘴里满是沙子，很不舒服，我一直就感到奇怪，现在我才明白这是怎么来的，是来自那些表现自己宇宙观的画，来自那个展览会。你们得知道，我们今天亲眼看见了那个画匠，那位最伟大的云彩画家亲自出席了展览会。汉西走到画架前，在上面固定住了一张纸。他到处寻找装油彩笔的盒子，最后在那个睡觉人身后的一个箱子中找到了。多丽丝笑着把两条腿搭在一起。请大家注意，我们现在一起来寻找人的原始状态。如果允许这样做的话，那我将用德意志的方式使人感动地把它寻找出来——你的脚别动了，多丽丝，别笑了。他用黄色与白色画出了一条彩色的轨道，在边缘画上抖动的金色。现在，我们首先看到的是一片海滩，北海海滩的某一部分，对吧？大海的波涛在这里哼着自己的头几行诗。大自然的沉默的伟大就在这里。你头一天拉上屎，第二天就能长出东西来。然后他画上了黑色与白色，于是，海滩上出现了一个黑色的弯曲的线条，不，那是一个弯着身子穿着黑衣服的男人，下身是细腿裤，上身是大礼服。这男人手上拿着一本书走在海滩上，此书他正在看，或者说他刚刚看完。人们得想象这是一本重要的书。在进行这个工作的时候，汉西说，彩笔当然得呻吟，必须得说服它，加强色彩的渲染，就像大自然使植物迅速生长一样。你们大概都懂得我的意思吧？这色彩应该对人们的激情向世界作出答复，应该从色彩中产生对人们原始状态的一些看法。

他用力地画着，两唇紧闭，用夸大而骄横的表情将蓝色抖动地画在黄色之中，让白色在闪着微光的绿色中爆炸。这时，色彩变成了人们所见到的主题。这里——我得承认，恐惧感自动产生了。这是一个男人的一张绿脸，他正拿着一本打开的书走在海滩上，脸上露出恐惧与惊讶，但是还看不出来这恐惧来自何方。现在，他又画上了褐色，这暗褐色带着戏剧性的黑色条纹。这团颜色的面积越来越大，在海滩上像弯弓一样，向这里延伸，又在那里停止。看吧，这里是一只具有世界意义的鸟，这一点是一目了然的。他们俩彼此都认出了对方，德国北部的预言家感到害怕，而这就是所谓人的原始状态。现在上面的空间也得起点作用，必须得有点云彩，否则这次相遇的色彩就不够神秘。现在，让我们再来解开天上云彩的秘密。夜幕即将落下，只是还缺少胆小牲口的叫声，那怎么画上去呢？

在汉西画着、涂抹着云彩的时候，来了一帮人，他们连门也不敲就进来了。这是两个小伙子和一个身材矮小的黑发姑娘。他们随随便便地脱掉大衣，让人斟酒，一声不吭地随便找个地方坐了下来，看着汉西作画。汉西在加上云彩之后，便考虑着这幅画的标题，就叫《预言家与巨鸟在海滩上相遇》吧。现在，让我们来弄明白人的原始面目，就像宇宙的装潢师南森所做的那样。

他想坐下，却又没有料到我会说话，我也没有料到自己会这样，因为，我突然听见自己大声说道：好，一切都很好，一切都那样具有吸引力，只是在远近的配置上不对头。当汉西迷惑地看着我时，我已站了起来。我站在画架前，指出了他在远近的配置上的缺点。汉西突然停了下来，他的眼睛变得狭小了，放弃了要说话的打算。他让人递过一杯红酒，呷了一口：在宇宙装潢师那里，远近的配置是对头的，而且总是正确的。——还有什么吗？——那只鸟，我说，并没有经过观察，而那位画匠对什么都进行过观察。我是说，他表现出的幻想特征是符合逻辑的。而人们看得出，这只鸟是不会孵化的。——你还觉得哪儿有问题？——还有这色彩的不一致，我说，那位舞台绘画家所用的色彩从来都不是偶然的，他的色彩有说服力，能解释一切；而这里所用的颜色却缺少必要性。——那好。你对所有这一切还有什么说的？快！

我回头看看克拉斯，克拉斯看着地板；再看看约塔，她躲过了我的目光。我认识他。——谁？——南森，那位最伟大的风景装潢师。我几乎对他的一切都了解，有些东西是怎样产生的，我亲眼见过。像你的那组画他肯定不会去画。他为自己的题材进行创作，自己与题材完全一致。——别废话了，汉西说，然后他端起酒杯一饮而尽。你当然比他占优势，我说，但是，只有你在对他加以伤害时，你才比他占优势，是不是？——这个家伙可真滑稽，多丽丝叫道，两只脚划着圈。你觉得自己挺了不起啊，是吧？汉西说，可能因为他给你买过冰棍，或者因为他允许你给他提皮包。你就是那么个模样！刚才我在展览会看见你了。你知道我当时怎么想的吗？我想：他可是南森的天生的模特儿，当然是某些特定的画的模特儿，比如《割草的年轻人》什么的。

这时，克拉斯要说话了。他说：来，西吉，你坐下。但是我不能不作出答复就走开。我说：你会笑的，我的确当过他的模特儿，因此，我也了解他的工作方式。我觉得，如果你用他的方式对他加以伤害，那你说的无疑是对的。——我不喜欢那些重复别人的一切的人，汉西说。多丽丝又高兴地叫道：我觉得他真怪；和他在一起我们得在黑暗中赏画。

我一言不发，默默地走过了汉西的身旁，大家都看着我在组画《娃娃们的起义》面前蹲了下去，盯着我用很长的时间看那一张张的画。看看这些娃娃们的模样吧：三角脸，压扁了的球脸，由点、点、逗号、破折号组成的脸。可以随意弯曲的胳膊，由两个疙瘩结成的腿。这是些肮脏的，有弹性的，特别是永远不会死亡的躯体。娃娃们向一家工厂的烟囱上爬着，并且占据了它。它们炸毁了一座水塔，推翻了一座桥梁，使一辆火车脱轨，从一座楼房上把一面旗帜摘了下来。娃娃们撬开了一座坟墓，娃娃们在逆风中前进，娃娃们在明斯特兵营的射击场上。它们捆住了一个睡觉的姑娘——这当然是多丽丝喽。它们从一个陀螺前逃走，骑在一只公鸡上，用十二把剪刀同时剪开了一把垫椅。

在我观看这些画的时候，他们默默无言地观察着我，我听得见他们的呼吸声，听得见他们吸烟的声音。我站了起来，慢慢向汉西转过身去，他正用手将额头上稀疏的头发抹开，面带嘲讽地站在那里。西吉，你坐到那儿去，克拉斯叫道。怎么样？现在你有什么话说？——很出色，我说，这一切都很出色。——我这些玩意儿并不出色。——我只是感到奇怪，我说，敲敲肩膀，狂妄、藐视，除此而外，别无其他！你们就是这样对待这个老人的一切！你们觉得自己很了不起，你们瞧瞧吧，这些他过去就了解、见过，也掌握了。——用不着你告诉我南森是什么人。——我似乎觉得，你并不是什么都懂。——你听着，我的孩子，汉西说，我认为你的南森就是不幸的典型：脑子里只有他的故乡，对吧，能预见未来，有政治性。

人们曾经禁止他绘画，我说，你大概不知道，有人曾禁止他绘画；他的数百幅画被消灭了。——这在南森就是个谜，汉西说。我接着说：这难道不能说明他的一些情况？你总能理解这些吧？——当然，汉西说，重要的事情我全懂，比如，我就明白我为什么看不惯你。——我也完全一样，我说，只有一点我不懂，你们是那样轻率，丝毫不肯花费一点气力去理解这一切。

我还要说些什么，我还有一些话要说出来，但是，还没等我开口，汉西便以更快的动作——超越我对他的估计——举起膝盖，撞在我的小腹上。我因为突然的疼痛而弯下了身子，就像他画的海滩上的预言家一样。我因疼痛而弯腰捧腹，这样一来，又使他有机会准确，虽不是致命地，但却经过仔细计算地击了我两拳，用一个钩臂向上的出击动作又打中了我的脖子，一下子就把我摔倒在地上了。

我还记得，我摔下去时，那红色的火星在我眼前飞舞，一块块的红色的自行车内胎片——汉西就是用它粘自己的雨鞋——似乎从黑色的远方散开了，在我的四周飞转。我摔下去时听到一声喊叫，但是不能确定这一声呼叫发自谁的口中。总之，这场谈话中断了，影片撕裂了，汉西的好客精神已经结束。因为，当我睁开眼睛时，我看见的不是汉西房间里的已经发黄的糊墙纸——纸上是打猎的场面，

469

那被击中的鸭子正向芦苇丛奔跑——包围我的是一片黑暗，屋里散发着一股氯气，我猜是氯气。

我睡在一张躺椅上，腿上盖着一床毯子。我听见克拉斯说：他在睡觉。又听见约塔说：那就让他睡吧。克拉斯又说：我们还过去吧。他们尽量轻轻地走开，轻轻地关上了门，但是我还是听得见他们的动静，我静静地躺在暗室里，想不辞而别。现在是下午还是傍晚？我该上哪儿去呢？回鲁格布尔去吗？乘上一艘开往格陵兰的渔船？到斯特拉斯堡去，参加外籍兵团？或者说自己去找那两个穿风雨衣的人，先打听打听，他们究竟了解我多少情况，对我有什么打算？

我躺着，思考着，权衡着，假设着各种可能性，特别详尽地制定着一项计划：作为一个不买票的旅客到美国去，改换姓名，叫个希克·奥·耶普森什么的。我要到那儿去挣钱，开一个美术馆，把年轻的美国画家集聚在我的周围，利用他们的帮助举办一个国家艺术周。在开幕仪式上，先由主席讲话，再由我致辞——谢天谢地，这部文化艺术片没有成功。

我检查着这些计划，又把它们扔到一边，就这样权衡着。我并没有起床，既未离开暗室，也未走出克拉斯的住宅，也竭力不去听那水龙头的漏水声，这水龙头将水一滴滴地落在我的计划上，落在我的头上，我不断地数着它滴水的次数，数到八十时，我睡着了。我睡得很不安稳，很不踏实，随时准备着克拉斯和约塔，也许还有汉西来叫醒我。

我忘不了我躺在暗室里做的那个梦。我乘坐在一条宽大的木船上，独自向远离半岛的一个岛屿驶去。我坐在船帆的阴影下，木船向蓝色的、微微隆起的陆地行驶着。这里是我的新的隐蔽所，我利用了一座石头教堂的废墟，这是我在荒无人迹的海岛上唯一能找到的建筑物，凉爽宽大，每一条漏缝都填严实了。我上了岸，将船拖到海滩上，为了保险起见，将小小的铁锚埋在地里，看了一眼隐蔽所，发现它被一群海豹包围着，海豹围成了半圆形在那里晒太阳，毛皮闪亮，抬起了头，端详着我，一些幼小的海豹也躺在这里。我卧倒在沙地上，向着这些动物爬去，它们也并不逃走，我在它们之间移动着，爬到了我的隐蔽所，放松了身子，这时，我听到了第一声枪响，枪声消失在外面的大海上，子弹落到了废墟的一块砖头上，又嗖的一声飞走了。

这时，海上驶来了两艘船，它们没有船帆，没有发动机，也没有船舵，就像被一个绞盘牵引着一样，径自向海岛驶来，人们会以为，这船是行驶在一条轨道上。两个男人挺直了身子，显得特别僵硬地站在船上，两手端着枪。一艘船上站着我的父亲，鲁格布尔警察哨长；另一艘船上站着画家马克斯·路德维希·南森。我梦见他们俩都来打海豹了。船还在航行中他们就射击着，枪眼上还飘着淡淡的美丽的轻烟。第一枪打响后，海豹们便使劲向水上爬去，它们分路前进，后来又聚在一起，向岛的南端摇摇晃晃前进，紧挨着我的隐蔽所，将身体支撑在鳍上，用鳍拍打沙土，为首的海豹像发出警告一般地吼叫着。这时，我冲了出来，但是一声枪响迫使我倒在地上，于是，我和这群逃跑的海豹一起向海岛的南端爬去。它们的动作比我快，就是那些幼畜也比我快，它们超过了我，但我决不会就此罢休。我在沙地上跟着他们前进，越过野生海草，越过被他们击中了的海豹，我看到，第一群海豹已经抵达海滩，它们跃入海中，潜入水下。

我和那群向海岛南端逃跑的海豹一起爬，显得动作太慢了，太笨拙了。我远远落在他们后面，感到精疲力竭，再也站不起来了，当那两个男人的船只抵达海滩时，我连腿也直不起来了。他们俩很快就从船上跳了下来，彼此打了个招呼后，就撒开了一面渔网，拖着网子的两端向我走来，两人都穿着浅色的风雨衣。

我在沙土上匍匐前进，曲折地爬行，我的踪迹和海豹留下的踪迹没有任何差别，只消再花点力气就行了，只要再跑几步就够了，现在，他们拉开网包围我，大笑着缩小了包围圈，大笑着围着我转动，鱼篓的口总是冲着我的脸，好像在煽动我，诱惑我向他们投降；那木制的细圈招呼我钻进去：进来呀，进来吧！那木圈在我面前滚动，跳跃。现在，这两个人向我弯下身子，脸上表现出亲切的样子。他们敲我的肩膀，就像耐心的驯兽人指着那越往后越尖的篓子说：来，来，跳呀！

我虽然没有跳起来，但最终还是钻进了木圈，一直钻到那后面打了结的鱼篓中去。我立刻就感到，他们抬起了我的身子，网线嵌进了我的皮肤之中，沙土在我眼前旋转，飞舞。

是西吉·耶普森吗？——是的，我说道。请跟我们来。太阳似乎跌落下来，我感到光亮刺眼。把灯打开吧。一束细细的蓝色灯光闪亮着，一块布帘拉开了。一个声音说：

这位先生还没醒呢。有人抬起了我，将我的腿从毯子中抽出来。我伸出一只手，触摸到了一件风雨衣。这的确是一间暗室，一个声音说。另一个声音回答说：那我们可得注意，别让光亮把这个小家伙照过头了。

海岛

在那边山丘上，蓝色管理所大楼对面，始终是那栋被我们称作过渡室的房子。您得想象一下，那是一栋低矮的，差不多和地面一样高的木头房子，窗前挂着花箱，窗上飘着红白格的农村用窗帘，门开着，明亮的过道里，地板刚刚擦过，这里没有管理员办公室。还有什么呢？您设想一下看：八间屋子都住满了新增加的人，那些用汽艇从汉堡运来的新人，我和小库尔特·尼克尔一起住在七号房间，昨天他由于仇恨爆发，把这里的一切设备都打个粉碎。他一头黑发，穿一件黑衬衫，前胸敞开着，现在，他像石头一样地躺在床上。过去，他是一位艺术家，专长是进行力的表演。他是不是在侧耳谛听什么？是不是和我一样在谛听希姆佩尔所长的声音？此时，所长和一个外国心理学家代表团一起走进了过渡室。他是不是在讲解实行一种新的教育纲领的可能性与风险？我站在床边，靠着木板墙抽烟。外面，一队难于教育的人穿着粗布衣，肩上扛着叉子和铲子，边走边说到地里去劳动。有几个人向我们的房子这边看了一眼，说了几句什么，大笑着。

希姆佩尔所长说：这是一个闸门，如果我可以这样说的话。这间过渡室起着一个闸门的作用。一个心理学家（怀疑地）：如果我理解得正确的话，这是一个为那些年轻的被判刑的人准备进入囚禁阶段的地方，是吗？希姆佩尔（故意中断了自己说话的流畅性）：人们也可以把这里称作是压力室，或者是滑冰场。为了使年轻的被囚者克服对这一新环境的恐惧感，我们几乎是让他们滑入了被囚阶段。这种过渡将减少他们的压力。我说过，他们在这里固然没有像外面的那种自由，但是，几个被我们称作是小自由的事还是有的，比如：他们可以抽烟，可以听收音机，半天的时间可以自由支配，此外还可以在海岛上活动。心理学家：他们在这儿待多长时间？所长：三个月。如果来到了这里的青少年是判了刑的，那就在过渡室里待三个月。迄今为止，这种逐步向囚禁过渡的准备阶段已经证明是最行之有效的。

突然醒来的小库尔特从床上跳了起来，充满仇恨地直愣愣地看着我，问道：他们在哪儿？这些猪猡在哪儿？我说：你听得出来，在五号房间。小库尔特走到我的身旁，悄悄地说：恭喜你，你听见了吗？你得为自己庆贺。我说：为什么？小库尔特（走到窗户旁，迅速转过身子，用两只手扶着窗台，靠着窗户）说：你会在场的，小家伙，当我叫他们中间的某个人完蛋时，你将是个观众。暴力行动！就是为这个他们才把我弄到这儿来，二十七次暴力行为！现在，让他们亲身经历一下，当我采取暴力行为时是个什么样子。

希姆佩尔所长（在隔壁）：是这样，不是所有的年轻人待在过渡室的时间都一样长。我们建立了一个专门的等级制度，根据这个制度来确定每个人要在这儿待多长时间。

（小库尔特解开裤子，从左大腿处解下了什么，然后从一个皮口袋中取出了一把匕首。）我说：别胡闹了！小库尔特（充满仇恨地）说：如果不是叫那个检察官，那就是叫这中间的某个人完蛋。他们全一样，懂吗？他们恨我们，他们忌妒我们，因为我们年轻。我（平息着他）：把刀子收起来；谁知道你会拿它去干什么？小库尔特（似乎要为自己的仇恨找出个理由来）：他们害怕我们，他们不想理解我们。

希姆佩尔所长（在隔壁）：情节较轻的关在这个闸门里两个星期。就是说，在这儿逗留时间的长短视心理上的感受状态而定。将来一旦进入禁闭室就不会产生情绪上的困惑。这种情绪是可以避免的。但是，如果要出现，那也是在这个地方。

小库尔特（继续为自己的仇恨寻找理由）：这些狗东西谁也不试图来理解我，我就是这么个人。只要谁不是老盯着我的女朋友，不去碰她，我也不会去招谁惹谁。但是，如果有人打她的主意，或者去碰她，那我心里就受不了。我不准他们这样，你懂吗？我会到那个人那儿去，客客气气地请求他。要是他不想挨耳光，那就得把他对我那姑娘的兴趣收起来。有些人比较理智，有些人不那么理智。于是我便进行自卫，这些猪猡竟把这称之为暴力行为。

希姆佩尔所长：我建议，我们现在到六号房间去，我可以给你们看一个特殊案件：一个年轻的艺术小偷，他还懂一点绘画。约斯维希的声音（轻声地）：七号房间，所长先生。希姆佩尔所长：是吗？那就在下下个房间，现在谁在六号房间呢？约斯维希：那个凶手和罗斯巴赫。

我（慢慢向小库尔特走去）：把刀子收起来。小库尔特（警告地）：你就站在那儿。我（停了下来）：你要是这样做，你就永远出不去。小库尔特（笑着）：我也不想出去，你懂吗？我只想证明给他们看看。至于有什么后果，我无所谓。我：你要是搞错了人呢？小库尔特：搞他们中间任何一个都不会错的，他们都是……他们不让我们满意，把我们严严实实地关在这里，把海岛办得像个马术学校……你也一样，小家伙，他们也要把你训练成一匹杂技团的马。（怀疑地）他们判了你几年？我（继续向他面前走去）：按青少年刑法三年。小库尔特：是因为偷窃汽车吗？我：你怎么会这样想？小库尔特（把手一甩）：你的照片不是在报纸上登过吗？我说：我把画藏到了安全的地方，这就是我的全部问题。小库尔特（不解地）：画？

希姆佩尔博士（在代表团走进走廊的时候）：当然，在禁闭室中也有不同的等级，比如说，第一级在囚禁方式方面与我们正在参观的过渡室区别很小。一个心理学家：是否我搞错了，还是说，根据这个级别，这里的全部教育纲领都具有闸门的性质？希姆佩尔博士（高兴人们完全理解了他的意思）：实际上，我们认为这里全部都是过渡阶段；年轻的被囚者在开始时首先要获得这样一种感觉，即认为这种状况只是暂时的。小库尔特（踮起脚尖走过我的身旁来到门边，弯腰谛听着，用眼角观察着我；光线落在他的头发上，也在他的那把刀子上跳动，黑裤子的大腿处绷得紧紧的，高高的鞋跟上白色的鞋钉在闪亮，那只空着的手正迅速地要拿过刀把）：这群人走过了六号房间？我：把刀子收起来！小库尔特：你别管，懂吗？要是你愿意，你就待到厕所去；现在可不是好时候。我：他们会让你完蛋的，你要是这么干，这些人会让你永远完蛋，理智一点吧。小库尔特（充满仇恨地）：是他们让我这样干的，这群猪猡，是他们把我和我那姑娘分开了，在我被宣判之后，她连手都没和我握一下。

希姆佩尔所长和代表团消失在六号房间里，他们说话的声音听不见了。我（打开了收音机）：我们用音乐来欢迎他们，好吗？小库尔特（尖锐地）：把收音机关掉。我（关上了收音机）：你要是这么干，会把一切都弄糟的。小库尔特：你大概还没有注意到，小家伙，他们早就把我们给弄糟了。你应该听听检察官的讲话，他要保护这个社会不受我的破坏。为了社会，他要求权力来保证它的安全不受我的破坏。这就是说，他代表路易丝阿姨或威廉叔叔把我送到这儿来了。

他玩着匕首，把它往空中一扔，稳稳当当地接住了；有一次，他把匕首转着扔到差一点碰上天花板的地方，退了一步，看着刀子落下来插在地板上。我：想想你们家的老人会说什么。小库尔特：如果你说的是我妈，她出海去了，她是德国船上的第二个女电报员。我：那你父亲呢？小库尔特：别瞎问了！老老实实地把你那些问题收起来，懂吗？（他走到开着的窗前，花箱中长着天竺葵，他用匕首快速地削下几朵花和几片叶子，扔到了窗外）那都是些什么画？是博物馆的，还是别的地方的？还是姑娘的照片？我：有些画你可以靠着它过一年。我不过是把它们藏到了安全的地方去而已。小库尔特（跳到门边）：他们来了。我：你可别胡闹。

希姆佩尔所长（在走廊上）：多亏了这个过渡室，逃跑现象大为减少，一年只有大约八人次，企图逃跑的多半是同一个因犯。（缓慢的脚步声向我们的门口移动，小库尔特退了回来，拿刀的手放了下来，集中精力，预先用目光警告我。）我（站在开着的窗前）：别那样干，你疯。小库尔特（生气地）：现在你安静点。门开了，小库尔特犹豫地慢慢退了回去，弯着身子准备起跳。约斯维希走了进来，用一个手指放在嘴唇上，警告我们，他想让我们进行配合，提醒我们，作好准备。他的目光落到了我的身上，我飞快地使了个眼色，让他去注意小库尔特站立的地方。也许我还叫了一声，我记不得了，也许是发出了一声微弱的、走廊上听不见的警告。约斯维希有所反应，他蜷缩身子，弯着腰，像一个捕捉者那样伸长胳膊预防着。小库尔特向约斯维希扑了过去，把匕首高高举起。我两步就跨了过去，不，我站在窗前，准备只要约斯维希被打倒，我就去帮助他。我只要跨两步就能来到他面前。没有呼叫，没有呻吟，这时小库尔特迫使自己无声地进攻，约斯维希进行反击。小库尔特跳起来时伸直了身子，约斯维希准确地预备还击。这一瞬间真应该拍摄下来。约斯维希一个巴掌打到小库尔特的小臂上，这一巴掌是向上打去的，正打中了他的胳膊。随后，小库尔特的胳膊被甩了起来，手指松开了，匕首向天花板飞去。约斯维希又是一下，小库尔特的胳膊又被甩了起来，他自己也跟着转了一个圈。匕首落在地上，落到了约斯维希的脚前。小库尔特弯腰，充满仇恨地看着约斯维希。他想弯腰拾起匕首，约斯维希却在上面踏上了一只脚。约斯维希（忧虑地）：还不够吗？你的脑子那么难开窍哇？小库尔特（捏着那疼痛的小臂，按着它）：找另外的时候，等着吧，找另外的时候。约斯维希（把脚从匕首上抬起）：你把它捡起来，来呀！再试一次！（他做出了一个邀请的姿势，退了回去；小库尔特上了当，他弯下腰，伸出手去拿匕首，但是，还没拿到手，约斯维希的脚已踩在他的手上了。小库尔特站了起来，约斯维希捡起匕首收了起来。小库尔特摇晃着走到自己床前，倒了下去，冲着手呵气，按摩。）约斯维希：现在总够了吧。小库尔特（哧的一声）：等着吧，你这条老狗！

走进房间的是来自五个国家的七个心理学家，跟在他们身后的是穿风衣和过膝短裤、满面春风、浑身充溢着教育热情的希姆佩尔所长。走进来的人环视着我们的房间，就像看家具那样地端详我们。约斯维希（好意地向小库尔特）：你不起来呀？小库尔特：舐我的屁股吧！约斯维希：所长来了。小库尔特：那就让他舐两次！

希姆佩尔所长和心理学家们出于研究学术的兴奋情绪交换了一下目光。他们的脸上并没有显出意外的神态，而是表现出了急于要知道一切的兴趣。希姆佩尔对约斯维希说：这儿出什么事了吗，有什么特殊情况？约斯维希：我想几乎没有。（向小库尔特那边点了一下头）要我帮他一把吗？只要您同意，我马上就教给他该如何尊重人。希姆佩尔（挥了一下手）：谢谢，亲爱的约斯维希，不需要。我们自己能跟他打交道。心理学家们走到小库尔特的床前，围成了半圆形：我们都知道，尼克尔先生，每个人都有情绪不好的时候。现在我们走到一起来了，我是不是应该说：我们得互相帮助呵？小库尔特（按着自己的手）：你滚吧，天哪，别跟我胡说八道啦。一位心理学家：我估计，这是约苏波夫式的仇恨因素。希姆佩尔（毫不泄气地亲热地）：当然，我们马上就会让你一个人待着。但是，也许，我们先要请你给我们办点事。这些外国的先生们想知道，人们为什么要把你送到这儿来。小库尔特：这你早就知道了，你只需要给这些家伙们念念记录就行了。希姆佩尔：但是，尼克尔先生，这些先生想从您本人那儿了解一下情况。此外，请允许我称您为你，我称这儿所有的青少年都是你。小库尔特：你怎么称呼我，随他妈的便。希姆佩尔（顽强地）：那么，为什么，你认为你为什么会待在这儿？小库尔特（躺在床上，盯着天花板，在手上呵着气）：因为我爱吃小孩，因为我早餐的时候吃了一个小孩。希姆佩尔（绝不生气，好像由于这个回答得到了报酬一般）：除了这个原因呢？这并不是唯一的原因啊。小库尔特（安详地）：因为我对那些男男女女的老混蛋感到恶心，因为我组织了一个协会。希姆佩尔：组织了一个什么协会？小库尔特：消灭男男女女的老混蛋。

一个心理学家：这是不正常的攻击性因素。第二个心理学家弯着腰向小库尔特说：你认为你是个了不起的人，是吧？大家都在你面前发抖，对吗？要是你真以为自己了不起，那明天我们到体育馆去，我们都带上拳击手套，看谁真正有本事。小库尔特：滚吧，老爷子！你小心点，别叫你自己粉身碎骨！希姆佩尔：我亲爱的库尔特·尼克尔，你在这儿不是和敌人打交道。我们要帮助你，但是，为了能够帮助你，我们得首先了解你。约斯维希：您想让他站起来吗，所长先生？希姆佩尔：不，让他在那儿放松放松吧。小库尔特：我就知道这几句话。现在我没话说了，我什么也不说了。你跟他说吧！（他用大拇指向我一指。）希姆佩尔：好吧，我们还会经常有机会的。（他向我走来，心理学家们感兴趣地悄声用英语谈论着，他们对库尔特·尼克尔的看法似乎不一致，看得出，他们还想要补充几个问题。但是，由于希姆佩尔所长几乎是友好地把手向我伸了过来，于是，这些人把兴趣转向了我。）

希姆佩尔（向着我）：你是我们的艺术专家喽。约斯维希（插了一句）：这是西吉·耶普森，所长先生。希姆佩尔：我知道。哦，我了解耶普森先生和他的事情。也许，他自己有兴致跟这些先生们谈谈，为什么他会到我们这儿来。约斯维希（轻轻地）：开口吧，否则，我们就永远不打交道。我（耸着肩膀）：您想听我说什么？希姆佩尔：我刚才说过了，你为什么到我们这儿来，我们想听你自己说说。我：我把父亲到处搜寻的画送到安全的地方去了。就是这么个原因。所有的心理学家都兴致勃勃，互相点头，有一个还取出了笔记本和铅笔。希姆佩尔（耐心地）：就像你所说的，为什么你父亲要搜寻这些画？我（看了无动于衷地躺在床上的小库尔特一眼）：先是由于工作上的需要。那时，从柏林来了一道禁止画家南森绘画的命令，我父亲送去了这道命令，并且负责监督这条禁令的执行。他是农村警察，鲁格布尔警察哨长。后来，他再也约束不了自己了。其余的一切您都是知道的。一位心理学家为了准确起见又问了一次：是马克斯·路德维希·南森吗？另一个心理学家：是那个表现派画家吗？希姆佩尔：你的父亲，西吉，作为警察从职务上来说，应该监督这条禁令的执行。但禁止绘画的时代过去后，你说，他还继续对画家进行监督？我：后来，同所有那些有怪毛病的人一样，他也形成了一种怪毛病，认为除了自己的职责之外，什么也不存在。最后这变成了一种病态，情况就更糟了。一位心理学家：更糟？希姆佩尔：你父亲没收过画吗？我：没收过，焚烧过，毁坏过，就像你们希望知道的那样。在他的眼里，什么都不安全。希姆佩尔：现在我们得谈谈你。为了避开你父亲，你把画藏到了安全的地方，这是怎么发生的呢？你把这个跟我们谈谈吧。我：这是在磨坊被烧毁后开始的。我在磨坊里有个隐蔽所，磨坊被毁后，一切都完了，我的收藏物——画、钥匙和锁也完了。事情就是从那个时候开始的，我也不知道是怎么回事。我看着一幅画，突然觉得有什么东西在移动——背景上有一个小小的火焰向着画在移动，一个明亮的火焰，我在这种情况下，只好采取措施了。第一个心理学家：这是一种有目标的占有欲，对吗？第二个心理学家：这是一种由于错觉而进行反抗的反映。我：事情就是这样，如果我发现一张画受到威胁，我就要把它藏到安全的地方。要是你们，大概也会这样做。磨坊被焚烧之后，我又在我家的顶楼上找到了一个新的隐蔽所，于是，我就把图画藏在那里，但是又被父亲发现了。他一直在跟踪我，直到有一天终于发现了这些画为止。他抓住了我。

小库尔特（从床上）：你应该把这些画吃掉，你这个笨东西。希姆佩尔（抚慰地）：你父亲是在履行自己的职责。我：他要宰了我，这是他亲口说的，他也真办到了。要是你想知道，我为什么到这儿来……希姆佩尔所长（热心地）：请你说说吧。我（慢慢地走到小库尔特的跟前，在他的床上坐了下来）：我可以告诉你们，我是代替我们家的老头儿——鲁格布尔警察哨长到这儿来的。我觉得，小库尔特也是代替某个人——路易丝阿姨或威廉叔叔到这儿来的，甚至所有的青少年都是代替某个人到这儿来的。难于教育的青少年，哼，他们在法庭上给我们安上罪名，在这里，每天都要证明我们就是这样的人。也可能，我们中间有某几个人真是难于教育的，我并不想否定这一点。但是我还想问问，为什么不建立这么一个海岛和这样的楼房给那些难于教育的老家伙们呢？难道他们不需要吗？小库尔特（气冲冲地）：那样呀，任何一个海岛都嫌太小！我：我想问问，一个人受教育到什么时候结束呢？到十八岁？或是到二十五岁？希姆佩尔（热心地表示赞同）：问得好，无可指责。我：在这儿，人们装模作样的，也许大家都在装模作样。我想问问，这儿的人在良心上过得去吗？一位心理学家：这是转移方向的进攻，对吗？我：因为人们不愿意对自己进行宣判，所以就把我们这些年轻人送到这儿来了。这样做，至少是使他们感到轻松，解脱了他们自己。这很简单，把坏良心用大船运到这儿来，然后他们自己可以去品尝早餐，晚上啜饮甜酒。希姆佩尔（热心但却怀疑地）：现在你把话题扯远了。

我：那好，那我就告诉你们，我为什么会来到这个海岛。因为谁也不敢让鲁格布尔警察哨长去反省，对他进行治疗；他就可以这样病态地待着，病态地去履行自己那命中注定的职责。而我到这儿来，就是因为他已经到了一定的年龄，而作为老家伙，是没有必要去改变自己的。是的，要是您问我，我就说，我是代替他到这儿来的。这也许能够成功，也许有一天，他能吸收我在这里获得的进步。这一切是可以希望的，也是能够希望的。不过，我不相信能够做到这点。（歇了一会儿。）希姆佩尔（咳了一声）：你说的话够尖锐的，但是我可以理解。是的，我能够理解你的失望情绪。这种直率之言我表示赞赏。小库尔特：你听呀，他连直率和气愤都区别不了。他却表示什么都能懂！我最喜欢那些什么都懂，可什么都不干的人。约斯维希（向小库尔特）：你可是在和所长讲话呵。小库尔特：那又怎么样？我是我自己的所长。我得告诉你，我的一切是对谁负责，我承担着什么责任。约斯维希（略带威胁地）：我们会经常见面的！小库尔特（向着天花板说）：准有机会再碰上的。希姆佩尔（对约斯维希）：您别管了，我们不愿意过早地失去理智。（向着心理学家们）你们谁还有问题吗？（大家都想提问题，他们客气地互相望着，谁都让对方先说，礼貌地向小库尔特躺着的床做手势。我是坐着的。）第一个心理学家（向小库尔特）：请允许我向您提一个问题，您小的时候是一个人成长起来的吗？有没有小朋友？小库尔特（沉默了一会儿，生气地）：要是您想详细地知道，我可以告诉您——我是在一个养老院旁边成长起来的，我的朋友都是那里的老家伙，最年轻的是七十六岁，我用铲子把他打死了。第一个心理学家（尴尬地笑着）：问题的确有其特殊性。小库尔特：我也是这么想。但是我现在累了，我也想不起别的事情来了。拿着笔记本的心理学家（向我）：还有一点我不太明白，您说，那些受到威胁，受到火焰威胁的画，被您藏到了安全的地方，这是不是说，您为这个行为排除了偷窃二字？我（向小库尔特）：怎么回事，我也突然感到这么累？是因为空气吗？

小库尔特（支撑着身子，对拿着笔记本的心理学家）：您了解得还不够吗？您没看见，这小家伙累了吗？您还想研究到什么程度？来，西吉，把身子伸直了。（他把我拉到床上躺下）我来抚摩你，一直到你睡着为止。我：可是，有人站在我们床前啊！小库尔特。小库尔特（讽刺地）：别怕，小家伙，他们没学会别的玩意儿。

希姆佩尔（平息地）：先生们，我想你们已经有了一个印象，你们对最重要的情况已经有所了解。现在，请允许我们去参观八号房间吧。（希姆佩尔所长和心理学家们带着不同程度的亲切向我们告别了；约斯维希显然故意最后离开房间。）约斯维希（忧虑地）：我原来对你们期望较高。这可是个不成功的表演，但是，我们还会使你转变的，等着吧。小库尔特：闭上嘴吧，别叫肚子着了凉，还有过堂风呢。（约斯维希走了，关上了门。小库尔特从床上跳起来，走到门边，听着代表团的动静。）

小库尔特：他们在这儿可真碰了一鼻子的灰。但是你看见我的时间不长了，我得走。我：八天，要是他们把你逮着了，要禁闭你八天。这是写在规定上的。小库尔特：这样的话，一个月可以试它两次。你有烟吗？（我给了他一支烟和火柴，我们两人抽着烟。）小库尔特：注意，小家伙，我们得到大船那边去，得溜到大船那边，藏在那儿。

我：我不去。小库尔特：你大概不正常吧？我：我不知道我到那边去投奔谁，没有藏身之所，没有可待的任何地方。我不想住在火车站里。小库尔特：你可以待在我那儿，我们在朗根霍尔恩有个小花园，在树丛中谁也找不到我们。我：我不去，这一次就够了，我想放松一些时候。小库尔特：你大概真是不正常了。我：也许以后，以后我跟着去，但是现在……他们把我折腾得太厉害了。你应该在那些人中间，在鲁格布尔那边生活一些日子。小库尔特：你们家老头儿真是在警察局？我：他把我们大家都折腾够了。他一直在格吕泽鲁普和鲁格布尔忙碌着，在家里也是这样。这种人你不需要告诉他什么时候该干什么。他只要是有什么任务，就一辈子都干那桩事。小库尔特（走到窗前，望着窗外）：我只要往这儿看一眼就够了，那边那个笨蛋，那个车间，木棚子，还有那些沙地，易北河，它还从来没有像我在这儿看到的那样可怜。这一切怎么叫人受得了？我：也许，你去进行一番比较，看看过去如何，现在如何。小库尔特：我早就看出，你是个滑稽的东西。（沉思地）要是我刚才刺中那个家伙就好了。我：幸亏没有，你应该高兴才对。

（脚步声走近了，门被打开，希姆佩尔所长出现了。）希姆佩尔：你们又清醒了，真好。我没什么好责备你们的。我想给你们提个建议。作为过渡室的居民你们可以自由走动。允许你们到海岛上到处走走。要是你们有兴致散散步的话，我正好有时间。小库尔特：谢谢你的好意，我从这儿望一眼就够了。（向我）你想了解了解海岛吗？我：以后，可能以后再去吧。希姆佩尔（坐在桌子上）：还有，今天是音乐日，你们可以随便听收音机。小库尔特：哦，这儿管它叫音乐日。希姆佩尔（文雅、愉快地）：你们会习惯的。在我们的海岛上，每星期的每一天都有一个特殊的名字：星期一是安静日，这一天是看书的日子；星期二是清洁日，检查鞋和衣服的卫生情况；今天是音乐日；星期四我们称之为振奋精神日，这一天是体育运动日；星期五是整顿思想日，因为这一天要写语文作文；星期六，对，星期六是愉快日，因为愉快的海岛合唱团在这一天排练——由我指挥，我希望你们能参加合唱团；最后，星期天是沉思日，在这一天可以写信、缝补衣裳、谈话。（他紧紧地盯住我们，似乎要求我们及时愉快地表示同意。）

小库尔特：倒是什么都有，就是没有诈骗日啊。希姆佩尔（坚定地）：谁要能参加海岛合唱团，谁就会得到许多好处——每周可以两次，每次两小时离开劳动岗位。小库尔特（向我）：那你马上就唱吧，小家伙。希姆佩尔（耐心地）：你们决定了参加什么劳动吗？我想，你们既然住在一个房间，当然也愿意在同一个劳动岗位上。小库尔特：劳动？您让我们干什么劳动呀？我：宣判书里没有说什么劳动的事。希姆佩尔（极抱希望地）：我们的新车间可以进行各种训练。到车间去劳动是一种愉快。谁愿意，谁就可以在这儿学一样职业：木工、钳工、油漆工、花工等等，还有裁缝，还有电焊工，学习结束后，可以获得学徒证书。小库尔特：盖上监狱的漂亮图章！希姆佩尔：盖上师傅的图章，还有他的签名。考试在手工业公会进行。小库尔特（向我）：你觉得怎么样，小家伙？要是非这么干的话，我们要学哪种职业呢？希姆佩尔：当然我们不强迫谁去学会一种职业，但是，在海岛上的每一个人必须参加劳动，机会是够多的。小库尔特：您们这儿大概不要艺术家吧，嗯，力的表演？希姆佩尔（从桌子上滑下来，背着手，在屋子里走来走去）：你们要学的东西有很多，你们还要认识许多问题。（沉思地）海岛向你们开放着，要进行转变不可能没有矛盾。你们好像还不知道劳动与面包之间有什么关联。不过，没关系。在我们这个海岛上，我们将教会你们认识这种关系。你们将会理解服从的必要性。希望有那么一天，你们还能理解承担责任的愉快。我们在海岛上所需要的一切，都由我们自己来制造，楼房、工具、理想。是的，也包括理想。我们是一个集体，是一个海岛的集体，我们自己决定我们所需要的一切。热心助人，这就是一切。

如果你们愿意遵守海岛的规定，你们就会为自己发现许多机会。万事开头难。（希姆佩尔站在小库尔特前面，端详着他，慢慢把手伸进了他的衣兜里，触摸着，谨慎地把小库尔特的匕首拿了出来，平放在那半张开着的手心上观察着，小库尔特的身体紧张了起来。）你的匕首，是吗？（小库尔特要把匕首拿过去，希姆佩尔把手缩了回来。）你是知道，你可是了解这儿的规定的：不得携带武器。如果由于不了解情况带进了武器，则必须立即交出，交到管理大楼四号房间。（歇了一会儿，两人都默默地互相注视着，希姆佩尔把匕首交给了小库尔特，退了一步。）你现在就去，马上就去。把匕首交到四号房间，再把收据给我看看。去吧。（小库尔特犹豫着，他把匕首拿在手中转动着。）要我给你指路吗？（小库尔特充满仇恨地看着希姆佩尔，慢慢走到了他的面前，经过他的身旁，走到了门口，在那里又一次转过了身子。）小库尔特：我们都得把话说明白，对于我你办不到，你办不到。（他离开了房间；希姆佩尔大步走到窗前，一直观察着小库尔特，直到他消失在管理大楼中，歪着头说，开始了，你看，就是得有个开头。）你也一样，西吉，我知道你该怎么开头。你觉得海岛图书馆怎样？那里的书必须加以重新整理和分类。那些书在你手上会感到十分惬意的。我：就是这些吗？希姆佩尔（用一种使原来的建议减色的腔调说）：你当然也可以在扫帚车间工作，我们这里生产各种扫帚。我：那我就去生产扫帚吧。希姆佩尔：那为什么？我：不知道，眼前扫帚和我的关系更近。希姆佩尔：你还可以考虑一下，在我们这里可以调换工作。要是你愿意，先生产扫帚，然后再去搞图书。

（门被拉开了，一个干瘦、神情非常恐怖的男人手里摇晃着一个破眼镜冲了进来。这是科尔布勇博士。他站在屋子中间喘着气，身上冒着一股膏药味。）希姆佩尔：亲爱的科尔布勇博士，又发生什么事情啦？科尔布勇：我到处找你来着，所长先生，必须得让你知道刚刚发生的事情。希姆佩尔：是上公民课发生的事吗？科尔布勇：是语文课，总是在上语文课的时候出事。我让他们写一篇作文。希姆佩尔（看着那副眼镜）：眼镜破了吗？科尔布勇：有一个青年人突然抽起疯来，从凳子上摔了下去。那是奥勒·普勒·茨。我想帮助他，结果发生了一场真正的骚动。希姆佩尔：奥勒·普勒茨！科尔布勇：他们不让我碰他，他们威胁我，但是我得帮助他呀。混乱之中——您瞧（拿出眼镜来），它被扔到了一边，踩坏了。我认为这是恶意的。希姆佩尔：一切都要调查，题目叫什么？科尔布勇：作文题吗？完全一般，只要愿意，谁都写得出来……题目是"谁能服从，谁就能命令别人"。希姆佩尔：这是一个有用的题目。科尔布勇：有两个年轻人下课时交了白卷。我让他们到管理所去。希姆佩尔：我马上就过问这件事，立即就去。(他向我伸出手来。)马上，西吉，你马上就会在这儿写出你的第一篇作文。我相信，你会把事情做得比别人更好。你决定以后就告诉我。我：很明确，先去扫帚车间。(他把手缩了回去，张开手指，注意地观察着。)希姆佩尔：我希望你会喜欢这个海岛，它也会喜欢你。我：看看吧。(他们两人都走了。我点着了一支未抽完的香烟，走到窗前，看着他们两人的身影。我打开了收音机，正在报道易北河和威悉河的水位。我关上了收音机和窗户，躺在床上，伸开双腿，两手交叉地放在脖子下面。)

分别

　　我先把惩罚性作文锁了起来。五天以来，那黑灰色的练习本干净整齐地摞在一起，放在铁柜左边，铁柜锁着，钥匙放在小皮包里，扁平的皮包挂在一根绳子上，绳子在我胸前摇来摆去地蹭着。约斯维希已不再问我作文进展的情况了，他不知道我究竟是写完了呢，还是正在休息，也许他根本就不想知道，因为，那天早上，当他从窥视孔往屋里看时，我什么也没有写，桌子收拾过了，满是刀痕的凳子也已经挪到桌子下面去了，于是，他仰着上身，抱着一堆白色的鞋盒，用下颚压着，走进我的禁闭室，将这堆东西放在空桌子上，提醒我说，我曾答应过他，帮助他整理他所收集的旧钞票。

　　这就是说，我们要把这些旧钞票进行分类、平整、粘补，并分别装在鞋盒里。在鞋盒上，我们用蓝笔使劲地用粗体字写上了钱币的年代、使用的时期、统治者和银行行长的名字，这些人在纸币和银币上大多数都有胡子，十分自信，眼光中充满了努力向观看者们推荐使用这些钞票的

492

神情。一般地说，约斯维希在帝国时期、魏玛时期和十二年时期的存款分别用一个鞋盒就够了，但是，通货膨胀时期的钞票却需要两个半鞋盒。作为他对我的谢意，他送了我五千万纸币。

五天了，我仍然没有把作文本交出去。有一次，我打开了柜子，将练习本取了出来。这是一个令人愉快的日子，因为又允许我会客了，希尔克来看我了。她现在的头发多么短呀，她嘴角显露的痛苦仍然那么深，她的眼神是多么冷漠和阴郁，阴郁得就像鲁格布尔海滩的白天。她走进门后，给了我一些糖果，懒洋洋地握了一下我的手，长叹一声，坐在凳子上，和母亲坐下去时常常发出的叹气声一模一样。接着，她慢慢地环视我禁闭室里的各种设备，随后，用肯定的语气问我说，这个房间是不是有了许多变化，她觉得好像变了。我沉默不语，于是，她抬起了脸，大概是感觉到了我的失望情绪或拒绝回答的态度。她又问我，我的作文是否有进展，是否已经交了，老师给判分了没有。

这时，我打开铁柜，把作文本取了出来，把这一堆本子都放在了她的面前。希尔克把小臂放在本子上，把卷起来的纸角抚平了，用肥胖的手指摸着封面上的小条，微笑着，好半天才翻开了一个练习本——绝不是最上面的一本——开始读着。她坐着的姿势并不松弛，而是相当紧张，似乎是为了取悦于我而品赏什么一样，她皱着眉头看着，突然，当有的地方出现了她所熟悉的情况，或是遇到一些也保存在她的记忆之中的情节时，她就直截了当、没有次序地加以补充和证实，有时就那么照作文重复着：是啊，海鸥和暴风雨；布斯贝克博士的祝寿礼，呵，霍尔姆森一家，他们都去世了；穿红大衣的男人，对啦；这些名字你都还记得；画家在大风中走在大坝上；阿斯姆斯·阿斯姆森现在住在格吕泽鲁普；阿迪的病，这你还记得；浅滩上的下午；磨坊中的隐蔽所；敞篷车早就没了；海尼·邦耶侨居国外了；你干吗对我的腿有意见啊，对啦，奥柯·布罗德尔森，独臂邮递员退休了；鲁格布尔警察哨，你知道的事可真多……他真是那样吗？他有时不是也给我们讲过故事吗？想想我们那里明亮干爽的夏天吧，母亲用牛奶车推着我们在海滩上散步。她也完全可以不是这个样子。想想画家一天到晚不说话的时候。还有鲁格布尔的冬天，水沟被冰雪封冻着，草地上是一片白霜；秋天，我们躺在苹果园里，听着苹果落地的声音；想想大坝上温暖的傍晚，金龟子嗡嗡叫着……你的作文我都会看的，西吉，今天不看，也许很快就看。

她把这一堆本子递给了我，我把本子锁上之后，她说，她不仅会很快再来，而且要经常来。现在完全可能了，因为她已经永远地离开了鲁格布尔，准备今天就到"祖国之家"饭店去当招待员。那个地方下午上演小节目，晚上，阿迪在那儿演奏"阿尔斯特河三重奏"，这是阿迪写的三重奏。希尔克现在很忙。五天了，我还不能和我的作文分手。有时，在寂静之中，在阴雨连绵的日子里，当车间里没有任何声响，大船也没有把心理学家运来的时候，当没有按时吹出的口哨声、操练声、跑步声传来的时候——在这样的时刻里，我总以为他们已经把我忘却了；我以为他们忘却了这个海岛，放弃了它，离开了这里，把这里的一切都拱手让给了海鸥和乌鸦。但是，有一天，他们会想起我来的，我并不是孤身一人，即使在远方他们也一直把我置于自己的视线之中。

就这样，今天早晨，我作好了一切精神准备，可就是没有想到希姆佩尔博士会派人来叫我。去吧，约斯维希说，起来吧。梳梳头，穿上制服，管理所的人想念你呢，拿上你那用功的证明。约斯维希只是陪我走到传达室，然后让我一个人走着。我拿着一捆练习本到管理所大楼去，步子并不匆忙。我抚摩了半天议员里本萨姆的半身像，望着下面窗户上钉着栅栏的厨房，直到女厨师把我撵走为止，她把对我们的一切情绪都发泄在那味道恶劣的饭菜之中了。当我看到所长的狗和另一条陌生的狗和睦地，就像进行着一场充满哲理性的谈话一般闻着地面向海滩那边走去时，我捡了一些周围地上破碎的瓦片，向它们扔了过去，使它们走得更快些。

我没有从那被人踩得硬邦邦的空场上走，而是沿着车间的后墙，然后经过绿菜地、红菜地、白菜地和小白菜地，一直来到一条通往管理所大楼的弯弯曲曲的小径上，这条路也通往浮桥。此时，河水上涨，我向浮桥走去，两头悬挂着的桥身吱咯作响，上下摇晃着，它不仅由于陌生人的踩动而呼吸着，好像自己本身也在呼吸。供人们上下船用的小桥松弛地架在浮桥上，摇摇摆摆地磨来蹭去，河上掀起了转瞬即逝的微波，风儿扑打着掠过芦苇，但是，干枯的芦苇叶已经荡然无存了。人们在大块的沙土地上烧着土豆的根叶，风把这灰色的、黑绿色的烟雾向易北河吹去。从浮桥上看去，好像我们在用自身的力量向河的下游驶去，整个海岛都在前进，沿着秋天的河岸，从土豆根叶燃烧的地方，怀着要改变我们地理位置，向温暖的、充满希望的地区游去的愿望向前行驶着。

希姆佩尔的女秘书发现了我，打开了一扇窗户，向我吹口哨，挥手，我也向她挥手致意，然后向管理所大楼走去。楼道上、过道里、厕所中到处都是油漆工在忙碌着，到处洗刷着，在这里用焊灯将一层层的油漆烧剥下来，在那里铺上了保护墙脚的板子。他们在脚手架上活动着，在横木上蹲着或懒洋洋地站在窗台前，人们说服了四十多个难于教育的人在这儿充当油漆工。艾迪·西鲁斯也在其中，别的人我几乎一个也不认识。但是，虽然我不认识他们，他们却好像全认识我。他们窃窃私语，发出嘘声，相互拍打，发出了各种信号，我在这拍打声的伴随下走上了楼梯，金属刀、毛刷和扫帚柄合在一起向我发出了咚咚响的致敬声，是的，他们在向我敬礼，在向我表示敬意，他们的脸色表明了这一点。

他们在向谁致意？是向一个老伙伴吗？向那个受到惩罚必须写作文的人吗？向他们那个意志顽强的榜样吗？约斯维希有一次说：对于外面的人来说，你是一个少有的人，是传奇，甚至是象征，当他们处境不佳时，会因为你而快活起来。总之，油漆工们用敲打声来向我致敬，一直到我自己敲响了希姆佩尔的房门，这时，我听到，金属刀、毛刷、扫帚才又开始了自己正常的工作。

希姆佩尔穿着衬衫和过膝的短裤，两个女秘书正刷着他的冬衣，用去污剂擦着，揩着，收拾着。他一手指着外面的走廊，用另一只手忧虑地指着他的冬上衣说道：油漆工，你瞧见了，西吉，楼房里有油漆工在干活。

他的上衣的翻领上别着一块牌子：希姆佩尔所长。我知道，这就是说，他即使不是马上，也是在不久后要去汉堡参加一个会议。他问我，是否有兴趣坐一会儿，跟他在一起喝一杯茶，例外地再抽上一支烟？我说，我有兴趣。我把那一捆本子放在写字台上，坐了下来，观察着他如何用手做出一些微小而又多变的动作，特别是迅速地用舌头弹出声响，催促那些拿着衣服不肯放手，细心地连那看不见的小点也刷着的女秘书们。他用脚有节奏地拍打地板，表示他的时间十分紧迫。最后自己把上衣从她们手中夺了过来，暂时先扔到了一边。

西吉，你已经坐下来了，茶马上就来，已经泡上了，现在我们聊聊吧。我们长久地相互注视着，他围着我和桌子踱步，迅速而有力地敲击钢琴：叮姆——达——达。他问我，是不是什么情况都注意到了？我是否全都明白，为什么管理所允许我写那么长时间的作文？如果不明白，那么他要把原因告诉我。

管理所想要树立一个榜样，特别是一个这样的榜样，即管理所赞赏和支持年轻人在可以达到的限度内对自己进行自觉的认识和反省。他们之所以让我写这篇文章，是因为他们认为，我能写好这个题目，能够证明这个题目的可能性。他，希姆佩尔特别还注意到了另一种情况，他发现，回忆对我来说，是一种心灵上的痛苦，因此，他要让我自己从这种心灵的痛苦中解脱出来。是的，他也发现，他对我的惩罚远远比不上我对自己的惩罚，因为我坚持要把作文写完。现在，一切都够了，不能再继续下去了。可以达到的限度已经达到了。他问我，有什么话要说吗？如果没有，那么他想问问我，如果让我十天之内永远离开海岛，我有什么意见没有？叮姆——达——达。对我的案件要减轻处罚，我可以到我想去的任何地方。虽然我没有学会任何职业——他个人对此感到非常遗憾——但是，我无论在扫帚车间或在海岛图书馆所作出的成绩都是出众的，因此，他能够很容易地给我写出相应的鉴定来。我问他：事情是否已经决定？是的，已经不可改变了，也不能再推迟了。不能推迟几个星期吗？那也不行。但是作文还没有写完啊。那无所谓，像这样的作文只能暂时结束，而这就够了。我什么时候交出？明天早上。这一切都不可改变了吗？改变不了啦。他说，他将在大约八点钟时等我。叮姆——达——达。他又问：这是全部作文本吗？是的，但是，我还想把它带走，这总是可以的吧？当然；好吧，明天早上八点，你好好考虑一下，你应该怎样去答复小规模的委员会向你提出的问题。答复什么呢？人们会问你，你在释放以后准备干什么。他又对我说，他很抱歉，他得进城去参加一个，嗯，当然是国际性的会议。

要是有人提醒一下说要拿来茶和香烟该有多好！我拿着那捆练习本，鞠躬告别，走了。这一次，我毫不在意地，我得承认，一点也不感激地走过了那四十个难于教育的油漆工为我组成的用敲打声向我致敬的行列。

这就是说，我被释放了。这就是说，这惩罚性的作文要交掉了。我在这里还应该做些什么？我还在期待什么？我还能指望什么？我飞快地离开了管理所大楼，却没有回到自己的禁闭室。尽管这会使我的提前释放成为问题，我还是走上了那被踩得硬邦邦的广场，走过了钳工车间和禁闭室。我看见了禁闭室里奥勒·普勒茨那张死板的脸。他并非由于企图逃跑而按规定在这里禁闭八天，而是要禁闭二十一天，因为，他把一个来海岛考察的女心理学家的手提包掏得净光。我来到了扫帚车间，打开了车间的门。

机器安静地伫立在那儿，因为现在是午休时间，各种味道扑鼻而来。这里是松木香和胶水味，那里是可以升降的圆锯，那边是穿孔机、铣床和钻机。我脑子里突然产生了一个念头；我把那堆练习本整整齐齐地放在穿孔机下，打开了电机，拉开了保险杆，将所有的本子在左上角钻了一个扫帚柄大小的洞，然后从中穿了一根绳子；我又把绳子的两端在一起打了一个结，这样，这些作文本就像一只只被宰杀的鸊鷉串在绳子上。我将绳子挂在肩上，离开了扫帚车间，像一个没目标的猎人漫步经过了种植土豆的沙土地，来到了海滩上。我坐在一根被太阳晒得发白的木柱下面，这是青少年管理当局写的一块警告牌，牌子面向着海水。

我坐在那里，抽着烟，看着一条来自汉堡的专业船向我开来。这是一条铺设电缆的船只，船头有一条放置电缆的细沟。他们释放我以后，我应该做什么呢？到哪儿去为自己找一个藏身之所？克拉斯走了，希尔克也走了——我还能回到鲁格布尔去吗？即使我留在汉堡，我就能逃脱开鲁格布尔了吗？

这是一条英国的铺设电缆的船只，它深深浸在水中，上面一摞接一摞地堆着远看像黑蚝一般的电缆。它将把自己的运输品设在哪一个大海里？把哪些国家连接在一起？我知道，我自己的电缆永远也不会越过鲁格布尔通往其他地方，至少，电缆的一端永远要通往那幢没有抹上白灰的砖砌小屋。只要我把电线接通，就一定会听见一个声音大声吼叫着说：这里是鲁格布尔警察哨！无论发生任何事情，无论是海啸或地震都不会切断我同它的联系，我永远属于这个地方。扭转身子，捂着耳朵，这样做不起任何作用，想要永远离开这里，更是无济于事。我只要仔细倾听，嗡嗡声和咯咯声就会传来。只要有声音传来，我就能听见远方海鸥如怨如诉的叫声，那里的空间在我眼前延伸，扩展，那些农舍又出现在大风之下。我又听见北海阵阵的波浪冲刷着防波堤的哗哗声。鲁格布尔就是这样不可抗拒地展现在我眼前，鲁格布尔，这是我从各个方面进行了探究的地方，而它在许多方面并没有给我以回答。这样的地方是不能放弃的。我的耳中灌满了海鸥使人发狂的叫声，浪涛推进的喧啸声，还有大风卷动篱笆的沙沙声。我不能中断，我将对这里的一切继续进行探究。

我要问，是谁在狂风暴雨之中前来敲门，让冒着烟雾的炉子噼啪作响？我要问，他们为什么如此低估这样一个病人，为什么怀着惊悸，甚至怀着恐惧去对待那个长着"透视眼"的人？我要问：是谁给人们带来了黑暗和阴郁，是谁在沼泽地里溅起一片泥浆，将雾霭笼罩在它的双肩；是谁靠着屋檐叹息，拿茶壶当口哨，将飞行中的乌鸦射在了田野里？我还要问，为什么他们要把陌生人拒之门外，对他们伸出来的援助之手表示蔑视？我询问自己，为什么他们走在半途不能回头，并去思索一条更好的道路？是谁在黑夜里把草地染成了黑色？是谁向木棚跑去？我还要问，为什么在我们这里，他们在黑夜比在白天观察得更深，更有结果？为什么人们如此过分地完成自己所承担的任务？那无暇顾及说话的贪食，自以为公允，代替浴场的乡土学，这些我也要探究。我不明白他们走路和站立的姿势，他们的目光和语言，我对已经了解的一切并不满意。

总之，我在一根木柱下抽着香烟，将烟头埋在地下，临离开前，用鞋跟在潮湿的沙土地上写了"扯淡"两个字。我沿着海滩，沿着黑夜里候鸟栖息的芦苇丛，围着海岛走了半圈。没有任何人看见我，也没有任何人叫我，就是那两条狗也没有看我一眼。它们亲热地并排坐在自己的后腿上。

回去吧。我拖着脚步回到了自己的房间。管理员办公室里空无一人，显然，约斯维希吃午饭去了。写字台的抽屉里没有什么新鲜玩意儿，那硬得像石头一般，已经变形了的奶酪面包还放在那里。一个信封里装着陈旧的纸币，看来是准备交换用的。这里唯一陌生的东西是一条估计约有二十岁的鲭鱼，它柔软，发着微光，已经腐烂不堪了。即使我们对受我们喜爱的管理员很有感情，但对这充满臭气的玻璃房间也很难习惯。还有那封信也令我难以忘怀，它只有个开头。使我惊异的是这封信是写给我的，它是用典型的约斯维希的方式开的头：亲爱的西吉：你马上就要离开我们的海岛了，生活在那边等待着你。我们可以想象，你很快就会忘记我们。而离开你对我们来说却不是十分好受的，并不是因为，我们对你的释放感到嫉妒，而是因为，你已经深深印在我们的心中。但是，事情也只能如此。我常常说，我们这些海岛上的人如同老师一样，当你费了很大的努力熟悉了一个人以后，那也就是该到离别的时候了。

约斯维希没有写出更多的话来。显然，他已经知道我即将被释放了。这就是说，释放，已经决定了。这就是说，我必须把作文交出去了。希姆佩尔会看它吗？科尔布勇会看它并且给它判个分数吗？以后呢？作文本会转到哪个书架上去放着？也许，它会无声地消亡在档案柜里，或者被扔进碎纸机里？或者，科尔布勇将把它交给自己的孙子当玩具，因为他没有足够的纸去试验自己的彩笔？或者去把它交给主管青年的当局？管他呢！我没有什么好说的了，我心中只有谁也解答不了的问题，就是画家也解答不了，他也不行。

这一次，约斯维希轻轻地走了回来，突然站在玻璃前敲着，笑着，将脸伸向小孔说：请将二号牢房锁上。我来到走廊上，向他迎了过去。这样不坏呀，西吉，你想想看：你留在这里当管理员。你穿上制服，身上挂一串钥匙，受专门训练。人们服从你。下班后的时间有保证。我们这个职业现在后继无人，这对你是个好机会。你好好考虑一下吧。——可真是不用费举手之劳啊！我说着拿起练习本上的绳子背在肩上，走在他前面，不再说别的，回到了我的禁闭室。他打开了房门，先让我进去，接着自己也走了进来。他拿过一张凳子，我则靠在窗前。我发现希姆佩尔站在浮桥上，向斜着逆流而上的大船挥手。

时间到了吗？——什么时间？——你在海岛上的时间。——好像是这样。——你高兴吗？——高兴什么？——离开这儿，到那边去，到那边去开始新生活？——新生活？那是什么呢？——也许是完全由一个人来干的事。——这种事不存在。任何一件事情都带着别人的印记。约斯维希踟蹰着来到窗前我的身边，我觉得，他想对我说些轻松的、安慰性的话，在我看来，是些表面话，但是，他说不出来。他能说出的只是告诉我说：为了欢送我，可以按我的愿望做一顿饭。他要是我，就得来一份猪油烧芬肯韦尔德尔的比目鱼，这才够味呢。我答应他，一定按他的建议去办。他离开我时，羞怯地摸了我一下，然后丢下我一个人走了。我知道，只要他愿意，他能多么小心翼翼，多么谨慎地把门锁上啊，只要他愿意，他就能充满感情地离开这里。

作文写完已经五天了，明天我必须把它交出去。必须吗？希姆佩尔说过，不在于事情的结果，而在于达到所要求的结果时你所采取的态度和毅力。既然他对我的毅力感到满意，难道他还要我的作文本？我可以将它送给希尔克或沃尔夫冈·马肯罗特，或者付诸那易北河无情的流水。我也可以在焚烧土豆根叶的火堆中把它付之一炬，或者，出狱之后，当废纸把它卖掉。可能性。还有别的可能性。不过，我会利用它们吗？

我好像仍然处在我熟悉的人们的包围中，回忆仍然不断地涌上我的心头。故乡的一切淹没了我，我从经验中体会到，时间是什么也不能弥补的，我知道，明天早上我应该去做什么，将要去做什么。难道我在鲁格布尔失败了吗？也许可以这样说吧。

总之，我将在明天早上六点起床，当管理员在走廊上吹起那惹人心烦的口哨时，在所有的房间亮起电灯，所有的窥视孔后面都贴着眼睛时起床。在我到水池边刮胡子洗脸时，我将和平时一样，巡视一遍易北河，我自己也不知道我在那里要寻找什么，我将观察那在晨曦中闪着微光的方位灯，它们之间距离相等，像节庆的行列，同时，我将带着轻微的眩晕感，抽起第一支香烟来。我将穿上制服，让约斯维希端着早餐走进门来：淡淡的咖啡，两片面包上涂着海岛自制的四种水果的混合果酱；和平时一样，我先吃一片面包，然后把第二片面包上的果酱舐掉。早餐时，我将听见楼下餐厅里那些难于教育的青少年演唱一支迎接黎明的歌曲，这支歌当然也是在海岛上产生的。

然后做什么呢？我去参加早点名，如果正好进行早点名的话，再像成百次做过的那样，请假说我要去写作文，然后回到我自己的禁闭室里去，从这里，我正好能看见管理所大楼的时钟。我的作文本呢？我将从铁柜中取出作文本，坐在桌边，边看边抽着烟，也许不这样做；也许在约斯维希来接我之前，我得先玩玩培养耐心的游戏，那是希尔克来看我时留下的，没准儿我能同时将那三只耗子滑入陷阱呢。我什么也不去决定、考虑和计划，也不去说那些豪言壮语，也决不做出那种秘而不宣的表情；当那一时刻来到时，我将背着用绳子串在一起的作文本，默默走在约斯维希身旁向那边走去。我知道，在约斯维希将我带到希姆佩尔那儿去之前，他将平整好我的上衣，压平我的头发。

那希姆佩尔呢？他将感到非常愉快，兴高采烈，表现出亲切友好的感情，将手放在我的肩上，要是他刚刚写成一首歌曲，他还会因此而给我献上一杯茶。我将把惩罚性作文放在他的写字台上；他将沉思地、赞赏地点头翻阅着，却不从头至尾细细去阅读其中的任何一篇。只消他一个手势我们就会坐下来，不动声色地相对而坐，大家都很满意，因为每一个人都感到自己获胜了。

图书在版编目(CIP)数据

语文课／（德）西格弗里德·伦茨著；许昌菊译
. ——海口：南海出版公司，2024.10
ISBN 978-7-5735-0462-3

Ⅰ.①语… Ⅱ.①西… ②许… Ⅲ.①长篇小说－德
国－现代 Ⅳ.① I516.45

中国国家版本馆 CIP 数据核字 (2023) 第 038090 号

语文课

〔德〕西格弗里德·伦茨 著
许昌菊 译

出　　版　南海出版公司　　(0898)66568511
　　　　　海口市海秀中路 51 号星华大厦五楼　　邮编 570206
发　　行　新经典发行有限公司
　　　　　电话 (010)68423599　　邮箱 editor@readinglife.com
经　　销　新华书店

责任编辑　侯明明
特邀编辑　陈方骐　周雨晴　吕宗蕾
营销编辑　陈歆怡　李琼琼　杨美德
装帧设计　几　迟　汐　和 at compus studio
内文制作　田小波

印　　刷　北京盛通印刷股份有限公司
开　　本　850 毫米 ×1168 毫米　1/32
印　　张　16
字　　数　330 千
版　　次　2024 年 10 月第 1 版
印　　次　2024 年 10 月第 1 次印刷
书　　号　ISBN 978-7-5735-0462-3
定　　价　69.00 元

版权所有，侵权必究
如有印装质量问题，请发邮件至 zhiliang@readinglife.com

著作权合同登记号　图字：30—2023—018